J[illegible]

Bane a[illegible]

Ber[illegible] Magie

(Band 1)

Julia Lorenz wurde 1996 in Südniedersachsen geboren, wo sie auch heute noch, glücklich zwischen all ihren Büchern, lebt. Schon früh hat sie ihre Liebe zum Lesen entdeckt. Später nahmen immer mehr eigene Charaktere den Platz in ihrem Kopf ein und verlangten, dass ihre Geschichten aufgeschrieben wurden.

JULIA LORENZ

BANE & REDEMPTION

Beraubte Magie

ROMAN

VAJONA

Bane & Redemption – Beraubte Magie

FSC
www.fsc.org
MIX
Papier aus verantwortungsvollen Quellen
FSC® C014138

Originalausgabe bei VAJONA Verlag

Druck und Verarbeitung:
FINIDR, s.r.o.
Lípová 1965
737 01 Český Těšín
Czech republic

Lektorat: Aileen Dawe-Hennings
Korrektorat: Désirée Kläschen
Umschlaggestaltung: VAJONA Verlag GmbH unter Verwendung von Motiven von rawpixel
Satz: VAJONA Verlag, Oelsnitz

VAJONA Verlag GmbH
Carl-Wilhelm-Koch-Str. 3
08606 Oelsnitz

ISBN: 978-3-98718-280-8

Für meine Oma, von der ich die Liebe zu Geschichten habe. Eines Tages werden wir uns wiedersehen und ich werde dir diese hier erzählen.

Prolog

Nikolas

Die Menschen sagen, der Tod käme leise. Schleiche sich unbemerkt in der Nacht heran und reiße seine Opfer hinab in sein Reich. In Wahrheit war es eher die Welt, die verstummte. Sei es aus Angst oder Ehrfurcht. Kam der Tod, hielt das Universum für einen Moment den Atem an.

Der zu große Mantel ließ die Frau in seinen Armen zerbrechlicher wirken, als sie war. Sie alle hätten keine Chance gegen sie und doch rann nun ihr Blut über seine Finger. Ihre Atemzüge drangen abgehackt durch die Stille, während seine Hände auf ihren Bauch drückten und versuchten, den stetigen Blutstrom zu stoppen.

»Ach, Nikolas«, säuselte eine Stimme in sein Ohr. »Du kannst sie nicht retten. Niemand kann das mehr.«

Er blinzelte, kniff die Augen zusammen. Tat alles, um sich nicht umzudrehen. Und dann tat er es doch. Sein Blick traf auf grüne Iriden. Dichte schwarze Wimpern. Zarte, makellose Haut und sanfte rote Locken, die das schönste Gesicht einrahmten, das er je gesehen hatte. Das er noch einmal berühren wollte. So sehr. Er ließ zu, dass sie mit einem Finger über seine Wange strich, und plötzlich war es sein Atem, der abgehackt über seine Lippen kam. Sein Herz hämmerte gegen seine Brust und er hatte sich bereits halb erhoben, als endlich auch sein Verstand einsetzte.

»Du bist nicht hier.« Denn wenn sie es wäre, würde kein Fleckchen Erde mehr um sie herum existieren. Statt auf lehmigem

Waldboden würde er in einem Meer aus Flammen knien. Statt das Blut einer Fremden an seinen Händen wäre es das seiner eigenen Freunde.

»Noch nicht. Aber wir werden uns bald wiedersehen.«

Die Illusion zersprang in einem Wirbel aus Farben. Ihr Körper war fort, aber ihre Magie blieb. Senkte sich als dichte Decke über die Lichtung.

Ein leises Keuchen zog seine Aufmerksamkeit zurück zu der Frau in seinen Armen. Riya. Sie hatte gesagt, ihr Name sei Riya. Blutbefleckte Lippen teilten sich, als sie zum Sprechen ansetzte.

»Nicht«, murmelte er, als würde das jetzt noch etwas bringen. Sie würde sterben. Es konnte ihr niemand mehr helfen. Eine neuerliche Welle an Blut rann über seine Finger. Sie durchtränkte den Stoff des Mantels und färbte den einst goldenen Drachen darauf in ein tiefes Rot. Sein Mantel. Sein Drache. Seine Schuld.

»Wenn du sie aufhalten willst … Wenn du bereit bist, dich gegen sie zu stellen …« Mühsam arbeiteten sich die Worte über Riyas Lippen. Ihr Körper krampfte zusammen und er war sich schon sicher, dass es ihr letzter Satz gewesen war, als sie sich aufrichtete und seinen Arm packte. »Wenn du bereit bist, für dein Land zu kämpfen. Dann finde Felicity. Sie ist der Schlüssel.«

»Was –«, begann er, aber Riya redete weiter. Sie wusste, dass ihr die Herzschläge ausgingen.

»Finde Felicity. Die Elfen wissen, was damals passiert ist. *Er* weiß es.« Schmerzhaft bohrten sich ihre Finger in seine Haut. »Schütze sie. Versprich es.«

Nikolas zögerte nur einen Sekundenbruchteil. Den Wunsch eines Todgeweihten schlug man nicht ab. Ganz gleich ob menschlich oder nicht. Die letzte Bitte hatte man zu erfüllen. Also nickte er. »Ich verspreche es.«

Riyas Mundwinkel hoben sich kaum merklich. Ihr Kopf fiel nach hinten. Ein Beben ging durch den Waldboden und dann brach die Magie aus ihrem Körper. Weißer Nebel hüllte sie ein, drang ihm in Augen, Mund und Nase, bis nichts weiter existierte.

Geräusche, Bilder, Gerüche. All seine Sinneseindrücke stammten aus den Erinnerungen einer Fremden. Riyas Geist mochte bereits auf dem Weg zur anderen Seite sein, aber ihre Magie zeigte ihm, was er wissen musste. Und was zu tun war.

Er musste Felicity finden.

Kapitel 1

Felicity

Das Haus lag totenstill da. Die Vorhänge waren zugezogen und lediglich ein schmaler Lichtstrahl schaffte es, sich durch den dicken Stoff zu kämpfen. Staub tanzte durch die Luft, wirbelte unter meinen Schuhen auf und versank dann in dem dicken Teppich. Meine Schritte verursachten kaum ein Geräusch, während ich langsam an abgedeckten Möbeln vorbeiging. Weiße Tücher lagen über den Einrichtungsgegenständen, die Konturen darunter waren nur noch zu erahnen. Ein bogenförmiger Durchgang gab die Sicht in das angrenzende Wohnzimmer frei, das nicht viel anders aussah als der Flur. Eine ferne Erinnerung schoss mir durch den Kopf. Die Möbel in diesem Raum waren einst von einem satten Grün gewesen. Abgesessene Polster und ein Sofa, auf dem am rechten Rand ein roter Fleck prangte. Von einem Filzstift, den ich dort als kleines Kind ohne Kappe liegen gelassen hatte. Ich hatte Angst, dass meine Grandma sauer sein würde, aber sie hatte bloß gelacht und gemeint, der Fleck sehe aus wie eine Erdbeere. Dann hatten wir jede Menge Erdbeeren gegessen. Genau auf diesem Sofa und meine winzigen Finger hatten noch mehr Spuren hinterlassen. Das alles war so lange her, dass ich nicht sicher war, welcher Teil wirklich passiert war und welchen ich mir nur einbildete. Trotzdem widerstand ich dem Drang, das Tuch zu heben und nach den roten Sprenkeln zu suchen. Ich mochte die Erinnerung, wie sie war.

Ein Geräusch von draußen ließ mich aufblicken. Wahrscheinlich die Waschbärenfamilie, die sich im Keller eingenistet hatte. Meine Mum schimpfte seit Wochen darüber. Noch ein Grund, warum sich das Haus so schwer verkaufen lasse. Aber sie hatte schlussendlich doch einen Käufer gefunden. Nicht, dass mir das jemand gesagt hätte. Mum hatte nicht gewusst, dass ich mich im Haus aufhielt, als sie das Telefonat geführt hatte. Mein Kühlschrank war leer gewesen, mein Konto ebenso und ich hatte meine Eltern viel zu lange nicht mehr besucht.

Schon wieder dieses Geräusch. Stirnrunzelnd sah ich zum Flur zurück, indem sich auch die Treppe zum Keller befand. Die Waschbären würden doch nicht hier hochkommen, oder? Ich räusperte mich laut, um den Tieren zu zeigen, dass sie nicht allein waren und es für alle Parteien besser wäre, wenn jeder in seinem Bereich bliebe. Gegen einen Waschbären würde ich definitiv den Kürzeren ziehen. Vielleicht war es auch eine blöde Idee gewesen, herzukommen, aber morgen würde die Firma aufschlagen, um das Haus auszuräumen. Ich wollte es wenigstens noch ein letztes Mal sehen.

Eine Welle des schlechten Gewissens überkam mich, als ich in die Küche ging und mit den Fingern über das Holz der Arbeitsflächen strich. Der Tag, an dem wir Erdbeeren gegessen hatten – ich musste ungefähr fünf gewesen sein – war der letzte, an dem ich Grandma gesehen hatte. Meine Mum hatte mich abgeholt, die beiden hatten sich furchtbar gestritten, und das war es gewesen. Sie hatte mir nie gesagt, worum es gegangen war. Nachdenklich zog ich eine der Schubladen auf und besah mir den Inhalt. Das Chaos darin brachte mich zum Grinsen. So sah es bei mir auch aus. Zwischen Gummibändern, Deckeln für Marmeladengläser und aus Zeitungen gerissenen Rezeptseiten lagen zerknitterte Geldscheine und einige Münzen. Meine Mutter hatte nicht mal das Geld herausgenommen, bevor sie der Firma auftrug, alles, was sich im Haus befand, wegzuschmeißen. So wenig wollte sie damit zu tun haben. Ich ließ es ebenfalls liegen, dafür war ich nicht hergekommen, betrachtete aber eine Goldmünze, die ich keinem mir bekannten Land zuordnen konnte. Verschlungene und kaum erkennbare Symbole waren auf beide Seiten geprägt. Die Münze fühlte sich ungewohnt schwer an. Trotzdem wanderte auch sie zurück in die Schublade.

Ein drittes Rumpeln, dieses Mal kam es definitiv nicht aus dem Keller. Wie in Zeitlupe drehte ich mich um, bereit, bei erster Gelegenheit auf die Kücheninsel zu springen und von dort Verteidigungsposition zu beziehen. Aber es war keine Waschbärenfamilie, die im Türrahmen auftauchte, sondern ein etwa einen Meter und achtzig großer Kerl. Mit den gleichen roten Haaren wie ich und Sommersprossen auf der Nase.

»Ren!« Ich knallte die Schublade zu und starrte meinen besten Freund an. »Du hast mich zu Tode erschreckt! Was machst du hier?«

»Du warst nicht in deiner Wohnung, ich habe dich gesucht.« Neugierig sah er sich um. »Bist du hier eingebrochen?«

»Nein?« Ich hatte immerhin einen Schlüssel. Okay, meine Mum hatte einen Schlüssel und ich hatte ihn mir ausgeliehen. Aber all das hier sollte ohnehin morgen weggeworfen werden, wen kümmerte es also. Moment mal. *Ich* hatte einen Schlüssel, aber Ren … »Wie bist *du* hier reingekommen?«

»Durch den Keller.« Er kratzte sich verlegen am Hinterkopf. »Ich glaube, da unten lebt etwas.«

Ach, was er nicht sagte. »Wieso hast du mich gesucht? Und wie zum Teufel hast du mich gefunden?!«

»Du warst noch zu Hause in meinem Laptop eingeloggt. Ich konnte dich orten. Und zu dem Warum …« Ren zog eine mir bisher verborgene Tüte hinter dem Rücken hervor. Sie war weiß und mit einer absurd großen rosafarbenen Schleife zugebunden. Mir schwante Böses. »Glaub ja nicht, dass du an deinem Geburtstag vor mir fliehen kannst.«

Na klasse. Ich *hasste* meinen Geburtstag. Ren gehörte zu der Sorte Mensch, die bereits die ganze Woche um den Tag herum verplant hatte. Sein Motto war: Wir wurden alle älter, da konnten wir es auch gleich feiern. Meins war eher: Lasst mich bloß alle in Ruhe.

Er stellte die Tüte auf die Kücheninsel und ich warf dem Geschenk einen missbilligenden Blick zu.

»Ich war in deiner Wohnung, bevor ich hergekommen bin«, fuhr Ren betont beiläufig fort. »Du weißt, ich würde nie einfach deine Post öffnen, aber der Brief war schon offen.«

»Und da musstest du ihn natürlich lesen.« Es war schon okay, ich hätte das gleiche getan. Wir hatten keine Geheimnisse voreinander.

»Warum hast du es mir nicht gesagt?«

Dieser verfluchte Brief, der mich seit drei Tagen nicht mehr richtig schlafen ließ. Das Logo der Uni hätte mich schon stutzig machen sollen, bevor ich ihn geöffnet hatte. Die meldeten sich nur per Post, wenn es wirklich wichtig war. Und dieses Mal hatte ich es richtig verkackt. Ich hatte es schon eine Weile kommen sehen und eigentlich war es unvermeidbar gewesen. Aber trotzdem. »Ist doch auch egal.«

»Fel, du bist von der verdammten Uni geflogen!«

»Ich hatte sowieso nicht vor, das Studium zu beenden.« Ich zuckte gelassen mit den Schultern, obwohl es in mir ganz anders aussah. »Ich suche mir was anderes.«

»Und wann?«

»Hör auf, wie meine Mutter zu klingen.«

Ren hob abwehrend die Hände. »Okay, okay. Themenwechsel. Aber nur, weil du Geburtstag hast.«

Ich reagierte auf diesen letzten Kommentar mit einem Laut, den man wohl als unwilliges Knurren bezeichnen konnte und der Ren zum Grinsen brachte.

»Was ist das hier überhaupt für ein Haus?«, fragte er dann.

»Meine Grandma hat hier gelebt.« Ich ging wieder ins Wohnzimmer und er folgte mir. »Ich wollte es mir noch einmal ansehen, bevor es morgen ausgeräumt wird.«

»Die Grandma, auf deren Beerdigung wir vor ein paar Wochen waren?«

»Ja.« Die Beerdigung war eine Sache für sich gewesen. Auch hiervon hatte ich eher zufällig erfahren und Ren angefleht, mich zu begleiten, weil ich mich allein nicht getraut hatte. Eigentlich wollte ich im Hintergrund bleiben. Meine Grandma war praktisch eine Fremde für mich gewesen, aber irgendwas hatte mich gedrängt, ihrer Beisetzung beizuwohnen. Der Plan war in dem Moment in Flammen aufgegangen, als ich die kleine Kapelle betreten hatte. Meine Mum hatte keine Fotos gehabt und ich kannte Grandma nur als beinahe achtzigjährige Frau, aber als sie jünger gewesen war – viel jünger – hatten wir uns wohl recht ähnlich gesehen. So ähnlich, dass jede ihrer Freundinnen ungefragt eine Hand an mein Gesicht legte und mir diesen Umstand lautstark mitteilte. Das wiederum hatte mehr Bekannte angelockt, die meinten, mich anfassen zu müssen. Die Situation war von unangenehm zu gruselig gekippt, als ich das Bild gesehen hatte, das neben dem Sarg aufgestellt worden war. Für einen Moment dachte ich wirklich, auf meiner eigenen Beerdigung gelandet zu sein. Ich war die perfekte Kopie meiner Grandma. Und ich trug ihren Namen. Letzteres war keine Überraschung, aber hätte mich meine Mutter auch so genannt, wenn sie gewusst hätte, wie ähnlich wir uns einst sein würden? Zu sagen, dass ich von der Beerdigung geflohen war, wäre noch untertrieben.

Etwas riss mich aus meinen Gedanken und ich musste kurz überlegen, was es gewesen war. Dann durchquerte ich das Wohnzimmer und ging auf das Bild zu, das an der gegenüberliegenden Wand hing. Zwischen abgedeckten Möbeln und den leeren Wänden stellte es einen unübersehbaren Farbklecks dar und ich fragte mich, warum es mir nicht vorhin schon aufgefallen war. Der Rahmen war schmucklos, doch das Bild darin ungleich detailliert. Der Himmel war wolkenlos, aber der darunterliegende Wald, der sich von einer Seite des Gemäldes zur anderen erstreckte, war trotzdem nebelverhangen. Tief schlängelten sich die weißen

Schwaden durch dunkle, beinahe schwarze Bäume. Obwohl das vertrocknete Gras im vorderen Bereich den Eindruck eines heißen Sommers erweckte, lief ein kalter Schauer über meinen Rücken, der sich verstärkte, je länger ich das Bild betrachtete. Ich beugte mich hinunter und könnte schwören, zwischen zwei der Bäume ein winziges Augenpaar ausmachen zu können. Direkt daneben einen kleinen erdbeerroten Fingerabdruck. Ich hob die Hand und legte einen Finger auf die Stelle, die mein viel jüngeres Ich ebenfalls berührt haben musste.

Mit einem lauten Krachen fiel das Bild von der Wand. Ich sprang zurück und griff reflexartig nach Rens Hand, der neben mir aufgetaucht war. Noch während mein donnernder Herzschlag versuchte, sich zu beruhigen, trat er wieder vor und pfiff leise.

»Deine Grandma hatte Geheimnisse.«

Ich würde gern protestieren, aber normale Leute hatten kein Loch in die Wand hinter einem Bild geschlagen, oder? Es war nicht einmal ein in die Wand eingelassener Safe, sondern einfach nur ein Loch. Also nicht einmal besonders sicher.

Ren griff hinein und zog einen Lederrucksack hervor, der seinem Aussehen und Zustand nach aus einer Zeit lange vor mir stammen musste.

Auffordernd hielt er ihn mir hin. »Willst du ihn aufmachen?«

Verdammt, natürlich wollte ich. Und da Grandmas Geist noch nicht aus dem Jenseits aufgetaucht und uns mit Blitzen beworfen hatte, war es für sie wohl auch okay. *Besser du als jemand vom Entsorgungsunternehmen*, sagte ich mir, setzte mich Ren gegenüber auf den Boden und begann den Knoten aufzufriemeln, der die Bänder des Rucksacks fest geschlossen hielt.

Mit angehaltenem Atem griff ich hinein und holte etwas Weiches, nahezu Samtenes hervor. Ein Kleid? Was zur Hölle? Der satte dunkelblaue Stoff zerrann wie Wasser zwischen meinen Fingern. Feine Muster aus Sternen, Blumen und verschlungenen Figuren verzierten die ausladenden Lagen. Neben mir entfaltete Ren einen schweren grünen Mantel, der an mir etwa bis zum

Boden reichen würde. Saum und Ärmelaufschläge waren mit winzigen Stickereien verziert, die sich bei genauerem Hinsehen als ineinander verschlungene Pflanzen, Baumkronen und langbeinige Tiere mit geschwungenen Geweihen entpuppten. Beide Kleidungsstücke waren unbestreitbar wunderschön, aber warum hatte Grandma sie hinter einem Bild versteckt?

»Vielleicht ist es ja gestohlen«, spann Ren meinen unausgesprochenen Gedanken weiter. »Vielleicht war deine Grandma ja eine Verbrecherkönigin und wir decken hier gerade deine dunklen Familiengeheimnisse auf.«

»Ja, vielleicht. Oder vielleicht spinnst du auch.« Lachend drehte ich den Rucksack und schüttelte ihn. Einige Gegenstände fielen klirrend auf den Boden. Ein paar Münzen. Genau die Art, wie ich sie in der Küchenschublade gefunden hatte. Eine silberne Brosche mit blauen Steinen, einige Ketten aus mir unbekanntem Material und ein tiefschwarzes Stoffsäckchen. Ich öffnete es und betrachtete den Ring, der darin verborgen gewesen war. Fein gearbeitete goldene Blätter wanden sich elegant zu einem Band, das in der Mitte von einem grünen Stein unterbrochen wurde. Ich konnte nicht beschreiben, wie, aber es machte den Eindruck, der Ring würde das wenige Licht im Raum einsaugen. Eine interessante optische Illusion war es allemal.

»Den solltest du behalten.« Ren hatte sich nach vorn gelehnt und betrachtete interessiert das Schmuckstück auf meiner Handfläche. »Ist hübsch.«

»Ich bin nicht hergekommen, um irgendwas zu behalten.« Mit einem tiefen Seufzen steckte ich sämtlichen Schmuck sowie Kleid und Mantel zurück in den Rucksack. Nie hatte ich einen Versuch unternommen, die Beziehung zu meiner Großmutter zu kitten. Ich hatte ja nicht einmal gewusst, dass sie noch immer in diesem Haus gelebt hatte. Ich hatte schlichtweg verdrängt, dass es sie gab – und jetzt gab es keine Möglichkeit mehr, dies ungeschehen zu machen. Hätte sie gewollt, dass ich irgendwas aus dem Haus behielt, hätte es ein Testament gegeben. Obwohl ich meiner

Mum durchaus zutrauen würde, dies ebenfalls vor mir verborgen zu halten. Ich hatte aufgehört zu fragen, aber ich war verdammt neugierig, worum es damals in diesem Streit gegangen war. Jetzt noch viel mehr als zuvor.

Den Rucksack legte ich zurück in sein Versteck. Ren half mir, das Bild wieder davorzuhängen. Ich wackelte probehalber am Rahmen und runzelte die Stirn. War es gerade noch so einfach von der Wand gefallen, bewegte es sich jetzt keinen Millimeter mehr. Seltsam …

Wir kehrten zurück in die Küche und ich musste mich endlich der Tüte widmen, die noch immer unschuldig an ihrem Platz stand.

»Okay«, seufzte ich übertrieben dramatisch. »Sag schon, was ist das?«

»Kein Geburtstagsgeschenk. Und ich würde auch nie auf die Idee kommen, für dich eine Party zu schmeißen. Deshalb ziehst du das hier an und kommst mit auf meine Cluberöffnung heute Abend. Es geht nicht um dich, niemand weiß, wer du bist, aber du kommst trotzdem mal raus.«

»Das klingt, als hättest du das sehr genau durchdacht?«

»Mein idiotensicherer Plan, deinen Geburtstag mit dir zu verbringen. Dieses Event heute Abend ist wichtig für mich und ich bin dein bester Freund. Mich nicht zu begleiten, würde dich also zu einem sehr schlechten Menschen machen.«

»Vielleicht habe ich ja kein Problem damit, ein schlechter Mensch zu sein«, sagte ich nur halb scherzhaft, aber nahm trotzdem die Tasche und spähte hinein. Das schwarze Minikleid darin ließ mich die Augen verdrehen und beschwor gleichzeitig freudige Erwartung in mir hervor. Vielleicht brauchte ich ja wirklich genau das, um den Tag heute verdrängen zu können.

Kapitel 2

Grelles Neonlicht brachte mich dazu, die Augen zusammenzukneifen. Musik kam aus allen Richtungen und Menschen drängten sich um mich herum. Ein Pochen machte sich hinter meinen Schläfen breit, das durch den dröhnenden Bass nicht besser wurde. Ren stand auf einer Anhöhe, die den ganzen Club umrahmte. Er hatte tatsächlich einen Anzug an, was mich irritierte und gleichermaßen faszinierte.

Als er mir vor vier Jahren das erste Mal von seinen Plänen erzählte, hatte ich es für Träumereien abgetan, doch das war bereits sein zweiter Club. Ich hatte nicht das Gefühl, dass er allzu bald aufhören wollte, sich in der Partyszene ganz nach oben zu arbeiten. Und für mich hatte das auch seine Vorteile. Zufrieden zupfte ich das goldene Papierbändchen an meinem Handgelenk zurecht, das mir in dieser Nacht so viele Gratisdrinks brachte, wie ich wollte, und bahnte mir meinen Weg durch die Menge. Plötzlich ging unvermittelt ein Ruck durch den Boden. Instinktiv hielt ich mich an einem Geländer fest, doch das Beben war genauso rasch vorbei, wie es gekommen war. Oder hatte ich bereits zu viel getrunken? Vielleicht sollte ich es langsamer angehen lassen. Immerhin schien niemand sonst etwas bemerkt zu haben.

Ach, was soll's. Ich straffte die Schultern und versuchte, möglichst nüchtern zu wirken, als ich dem Barkeeper ein Zeichen gab und dieser mir kurz darauf einen rot glitzernden Cocktail reichte. Zeit genug, das hier zu bereuen, war auch morgen noch. Die Flüssigkeit schmeckte süß und klebte an meinen Lippen. Suchend sah ich mich um, doch Ren war nirgendwo zu sehen. Andererseits erschwerten mir die blinkenden Lichter und die Nebelschwaden die Sicht. Ich schob mich durch die Gästeschar und verlor dabei den Halt.

Bildete ich es mir nur ein oder hatte der Boden erneut gezittert?

Hastig sah ich mich um. Hatte niemand etwas bemerkt?

Einige Menschen machten Platz und ich drängte mich rasch durch die Lücke. Keiner von ihnen sagte etwas, als der Boden wackelte. Was zur Hölle war das?

Mit zusammengekniffenen Augen starrte ich auf den Drink in meiner Hand. Ich war mir sicher, nicht *so* betrunken zu sein … Genauso ausgeschlossen war es, irgendetwas im Getränk zu haben. Überall war Security und auch ich achtete peinlich genau darauf. Trotzdem stellte ich das Glas auf dem nächstgelegenen Tisch ab. Für den Rest des Abends würde es doch besser Wasser tun.

»Hey.«

Erschrocken taumelte ich zurück, aber Ren packte mich an den Schultern und hielt mich aufrecht.

»Alles in Ordnung?«, fragte er mit gerunzelter Stirn.

»Sicher.« Ich lächelte breit und hoffentlich überzeugend. »Beeindruckend, was du hier auf die Beine gestellt hast.«

»Danke.« Er richtete den Kragen seines Anzugs. »Du weißt, dass ich noch immer eine Barkeeperin brauche?«

Ich wollte schon ablehnen, hielt dann aber inne. Warum eigentlich nicht? Mein aktueller Nebenjob war furchtbar und es wäre leicht verdientes Geld. Außerdem würde es mir etwas zu tun geben, bis ich die Sache mit dem Studium geklärt hatte. Beim Gedanken an Letzteres überkam mich wieder ein ungewohntes Angstgefühl. So konnte es nicht immer weitergehen. Ich musste damit beginnen, mein Leben zu ordnen, hatte aber keine Ahnung, wo ich anfangen sollte.

»Ich denke darüber nach, okay?« Bevor er noch beginnen konnte, konkrete Pläne zu formen, zog ich mein Handy aus der kleinen Handtasche, die ich mitschleppen musste, weil wer auch immer dieses Kleid designt hatte, Taschen für überflüssig hielt. »Entschuldige mich kurz, meine Mum hat schon dreimal angerufen und ich will sichergehen, dass nicht noch jemand gestorben ist.«

Ren nickte, doch ich spürte, dass sein Blick mir folgte, als ich mir abermals einen Weg durch die Menge bahnte. Kaum war ich aus der Tür nach draußen getreten, verblasste die Musik zu einem dumpfen Hintergrundgeräusch. Augenblicklich fiel mir das Atmen leichter. Ich blinzelte, doch die Umgebung war noch immer in einen leichten Nebel getaucht. Normalerweise hätte ich das sicherlich seltsam gefunden, aber heute war sowieso ein schräger Tag. Es lag bestimmt am Alkohol und an der Jahreszeit. Es war immerhin Herbst.

Ohne ein richtiges Ziel vor Augen ging ich die Straße entlang. Ich brauchte ein wenig frische Luft.

Ren hatte sich eine Location ausgesucht, die an einen Park grenzte, sodass ich schon bald die hoch aufragenden Häuser beiseitelassen und gegen Grasflächen mit Bäumen tauschen konnte. Natürlich freute ich mich für meinen besten Freund, doch während Ren einen Erfolg nach dem anderen erzielte, fühlte ich mich, als müsste ich mit meinem Leben bereits viel weiter sein, um auch nur ansatzweise mit ihm mithalten zu können. Mit einem tiefen Seufzen setzte ich mich auf die Kante einer Bank, legte den Kopf in den Nacken und sah in den sternenübersäten Himmel. Diese Aussicht war schon immer beruhigend gewesen – dieses Gefühl, ein winziger Teil von etwas so viel Größerem zu sein.

Irgendwo in der Ferne stritten zwei Katzen, ein paar Leute unterhielten sich lautstark und offensichtlich betrunken und zwischen all das mischte sich das unverkennbare Geräusch von Pferdehufen. Verwirrt sah ich auf, doch der Weg lag zu beiden Seiten noch immer völlig verlassen da. Ein kalter Windhauch streifte durch die Nacht und sorgte dafür, dass sich die Härchen auf meinen Armen aufstellten. Vielleicht war es doch besser, reinzugehen.

Das Handydisplay leuchtete schwach auf, als ich das Telefon zurück in die Tasche steckte. Meine Mum hatte nicht angerufen, aber das wusste Ren. Ich war eine furchtbare Lügnerin. Zählte wohl für mich. Gerade wollte ich den Reißverschluss der Tasche schließen, als mir etwas anderes in der hintersten Ecke des Stoffes auffiel. Stirnrunzelnd holte ich es hervor. Es war der Goldring von vorhin. Hatte Ren mir den in die Tasche gesteckt oder hatte ich ihn unterbewusst noch in der Hand gehalten, nachdem wir das Zimmer verlassen hatten? Eine Welle schlechten Gewissens flutete mich, ebbte aber gleich darauf wieder ab. Vielleicht war es ja Schicksal. Mum wollte nichts mit dem Haus und den Sachen zu tun haben, hatte mir aber nie explizit gesagt, die Finger davon zu lassen. Ich würde den Ring einfach als Geburtstagsgeschenk betrachten. Irgendwas Gutes musste dieser Tag ja haben. Ihn zum Haus zurückzubringen, würde ohnehin nicht funktionieren.

Lächelnd steckte ich ihn an meine rechte Hand, und als sei er für mich gemacht, rutschte der Ring perfekt passend auf meinen Finger.

Gerade als ich aufstand, wallte eine Welle aus Übelkeit durch meinen Körper. Die Welt kippte zur Seite, meine Knie schlugen schmerzhaft auf dem Kiesweg auf. Die Erde bebte ein weiteres Mal. Was war hier bitte los? Was war mit mir los?

Kälte drang in jede Zelle meines Körpers. Weiße Nebelschwaden wanden sich über den Boden. Binnen Sekunden wurde die Schwärze der Nacht, soeben noch von unzähligen Lichtern erhellt, zu einem undurchdringlichen und allumfassenden Weiß.

Kapitel 3

So abrupt, wie er gekommen war, verschwand der dichte Nebel. Die Welt stand wieder still und der dunkle Himmel war auf ein Neues von unzähligen Sternen übersät. Vorsichtig, der plötzlichen Ruhe noch nicht ganz vertrauend, richtete ich mich auf – und erstarrte.

Wo sich soeben noch Londons Skyline gegen den Himmel abgezeichnet hatte, war nun nichts weiter als eine weite Landschaft aus Feldern und Hügeln, gut zu erkennen im fahlen Licht des Vollmondes.

Nein … Ich stolperte einen Schritt zurück und wäre beinahe wieder auf die Knie gesunken. Mein Körper zitterte. Das war einer von Rens Scherzen. Einer, bei dem ich keine Ahnung hatte, wie er ihn durchgezogen hatte, aber es musste so sein. Oder ich war endgültig verrückt geworden.

Langsam, ohne zu wissen, was mich erwartete, drehte ich mich um. Eine Mischung aus Erleichterung, Überraschung und Fassungslosigkeit ergriff von mir Besitz. Hinter mir lag eine Stadt. Nicht London, so viel war sicher, aber doch eine Ansammlung aus hell erleuchteten Häusern mit steinernen Türmen und Giebeldächern. Die fehlende Skyline wurde durch ein gewaltiges Schloss ersetzt, das sich dunkel hinter der Stadt abzeichnete.

Was. Zur. Hölle.

Ich wusste nicht, wie lange ich die Stadt angestarrt hatte, bis ich das Geräusch galoppierender Pferde hörte. Dieses Mal war es keine Einbildung gewesen. Eine Gruppe von fünf Reitern preschte auf die Stadt zu. Auf ihrer Brust prangte ein goldenes Symbol, das ich so schnell nicht erkennen konnte. Dunkelblaue Umhänge verdeckten die Schwerter an ihren Seiten nur zur Hälfte. So schnell wie sie gekommen waren, so schnell waren sie vorbei und innerhalb von Sekunden hinter der hohen Mauer verschwunden, die die Stadt einrahmte.

Sprachlos sah ich ihnen nach, bis die unverkennbare Kälte des Herbstes mir bewusst machte, dass ich allein in der Nacht in einem kurzen Kleid mitten auf einem Feldweg stand. Was immer hier vor sich ging, wenn ich mich nicht in Bewegung setzte, würde ich es wohl niemals herausfinden.

Ich drehte mich einmal um mich selbst. Hinter mir erstreckte sich bloß die Hügellandschaft, die im Mondlicht geheimnisvoll leuchtete. Nichts, was man mitten in der Nacht allein erkunden wollte.

»Also gut, dann eben die Stadt«, sagte ich laut zu mir selbst. Ein hoffnungsloser Versuch, die Stille zu vertreiben. Meine Gedanken rasten, versuchten erfolglos, einen Plan zu ersinnen, was jetzt zu tun war. Doch bevor ich zu einem Ergebnis kommen konnte, stand ich bereits vor der Stadtmauer, die aus der Nähe gesehen bedrohlich hoch über mir aufragte.

Ich zuckte zusammen, als ich die beiden mit Schwertern bewaffneten Männer bemerkte, die davor Wache hielten. In ihren dunklen Uniformen verschmolzen sie beinahe mit der Mauer in ihrem Rücken. Ein goldener Drache, den Schwanz um den eigenen Körper geschlungen, prangte auf ihren Brustpanzern.

Ich räusperte mich und der Dunkelhaarige der Soldaten senkte den Blick, um mich anzusehen.

»Papiere«, forderte er barsch und ich wäre vor Erleichterung beinahe eingeknickt. Wir sprachen dieselbe Sprache. Was auch immer dies bedeuten mochte.

»I-ich habe leider keine.« Gott, ich wünschte wirklich, meine Stimme wäre fester.

Der Soldat blickte finster auf mich herab. »Dann musst du bezahlen.«

»Aber ich habe auch kein Geld bei mir.« Selbst die Tasche mit meinem Handy musste mir bei dem, was passiert war, abhandengekommen sein. »Bitte. Ich kann doch nicht hier draußen bleiben.«

»Nicht unser Problem.« Jetzt hatte der blonde Mann gesprochen.

Ich spürte, wie Tränen in meinen Augen brannten. Hastig wischte ich sie fort. Als ich die Hand wieder sinken ließ, glänzte der Goldring, den ich vorhin so achtlos auf den Finger geschoben hatte. Ich zögerte nicht, sondern nahm ihn ab und reichte ihn dem dunkelhaarigen Soldaten. »Ist das genug?«

Die Wache inspizierte das Schmuckstück und reichte es an den Blonden weiter, der mit den Schultern zuckte. »Na gut. Wir wollen ja nicht, dass du von den Wölfen gefressen wirst.«

Die Männer lachten, doch sie traten zur Seite und zogen die Flügel der großen Tür einen Spalt weit auf, sodass ich hindurchtreten konnte. Krachend fielen sie hinter mir ins Schloss. Auf einmal kam ich mir vor wie eine Maus, die in die Falle gegangen war. Doch für einen Rückzug war es zu spät. Die Unsicherheit herunterschluckend, straffte ich die Schultern, hob das Kinn und trat einen Schritt nach vorn.

Vor mir erstreckte sich ein Gewirr aus Wegen, die von eng beieinanderstehenden Häusern gesäumt wurden. Trotz der späten Stunde waren Menschen unterwegs, einige warfen mir neugierige Blicke zu.

Ich verschränkte automatisch die Arme vor der Brust und folgte einer der breiteren Straßen, die augenscheinlich zur Stadtmitte führten. Mit hoffentlich sicheren Schritten ging ich den Weg entlang, darauf bedacht, die Menschen um mich herum nicht zu sehr anzustarren. Wenn nicht schon die Kleidung der Leute auffällig genug gewesen wäre, dann wäre es spätestens die völlige Abwesenheit jeglichen elektrischen Lichts. Stattdessen brannten alle paar Schritte Fackeln, tauchten die Umgebung in einen rötlichen Schimmer und sandten verzerrte Schatten über den Boden. Es wirkte fast so, als wäre die Stadt aus der Zeit gefallen. Ich erstarrte. Vielleicht war es nicht die Stadt, sondern ich selbst, die –

Nein! Energisch schüttelte ich den Kopf. Das war verrückt. Völlig verrückt. Wahrscheinlich befand ich mich in einer dieser Mittelalterstädte, die für Renaissancefeste erbaut worden waren. Was aber nicht erklärte, wie genau *ich* hergekommen war.

Aus einem Gebäude mit grünen Fensterläden und kleinen Tischen vor der Fassade – eine Art Gasthaus? – drangen Stimmen und Gelächter. Warmes Licht fiel durch die offene Tür auf die Straße und ich überlegte gerade, ob ich nicht hineingehen sollte, als hinter mir ein Pfiff ertönte. Ich drehte mich um. Ein Mann grinste mich an, seine schiefen Zähne glänzten in der Dunkelheit. »Na, Kleines? Interesse an Gesellschaft?«, fragte er mit von Alkohol verzerrter Stimme.

»Nein.« So schnell es ging, setzte ich meinen Weg fort. Schritte ertönten hinter mir und mein Herzschlag beschleunigte sich. Ich warf einen Blick über die Schulter. Der Mann folgte mir. Zwar mit einigen Metern Abstand, aber ich machte mir keine Illusionen, dass er nicht mit einem Satz bei mir sein könnte.

»Jetzt warte doch mal.«

Hastig blickte ich mich um, doch die breite Straße hatte sich in eine schmalere verwandelt, und es waren weit und breit keine Menschen mehr zu sehen. Wie hatte ich nicht bemerken können, dass ich von der Hauptstraße abgekommen war?

»Hey, Kleine!«

Ich wirbelte herum. »Nenn mich noch einmal Kleine und es wird dir leidtun!«

»Oh.« Der widerliche Kerl bleckte die gelben Zähne. »Du bist ja ein wildes Ding.« Er trat einige Schritte auf mich zu. Ohne nachzudenken, holte ich aus und rammte ihm die Faust ins Gesicht.

Verdammt! Niemand hatte mir gesagt, wie weh es tat, jemanden zu schlagen. Meine Knöchel brannten, doch ich hatte keine Zeit, mich um den Schaden zu kümmern. Der Mann brüllte auf. Bevor ich mich versah, packte er mich an den Haaren und schleuderte mich gegen eine Mauer. Blut tropfte von seiner Lippe und ich roch seinen stinkenden Atem, der auf meine Haut prallte, als er sein Gesicht nah an das meine brachte.

Ich presste mich gegen den Stein in meinem Rücken, um Abstand zwischen mir und meinen Angreifer zu schaffen. Dann riss ich mein Knie hoch und rammte es ihm mit so viel Kraft, wie ich aufbringen konnte, zwischen die Beine.

Er heulte vor Schmerz und taumelte einen Schritt zurück. *Jetzt oder nie.*

Ich ergriff meine Chance und duckte mich weg, doch nach drei Schritten schlang sich ein Arm um meine Taille und riss mich schmerzhaft zurück. Mein Kopf stieß gegen die Wand.

Wag es ja nicht, jetzt ohnmächtig zu werden, sagte ich mir immer wieder, während ich blinzelte, um die schwarzen Punkte vor meinen Augen zu vertreiben.

Wäre ich eine bessere Kämpferin gewesen, hätte ich die Situation analysieren können. Hätte gewusst, wie ich mich dem eisernen Griff meines Angreifers entwinden konnte. Aber meine Kampferfahrung erschöpfte sich in drei Selbstverteidigungsstunden, die zu viele Jahre zurücklagen, als dass ich mich daran erinnerte.

Und so konnte ich nur hilflos stöhnen, als er mein Kinn packte und meinen Kopf nach oben bog, sodass ich gezwungen war, ihn anzusehen. Ein Schatten tauchte am Rand meines Sichtfeldes auf, doch die Welt drehte sich zu schnell, um ihn genauer auszumachen.

Ich schloss die Augen. Heiße Tränen liefen über meine Wangen. Und dann war die Hand auf meiner Haut verschwunden. Ein dumpfes Stöhnen drang an meine Ohren.

Ich stieß zitternd den Atem aus und öffnete langsam meine Augen. Mein Angreifer lag auf dem Boden der Gasse, die Knie an die Brust gezogen. Über ihm ragte eine dunkle Silhouette empor.

Der Mann wimmerte, als die Gestalt ausholte und zwei gut platzierte Schläge gegen seinen Kopf schmetterte. Dann blieb der Widerling regungslos liegen.

Ich wagte es nicht, mich zu bewegen, geschweige denn einen Laut von mir zu geben, als sich die dunkle Gestalt langsam zu mir umdrehte.

»Zu euren Diensten, Mylady.« Er ließ die Kapuze seines schwarzen Mantels zurückfallen und enthüllte einen Schopf unordentlicher Haare. Ein Grinsen lag auf seinen Lippen, als er eine Verbeugung andeutete, die durch das amüsierte Funkeln in seinen Augen eher spöttisch als höflich wirkte. »Oskar Reyes. Und das Wort, nach dem du suchst, ist Danke.« Er zwinkerte mir zu.

Ich starrte den Mann an. Er war jung, vielleicht Anfang zwanzig, doch seine hohen Wangenknochen und der stechende Ausdruck in seine Augen ließen ihn auf den ersten Blick älter wirken.

»Ist –« Ich räusperte mich, meiner Stimme noch nicht vertrauend. »Ist er tot?« Die Antwort auf diese Frage sollte mir völlig egal sein.

Oskar sah auf die reglose Gestalt am Boden. »Nein.« Mit zwei Fingern im Mund stieß er einen hohen Pfiff aus, der von irgendwo weit weg dumpf erwidert wurde. »Aber er wird sich wünschen, er wäre es.«

Keine Ahnung, was das heißen sollte, aber die leise Stimme in meinem Kopf warnte mich, genauere Fragen zu stellen.

»Danke.« Der Boden schwankte noch immer und ich legte eine Hand an die Mauer, um mich zu stabilisieren.

»Alles in Ordnung?« Oskar trat einen Schritt näher. Vermutlich, um mich zu stützen, aber ich wich hastig zurück.

»Alles gut.«

Er nickte und brachte Abstand zwischen uns. Der Mann am Boden stöhnte.

»Halt das mal kurz.« Noch bevor ich reagieren konnte, drückte

Oskar mir eine Papierrolle in die Hand, die er soeben noch unter dem Arm getragen hatte. »Nicht knicken. Das ist unbezahlbar.«

»Und warum«, begann ich zögernd und lugte unter eine der papiernen Ecken, während er sich zu dem Mann hinunterbeugte, »trägst du ein unbezahlbares Gemälde mitten in der Nacht durch die Stadt?«

»Hab's geklaut«, sagte Oskar, ohne aufzusehen, und begann, systematisch die Taschen des Kerls zu durchsuchen.

Ich verdrehte die Augen. »Sehr witzig.«

»Das war kein Witz.« Abschätzend besah er ein paar Münzen, schnippte einen Fussel fort und steckte seine Beute in die eigene Tasche. Dann richtete er sich auf und nahm mir die Rolle aus der Hand. »Weißt du, Lebensretter bin ich nur nebenbei. Hauptberuflich – nun, sagen wir einfach, ich beschäftige mich mit Kunst.«

»Erzählst du oft Fremden auf der Straße, dass du gerade von einem Kunstraub kommst?«

»Ab und zu.« Oskar legte den Kopf schief, das Grinsen noch immer auf den Lippen.

»Okay …« Ich strich mir fahrig das Haar aus dem Gesicht. »Also, eh … Du kannst mir nicht zufällig sagen, wo wir hier sind?«

»Terralore.«

»Und das Land?«

Er sah mich forschend an. »Wie heftig bist du noch mal gegen die Mauer geprallt?«

»Kannst du es mir einfach sagen?«

»Gleicher Name«, antwortete er schließlich mit einem Schulterzucken.

»Ist das nicht verwirrend?« Ich sah mich um und nahm meine Umgebung zum ersten Mal genauer unter die Lupe. Wir befanden uns in einer Seitengasse, die mit einer Mauer endete, die mindestens drei Meter maß. Außer einem Haufen vergessener Ziegelsteine befand sich hier nichts weiter. Wo war der Typ so plötzlich hergekommen?

»Ich weiß nicht. Bis jetzt nicht. Bist du verwirrt?«

»Was?« Ich wandte mich ihm wieder zu, meine Frage hatte ich bereits völlig vergessen.

»Ob du verwirrt bist?« Er runzelte die Stirn.

»Nein, natürlich nicht. Warum sollte ich, wo doch dieser ganze Abend *so herrlich viel Sinn ergibt*?« Ich wurde zum Ende hin immer lauter und warf frustriert die Arme in die Luft.

»Also gut, jetzt bin *ich* verwirrt. Bist du sicher, dass es dir gut geht?«

»Vergiss es.« Seufzend rieb ich mir über die Augen. »Danke noch mal für«, ich gestikulierte zu der Gestalt am Boden, »das da.« Was ich jetzt dringend wollte, war, aus dieser Gasse zu verschwinden, die Sicherheit von Menschen um mich herum zu spüren und herauszufinden, wo, zum Teufel, ich eigentlich war. Oder *wann*. Auch wenn das immer noch völlig verrückt klang.

Ich trat einige langsame Schritte nach vorn, aber Oskar machte keine Anstalten, mich aufzuhalten.

»Wo kommst du eigentlich her?«, rief er mir nach, als ich fast das Ende der Gasse erreicht hatte.

»London.«

»Noch nie von gehört.«

Ich schnaubte leise. »Ja, *das* kann ich mir denken.«

Kapitel 4

Glücklicherweise mündete der Weg schon bald wieder in eine breitere Straße. Priorität eins war jetzt, einen Platz zum Schlafen zu finden. Ich sah mich um, doch außer einem bereits geschlossenen Blumenladen und einem Schneider, in dessen Schaufenster ausladende Ballkleider in grellem Gelb ausgestellt waren, gab es nichts weiter zu entdecken.

»Und was macht ein Mädchen aus London hier mitten in der Nacht allein auf der Straße, gekleidet wie eine Dirne?«

Ich stolperte zurück, als Oskar scheinbar aus dem Nichts elegant vor mir auf der Straße landete. Einige Passanten warfen uns neugierige Blicke zu. Ich verengte die Augen, als seine Worte durch den Schock zu mir durchdrangen. »Gekleidet wie *was*?«

»Dirne«, wiederholte er hilfsbereit. »Oder auch Hure, Kurtisane … *Liebesdienerin*?« Er wackelte mit den Brauen.

»Du …« Ich schüttelte den Kopf und drängte mich an ihm vorbei.

Er lief einfach rückwärts vor mir her. »Das sollte keine Beleidigung sein. Lediglich eine Frage. Keine Wertung meinerseits. Nicht, dass du glaubst, ich würde denken, deine Kleidung hätte irgendwas mit gerade eben zu tun. Da hättest du auch einen Kartoffelsack tragen können. Die Stadt ist eigentlich recht sicher, aber ein paar Exemplare seiner Art verirren sich leider ab und zu hier her. Er wird es nicht noch mal tun.«

»Will ich es wissen?«

»Was jetzt mit ihm passieren wird?« Jegliche Spur von Amüsement verschwand aus Oskars Zügen. »Vermutlich eher nicht.«

»Na gut.« Ich zupfte das inzwischen etwas lädierte schwarze Kleid zurecht. Zeit für einen Themenwechsel, denn ihn zu ignorieren, brachte mich offenbar nicht weiter. »Vielleicht bin ich ja genau aus diesem Grund hier. Für Dirnen-Dinge.«

Das brachte mir nur ein Schnauben ein. »Bist du nicht.« Oskar ging jetzt neben mir her und musterte mich neugierig.

»Woher willst du das wissen?«

»Ich weiß es eben.«

»Dann hast du also Erfahrungen mit *Liebesdienerinnen*, ja?«

»Ich kenne jeden in der Stadt, der seine Dienste dem horizontalen Gewerbe verschrieben hat.« Als er meinen Blick bemerkte, fügte er hastig hinzu: »Nicht auf die Weise. Wir arbeiten manchmal zusammen.«

Ich hob abwehrend die Hände. »Noch eine Sache, die ich gar nicht wissen will.«

»Du hast meine Frage nicht beantwortet.«

Ich zögerte. Unsicher, wie viel ich einem völlig Fremden anvertrauen konnte. Einem völlig Fremden, der gerade, ohne mit der Wimper zu zucken, einen Mann zusammengeschlagen hatte, der nicht nur zwei Köpfe größer, sondern auch doppelt so breit war wie er selbst. Aber er hatte mir dabei wahrscheinlich auch das Leben gerettet.

»Ich bin aus Versehen hier.«

Oskar lachte. »Wie kommt man denn aus Versehen in eine Stadt?«

»Keine Ahnung. Schlechter Orientierungssinn?«

»Schön, du musst es mir nicht sagen. Kommst du mit?«

Verwirrt blinzelte ich ihn an. »Wohin?«

»Ich dachte bloß, dass du die Nacht nicht auf der Straße verbringen willst.« Mit einem Schulterzucken vergrub er die Hände in den Taschen seines Mantels, das Bild locker unter den Arm geklemmt. »Wir haben Platz, was zu essen und«, er deutete auf mein mitgenommenes Outfit, »meine Frau leiht dir sicher etwas Sauberes zum Anziehen. Wenn du Nein sagst, lasse ich dich in Ruhe. Versprochen.«

Ich verlangsamte meine Schritte und nahm mir zum ersten Mal Zeit, ihn genauer zu betrachten. Unordentliche, aschblonde Haare, graue Augen, die mich mit einer Mischung aus Neugierde und Belustigung musterten, und der Ansatz eines verschlungenen Tattoos, das sich gerade noch unter dem Ausschnitt seines schwarzen Hemdes zeigte.

»Du hast eine Frau?«

»Na ja, so etwas in der Art. Sag ihr lieber nicht, dass ich das gesagt habe.«

»Sie ist doch freiwillig bei dir, oder?« Die Frage war mir herausgerutscht, bevor ich sie aufhalten konnte, doch Oskar lachte nur.

»Aber natürlich. Ich klaue Bilder, keine Menschen. Pass auf.« Er trat ein paar Schritte zurück. »Ich werde jetzt gehen. Langsam. Und wenn du beschließt, heute Nacht nicht draußen sein zu wollen, kommst du einfach hinterher, ja?« Er ließ mir keine Zeit zu antworten, sondern drehte sich um und schlenderte entspannt die Straße entlang. Unsicher auf meiner Unterlippe kauend, sah ich ihm hinterher. Irgendwo in der Dunkelheit ertönte ein Rascheln und ich zuckte zusammen. Mein Blick flackerte wieder zu Oskars sich langsam entfernender Gestalt, dann zurück zu der ansonsten verlassenen Gegend. *Ach, scheiß drauf.* Nicht sicher, ob ich gerade mein Todesurteil unterschrieb, eilte ich ihm nach.

»Gute Entscheidung.«

»Ich kann Karate.« Konnte ich nicht.

Er hob amüsiert eine Augenbraue. »Keine Ahnung, was das sein soll, aber wie schön für dich.«

Ich betrachtete Oskar nachdenklich, während ich ihm durch die Straßen dieser seltsamen Stadt folgte. Er musste nie zweimal über den Weg nachdenken, zögerte auch nicht eine Sekunde, bevor er uns durch enge Gassen und halb verborgenen Durchgänge führte. In seiner dunklen Kleidung verschmolz er perfekt mit der Nacht um uns herum.

»Ist das deine normale Abendbeschäftigung?«, fragte ich.

»Meistens. Manchmal überfalle ich auch Banken.« Er lachte, als ich ihn erschrocken ansah. »Das war ein Scherz.«

Ich nickte wenig beruhigt. Wenn überhaupt warfen seine Antworten mehr Fragen auf, als sie lösten.

Schnell hatten wir die geschäftigen Straßen der Stadt hinter uns gelassen. Die meisten Häuser maßen hier nicht mehr als zwei Stockwerke und hatten kleine Gärten, in denen vereinzelt Hühner gackerten. Ich fragte mich gerade, wie lange wir noch gehen mussten und ob er mich womöglich aus der Stadt herausführen würde, als Oskar vor einem heruntergekommenen Gebäude stoppte, dessen brettervernagelten Fenster wenig einladend wirkten. Ein schief hängendes Schild zeigte einen verwaschenen Namen, den ich nicht mehr entziffern konnte. Es musste sich wohl einst um einen Gasthof gehandelt haben, war jetzt aber nur noch eine Ruine.

»Du willst, dass ich mit dir *da* reingehe?«

»Nicht hinein.« Oskar ging um das Gebäude herum, bis wir eine verwitterte Holztür erreichten. »Hinunter. Oben wohnt ein verwirrter alter Hexer. Er ist ein bisschen schräg, aber er lässt uns günstig hier leben und hält den Mund.« Oskar hielt inne, als er merkte, dass ich ihm nicht mehr folgte. »Kommst du?«

»*Hexer*?«, wiederholte ich perplex.

»Keine Sorge. Der praktiziert kaum noch, und wenn, nur kleine Sachen. Du wirst es gar nicht merken.«

»Hast du gerade wirklich *Hexer* gesagt?« Meine Stimme klang einige Oktaven höher als normal. »Jemand, der *wirklich* mit Magie zu tun hat?«

Oskar runzelte die Stirn. »Ja. Aber wie gesagt: Er lässt vielleicht seine Kürbisse schneller wachsen oder zündet mal ein kleines Feuer an. Nichts, das Auswirkungen auf dich hätte.«

Die Welt drehte sich schon wieder viel zu schnell. Das tat sie im Moment gern. Aber das machte die Zeitreisetheorie dann wohl zunichte.

»Hast du vor, die ganze Nacht hier zu stehen?«, zog Oskars Stimme mich aus dem Strudel meiner Gedanken.

»Nur mal so nebenbei …« Unsicher zupfte ich an einer Haarsträhne, die selbst in der nur dämmrig beleuchteten Straße rot schimmerte. »Ich werde doch nicht auf einem Scheiterhaufen enden oder so?«

Zum ersten Mal in dieser Nacht war Oskar es, der mich verwirrt ansah. »Wieso sollte das passieren?«

»Keine Ahnung? Könnte ja sein.«

»Ist das«, begann er und sah dabei aus, als sei er nicht sicher, wie genau er die Frage formulieren sollte, »etwas, das in deinem Land häufiger geschieht?«

»Nicht mehr?«

»Allmählich frage ich mich, ob nicht eher *ich* Angst vor *dir* haben sollte.« Kopfschüttelnd öffnete er die Tür und deutete mir an, zuerst hindurchzutreten. Eine steile Holztreppe führte circa zwanzig Stufen nach unten, wo sich eine weitere Tür befand. Ich zwang mich, einen Fuß vor den anderen zu setzen, und betrat vorsichtig die erste der knarrenden Stufen, eine Hand an der Wand, um nicht abzurutschen. Ohne Vorwarnung entzündeten sich kleine Fackeln an den Wänden. Ich zuckte erschrocken zusammen. Nichts weiter passierte, weshalb ich noch einen Schritt wagte. Als ich mich der zweiten Tür nährte, drangen Stimmen zu uns hinauf, die sich mit dem Lachen einer Frau mischten.

Ich drückte die Tür auf und sofort schlugen uns Wärme und der Geruch nach Essen entgegen. Der Raum war nicht besonders groß, aber er bot Platz für einen Tisch aus dunklem Holz, mehrere nicht zusammenpassende Stühle und einen steinernen Kamin an der gegenüberliegenden Wand. Zwei Männer saßen an dem

Tisch, auf dem Boden neben dem Kamin eine junge Frau, die eine Sammlung verschiedenster Pflanzen vor sich ausgebreitet hatte und sie zu Sträußen band. Sie hatte sich schon halb erhoben, als ich hörte, wie Oskar hinter mir durch die Tür trat.

»Oh, du bist es.« Ihre Haltung entspannte sich sichtlich, dennoch ließ sie mich nicht aus den Augen. Es bedurfte eines beherzten Stupsers in den Rücken, damit ich weiter nach vorn ging und Oskar die Tür hinter uns schließen konnte.

»Hey, Reyes!«, rief einer der Männer, den ich ebenfalls auf etwa mein Alter schätzen würde. Die Beine hatte er auf der Holzoberfläche des Tisches abgelegt, seine blonden Locken fielen ihm wirr ins Gesicht. »Hatten wir uns nicht geeinigt, keine Streuner mehr mit nach Hause zu bringen?«

»Halt die Klappe, Will.« Oskar wandte sich an mich. »Ignorier ihn einfach. Das machen wir auch.«

»Wohnt ihr alle hier?«, fragte ich und sah mich genauer um. Trotz der mehr als merkwürdigen Situation konnte ich nicht das Gefühl der Behaglichkeit abschütteln, das dieser Ort verströmte. Mehrere Schuhe standen unordentlich neben der Tür. Über den Lehnen der Stühle hingen achtlos Mäntel und auf einem gefährlich schief stehenden Herd blubberte ein Topf vor sich hin, auf den keiner wirklich zu achten schien. Neben Will saß ein weiterer Mann, die Hand in den dunklen Haaren vergraben und die gesamte Aufmerksamkeit auf ein Buch gerichtet, so, als interessiere es ihn kein bisschen, was um ihn herum passierte.

»Wohnen und arbeiten.« Oskar grinste stolz. »Willkommen im Unterschlupf der Untergrundbewegung.«

Die Frau am Kamin schnaubte, woraufhin Oskar ihr einen bösen Blick zuwarf.

»Ihr seid zu dritt. Drei Leute sind keine Bewegung«, sagte sie ungerührt.

»Na, mit dir sind wir immerhin vier.«

»Vergiss es. Ich wurde gegen meinen Willen mit da reingezogen. Ich passe nur auf, dass du und die zwei Chaoten da hinten sich nicht aus Versehen umbringen.«

»Du weißt schon, dass wir dich hören können?« Der namenlose Mann runzelte mürrisch die Stirn, doch die Frau schenkte ihm nur ein unschuldiges Lächeln.

»Ich hab dich auch lieb.«

»Schön. Dann willkommen im Unterschlupf der beginnenden Untergrundbewegung.« Oskar fuchtelte ungeduldig mit der Hand und schubste mich weiter in den Raum hinein. »Freya, könntest du ihr was zum Anziehen leihen?«

»Sicher.« Freya stand auf und bedeutete mir mit einem Nicken, ihr zu folgen, während sie sich im Gehen getrocknete Pflanzenreste von den Kleidern klopfte.

Oskar hatte sich zu den beiden Männern an den Tisch gesetzt und beachtete mich nicht mehr. Fantastisch … Wo war ich da nur hineingeraten?

Stumm folgte ich Freya eine weitere Treppe hinunter und durch einen Flur in ein kleines Zimmer. »Du kannst hier schlafen. Ich komme gleich wieder«, sagte sie und war verschwunden, bevor ich antworten konnte.

Ich seufzte und setzte mich auf die Bettkante. Langsam machten sich die Strapazen der letzten Stunden bemerkbar. Meine Schultern schmerzten, meine Hand brannte und in mir hatte sich eine hartnäckige Übelkeit festgesetzt. Ich rieb mir übers Gesicht und zwang mich, wach zu bleiben, indem ich meine Umgebung in Augenschein nahm. Das Zimmer hatte steinerne Wände und befand sich so weit unter der Erde, dass es keine Fenster gab. Die Einrichtung war schnell erfasst: das Bett, auf dem ich saß, ein Nachttisch mit einer Kerze, deren Licht gespenstische Schatten an die Decke warf, und eine hölzerne Kommode auf der gegenüberliegenden Seite. Ich konnte es nicht mit Sicherheit sagen, aber glaubte, dass auch diese Flamme erst in dem Moment zu brennen begonnen hatte, als wir durch die Tür getreten waren.

»Die kannst du haben«, riss Freyas Stimme mich aus meinen

Gedanken. »Du bist etwas größer als ich, aber das wird schon gehen.«

Ich murmelte ein »Danke« und betrachtete die Sachen. Sie waren schlicht. Hemd und Hose aus Leinen, doch sie sahen tatsächlich aus, als sollten sie mir passen.

»Was ist da passiert?«, fragte Freya und deutete auf meine Hand.

»Was?« Ich blickte nach unten. »Oh.« Meine Knöchel waren aufgeplatzt und Reste von vertrocknetem Blut klebten daran. »Sagen wir einfach, meine erste Begegnung in der Stadt lief nicht so gut ab.«

»Ich hoffe, du hast ihn wenigstens gut erwischt?«

»Na ja, dein Mann hat das meiste gemacht.«

Freya erstarrte. Dann presste sie die Lippen zusammen und hob ganz langsam eine Braue. »Mein *was*?«

»Oh, tut mir leid«, erwiderte ich hastig. »Er sagte nur, seine Frau könne mir Sachen leihen und da dachte ich, du … Na ja.« Ich zuckte unsicher mit den Schultern, während meine Stimme langsam erstarb.

»Ich werde ihn umbringen.« Freya schoss einen giftigen Blick in die Richtung, aus der die leisen Stimmen der Männer zu uns hinunter drangen.

»Dann seid ihr nicht …?«

»Verheiratet? Bei den Göttern, nein! Wir schlafen manchmal miteinander, ja, aber ich bin nicht so dumm, diesen Kerl zu heiraten. Nicht, dass er das überhaupt wollen würde, natürlich.«

»Ich … ähm, das ist … schön für euch?«, stotterte ich. Was sollte man auf eine solche Aussage auch sonst erwidern?

Freya lachte und ersparte mir weitere Worte, indem sie in dem angrenzenden Badezimmer verschwand. Wasser rauschte, dann kehrte sie mit einem feuchten Tuch zurück und begann, das Blut von meiner Hand zu wischen.

»Fließendes Wasser«, murmelte ich nachdenklich und erntete dafür nicht den ersten schrägen Blick an diesem Abend.

»Also.« Freya verteilte eine schwach nach süßen Blumen duftende Paste auf meinen Fingern. Sie fühlte sich angenehm kühl an. »Scheint weder gebrochen noch verstaucht zu sein. In ein paar Tagen merkst du davon nichts mehr.«

»Du scheinst dich damit auszukennen?«

»Mein Vater ist Heiler. Er bringt mir sein Handwerk bei. Und bei denen da oben«, sie nickte in Richtung Treppe, »bekomme ich mehr als genug Übung.«

»Danke«, murmelte ich zum gefühlt hundertsten Mal binnen weniger Stunden. Ich hatte so viele Fragen, aber die Müdigkeit, die mich erfasste, seit ich mich aufs Bett gesetzt hatte, machte es mir schwer, meine Gedanken zu ordnen. Die Welt wirkte zunehmend wie in Watte gepackt.

Freya runzelte die Stirn und hielt meine Hand in das Licht der Kerze, die neben dem Bett stand. »Das scheint aber nicht von einem Schlag zu kommen.«

»Nein.« Ich verengte die Augen und betrachtete das feine rote Band, das sich um meinen Finger wand.

»Hast du dich verbrannt?«

Ich schüttelte den Kopf. »Aber ich hatte vorhin einen Ring um. Vielleicht ist das eine allergische Reaktion auf das Metall.«

»Ja, vielleicht«, murmelte Freya und klang dabei wenig überzeugt. »Woher kommst du noch mal?«, fragte sie dann beiläufig, während sie den Lappen zurück ins Badezimmer brachte.

»Von weit her, wie es aussieht«, antwortete ich leise und sank seufzend in die weichen Kissen. Ich wollte noch etwas sagen, doch es war mir entfallen, bevor ich eine Chance hatte, den Gedanken zu greifen. Falls Freya zurückkam, bemerkte ich es nicht. Mein Körper war zu erschöpft, um den Schlaf noch länger fernzuhalten.

Kapitel 5

Als ich am nächsten Morgen in die Küche kam, waren weder Oskar noch Freya zu sehen. Nur die beiden Männer vom Vorabend saßen an dem großen Tisch. Will hatte sich in seinen Stuhl gelümmelt und ließ die Beine über die Lehne baumeln. Der Dunkelhaarige, dessen Namen ich noch nicht kannte, saß vor einer Leinwand und zeichnete mit konzentrierter Miene feine Striche.

»Morgen.« Der Türrahmen stellte eine sehr verlockende Stelle dar, um stehenzubleiben.

»Oh, unser Streuner.« Will richtete sich auf, aber er zwinkerte mir zu und nickte zum Tisch. »Frühstück?«

»Danke.« Ich nahm ein rundes Gebäckstück und betrachtete es ratlos. Schließlich zuckte ich mit den Schultern und zupfte einen Happen ab. Was immer es war, schmeckte süß, war innen warm und weckte meinen Hunger. »Wo ist Oskar?«

»Keine Ahnung«, antwortet Will leichthin.

»Okay.« Ich wollte gerade ein weiteres Stückchen Teig abzupfen, als ich die Aufmerksamkeit des Dunkelhaarigen auf mir spürte. »Was?«

Er verengte die Augen. »Du bist seltsam.«

»Ähm, danke?«

Er grunzte und wandte sich dann wieder seinem Bild zu.

Will lachte. »Matt braucht etwas, um aufzutauen.«

»Okay«, sagte ich erneut und setzte mich dann auf die Kante

des nächsten Stuhls. Neugierig lehnte ich mich vor, um mir Matts Arbeit anzusehen. Das Bild stand erst zur Hälfte, aber es schien sich um eine weite Landschaft zu handeln, die von einem blau glitzernden Fluss durchbrochen wurde. Rote und gelbe Wildblumen wuchsen an seinem Ufer, im Hintergrund war die Silhouette der Berge zu erkennen. »Das ist beeindruckend.«

»Es ist eine Fälschung. Matt malt es, Oskar tauscht es aus und ich verkaufe dann das Original. Arbeitsteilung.« Will schob mir das Buch zu, in das Matt gestern Abend so vertieft gewesen war. Und tatsächlich befand sich eine Abbildung des Gemäldes auf der aufgeschlagenen Seite, begleitet von einem kurzen Text, der einen Künstler und eine Stadt benannte. Von beidem hatte ich noch nie etwas gehört. Bevor ich die wenigen Zeilen vollständig lesen konnte, wurde das Buch weggezogen und mit einem Knall zugeschlagen, der von den steinernen Wänden widerhallte. Ich sah gerade rechtzeitig auf, um mitzubekommen, wie Matt Will einen finsteren Blick zuwarf.

»Was denn?« Der Blonde lehnte sich lässig in seinem Stuhl zurück. »Sie wusste doch eh schon die Hälfte.«

»Heißt ja nicht, dass du ihr die andere auch noch erzählen musst. Du und Oskar, ihr werdet beide dafür sorgen, dass wir in einem Verlies landen.«

Will winkte ab und stand auf. Ich beobachtete, wie Matt kopfschüttelnd den Pinsel in ein kleines Gefäß mit gelber Farbe tauchte. Eine weitere Wildblume fand ihren Platz neben dem Fluss, wobei seine groben Pinselstriche so gar nicht zu den feinen Details passen wollten.

»Wenn es dich beruhigt«, begann ich zögernd, »ich habe nicht vor, irgendjemanden zu verraten.«

»O ja. Sehr beruhigend, Mädchen, das ich seit fünf Minuten kenne.«

Ich wollte etwas erwidern, doch das Öffnen der Tür ersparte mir weitere Worte. Erleichtert atmete ich auf, als Oskars unordentlicher Haarschopf zum Vorschein kam.

»Du bist noch da.« Er warf seinen Mantel über einen Stuhl.

»Wo hätte ich schon hingehen sollen?«

Oskar schnappte sich zwei der süßen Brötchen und steckte eines komplett in den Mund. »Tja. Matt hier lässt viele die Flucht ergreifen.« Er klopfte seinem Kumpel auf die Schulter.

Matt zeigte ihm den Mittelfinger, ohne von seiner Leinwand aufzublicken.

»Also ich glaube, wenn ich jetzt noch nicht weggerannt bin, werde ich es so schnell auch nicht tun.« Nicht dass es einen Ort gäbe, den ich aufsuchen konnte. Die bittere Erkenntnis nahm mir jeglichen Appetit und ich legte mein Frühstück beiseite.

»Also.« Oskar ließ sich mir gegenüber auf einen Stuhl fallen. »Felicity …«

»Fel«, korrigierte ich automatisch. Ich mochte die volle Version meines Namens nicht besonders. Die Schuld daran trug nicht unerheblich meine Mum und ihre Abneigung gegen Grandma. Außerdem hatte Ren als kleines Kind immer Probleme mit der Aussprache gehabt, also war aus meinem vollen Namen Fel geworden. Mit einem kurzen E. Damals hatten wir es lustig gefunden, heute war es, als sei es immer mein Name gewesen. Aber – Ich starrte zu Oskar, der mich mit einer ruhigen Neugierde beobachtete. »Woher kennst du meinen Namen?«

»War geraten.« Er grinste, riss ein Stück Brötchen ab und warf es sich gekonnt in den Mund. »Aber du hast gerade eine Vermutung bestätigt.«

»Und die wäre?«

»Weißt du, in dieser Stadt wimmelt es von Leuten, die ganz begierig darauf sind, ihre Informationen zu teilen, wenn man ihnen nur die richtige Motivation liefert.« Er lehnte sich vor und senkte verschwörerisch die Stimme. »Vor ein paar Tagen kam mir zu Ohren, der Kronprinz lasse im ganzen Land nach einer Felicity suchen. Alles streng geheim natürlich. Da tauchst du gestern wie aus dem Nichts auf und – nimm es nicht persönlich –, du benimmst dich echt seltsam.«

Ich setzte mich gerader hin. »Was?«

Oskar legte den Kopf schief. »Ihr kennt euch nicht zufällig?«

»Natürlich nicht! Ich kenne niemanden in dieser Stadt. Oder in diesem Land. Außerdem gibt es ja wohl mehr als eine Felicity hier.« Sollte das ihn überzeugen oder eher mich selbst? Und wäre es nicht gut, jemanden zu haben, der offenbar mehr über das wusste, was vorgefallen war?

»Ich hielt es auch für einen kuriosen Zufall«, fuhr Oskar fort. »Bis Freya mir davon erzählt hat.« Er tippte auf das rote Band, das sich hartnäckig an meinem Ringfinger hielt.

Ich inspizierte meine Hand. »Was ist damit?« Was immer Freya gestern auf die Verletzung getan hatte, es hatte sämtliche Rötungen, Kratzer und Abschürfungen geheilt. Nur das nicht.

»Das ist ein magisches Mal. Eine Art Brandwunde, die entsteht, wenn ein magischer Gegenstand sich mit einem Körper verbindet.« Oskar sah mich forschend an. »Solche Gegenstände sind selten. So richtig selten. So sehr, dass ein Prinz durchaus Interesse daran haben könnte.«

»Nicht nur er«, mischte sich Will in das Gespräch ein. »Viele in der Stadt könnten Interesse an dir entwickeln.«

»Der Ring meiner Großmutter«, murmelte ich abwesend. Es war unmöglich … und doch die einzige Möglichkeit.

»Wo ist er überhaupt?«

»Wer?«

Will hob eine Braue. »Der Ring?«

»Den …« Mit einem Stöhnen kniff ich die Augen zusammen. »Den hab ich nicht mehr.«

»Das ist nicht dein Ernst?«

»Ich habe ihn den Wachen am Tor gegeben, damit sie mich in die Stadt lassen.« Mit einem Mal überkam mich der übermächtige Drang, den Kopf in den Armen zu vergraben und zu weinen.

Matt tat mir – vermutlich unabsichtlich – den Gefallen, mich vor diesem Gefühlsausbruch zu bewahren, indem er endlich den Pinsel beiseitelegte und fragte: »Wie lange bist du schon hier?«

»Seit gestern Abend. Im einen Moment war ich in einem Park in der Nähe meiner Wohnung und im nächsten draußen vor der Stadt. Ich weiß, wie das klingt, aber –«

»Wie kann der Prinz dich dann schon seit Tagen suchen?«, unterbrach er mich ungerührt.

»Ich weiß es doch nicht!« Frust regte sich in mir, auch wenn die Frage durchaus ihre Berechtigung hatte. Wie konnte dieser Prinz, Tage bevor es – wobei auch immer es sich hier handelte – passiert war, davon gewusst haben?

»Vielleicht sollte sie mit Liam sprechen.«

Dankbar für die Ablenkung drehte ich mich zu Freya um, die in diesem Moment die Küche betreten hatte. »Wer ist Liam?«

»Mein Cousin. Und eine Art Experte für alles Magische. Vielleicht ist das hier wirklich ein riesiger Irrtum.« Sie stellte einen Korb mit frischen Kräutern auf dem Tisch ab und setzte sich neben Oskar, der zur Seite rückte, um ihr Platz zu machen.

»Ich sage es zwar nicht gern«, gab er mit einem Seufzen zu, »aber das wäre vermutlich tatsächlich eine gute Idee.«

»Sehr gut, ich habe ihm nämlich gestern noch geschrieben, dass du vorbeikommst.«

Abrupt sah er auf. »Wieso denn ich?«

»Weil ich heute viel zu tun habe.«

»Und das ist mein Problem, weil …?«

Freya lächelte süß. »Hast du mich gestern als deine Frau vorgestellt?«

Oskar verschluckte sich an seinem Brötchen und hustete. Freya sah ihn geduldig an.

»Fein«, gab er mit einem Knurren zurück. »Ich bringe sie zu Liam. Dann kann er uns auch gleich bei etwas helfen.«

»Bitte, zieh ihn nicht in einen deiner Pläne hinein.«

»Keine Sorge, noch ist es gar kein Plan.« Oskar stand schwungvoll auf, schnappte sich seinen Mantel und nickte mir auffordernd zu. »Kommst du?«

»Was, jetzt?«

»Ja?«

»Na schön.« Ich steckte mir den Rest meines Frühstücks in den Mund und stand ebenfalls auf. »Woher nimmt er nur diese Energie?«

Freya zuckte mit den Schultern und begann ihre Kräuter auf dem Tisch auszubreiten. »Habe ich schon vor Jahren aufgehört zu fragen.«

Im hellen Sonnenlicht wirkte die Stadt deutlich weniger bedrohlich, als sie es noch in der letzten Nacht getan hatte. Die Straßen waren voller Menschen, die meisten davon in einfacher Kleidung, wie ich sie selbst trug. Hin und wieder blitzte ein mit Juwelen besetztes Kleid oder die Goldverzierung eines Ärmelaufschlags in der Menge auf.

Wir überquerten einen kleinen Marktplatz, auf dem sich Stand an Stand drängte, jeder überladen von Obst, Gemüse und Gewürzen in kleinen Körbchen. Ein süßlicher Geruch lag in der Luft. Ich hätte mich gern genauer umgesehen, doch Oskar ging so zielstrebig durch die Menschenmassen, dass ich mich beeilen musste, um mit ihm Schritt zu halten. So elegant er in der Dunkelheit mit den Schatten verschmolz, so hielt er am Tage den Kopf gesenkt und die Hände in den Hosentaschen vergraben.

»Was macht diesen Liam denn nun zum Experten?«, fragte ich, als wir den Markt hinter uns gelassen hatten und durch eine ruhigere Gegend liefen. Hier war deutlich weniger auf den Straßen los, dafür floss ein plätschernder Fluss neben dem Weg entlang.

»Warte es ab.«

»Na schön.« Ich sah Oskar forschend von der Seite an. »Und warum magst du ihn nicht?«

»Wer sagt, dass ich ihn nicht mag?«

»Dein Gesichtsausdruck?«

»Sagen wir einfach, wir haben unsere Differenzen.« Irgendwo

zwischen dem Unterschlupf und hier hatte Oskar seine unbeschwerte Art verloren. Ich war mir nicht sicher, wie ich mit seiner neuen, wortkargen Version umgehen sollte. Also folgte ich ihm schweigend durch die Stadt, die doch um einiges größer war, als ich gestern geahnt hatte. Eine breite Hauptstraße führte geradeaus von dem Tor weg, durch das ich gekommen war. Doch die angrenzenden Seitenstraßen schienen keinem einheitlichen System zu folgen, sodass ich drei Abbiegungen später vollends die Orientierung verloren hatte. Lediglich die Aufmachung der Häuser gab einen Anhaltspunkt, wo wir uns befanden. Waren sie im Kern mehrstöckig mit flachen Dächern, so wurden sie Richtung Stadtrand kleiner, standen weiter auseinander und waren zunehmend mit winzigen Vorgärten ausgestattet. Auch die Mauern wechselten von grobem Stein zu Holz und Giebeldächern aus roten Ziegeln. Unordentliches Gras säumte den schmaler werdenden Weg, übersäht von kleinen blauen Blumen, die trotz des Herbstes in voller Blüte standen. Erst jetzt fiel mir auf, dass die Jahreszeit das Einzige zu sein schien, das unverändert geblieben war. Dem rot gefärbten Laub der Bäume nach zu urteilen, war es jedenfalls auch hier später Oktober. Oder der entsprechende Monat. Ich wollte Oskar gerade fragen, als er vor einer hellen Holztür stehen blieb und mit der Faust dagegen schlug. Das Geräusch hallte laut durch den herbstlichen Frieden.

Der junge Mann, der wenige Sekunden später vor uns stand, blinzelte verwirrt, als er uns erblickte. »Was tust du hier?«, fragte er, ohne mich zu beachten.

Das musste Liam sein. Seine Haare waren von dem gleichen dunklen Braun wie seine Augen und standen wild ab, als sei er einmal zu oft mit den Händen hindurchgefahren. An Nase und Wange hatte er einige verschmierte Tintenkleckse, vermutlich von der Feder stammend, die achtlos hinter sein Ohr geklemmt war.

»Hat Freya dir nicht geschrieben oder hast du das Lesen verlernt?«, fragte Oskar gelassen.

Liam verengte die Augen. »Ich dachte, Freya würde mit ihr herkommen.« *Ihr* meinte dann wohl mich. »Lässt du sie jetzt nicht mehr zu ihrer Familie?«

Ich stutzte. Es hatte bis jetzt nicht den Eindruck gemacht, als würde Oskar seiner Freundin – oder was auch immer – irgendetwas vorschreiben können.

Dieser schenkte Liam jedoch nur ein müdes Lächeln. »Du wirst mit mir vorliebnehmen müssen.«

»Na, von mir aus.« Der Dunkelhaarige trat zur Seite und wir folgten ihm ins Innere.

Der Raum, in dem wir nun standen, schien Küche und Wohnzimmer in einem zu sein. Hohe Regale, vollgestopft mit Büchern, säumten die Wände und im Kamin loderte trotz des lauen Vormittages ein Feuer.

»Entschuldige«, wandte sich Liam jetzt an mich und streckte mir seine Hand entgegen. »Freya sagte, dass ich dir eventuell helfen könnte.« Seine Finger waren rau und schwielig, sein Händedruck fest. »Setzt dich.«

Ich warf ihm ein kurzes Lächeln zu und nahm auf einem Stuhl an einem kleinen Tisch Platz, der über und über mit aufgeschlagenen Büchern und Pergamentrollen übersät war. Oskar lehnte sich mit grimmiger Miene an die Wand, die Arme vor der Brust verschränkt.

»Du bist also derjenige, der sich mit Magie auskennt?«, fragte ich, die offensichtliche Spannung im Raum ignorierend.

»So kann man es auch ausdrücken. Zeig deine Hand mal her.«

Gehorsam streckte ich sie aus, Liam nahm sie zwischen seine.

»Interessant«, murmelte er abwesend und ich fragte mich, ob er irgendetwas sehen konnte, das mir verborgen blieb, als sich ein Kribbeln auf meiner Haut ausbreitete. Ich keuchte erschrocken auf. »Entschuldige, ich hätte dich vielleicht vorwarnen sollen.«

»Vorwarnen vor was?«

»Habe ich vergessen, das zu erwähnen?« Oskar betrachtete betont gelangweilt seine Fingernägel. »Er ist Magier.«

»Du …« Ich sah wieder zu Liam, der mich unsicher ansah. »Wirklich?«

Zur Antwort hob er nur die Hand und ließ eine kleine Flamme über seine Finger tanzen.

»O mein Gott. Zeig mir noch was!« Aufgeregt rutschte ich auf meinem Stuhl nach vorn, was Liam zum Lachen brachte.

Eine leichte Drehung seines Handgelenks später verwandelte sich die Flamme in einen Funkenschauer, der in die Luft stieg und in sanften Spiralen um meinen Körper kreiste. Ich stupste einen der leuchtenden Punkte an und beobachtete atemlos, wie er aus der Reihe tanzte, einen Bogen vollführte und dann elegant an seinen Platz zurückkehrte. Es war völlig unglaublich, wunderschön und verrückt. Völlig verrückt.

Oskar murmelte irgendwas, das wie *Angeber* klang, aber ich beachtete ihn nicht weiter und sah stattdessen zu Liam, der noch immer lächelte. »Was?«

»Nichts.« Er schüttelte den Kopf und die Funken schwebten zu Boden, wo sie schließlich erloschen. »Es ist nur so, dass man heutzutage nicht mehr oft Menschen trifft, die der Magie ohne Angst begegnen.« In seinem Blick lag eine tiefe Traurigkeit und Resignation, die so gar nicht zu dem jungen Gesicht passen wollte.

»Wieso nicht?«

Nach einem kurzen Zögern zuckte er mit den Schultern. »Wir haben doch alle unsere Vorurteile, nicht wahr?«

Es begann langsam frustrierend zu werden, dass niemand in dieser Stadt in der Lage war, eine Antwort auf eine Frage zu geben, die nicht noch mehr Rätsel aufwarf. Aber ich fragte nicht weiter. Es erschien unangemessen, ihn zu drängen, wo ich ihn doch erst seit fünf Minuten kannte.

»Also«, wechselte er das Thema, »was genau ist passiert?«

Ich biss mir auf die Unterlippe und versuchte, die Ereignisse der letzten vierundzwanzig Stunden zusammenzufassen, ohne dabei irgendetwas zu vergessen. Je länger ich redete, desto mehr begannen Liams Augen zu funkeln. Aufgeregt trommelten seine Finger auf der Tischplatte.

»Das ist faszinierend«, murmelte er, kaum dass ich zu Ende geredet hatte. »Äußerst faszinierend.« Ohne ein weiteres Wort der Erklärung ging er hinüber zu einem der überquellenden Regale und zog zielsicher ein dickes, in Leder gebundenes Buch hervor. Staub wirbelte auf, als er es auf den Tisch warf und fahrig durch die vergilbten Seiten blätterte. »Dieser Ring.« Er tippte auf eine Abbildung. »Sah er so aus?«

Ich lehnte mich nach vorn und auch auf Oskars Gesicht zeichnete sich ein widerwilliges Interesse ab.

Die Seiten des Buches waren alt und die Zeichnung, die aus wenigen gekritzelten Strichen bestand, verblasst. Dennoch war die Form der Blätter, die einen geschwungenen Zweig bildeten, und der Stein in der Mitte deutlich genug zu erkennen.

»Ich denke schon. Was genau ist das?«

Liam fuhr mit seinem Finger die Linien auf dem Pergament nach. »Ein sehr mächtiges Objekt, von dem ich bisher nicht sicher war, ob es tatsächlich existiert. Aber wenn der Ring dich hergebracht hat, ist er auch der Weg zurück in deine Welt. Du solltest –«

»Warte, warte.« Ich hob eine Hand, um ihn zu unterbrechen. »Meine *was*?«

Liam hielt inne. »Nun, was denkst du denn, was passiert ist?«

»Keine Ahnung.« Nervös knabberte ich an meiner Unterlippe. »Ich habe bisher jeden Gedanken daran vermieden, damit mein Kopf nicht explodiert.«

Liam drehte sich betont langsam zu Oskar um, der uns noch immer mit finsterer Miene beobachte. »Du hättest erwähnen können, dass sie keine Ahnung hat.«

»Bin ich hier für alles verantwortlich? Du hättest sie ja fragen können.«

Ich ballte die Fäuste. »Könntet ihr *bitte* aufhören, über mich zu reden, als wäre ich nicht da?«

Liam drehte sich rasch wieder zu mir. »Sicher, entschuldige. Ähm …« Er kratzte sich unsicher am Kopf. »Sagt dir die Viele-Welten-Theorie etwas?«

»Nein.« Frustriert rieb ich mir übers Gesicht. »Aber der Name ist doch recht selbsterklärend.«

»Ja gut, nun, du … hast sie bewiesen?«

»Fantastisch. Verzeiht mir, wenn ich diesen Erfolg etwas später feiere.« Ich vergrub den Kopf in den Händen und holte zitternd Luft. Eigentlich hatte ich es bereits vermutet, als Oskar mir von dem Hexer erzählt hatte, der über ihnen lebte. Und vermutlich hatte ich es in dem Moment sicher gewusst, als Liam Flammen aus seinen Fingern kommen ließ. Aber es hatte – nein, es *klang* noch immer lächerlich.

»Ich weiß gar nicht, was du hast«, warf Oskar ein. »Klingt doch recht lustig.«

»Wenn ich nach dem ganzen *Spaß* wieder nach Hause kann, teile ich deine Meinung vielleicht.«

»Ach, das.« Er grinste breit. »Zauberling, wenn sie den Ring den Wachen vor dem Tor gegeben hat, ist er inzwischen wo?«

»In den Schatzkammern des Königs«, antwortete Liam langsam.

Oskar nickte. »Was für ein Glück, dass ich hier bin und nicht Freya.«

Liam runzelte die Stirn. Dann schien er zu verstehen und schüttelte entschieden den Kopf. »Da mache ich nicht mit.«

»Bitte, dann mach einen besseren Vorschlag.«

»Nein. Vergiss es.«

»Was genau«, mischte ich mich ein, »verpasse ich gerade?«

»Er will, dass ich ihm helfe, ins Schloss einzubrechen.«

Oskar verdrehte genervt die Augen. »Du sollst uns doch nur durch ein oder zwei Schutzzauber bringen.«

»Nein«, wiederholte Liam mit zusammengebissenen Zähnen.

»Kann ich diesen Prinzen nicht einfach fragen, ob ich meinen

Ring zurückhaben kann?«, warf ich ein, bevor die Diskussion sich zu einem Streit entwickeln konnte.

»Auf keinen Fall!« Dieses Mal hatten Oskar und Liam gleichzeitig gesprochen und schienen mindestens ebenso überrascht davon, wie darüber, tatsächlich einer Meinung zu sein.

»Ein solcher Gegenstand sollte nicht in die Hände von Personen gelangen, die die Macht haben, ihn zu missbrauchen.« Liam setzte sich neben mich. »Magie ist ein Thema voller Misstrauen und Spannungen. Im Moment herrscht Frieden zwischen den Ländern, aber er ist zerbrechlich. Eine Erschütterung und wir könnten alle in einen Krieg stürzen.«

»Aber wenn er nach mir suchen lässt, weiß er doch eh schon davon, oder?«

»Wissen allein ist nicht immer ausreichend. Dieses Mal an deinem Finger …« Er zögerte auf der Suche nach den richtigen Worten. »Es bedeutet, dass die Magie sich dauerhaft mit deinem Körper verbunden hat.«

»*Dauerhaft* im Sinne von?«

»Für immer. Solange du lebst, kann er von niemandem sonst genutzt werden.«

»Oh.« Ich sah auf meine Hände, die unruhig mit dem Saum von Freyas Hemd spielten. Mein Herz schlug auf einmal mit doppelter Geschwindigkeit. Dann sah ich wieder zu Liam auf. »Woher weiß er überhaupt von mir?« Es war eine Frage, die seit dem Morgen pausenlos durch meinen Kopf kreiste, begleitet von hundert anderen, die mit jedem Wort, das ich hörte, immer mehr wurden. Was wusste dieser Prinz, was ich nicht wusste? Wie war meine Grandma an den Ring gekommen und war das der Grund für das Zerwürfnis zwischen ihr und meiner Mum gewesen? Ich hätte stundenlang weitermachen können, aber Liam ergriff das Wort, wobei seine Finger wieder rhythmisch auf die Tischplatte klopften.

»Es existieren durchaus Möglichkeiten, Ereignisse in Erfahrung zu bringen, bevor sie eintreffen, aber das werden wir wohl nicht herausfinden. Du solltest dich jedenfalls fernhalten. Vom Prinzen *und* vom Schloss. Ihr alle. Manche Risiken sind es nicht wert.« Beim letzten Teil sah er zu Oskar, der sich allerdings nur wenig beeindruckt zeigte.

»Ich lasse mir doch von ein paar Wahrscheinlichkeiten nicht vorschreiben, was ich zu tun habe«, sagte dieser völlig unbeeindruckt von Liams Worten.

»Dann viel Spaß in dem Verlies, in dem du landen wirst.«

»Was, wenn sie irgendwann stirbt?« Oskar stieß sich entschieden von der Wand ab. »Dann ist der Ring wieder frei und bereit, sich an den Nächsten zu binden, der ihn berührt. Willst du ihn wirklich in den Händen der Königsfamilie lassen?«

Liam war aufgestanden und ging unruhig im Raum auf und ab, während sein Widerstand sichtbar bröckelte. »Nur den Ring«, sagte er schließlich, ohne dabei allzu glücklich zu klingen. »Ich helfe dir nicht dabei, irgendetwas anderes aus dem Schloss zu entfernen.«

»Was auch immer dich nachts schlafen lässt.« Oskar zuckte mit den Schultern und wandte sich zum Gehen. »Ich lasse dir die Details zukommen.« Dann war er, ohne eine Antwort abzuwarten – oder zu riskieren, dass jemand seine Meinung änderte – durch die Tür verschwunden.

Ich stand ebenfalls auf. »Ich … Danke.«

Liam schüttelte den Kopf. »Bedank dich, wenn wir da lebend rausgekommen sind.«

Ich schenkte ihm ein schmales Lächeln, das vermutlich viel zu gezwungen wirkte, und beeilte mich dann, Oskar zu folgen, bevor ich ihn aus den Augen verlieren und niemals den Weg zurückfinden würde.

»Wie ist deine Erfahrung mit Einbrüchen?«, fragte er unvermittelt, sobald ich ihn eingeholt hatte.

»So ziemlich genau null?«

»Dann sollten wir das schleunigst ändern.«

»Ich weiß nicht.« Das Schloss zeichnete sich dunkel, fast schon schwarz gegen den strahlend blauen Himmel ab und wirkte deutlich bedrohlicher als noch eine Stunde zuvor. »Hältst du das wirklich für eine gute Idee?«

»Ich mag keine guten Ideen. Da läuft immer alles so geordnet ab, so vorhersehbar. Aber die schlechten«, seine Augen funkelten aufgeregt, »die schlechten Ideen bringen all das Chaos und den Spaß.«

Oskar wartete, bis wir an einer Gruppe Passanten vorbeigegangen waren, die aufgeregt über irgendeinen Ball plapperten. »Zwei Dinge solltest du schnell über diese Welt lernen. Erstens: Wenn du etwas erledigt haben willst, nimm es selbst in die Hand. Vertrau nicht darauf, dass dir jemand deine Probleme abnimmt. Hier ist jeder nur auf seinen Vorteil aus.«

»Du hilfst mir doch auch.«

»Oh, meine liebe Fel, mache nicht den Fehler, mein Handeln mit meinen Gründen zu verwechseln.«

»Was soll das denn schon wieder heißen?«

»Dass ich schon lange einen Weg suche, Liam dazu zu bewegen, mir bei diesem Einbruch behilflich zu sein. Du servierst mir nur gerade einen auf dem Silbertablett. Aber wen interessieren schon die Gründe, wenn das Ergebnis stimmt?« Oskar legte den Kopf in den Nacken und blinzelte zufrieden ins Sonnenlicht.

Es war besser, nicht darauf einzugehen. Im Grunde hatte er recht. Solange ich am Ende meinen Weg nach Hause in den Händen hielt, war seine Motivation für mich zweitrangig.

»Und was ist das Zweite?«, fragte ich stattdessen.

Jetzt kehrte das Grinsen auf sein Gesicht zurück. »Zweitens: Wenn dir jemand sagt, dich von etwas fernzuhalten, dann setze alles daran, genau dort hinzugelangen.«

Kapitel 6

Dunkelheit breitete sich über der Stadt aus. Ich begann mich zu fragen, ab welchem Punkt mein Leben derart aus den Fugen geraten war, während ich, eine Sprosse nach der anderen, die wenig vertrauenserweckende Feuerleiter emporkletterte. Das Metall knarrte leise, hielt ansonsten aber meinem Gewicht stand. Oskar, der zuvor wie eine Katze in den Schatten verschwunden war, streckte den Kopf über die Dachkante. Ich ergriff seine Hand und ließ mich von ihm nach oben ziehen. Einen Moment schwankte die Welt unter mir, dann fand ich meine Balance. Froh, wieder halbwegs festen Boden unter den Füßen zu haben, sprang ich von der niedrigen Mauer, die das Dach einrahmte, und sah mich um.

Das Gebäude, auf dem wir uns befanden, war mit drei Stockwerken nicht besonders hoch, aber die Straße befand sich dennoch besorgniserregend weit unten. Die Aussicht jedoch war atemberaubend. Unter uns erstreckte sich die Stadt in einem Meer aus Lichtern bis zu den Grenzen, wo die hohe Mauer die Häuser hielt wie ein Damm einen Stausee. Im Norden erhob sich hell erleuchtet das Schloss. Von hier sah es kleiner aus als vom Boden, dennoch wurde mir übel beim Gedanken daran, was wir in ein paar Stunden tun wollten.

»Komm«, flüsterte Oskar und im nächsten Moment war er schon davongehuscht. Da ansonsten keine Alternativen bestanden, unterdrückte ich einen Fluch und folgte ihm in die Schatten.

Wir befanden uns südlich vom Stadtkern in einem Viertel, das hauptsächlich Dienstgebäude beherbergte. Das wusste ich, weil Oskar mir, kaum waren wir von Liam in den Unterschlupf zurückgekehrt, eine Stadtkarte in die Hand gedrückt und gesagt hatte: »Lerne sie auswendig. Ist immer hilfreich, zu wissen, wo man sich befindet.« Dann ließ er mich allein mit Will, der in irgendein Kartenspiel gegen sich selbst vertieft war.

»Er versteht einfach nicht, dass andere nicht bloß einen kurzen Blick auf etwas werfen müssen, um es sich merken zu können«, sagte der Blonde und sah mich über den Rand seiner Spielkarten hinweg an. »Wie war es bei Liam?«

»*Interessant* fasst es wohl am besten zusammen. Was haben er und Oskar eigentlich für ein Problem miteinander?«

Will lachte. »Liam ist eben ein Bücherwurm und Os eher der praktische Typ. Ich glaube, ursprünglich ging es darum, dass Liam nicht wollte, dass er Freya in diese ganze Untergrundsache mit hineinzieht, aber inzwischen streiten sie sich wohl mehr aus Gewohnheit.« Er nahm einen von Matts Pinsel, die verlassen auf dem Tisch lagen, und zog die Stadtkarte zu sich heran. »Pass auf, im Grunde genommen ist es ganz einfach. Wir sind hier.« Er malte ein rotes Kreuz auf einen Punkt im Südwesten. »Das Schloss befindet sich in der Mitte, davon ausgehend vier Hauptstraßen zu den jeweiligen Stadttoren. Der Rest ist kreisförmig angeordnet.«

»Gerade Linien sind wohl zu viel verlangt, ja?«

»Das hat irgendwas mit den Schutzzaubern zu tun. Ich hab's auch nicht so ganz verstanden, aber Magie funktioniert anscheinend nicht so gut um die Ecke. Keine Ahnung, mir auch egal. Irgendwas haben die Magier mit ihren Kreisen.« Will hatte bloß mit den Schultern gezuckt. »Aber du kannst dich hier nicht wirklich verlaufen. Wenn du einem Weg folgst, stößt du irgendwann unweigerlich auf eine der Hauptstraßen.«

Das traf jedoch nur auf das Geschehen bei Tageslicht zu. Ohne die Sonne fehlte mir auch jeder Orientierungspunkt und es gab immerhin vier große Straßen. Oskar schien das wenig zu stören, und wenn ich mich beeilte, ihm durch das Gewirr aus Gassen zu folgen, konnte ich meine Orientierungslosigkeit gut überspielen.

»Du hast doch keine Höhenangst, oder?«, fragte Oskar jetzt und riss mich damit aus meinen Gedanken, zurück in die Gegenwart und wieder aufs Dach.

»Nein?«, erwiderte ich unsicher, ging aber vorsichtshalber einen Schritt weiter vom Abgrund weg. »Jedenfalls noch nicht. Was hast du vor?«

»Nicht nachdenken, einfach folgen.«

»Was –« Aber noch bevor ich die Frage zu Ende bringen konnte, hatte er sich umgedreht, das Dach in einem kurzen Sprint überquert und war über die Kante auf das nächste Gebäude gesprungen. Fassungslos starrte ich ihm nach.

»Was denn? Ich dachte, du hättest kein Problem mit Höhe?«

»Vielleicht sollten wir unsere Definitionen von *kein Problem* abgleichen«, gab ich bissig zurück, trat einige Schritte vor und sah vorsichtig über die Kante, nur um zurückzuzucken. Die Straße schien auf einmal schrecklich weit unten.

Oskar warf einen Blick über die Schulter. »Wir müssen noch über drei solcher Hindernisse. Wenn du bei jedem so ein Theater machst, stehen wir hier noch bei Sonnenaufgang. Also los jetzt.« Er streckte die Hand aus, entweder als Aufforderung oder um mich im Notfall auffangen zu können. Ich wollte es nicht darauf ankommen lassen.

»Was, wenn ich falle?«

»Dann hättest du«, er spähte über den Rand des Daches, »circa eineinhalb Sekunden Zeit, deine Entscheidung zu bereuen.«

»Auch noch gut im Rechnen, ja?«

»Ich habe viele Talente.«

»Okay, bevor ich dich weiterreden höre, springe ich.« Ich trat einige Schritte zurück, nahm Anlauf und stieß mich, bevor mein Körper sich umentscheiden konnte, von den Ziegeln ab. Für den Bruchteil einer Sekunde war die Straße tief unten zu sehen, dann setzten meine Füße sicher auf dem gegenüberliegenden Dach auf. Ich stieß ein Lachen aus, während das Adrenalin durch meine Adern schoss.

Als mein Gleichgewicht zurückkehrte, war Oskar bereits auf der anderen Seite des Gebäudes angekommen.

Beim zweiten Sprung zögerte ich nur kurz und ab dem dritten landeten wir fast zeitgleich.

Leicht außer Atem kamen wir schließlich neben einer schmalen Falltür zum Stehen.

Ich stützte die Hände auf die Knie. »Wo sind wir hier?«

»Schon mal ein Schloss geknackt?«, fragte Oskar, ohne auf meine Frage einzugehen.

»Nein.« Ich schüttelte den Kopf, noch immer keuchend.

Er griff in die Tasche seines Umhangs, zog ein kleines Lederetui heraus und entnahm dann zwei schmale Metallstäbchen.

»Mit dem einen tastest du nach den Stiften und schiebst den ersten hinein.« Er steckte eines der Stäbchen vorsichtig in das Schloss. »Das übernimmt normalerweise der Schlüssel. Du merkst, wenn er weit genug drin ist.« Ich beobachtete, wie er sich auf die Lippe biss, während er sich konzentrierte. »Pass auf, dass er nicht wieder rausrutscht und dann«, er steckte das zweite Stäbchen ins Schloss, »dreh damit den Zylinder ein bisschen zur Seite, um deinen Stift zu fixieren. Das machst du mit allen nacheinander. Bis …« Das Schloss sprang mit einem Klicken auf. Mit einem selbstzufriedenen Grinsen zog Oskar die Falltür nach oben. Das Quietschen der Scharniere hallte in der Nacht wieder. Mit dem Gefühl, eine Grenze zu übertreten, folgte ich ihm eine schmale dunkle Treppe hinunter.

»Wo sind wir hier?«, fragte ich erneut und diesmal antworte er mir.

»Dies ist die größte Wäscherei in der Stadt. Alle besseren Gasthöfe und Restaurants sind hier Kunden.«

Er öffnete eine Tür, die in einen großen Raum mit Schreibtischen führte. Regale mit Papieren säumten die Wände. Die Möbel warfen im schwachen Licht gespenstische Schatten und das Papier raschelte leise in dem Windzug, den wir im Vorbeigehen verursachten. Oskar beachtete nichts davon und führte uns zielstrebig durch den Raum auf eine weitere Treppe zu.

»Und du kennst dich hier so gut aus, weil …?«

»Es gelegentlich vorkommt, dass wir etwas von hier brauchen«, beendete er meinen Satz.

Der untere Raum war vollgestopft mit Kleidung in allen erdenklichen Farben und Formen, die entweder auf hohen Ständern hing oder bereits fein säuberlich gefaltet in Kisten und Körben lag.

Ich sah zu den vorderen Ladenfenstern, aber der Raum war groß genug, um uns in der Dunkelheit zu verbergen. Ich erwischte mich dabei, wie ich an meinen Fingernägeln knabberte, während Oskar einige der Kisten durchsuchte, und steckte meine Hände rasch in die Manteltaschen. Nach einer gefühlten Ewigkeit, die wahrscheinlich nur einige Minuten gedauert hatte, grinste er triumphierend.

»Einer genauen Überprüfung wird es nicht standhalten, aber es sollte funktionieren.« Er seufzte, als er meinen Gesichtsausdruck sah. »Was?«

»Ich weiß nicht. Ich habe noch nie etwas gestohlen.«

»Wir geben es zurück. Dann ist es nur geliehen. Und außerdem«, Oskar fischte eine Handvoll Goldmünzen aus einer seiner Taschen und zählte einige ab, »decken wir die Mehrkosten.«

Ich runzelte die Stirn. »Du hattest nie vor, die Sachen zu stehlen, oder?«

»Nein«, antworte er schlicht. »Aber ich wollte prüfen, wie weit du gehen würdest.«

Wie weit ich gehen würde? Ich würde ihm gleich in den Arsch treten, das würde ich tun!

»Und, habe ich deinen Test bestanden?«, fragte ich zwischen zusammengebissenen Zähnen, um mich nicht tatsächlich zu einer Gewalttat hinreißen zu lassen.

»Wir werden sehen.« Damit drehte er sich um und ging zur Vordertür des Ladens.

»Was hast du denn jetzt vor?«, zischte ich aufgebracht.

»Es ist erstaunlich, wie wenig die Menschen mitbekommen. Lass dir nicht anmerken, dass du etwas Verbotenes tust, und niemand wird Fragen stellen.« Als ich immer noch zögerte, fügte er hinzu: »Wer erwartet denn bitte, dass Einbrecher den Laden durch die Tür verlassen?«

Er zog den Riegel zurück und ließ mich zuerst hinaustreten, bevor er die Tür hinter uns wieder schloss. Ich sah mich zu beiden Seiten um, doch niemand nahm Notiz von uns. Alles in mir schrie danach, die Straße schnellstmöglich zu verlassen, aber ich zwang mich, gelassen neben Oskar herzugehen, der sogar die Ruhe besaß, die Auslagen in den Schaufenstern zu betrachten. Als wären wir auf einem gemütlichen Spaziergang.

Mühsam rang ich mich dazu durch, meine Schultern zu entspannen und gleichmäßig zu atmen.

Die Nacht war noch jung, dennoch glitzerten bereits Tausende von Sternen über uns. Ohne die Lichterflut, die eine Großstadt wie London mit sich brachte, wirkte der Himmel so viel endloser.

Oskar betrachtete mich im Gehen von der Seite. »Wie fühlt es sich an, auf der anderen Seite des Gesetzes zu stehen?« Seine Augen funkelten aufgeregt.

»Du hast eindeutig zu viel Spaß hierbei«, grummelte ich, was ihn nur zum Lachen brachte. »Lässt du bei deinen Kunstrauben auch Geld da?«

»Ich lasse ihnen die Fälschung da, das reicht ja wohl. Bisher ist es eh noch niemandem aufgefallen.« Er legte den Kopf in den Nacken und betrachtete die Sterne. »In dieser Stadt«, sagte er dann leise, »kannst du sein, was immer du willst. Aber du musst bereit sein, es dir zu nehmen.«

Ich kaute nachdenklich auf meiner Unterlippe. »Ich glaube nicht, dass ich hierher passe.«

»Nein, ganz sicher nicht.« Oskar senkte den Blick, um mich anzusehen. »Aber das kriegen wir schon hin.«

»Woher willst du wissen, dass ich wiederkomme?«

»Oh, bitte. Du hättest Liam fast besprungen, als er ein bisschen mit seiner Magie gespielt hat.«

»Was?! Habe ich nicht!« Hatte ich doch nicht? Oder?

»Warte erst mal ab, bis du den wirklich beeindruckenden Kram siehst.«

»Dich scheint diese ganze Andere-Welt-Sache nicht wirklich zu interessieren?«

»Ich habe eine Menge Dinge gesehen, die es eigentlich nicht geben dürfte. Man gewöhnt sich dran.«

»Was ist passiert?«, fragte ich, begierig darauf, ihn am Reden zu halten, wenn er schon einmal bereitwillig Informationen über sich preisgab. »Wie bist du in dieses Leben geraten?« Wie war ein Junge, der klug und gerissen und wortgewandt war und der offensichtlich Bildung genossen hatte, zu dem Mann geworden, der er heute war?

»Du meinst, weil jemand wie ich eine tragische Hintergrundgeschichte braucht?«

Ich antwortete nicht, aber es schien auch nicht so, als würde er es erwarten.

»Was willst du hören? Meine Eltern starben, als ich klein war, und ich musste allein auf den Straßen überleben?«

»War es so?«

Oskar lachte leise und schüttelte den Kopf. »Nein. Meiner Familie geht es hervorragend. Ich war sogar mal auf der Universität. Ganze zwei Wochen.«

»Und dann?«

»Habe ich jemanden getroffen, der mir klargemacht hat, dass ich nicht fürs stille Herumsitzen und Bücherwälzen gemacht bin.« Für einen Augenblick verlor sich sein Blick in der Dunkelheit, dann holte er tief Luft und stieß sie wieder aus. »Egal, lange Geschichte. Im Grunde genommen war mir wohl einfach langweilig.«

»Dir war langweilig?«, wiederholte ich ungläubig.

»Was? Hast du dir noch nie vorgenommen, dein Leben zu ändern? Zu einem Abenteuer aufzubrechen, weil die Langeweile des Alltags dich zu erdrücken drohte?«

Ich öffnete den Mund auf der Suche nach einer Antwort. Aber alles, was ich herausbrachte, war: »Und deine logische Konsequenz daraus ist, dich einer Verbrecherbande anzuschließen?«

»Also erstens habe ich mich ihnen nicht angeschlossen, ich habe sie gegründet. Und zweitens«, Oskar hielt einen Finger hoch, bevor ich etwas sagen konnte, »und zweitens sind wir keine Verbrecher.«

Wir umrundeten eine Ecke und vor uns tauchte der verlassene Gasthof aus der Finsternis auf.

»Ist Einbruch etwa kein Verbrechen?«

»Auslegungssache, würde ich sagen.«

»Das Gesetz sieht das wahrscheinlich anders.«

Oskar seufzte leise und blieb vor der Tür stehen. »Dies ist nicht deine Welt und hier gelten nicht deine Regeln.«

»Sondern deine?«

»An manchen Tagen.« Er schenkte mir noch ein Grinsen und war dann im Inneren verschwunden. »Jetzt beeil dich lieber, wir haben einen Zeitplan einzuhalten.«

Mit einem mulmigen Gefühl im Magen folgte ich ihm. Je mehr Zeit verging, desto sicherer wurde ich, dass dies eine furchtbare Idee war.

Kapitel 7

»Also ich weiß nicht.« Stirnrunzelnd zupfte ich an dem spitzenbesetzten Ärmel des Kleides. Der gelbe Stoff fiel lose über meinen Körper und verbarg somit immerhin die – nach Oskars Meinung nur geliehene – Uniform darunter. War die Farbe allein noch nicht schrecklich genug, so rundete der Schnitt die Katastrophe ab.

»Du sollst keinen Schönheitswettbewerb gewinnen.« Freya verdrehte die Augen und schlug meine Hände weg, damit ich nicht weiter an den Ärmeln herumspielen konnte.

»Trotzdem sehe ich nicht gerne aus wie ein Sack Kartoffeln.« Missmutig drehte ich meinem Spiegelbild den Rücken zu. Mein Haar war mit farblich passenden Bändern zu einem einfachen Knoten geschlungen, der es mir sowohl aus dem Gesicht halten als auch als angemessene Frisur durchgehen konnte.

Freya, die selbst ein ähnliches Kleid trug, zuckte mit den Schultern. »Ist doch nur, um hineinzukommen.«

Das war ein weiterer Punkt, um den meine Gedanken kreisten. »Was ist das noch mal für eine Veranstaltung?«

Es hatte verblüffend wenig Planung des gesamten Vorhabens gegeben. Eher schien es, als würden alle Beteiligten mit dem Satz *Wir brechen heute Abend ins Schloss ein* genau wissen, was wann zu tun war. Und sich sogar darauf freuen. Ich hatte inzwischen eine neue Stufe von Übelkeit erreicht, doch niemand schien meine Besorgnis teilen zu wollen.

»Es ist eher eine ganze Woche voller Veranstaltungen. Vertreter aller Länder, die anreisen, um Bündnisverträge neu auszuhandeln. Dazu Bälle, Versammlungen, Ratssitzungen und so weiter.«

»Klingt nach einer Menge Aufwand.«

»Deshalb findet es ja auch nur alle vier Jahre statt.«

»Und du hältst das wirklich für so eine gute Idee? Einfach durch die Eingangstür zu gehen?«

»Das ist doch die beste Art von Einbruch.«

Ich wirbelte bei den plötzlichen Worten herum. Will lehnte lässig im Türrahmen und betrachtete uns. »Die, bei der sie dich freudig empfangen und selbst hereinbitten.«

»Hey!« Freya stemmte die Hände in die Hüfte. »Klopf gefälligst an, wir hätten nackt sein können.«

»Ach, Freya, Schatz, du weißt doch, dass ich an euch ungefähr so viel Interesse hätte wie an meiner Schwester. Und außerdem hört man euch den ganzen Flur hinunter.« Er duckte sich, als Freya ein Kissen vom Bett schnappte und nach ihm warf. »Der Boss sagt, ihr sollt euch beeilen.«

»Lass ihn bloß nicht hören, dass du ihn so nennst«, rief sie ihm hinterher. »Sein Ego ist schon groß genug.« Sie steckte eine letzte Haarsträhne fest und sah dann zu mir. »Bereit?«

Die Männer trugen alle ähnliche schwarze Hemden mit elegant geschnittenen Jacken, die an Kragen und Ärmelaufschlag mit feinen goldenen Symbolen verziert waren. Selbst Matt hatte sein Buch beiseitegelegt und beugte sich jetzt mit Will über einen Stapel Papiere. Sie waren in eine Diskussion vertieft, die zu leise war, als dass man etwas hätte verstehen können.

Oskar stand bereits an der Tür und nickte mir zu. Mit einem Mal überkam mich der übermächtige Drang, diese Aktion abzubrechen, mich ins Bett zu verkriechen und die Decke über den Kopf zu ziehen. Aber bevor ich auch nur ein Wort sagen konnte, wurde ich mit sanfter Gewalt durch die Tür geschoben und fand mich wenige Sekunden später auf der mit Dunkelheit umgebenen Straße wieder.

»Was, wenn etwas schiefgeht?«, fragte ich leise. Der Saum meines Kleides bauschte sich im Nachtwind und wehte um meine Füße. Ich würde höllisch aufpassen müssen, nicht versehentlich darauf zu treten.

»Statt auf das *Was-wäre-wenn* konzentriere dich lieber auf das *Wie*. Wenn etwas schiefgehen sollte, kannst du dir immer noch genügend Sorgen machen.«

Das war so gar nicht beruhigend.

»Sieh es so.« Oskar stupste mich aufmunternd in die Seite. »Es gibt eine Million Möglichkeiten, was gleich passieren könnte. Und egal wie viele Gedanken du dir jetzt machst, es wird sowieso etwas, das du nicht im Voraus bedacht hast. Also lass es lieber gleich.«

Seine Worte hallten in meinem Kopf nach. Er hatte recht, es war sinnlos, die unzähligen Szenarien zu überdenken, die ablaufen könnten, aber es war schwierig, das meinem Gehirn klarzumachen.

»Hast du nie Angst, erwischt zu werden?« Warum hatte das Kleid bloß keine Taschen, in denen man seine Hände vergraben konnte. Es war unmöglich, meine Finger davon abzuhalten, am Saum des Ärmels herumzuspielen.

»Nein.« Oskar runzelte die Stirn. »Was würde das bringen?«

»Keine Ahnung, vielleicht ist so was wie gesunder Menschenverstand oder Risikobewusstsein ja auch wieder so ein Meine-Welt-Ding«, erwiderte ich spöttisch.

»Ach, weißt du«, sagte er leichthin. »Meiner Erfahrung nach bringen dich Selbstvertrauen und eine Portion Arroganz aus jeder Situation heraus.«

»Oder jemand bringt dich um, weil du ihm doch zu sehr auf die Nerven gegangen bist.«

»Ja«, lachte er. »Oder eben das.«

Den Rest des Weges legten wir schweigend zurück, doch das Gewicht in meinem Magen war um ein winziges bisschen kleiner geworden.

Wir trafen Liam wenig später an einer Straßenecke, wo der Magier Oskar mit grimmiger Miene einen Umschlag überreichte.

»Ich tue das nicht für dich«, fügte er überflüssigerweise noch einmal hinzu.

»Und doch bist du hier.« Oskar entnahm dem Umschlag einen Stapel Papiere, die er an die Gruppe verteilte. »Das sind eure Unterlagen, die euch als Bewohner einer netten kleinen Stadt namens Malière ausweisen, die als Abgesandte ihres Landes an den politischen Versammlungen teilnehmen.«

Ich nahm meine Papiere entgegen und sah neugierig auf die dunklen, geschwungenen Buchstaben. »Fällt das nicht auf, wenn uns vorher noch niemand dort gesehen hat?«

Oskar winkte ab. »Im Moment sind hunderte Fremde im Schloss. Außerdem wird niemand Unterschrift und Siegel des Königs anzweifeln.«

Mit großen Augen drehte ich mich zu Liam um. »Du hast die Unterschrift des Königs gefälscht?« Auch ohne aus diesem Land zu kommen, klang das wie etwas, für das es eine Menge Ärger geben konnte.

Liam zuckte mit den Schultern. »Der Zauber ist nicht zurückverfolgbar. Hoffe ich jedenfalls.« Dann wandte er sich wieder an Oskar. »Er ist nur schwach, damit ihn keiner aufspüren kann. Das heißt aber auch, dass er nicht lange halten wird. Wir sollten uns beeilen.«

»Also los.« Will klatschte aufgeregt in die Hände. »Rauben wir ein paar Juwelen.«

Liam schüttelte fassungslos den Kopf und die Gruppe setzte sich lachend in Bewegung, den leicht ansteigenden Weg zum Schloss hinauf.

Ich ließ mich etwas zurückfallen, um neben dem Zauberer zu gehen.

»Danke«, sagte ich erneut mit einem Lächeln. Während Oskars Truppe ständig von Energie umgeben war, strahlte der Magier eine angenehme Ruhe aus.

»Wenn man die Chance hat, ein solches magisches Artefakt mit eigenen Augen zu sehen, lässt man sich diese besser nicht entgehen.«

»Weißt du, wie der Ring funktioniert?«, stellte ich die Frage, die mir seit dem Vormittag im Kopf herumspukte. »Beim ersten Mal war es nicht wirklich geplant.« In Wahrheit war ich mir immer noch nicht sicher, was genau eigentlich geschehen war.

»Es dauert etwas, die Magie zu kontrollieren. Aber je öfter du es machst, desto leichter wird es dir fallen. Er wird dir schon sagen, was du zu tun hast.«

Das klang nach allem anderen als einer klaren Anleitung, aber man durfte bei diesen Dingen wohl auch kein Heft mit Piktogrammen erwarten. Auch wenn es die Sache einfacher machen würde.

»Aber zu deiner eigenen Sicherheit würde ich dir raten, das Springen auf diese und deine Welt zu beschränken, auch wenn es schwerfällt.«

Meine Augen weiteten sich. Diesen Gedanken hatte ich noch gar nicht gehabt. »Wie viele gibt es? Welten, meine ich.«

Liam zuckte die Achseln. »Ich habe keinen Schimmer. Wahrscheinlich unendlich viele. Aber du weißt nie, was dich auf der anderen Seite erwartet.«

»Wem sagst du das.« Ich lachte leise. »Kann ich innerhalb einer Welt hin und her springen?« Was ich an Zeit sparen könnte. Und an Geld. »Und kann ich jemanden mitnehmen?«

Liam hob belustigt die Brauen angesichts der Flut an Fragen. Ich spürte, wie meine Wangen rot wurden, aber ich sah nicht weg. Immerhin war er der Einzige, der mir Antworten geben konnte, und ich wollte so viele haben wie möglich. Wer wusste schon, was als Nächstes schiefgehen würde.

»Manche Geschichten sagen ja, manche nein. Es sind alte

Legenden, viel ist im Laufe der Jahrhunderte verloren gegangen. Kommt wohl auf einen Versuch an. Ich hätte da schon ein paar Ideen für Dinge, die wir unbedingt ausprobieren müssen.«

Wir erreichten die Hügelkuppe und mit einem Mal ragte das dunkle Schloss in all seiner Größe vor uns empor. Wir waren längst nicht mehr allein und ich hob mir die anderen Fragen besser für später auf.

»Denkt daran: Wir sind ganz normale Gäste«, sagte Oskar.

Will fügte leise hinzu: »Die nebenbei noch das ein oder andere Souvenir mitnehmen.«

Ich umklammerte meine gefälschten Papiere so fest, dass sie beinahe zerrissen. »Warum sind wir eigentlich nicht gleich durch den Dienstboteneingang rein?«

»Wir wollen doch nicht Gefahr laufen, zum Tellerwaschen abkommandiert zu werden.« Freya schüttelte sich bei dem Gedanken und hakte sich bei mir unter. »Und«, fuhr sie grinsend fort, »so macht es einfach viel mehr Spaß.«

»Sollte das bei einem Einbruch so im Vordergrund stehen?« Ich senkte meine Stimme, sodass niemand der vorbeigehenden Menschen mich hören konnte.

»Spaß sollte immer im Vordergrund stehen.« Will hakte sich an meiner anderen Seite unter. »Was wäre das Leben denn sonst?«

Wahrscheinlich länger. Aber das sagte ich nicht laut. Stattdessen schüttelte ich amüsiert den Kopf. »Ihr seid verrückt. Allesamt.«

Die Wachen an dem imposant aufragenden Tor warfen nur einen kurzen Blick auf unsere Papiere und nickten uns dann hinein. Mein Magen machte einen Salto, als wir durch die hohen Türen in die Eingangshalle des Schlosses traten. Meine Wohnung zu Hause hätte locker ein Dutzend Mal hier hineingepasst und es wäre noch immer Platz gewesen.

Hohe Steinsäulen säumten die Wände, von denen mehrere doppelflügelige Türen abgingen. Eine davon war weit geöffnet und führte in eine Art Ballsaal, der dicht bevölkert war. Unzählige

Kerzen brannten an den Wänden und tauchten den Raum in ein warmes Licht, das tanzende Schatten an die Decken warf.

Die Menschen um uns herum bewegten sich so anmutig, dass ich unwillkürlich eine geradere Haltung annahm.

»Streck die Brust ruhig raus, sonst lohnt sich der grandiose Ausschnitt nicht.« Freyas Worte brachten mich so sehr zum Kichern, dass einige Frauen sich umdrehten und uns angesäuerte Blicke zuwarfen.

»Ich fürchte, ihr entsprecht nicht dem höfischen Protokoll«, flüsterte Will und schüttelte tadelnd den Kopf, was uns nur noch mehr zum Lachen brachte. Nachdem wir uns wieder halbwegs beruhigt hatten, war ich auch in der Lage, den Raum genauer unter die Lupe zu nehmen.

Oskar hatte recht. Das meiste Personal trug Uniformen mit dem goldenen Schlosswappen, aber es waren auch viele der Gasthäuser aus der Stadt anwesend. Eine Feier dieses Ausmaßes überschritt wohl selbst das Kontingent eines so gigantischen Schlosses. Ein Teil von mir sehnte sich danach, sich unter die Feiernden zu mischen. Wie die Frauen auf der Tanzfläche herumwirbelten und ihre Kleider sich aufbauschten. Es hätte eine Filmszene sein können. Was mir wieder bewusst machte, in was für einer skurrilen Situation ich mich eigentlich befand.

»Wenn du noch bis zum Winterball in ein paar Wochen bleibst, siehst du vielleicht noch eine royale Verlobung. Das ist wirklich beeindruckend«, sagte Will, der mich von der Seite beobachtete. Meine Begeisterung war mir wohl deutlich am Gesicht abzulesen.

Freya runzelte zweifelnd die Stirn. »Glaubst du wirklich, er macht ihr einen Antrag?«

»Wird er nicht.«

Will drehte sich zu Oskar um. »Woher willst du das wissen?«

»Weil ich mehr von Politik verstehe als du.«

»Von wem redet ihr eigentlich?«, fragte ich neugierig. Es gab sicherlich bessere Zeiten oder Orte für eine solche Unterhaltung, aber das interessierte mich jetzt doch.

»Nikolas Beaumont und Élena Sainsbury.«

»Unser Prinz und die zweite Thronerbin des Landes, aus dem wir gerade vorgeben zu kommen«, fügte Will erklärend hinzu, wobei er den ersten Teil des Satzes in Anführungszeichen setzte und beim letzten die Stimme senkte. »Sie sind *das* Traumpaar der Saison.«

Oskar schüttelte den Kopf. »Sie werden sich trotzdem nicht offiziell verloben. Nicht, solange ihre Schwester keine Kinder hat.«

»Hä?« Ich zog irritiert die Brauen zusammen. »Was hat denn das eine mit dem anderen zu tun?«

»Die Feinheiten der Politik«, unterbrach uns eine samtige und dunkel anmutende Stimme, »sollte man nun wirklich nicht inmitten einer Feier besprechen, auf die man nicht eingeladen wurde.«

Wir wirbelten alle gleichzeitig herum und mir blieb der Mund offen stehen. Der Mann, der lautlos hinter uns aufgetaucht war, war groß, unbestreitbar schön und von dieser Aura umgeben, die gleichzeitig Gefahr versprach und anziehend wirkte.

Bevor jemand von uns etwas sagen konnte, schnappte er sich die gefälschten Papiere aus Oskars Hand, überflog sie und schnaubte dann amüsiert. »Malière? Ist das Absicht?«

»Reiner Zufall.« Oskar riss das Pergament an sich und stopfte es in seine Hosentasche.

»Aber sicher doch.« Die Stimme des Fremden glich einem Schnurren. »Was tust du hier?«

»Im Gegensatz zu dir lebe ich in dieser Stadt.«

»Glaubst du wirklich, das wusste ich nicht? Ich meine, was tust du in diesem Schloss?«

»Mich ein wenig umsehen.« Oskar gab Matt und Will ein Zeichen, woraufhin diese nickten und sich auf ihre Posten verzogen. »Verschwinde, Cullan. Wenn ich dir etwas zu sagen habe, weiß ich ja jetzt, wo ich dich finde. Wir haben einen Zeitplan.«

Cullan biss die Kiefer zusammen. Immerhin hatte der Fremde

einen Namen. Sein Blick streifte über den Rest unserer Gruppe. Dann packte er Oskars Arm und zog ihn zur Seite. Sie standen zu weit weg, als dass wir das Gespräch hätten verstehen können, aber der Gestik nach schien es recht hitzig zu sein.

»Was«, fragte ich neugierig, »geht da gerade vor sich?«

»Eine sehr lange Geschichte.« Freya seufzte und ließ die Schultern kreisen. »Wir kennen auch nur die Hälfte und ich habe mir abgewöhnt, Fragen zu stellen. Auch wenn ich verdammt neugierig bin.«

Die Konversation zwischen den beiden dauerte vielleicht zwei Minuten, kam mir aber eher vor wie zwei Stunden. Immer wieder liefen Leute an uns vorbei, schlenderten in den Ballsaal oder kamen hinaus. Irgendwann musste doch jemandem auffallen, dass wir nicht hierhergehörten? Aber niemand sagte etwas. Endlich kam Oskar zurück und winkte uns unwirsch hinter sich her. Ich beschloss, es Freya gleichzutun und ebenfalls keine Fragen zu stellen. Es machte auch nicht den Eindruck, als wäre das der angemessene Zeitpunkt.

Wir folgten Oskar aus der Eingangshalle und einen Gang hinunter. Es war der schwierigste Teil, nicht so auszusehen, als täten wir etwas Verbotenes. Überall standen Menschen an den Fenstern, manche mit Drinks in der Hand, und unterhielten sich in kleinen Grüppchen. Hier war es ruhiger als in der Festhalle, der perfekte Platz für private Gespräche. Oder andere Dinge, wie ich entsetzt feststellte, als wir an einer dunklen Nische vorbeigingen, die eigentlich zu klein für zwei Leute sein sollte.

Je weiter wir uns vom Zentrum des Festes entfernten, desto vorsichtiger wurden wir.

Oskar hob die Hand und wir stoppten, während er um die Ecke spähte. Als er uns mit einem Nicken bedeutete, dass die Luft rein war, huschten wir hinter ihm her und kamen vor einer Holztür zum Stehen.

Hier endete der Bereich, der für die Gäste zugänglich war. Nur Angestellte und Schlossbewohner durften hier durch.

»Drei, zwei, eins«, sagte Oskar leise. Wie auf Kommando ertönte ein leiser Tumult aus der Ferne – Will, der die Leute ablenkte, um uns einige Minuten Ruhe zu geben. Ich hatte ihn gefragt, was genau er vorhatte, doch Matt war ihm mit der Antwort zuvorgekommen.

»Das, was er am besten kann. Nerven. Und Krach machen.«

Will hatte schon den Mund geöffnet, um zu protestieren, dann aber mit einem ernsten Nicken gesagt: »Ja, doch, so ungefähr.«

Was immer *so ungefähr* zu bedeuten hatte, ich hoffte inständig, dass es funktionieren würde.

So schnell es möglich war, öffnete ich die Schnüre meines Kleides und ließ es zu Boden fallen. Freya tat es mir gleich. Die Männer wickelten die bunten Kleider in ihre schwarzen Jacketts und schoben sie durch einen Spalt aus dem Fenster. Vor den dunklen Außenmauern unsichtbar, fielen sie hinunter, wo Matt bereitstand, um sie in die mitgebrachte Tasche zu stopfen.

Mit zitternden Fingern strich ich den Stoff der Dienstbotenuniform glatt, der durch das Kleid zerknittert worden war.

Oskar machte eine auffordernde Handbewegung zu Liam. Dieser legte die Fingerspitzen auf das Holz der Tür und runzelte die Stirn. Einige Sekunden lang geschah gar nichts, dann strich ein Luftzug durch den Gang.

»Was war das?«

»Die Deaktivierung des magischen Schutzzaubers. Eine Sicherheitsmaßnahme, damit niemand, der nicht autorisiert ist, durch diese Tür treten kann.«

Mich beschlich langsam das Gefühl, dass ich eventuell unterschätzte, wie mächtig Liam war. Es schien ihn jedenfalls nicht viel Mühe zu kosten, diese Sicherung zu überwinden. So leicht konnte das nicht sein. Oder doch?

Wir versicherten uns, dass wir noch immer allein waren, und schlüpften dann in den jetzt nicht mehr gesicherten Gang.

»Du weißt den Weg?« Oskar blickte zu mir und ich nickte zustimmend. Er hatte mich am Nachmittag erst zufriedengelassen, als ich in der Lage gewesen war, jeden Schritt von diesem Punkt bis zur Schatzkammer aus dem Gedächtnis aufzusagen.

»Was hast du vor?«, zischte Liam und hielt ihn am Arm fest.

»Es hat keinen Sinn, hier zu viert rumzulaufen. Und außerdem haben wir noch etwas zu erledigen. Du gehst mit ihr. Ihr schafft das schon.« Oskar verkrampfte die Kiefer, als Liam keine Anstalten machte, ihn loszulassen. »In ungefähr dreißig Sekunden wimmelt es hier von Angestellten. Wenn ich du wäre, würde ich meine verdammte Aufgabe erledigen.«

Liam blickte ihn warnend an, löste dann aber seine Finger. »Wenn das hier schiefgeht, erledige ich *dich*, Reyes.«

»Ich würde wirklich zu gern sehen, wie du es versuchst.« Bevor Liam noch irgendwas antworten konnte, hatte Oskar schon nach Freyas Hand gegriffen. Dann waren beide um eine Ecke verschwunden.

Kapitel 8

Ich atmete tief durch und setzte mich dann in Bewegung, Liam dicht hinter mir. Meine Schritte hallten unnatürlich laut in meinen Ohren wider, aber wenigstens musste ich jetzt nicht mehr auf den ausladenden Rock des Ballkleides aufpassen.

Wir brachten zwei Gänge hinter uns, bevor wir im nächsten leise Gespräche hören konnten. Erschrocken drückte ich mich gegen die Wand. Es war eine dumme Hoffnung gewesen, den ganzen Weg zurücklegen zu können, ohne auch nur einer einzigen Menschenseele zu begegnen.

Liam sah mich fragend an. »Haben wir nicht genau für diesen Fall diese Uniformen an?« Seine Stimme war so leise, dass ich ihn über das laute Pochen meines Herzens fast nicht verstanden hätte.

»Und was, wenn sie es durchschauen?«

Er wollte gerade zu einer Antwort ansetzen, als hinter uns Schritte ertönten.

»Ich fürchte, für solche Gedanken ist es jetzt zu spät.« Er schubste mich leicht nach vorn, sodass ich gezwungen war, einen Schritt in den Gang hineinzutreten. Und noch einen. Wir hielten die Köpfe gesenkt und sahen auch nicht auf, als wir uns der Gestalt näherten, die von der anderen Seite des Ganges auf uns zukam. Mit jedem Schritt gewann ich mehr Selbstvertrauen. Wir waren Dienstboten, die einfach nur ihren Job taten. Nichts daran war verdächtig. Ich wiederholte diesen Gedanken, während ich einen Fuß vor den anderen setzte. Bis ich plötzlich unsanft am Arm gepackt wurde.

»Wo wollt ihr hin?«

Mein Herz setzte einen Schlag aus. Ich unterdrückte die Panik und rief mir stattdessen die Karte des Schlosses ins Gedächtnis. Die Küche lag in der entgegengesetzten Richtung. Ebenso die Quartiere der Dienstboten. Ich traf den Blick des Mannes, der mich gepackt hielt. Er trug eine weiße Schürze über dem Hemd. Ein Mitglied des Küchenpersonals. Meine Gedanken rasten, verzweifelt auf der Suche nach einer glaubhaften Erklärung. Aber das Einzige, das mir einfiel, war, dass Oskar die Situation mit einer geschickten Lüge und einem charmanten Grinsen völlig unter Kontrolle hätte. *Komm schon. Irgendwas, irgendwas …*

»Wein!«

Der Mann sah mich an, als sei ich verrückt geworden. »Was?«

Ich räusperte sich. »Unser Boss hat uns geschickt, Wein zu holen.«

Das Lächeln, das ich ihm schenkte, wirkte hoffentlich überzeugend genug. Ich wusste von den Karten, dass sich ganz in der Nähe ein Weinkeller befand, und betete zu allen Göttern dieser Welt, wer auch immer diese sein mochten, dass er noch genutzt wurde. Der Mann musterte mich abschätzig. Dann breitete sich ein dreckiges Grinsen auf seinem Gesicht aus.

»Du willst ganz sicher keinen Wein, Mädchen. Aber daraus wird nichts. Du bist hier zum Arbeiten und nicht, um deinen Spaß zu haben, vergiss das besser nicht.« Dass Liam bei dem Satz knallrot wurde, unterstrich seine Annahme wohl nur noch. Ich wollte etwas erwidern, aber der Mann schnitt mir das Wort ab. »Ihr seid in zwei Minuten in den Küchen oder das ist die längste Zeit euer Job gewesen.« Kopfschüttelnd und über die Unmöglichkeit junger Leute schimpfend, schlurfte er weiter. Liam sah aus, als wäre er mit einer Tomate verwandt und ich starrte nur fassungslos in den nun wieder leeren Flur.

»Hat er gerade –«

»Ja.«

»Er denkt, dass wir –«

»Ja.«

»Aber –«

»Können wir bitte weitergehen?« Unangenehm berührt kratzte er sich an der Schläfe.

»Klar.« Ich unterdrückte ein Grinsen, tat Liam aber den Gefallen und ließ die Sache gut sein. Wir durchquerten drei weitere Gänge, in denen uns zum Glück niemand entgegenkam. Dann blieb ich stehen und Liam tat es mir gleich.

»Vor den Schatzkammern sind vier Wachen postiert«, wiederholte ich leise, was Freya mir beim Anziehen mitgeteilt hatte. »Wir konnten auf die Schnelle kein Ablenkungsmanöver ausarbeiten, also wirst du … Na ja, du weißt schon.« Ich nickte in Richtung unseres Ziels. Das *Wir* war mir ganz selbstverständlich über die Lippen gekommen, und das gefiel mir. Liam dagegen sah gar nicht glücklich aus.

»Ich werde *was*?«

»Ist Oskar den Punkt nicht mit dir durchgegangen?«

Angestrengt lauschte ich in die Stille. Es waren keine Schritte zu hören, aber das konnte sich jede Sekunde ändern.

»Der Mistkerl hat wohl das ein oder andere Detail ausgelassen«, zischte Liam aufgebracht.

Ich sah erneut über die Schulter. »Liam, bitte.«

»Du weißt nicht –« Er brach ab und fuhr sich mit den Händen übers Gesicht. »Ich habe geschworen, nie wieder …«

Der verzweifelte Ausdruck in seinen Augen versetzte mir einen Stich. Was immer es war, das hier war mehr als einfacher Ärger darüber, dass Oskar ihn im Dunkeln gelassen hatte. Wahrscheinlich, weil er genau wusste, wie Liam reagiert hätte.

»Ist okay«, sagte ich leise. »Wir gehen zurück. Wir gehen durch den Dienstbotenausgang nach draußen und machen einen neuen Plan.«

»Du würdest jetzt wirklich abbrechen?«

Ich zuckte bloß mit den Schultern.

Liam sah mich lange an. Dann änderte sich etwas in seiner Miene. Neue Entschlossenheit trat in seine Augen. »Pass auf, dass niemand kommt.«

Ich warf ihm ein dankbares Lächeln zu, aber er hatte sich schon abgewandt.

Die nächsten Minuten waren die längsten meines bisherigen Lebens. Mit rasendem Puls lauschte ich in die Ruhe, bereit, jedes noch so kleine Geräusch wahrzunehmen. Die Stille wurde immer drückender. Fast schon wünschte ich, *irgendetwas* würde passieren, damit diese Anspannung durchbrochen wurde. Ein kalter Wind zog über meinen Nacken und ich konnte gerade noch einen erschrockenen Aufschrei verhindern, als ich Liams Schritte hinter mir wahrnahm.

»Wir sollten uns beeilen«, war alles, was er sagte, sein Gesichtsausdruck nicht zu deuten.

Die vier Wachen saßen vor der hölzernen Tür oder lagen auf dem Boden, augenscheinlich in einen tiefen Schlaf verfallen. Liam ging mit steinerner Miene an ihnen vorbei. Er legte eine Hand auf den Knauf und schon wenige Sekunden später hallte ein lautes Klicken durch den Gang. »Nach dir.«

Ein Siegesgefühl breitete sich in meiner Brust aus, als ich die Tür langsam aufdrückte. Eine Eisschicht lag über dem Knauf, das Metall brannte sich kalt in meine Haut. Doch das unangenehme Gefühl war bei dem Anblick, der sich uns bot, sofort vergessen.

Der Raum stand der Größe der Eingangshalle in nichts nach und war bis zur Decke mit den Schätzen des Königs gefüllt. Blutrote Rubine brachen das Licht der Wandfackeln in tausende Punkte, die wild zuckend über den Boden tanzten. Diamanten von der Größe meiner Faust lagen auf weichen Samtkissen und Kisten voller Goldmünzen stapelten sich in schwindelerregenden Höhen. Ich konnte ein Auflachen nicht unterdrücken, als ich mich einmal um mich selbst drehte, die volle Pracht meiner

Umgebung aufnehmend. Hätte ich doch bloß mein Handy dabeigehabt. Das würde mir zu Hause kein Mensch glauben.

Liam hatte in der Zwischenzeit die Wachen ins Innere gezerrt und die Tür geschlossen. Jetzt verharrte er am Eingang, die Hände in den Taschen vergraben. Für die Schätze schien er nichts übrig zu haben.

Ich sah ihn mit schiefgelegtem Kopf an. »Was ist?«

»Ich weiß nicht.« Er trat einige Schritte in den Raum hinein. »Findest du nicht, dass das alles etwas zu einfach war?«

Ich nahm eine Kette aus einem Regal, die so schwer mit Smaragden besetzt war, dass sie unmöglich jemand tragen konnte.

»Keine Ahnung.« Kopfschüttelnd legte ich die Kette wieder an ihren Platz. »Das ist mein erster Juwelenraub. Mir fehlen die Vergleichswerte.«

Er warf mir einen strengen Blick zu, als ich ein glitzerndes Schwert aus seiner Scheide zog und probeweise durch die Luft schwang. Sollte ich jemals wieder in diese Welt zurückkehren, würde ich definitiv den Schwertkampf erlernen.

Ich legte die Waffe beiseite und strich mit den Fingern über einen goldenen Dolch, in dessen Griff violette Steine eingelassen waren. »Glaubst du, es würde jemand merken, wenn ich den mitgehen lasse?« Statt einer Antwort streifte ein kühler Windhauch meine Hand. Verdutzt sah ich zu Liam. »Was tust du?«

Der Zauberer rieb sich mit den Fingern über den Nasenrücken. »Dafür sorgen, dass du nicht überall deine Spuren hinterlässt. Könntest du jetzt bitte einfach deinen Ring suchen?«

Ich verdrehte die Augen, aber ließ von dem Dolch ab.

Das Vorhaben, einen winzigen Ring in einem Raum von der Größe eines Fußballstadions zu suchen, schien eher in den Bereich *Unmöglich* zu fallen. Zumal kein einheitliches Ordnungssystem erkennbar war.

»Kannst du ihn nicht herzaubern?«, fragte ich, nachdem ich allein fünf Minuten gebraucht hatte, um ein einziges Regal abzusuchen.

»Nein. Bei einem derart magischen Gegenstand funktioniert das nicht so einfach.«

Ich suchte missmutig ein weiteres Regal ab, auf dem sich, außer einer Menge verstaubter goldener und silberner Becher, nur noch ein Leinensäckchen mit Steinen befand. Ein Glühen ging von ihnen aus, weshalb ich sie rasch beiseitelegte.

Frustriert wandte ich mich an Liam. »Ernsthaft, was für ein bescheuertes System ist das denn? Das ist überarbeitungswürdig, wenn du mich fragst.«

Liam schüttelte den Kopf. »Schließ die Augen.«

»Wieso?« Ich runzelte die Stirn, wandte mich aber von dem Regal ab.

»Du kannst ihn nicht rufen, aber fühlen.«

Das sagte er mir jetzt? Nachdem ich mich durch den Staub der letzten hundert Jahre gewühlt hatte?

Ich ließ es mir nicht nehmen, ihm noch einen grimmigen Blick zuzuwerfen. Dann schloss ich gehorsam die Augen, lauschte in mich hinein, versuchte den Raum um mich zu fühlen, aber – »Ich fühle gar nichts.«

Liam legte mir von hinten die Hände auf die Schultern. Ein Kribbeln lief über meine Haut, als er einen leichten Strom an Magie durch meinen Körper schickte. Wie abgefahren war das denn?

»Konzentriere dich. Stell ihn dir vor. Stell dir vor, wie die Magie dich ruft.«

»Das ist doch –« Ich wollte gerade *bescheuert* sagen, als ein Ziehen aus dem scheinbaren Nichts mich einen Schritt nach vorn schubste.

»Lass die Augen geschlossen. Ich passe auf, dass du nirgendwo gegen läufst.«

Ich unterdrückte den Drang, die Hände vor mir auszustrecken, und ließ die Arme stattdessen schlaff an meinen Seiten hängen. Einen Schritt nach dem anderen bewegten wir uns langsam durch den Raum. Liam dirigierte mich dabei vorsichtig um diverse

Gegenstände herum. Ein Flüstern lag in der Luft. Viel zu leise, um Worte auszumachen, aber es schien, als wolle es mich zu sich rufen. Nach ein paar weiteren Schritten wurde das Gefühl so stark, dass es mich zwang, die Augen zu öffnen. Liam nahm seine Hände weg. Sogleich versiegte der Strom der Magie und mit ihm das Flüstern.

Ich sah mich um. Wir standen vor einem niedrigen Regal mit mehreren achtlos hineingestopften Säcken. Kurz blitzte Ärger in mir auf, dass jemand mit unbezahlbaren Schätzen so umging.

»Götter, das wird ewig dauern«, seufzte Liam und trat neben mich.

»Tja, wir haben dreißig Minuten, bevor wir wieder am Treffpunkt sein müssen.« Kurzerhand nahm ich einen der Säcke, drehte ihn um und leerte den Inhalt klirrend aus.

Liam zuckte zusammen, kniete sich dann aber gemeinsam mit mir hin. Wir begannen, die Münzen, Juwelen und den mit Diamanten besetzten Schmuck zu durchsuchen.

Ich nahm ein goldenes, mit tiefroten Rubinen besetztes Armband hoch, das im Kerzenlicht schimmerte. Schwer zu sagen, ob es die Tatsache war, dass sich die letzten vierundzwanzig Stunden wie ein Traum anfühlten, Oskars lockere Art, das Gesetz zu betrachten, oder die allgemeine Situation. Aber einem inneren Impuls folgend ließ ich das Schmuckstück – nach einer schnellen Rückversicherung in Liams Richtung – unauffällig in die Tasche gleiten. Sollte ich erwischt werden, würde ich ohnehin in einem Verlies enden. Ich wollte ein Andenken an heute.

Das minimale Hochgefühl verschwand, als wir auch den letzten Sack ausgeleert und noch immer keinen Ring gefunden hatten. Frustriert setzte ich mich auf den Hintern und vergrub die Finger im Haar. »Wie kann das sein?«

»Er muss hier gewesen sein«, sagte Liam mit deutlicher Anspannung in der Stimme. »Und es kann noch nicht allzu lange her sein, dass ihn jemand weggenommen hat, sonst könntest du seine Magie nicht mehr spüren.«

»Also hat der Prinz ihn gefunden?« Ich sah zu Liam auf und konnte die Antwort an seinem Gesicht ablesen. »Ist ja fantastisch.« Energisch stand ich auf. »Das reicht jetzt.«

Liam runzelte misstrauisch die Stirn. »Was hast du vor?«

»Das Prinzlein suchen. Ich habe keine Lust mehr auf dieses Katz-und-Maus-Spiel!« Ein hässlicher goldener Becher fiel meinem Ärger zum Opfer und wurde kräftig durch den Raum gekickt. Er prallte gegen ein Regal, brachte ein paar Stapel Münzen zu Fall und blieb dann liegen.

»Hast du vergessen, warum das eine schlechte Idee ist?«

»Weil dieser Einbruch eine so gute war? Ich will endlich wissen, was hier vor sich geht!« Entschlossen stapfte ich durch den Raum und hatte die Tür schon fast erreicht, nur um erneut stehen zu bleiben, als Liam sich mir in den Weg stellte.

»Können wir darüber reden?«

»Nein.« Ich verschränkte die Arme vor der Brust. »Das hier war riskant genug. Noch so eine Aktion und wir landen wirklich alle im Verlies.«

»Und du unterschreibst vielleicht gerade dein Todesurteil.«

»Liam, du verstehst das nicht.« Frustriert presste ich die Lippen zusammen, atmete tief durch und fuhr dann ruhiger fort: »Ich bin einfach verschwunden. Meine Freunde machen sich Sorgen und meine Mum sucht vermutlich gerade zu Fuß ganz London ab.«

Liam fuhr sich seufzend übers Gesicht. »Wenn du das machst, kann es sein, dass du dieses Schloss nie wieder verlässt.«

»Und was soll ich stattdessen machen? Ein paar Tage Urlaub in dieser völlig fremden Stadt, während Oskar sich einen Plan überlegt, dem Prinzen meinen Ring aus der Hosentasche zu klauen? Das bringt uns dann allesamt um.«

»Eigentlich ist es hier ganz schön.«

»Schlägst du mir gerade ernsthaft vor, zu bleiben?«

»Ich würde alles vorschlagen, um dich von einer Dummheit abzuhalten.«

»Was wäre denn das Leben ohne Dummheiten?« Ich lächelte matt.

Liam schüttelte den Kopf. »Vierundzwanzig Stunden mit diesen Chaoten und du klingst genauso.«

»Ich lerne schnell.«

»Na schön … dein Leben, deine Entscheidung. Aber ich weiß nicht, ob du die Tragweite überblicken kannst.«

»Ich –« … *weiß ganz sicher nicht, was ich hier tue,* schoss es mir durch den Kopf, aber für Zweifel war es jetzt zu spät. »Du solltest gehen, bevor wir erwischt werden.« Ich deutete zu den vier Wachen, die regungslos neben der Tür lagen. »Denen geht es doch gut, oder?«

Liam nickte. »Sie werden in einer Stunde aufwachen.«

Gut … Das war gut. Vorsichtig drückte ich die Klinke hinunter und streckte den Kopf in den Flur. Keine Menschenseele weit und breit. Ich zog die Tür etwas weiter auf, sodass Liam hindurchtreten konnte. »Geh.«

Er sah mich ein weiteres Mal zweifelnd an. »Bist du sicher?«

»Ja.«

Noch ein kurzes Zögern, dann drehte er sich um. Ich wartete, lauschte in die Stille, bis seine Schritte endgültig verklungen waren. Dann trat ich ebenfalls nach draußen und schloss die Tür leise hinter mir.

Etwas ziellos streifte ich durch die Flure, musste aber nicht lange suchen, bis ich zwei Männer in dunkelblauer Uniform mit goldenem Drachen auf der Brust entdeckte.

Ich räusperte mich und fühlte mich unangenehm an die Situation vor dem Stadttor erinnert, als beide Männer mir simultan den Blick zuwandten. Warum hatte das hier vor zwei Minuten noch mal wie eine gute Idee gewirkt?

»Ich will den Prinzen sprechen«, kam es schließlich etwas unbeholfen aus mir heraus.

»Das wollen viele.« Die Stimme des Mannes klang gelangweilt. Er ließ sich nicht einmal dazu herab, mich richtig anzusehen.

»Er sucht nach mir.«

Jetzt schnaubte er belustig. »Aber sicher doch.«

»Hey!« Der aufkeimende Zorn verdrängte meine Unsicherheit. Wie war das? Arroganz und Selbstbewusstsein? Das sollte doch hinzukriegen sein. Ich hob das Kinn und drückte den Rücken durch. »Ich bin Felicity und der Prinz hat sicherlich Interesse daran, zu wissen, dass ich hier bin.«

Der zweite Mann seufzte wenig beeindruckt – so viel also dazu.

»Pass auf, Kleine, der Prinz hat einen sehr engen Zeitplan und sicher *kein* Interesse daran, seine wenige freie Zeit an dich zu verschwenden.« Er deutete auf meine Uniform. »Und jetzt, geh weiterarbeiten.«

Kleine? Was bildete sich der Arsch eigentlich ein? Schön. Wenn Worte nicht weiterhalfen, dann eben Taten.

»Ich arbeite hier nicht. Das ist gestohlen. Genau wie das hier. Ihr habt echt lasche Sicherheitsmaßnahmen.« Ich griff in die Tasche, holte das Armband hervor und warf es dem Mann schwungvoll vor die Füße. »Hat er vielleicht jetzt Interesse daran, mit mir zu sprechen?«

Kapitel 9

Gedämpfte Stimmen drangen durch dickflüssige Dunkelheit und etwas, das sich anfühlte, als hätte jemand zu viel Watte in ein Kuscheltier gestopft. Meine Gedanken arbeiteten langsam und es fiel mir schwer, die Dinge, die ich empfand, sinnvollen Worten zuzuordnen. Schmerz war das Erste, das ich deutlich genug wahrnahm, um mich darauf konzentrieren zu können. Ein dumpfes Pochen breitete sich von meiner Schläfe in meinen Kopf aus. Das klebrige Gefühl an der Stelle tat sein Übriges, um die bruchstückhaften Erinnerungen zu vervollständigen. Hatte dieser Mistkerl mich niedergeschlagen? Humor hatten die Leute hier also eher weniger.

Stöhnend öffnete ich die Augen und kniff sie sogleich wieder zusammen, als viel zu grelles Licht darauf traf. Ich war nicht in einem dunklen Kerker gelandet, das war schon mal gut. Der Untergrund fühlte sich weich an. Wie ein Marshmallow. Oder ein Bett. Vermutlich eher Letzteres. Ich rollte mich auf die Seite, brachte mich in eine sitzende Position und presste eine Hand an meinen Kopf, als die Bewegung eine neue Welle an Schmerz auslöste. Wenigstens war der zweite Versuch, die Augen zu öffnen, von Erfolg gekrönt. Die Welt wirkte verschwommen und nahm nur nach mehrmaligem Blinzeln Konturen an.

Ich saß wirklich auf einem Bett, das wiederum in einem Schlafzimmer stand. Glaubte ich zumindest. Mehrere flackernd brennende Kerzen warfen ihren Schein auf hohe Wände mit dunkelblauer edler Tapete und goldenen Stuckverzierungen. Die schweren dunklen Vorhänge waren zugezogen, aber ein schmaler Spalt Dunkelheit ließ die Nacht dahinter erahnen. Ich wandte den Kopf, um den Rest des Zimmers zu erkunden, und wich mit einem Aufschrei zurück, bis sich mein Rücken gegen das Kopfteil des Bettes drückte. Ich war nicht allein. Und es war mir erst jetzt aufgefallen.

»Was zur Hölle?« Keuchend krallte ich die Finger ins Bettlaken, während die beiden Männer mich stumm, aber mit gerunzelter Stirn betrachteten. Beide schienen nur wenige Jahre älter als ich zu sein. Einer von ihnen saß mit den Unterarmen auf die Knie gestützt auf dem Stuhl einer Frisierkommode. Der andere stand mit verschränkten Armen an die Wand dahinter gelehnt. Ich konzentrierte mich auf Ersteren. Die Haltung sollte Lässigkeit demonstrieren, aber seine Muskeln in Armen und Nacken waren angespannt, als wäre er bereit, jeden Moment aufzuspringen, wenn er müsste. Sein dunkles Hemd wies fein eingearbeitete Goldverzierungen auf und wirkte mehr als bloß teuer. Während er mich musterte, nahm ich mir Zeit, das Gleiche zu tun. Breite Schultern, braune Augen, Locken, die zwei Nuancen dunkler waren. Eine verirrte Strähne fiel ihm in die Stirn, aber da er keine Anstalten machte, sie wegzustreichen, nahm ich an, dass es Absicht war. Noch etwas, das über seine Anspannung hinwegtäuschen sollte.

»Ihr seid der Prinz.« Keine Frage, lediglich eine Feststellung.

Er bestätigte es trotzdem mit einem knappen Nicken. »Nennt mich Nikolas.« Sollte er verärgert über fehlende Höflichkeit sein, so war es ihm nicht anzumerken. Ich hatte keine Ahnung, wie man einen Prinzen korrekt ansprach. Da konnte ich es auch gleich sein lassen. Ersparte uns beiden unnötige Peinlichkeiten.

»Felicity. Felicity Leighton«, bestätigte ich das Offensichtliche und fügte auch gleich noch ein »Aber das wusstet Ihr vermutlich schon« hinzu.

»Die Vermutung lag nahe.« Er hob etwas hoch, das ich als das

Armband wiedererkannte, das ich aus der Schatzkammer hatte mitgehen lassen. »Ich habe Frauen schon die verrücktesten Dinge tun sehen, um meine Aufmerksamkeit zu erregen. Das ist neu. Gefällt mir.«

»Ich wollte nicht Eure Aufmerksamkeit«, sagte ich, dem plötzlichen Impuls folgend, mich verteidigen zu müssen.

»Ach, nein?«

»Ihr habt nach mir suchen lassen.« Hoffte ich zumindest, sonst würde das hier gleich ganz schnell peinlich werden.

»Habe ich das?« Nachdenklich strich er sich mit dem Daumen über die Unterlippe. »Und woher genau stammt diese Information?«

»Auf der Straße aufgeschnappt.«

»Aber natürlich.« Ein kaum merkliches Lächeln umspielte seine Mundwinkel. »Ich würde vorschlagen, wir hören auf, unser beider Intelligenz zu beleidigen, und legen ein paar Fakten auf den Tisch.« Das Armband verschwand in seiner Hosentasche und wurde durch ein deutlich kleineres Schmuckstück ersetzt. Wie schon zuvor schien der Ring das Licht des Raumes aufzusaugen und in ein ganz eigenes Glühen zu verwandeln. Nur dass ich jetzt nicht mehr davon ausging, es handle sich um eine Illusion.

Ohne mich bewusst dazu entschieden zu haben, rutschte ich aus dem Bett und trat einen Schritt auf den Prinzen zu. Der zweite Mann, den ich inzwischen beinahe ausgeblendet hatte, trat ebenfalls vor, die Hand locker auf dem Griff des Schwertes an seiner Seite liegend. Erst jetzt sah ich den goldenen Drachen, der zwei Finger über seinem Herzen auf dem dunkelblauen Stoff seiner Uniform prangte. Automatisch wich ich zurück. Hier wurde erfahrungsgemäß erst zugeschlagen, danach wurden Fragen gestellt.

Nikolas seufzte und rieb sich mit zwei Fingern über die Schläfe. »Ronan«, sagte er dann leise, aber bestimmt, »du machst ihr Angst.«

Ich wollte widersprechen, aber ein Zittern lief durch meinen

Körper und ich lehnte mein Gewicht unauffällig gegen den Bettpfosten, um es zu verbergen.

»Gut.« Der durchdringende Blick des Soldaten ließ mich einen weiteren Schritt zurückweichen. »Wie bist du in die Schatzkammer gekommen?«

Erneut sah ich zum Prinzen. Wenn er mir eben hatte zur Hilfe kommen wollen, war davon jetzt nichts mehr zu spüren.

»Das würde mich allerdings auch interessieren«, sagte er und zog die dunklen Brauen zusammen. Ich glaubte, eher Neugierde als Verärgerung in seinem Gesicht zu lesen, aber das könnte ich mir auch eingebildet haben, denn in der nächsten Sekunde war der Ausdruck wieder verschwunden.

»Kriege ich meinen Ring zurück, wenn ich es Euch sage?«

»Nein.« Er lächelte milde. »Aber beantwortet mir ein paar Fragen und wir können darüber reden.«

»Okay?« Ich sank zurück auf die Bettkante und verschränkte die Hände im Schoß. Meine Finger zitterten und am liebsten hätte ich sie in die hellblaue Tagesdecke gekrallt, aber ich wollte nicht unsicherer aussehen, als ich es eh schon tat. Die gestohlene Uniform war völlig zerknittert, wirkte im Sitzen sicherlich noch weniger passend und insgesamt gab ich wohl einen ganz schön erbärmlichen Eindruck ab.

Nikolas lehnte sich zurück und überschlug die langen Beine. Jede seiner Bewegungen schien durchdacht und ich musste gegen den Drang ankämpfen, seine Haltung zu spiegeln.

»Ihr braucht keine Angst zu haben.«

»Ach, nein?« Unwillkürlich flogen meine Finger zu meiner Schläfe. Überrascht stellte ich fest, dass die Berührung keine Schmerzen verursachte und unter dem verkrusteten Blut – igitt – nur unversehrte Haut zu spüren war.

»Mein Heiler hat sich das angesehen.«

Vorsichtig tastete ich über meinen Kopf. »Beeindruckend.«

»In der Tat.« Der erneute Anflug eines Lächelns. »Ihr solltet wissen, dass ich nur die Besten beschäftige.«

»Die Besten also?«

»Den da drüben könnt Ihr ausklammern«, sagte er mit einem Nicken in Richtung seines Freundes. »Der ist mir zugelaufen.«

»Ich *bin* der Beste«, murrte der Soldat. Ronan? Ja, ich glaube, so hatte der Prinz ihn vorhin genannt. »Ohne mich wärst du schon dreimal gestorben.«

»Zweimal. Die gebe ich dir. Das dritte Mal hatte ich alles unter Kontrolle.«

»Das hättest du wohl gern.«

»Besprechen wir das doch später. Wir wollen unseren Gast nicht langweilen.«

Und schon lag die Aufmerksamkeit der beiden wieder auf mir. Nikolas verschränkte die Finger, wobei einige goldene Ringe aufblitzten, einer davon mit dem gleichen Emblem graviert, wie Ronan es auf der Brust trug.

»Also: Woher stammt Ihr?«

»London. England.« Hatte ja doch keinen Sinn, darüber zu lügen.

»Das ist –«

»Kein Land dieser Welt? Ja, ist mir auch schon aufgefallen.« Ich biss mir bei der schnippischen Antwort auf die Zunge. So hatte das nicht klingen sollen, aber den Prinzen schien es nicht weiter zu stören.

Stattdessen tauschte er bloß einen kurzen Blick mit dem Soldaten, bevor er seine nächste Frage stellte. »Wie alt seid Ihr?«

»Zwanzig. O nein, wartet, einundzwanzig.« Verdammt, ich hatte meinen eigenen Geburtstag verdrängt. Ein erneuter kurzer Blickwechsel. »Was?«, fragte ich unwirsch. »Sehe ich so viel älter aus?«

»Nein«, sagten beide Männer wie aus einem Munde.

Mich beschlich zunehmend das Gefühl, dass hier irgendetwas vor sich ging, von dem ich keine Ahnung hatte.

»Na schön.« Jetzt richtete ich mich etwas mehr auf. »Diesen Ring. Ich habe ihn in den Sachen meiner verstorbenen Großmutter gefunden. Und nein, keine Ahnung, wo sie ihn herhatte.« Ich nahm jetzt einfach mal an, dass dies die nächsten Fragen gewesen wären. Zeit, das hier etwas zu beschleunigen.

»Ihr wollt mir also weismachen, dass Ihr munter durch die Welten springt? Wie in der Kindergeschichte?«

»Ich kenne keine Geschichte. Und es war nur ein einziges Mal. Eher ein Versehen.« Würde ich nicht hier sitzen, würde ich es immer noch nicht glauben.

»Was wisst Ihr über Eure Großmutter?«

»Nicht viel.« Ich zuckte mit den Schultern. »Ich bin nach ihr benannt und ich sehe ihr recht ähnlich, aber ich habe sie nicht gesehen, seit ich … keine Ahnung, fünf war?«

Ein dritter Blickwechsel dieser Art.

»Was soll das?«, fragte ich schärfer als beabsichtigt. »Worum geht es hier? Und wenn wir schon mal dabei sind: Wie könnt Ihr seit Tagen nach mir suchen lassen, wenn ich gerade einmal vierundzwanzig Stunden hier bin?«

»Ronan?« Nikolas erhob sich elegant. »Lässt du uns allein?«

»Ungern«, antwortete dieser, ohne sich auch nur einen Millimeter zu rühren. Die behandschuhte Hand lag dabei unablässig auf dem Griff des Schwertes.

»Tu es trotzdem.«

Eine Weile sahen sie sich stumm an, dann stieß Ronan sich von der Wand ab und einige Sekunden später fiel die Tür hinter ihm ins Schloss. Ich hatte keinen Zweifel, dass er direkt davorstand und bereit war, sollte … Ja, was genau sollte eigentlich passieren?

Bevor ich die Frage stellen konnte, trat der Prinz vor mich. Ich stand rasch ebenfalls auf, weil ich nicht von unten zu ihm aufsehen wollte. So ganz gelang das trotzdem nicht, weil er einen guten Kopf größer war. Warum musste jeder hier so groß sein? Und so gut aussehend? Okay, Letzteres gehörte nicht unbedingt hier her, aber es stimmte. Unter anderen Umständen hätte ich kein Problem damit, mit ihm allein in einem Schlafzimmer zu sein.

»Darf ich mir das ansehen?« Nikolas deutete auf meine rechte Hand.

Ich erlaubte, dass er meine Finger in seine nahm und interessiert betrachtete. Seine Berührung war warm und angenehm und überraschenderweise bemerkte ich, wie mein Körper von ganz alleine begann, sich zu entspannen.

»Das wird langsam wirklich zur Gewohnheit«, murmelte ich mehr zu mir selbst, aber Nikolas hatte es trotzdem gehört.

Sein Blick schnellte so schnell zu mir, dass ich automatisch meine Hand zurückzog. Vorbei war der kurze Moment der Ruhe.

»Wer weiß noch davon?«, fragte er scharf.

»Ein paar Freunde?« Ich sollte lernen, meine Klappe zu halten. Kein Wort mehr als nötig sollte hier fallen. Fragen beantworten und gehen. Das konnte doch nicht so schwer sein.

»Was heißt *ein paar*?«

»Äh, fünf?« Klasse. Wie klang das denn jetzt?

»Ihr seid einen Tag in der Stadt und habt nichts Besseres zu tun, als *fünf* Leuten etwas zu erzählen, das ein ganzes Land in den Krieg stürzen könnte?« Fassungslos rieb der Prinz sich mit der Hand übers Gesicht. »Wie sind ihre Namen?«

Stumm schüttelte ich den Kopf.

»Felicity.« Die Freundlichkeit, mit der er meinen Namen aussprach, wirkte eine Spur zu gewollt. Zu gezwungen. »Wie sind ihre Namen?«

»Weiß ich nicht mehr.« Mit wem sprach ich hier eigentlich? Der Mann war ein Prinz, ein Politiker. Er wusste sehr genau, was er sagen und wie er es betonen musste, um das Vertrauen seines Gegenübers zu gewinnen.

»Ihr habt die Namen Eurer eigenen Freunde vergessen?«

»Keine Ahnung, vielleicht haben Eure Wachen ja etwas fest zugeschlagen?« Jap, das war jetzt eine Spur zu sarkastisch gewesen.

Der Prinz presste die Lippen zusammen und ich hätte schwören können, dass seine dunklen Augen etwas heller wurden. »Ich weiß Loyalität durchaus zu schätzen, aber wenn ich merke, dass diese Freunde zu einem Problem für mich werden, werdet Ihr mir ihre Namen nennen. Auf die eine oder andere Weise.«

Die Worte verwandelten mein Blut in Eiswasser. Schmerzhaft bohrte sich der Bettrahmen gegen meine Kniekehlen, als ich automatisch zurückweichen wollte. Aber es war egal, denn ich war sicher, dass er auch so das hämmernde Pochen meines Herzens hören konnte.

»Ich habe Eure Fragen beantwortet.« Meine Stimme klang kratzig. Mein Hals war trocken und mit einem Mal waren auch die Kopfschmerzen wieder da. »Kann ich meinen Ring zurückhaben?«

»Seid Ihr sicher, dass Euch niemals jemand etwas darüber gesagt hat? Nicht mal eine Erwähnung am Rande?«

Er ignorierte meine Fragen einfach. Frustriert presste ich den Kiefer zusammen. »Meine Welt ist nicht magisch. Ein solches Gespräch wäre mir also sicherlich im Gedächtnis geblieben.«

Nikolas sah auf das Schmuckstück, das er noch immer in seinen Fingern hielt. Den eleganten Schwung der Blätter, die filigrane Fassung des Smaragds, der das wenige Licht der Kerzen einfing und grüne Punkte über seine Haut tanzen ließ. Dann sah er wieder auf, nahm meine Hand einmal mehr in seine und drehte sie herum. Schwach, aber deutlich genug wand sich das rote Mal um meinen Finger.

»Werdet Ihr mich umbringen?«, fragte ich und wunderte mich im gleichen Moment, wo das jetzt herkam. Am Ende würde ich ihn noch auf Ideen bringen.

»Nein«, antwortete er eine Sekunde zu spät, als dass es mich wirklich hätte beruhigen können.

»Warum habt Ihr mich suchen lassen?«

»Es gibt da ein paar Dinge, bei denen Ihr mir helfen könnt. Tut es und Ihr könnt Euren Ring haben und Eurer Wege ziehen.«

»Was für Dinge?«

»Das werdet Ihr erfahren, wenn es für Euch relevant wird.«

Was war das denn für eine kryptische Antwort? Ich setzte mich auf die Bettkante und zupfte an einer Haarsträhne. Ein wenig getrocknetes Blut klebte in den Spitzen und ich ließ sie angeekelt wieder fallen.

»Was passiert, wenn ich Nein sage?«

»Nun, dann«, sagte der Prinz langsam, »wäre da noch immer die Tatsache, dass Ihr in mein Schloss eingedrungen seid. Ein ernst zu nehmendes Vergehen. Muss ich das weiter ausführen?«

»Nein, danke, schon verstanden«, murmelte ich resigniert. »Wie lange werden diese Dinge dauern?«

Nachdenklich musterte er mich. Als sei er sich nicht sicher, was er mir sagen wollte. Oder eher wie viel. »Wir werden sehen, aber einige Wochen bestimmt.«

»Wochen?« Ich starrte zu ihm hoch, während die Wände des Zimmers sich mit einem Mal auf mich zuzubewegen schienen. Kalte Schweißperlen traten in meinen Nacken. »Ich habe keine Wochen.«

»Oh, entschuldigt. Habt Ihr etwa noch eine andere Schatzkammer, die Ihr ausrauben müsst?«

»Witzig. Ich bin einfach verschwunden. Niemand weiß, wo ich bin. Ich kann doch nicht wochenlang wegbleiben.«

»Ich fürchte, das werdet Ihr müssen.«

Ich stand auf und ging hinüber zum Fenster. Der Spalt zwischen den Vorhängen gab den Blick auf die unter uns liegende Stadt frei. Die Nacht hatte fast vollständig von den Gebäuden Besitz ergriffen, nur ab und an bahnte sich ein erleuchtetes Fenster den Weg durch die dichte Decke der Dunkelheit.

»Bitte …«, versuchte ich das Zittern in meiner Stimme zu unterdrücken, »ich will doch nur meiner Familie sagen, dass es mir gut geht.« Wer hätte denn ahnen können, dass diese Sache derart außer Kontrolle geraten würde. Obwohl es fraglich war, ob ich zu irgendeinem Zeitpunkt überhaupt die Kontrolle gehabt hatte.

»Nein«, wiederholte Nikolas und ließ keinen Zweifel daran, dass diese Antwort endgültig war.

Ich würde es dennoch nicht gut sein lassen. »Ihr könntet mitkommen.« Dass dies eine denkbar schlechte Idee darstellte, war mir natürlich auch klar, aber verzweifelte Zeiten und so …

»Auf gar keinen Fall.« Anscheinend waren wir in diesem Punkt einer Meinung. »Ich werde gewiss nicht riskieren, Euch noch einmal zu verlieren.«

»Ich bin doch freiwillig hier!« Konnte er bitte aufhören, es aussehen zu lassen, als würde meine Anwesenheit hier auf sein Konto gehen?

»Und das würdet Ihr noch einmal tun?«

»Ja.«

Seine Reaktion bestand in einem schnaubenden Lachen. »Ihr seid eine furchtbare Lügnerin.«

Ich versuchte gar nicht erst, es abzustreiten. Eines war sicher. Neugierde hin oder her: Würde er mich jetzt gehen lassen, er würde mich nie wiedersehen.

Seufzend fuhr Nikolas sich mit den Fingern durchs Haar. Die dunklen Locken machten den Eindruck, als hätte er dies heute Nacht schon einige Male getan. »Wir besprechen den Rest morgen. Ich werde auf einem Ball erwartet.«

Mein Blick schnellte von seinem Haar zu seinem Gesicht. »Ihr wollt auf einen Ball gehen. Jetzt?«

»Wollen ist etwas hochgegriffen, aber ja. Und Ihr solltet Euch ausruhen. Seht dieses Zimmer ruhig als das Eure an.«

Ich holte tief Luft und stieß sie dann kontrolliert wieder aus, bevor ich wirklich aussprach, was mir gerade auf der Zunge lag. Etwas, das mich mit Sicherheit in mehr Schwierigkeiten brachte, als ich schon hatte. »Schön. Dann eben morgen. Aber ich habe einen Platz zum Schlafen in der Stadt.«

»Es wäre mir lieber, wenn Ihr hierbleibt.«

Ich trat einen Schritt zur Seite, sodass sein Körper nicht mehr den Weg zur Tür versperrte. »Und mir wäre es lieber, zu gehen.«

Nikolas schloss für einen Moment die Augen. »Ich versuche, freundlich zu sein, weil ich weiß, dass Ihr Euch in einer ungewohnten Situation befindet, aber Ihr solltet meine Geduld nicht überstrapazieren.«

»Also bin ich jetzt Eure Gefangene?«

»Ihr seid mein Gast«, korrigierte er.

»Gästen steht es frei, zu gehen.«

»Ich bin ein wirklich mieser Gastgeber.«

»Ihr könnt doch nicht –«

»Ihr würdet Euch wundern, was ich alles kann!« Nikolas hatte kaum die Stimme erhoben, dennoch zuckte ich zurück. »Nehmt das Angebot dieses Zimmers an oder verbringt die Nacht im Kerker, Eure Entscheidung.«

Ich stand etwa eine Handbreit vom Fenster entfernt. Zur anderen Seite des Zimmers waren es gute fünf Meter. Wenn ich über das Bett sprang, hätte ich vielleicht den Bruchteil einer Chance. Nur dass vor der Tür dieser Ronan wartete. Darauf, ein zweites Mal niedergeschlagen zu werden, konnte ich wirklich verzichten. Jemanden hier wütend zu machen, war eine sehr dumme Idee, das wurde mir jetzt auch klar. Es gab eine gewisse Anzahl an dummen Ideen, die man in einen Tag packen konnte, bevor es Richtung lebensmüde driftete, und irgendwas sagte mir, dass wir dieser Zahl heute schon bedrohlich nah gekommen waren.

Wir lieferten uns einige Herzschläge lang ein stummes Blickduell, bevor ich schließlich als Erste wegsah. Ich gab nicht auf. Ich wusste bloß, wann es schlau war, sich zurückzuziehen. Vorerst.

»Wir sprechen morgen. Solltet Ihr etwas benötigen, werden Euch die Wachen vor der Tür jederzeit behilflich sein.«

Ich mühte mich nicht mit einer Antwort ab. Stattdessen wartete ich, bis er das Zimmer verlassen hatte und die Tür hinter ihm ins Schloss gefallen war. Dann rutschte ich an der Wand hinab, umschlang die Knie mit den Armen und lehnte den Kopf gegen den Stein in meinem Rücken. Das war kein Zeichen von Schwäche, ich musste in meinem Körper nur Platz für neue Emotionen schaffen. Sollte Nikolas ruhig glauben, diese Runde gewonnen zu haben. Ich war am Ende. Körperlich und emotional. Doch das war nichts, was ein paar Stunden Schlaf nicht würden richten können. Und dann würde ich bereit sein, herauszufinden, worum es hier wirklich ging.

Kapitel 10

Es dauerte sehr lange, bis ich in dieser Nacht Schlaf fand, und als ich es endlich tat, waren meine Träume erfüllt von unscheinbaren Gestalten, goldenen Ringen und der Stimme meiner Großmutter, die mir Worte zurief, die ich nicht verstand.

Trotz des Schlafmangels war es eine Erleichterung, als Sonnenlicht am nächsten Morgen auf mein Gesicht traf und mich unsanft in die Wirklichkeit zurückholte. Nur langsam setzten sich die Ereignisse des vergangenen Tages zusammen und die schweren Decken, mit Seide bezogenen Kissen und das absurd große Bett wirkten im ersten Moment so fehl am Platz, dass ich einige Sekunden brauchte, um zu begreifen, wo ich war.

Mit einem Ruck setzte ich mich auf – und zuckte gleich darauf zurück, als ich mich Auge in Auge mit einer jungen Frau wiederfand, die auf meinem Bett saß. Dunkles, in elegante Locken gedrehtes Haar fiel ihr bis zur Taille, braune Augen, umrahmt von dichten Wimpern, beobachteten mich neugierig.

Ich blinzelte verwirrt. »Ähm …?« Was war denn hier los, dass man ständig beim Schlafen beobachtet wurde?!

»Du bist wach.« Sie lächelte breit.

»Sieht ganz so aus.« Ich grub die Finger in die Bettdecke. »Entschuldige, aber wer bist du?« *Und was tust du in meinem Bett?*

»Nenn mich Gwen«, sagte sie, als würde das alles erklären und sprang schwungvoll auf. In meinem Kopf drehte sich alles bei so viel Bewegung. »Ich habe dir ein Bad vorbereiten lassen.« Sie deutete auf das angrenzende Badezimmer.

»Was? Etwa, während ich geschlafen habe?«

»Ja.« Gwen musterte mich prüfend. »Ich hatte gehofft, etwas mehr Schlaf würde gegen diese Augenringe helfen, aber na ja, man kann nicht alles haben. Jetzt komm schon.« Sie scheuchte mich aus dem Bett und viel zu perplex folgte ich. Gwen schob mich ins Badezimmer, besaß aber immerhin den Anstand, draußen zu warten, während ich das Unterkleid der gestohlenen Uniform auszog, dass ich zum Schlafen getragen hatte. Selbst das Badezimmer war lächerlich groß. Hohe Fenster, welche die Aussicht auf die Stadt freigaben, eine frei stehende Wanne voller dampfendem Wasser, ein Waschbecken mit Kommode an der Wand gegenüber der Tür. Es gab sogar eine Dusche. Wo in meiner Welt technischer Fortschritt herrschte, schien hier die Magie übernommen zu haben. Sich selbst entzündende Fackeln gehörten jedenfalls für alle außer mich zur Normalität.

Neugierig nahm ich eines der unzähligen Glasgefäße, die neben dem marmornen Waschbecken standen. Es enthielt ein helles Pulver, das nach Rosen roch und haufenweise Schaum erzeugte, als ich es in das Badewasser streute. *Was soll's.* Dem Irrsinn, der sich neuerdings mein Leben nannte, konnte ich auch sauber und ausgeruht entgegentreten. Mit einem Seufzen ließ ich mich in das warme Wasser gleiten. Keine Sekunde zu früh, denn nur einen Wimpernschlag später tänzelte Gwen in den Raum, die Arme voller bunter Stoffe. Ich rutschte erschrocken tiefer ins Wasser und zog den Rosenschaum zu mir heran.

»Also.« Gwen, die offenbar keinerlei Schamgefühl besaß, legte ihre Last auf der Fensterbank ab. »Wie ist die Mode in deiner Welt so?«

»Was?«

Sie hob eine perfekt gezupfte Augenbraue und senkte verschwörerisch die Stimme. »Betrachte mich als eingeweiht. In alles.«

»Wer bist du?«, wiederholte ich meine Frage. Auf keinen Fall gehörte sie zum Schlosspersonal. Das dunkelrote Kleid, das sie trug, wirkte, als läge es einige Klassen über allem, was ich mir je würde leisten können. Die in gleicher Farbe schimmernden Rubine um ihren Hals sahen ziemlich echt aus.

»Heute bin ich einfach nur Gwen«, antwortete sie vage, aber nicht weniger fröhlich.

Ich verengte die Augen. »Der Prinz und du … seid ihr … na, du weißt schon?«

»Nein!« Gwen verzog angewidert das Gesicht. »Bei den Göttern, nein! Aber danke für die Bilder im Kopf.« Sie schüttelte sich und griff dann wieder nach den Kleidern. »Themenwechsel, bitte.« Fragend hielt sie ein violettes *Ding* hoch, das aus einhundert Lagen Rüschen zu bestehen schien.

Ich schüttelte den Kopf. »Auf gar keinen Fall.«

Dasselbe Schicksal ereilte kurz darauf ein bodenlanges und enges dunkelblaues Kleid, bei dem *atmen* nicht auf der Tagesordnung zu stehen schien, und ein rotes Stück, das breiter als lang war und somit eine ernsthafte Gefahr darstellte, im Türrahmen stecken zu bleiben.

»Du bist schwierig, ich verstehe.« Gwen wühlte eine Weile in ihrem Berg und zog dann ein dunkelgrünes Kleid hervor, das zwar elegant, doch nicht extrem geschnitten war. Der Stoff wirkte weich und das sanfte Schimmern gefiel mir auf Anhieb.

Ich zuckte mit den Schultern, so gut das in der kleinen Mauer aus Schaum möglich war. »Das wird gehen.«

»Perfekt. Wasch dein Haar, so kann ich damit nicht arbeiten.« Und bevor ich protestieren konnte, war Gwen auch schon wieder verschwunden. Stöhnend ließ ich den Kopf gegen den Wannenrand fallen. Nicht, dass ich eine Vorstellung davon gehabt hatte, wie dieser Tag ablaufen würde – aber so gewiss nicht. Langsam rutschte ich tiefer, bis das Wasser über mein Gesicht lief und mich schließlich einschloss. Herrliche, endlose Stille breitete sich aus und verdrängte für einen Moment jedes Geräusch von außen.

Ein paar Minuten später tapste ich in ein übergroßes Badetuch gehüllt zurück ins Schlafzimmer. Gwen war so freundlich, geschäftig die Schubladen der Frisierkommode zu durchsuchen, während ich mich anzog. Kaum war das erledigt, trat sie hinter mich und begann die Schnüre des Kleides zu schließen.

»Habe ich eine Chance, hier je wieder allein herauszukommen?«

»Es ist möglich. Aber dafür braucht es eine Menge Übung.« Gwen lachte und ich musste scharf die Luft einziehen, als das Kleid sich eng um meine Taille schmiegte. Was würde ich jetzt für einen übergroßen Pulli geben.

Aber trotz der Atemschwierigkeiten mochte ich die Frau, die mir aus dem hohen Spiegel entgegenblickte. Das dunkle Grün unterstrich meine Augen und brachte mein Haar zum leuchten. Ein goldenes Band wand sich um meine Mitte, raffte das Kleid ein letztes Mal zusammen, bevor die Röcke frei nach unten fielen.

Gwen lächelte zufrieden. »Wir werden dir natürlich eigene Kleider anfertigen lassen, aber bis dahin passt du anscheinend auch ganz wunderbar in meine.«

»Ich glaube nicht, dass das nötig ist.« Ich hatte immerhin nicht vor, ewig hierzubleiben.

»Und ob das nötig ist. Du kannst dich nicht mit mir sehen lassen und dabei aussehen, als kämest du von der Straße.« Mit sanfter Gewalt zog sie mich zur Seite und drückte mich auf den Stuhl der Frisierkommode. »Und du willst doch wohl nicht dasselbe Kleid zweimal tragen, oder?«

Ihr strenger Blick im Spiegel veranlasste mich dazu, rasch den Kopf zu schütteln. »Nein. Würde mir nicht in den Sinn kommen.«

»Gut.« Gwen nahm einen Kamm und begann, die noch feuchten Strähnen zu ordnen. »Irgendwelche Wünsche?«

»Mach einfach«, murmelte ich und beobachtete, wie ihre Finger die Arbeit aufnahmen. »Diese Geschichte«, begann ich zögernd, »über den Ring und andere Welten. Kennst du die?«

»Die Kindergeschichte?« Gwen drehte lächelnd eine Haarsträhne ein und steckte sie fest. »Natürlich. Jedes Kind kennt sie.«

»Worum geht es da?«

»Sie handelt von einem kleinen Mädchen, das mit ihrem Vater tief im Wald lebt. Sie verbringt ihre Tage damit, durch die Wildnis zu streifen, Beeren zu sammeln und sich mit den Tieren anzufreunden. Sie hat ein Lächeln, das jede Träne versiegen lässt, und ein Herz so groß, dass es die ganze Welt einschließt. Jedes Tier im Wald ist ihr Freund, und wenn sie kommt, fangen die Vögel nur für sie an zu singen. Eines Tages gerät sie beim Spielen zu weit vom Weg ab und findet sich plötzlich in einem Teil des Waldes wieder, in dem kein einziger Vogel singt, kein Reh durch das Geäst springt und keine Blume blüht. Egal wie oft sie abbiegt oder sich umdreht, nirgendwo scheint es einen Weg zurück zu geben.«

Mit beeindruckender Mühelosigkeit türmte Gwen meine Haare auf. Wieso wollte mir das nie so recht gelingen?

»Ziellos irrt das kleine Mädchen umher«, fuhr sie fort. »Als sie auch nach Stunden nicht zurück ist, beginnt der Vater, sich zu sorgen. Schließlich zieht er los, um seine Tochter zu suchen. Sie trifft derweil auf ein Haus inmitten einiger vertrockneter Bäume, und weil es zu regnen begonnen hat, klettert sie durch ein Fenster hinein, um sich aufzuwärmen. Doch das Haus gehört einem alten Zauberer, einem furchtbaren Mann mit nichts als Hass im Herzen. Als das Mädchen ihn sieht, lächelt sie. Sie hat keine Angst, hat nie gelernt, was das ist, weil sie sich zuvor noch nie hatte fürchten müssen. Der Zauberer jedoch ist erzürnt, weil sie in sein Heim eingedrungen ist, und verflucht sie. Zum ersten Mal in ihrem Leben beginnt das Mädchen zu weinen. Es weint so sehr, dass seine Tränen sich am Boden sammeln, zu einem Fluss werden und nach draußen fließen. Der Vater, der auf seiner Suche nach ihr durch den Wald streift, wird auf den Fluss aufmerksam und folgt ihm zum Haus des Zauberers. Als er erkennt, was dieser seiner Tochter angetan hat, zieht er das Schwert und erschlägt ihn in seiner Wut.«

Gwen machte eine Pause. Ich ließ Luft in meine Lunge und war mir kurzzeitig nicht sicher, ob ich sie wegen des engen Kleids oder wegen der Geschichte angehalten hatte.

»Mit dem Tod des Zauberers endet der Bann, der über dem Wald liegt. Trockene Äste werden wieder jung, karge Erde wird mit Moos überwuchert, kahle Büsche tragen mit einem Mal dichte grüne Blätter. Von einer Sekunde auf die andere sind die Vögel wieder da, ihr Gesang erfüllt die Luft und mit ihm der Duft der Blumen. Für das Mädchen jedoch ist es zu spät. Die Magie des Zauberers hat ihr Blut vergiftet. Schwach liegt sie in den Armen ihres Vaters, das Lächeln, das einst Kriege beenden konnte, spurlos verschwunden. Selbst die Wolken trauern und lassen ihren Regen auf den Wald fallen. In seiner Verzweiflung beginnt der Vater, zu längst vergessenen Göttern zu beten, fleht sie an, seinem kleinen Mädchen, das nie etwas Schlechtes in seinem Leben getan hat, zu helfen.«

Gwen unterbrach sich, um ein paar Haarklammern zwischen die Lippen zu stecken, während ihre Hände einige Zöpfe miteinander verbanden. Es ziepte, als sie ihre neuesten Kreationen feststeckte, aber ich achtete kaum darauf, weil sie auch schon wieder fortfuhr.

»Da lichtet sich mit einem Mal die Wolkendecke, der Regen hört auf und ein einzelner Sonnenstrahl fällt auf den moosbedeckten Boden. Der ganze Wald scheint den Atem anzuhalten, als eine kleine Knospe aus dem Grün auftaucht, größer wird und schließlich zu einer Pflanze heranwächst. Sie beginnt das Licht einzusaugen, wird selbst golden wie die Sonne. Der Vater pflückt einen Zweig der Pflanze und legt ihn seiner sterbenden Tochter in die Hand. Kaum berührt der Zweig die Haut des Mädchens, verformt er sich, legt sich um ihren Finger und wird zu einem Ring. Die Blätter frieren ein, werden zu purem Gold, mit einem kleinen

Stein, grün wie der Wald, grün wie die Augen des Mädchens. Ein Wind kommt auf, Nebel zieht über den Boden und dazwischen das Flüstern der Götter. Sie versprechen dem Vater, seine Tochter mitzunehmen. Mit in eine Welt ohne Magie, wo ihre Wunden heilen können. Und wenn sie gesund ist, dann wird sie zu ihm zurückkommen, denn sie hat jetzt einen Ring, mit dem sie zwischen den Welten wandeln kann.«

Gwen verstummte und ich sah sie im Spiegel erwartungsvoll an. »Und? Ist sie zu ihm zurückgekommen?«

»Ich weiß es nicht. Da endet die Geschichte. Meine Mutter und ich haben uns immer unsere eigenen Enden ausgedacht.« Sie steckte eine letzte Strähne fest und trat zurück. »Fertig.«

Ich betrachtete ihr Werk eingehend. Die vordere Partie meiner Haare war zu zwei Zöpfen geflochten, die sich wie eine Krone um meinen Kopf legten, sich überkreuzten und mit den restlichen Strähnen einen eleganten Knoten in meinem Nacken bildeten. Genauso wie bei dem Kleid war der Anblick ungewohnt, aber nicht minder faszinierend.

»Glaubst du, die Geschichte ist echt?«

»Bis gestern hätte ich noch nein gesagt«, sagte Gwen und setzte sich auf die Kante des Bettes. »Jetzt wissen wir, dass zumindest ein Teil davon stimmt. Ob es sich nun so abgespielt hat oder nicht.«

»Dann sind eure Götter also wirklich echt?«

»Ich gehe davon aus, dass dieser Teil definitiv erfunden ist. Ich habe jedenfalls noch nie einen Gott irgendwo gesehen.« Gwen zuckte ungerührt mit den Schultern. »Es ist der gleiche Grundgedanke wie in all unseren Kindergeschichten: Magie ist gefährlich, vertrau lieber in die Götter.«

Es ist nur so, dass man heutzutage nicht mehr oft Menschen trifft, die der Magie ohne Angst begegnen. Das waren Liams Worte gewesen.

»Was ist das Problem mit Magie?«

»Das Problem ist, dass nur ein sehr, sehr kleiner Teil der Menschen über Zauberkräfte verfügt. Und du weißt doch, wie das ist. Wenn wir etwas nicht verstehen, wenn wir etwas nicht kontrollieren können, dann beginnen wir es zu fürchten. Aus Angst wird Wut und aus Wut wird Hass. Magie ist nicht verboten, dieses Schloss ist voller Banne. In der ganzen Stadt liegen Schutzzauber, bereit, bei dem kleinsten Angriff aktiviert zu werden. Wir nutzen die Magie überall, aber wir fürchten diejenigen, die sie beherrschen.«

»Und doch plant der Prinz, meinen magischen Ring für was auch immer zu nutzen?«

»Der *Prinz*«, sagte Gwen, wobei sie besondere Betonung auf das letzte Wort legte, »wählt gern mal den unkonventionellen Weg.«

»Soll heißen?«

»Gib ihm eine Chance. Auch wenn ihr nicht den besten Start hattet. Nik ist schwierig, aber er hält sein Wort. Hilf ihm und du kannst gehen.«

»Nik?«, fragte ich zweifelnd.

»Was denn? Auch Prinzen haben Spitznamen.« Gwen lachte, stand dann auf und strich ihre Röcke glatt. »Ich habe noch ein paar Sachen zu erledigen, aber du siehst jetzt vorzeigbar aus. Wenn du willst, gebe ich dir morgen eine Schlossführung.«

»Gern.« Ich lächelte und wartete, bis Gwen verschwunden war. Dann verließ auch ich das Zimmer.

Die Wachen vor meiner Tür sagten kein Wort, als ich an ihnen vorbeitrat.

»Entschuldigung …« Suchend sah ich mich in dem Flur um. Glatte Steinwände mit Gemälden in dunklen Holzrahmen, ein makellos polierter Fußboden, der von dunkelblauen Teppichen bedeckt wurde. »Wie genau komme ich nach unten?«

»Ich begleite Euch«, sagte einer der Männer und löste sich aus seiner starren Haltung. Er konnte höchstens Anfang dreißig sein, mit blondem Haar, einem leichten Bartschatten und strahlend blauen Augen. Er trug dieselbe Uniform wie dieser Ronan und die Wachen, die ich am vorherigen Tag schon gesehen hatte. Steifer, dunkelblauer Stoff mit goldenen Absätzen und dem in gleicher Farbe gehaltenen Drachen über dem Herzen.

»Das ist nicht nötig. Sagt mir nur, wo ich lang muss.«

»Ich fürchte, ich muss darauf bestehen«, entgegnete er in einem Ton, der keinen Widerspruch duldete. »Wir sind innerhalb dieser Mauern für Eure Sicherheit verantwortlich. Hoheitliche Anweisung.«

»Hat Euer Prinzlein Angst, dass ich eine Treppe runterfalle oder was?«

»Wir hinterfragen unsere Befehle nicht.«

»Das ist nie gut, aber na schön.« Ich seufzte ergeben. »Von mir aus.«

Vielleicht war das gar keine schlechte Idee, wenn man sich vor Augen hielt, dass ich gestern bereits nach drei Minuten völlig die Orientierung verloren hatte. Deshalb folgte ich der Wache, die mich zielsicher den Flur entlangführte, zwei Treppen hinunter, einen weiteren Gang entlang – und spätestens ab diesem Punkt war ich dankbar für die Begleitung.

»Wie groß ist dieses Gebäude?«

Der Mann, der sich inzwischen als Oliver vorgestellt hatte, verlangsamte seine Schritte. »Ich habe mir nie die Mühe gemacht zu zählen, aber es müsste sich um ungefähr dreihundert Räume handeln. Das meiste davon sind Schlafquartiere für Gäste und Bedienstete. Dann natürlich der Thronsaal, die Gemächer der Königsfamilie, mehrere Bibliotheken, Wintergärten, Sitzungssäle, die Küchen und so weiter.«

»Beeindruckend«, murmelte ich und strich mit den Fingern über ein marmornes Treppengeländer.

Oliver nickte. »Es wurde vor fünfhundert Jahren erbaut, aber an irgendeiner Ecke wird immer etwas restauriert oder verbessert.« Er blieb stehen und deutete nach vorn. »Die Eingangshalle. Darf ich fragen, was Ihr hier zu tun gedenkt?«

»Nach draußen gehen?«

Er räusperte sich. »Prinz Nikolas wäre es lieber, Ihr würdet drinnen bleiben.«

»Schön für ihn. Und danke fürs Herbringen.« Ich raffte meine Röcke und schritt die Treppe hinunter, immer darauf bedacht, nicht wirklich noch hinunterzufallen.

»Miss Leighton …«, rief Oliver mir nach, aber ich ignorierte ihn. Mit hochgerecktem Kinn schritt ich durch die Halle, doch noch bevor ich auch nur in die Nähe des Schlossportals gelangen konnte, traten zwei Wachen aus den Schatten und versperrten mir den Weg.

Abrupt blieb ich stehen. »Was soll das?«

»Hoheitlicher Befehl. Wir sollen Euch unter keinen Umständen aus dem Gebäude lassen.«

»Ja, sehr lustig.« Ich trat einen weiteren Schritt nach vorn und eine der Wachen legte wie beiläufig seine Hand auf den Schwertgriff.

»Wir würden Euch nur ungern verletzen.« Das *Aber-wir-werden-es-tun* hing unausgesprochen in der Luft. Mit zusammengebissenen Zähnen sah ich zu Oliver zurück, der am oberen Treppenabsatz stand und hilflos mit den Schultern zuckte.

Es reichte! Ich war freiwillig hergekommen, sogar die Nacht war ich freiwillig geblieben, ich hatte mich in ein Kleid quetschen und mir die Haare machen lassen. Ich hatte ertragen, dass immer jemand vor meiner Tür stand oder vor mir herlief. Aber jetzt war die Grenze dessen erreicht, was ich bereit war, hinzunehmen. Ich machte auf dem Absatz kehrt und stürmte die Treppe hinauf. »Wo ist er?!«

»Ihr wollt ihm doch nichts antun?«

Habe ich noch nicht entschieden.

»Bringt mich zu ihm!« Ich stach einen Finger gegen Olivers gepanzerte Brust. »Jetzt!«

Oliver hob abwehrend die Hände. »Ich habe fünf Schwestern, ich lege mich nicht mit wütenden Frauen an. Folgt mir.«

Kapitel 11

Ich wusste nicht, wo Oliver mich hinführte, aber hoffentlich erreichten wir unser Ziel bald. Ich wollte meine angestaute Wut nicht verlieren, aber dieses massige Gebäude, die vielen fremdartig gekleideten Menschen und all die Eindrücke, die auf mich einprasselten, machten es unmöglich, sich nicht ablenken zu lassen. Mein Kopf war viel zu sehr beschäftigt, als dass ich einen Gedanken länger hätte festhalten können.

Auch jetzt erwischte ich mich dabei, wie ich mich auf unserem Weg neugierig umsah. Schwere Wandteppiche säumten die Wände des Flurs, die edle Tapete dahinter nur unterbrochen von schmalen bodentiefen Fenstern. Hatte mich vorhin noch die Sonne geweckt, so war sie inzwischen verschwunden und hatte dunklen Wolken Platz gemacht. Regen trommelte so unablässig gegen das Fensterglas, dass die Häuser der Stadt durch den Wasserschleier nur verschwommen zu erkennen waren.

Wir erreichten eine doppelflügelige Tür und Oliver bedeutete mir, als Erste einzutreten. Dahinter befand sich eine Art Trainingsraum. Es gab kaum Fenster, die Wände waren schmucklos und der Boden in der Mitte mit dünnen Matten ausgelegt. Nikolas und sein Freund von gestern standen einander gegenüber. Beide hatten Schwerter in der Hand, ließen die Waffen aber sinken, als die Tür hinter uns ins Schloss fiel.

»Kaum einen halben Tag hier und schon sieht sie aus, als wolle sie dich umbringen«, stellte Ronan nüchtern fest. »Sie passt sich an.«

»Halt die Klappe«, entgegnete Nikolas, grinste aber.

»Versuch wenigstens, nett zu sein.«

War den beiden eigentlich bewusst, dass wir sie hören konnten?

Nikolas setzte ein übertrieben freundliches Lächeln auf. »Felicity. Ich hoffe, Ihr hattet einen angenehmen Morgen?« Irgendwie schaffte er es, die Frage so klingen zu lassen, als ob es ihn wirklich interessierte.

»Wieso lassen die Wachen mich nicht aus dem Schloss?«, fragte ich ohne Umschweife. Keine Zeit und vor allem keine Lust auf Small Talk.

Nikolas hob gelassen eine Braue. »Darf ich mich noch anziehen, bevor Ihr mir gleich die Kehle aufreißt, oder muss ich halb nackt sterben?«

Mein Blick fiel auf seine bloße – und wirklich sehr definierte – Brust. Letzteres musste natürlich nur der Vollständigkeit halber erwähnt werden. Es sollte später keiner behaupten, dass ich Fakten ausließ. Wärme schlich sich auf meine Wangen, als ich viel zu verzögert wieder wegsah.

Nikolas grinste wieder, nahm sein Hemd von Ronan entgegen, der ein resigniertes Kopfschütteln für ihn übrig hatte, und streifte es über.

»Ich sehe, Ihr seid meiner Schwester in die Fänge geraten«, sagte er mit einem Nicken auf meine Aufmachung.

»Gwen ist Eure Schwester?« Das erklärte einiges.

»Ihr wirkt überrascht.«

»Vielleicht, weil sie so nett ist«, warf Ronan ein. »Das lässt die Verwandtschaft nicht auf den ersten Blick erkennen.«

Nikolas wandte sich ihm zu. »Hast du nichts zu tun?«

»Eigentlich nicht.«

»Dann hast du ja Zeit, dafür zu sorgen, dass der hier abgeschickt wird.« Er nahm sein Jackett, das achtlos auf dem Boden lag, und zog einen Brief aus der Innentasche.

»Dir ist bewusst, dass ich nicht dein Laufbursche bin?«

»Mir ist bewusst, dass du offenbar zu viel Langeweile hast.«

»Schön.« Ronan seufzte und nahm den Brief an sich. Mit gerunzelter Stirn besah er die Adressierung auf dem Umschlag. »Und da hattest du den Rat doch gerade wieder auf deiner Seite … Aber na gut, wir sehen uns später. Miss Leighton.« Er nickte mir zu und ließ uns dann allein. Oliver nahm er gleich mit.

»Also«, begann ich dieses Mal zögernder. Es behagte mir nicht, plötzlich wieder ganz allein mit dem Prinzen zu sein. »Warum lassen Eure Wachen mich nicht nach draußen?«

»Weil ich es so angeordnet habe. Ich sagte es schon gestern: Es ist mir lieber, wenn Ihr hierbleibt.«

»Ihr könnt mich doch nicht wochenlang hier drin festhalten.«

»Wieso nicht?« Nikolas sammelte seine Sachen vom Boden auf und verließ ebenfalls den Trainingsraum.

Mir blieb keine andere Wahl, als ihm wie ein Hündchen hinterherzulaufen. »Weil das nicht okay ist!«

»Okay«, wiederholte er, während wir eine Treppe emporstiegen. »Ich glaube, das Wort existiert nicht.«

»Das ist mir doch scheißegal!« Ich sprang an ihm vorbei und blieb zwei Stufen höher mit verschränkten Armen stehen, sodass er gezwungen war, zu mir aufzusehen. »Ich bin freiwillig zu Euch gekommen, wie wäre es im Gegenzug mit etwas Vertrauen?«

»Ihr seid recht vorlaut für die Situation, in der Ihr Euch befindet«, sagte er gefährlich leise. »Ich stelle Euch das gesamte Schloss zur Verfügung. Wollt Ihr lieber im Kerker warten, bis ich Euch brauche?«

»Würdet Ihr das wollen, hättet Ihr es bereits getan.«

»Ich komme immer mehr in Versuchung«, murmelte er mehr zu sich selbst und drängte sich dann an mir vorbei, um seinen Weg fortzusetzen.

»Erwartet Ihr jetzt, dass ich das einfach so hinnehme?«, rief ich ihm fassungslos hinterher.

»Ich erwarte, dass Ihr mitkommt.«

Ich fluchte und gab mir nicht mal Mühe, dass er es nicht hörte. Was bildete sich dieser Kerl eigentlich ein? Nur weil ihm irgendwer ein Krönchen auf den Kopf gesetzt hatte, konnte er doch nicht erwarten, dass man auf die Knie fiel, nur weil seine Hoheit atmete! Na gut, vielleicht schon, aber ich war nicht aus dieser Welt. Er war nicht mein Prinz, also konnte er den Befehlston schön wieder sein lassen.

»Ist Euch vielleicht auch einmal in den Sinn gekommen«, fragte Nikolas beiläufig, während ich ihn in meinen Gedanken mit jedem Schimpfwort belegte, das mir einfiel, »dass ich Euch nicht aus reinem Vergnügen hier festhalten will?«

Mistkerl. Arschloch. Esel. Meine Liste ging zu Ende, ich würde demnächst ein Wörterbuch brauchen. »Und welch edle Gründe habt Ihr dann für dieses uneigennützige Handeln?«

»Etwas weniger Sarkasmus und etwas mehr Respekt und ich weihe Euch gern ein.«

Armleuchter, das war auch noch ein gutes Wort. Nikolas bog in einen weiteren Flur ab und ich verengte misstrauisch die Augen. Mochte sein, dass ich keine Ahnung hatte, wie man sich in diesem unnötig verwinkelten Gebäude zurechtfinden sollte, aber ich war mir sehr sicher, dass er mich nicht zu meinem Zimmer zurückbrachte. »Was habt Ihr vor«?

»Reden. Ein vernünftiges Gespräch zwischen zwei erwachsenen Menschen.«

Einen Moment rang ich mit mir, aber dann gewann die Neugierde. »Okay?«

»Müsst Ihr eigentlich immer das letzte Wort haben?«

»Ja. Habt Ihr ein Problem damit?«

»Ich weiß nicht. Es wirkt ein wenig kindisch.«

»Auch das ist mir total egal.«

»Offensichtlich.« Er sah mich nicht an, aber ich konnte das Amüsement, das ich ihm bescherte, trotzdem sehen. *Mistkerl!* Das hatten wir schon, aber mir gingen wirklich langsam die Worte aus.

»Kann ich Euch etwas fragen?«

»Woher die plötzliche Höflichkeit?«

»Ich dachte, wir verhalten uns wie Erwachsene?«

»Ah, richtig. Dann fragt.«

»Wie konntet Ihr, Tage bevor … *das hier* überhaupt passiert ist, nach mir suchen lassen?«

Er schwieg eine Weile und ich wusste, dass er in diesem Moment entschied, wie viel ich von seinen Plänen erfahren durfte. »Nur sehr wenige Menschen wissen von dem, was ich Euch gleich erzählen werde, und es ist wichtig, dass dies so bleibt. Kein Wort zu irgendwem, auch nicht zu Euren Freunden.« Er sah mir direkt in die Augen. »Kann ich Euch vertrauen?«

Ich zögerte, schluckte und nickte dann.

»Sagt es.«

»Ihr könnt mir vertrauen.«

Ein Ausdruck von Überraschung flog über seine Züge und hätte ich ihn nicht so genau beobachtet, wäre mir mit Sicherheit sowohl das als auch das kaum merkliche Zusammenziehen seiner Brauen entgangen. Er glaubte mir. Und er war nicht glücklich darüber.

»Ihr sagtet, Ihr kämet aus einer Welt ohne Magie. Was wisst Ihr über die in dieser?«

»Ähm …« Die Frage erwischte mich kalt. »Nur, dass es Zauberer gibt. Ich hatte nicht wirklich Zeit, mich näher damit auseinanderzusetzen.«

»Es gibt noch viel mehr als Zauberer.«

Anscheinend hatte unser Spaziergang doch einen Zweck, denn Nikolas blieb stehen und deutete auf ein Gemälde an der Wand. Nein, kein Gemälde, sondern eine Karte. Gute drei Meter breit und etwa zwei Köpfe höher als ich. Ich versuchte einige angestrengte Minuten lang herauszufinden, wo auf den eingezeichneten Landmassen wir uns befanden, bis der Prinz neben mir sich ein Herz zu fassen schien.

»In Eurer Welt muss man wohl keine Karten lesen«, spottete er und tippte mit dem Finger auf einen Bereich, der sich etwa in Höhe meiner Schulter befand.

In meiner Welt musste man so einiges nicht. Ich verzichtete trotzdem auf eine schnippische Antwort. Ich wollte ja nicht kindisch wirken.

»Zauberer leben unter uns Menschen als Teil unserer Gesellschaft.« Sein Finger wanderte höher, bis etwa eine Handbreit unter den oberen Rand. »Dieser Bereich gehört den Elfen. Er kann nicht ohne weiteres betreten werden, aber sie zählen zu unseren Verbündeten. Jedenfalls meistens.«

»Elfen«, wiederholte ich langsam. »So unsterblich, mit spitzen Ohren und unheimlich gut aussehend?«

»Abgesehen davon auch manipulativ, arrogant und vor allem gefährlich. Ihr Reich liegt ungefähr drei Tagesreisen von hier. Ich würde Euch das nicht fragen, wenn es eine andere Möglichkeit gäbe, aber ich möchte, dass Ihr mich dorthin begleitet.«

»W-was?« Ich stolperte über die Buchstaben des doch so kleinen Wortes, aber ich hatte mit allem gerechnet, nur nicht damit.

»Es gibt dort jemandem, mit dem ich sehr dringend sprechen muss. Wenn er in der richtigen Stimmung ist, kann er vielleicht etwas Licht ins Dunkel bringen.«

Es wäre schön, wenn mir überhaupt mal jemand das Dunkel zeigen konnte, denn im Moment hatte ich nichts, was man hätte erleuchten können.

»Was befindet sich dort?« Ich zeigte auf die rechte Hälfte der Karte, auf die andere Seite eines schmalen Meerdurchganges. Im Gegensatz zum größten Teil der Abbildung waren hier weder Städte noch Straßen oder Flüsse eingezeichnet. Lediglich die Umrisse eines Kontinentes, der an manchen Stellen etwas zu glatt wirkte. Als sei der Kartenersteller sich selbst nicht sicher gewesen, wie das Land denn nun verliefe.

»Dort liegt das Reich der Fae. Sagen wir einfach, dass sie eher nicht zu unseren Verbündeten zählen. Myra, ihre Königin … Nun, sie ist nicht gerade eine große Unterstützerin meiner Existenz.«

»Was habt Ihr ihr angetan?«

»Gar nichts. Das ist ja das Problem.«

»Hä?« Ich verstand gar nichts mehr. Nikolas hob bei diesem intelligenten Ausdruck meiner Verwunderung eine Braue. Ich verdrehte bloß die Augen. »Jetzt sagt schon.«

»Das ist eine sehr lange und komplizierte Geschichte. Glaubt es oder glaubt es nicht, aber ich bin nicht der Bösewicht darin.« Der Prinz tat gut daran, sich seine Verärgerung nicht anmerken zu lassen, aber seine Schultern waren etwas verspannter als noch vor wenigen Sekunden. »Vor etwa einer Woche erreichte mich die Nachricht eines Vorfalls. Eine Frau war in eines meiner Armeelager nahe der Grenze eingedrungen. Mein General war sich sicher, dass es sich bei ihr nicht um einen Menschen handelte, deshalb wurde ich geholt.«

»Also war sie eine Fae?«, fragte ich mit widerwilliger Neugierde.

»Riya. Ihr Name war Riya. Und sie war beides. Mensch und Fae. Diese Verbindungen sind äußerst selten, aber dennoch hätte sie nicht in der Lage sein dürfen, die Grenzen unseres Landes zu überwinden.«

Wir ließen die Karte zurück und gingen langsam weiter den Gang entlang. Herbstwind rüttelte an den Fenstern, und obwohl es innerhalb des Schlosses nicht kalt war, rann ein Schauer über meinen Nacken.

»Wie ist sie dann hineingekommen?«

»Die Magie unserer Grenzen ist eng mit dem Blut meiner Familie verwoben. Die Linie des Herrschers oder der Herrscherin gibt den Zaubern ihre Kraft. Gerade besteht diese Linie nur aus meiner Schwester und mir. Unsere Feinde können das spüren.«

»Was ist mit dem König?«

»Ihr sprecht mit ihm.«

»Ich dachte, Ihr wärt der Prinz?« Ich wollte stehen bleiben, aber Nikolas ging unbeirrt weiter und ich musste mich beeilen, mit ihm Schritt zu halten.

»Im Moment bin ich beides. Ich nehme die Aufgaben wahr, aber trage den Titel bis zur Krönung nicht. Ich war in den letzten

Tagen nur zu beschäftigt, um die Organisation von Letzterer zu übernehmen.«

Mir wurde schon ganz schwindelig bei all diesen Informationsbrocken, die ich auch noch zusammensetzen musste. »Dann sind Eure Eltern …«

»Mein Vater kam vor zwei Monaten bei einem Anschlag außerhalb des Landes ums Leben.«

»Das –«

»Nicht!«, sagte er scharf und sah mich zum ersten Mal seit zehn Minuten direkt an. Ich nickte stumm und er atmete langsam aus, als müsse er sich erst unter Kontrolle bringen, bevor er weitersprach. »Ich kann es nicht beweisen, aber ich weiß, dass dieser Anschlag auf Myras Befehl stattfand. Sie greift mein Land an.«

»Und sie hat es geschafft, eine der ihren über die Grenze zu schicken?«

»Das dachte ich zunächst auch. Aber es stellte sich heraus, dass Riya eine eigene Mission verfolgte. Ihr Besuch war nicht Drohung, sondern vielmehr Warnung.« Wir passierten eine kleine Ansammlung von Dienstboten. Nikolas nickte ihnen zu und sprach erst weiter, als sie außer Hörweite waren. »Der letzte große Krieg zwischen den Völkern ist etwa fünf Jahrhunderte her. Myra wurde damals ein großer Teil ihrer Macht geraubt und seitdem setzt sie alles daran, diese zurückzubekommen.«

»Fünfhundert Jahre?« Jetzt blieb ich doch stehen. Diese Information zu verarbeiten und gleichzeitig meine Beine zu bewegen, war zu viel. »Ihr redet hier ganz locker über jemanden, der ein halbes Jahrtausend alt ist?«

»Ich tue *was*? Also wirklich, bei Eurer Art zu reden bin ich manchmal nicht sicher, ob wir tatsächlich dieselbe Sprache sprechen.«

»Warum tun wir das überhaupt?«

»Seid einfach froh, dass es so ist.« Er stieß eine Tür zu seiner Linken auf und noch immer viel zu verwirrt, folgte ich.

Sprossenfenster und weitere kunstvoll gestaltete Karten säumten die Wände des kleinen Raumes dahinter. Der Platz, der noch übrig war, wurde von akkurat geordneten Bücherregalen eingenommen. Gern hätte ich mir die Titel genauer angesehen, aber Nikolas umrundete seinen Schreibtisch und ließ sich dahinter nieder.

Die dunkle Tischplatte zwischen uns verlieh dem Ganzen eine offizielle Atmosphäre, sodass auch ich mich ohne Widerworte auf den Stuhl davor setzte. Trotzdem rutschte ich bis zur Kante, bereit, jeden Moment die Flucht zu ergreifen.

Nachdenklich knabberte ich an meinem Daumennagel. »Warum hat diese Riya das ausgerechnet Euch erzählt?«

»Myra strebt nach Macht, und wenn sie ihr Ziel endlich erreicht hat, werden diejenigen, welche nicht ihren Anforderungen entsprechen, dies zuerst zu spüren bekommen.«

Nikolas musste den Zweifel in meinem Gesicht gesehen haben, denn er lächelte nachsichtig. »Ihr mögt mich für einen leichtgläubigen Idioten halten, aber ich habe durchaus meine Gründe, ihre Motive nicht anzuzweifeln.«

»Von leichtgläubig habe ich nie etwas gesagt.«

Ein Grinsen huschte über seine Lippen und dieses Mal hatte ich es mir gewiss nicht eingebildet. »Ich muss zugeben, dass Ihr mich überrascht, Felicity.«

Ich kam nicht dazu, zu fragen, was er damit meinte, denn es klackerte gegen das Fenster und wir sahen beide auf. Nikolas schüttelte entnervt den Kopf, ging hinüber und öffnete es. Ein pechschwarzer Vogel hüpfte hinein, schüttelte sich und sandte Wassertropfen quer durch den Raum.

»Der gehört meiner Schwester«, sagte der Prinz, als sei das Erklärung genug. Statt wieder auf seinen Platz zu gehen, lehnte er sich neben mich an den Schreibtisch und verschränkte die Arme vor der Brust. »Ursprünglich war es Riyas. Jede der Fae hat ein solches Tier.«

»Warum ist er dann nicht mehr bei ihr?«

»Weil sie tot ist und Gwen ein zu großes Herz hat.« Finster

beobachtete er den Vogel dabei, wie er mit dem Schnabel an der Ecke einer Landkarte zog. Das Papier riss und das Tier stieß ein zufriedenes Krächzen aus. Nikolas knurrte und warf mit einem zusammengeknüllten Pergament nach ihm, zielte aber – und ich war mir ziemlich sicher, dass es Absicht war – mehrere Handbreit daneben. Ich senkte den Blick, um mein Lächeln zu verbergen, sah aber wieder auf, als der Prinz sich räusperte.

»Einige Fae besitzen die Gabe, Visionen der Zukunft heraufzubeschwören. Trotz ihres menschlichen Erbes gehörte Riya zu ihnen. Sie tauschte Asyl in meinem Land gegen Informationen über Myras Pläne, Euch, Euren Ring … Myra hat es trotzdem erfahren und sie umgebracht. Sie der Länge nach aufgeschlitzt, bis ihre Organe in den Dreck fielen.«

Das Blut wich aus meinem Gesicht. Der Prinz verstand es, mit wenigen Worten ein detailliertes Bild zu zeichnen.

»Ich erzähle Euch das nicht, um Euch Angst zu machen, aber Ihr müsst verstehen, wie gefährlich sie ist. Myra hat eine der ihren getötet«, sagte er eindringlich, »ohne überhaupt physisch anwesend zu sein. Sie will ihre Macht und Ihr habt Euch den Weg dazu an den Finger gesteckt. Sie wird alles daran setzen, Euch zu bekommen.«

»Wieso ist mein Ring der Weg zu ihrer Macht?« Und wie wurde ich diese Verbindung schnellstmöglich wieder los?

»Es fehlen einige Teile der Geschichte. Ich hoffe, dass ein Besuch bei den Elfen diese Lücken füllen kann. Die Legenden, untermauert von Riyas Erzählungen, legen jedoch nahe, dass Myras Macht aus dieser Welt fortgeschafft wurde. Und soweit wir wissen, gibt es momentan nur einen Weg, die Grenzen der Welten zu überschreiten.«

»Ich verstehe.« Ich kniff die Augen zusammen. Wo verdammt war ich da bloß hineingeraten? »Aber sie kann dieses Land nicht betreten, richtig?«, fragte ich und setzte mich wieder auf.

»Richtig. Riya hat das Unterfangen die Kleidung vom Körper gebrannt und sie massiv geschwächt. Aber das wird sich ändern.

Selbst jetzt kann Myras Magie bereits die Barriere passieren. Nur bis zu einer gewissen Entfernung, aber wir waren zu nah dran. Doch das wird sie nicht davon abhalten, Söldner zu schicken, Kopfgeldjäger, Menschen, die für Geld alles tun. Ihr habt den Ring, Ihr habt den Schlüssel. Im Moment seid Ihr die wertvollste Spielfigur auf dem Brett.«

Ich sah hinab auf meine Hände, die merkwürdig verkrampft den grünen Samt des Kleides umklammert hielten. »Und doch wollt Ihr, dass ich Euch zu den Elfen begleite?«

»Zum einen lasse ich Euch ungern aus den Augen und zum anderen habe ich niemanden, der hier auf Euch aufpassen kann.«

»Auf mich aufpassen?«, fragte ich verärgert. Es war einfacher, sich auf eine solch simple Emotion zu konzentrieren. »Ich bin doch kein Kind.«

»Kopfgeldjäger, Söldner … Schon vergessen?«

»Ein Freund hat mich gewarnt, sagte, eine Menge Leute könnten ein plötzliches Interesse an mir entwickeln.«

»War das zufällig der gleiche Freund, der Euch geholfen hat, in dieses Schloss einzubrechen?«

Glaubte er wirklich, dass ich so leicht zu manipulieren war? »Ich nenne Euch keine Namen.«

»Früher oder später bekomme ich in der Regel, was ich will«, sagte Nikolas völlig entspannt.

»Ihr hört nicht oft ein Nein, oder?«

Der Prinz legte den Kopf schief, sodass ihm eine dunkle Locke in die Augen fiel. »Eher selten.«

Ich schnaubte belustigt. Das merkte man ihm gar nicht an. »Wer sagt, dass ich überhaupt Hilfe hatte?«

»Nur ein Zauberer wäre in der Lage, die Banne an den Türen zu lösen.«

»Vielleicht habe ich ja Zauberkräfte.«

»Habt Ihr nicht.«

»Ihr scheint eine Menge über mich zu wissen.«

Nikolas zuckte bloß mit den Schultern, ging aber nicht weiter auf das Thema ein.

»Ich habe einen Vorschlag für Euch«, sagte ich und gab mir Mühe, dabei möglichst fröhlich zu klingen. »Ihr gebt mir meinen Ring zurück, ich gehe nach Hause und keiner verlässt je wieder seine Welt. Problem gelöst.«

»Gegenvorschlag: Wir tun, was *ich* sage.«

»Das hat mich jetzt nicht überzeugt. Was ist falsch an meiner Idee?«

»So sehr vertraue ich Euch dann doch nicht. Also, wie siehts aus?«, fragte er stattdessen. »Habt Ihr Lust auf eine Reise? Wenn Ihr nicht wollt, ist das in Ordnung. Ich werde Euch nicht zwingen.«

»Ach? Da zieht Ihr die Grenze.«

»Ganz genau. Da ziehe ich die Grenze. Euch zu Eurem Schutz hier festzuhalten, ist die eine Sache. Euch gegen Euren Willen in eine gefährliche Situation zu bringen, eine ganz andere. Aber ich habe so das Gefühl, dass Ihr diesem Angebot ohnehin nicht widerstehen könnt.«

»Sollte ich mich weigern, würde das für Euch also einiges an Schwierigkeiten bedeuten, richtig?«

»Richtig«, sagte er misstrauisch. »Worauf wollt Ihr hinaus?«

»Wenn ich mitkommen soll, habe ich Bedingungen.«

»Bedingungen. Plural.« Er verlagerte sein Gewicht und überschlug die Knöchel. Wie er da so gegen seinen Schreibtisch lehnte, könnte man meinen, wir würden ein gemütliches Picknick planen. »Ich höre.«

Ich setzte mich aufrechter hin und streckte den Rücken durch – ein Versuch, Selbstsicherheit zu zeigen, der mir hoffentlich wenigstens halb so gut gelang, wie ich wollte.

»Solltet Ihr jemals herausfinden, wer mir bei dem Einbruch geholfen hat – und ich sage nicht, dass ich Hilfe hatte, aber falls – werden ihn oder sie keinerlei Konsequenzen erwarten.«

»Ich weiß sowieso nicht genau, was da unten alles gelagert wird. Seht Eure Freunde als begnadigt an. Was noch?«

»Ich will hier raus. Interessiert mich nicht, wie groß das Gebäude ist, ich mag es nicht, eingesperrt zu sein.«

»Ihr habt aber schon verstanden, was ich versucht habe, Euch zu verdeutlichen, ja?«

»Ich bin ja nicht blöd«, fuhr ich ihn an, brachte mich aber gleich darauf wieder zur Ruhe. »Ich bleibe innerhalb der Stadtmauern.«

»Was das Unterfangen keineswegs risikolos macht.«

»Das Leben ist voller Risiken! Ich könnte morgen von einem … von einem Pferd niedergetrampelt werden.« Ich wollte Bus sagen, aber das hätte nur wieder in eine Diskussion über Sprachen geführt. »Aber das bedeutet nicht, dass ich nie wieder nach draußen gehe.«

»Nein.« Entschieden schüttelte er den Kopf.

»Na gut.« Ich sprang so abrupt auf, dass der Stuhl über den Steinboden schrammte. »Dann viel Spaß bei den Elfen. Allein!«

»Felicity!«, knurrte Nikolas und sein Blick verfinsterte sich so sehr, dass ich schlucken musste. Trotzdem wich ich nicht zurück.

»Das ist meine Bedingung.«

»Ich versuche nur, Euch zu beschützen, versteht Ihr das denn nicht?«

»Ich will aber nicht beschützt werden! Ich bin eine erwachsene Frau und es ist mein Leben.«

»Schön! Von mir aus! Wenn es Euch endlich dazu bringt, mit diesem Thema aufzuhören. Aber nicht mehr heute. Gebt mir ein wenig Zeit, eine Patrouille zusammenzustellen, die Eure Sicherheit gewährleisten kann.«

Ich öffnete protestierend den Mund, aber bevor auch nur ein Wort herauskommen konnte, hob er die Hand.

»Übertreibt es nicht. Ich gebe nur selten nach.«

»Nein«, sagte ich stur. »Ich will nicht ständig unter Beobachtung stehen.«

Nikolas stieß sich von der Tischplatte ab und kam langsam auf mich zu. »Kann es sein, dass Ihr wirklich vergessen habt, in welcher Position Ihr Euch befindet?«

Er stand jetzt so dicht vor mir, dass ich den Kopf heben musste, um ihm ins Gesicht sehen zu können. Wütend funkelte ich ihn an und für einen Moment war das einzige Geräusch im Raum der Regen, der noch immer beständig gegen die Fenster trommelte.

»Ich bin genug auf Eure Forderungen eingegangen«, fuhr er ruhiger fort. »Das ist der Handel, den ich Euch anbiete. Nehmt ihn an oder lasst es.«

Ich war weiter gekommen, als ich heute Morgen gedacht hatte. Man konnte nicht alles an einem Tag bekommen und ich wollte wirklich hier raus.

»Okay«, murmelte ich ergeben und hasste es gleichzeitig, ihm das Gefühl zu geben, gewonnen zu haben.

Nikolas lächelte. »Das Wort gibt es immer noch nicht. Ihr solltet Eure Sprache anpassen, wenn Ihr kein Aufsehen erregen wollt. Ich empfehle, ein Buch zu lesen.«

»Ich hätte eine Idee, was Ihr mit Eurer Empfehlung machen könnt, aber wir führen ja ein erwachsenes Gespräch.« Abrupt wirbelte ich herum, hielt an der Tür aber noch einmal inne. »Kann ich Euch denn auch vertrauen?«

»Jedes meiner Worte entsprach der Wahrheit.«

Das war weder ein Ja noch ein Nein, aber es reichte mir. Und ich wollte mein Glück nicht überstrapazieren. Jedenfalls nicht heute.

Kapitel 12

Trotz der späten Jahreszeit war die Sonne, die durch das lichter werdende Blätterdach fiel, noch immer warm. Jedenfalls wenn man mit dicken Mänteln ausgestattet war. Offiziell nannte sich dieser Ort Schlossgarten, doch ich zog den Begriff *Park* vor. Es war eine absurde Vorstellung. Das Schloss befand sich inmitten der Stadt und dennoch fand es neben seiner beachtlichen Größe noch Platz für ausladende Rasenflächen, einen von Bäumen gesäumten Weg und ordentlich gepflegte Beete, in denen winzige Herbstblumen blühten. Ich war der festen Überzeugung, dass Magie im Spiel war, doch Gwen versicherte, es liege an einer geschickten Bauweise.

Die Prinzessin hatte mich auch heute Morgen in ein Kleid gezwängt – dieses Mal ein helles Blau – und mein Haar in eine kunstvolle Flechtfrisur verwandelt, von der sich schwer sagen ließ, ob sie es jemals wieder freigeben würde. Dann hatte Gwen ihre versprochene Schlossführung umgesetzt. Es hatte sich ein wenig angefühlt wie eine Museumstour, nur dass ständig irgendwo Dienstboten herumwuselten und Gwen die Erklärungen mit Ergänzungen versehen hatte, die sich wohl in keinem Reiseführer finden ließen. So wusste ich nun, dass sich ein Ururgroßvater namens Melvin, dessen Porträt in einem Flur im ersten Stock hing, tatsächlich nackt hatte zeichnen lassen. Erst Jahre nach seinem Tod hatte eine seiner Töchter durchgegriffen und das Bild anpassen lassen, um zukünftigen Generationen den Anblick zu ersparen. Außerdem gab es im Nordturm eine hinter einem Bücherregal verborgene Tür, die eine Treppe in das Gebälk hinauf freigab. Dort oben befand sich nichts Spannendes, doch es war ein hervorragender Ort, um etwas für sich zu sein. Außerdem bot es einen spektakulären Ausblick über die Stadt, auch wenn wir uns danach Spinnenweben aus dem Haar zupfen mussten. Die meiste Zeit des Morgens hatten wir jedoch in der Bibliothek verbracht. Ohne Zweifel Gwens Lieblingsraum, was ich auch ohne das aufgeregte Gerede erkannt hätte. Allein die Art, wie die Schritte der Prinzessin etwas sprunghafter wurden und ihre Augen fast schon leuchteten, hatte es verdeutlicht. Ich konnte es verstehen. Der Raum bot zu beiden langen Seiten deckenhohe Fensterfronten mit kleinen Einlassungen aus Buntglas, durch die das Sonnenlicht hineinströmte und in allen Farben des Regenbogens über den dunklen Holzfußboden tanzte. Dazwischen erstreckten sich Reihe an Reihe eng stehende Regale, jedes Fach bis zum letzten Zentimeter gefüllt mit Büchern. Kleine Tische und Sessel säumten die Wände und sorgten so gleichermaßen für Gemütlichkeit wie ungestörte Plätze zum Arbeiten.

Nach einem kleinen Rundgang ließen wir schließlich auch diesen Bereich hinter uns und fanden uns schlussendlich hier draußen wieder. Obwohl *draußen* wohl etwas hochgegriffen war. Denn wir waren noch immer innerhalb der hohen Mauern, die den Garten zu allen Seiten einschlossen. Aber es war besser als nichts.

Irgendjemand hatte eine weiße Picknickdecke unter einer mit goldenen Blättern bedeckten Kastanie ausgebreitet. Wir lehnten gegen flauschige Kissen und aßen winzige Törtchen, die vom ersten Bissen an so süchtig machten, dass ich sicher war, niemals wieder etwas anderes haben zu wollen.

Ich legte den Kopf in den Nacken, um die Sonnenstrahlen auf mein Gesicht zu lassen. Nach dem Regen war es eine Wohltat, die Wärme zu spüren. »Du hättest erwähnen können, dass du eine

Prinzessin bist«, sagte ich und sprach damit aus, was seit dem Morgen ungesagt zwischen uns schwebte.

»Hätte ich«, erwiderte Gwen seufzend. »Aber es ist nett, jemanden kennenzulernen, der nicht gleich einen Knicks macht, wenn er mich sieht.«

»Ich glaube, ich weiß gar nicht, wie das geht.«

»Tu mir einen Gefallen und lerne es nicht.«

»Kein Problem.« Ich lachte und lehnte mich dann vor, um eine kleine lila Raupe zu beobachten, die über einen akkurat geschnittenen runden Busch krabbelte. Selbst das Loch, das sie in eines der Blätter fraß, stellte einen perfekten Kreis dar.

»Du begleitest Nik also zu den Elfen, ja?« Gwen hielt ihre Stimme beiläufig, aber ich spürte ihren Blick auf mir.

»Ja.« Ich ließ die Raupe in Ruhe und richtete mich wieder auf. »Kommst du nicht mit?«

»Nein. Da wir die einzigen Mitglieder der Thronlinie sind, ist es momentan nicht ratsam, gemeinsam zu verreisen. Außerdem hatte mein lieber Bruder die glorreiche Idee, das Vorhaben als Jagdausflug zu tarnen. Das glaubt mir ja doch keiner.«

»Kein Freund vom Jagen?«

»Oh, ich mag die Jagd. Ich bin unschlagbar mit Pfeil und Bogen. Ich sehe es nur nicht ein, vier Nächte im Wald zu schlafen. Die Menschheit hat doch keine Betten erfunden, nur um dann im Moos herumzuliegen.«

»Wir werden doch nicht wirklich im Wald schlafen, oder?« Ich hatte kein Problem mit Regen, immerhin war ich in London aufgewachsen. Aber darin schlafen wollte ich dann doch nicht.

»Nik mag sich manchmal wie ein Mistkerl aufführen, aber er hat Anstand. Das tut er dir nicht an.« Sie zögerte und sah mich prüfend an. »Wo wir gerade vom Anstand meines Bruders sprechen … Allzu viel hat er dann doch nicht und ihr werdet einige Tage fast allein unterwegs sein.«

»Worauf willst du hinaus?«

»Tu dir selbst einen Gefallen und lass dich nicht auf ihn ein.«

»Was?«, fragte ich halb schockiert, halb lachend. »Warum sollte ich?«

Nikolas Beaumont mochte aussehen, als sei er gerade aus einem Märchenfilm gefallen. Mit seinem unordentlichen dunklen Haar, dem schiefen Grinsen und dem absolut makellos sitzenden Hemd, dessen oberster Knopf zufällig offenstand, um seine perfekte – ich schweifte ab. Der Punkt war: Ich war schon vor Jahren aus meiner Prinzen-Phase herausgewachsen. Außerdem machte er sein einnehmendes Äußeres leider in dem Moment kaputt, in dem er den Mund öffnete und zu dem arroganten Kerl wurde, den ich in den letzten Tagen hatte kennenlernen dürfen.

»Ich weiß, wie charmant er sein kann, wenn er will«, sagte Gwen. »Und man könnte sagen, dass du sein Typ bist.«

»Was ist denn sein Typ? Atmend, mit einem Puls?«

Sie lachte, wurde dann aber wieder ernst. »Pass einfach auf dich auf. Und wenn du Abenteuer willst, schnapp dir einen Elfen.«

»Elfen«, wiederholte ich, froh um den Themenwechsel. »Was ist eigentlich der Unterschied zu Fae?«

»Sie sind sich auf eine übergeordnete Art ähnlich, doch dennoch völlig verschieden. Beide annähend unsterblich, aber ihre Magie wirkt anders. Elfen sind naturverbunden und ziehen ihre Macht aus ihrem Wald. Das macht ihre Magie beinahe unerschöpflich, aber entfernen sie sich zu weit, sinken ihre Kräfte. Fae ähneln von den gesellschaftlichen Strukturen eher uns Menschen. Ihre Magie stammt aus ihnen selbst, sie müssen also stets darauf achten, sich nicht zu sehr zu erschöpfen. Vor langer Zeit, als die Völker sich noch bekriegten, standen die Elfen auf unserer Seite, einige der damaligen Bündnisse sind noch heute aktiv, während mit den Fae die Übereinkunft besteht, sich gegenseitig in Ruhe zu lassen. Jeder bleibt in seinem Reich.«

»Mit einigen Ausnahmen.«

Gwen verdrehte die Augen. »Offensichtlich. *Irgendwer* ist immer dumm genug, die Grenzen zu überschreiten.«

»Aber wenn sie so mächtig sind, warum lassen sie sich dann auf einen Frieden ein?«

»Sie haben längst nicht mehr so viel Macht wie einst. Und du musst dir die Zahlen vor Augen führen. Ein paar Dutzend oder vielleicht hundert Fae gegen Millionen von Menschen. Außerdem sind wir auch nicht ganz wehrlos. Wir haben immerhin die Zauberer. Und niemand kann sagen, auf wessen Seite sich die Elfen stellen, sollten sie entscheiden, sich einzumischen. Es ist ein fragiles Konstrukt aus gegenseitig zugesicherter Vernichtung – aber es funktioniert. Jedenfalls im Moment.«

»Sollten sie also ihre alte Macht zurückgewinnen …«

»Würde das die Waagschale sehr zu unseren Ungunsten verändern«, beendete Gwen meinen Satz und nickte. »Du siehst also: Kaum Druck, der auf dir lastet.«

Ich schnaubte. »Ich mache doch gar nichts. Ich trage nur zufällig das Werkzeug herum, das Nikolas braucht.« Abwesend strich ich über das rote Mal an meinem Finger. Es war blasser geworden, würde aber wohl nicht mehr verschwinden.

Gwen legte die Stirn in Falten. »Mach dich nicht kleiner, als du bist. Ohne dich funktioniert es nicht, und das weiß er auch.«

»Mhm«, brummte ich zustimmend. »Immerhin bin ich die wichtigste Figur auf dem Brett.«

»Das ist der Charme, den ich meinte. Weise ihn ruhig zurecht, wenn er zu unerträglich wird. Solange du die Einzige bist, die den Ring kontrollieren kann, kannst du dir eigentlich alles erlauben.«

»Bis ich dann doch umgebracht werde«, murmelte ich und sah wieder zu den Bäumen, wo eine Art schneeweißes Eichhörnchen gerade dabei war, einen Stamm emporzuklettern.

Gwen legte das Törtchen beiseite, in das sie hatte beißen wollen. »Er hat es dir wirklich nicht gesagt?«

»Mir was gesagt?«

»Nun, dann werde ich das liebend gern für ihn übernehmen.« Sie rieb die Hände aneinander, als hätte sie gerade ein großartiges Geschenk erhalten. »Ich gehe davon aus, du weißt, dass die Verbindung, die der Ring mit dir eingegangen ist, nicht gelöst werden kann, solange du lebst?«

»Ja.« Das hatte Liam mir bereits gesagt.

»Es geht aber noch etwas weiter«, fuhr Gwen fort. »In den Anfängen der Zeit war die Magie nie als Waffe gedacht gewesen. Ob sie nun von den Göttern auf die Erde gesetzt worden oder auf andere Weise entstanden ist – sie ist eine Kraft der Natur. Solche Verbindungen sind selten, sie galten einst als heilig und wurden mit allen Mitteln geschützt. Es war ein Verbrechen, Hand an jemanden zu legen, mit dem Ziel, diese Bindung zu lösen. So sehr, dass jeder gewaltsame Tod das sofortige Erlöschen der Magie zur Folge hätte. Alter, Krankheit oder ein selbstverschuldeter Unfall. Das sind die einzigen Möglichkeiten, den Ring von dir zu trennen, wenn er weiterhin funktionieren soll. Und wie wir wissen, hat Nik ein sehr großes Interesse daran.«

Ich blinzelte überrascht. »Bist du sicher?«

»Natürlich bin ich mir sicher«, erwiderte Gwen fast schon beleidigt.

»Aber wieso hat –«

»Hat dir dein Zaubererfreund das nicht gesagt? Es ist schwer, sich zu vergegenwärtigen, was du alles nicht weißt. Das sind für uns alles ganz natürliche Dinge, über die wir nicht lange nachdenken müssen. Genauso wie wir wissen, dass wir die Früchte des Pacastabaumes nicht vor dem ersten Frost essen oder bei Vollmond dem Fluss in der Stadt fern bleiben sollten.«

»Ich verstehe mal wieder gar nichts.«

»Siehst du. In beiden Fällen wärst du mit ziemlicher Sicherheit tot, aber hier weiß das jedes Kleinkind.«

»Was ist in dem Fluss?«, fragte ich, nicht sicher, ob ich die Antwort tatsächlich hören wollte.

»Lunarfische«, antworte Gwen und fügte zur Erklärung direkt hinzu: »Silberne, etwa drei Fuß große Fische. Ihre Schuppen sind mit Magie durchwoben und filtern die Giftstoffe aus dem Wasser, sodass es für die Stadtbewohner trinkbar ist. Bei Vollmond kommen sie vom Grund hoch, um die Kräfte des Mondlichtes aufzunehmen. Sie sind Allesfresser und halten den Kanal so auch von Unrat frei, aber wenn ihnen ein Mensch zu nahe kommt … Na ja, nicht besonders ratsam.«

»Ich verstehe.« Von jetzt an würde ich einen sehr großen Bogen um den Fluss machen. Menschenfressende Fische. Wer kam denn bitte auf so eine Idee? »Es gibt nicht zufällig ein Buch, das all die Todesfallen auflistet, in die hier jemand geraten könnte?«

»Nein. Hätte aber durchaus seinen Reiz. Doch was ich eigentlich sagen wollte«, Gwen griff nach meiner Hand und drückte sie, »die Regeln der Magie mögen kompliziert sein, aber sie lassen nicht viel Spielraum für Interpretationen. Du *bist* die wichtigste Figur auf dem Brett und niemand kann deinen Platz einnehmen. Fang an, dich so zu verhalten.«

Ihre Zuversicht war ansteckend. Vielleicht hatte Gwen recht und ich ließ mir tatsächlich zu viel gefallen. Vielleicht war es an der Zeit, sich bewusst zu machen, dass ich genauso viel gegen Nikolas in der Hand hatte wie er gegen mich.

Unser Moment wurde vom Freund des Prinzen unterbrochen, der über den mit weißem Kies ausgelegten Weg auf uns zukam.

»Ronan.« Gwen sah auf und verzog bei seiner düsteren Miene das Gesicht. »Was hat dir denn an diesem wunderschönen Tag die Laune verdorben?«

»Ich darf wieder einmal Laufbursche spielen.« Entnervt strich er sich die hellbraunen Haare aus dem Gesicht. »Nik lässt dir ausrichten, dass dein Vogel im zweiten Stock ein Gemälde zerlegt.«

»Nicht schon wieder«, murmelte sie. »Ich verstehe einfach nicht, was er gegen moderne Kunst hat. Konnte Nik sich nicht darum kümmern?«

»Nicht sein Vogel, nicht sein Problem. Seine Worte.«

»Natürlich.« Sie seufzte ergeben. »Schön, dann gehe ich wohl mal Schadensbegrenzung betreiben. Fel, wir sehen uns später. Und vergiss nicht, was ich gesagt habe.« Sie zwinkerte mir noch einmal zu, bevor sie den Weg zurückging, den Ronan gerade gekommen war.

»Was genau führt ihr zwei im Schilde?«, fragte dieser misstrauisch.

Ich lächelte unschuldig und steckte mir ein Törtchen in den Mund. »Ich habe keine Ahnung, was Ihr meint.«

»Sicher«, sagte er und schüttelte resigniert den Kopf. »Für Euch habe ich übrigens auch eine Nachricht.«

»Ach ja?«

»Unten warten zwei Männer, die bereit sind, Euch jederzeit in die Stadt zu begleiten. Nikolas bittet Euch jedoch, bis zum Einbruch der Dunkelheit zurück zu sein.«

»Hat er das wirklich so gesagt?« Interessant. Der Prinz hatte viel schneller Wort gehalten als gedacht.

Ronan räusperte sich. »Vielleicht habe ich ein oder zwei Worte umformuliert. Aber der Inhalt bleibt gleich. Soll ich Euch in die Eingangshalle bringen?«

»Ja, bitte.« Es wäre vermessen zu glauben, sich irgendwann in diesem Gebäude bewegen zu können, ohne dabei verloren zu gehen.

Wir überquerten den Rasen und stiegen drei Stufen aus schwarzem Stein empor, die auf eine ausladende Terrasse führten. Immergrüne Pflanzen säumten auch hier das geschwungene Geländer und eine offene Flügeltür führte zurück ins Schloss. Durch das plötzliche Fehlen von Sonnenlicht brauchten meine Augen einige Zeit, um sich an das dunkle Innere zu gewöhnen.

»Was ist eigentlich Eure Rolle hier?«, fragte ich, während Ronan mich zielsicher einen Flur entlangführte. Unsere Schritte hallten von den steinernen Wänden wider. »Königlicher Babysitter?«

»An manchen Tagen.« Seine Mundwinkel zuckten kaum merklich. »Ich sorge dafür, dass niemand dem Kronprinzen zu nahe kommt. Oder ihn gar umbringt.«

»Eine Vollzeitaufgabe, nehme ich an?«

»Sagen wir, es wird nicht langweilig.«

Ich lachte auf. »Sehr diplomatisch geantwortet.«

Ronan neigte den Kopf. »Man lernt mit der Zeit das ein oder andere.«

Wir passierten eine Ritterrüstung, in deren glatt poliertem Helm sich unsere Konturen verzerrt spiegelten. »Und ihr seid Freunde«, fuhr ich fort und hoffte dabei, den bisherigen Austausch richtig interpretiert zu haben. »Ist das nicht schwierig?«

»Würdet Ihr nicht für Eure Freunde sterben?«

»Doch sicher.« Ich zuckte mit den Schultern. »Aber das ist auch leicht zu sagen, wenn die tatsächliche Situation eher unwahrscheinlich ist.« Ich dachte an Ren und ein plötzlicher Stich durchzuckte meinen Körper. Schwer legte sich das Gefühl in meinen Magen. Was tat er gerade? Was taten meine Eltern?

»Ich kann Euch aus Erfahrung sagen, dass die Wahrscheinlichkeit keinen Unterschied macht«, durchbrach Ronan meine Gedanken. Ohne es zu bemerken, hatten wir die Eingangshalle aus dem Korridor betreten, durch den wir bei unserem Einbruch ins Schlossinnere vorgedrungen waren. »Ich weiß nicht, was Ihr in der Stadt vorhabt, aber fühlt Euch frei zu kaufen, was immer Euch beliebt.«

Ruckartig sah ich auf. »Ernsthaft?«

»Ihr seid unser Gast. Lasst die Rechnungen einfach ans Schloss schicken. Nik wird sich darum kümmern.«

»Soll das ein Bestechungsversuch sein?«

»Kommt darauf an. Funktioniert es?«

»Ja«, gab ich widerwillig zu. »Aber das ändert gar nichts!«

»Manchmal bringt es einen mehr weiter, bei kleinen Dingen nachzugeben, als stur zu bleiben.«

Interessant. Wo Gwen mir doch gerade praktisch das Gegenteil geraten hatte. Wie Engelchen und Teufelchen, die auf meinen Schultern saßen.

»Kommt jetzt die große Rede über Euren tollen Prinzen, der die Welt retten will, und mich, die es ihm unnötig schwer macht?«

»Keine Sorge, so tief sinke ich nicht. Ich sage nur, dass wir alle in einer ungewohnten Situation stecken und es hilfreich sein kann, sich etwas entgegenzukommen. Ihm habe ich übrigens dasselbe gesagt.«

»Ich gebe doch nach«, murrte ich und sah zu den beiden Männern in Uniform, die neben der Marmortreppe warteten. Erleichtert erkannte ich in einem von ihnen Oliver. Wenigstens ein bekanntes Gesicht.

»Gut.« Ronan blieb am Fuße der Treppe stehen. »Dann sehen wir uns ja heute Abend wieder. Sonnenuntergang, nicht vergessen.«

Dieses Mal hielt niemand mich am Schlossportal auf und wenige Sekunden später fand ich mich einmal mehr im gleißenden Sonnenlicht wieder.

»Also«, fragte Oliver und trat neben mich. »Wohin?«

Eine gute Frage. Ich war so erpicht darauf gewesen, aus dem Schloss zu kommen, dass ich an eine weitergehende Planung keinen Gedanken verschwendet hatte.

»Ich weiß es nicht«, sagte ich wahrheitsgemäß und kaute nachdenklich auf meiner Unterlippe. »Ihr sagtet, Ihr habt fünf Schwestern, ja?«

Oliver nickte.

»Dann wisst Ihr sicherlich, wo ich Kleider kaufen kann. Hübsche. Und teure.« Wenn ich schon das Geld des Prinzen ausgab, dann auch richtig. Kindisch? Vielleicht. Aber es verschaffte mir eine immense Befriedigung. Außerdem wollte Ronan, dass ich nachgab. Und wie könnte ich das besser tun, als auf den offensichtlichen Bestechungsversuch einzugehen?

Die innere Befriedigung war auch nicht verschwunden, als ich eine Stunde später mit Kleidern im Wert eines kleinen Hauses wieder auf der Straße stand. Schwer zu sagen, ob es die beiden Männer mit dem königlichen Wappen auf der Brust waren, die mir die nötige Glaubwürdigkeit verliehen, oder ob es schlicht niemand wagen würde, Nikolas' Namen ohne Autorisierung auf die Rechnung zu schreiben. Aber niemand hatte mich zwischendurch aufgehalten und auch der Verkäufer hatte mit keiner Wimper gezuckt und mir lediglich versichert, er würde die Sachen, die ich nicht sofort mitnehmen wollte, ans Schloss liefern lassen.

Den Tag mit Oliver zu verbringen, machte Spaß. Er schaffte es, dass sich seine Anwesenheit weniger wie eine Bewachung, sondern mehr wie Zeit unter Freunden anfühlte. Der andere – Grayson, wie ich nur unter höchsten Anstrengungen aus dem schweigsamen Mann herausbekommen hatte – war das komplette Gegenteil. Ich würde ihn auf Mitte dreißig schätzen, mit kurz geschorenem Haar und einem eisernen Blick, der unsere Umgebung stets beobachtete. Aber er trug, ohne zu murren, den größten Teil meiner Päckchen, also wollte ich mich nicht beschweren.

Ich war gerade dabei, die Auslage in einem Schaufenster zu inspizieren, als ein Kribbeln über meinen Nacken kroch. Abrupt sah ich auf und drehte mich um, doch die Straße war bis auf einige Passanten, die eilig an uns vorbeigingen, leer.

»Alles in Ordnung?«, fragte Oliver, der wie automatisch die Hand auf den Schwertgriff gelegt hatte.

»Ja«, sagte ich hastig. »Es ist nichts.« Aber das unangenehme Gefühl, beobachtet zu werden, nahm nicht ab. *Fantastisch*. Jetzt hatte Nikolas' Gerede über Söldner und Kopfgeldjäger mich auch schon paranoid gemacht. Trotzdem betrat ich rasch den nächsten Laden. Augenblicklich verschwand das Gefühl und ich atmete erleichtert aus.

»Felicity.« Oliver räusperte sich.

Fragend sah ich auf.

»Dieses Geschäft verkauft Nachtwäsche …«

»Und?«

»Es ist äußerst unangemessen, mit uns hier zu sein.«

»Ich hatte nicht vor, sie vor dir anzuprobieren.«

»Wir sollten nicht einmal hier drin sein.«

»Dann warte doch draußen«, schlug ich vor und besah mir ein Nachthemd aus feiner, dunkler Spitze.

»Unsere Anweisungen lauten, uns nicht weiter als einen Meter von dir zu entfernen.«

»Na dann.« Ich nahm zwei der Ausstellungsstücke und drehte mich zu ihm um. »Rot oder schwarz?«

Olivers Augen weiteten sich erschrocken. Rasch sah er zur Seite. »Wir könnten hierfür eine Menge Ärger bekommen.«

»Weil wir in einem Bekleidungsgeschäft sind?«

»Für *Unterwäsche*. Du gehörst zum Prinzen und –«

Das Nachthemd rutschte beinahe aus meiner Hand. »Ich tue *was*?«

»Nun ja … er hat uns keine Erklärung geliefert, aber er ist sehr um dich besorgt und –« Oliver stockte. »Ihr seid nicht?«

»Nein! Natürlich nicht!«

»Warum bist du dann hier?«, fragte er und runzelte irritiert die Stirn.

»Das … ist kompliziert. Weißt du was«, ich hob die Nachthemden hoch, die ich noch immer in der Hand hielt, »ich nehme einfach beide. Und der Prinz wird keines davon zu sehen bekommen!« Unglaublich, dass ich das wirklich klarstellen musste.

Die nächsten Stunden verliefen ohne bemerkenswerte Zwischenfälle, auch wenn mich immer wieder das Gefühl überkam, beobachtet zu werden. Doch egal, wie oft ich mich umdrehte, niemals war irgendjemand zu sehen. Das Ganze zog sich bis zu einer kleinen Seitenstraße, die fernab der Stadtmitte lag. Hier waren kaum Leute unterwegs, die Geräusche klangen gedämpft und die Fenster der Läden stellten weniger pompöse Kleidungsstücke aus. Ein Pfiff durchschnitt die nachmittägliche Stille. Suchend wandte ich mich um, sah die Häuser empor und erblickte schließlich einen mir sehr bekannten dunkelblonden Haarschopf. Ich grinste breit. »Hey.«

»Du lebst ja noch.« Oskar erwiderte mein Grinsen, an der Dachkante sitzend und die Beine locker in die Tiefe baumelnd.

»Sieht ganz so aus. Kommst du runter?«

Er schüttelte den Kopf. »Komm hoch. Die Aussicht ist besser.«

Erst jetzt entdeckte ich die Strickleiter, die vor mir an der Hauswand hing. Ohne weiter nachzudenken, drückte ich Oliver das Päckchen mit meinen letzten Einkäufen in die Hand.

Grayson trat vor und streckte die Hand aus. »Auf gar keinen Fall.«

»Ich falle schon nicht runter.«

»Nein«, wiederholte er eisern.

Ich biss die Zähne zusammen, dann nickte ich knapp. »Schön.«

Grayson ließ die Hand sinken. Ich trat einen Schritt zurück, brachte etwas Abstand zwischen uns, und bevor einer der Männer reagieren konnte, machte ich einen Satz zur Seite, griff nach den Sprossen der Leiter und zog mich nach oben. Die Wachen sprangen mir nach.

Oskar schnalzte warnend mit der Zunge. Die Klinge eines Messers blitzte auf, nur Millimeter vom Seil entfernt. »Einen Schritt weiter und das geht schlecht für euch alle aus.«

Ich kletterte weiter hoch, bis ich sicher war, von den Männern nicht mehr erreicht werden zu können, dann drehte ich mich um.

»Felicity!« Olivers Stimme hatte einen fast schon flehenden Unterton. »Bitte. Du bringst uns alle in Schwierigkeiten.«

Ich zögerte einen Augenblick, ein winziger Anflug von Zweifel keimte auf, doch dann streckte Oskar mir die Hand entgegen, der Moment war vergessen und ich ließ mich von ihm aufs Dach ziehen.

Kapitel 13

Es gab Schwierigkeiten im Leben, auf die einen niemand vorbereitete. In einem mittelalterlichen Ballkleid auf einem schmalen Dachfirst hinter einem Kerl herzurennen, der die Schwerkraft und den damit unvermeidlich verbundenen Tod in die Tiefe eher als Vorschlag denn als Naturgesetz zu sehen schien, war eine davon. Aber ich beschwerte mich nicht, denn mit jedem Schritt, mit jedem Sprung über die viele Meter unter uns liegende Straße verschwand ein bisschen der Anspannung, die sich in den letzten Tagen in mir festgesetzt hatte. Sie wurde zwar von einer sehr bildlichen Angst ersetzt, in einem Haufen aus Blut und Knochen auf dem Boden zu enden, aber hey – Abwechslung tat gut. Immerhin hatte ich mich von Gwen nicht auch noch zu hohen Schuhen überreden lassen. Trotzdem war ich froh, als Oskar irgendwann stehen blieb, weit genug von Schloss, Wachen und allem entfernt, das mich jetzt noch einholen konnte.

Ich warf dennoch einen Blick über die Schulter, fast schon in Erwartung, jemanden direkt hinter mir zu sehen. Aber niemand verfolgte uns. Die Dächer der Stadt erstreckten sich scheinbar meilenweit vor mir, eine bunte Ansammlung verschiedener Nuancen aus Rot, Braun und Schwarz. Oskar berührte mich vorsichtig, ich wirbelte herum und hatte im nächsten Moment die Arme um seinen Hals geworfen.

»Ich bin froh, dass du noch lebst«, murmelte er, die Umarmung ebenso fest erwidernd. Dann schob er mich von sich. »Was ist passiert?«

»Ich hatte keine Lust mehr auf diese Schnitzeljagd«, antwortete ich mit einem matten Lächeln. Mit noch immer zitternden Knien sank ich auf das Dach und zog die Beine unter den Körper, was sich mit den weit ausladenden Röcken des Kleides doch weitaus schwieriger gestaltete als gedacht. Oskar nahm mir gegenüber Platz, seine grauen Augen musterten mich forschend.

»Und da dachtest du, in die Höhle des Löwen zu spazieren, sei eine gute Idee, das Problem zu lösen?«

Um ehrlich zu sein, hatte ich das Gefühl, seit meiner Ankunft in dieser Welt keinen einzigen klaren Gedanken mehr gefasst zu haben. Mein Verstand war noch immer damit beschäftigt, das scheinbar Unmögliche zu verarbeiten, und der kleine Teil meines Gehirns, der momentan zur Verfügung stand, hatte der Logik wohl längst abgeschworen. Oder versuchte, die vielen Todesfallen dieser Stadt zu erkunden. Und vor allem zu vermeiden.

»Hat doch funktioniert«, murmelte ich abwehrend, wobei mir nicht Oskars bedeutsamer Blick zu meiner Hand entging, an deren Finger kein Goldring steckte.

»Hat es das?«, verlieh er seinen Zweifeln dennoch Ausdruck.

»Ich arbeite noch daran.« Gott, das klang selbst in meinen Ohren erbärmlich.

»Und die beiden Wachhunde, die wir gerade abgehängt haben, gehören zu deinem Plan?«

Ich sollte mich geschmeichelt fühlen, dass er mir einen Plan zutraute. »Eine Aufmerksamkeit des Schlosses.«

»Des Prinzen?«, hakte er nach, wobei es weniger wie eine Frage denn ein Vorwurf klang.

Ich schluckte das *Und-wenn-schon*, das mir auf der Zunge lag, herunter und nickte knapp. »Was weißt du über ihn?«

Oskar zuckte mit den Schultern. »Das, was jeder weiß.«

»Kein Geflüster auf der Straße?« Er hatte immerhin gewusst,

dass Nikolas mich suchen ließ, obwohl dieser alles daransetzte, genau das so geheim wie möglich zu halten.

Oskar lehnte sich nach hinten auf die Handflächen, ein leichtes Grinsen auf den Lippen. »Ich weiß, dass er Streitigkeiten mit dem Rat hat. Papas Fußstapfen sind schwerer auszufüllen als gedacht.«

Gwen hatte mir erklärt, wie das Ganze funktionierte. Terralore war in elf Fürstentümer unterteilt und die jeweiligen Landesherren – also die Grafen oder Herzöge ganz egal welchen Geschlechts – erhielten jeder einen Sitz im Rat. Nikolas übernahm als Kronprinz den zwölften für die Hauptstadt und als König momentan auch den dreizehnten, wobei den einzelnen Akteuren jeweils ein unterschiedlich großes Stimmgewicht zustand. Der Rat war somit als oberstes Regierungsorgan *der* Ort, an dem die Entscheidungen getroffen wurden.

»Streit worüber?«, fragte ich, begierig, mehr Informationen oder vielleicht sogar einen kleinen Trumpf zu bekommen.

Doch Oskar zuckte erneut mit den Schultern. »Vor einem halben Jahr hatte er noch nichts als Spaß im Kopf und jetzt sitzt eine Krone drauf. Da ist Ärger doch vorprogrammiert.«

»Und sonst nichts?«

Er legte den Kopf schief. »Sag du es mir. Wofür braucht er einen Ring, der ihn durch die Welten bringen kann?«

Gedankenversunken fuhr ich mit dem Finger die Kante eines roten Dachziegels entlang. »Er ist recht sparsam mit seinen Informationen. Und was ich weiß, habe ich versprochen, nicht weiterzuerzählen.« Ich musste nicht erst aufsehen, um zu wissen, dass Oskar jede meiner Bewegungen beobachtete.

»Vertraust du ihm?«

»Ja«, kam es über meine Lippen, bevor ich darüber nachdenken konnte. Stellte sich nur noch die Frage nach dem *Warum*. Nikolas hatte mir keinen einzigen Grund gegeben, ihm mein Vertrauen entgegenzubringen, doch tief in meinem Inneren wusste etwas, dass ich es tun konnte.

»Hör mal«, sagte Oskar vorsichtig. »Ich weiß Alleingänge durchaus zu schätzen, aber –«

»Aber du denkst, ich sei der Sache nicht gewachsen.«

»Das habe ich *nicht* gesagt«, verteidigte er sich. »Ich denke nur, dass dir nicht ganz klar ist, welche Intrigen am Hof gesponnen werden, welche Lügen erzählt. Jeder ist nur auf seinen Vorteil aus. Vorteil bedeutet Macht. Und ich muss dir nicht sagen, dass dieser Ring momentan das vermutlich mächtigste Objekt im ganzen Königreich ist, oder?«

»Nein.« Seufzend wickelte ich eine Haarsträhne um den Finger, die sich bei dem Gerenne aus der Frisur gelöst hatte.

Das wird sie nicht davon abhalten, Söldner zu schicken, Kopfgeldjäger, Menschen, die für Geld alles tun, hallten Nikolas' Worte in meinen Gedanken nach. Nicht zum ersten Mal gestand ich mir ein, dass die Sache, in die ich da geriet, vielleicht eine Nummer zu groß war. *Oder zwanzig*, spottete die kleine nervige Stimme in meinem Kopf, die in den letzten Stunden erstaunlich ruhig geblieben war. Frustriert vergrub ich das Gesicht in den Händen, während meine Gedanken wild in alle Richtungen gingen.

»Komm mit«, schnitt Oskars Stimme durch das Chaos in meinem Kopf. »Wir können dich beschützen, *ich* kann dich beschützen.«

Ich versuche nur, Euch zu beschützen.

Etwas in mir kippte und brachte mich dazu, auf die Füße zu springen. »Wieso denkt eigentlich jeder in dieser verdammten Stadt, mich beschützen zu müssen? Mache ich wirklich einen so hilflosen Eindruck?«

»Na ja …«, setzte Oskar an.

Ich brachte ihn mit einem finsteren Blick zum Schweigen. »Nicht antworten!«

»Nicht hilflos«, stellte er klar. »Nur etwas unerfahren.«

Wie sollte ich denn auch Erfahrungen sammeln, wenn ich mich ständig hinter irgendwem versteckte? Zuließ, dass andere meine Entscheidungen trafen?

Vorsichtig trat ich an die Dachkante und sah hinunter auf die Straße. So hoch waren wir gar nicht und dennoch wirkten die Menschen unter uns wie winzige Ameisen, die geschäftig ihrem Treiben nachgingen. Ich sah nach Osten, wo in vielen, vielen Meilen Entfernung das Reich der Fae lag. Einmal mehr kribbelte es in meinem Nacken und mein Blick zuckte unwillkürlich wieder nach unten in die Schatten der engen Gassen zwischen den Häusern.

Lautlos trat Oskar neben mich. »Was ist?«

»Gar nichts.« Ich wandte mich ab, entschlossen, meiner Einbildung nicht weiter nachzugehen. Trotzdem fragte ich, nur um sicherzugehen: »Du beobachtest mich nicht zufällig schon den ganzen Tag?«

»Nein. Ich habe tatsächlich anderes zu tun.«

Das nahm ich gleich als Anlass, eine Frage zu stellen, die mich schon eine Zeit lang beschäftige. »Was machst du eigentlich? Wenn du nicht gerade irgendwo einbrichst, meine ich.«

»Dies und das.«

»Dies und das«, wiederholte ich skeptisch. »Geht's noch etwas kryptischer?«

Er wackelte bloß vielsagend mit den Brauen und ich verdrehte die Augen.

»Und das Geld?«, fragte ich weiter. »Als wir uns das erste Mal getroffen haben, hattest du ein unbezahlbares Gemälde unterm Arm. Was ist damit passiert?«

»Noch gar nichts, weil Will es noch nicht verkauft hat. Aber ich kann dir zeigen, was damit passieren wird, wenn du magst.«

»Macht mich das zur Mitwissenden bei etwas, das uns alle in Schwierigkeiten bringen könnte?«

»Felicity.« Empört legte sich Oskar eine Hand auf die Brust. »Ich bin ein gesetzestreuer Bürger, wie kannst du mir so etwas nur unterstellen?«

»Das heißt also ja?«

Oskar lachte. »Natürlich heißt das ja. Und jetzt komm.« Er ging hinüber zur Dachkante, zwinkerte mir noch einmal zu – und sprang. Was zur …?! Ich stürzte ihm nach, stoppte allerdings, so, wie jeder vernünftige Mensch es tun würde, *vor* dem Abgrund.

»Spinnst du jetzt völlig?« Finster sah ich zu Oskar, der etwa zwei Meter unter mir auf einem steinernen Vorsprung stand und mit einem breiten Grinsen zu mir heraufsah. Wind zerzauste seinen ohnehin schon unordentlichen Haarschopf, was ihn noch verwegener wirken ließ als sonst.

»Jetzt komm schon.« Energisch winkte er mich heran.

Die leidlichen Vorerfahrungen hatten mich gelehrt, dass es keinen Sinn hatte, zu widersprechen. Also setzte ich mich auf die Kante und glitt vorsichtig nach unten. Einen kurzen Moment befand sich mein Körper im freien Fall, dann berührten meine Füße den Vorsprung. Zwei weitere dieser Manöver später, die auch gern hätten vermieden werden können, und wir erreichten endlich wieder festen Boden.

Die Sonne neigte sich langsam, aber sicher dem Horizont entgegen und die Straßen füllten sich zunehmend mit Menschen, die ihre Waren vom Markt nach Hause brachten oder begannen, ihre Läden zu schließen. Stattdessen öffneten die Gasthäuser ihre Türen und unter das Stimmengewirr der Passanten mischte sich schon bald Gelächter und das Klirren von Gläsern.

Ich fing mir ein belustigtes Schnauben von Oskar ein, als ich peinlich genau darauf achtete, exakt in der Mitte der steinernen Brücke zu gehen, die sich in einem eleganten Bogen über dem träge dahinfließenden Fluss wand. Um nichts in der Welt würde ich dem Wasser – oder den darin lebenden *menschenfressenden Fischen* – zu nahe kommen.

»Will und ich haben eine Wette laufen, wer sich bei Vollmond traut, länger die Hand ins Wasser zu halten«, sagte Oskar und spähte über das Brückengeländer.

»Natürlich habt ihr das«, erwiderte ich trocken, sparte mir aber lieber die Frage, was passierte, wenn einer von ihnen verlor.

»Ich weiß, du willst darüber nichts hören«, begann Oskar, als wir die Brücke hinter uns gelassen hatten und eine breite Straße betraten, die nach Westen führte. »Aber wenn es dir darum geht, deinen Ring wiederzubekommen, gibt es auch andere Wege.«

»Zum Beispiel? Ich weiß nicht mal, wo er ist, aber der Prinz ist bestimmt nicht so blöd und lässt ihn rumliegen. Willst du dich nachts in sein Schlafzimmer schleichen? Klingt nach einem ziemlich sicheren Weg, mit einer Klinge im Herz zu sterben.« Ich kannte Nikolas' Leibwächter nicht besonders gut, aber Ronan hätte nicht seine Position inne, wenn er es zulassen würde, dass sich jemand nachts über seinen Schützling hermachte.

»Und wenn ich jemanden kenne, der das durchziehen könnte?«

»Jemanden, der besser ist als du?«

»Es gibt immer jemanden, der besser ist«, sagte Oskar leichthin und vergrub die Hände in den Manteltaschen. »Außerdem habe ich meine Fähigkeiten auch von irgendwem gelernt.«

»Der mysteriöse Jemand von der Uni?« Es war geraten, aber Oskars knappes Nicken bestätigte meine Vermutung. Ich kaute auf meiner Unterlippe, aufgeregt, ein kleines Puzzleteil seiner Vergangenheit gefunden zu haben.

»Cullan Sainsbury«, fuhr Oskar fort, ausnahmsweise ohne dass ich ihn dafür löchern musste.

»Der Kerl aus der Eingangshalle?! Der superheiße Kerl?«

Er stieß ein belustigtes Schnauben aus. »Genau der.«

»Sainsbury«, überlegte ich laut, »Wie Élena? Nikolas' Nicht-oder-fast-oder-*was-auch-immer*-Verlobte?«

»Ihr älterer Bruder.«

»Aber ich dachte, sie sei nach ihrer Schwester die zweite in der Thronfolge?« Es war mühsam, sich alle Bruchstücke zu dem, was um mich herum vor sich ging, zusammenzusuchen. Gwen hatte ein paar dieser Lücken gefüllt, aber ich wollte die Prinzessin nicht mit zu vielen Fragen löchern. Und schon gar nicht wollte ich den

Eindruck erwecken, am zukünftigen Eheleben des Prinzen interessiert zu sein. Ich wollte bloß den Klatsch hören, doch immer, wenn ich dachte, eine Sache richtig eingeordnet zu haben, kam jemand daher und brachte mein mühsam errichtetes Gerüst aus Informationen zum Einsturz.

Oskars Mundwinkel zuckte. »Halbbruder trifft es wohl eher. Sie haben denselben Vater, aber seine Mutter war nicht die Königin.«

Da war etwas an der Art, wie sein Blick ganz kurz aus dem Fokus geriet, so, als sehe er einer längst vergessenen Erinnerung nach. Zusammen mit ihrem seltsamen Verhalten ergab das Sinn.

»Das«, sagte ich langsam, »war, bevor du Freya kennengelernt hast, oder?«

Oskar legte den Kopf schief. »Du bist gut«, sagte er, eine überraschende Anerkennung in der Stimme. »Das muss man dir lassen. Aber Freya und ich sind nicht die Art von Paar. Sie geht ganz in ihrer Leidenschaft für die Heilkunst auf und ich habe gelernt, dass ich nicht für feste Bindungen geschaffen bin.«

»Was hat es mit Malière auf sich?« Cullan hatte eigenartig darauf reagiert, den Namen zu lesen.

»Eine Stadt voller Erinnerungen.«

Ah, wir waren zurück bei *kryptisch*. Ich bohrte nicht weiter nach. Das war mehr, als ich jemals gedacht hatte, an Informationen aus ihm herauszubekommen, und außerdem fühlte es sich an, als überschritte ich eine Grenze, so tief in seiner Vergangenheit zu forschen.

»Also«, sagte ich stattdessen. »So gern ich auch sehen würde, wie ihr beiden es schafft, einen schlafenden Prinzen zu bestehlen: Ich kann nicht.« Es war nicht so, dass ich das Gefühl hatte, irgendetwas zu Nikolas' Vorhaben beizutragen, ganz egal, was Gwen sagte. Mochte sein, dass es ohne mich nicht funktionierte, aber ich war dennoch nur diejenige, die ihm seinen geliebten Schlüssel hinterhertrug. Das machte mich zwar zu einem wichtigen, aber nicht gerade heroischen Teil des Ganzen. Trotzdem fühlte es sich an wie Verrat, ihm jetzt den Rücken zuzukehren und das Land seinem Schicksal zu überlassen.

Oskar nickte stumm. So wie ich ihm die Geheimnisse seiner Vergangenheit ließ, akzeptierte er meine Entscheidung, ohne einen Grund zu fordern. Eine stillschweigende Übereinkunft, die wir beide dankbar annahmen.

Er bedeutete mir, weiterzugehen, und schon bald wandelte sich die breite Straße in einen schmaleren Weg. Die Strahlen der Abendsonne tauchten die Umgebung in ein warmes goldenes Licht. Es dauerte eine Weile, bis mir auffiel, dass die Häuser mit jedem Schritt kleiner wurden. Die moosbedeckten Dächer wiesen an diversen Stellen Löcher auf, die gepflegten Vorgärten wichen verwilderten Grasstücken mit bunten Herbstblumen. Selbst die schmutzigen Fensterscheiben hatten so viele Risse, dass es den Eindruck machte, sie würden bald in sich zusammenbrechen.

»Wo sind wie hier?«, fragte ich und sah mich stirnrunzelnd um. Wir waren so weit nach Westen gegangen, dass wir uns fast an der Stadtgrenze befinden mussten.

»Du hast das Schloss und Terralores hübschen, aufpolierten Teil gesehen. Das hier ist die andere Seite. Wir –«

Er wurde unvermittelt von einem Wirbelwind aus Gekicher und hellem Haar unterbrochen, der zwischen zwei Häusern hervorgestürmt kam.

Ich starrte sprachlos auf das höchstens fünf Jahre alte Mädchen, das sich in Oskars Arme warf. Er hob sie hoch und wirbelte sie unter lautem Gekreische einmal im Kreis.

»Ist – ist das … dein Kind?«, stotterte ich, zu perplex, um einen geraden Satz herauszubringen.

Oskar lachte bei meinem schockierten Gesichtsausdruck. »Nein. Aber ich passe manchmal auf sie auf. Richtig, Amilia?«

Amilia nickte enthusiastisch, bevor sie mit einer Begeisterung, wie nur Kinder sie aufbringen konnten, verkündete: »Er zeigt mir, wie man Schlösser aufmacht!«

»Hey!« Oskar zerzauste ihr das blonde Haar. »Das sollst du doch nicht weitererzählen.«

»Ups.« Sie kicherte, machte jedoch nicht den Eindruck, dass es sie groß kümmerte. »Gehst du mit mir Süßigkeiten kaufen?«

»Tut mir leid, Kleine, aber heute musst du allein gehen«, sagte er entschuldigend. »Ich führe Felicity hier ein wenig herum.«

Amilia kniff finster die blauen Augen zusammen. »Ich mag sie nicht.«

Autsch. Nicht gemocht zu werden, war eine Sache, aber wenn dieser Satz von einem Kind stammte, kam das ja fast schon einem Ticket in die Hölle gleich. Ich beugte mich ein wenig vor, sodass ich mit dem Mädchen, das noch immer in Oskars Armen thronte, auf Augenhöhe war.

»Und wenn ich dir ein Geheimnis verrate?«

Amilia überlegte einen Moment, dann gewann ihre Neugierde die Oberhand. »Was für ein Geheimnis?«

»Wenn du Süßigkeiten kaufen gehst und meinen Namen sagst, bekommst du so viele, wie du willst. Und Prinz Nikolas bezahlt sie.«

»Der Prinz kauft dir Süßigkeiten?«, fragte sie aufgeregt.

Ich nickte ernst. »Wann immer ich will.«

»Bist du eine Prinzessin?«

»Nein.« Ich lachte, als sie enttäuscht die Nase rümpfte. »Aber das Kleid hier gehört einer Prinzessin. Sie hat es mir geliehen.« Auch wenn Gwen es nicht zurückhaben wollte. Die Jedes-Kleid-nur-einmal-Tragen-Politik verstand ich sowieso nicht, aber das war wohl eine Eigenart, die damit einherging, von klein auf unlimitiertes Geld zur Verfügung zu haben. Oder ich durchblickte die Gepflogenheiten bezüglich Mode am Hof genauso wenig wie alles andere. Beides sehr gut möglich. Amilia streckte eine Hand aus und berührte vorsichtig die feine Seide, wobei ihr Mund ein perfektes O bildete.

»Warte mal.« Ich griff in meine Haare und zog eines der hellblauen Bänder heraus, das die einzelnen Zöpfe zusammenhielt.

Lächelnd band ich es dem Mädchen ums Handgelenk. »So, jetzt bist du auch eine Prinzessin.«

Amilia quietschte, was in etwa so klang wie ein Chihuahua, dem man versehentlich auf den Fuß getreten war, und zeigte Oskar voller Stolz ihren Arm, der pflichtbewusst nickte und erklärte, sie sehe tatsächlich aus wie eine richtige Prinzessin.

»Und jetzt geh schnell und kauf deine Süßigkeiten, bevor es dunkel wird, sonst schimpft deine Mutter mit mir«, sagte er und setzte das quirlige Mädchen wieder auf dem Boden ab.

Ein weiteres Kichern, dann verschwand sie in den Schatten zwischen den Häusern.

Ich sah ihr belustigt nach und dann erneut zu den baufälligen Gebäuden. »Jetzt sag mir endlich, was wir hier machen.«

Das Funkeln schwand aus Oskars Blick. »Terralores dunkler Teil. Hier geht sämtliches Geld hin, das die Bilder bringen.«

»Ihr …« Mir versagte die Stimme. »Du gibst all das Geld weg?«

»Es macht Spaß, die Bilder direkt unter der Nase ihrer Besitzer auszutauschen, aber das Geld zu behalten ist eine Grenze, die ich nicht überschreiten will. Auch wenn ich natürlich weiß, dass manche bereits den Gemälderaub als Unrecht einstufen würden.« Den letzten Teil seines Satzes sagte er mit einem Zwinkern, aber ich achtete nicht darauf, denn mir war gerade eine Parallele aufgefallen, von der ich nicht glauben konnte, sie nicht eher gesehen zu haben.

»Du bist *Robin Hood*!«

»Ist das ein Freund von dir?«

»Das ist eine Buchfigur. Du kannst nicht zufällig mit Pfeil und Bogen umgehen?«

»Ist schon ein paar Jahre her, aber ich war mal recht gut.«

»Unglaublich«. Fasziniert schüttelte ich den Kopf und nahm mir im selben Atemzug fest vor, ihm irgendwann mal eine Ausgabe der Geschichte mitzubringen. »Aber wenn du all das Geld weggibst, wie finanziert ihr dann euer Leben?«

»Ach, du weißt schon«, er kratzte sich ausweichend an der

Schläfe, »dies und das.« Die exakt gleichen Worte wie vorhin. Eine sehr freundliche Art, mir zu sagen, dass er diese Frage nicht beantworten würde, aber dennoch deutlich genug.

»Wir können es nur alle paar Monate wagen, einen Raubzug durchzuziehen, und selbst wenn die Bilder eine Menge bringen, ist es doch nur ein Tropfen auf dem heißen Stein. Wir bessern die Häuser aus, besorgen Kleidung, finden Arbeit für die Menschen, aber die Einzigen, die wirklich etwas verändern könnten, sitzen da oben.« Er wies mit einer Handbewegung auf das Schloss, das hell erleuchtet auf seiner Erhöhung in der Mitte der Stadt ruhte, seine dunklen Türme wie Finger in den Abendhimmel gereckt. In der aufkommenden Nacht machte es beinahe den Eindruck zu schweben.

»Deswegen hast du mich hergebracht«, murmelte ich. »Emotionale Erpressung.«

»Keine Erpressung! Lediglich das … Aufzeigen einer anderen Sichtweise.«

»Was würde es ändern, wenn ich nicht zurückgehe? Damit wäre diesen Menschen auch nicht geholfen!«

»Ich will dich auch gar nicht davon abhalten, zurückzugehen. Nur was immer dein Prinz dir erzählt, so heldenhaft kann er nicht sein, wenn er zulässt, dass in seiner Stadt Kinder auf der Straße leben.«

»Er ist nicht *mein* Prinz, hör auf das zu sagen«, zischte ich gereizt. »Und nur um das klarzustellen, ich kann ihn genauso wenig leiden wie du!« Auch wenn ich mich davon abhalten musste, ihm zu sagen, dass Nikolas seine Position doch gerade erst übernommen und vielleicht noch gar keine Chance gehabt hatte, etwas zu verändern. Ich wollte ihn nicht verteidigen.

»Was immer er dir erzählt hat. Was immer er dir versprochen hat: Er wird es nicht halten. Er wird dich benutzen und dann wegwerfen, sobald du ihm nicht mehr von Nutzen bist.«

Und wenn schon. Schlechter als jetzt konnte ich ohnehin nicht dastehen. »Wir werden sehen.«

»Fel, du kannst doch unmöglich so dumm sein, zu –«

»Wag es ja nicht, mich als dumm zu bezeichnen!« Zorn flammte in mir auf, fraß sich durch meine Adern und ließ mich die Fäuste ballen. Meine Fingernägel bohrten sich in meine Handflächen. Nur am Rande bemerkte ich, dass mein Atem zu schnell ging, als ich Oskar wütend anstarrte. »Seit ich in dieser Stadt bin, laufe ich anderen hinterher, lasse sie die Entscheidungen treffen! Das ist das erste Mal, dass ich etwas selbst entschieden habe. Und ich stehe verdammt noch mal dazu!« Meine Stimme wurde immer lauter, sodass einige der Menschen auf der Straße sich erstaunt zu uns umdrehten. »Also wag es ja nicht, mich als dumm zu bezeichnen. Dazu hast du kein Recht!«

Oskars Augen blitzen auf. »Alles, was ich tat, war, um dir zu helfen.« Im Gegensatz zu meiner war seine Stimme gefährlich ruhig. »Aber wenn du dich lieber in die Arme irgendeines dahergelaufenen Prinzen werfen willst, der dir hübsche Kleider und Schmuck kauft, dann mach doch, was du willst. Letzte Chance.«

Wie Eiswasser löschten seine Worte meine Wut und hinterließen nichts weiter als eine endlose Leere.

»Du kannst mich mal.« Es war kaum mehr als ein Flüstern, aber trotzdem zuckte er zusammen, als hätte ich ihn angebrüllt. Ich wartete nicht auf das, was als Nächstes geschah, sondern drehte auf dem Absatz um und stapfte den Weg zurück, den wir gekommen waren.

»Fel!«, stöhnte er entnervt auf. »Lass mich dich wenigstens wieder zum Schloss bringen.«

»Das finde ich auch allein!«, fauchte ich, ohne mir die Mühe zu machen, mich umzudrehen.

Er folgte mir nicht. Gut. Es war das erste Mal seit Tagen, dass ich wirklich ungestört nachdenken konnte. Nicht in irgendeinem fremden Schlafzimmer, nicht mit irgendwem im Schlepptau, nur ich allein unter dem Himmel, der jetzt immer mehr von Rot in Schwarz überging. Erste Sterne blinkten vereinzelt auf. Der Anblick war so vertraut, dass es beinahe schmerzte. Ich war auf

Oskars Seite, wie könnte ich das auch nicht sein. Doch trotzdem versuchte mein Kopf unaufhörlich, Rechtfertigungen zu finden. Es war nicht Nikolas' Stadt, es war die seines Vaters. Wer wusste schon, was er verändern würde. Und wieso verteidigte ich ihn eigentlich?! Was interessierte es mich, ob er der Gute war oder nicht? Einen Krieg zu verhindern, war niemals falsch, also spielte es keine Rolle. Und wenn die Sache vorbei war, konnte ich diese Stadt mit ihren komischen kreisrunden Straßen, lebensgefährlichen Flüssen, Prinzen und Meisterdieben getrost wieder sich selbst überlassen.

Mit einer neuen Entschlossenheit schritt ich über die steinerne Brücke, dieses Mal nicht einmal darauf achtend, dem Wasser so fern wie möglich zu bleiben. Meine Orientierung lag immer noch bei ziemlich genau null, aber das riesige Schloss zu finden, bekam ich dann doch hin. Der Weg begann anzusteigen, die Häuser machten Platz und gaben die Sicht auf das imposante Gebäude frei. Und da passierte es erneut. Ein Prickeln, das in meinem Nacken begann und sich von dort langsam meinen Rücken hinab ausbreitete. Ich wirbelte herum.

Dünne Nebelschwaden krochen wie Schlangen über den Boden, wanden sich zu Kreisen, stiegen in die Höhe, bildeten eine undurchdringliche Mauer, die mich von allen Seiten einschloss. Was zur Hölle war denn nun schon wieder los? Bevor ich reagieren konnte, mischten sich schwarze Wirbel in die weißen Wände. Die Schatten nahmen Gestalt an. Zu wabernd, um wirklich etwas zu erkennen, zu konkret, um es für Zufall zu halten. Kälte breitete sich aus und überzog die wenigen Pfützen, die noch vom Regen der letzten Tage übrig waren, mit einer Schicht aus Eis. Die Härchen auf meinen Armen stellten sich auf, als ich mich einmal um mich selbst drehte. Alles sah so gleich aus, dass ich schon jetzt nicht mehr wusste, wo vorn und wo hinten war. Jegliches Geräusch wurde erstickt. Das einzig wahrnehmbare war das hämmernde Schlagen meines Herzens. Sekunden, Minuten, Stunden – ich wusste nur, dass ich reglos dastand, während die wirbelnden

Schatten aufeinander zukrochen, ineinanderflossen, sich zu einer Gestalt verdichteten. Massige Pfoten, eine breite Brust, spitze Zähne, die im wenigen Licht schwach glänzten. Der gigantische schwarze Wolf hob den Kopf, sein Blick bohrte sich in meinen. Rauch waberte um seine verschwommenen Konturen. Er stieß ein Knurren aus, das den Boden erzittern ließ. Dann kauerte er sich zusammen, spannte die Muskeln an und sprang.

Kapitel 14

Die Wucht, mit welcher der Körper des Wolfes auf meinen traf, presste mir sämtliche Luft aus der Lunge. Ich stolperte zurück, verlor das Gleichgewicht, meine Handflächen machten schmerzhaft Bekanntschaft mit dem Boden. Mondlicht glänzte in schwarzen Augen, die sich plötzlich nur wenige Zentimeter vor meinem Gesicht befanden. Das Tier fletschte die Lefzen. Eine Reihe sehr spitzer Zähne blitzte auf und etwas Nasses tropfte auf meine Brust. Irgendein Teil in meinem Kopf, der die aktuelle Lage entweder falsch einschätzte oder sich einfach mit unserem Schicksal abgefunden hatte, merkte an, dass es schon etwas würdelos war, mit Hundesabber bedeckt zu sterben. *Tolle letzte Gedanken*, spottete ein anderer. Ich blendete beide aus.

Schwer atmend sah ich zu dem Wolf auf, der mich, mit den Vorderpfoten zu jeder Seite meines Körpers abgestützt, musterte. Beinahe neugierig.

»Wir … ähm … können nicht zufällig darüber reden?«, fragte ich zitternd, aber doch mit festerer Stimme als gedacht.

Er schnaubte mir einen Schwall heiße Luft ins Gesicht. War das ein Lachen gewesen? Sollte er tatsächlich gerade –

Jeder Gedanke wurde aus meinem Kopf gefegt, als der Wolf unvermittelt zubiss. Tief gruben sich seine Zähne in meine Schulter. Schmerz explodierte. Ich wollte schreien, aber mein Körper gehorchte mir nicht mehr. Alles schien plötzlich ganz weit weg zu sein. Bilder fluteten meine Gedanken. Erst ein schneller Strom an

Farben, der an mir vorbeirauschte, dann wurde der Fluss langsamer. Endloses Grasland. Ein dichter Wald. Sonnenlicht auf einem komplett reglosen Blätterdach. Ein paar dunkelgrüne Augen.

»Menschenmädchen«, raunte eine Stimme samtig wie die Nacht in mein Ohr. Nein. Nicht in mein Ohr, in meinen Kopf. Da war eine verdammte fremde Stimme in meinem Kopf!

»Sag deinem Prinzen, er hat zehn Tage, um dich zu mir zu bringen, oder ich werde selbst kommen. Er weiß, was das bedeutet.«

Wer bist du, wollte ich sagen, denken, schreien, was auch immer. Aber alles, was ich vernahm, war ein leises Lachen.

So abrupt, wie es begonnen hatte, hörte es auch auf. Die Bilder verschwanden, der Wolf zog seine Zähne aus meiner Schulter, ich bekam die Kontrolle über meinen Körper zurück. Keuchend wollte ich zurückweichen, aber das riesige Tier setzte eine Pfote auf meine Brust und hinderte mich so daran, fortzukommen. Es senkte abermals den Kopf, doch statt erneut zuzubeißen, leckte der Wolf über die Wunde, die er hinterlassen hatte. Blut mische sich mit Speichel, der Schmerz nahm ab und kurz darauf konnte ich fühlen, wie meine Haut sich zusammenfügte. Das Ganze dauerte nur ein paar Herzschläge, dann zog der Wolf sich zurück und gab mich endgültig frei. Ich sprang auf die Füße, gerade als das Tier sich in dunklen Rauch auflöste. Erneut mischten sich die schwarzen Schlieren mit dem weißen Nebel. Einen Windhauch später war alles verschwunden.

Die Straße tauchte auf, als sei niemals etwas geschehen. Selbst die Menschen um mich herum machten nicht den Eindruck, gerade Zeuge von etwas Ungewöhnlichem geworden zu sein. Lediglich ein paar irritierte Blicke verrieten, dass ich mir den Mix aus Blut und Schmutz auf meinem Körper nicht einbildete. Was zur Hölle war das?! Und wieso interessierte es niemanden? Halb aus Wut, halb aus Frust stampfte ich mit dem Fuß auf den Boden, als könne ich es dieser verdammten Stadt damit irgendwie heimzahlen. Doch außer neuen Schmerzen brachte mir die Aktion nichts. Ich schlang die Arme um meinen Körper. Mein Puls rauschte noch immer in meinen Ohren, meine Finger zitterten unkontrolliert. Das Adrenalin ebbte ab. Und damit kam, was kommen musste: eine geballte Ladung aus Angst, Beklemmung, Sorge, Entsetzen, Hilflosigkeit … Die Liste hätte ich noch ewig weiterführen können, doch bevor sich die Empfindungen in einen handfesten Schock verwandeln konnten, sollte ich lieber schleunigst von der Straße verschwinden.

Den Kopf gesenkt, ging ich, so schnell wie möglich, ohne zu rennen, auf das dunkle Schloss zu. Inzwischen war die Nacht vollständig hereingebrochen und mit ihr hatte sich Dunkelheit wie eine Decke über die Landschaft gelegt. Die Wachen vor dem Tor traten wortlos beiseite. Ich schlüpfte durch das Schlossportal und – auch wenn ich es hasste, das zuzugeben – fühlte mich sogleich sicherer. Welche Ironie, dass sich mein einstiges Gefängnis schlagartig in den Ort verwandelt hatte, an dem ich wieder ruhig atmen konnte.

»Felicity!«

Ronan. Vor Erleichterung wäre ich beinahe eingeknickt. Nikolas' Leibwächter kam die marmorne Treppe hinuntergeeilt. Als er das Blut auf meinem Kleid sah, weiteten sich seine Augen erschrocken.

»Was ist passiert?«, fragte er, während sein Blick meinen Körper nach Verletzungen absuchte.

»Falls jemand einen Wolf vermisst«, sagte ich matt, »ich glaube, ich habe ihn gefunden. Obwohl vielleicht auch nicht, er hat sich nämlich aufgelöst und –«

Ronan fluchte etwas Unverständliches. Rasch schlüpfte er aus seiner Uniformjacke und legte sie mir um die Schultern. Sie verdeckte das Blut notdürftig, tat allerdings nur wenig gegen die Kälte, die sich in meinen Knochen festgesetzt hatte.

»Ihr müsst in Eure Gemächer«, wies er knapp an.

»Was? Nein. Ich will wissen, was passiert ist!«

Unbeeindruckt von meinen Worten schob er mich unnachgiebig die Treppe hinauf. »Hier drin seid Ihr sicher.«

»Das war nicht meine Frage.«

»Ich weiß.« Er dirigierte mich durch eine hinter einem Wandvorhang verborgene Tür, die in einen verlassenen, mit Spinnweben durchzogenen Gang führte. »Nik wird es Euch gleich erklären, aber zuerst müssen wir Euch hier wegschaffen, bevor zu viele anfangen, Fragen zu stellen. Gerüchte verbreiten sich hier wie ein Lauffeuer.«

Nun, das erklärte immerhin unseren Weg durch etwas, das aussah wie die Gänge eines Horrorhauses. Fehlte nur noch, dass gleich ein Skelett hinter einer Ecke hervorsprang.

»Ihr wollt mich doch jetzt nicht abstechen, oder?« Ein Wassertropfen rann die Wand hinunter, knapp an einer Spinne vorbei, von der ich schwören könnte, dass sie mich direkt ansah.

Ronan lachte leise. »Dafür müsste ich Euch nicht erst hierherbringen.«

Sehr beruhigend. Danke.

Einige Minuten verbrachte ich damit, schweigend hinter ihm herzugehen, wobei die Dunkelheit und der unebene Steinboden es höllisch schwer machten, nicht zu stolpern. Dann traten wir wieder hinaus in den nicht geheimen Teil des Schlosses. Das warme Kerzenlicht hatte noch nie so willkommen gewirkt wie in diesem Moment. Und als wir wenig später vor der Tür meines Zimmers zum Stehen kamen, durchflutete eine Welle aus Erleichterung meinen Körper. Die Mischung aus Blut, Dreck und angetrocknetem Wolfsspeichel erreichte langsam ein Level an Ekel, das nur schwer ertragbar war. Und zu allem Überfluss breitete sich ein hartnäckiger Kopfschmerz hinter meinen Schläfen aus. Ich wollte ein Bad, ein sauberes Kleid, das nicht bei jedem Atemzug schmerzhaft meine Organe zusammendrückte – irgendwann würde ich Gwen mit einem ihrer Korsette erwürgen – und mich irgendwo hinlegen. Aber vor allem wollte ich Antworten.

Ich hatte bereits den Mund geöffnet, um Ronan erneut und

dieses Mal eindringlicher um eine Erklärung zu bitten, aber er schob mich bloß in mein Zimmer.

Ich leistete seinem unausgesprochenen Befehl stumm Folge, nur um nach wenigen Schritten erstaunt stehen zu bleiben.

Nikolas stand am Fenster, in seiner typischen geraden Haltung, die Hände hinter dem Rücken verschränkt, den Blick auf die dunkle Stadt gerichtet. Was tat der Kerl bitte in meinem Schlafzimmer? Obwohl es, wenn man es genau nehmen wollte, natürlich nicht *mein* Zimmer war. Aber trotzdem! Prinz hin oder her, hatte er noch nie etwas von Privatsphäre gehört?

Er hob den Kopf, sah meine Spiegelung in der Scheibe und drehte sich zu mir herum. Der gleichgültige Ausdruck auf seinem Gesicht bröckelte, als er die inzwischen dunkelroten Flecken auf meinem Kleid sah.

Mit drei langen Schritten war er bei mir.

Zwei Finger schoben die Jacke über meine Schulter, dann verdunkelte sich seine Miene.

»Wer?«, fragte er knapp.

»Ciaran«, sagte Ronan, als würde das alles erklären. Nikolas reichte es anscheinend. Wütend biss er die Zähne zusammen.

»Dafür bringe ich diesen Mistkerl um!«

»Einen Krieg verhindern, einen neuen anfangen. Gute Idee.«

Nikolas hatte nur einen finsteren Blick für seinen Leibwächter übrig. Frustriert rieb er sich mit den Fingern über die Stirn. »Wie lange haben wir?«

Beide Männer sahen mich an. Ich hob bloß verwirrt die Hände. Es wirkte ganz so, als verstand wieder einmal jeder außer mir, was hier gerade vor sich ging.

»Hat der Wolf Euch keine Nachricht übermittelt?«

Sag deinem Prinzen, er hat zehn Tage, um dich zu mir zu bringen, oder ich werde selbst kommen.

»Doch …«, sagte ich langsam. »Wartet. *Das* ist es, worum es hier geht? Eine Nachricht?! Wie wäre es mal ganz revolutionär mit einem Brief?«

»Eine recht eigenwillige Methode und doch ausgesprochen wirksam.« Ronan trat ans Fenster und sah prüfend nach draußen, ganz so, als erwarte er, dass das schwarze Tier plötzlich dort auftauchen würde. »Besonders wenn eine gewisse Dringlichkeit vermittelt werden soll.«

»Gewisse Dringlichkeit?« Ich starrte ihn perplex an. »Ihr tut, als sei das völlig normal.«

»Ist es nicht«, sagte Nikolas noch immer mit einer deutlichen Anspannung in der Stimme. »Abgesehen davon würde ein einziger Tropfen Blut ausreichen.« Er wies mich an, am Fußende des Bettes Platz zu nehmen. Zu verwirrt, um zu protestieren, folgte ich. »Ciaran val Myrkur«, fuhr Nikolas fort, während er mir Ronans Jacke abnahm und irgendwo in die Kissen warf. »Seines Zeichens Kronprinz des Elfenreichs.«

Ich stöhnte innerlich auf. Ein Prinz, der versuchte, mich in seinem Schloss festzuhalten, ein weiterer, der mir zähnefletschende Monster hinterherschickte. Irgendwas war mit meinem persönlichen Märchen schiefgelaufen.

Etwas Kaltes berührte meine Schulter. Ich zuckte zusammen. Nikolas war vor mir in die Hocke gegangen und wischte mit einem feuchten Tuch das Blut von meiner Haut. Was ging denn jetzt ab? Seit wann war er so fürsorglich? Selbst Ronan runzelte an seinem Platz am Fenster irritiert die Stirn.

»Tut das weh?« Nikolas übte vorsichtig Druck auf mein Schlüsselbein aus. Ich schüttelte stumm den Kopf. Interessanterweise war meine Schulter im Moment der einzige Teil meines Körpers, der weder schmerzte noch angespannt war. Was immer dieser Wolf getan hatte, es hatte jegliche Spur von Verletzungen geheilt.

Offenbar zufrieden mit dem Ergebnis, richtete der Prinz sich wieder auf.

Ich räusperte mich. »Zehn Tage. Das war seine Nachricht. Ihr sollt mich in zehn Tagen zu ihm bringen oder er kommt selbst. Ihr wüsstet schon, was das bedeute.«

Ronan pfiff leise. Nikolas knüllte das Tuch so fest zusammen, dass seine Knöchel weiß hervortraten.

»Wollten wir nicht sowieso dahin?«, fragte ich, von der Situation zunehmend verwirrter.

»Als Besuch«, knurrte er gereizt »Jetzt ist es ein Befehl.«

»Also ist das nur so eine Ego-Sache zwischen zwei Prinzen?«

Ronan, der sein Lachen hinter einem Husten versteckte, erbarmte sich schließlich und gab mir etwas Kontext: »Ein Besuch wäre ein neutrales Treffen ohne Verpflichtung, bei dem ein Handel geschlossen werden kann. Eine Order, Euch zu ihm zu bringen, aktiviert eine Klausel des Bündnisvertrags. Wir haben keine Wahl mehr. Es besteht von Anfang an ein Machtgefälle.«

»Elfen als ältestes Volk gelten als Hüter der Magie«, fuhr Nikolas fort. »Oder zumindest bilden sie sich das ein. Aber nach dem Abkommen haben sie das Recht, sich von allem Magischen in unserem Land selbst ein Bild zu machen. Er war hier, in der Nacht Eures kleinen Einbruchs, und wollte Euch sehen. Ich habe es ihm verweigert und jetzt versucht er, mich zu zwingen. Eine Machtdemonstration, um zu beweisen, dass er das Sagen hat.« Klang immer noch wie eine Ego-Sache.

»Aber ich bin nicht magisch …« Mir entging nicht der kurze Blick, den die beiden Männer tauschten. »Was?«

Nikolas seufzte. »Ihr bindet eines der mächtigsten magischen Objekte überhaupt an Euch und wundert Euch dann, dass jemand das interessant finden könnte?«

»Er wird mich doch nicht dabehalten?«, fragte ich mit aufkeimender Panik.

»Keine Sorge«, erwiderte Nikolas und mit einem Mal war der irritierend freundliche Kerl weg und der arrogante Prinz wieder da. Jegliche Spur von Sanftheit war aus seinen Augen verschwunden. »Ich bin der Einzige, der Euch irgendwo festhält. Besonders nach dem, was Ihr Euch heute geleistet habt.«

»Das ist mein Stichwort.« Ronan stieß sich von der Fensterbank ab. »Klärt das allein. Und bitte«, er zögerte einen Moment, »bringt euch nicht gegenseitig um.«

Ich wartete, bis er weg war, dann riskierte ich einen Blick zu Nikolas, dessen Miene unleserlich war. »Oliver und Gray haben also geredet.«

Er nickte bestätigend. »Zu ihrem Glück, sonst hätten sie vielleicht mehr als nur ihren Job verloren.«

»Ihr habt sie rausgeworfen?!« Entsetzt sprang ich auf die Füße. Der Prinz zeigte sich davon wenig beeindruckt. »Aber –«

»Nichts aber«, schnitt er mir das Wort ab. »Sie hatten eine einzige Aufgabe und nicht einmal die konnten sie erledigen. Was soll ich mit Männern, denen ich nicht vertrauen kann?«

»Es war meine Schuld! Seid auf mich wütend, nicht auf sie!«

»Oh, das bin ich. Glaubt ja nicht, dass ich Euch noch einmal aus dem Schloss lasse. Oder aus diesem Zimmer.« Ungerührt schnippte er einen unsichtbaren Krümel von seinem Ärmelaufschlag und hatte bereits die Hand nach der Türklinke ausgestreckt, als ich mich ihm rasch in den Weg stellte.

»Was soll das werden?« Sein Tonfall war fast schon gelangweilt, was mich in meiner Wut nur noch mehr anstachelte.

Mir war klar, dass ich in meinem ruinierten Kleid und den wild umherfliegenden Haaren nicht gerade den besten Eindruck machte, aber er könnte wenigstens so tun, als nähme er mich ernst.

»Wir reden jetzt darüber!« Ich legte so viel Autorität in meine Stimme, wie nach diesem Tag möglich. Was traurigerweise nicht gerade viel war.

Nikolas schien der gleichen Meinung zu sein, denn er lachte nur humorlos auf. »Ihr habt genug meiner Geduld mit Euren Eskapaden verschwendet.«

»Ihr könnt doch nicht –«

»Es reicht!« Ich zuckte zusammen. »Hört endlich auf, mir zu sagen, was ich kann und was nicht! Und jetzt geht aus dem Weg! Ich werde mich nicht wiederholen.«

Das war ein Tonfall, der auf ein Schlachtfeld gehörte. Alles in mir wollte seinen Worten Folge leisten, dennoch zwang ich mich, nicht zurückzuweichen. Mit einem letzten Rest Widerstand straffte ich die Schultern. »Nein.«

»Bei allen Göttern!«, knurrte Nikolas entnervt, packte mich bei den Armen und hob mich einfach hoch.

»Hey!« Ich schrie auf, trat nach ihm, doch er verdrehte bloß die Augen, bevor er mich einige Schritte weiter wieder absetzte.

»Na, geht doch.«

Arschloch! Arrogantes. Selbstgefälliges. Eingebildetes. Arschloch. Wut rauschte so heftig durch meine Adern, dass mein Sichtfeld verschwamm. Noch bevor ich die bewusste Entscheidung traf, noch bevor ich überhaupt wusste, was ich tat, holte ich aus und knallte ihm eine. Oder versuchte es. Nur Millimeter vor seinem Gesicht, so nah, dass meine Fingerspitzen beinahe seine Haut streiften, fing er meine Hand ab. Eisern legten sich seine Finger um mein Handgelenk. Ein Ruck ging durch meinen Körper, und bevor ich mich versah, fand ich mich mit der Brust gegen die Wand gepresst wieder, den Arm schmerzhaft auf den Rücken verdreht.

»Dafür«, knurrte Nikolas leise, die Stimme vor mühsam beherrschtem Zorn zitternd, »könnte ich dich hinrichten lassen.«

»Mach doch!«, spie ich zurück, jegliche Form von falscher Höflichkeit vergessend. »Bring mich um und dann sieh, wie es dein Land in einen Krieg stürzt.«

Einen Moment herrschte Stille, dann fragte er gefährlich leise: »Was soll das heißen?«

Ich musste trotz meiner Situation grinsen. »Das soll heißen, dass Gwen mir alles erzählt hat.«

So schnell, wie er gekommen war, verschwand der Druck auf meinen Körper. Nikolas griff abermals meinen Arm und drehte mich herum. Der Raum schwankte.

»*Was* hat sie dir erzählt?«, knurrte er, unsere Gesichter so nah beieinander, dass ich zum ersten Mal wirklich die kleinen goldenen Sprenkel in seinen braunen Augen ausmachen konnte. Augen, in denen eine leichte Spur Panik schimmerte … Interessant, wie sich das Blatt wenden konnte.

»Du kannst mir nichts tun, ohne dabei die Magie des Ringes zu zerstören.«

»Willst du es darauf ankommen lassen?«, fragte er leise, seine Stimme fast nicht mehr als ein Raunen, der Hauch von Gefahr darin so deutlich wie noch nie.

»Ja, vielleicht will ich das.« Ich reckte das Kinn vor. »Mein Leben gegen … Sag, wie viele Menschen gibt es in diesem Land?« Gott, wo nahm ich nur das Selbstbewusstsein her, wo mein Körper mir doch gerade mit jeder Faser zuschrie, sich auf dem Bett zusammenzurollen und die Decke über den Kopf zu ziehen.

Nikolas stand noch immer so dicht vor mir, dass sich zwischen uns nur wenige Millimeter befanden. Sein Hemd streifte meine Brust, als er schwer atmend Luft holte.

»Fünfzehn Millionen«, stieß er hervor. »Und ich habe geschworen, jeden Einzelnen von ihnen zu beschützen. Völlig egal, was ich dafür mit dir machen muss. Vielleicht ist es dir nicht bewusst, aber lebend bedeutet nicht zwangsläufig unversehrt.«

Ich schluckte die aufkeimende Übelkeit hinunter. »Wenn du mir auch nur ein Haar krümmst, kannst du das vergessen. Ohne mich läuft es nicht.«

Ich wollte mich abwenden, aber er streckte eine Hand aus, stützte sich gegen die Mauer und schnitt dieses Mal mir den Weg ab.

»Meine Schwester übersieht leider, dass sie einen Titel und einen Rang hat, der sie beschützt. Das hast du nicht.« Er senkte die Stimme. »Es gibt Mittel und Wege, die dich dazu bringen, alles zu tun, was ich will.«

»Mach doch«, wiederholte ich, dieses Mal allerdings mit einem deutlichen Zittern in der Stimme. Das hier hatte sich in meinem Kopf anders abgespielt. Das sollte mein Trumpf gegen ihn sein, nicht in eine Diskussion über Folter, und was sonst noch in seinem Repertoire aus Drohungen enthalten war, ausarten. Meine Augen brannten. Rasch wandte ich mich ab. Durch die Bewegung löste sich eine der ungeweinten Tränen aus meinen Wimpern und rann über meine Wange. Ein Schauer durchlief mich, als Nikolas den Tropfen mit dem Daumen auffing, die Berührung so leicht, dass ich es fast der Einbildung zugeschrieben hätte. Erschrocken sah ich zu ihm auf und auch er wirkte, als sei ihm gerade erst bewusst geworden, was er da tat. Ruckartig zog er seine Hand zurück. Er musterte mich nachdenklich, kleine goldene Funken in dunklem endlosem Braun.

»Ich würde diesen Weg nur äußerst ungern gehen«, sagte er dann mit rauer Stimme. »Aber dieser ständige Machtkampf muss ein Ende haben. Es steht zu viel auf dem Spiel.«

Ich wusste, dass er recht hatte. Diese bescheuerten Streitereien lenkten von dem ab, was wir eigentlich tun sollten. Aber ich wusste auch, dass wir beide viel zu stolz waren, um nachzugeben.

Ich atmete stockend ein, stieß die Luft wieder aus, zwang meinen Körper zur Ruhe. »Wie wäre es dann mit gleichberechtigten Partnern, die dasselbe Ziel haben?«

Eine kleine Falte erschien auf seiner Stirn. »Seit wann haben *wir* denn dasselbe Ziel?«

»Ich bin heute nicht zurückgekommen, weil ich deine Gastfreundschaft so sehr zu schätzen weiß.«

»Du willst deinen Ring.«

»Auch. Aber nicht nur.« Zumal mir erst vor Kurzem glaubhaft versichert wurde, dass es durchaus andere Möglichkeiten gab, daran zu kommen. Wenn Oskars Angebot überhaupt noch stand. Zweifelhaft, bei dem Ausgang, den unser Gespräch genommen hatte.

»Dann bist du hier, weil du mir helfen *willst*?«, fragte Nikolas ungläubig.

»Nein.« Ich schnaubte und wandte mich ab. »Ganz sicher nicht. Aber zu gehen hat sich … falsch angefühlt.« Entschlossen legte ich eine Hand auf seine Brust und drückte ihn so weit zurück, dass ich mich aus meinem Gefängnis zwischen seinem Körper und der Wand befreien konnte. Nikolas hielt mich nicht auf, doch sein Blick folgte mir unablässig durch den Raum und hinüber zum Fenster. Mit dem breiten Bett zwischen uns fiel es mir augenblicklich leichter, zu atmen. »Also? Wie sieht's aus?«

Er sah mich eine ganze Weile einfach nur an, dann nickte er langsam. »Eine Partnerschaft wäre möglich. Unter den richtigen Bedingungen.«

Ein großer Teil der Anspannung fiel von meinem Körper ab. Hastig ordnete ich meine Gedanken. Eine neue Chance der Verhandlung würde ich nicht bekommen, also musste jetzt alles auf den Tisch. »Oliver und Gray behalten ihre Jobs.«

Wieder ließ der Prinz sich Zeit mit seiner Antwort. »Ich bin bereit, dir damit entgegenzukommen. Wenn du aufhörst, jedem meiner Worte zu widersprechen.«

»Das tue ich doch gar nicht.«

Nikolas hob stumm eine Braue.

Ich verdrehte die Augen. »Schön! Wenn du aufhörst, mich andauernd von oben herab zu behandeln.«

»Ich bin der Kronprinz, ich behandle jeden von oben herab.«

»So funktioniert Gleichberechtigung aber nicht.«

»Ich sagte Partnerschaft, nicht Gleichberechtigung.«

»Wir können es auch lassen.« Ich wusste, wie sehr ich mein Glück gerade strapazierte, auf welch dünnem Eis ich mich bewegte, aber mein Bauchgefühl sagte, dass ich ihn an einem Punkt hatte, an dem er nicht weitergehen wollte. Gwen meinte, er hätte Anstand. Zeit, das auf die Probe zu stellen. Entweder endete diese Nacht in einer Einigung oder einer Kerkerzelle. Meine Mum hatte mir schon früh beigebracht, bei einer Verhandlung höher anzufangen, damit noch Spielraum nach unten blieb. Auch wenn sie sich diese Situation dabei eher nicht vorgestellt hatte.

Wir lieferten uns ein stummes Blickduell, bis Nikolas sichtlich genervt knurrte: »Bei den Göttern! Weißt du eigentlich, wie anstrengend du sein kannst?«

»Hey!«, fuhr ich ihn an. »Genau das meine ich!«

»Schön!« Er hob abwehrend die Hände. »Ich versuche es. Aber – und ich fasse es nicht, dass ich das wirklich sagen muss – du versprichst, nicht mehr auf Dächer zu klettern. Du bleibst bei deinen Wachen.«

»Wenn ich dafür kommen und gehen kann, wann und wie ich will.« So schnell würde ich nicht mehr nach draußen gehen. Nicht, nachdem ich diese überaus besorgniserregende Art der Nachrichtenübermittlung kennengelernt hatte. Aber es ging hier ums Prinzip.

Nikolas presste den Kiefer zusammen. »Solange du mir Bescheid sagst, wenn du das Schloss verlässt. Und nicht allein gehst.«

»Von mir aus.« Damit ließ sich wohl leben. »Aber keine Bewachung mehr im Schloss. Ich bin es leid, dass mir ständig jemand hinterherläuft.«

»Du wirst dich verlaufen«, sagte er warnend.

»Na und? Ich habe doch eh nichts zu tun.« Dann konnte ich meine Tage immerhin mit etwas Sinnvollem füllen. Zum Beispiel damit, es zu vermeiden, einen elenden und einsamen Hungertod in einem Geheimgang zu sterben. Das klang doch spaßig. Vielleicht würde ich die Spinne von vorhin wiederfinden. Dann könnte ich sie dem Prinzen ins Bett setzen.

»Wie du willst. Aber halt dich von den Verliesen fern.«

»Was ist in den Verliesen?« Eine ähnliche Frage hatte ich Gwen über den Fluss gestellt und auch hier war ich nicht sicher, die Antwort tatsächlich wissen zu wollen. Aber Nikolas' Augen funkelten bloß belustigt.

»Du, wenn du es wagst, diese neue Abmachung zu brechen«, sagte er mit einem kaum merklichen Zucken seines Mundwinkels. Aha, da hielt sich jemand für witzig. Na schön, den Punkt konnte er haben. Ich hatte, was ich wollte.

»Gegenseitig zugesicherte Vernichtung«, wiederholte ich Gwens Worte von diesem Morgen.

»Du fängst an, strategisch zu denken. Das meinte ich zwar nicht mit Anpassung, aber nun gut. Abgemacht.«

Ich stieß erleichtert die Luft aus. Die letzten Kraftreserven verließen meinen Körper. Müde ließ ich mich aufs Bett sinken.

Nikolas sah mich nachdenklich an. »Das soll kein Befehl sein, aber geh schlafen. Du hast Blut verloren und ich bin mir sicher, eine Klettertour über die Dächer ist auch recht ermüdend.«

Ich war zu erschöpft, um auf diese Stichelei einzugehen. Also hob ich bloß stumm den Mittelfinger und vergrub den Kopf in den Kissen. Sein leises Lachen war das Letzte, das ich noch hörte.

Kapitel 15

Die Tage begannen ineinander überzugehen. War ich zu Anfang überwältigt von den vielen neuen Eindrücken, stellte sich überraschend schnell eine gewisse Normalität ein. Den Prinzen bekam ich selten zu Gesicht und auch sonst wurde meine Anwesenheit mit nicht viel mehr als einem neugierigen Seitenblick kommentiert. Der Zeitpunkt, an dem sich das änderte, musste – wie konnte es anders sein – natürlich mitten in der Nacht liegen.

Ich konnte unmöglich mehr als einige wenige Stunden geschlafen haben, als ein lautes Klopfen durch den Schleier des Schlafes drang, der mich um diese Zeit eigentlich noch fest im Griff haben sollte. Kurz war ich versucht, das Geräusch einfach zu ignorieren. Das Schloss würde schon nicht zusammenbrechen. Aber dann geschah es schon wieder. Verschlafen richtete ich mich auf, was zwischen den Bergen aus Decken schwieriger war, als man meinen sollte. Einige blaue Seidenkissen purzelten auf den Boden und gesellten sich zu dem anderen Dekokram, der bereits dorthin verbannt worden war.

Das Zimmer war in Dunkelheit getaucht, die Kerzen an den Wänden so weit heruntergebrannt, dass sie kaum noch Licht spendeten. Das Feuer im Kamin war nur noch eine schwache Glut, die zuckende, verschwommene Schatten über die Wände tanzen ließ.

Ein drittes Klopfen ertönte und dieses Mal schnellte mein Blick zur Tür.

»Was?!« Wer zur Hölle hatte um diese Uhrzeit nichts Besseres zu tun? Sorgen machte ich mir nicht. Wäre etwas passiert, würde schon längst jemand in diesem Zimmer stehen. Die Sache mit der Privatsphäre war bisher ja auch eher entspannt betrachtet worden.

Statt einer Antwort klopfte es ein viertes Mal. Leise fluchend schälte ich mich aus meinem warmen Kokon aus Decken und zuckte zusammen, als die kalte Luft des Zimmers meine Haut traf. Das Spitzending, das den Namen Nachthemd eigentlich gar nicht verdiente und das ich sowieso nur hatte kaufen müssen, um Oliver erröten zu sehen, mochte ganz nett aussehen, machte aber abgesehen davon einen furchtbaren Job. Der Steinboden fühlte sich unter meinen nackten Füßen an wie Eis, als ich durchs Zimmer tapste und die Tür heftiger als nötig aufriss.

Nikolas grinste mich mit hinter dem Rücken verschränkten Armen an. Wunderbar. Der hatte mir gerade noch gefehlt.

»*Was*?«, wiederholte ich meine Frage, auch wenn es dieses Mal eher einem zornigen Zischen glich.

»Kein Morgenmensch also. Hätte ich mir denken können.« Seine dunklen Locken machten den Eindruck, als sei er ebenfalls gerade erst aus dem Bett gefallen, aber da er meist so aussah, hatte das nicht allzu viel zu sagen.

»Es ist nicht Morgen.«

»Es ist drei Uhr.«

»Sag ich doch!« Frustriert fuhr ich mit den Fingern durch mein vom Schlaf verknotetes Haar. »Bitte, sag nicht, dass du hier bist, um mir die Uhrzeit mitzuteilen.«

»Dafür hätte ich Leute. Wir wollen los.«

»Wir … was? Wohin?«

Er hob eine dunkle Braue. »Elfen?«

Oh … Oh! Verdammt … »Hättest du das nicht gestern sagen können?« Ich hatte mir fest vorgenommen, Gwen über alles auszuquetschen, was sie über das magische Volk wusste. Zur Abwechselung wäre es mal ganz nett, nicht völlig unvorbereitet in eine Situation zu stolpern, aber irgendwie waren uns immer andere Themen dazwischengekommen.

»Ich sage es dir doch jetzt. Du hast eine halbe Stunde. Und da *das da*«, er machte eine vage Geste, die meinen Körper einschloss, »wohl kaum als Reisekleidung taugt, war ich so frei, selbst etwas auszusuchen. Obwohl es mich verwundert, dass du bei der Freizügigkeit, mit der du mein Geld ausgibst, irgendetwas noch nicht besitzt.«

Ich musste ihn eine ganze Weile einfach nur angestarrt haben, denn er legte verwirrt die Stirn in Falten.

»Was?«

»Das … das sind zu viele Worte«, brachte ich irgendwann hervor. »Zu früh für so viele Worte.«

Nikolas musterte mich fast schon mitleidig und drückte mir dann einen Stapel Kleider in die Hand, die er ziemlich sicher gerade aus dem Nichts hergezaubert hatte. »Anziehen. Sachen packen. Verstanden?«

»Okay.« Ich verdeckte mein Gähnen hinter einer Hand.

Er betrachtete mich kritisch. »Ich bin in dreißig Minuten zurück. Wenn du wieder einschläfst, trage ich dich im Nachthemd nach draußen.«

»Okay.« Und bevor er sonst noch irgendetwas sagen konnte, schlug ich die Tür vor seiner Nase zu. *Drei. Uhr. Morgens.* Das konnte doch nicht sein verdammter Ernst sein. Stöhnend fiel ich rücklings aufs Bett. Die Decken fühlten sich so viel weicher an als sonst, noch warm und lockend mit dem Versprechen auf Schlaf.

Ich wusste nicht genau, mit was der Prinz seine Zeit verbrachte – irgendetwas mit *Das-Land-auf-den-nahenden-Winter-vorbereiten*, was eigentlich so ziemlich alles heißen konnte – aber ich hatte mich an unseren Deal gehalten und ihm jedes Mal eine Nachricht zukommen lassen, wenn ich das Schloss verließ. Anfangs waren es nur schnell dahingekritzelte Worte wie *Stadt* oder *draußen*. Irgendwann wurde mir das zu eintönig und daraus entstanden ganze Sätze mit gemalten Smileys, die sowohl bei

Nikolas als auch bei Ronan für eine amüsante Verwirrung sorgten. Jedenfalls hatte das der Leibwächter des Prinzen gesagt, als er mich irgendwann fragte, ob in der seltsamen Kombination aus Strichen und Punkten eine Art versteckte Botschaft lag.

Da Gwen ebenso beschäftigt war wie ihr Bruder und wir es nur selten schafften, die Tour durchs Schloss fortzusetzen, hatte ich einen Vormittag aus akuter Langeweile damit verbracht, zwischen Schloss und Stadt zu pendeln und Nikolas mit einer Flut aus kleinen Zetteln zu nerven. Er hatte mir daraufhin einen Stapel Bücher über Politik und Geschichte bringen lassen mit dem Vermerk, dass ich offensichtlich zu viel Zeit habe und diese doch lieber in etwas Sinnvolles investieren solle. Meine Reaktion darauf war die zugegeben recht schlechte Zeichnung eines ausgestreckten Mittelfingers gewesen. Keine Ahnung, ob er sie je bekommen hatte. Ich fand es trotzdem lustig.

Ein Luftzug fegte durch das Zimmer. Mit einem Mal hellwach, schnellte ich nach oben. Dieses Fenster hatte ich gestern Abend ziemlich sicher geschlossen. Trotz des hohen Stockwerks wurden ständig Blätter von draußen hereingeweht und vor ein paar Tagen war ich von Gwens schrägem Vogel aufgewacht, der sich in meinem Bett über eine Maus hergemacht hatte. Eine Situation, die definitiv keiner Wiederholung bedurfte. Trotzdem bauschten sich die Vorhänge jetzt in der kühlen Herbstluft.

Nachdem ich das Fenster eine bedenklich lange Zeit angestarrt hatte, erhob ich mich schließlich und tapste hinüber. Dabei erblickte ich einen weißen Umschlag, der auf den ordentlich angerichteten Kissen auf der Fensterbank lag. Alles in diesem Zimmer war in den Farben des Schlosses gehalten. Dunkles Blau und poliertes Gold. Entweder waren die Innenarchitekten hier wenig kreativ oder es war eine subtile Nachricht des Prinzen.

Es war jedoch nicht der Brief, der meine Aufmerksamkeit auf sich zog, sondern das in schwarzen Stoff eingeschlagene Objekt daneben. Vorsichtig zog ich das Tuch beiseite und zuckte zurück, als das Mondlicht auf den glänzenden Dolch darin fiel. Was zum …

Es war eine schlichte Waffe mit einer ziemlich scharf aussehenden Klinge und geschwungenen schwarzen Linien, die in den Griff graviert waren und die ich irgendwo schon einmal gesehen hatte. Bis auf Küchenmesser hatte ich noch nie etwas Vergleichbares in der Hand gehabt und auch von denen hielt ich normalerweise einen respektvollen Abstand.

Mit einer Mischung aus Misstrauen und Neugierde nahm ich den Umschlag hoch. Das schwarze Wachssiegel brach mit einem befriedigenden Knacken und ein einzelnes Blatt fiel heraus.

> *Fel,*
> *ich habe gesehen, wie du kämpfst. Wenn du unbedingt den falschen Leuten vertrauen willst, sollst du dich wenigstens richtig verteidigen können.*
> *Falls du wieder zur Vernunft kommst: Du weißt, wo du mich findest.*
> *Bis dahin, pass bitte auf dich auf.*
> *– O*

Je länger ich auf die überraschend ordentlich geschwungenen Wörter starrte, desto mehr spürte ich, wie sich ein Lächeln auf meinem Gesicht abzeichnete. *Du weißt, wo du mich findest.* Dann hatte ich es also nicht komplett versaut. Dann hatte ich doch noch einen Freund in dieser Stadt. Die Erleichterung, die bei diesen Worten meinen Körper durchflutete, machte mir erst bewusst, wie sehr ich an unserem Streit zu knabbern gehabt hatte. Plötzlich mit deutlich weniger Furcht nahm ich die glänzende Waffe hoch und inspizierte sie genauer. Probeweise tippte ich mit dem Finger gegen die Spitze, was – wenig überraschend – in einem roten Blutstropfen mündete. Grummelnd nuckelte ich an meinem Finger, während gleichzeitig die Frage aufkam, wie zum

Teufel Oskar hier reingekommen war. Vor der Tür standen auch nachts zwei Wachen. Manchmal konnte ich das leise Klirren von Rüstungen oder die gedämpften Stimmen der Männer oder Frauen hören. War es anfangs noch beunruhigend gewesen, gehörte es inzwischen so sehr zu den normalen Geräuschen wie das Schlagen der Turmuhr zu jeder vollen Stunde. Von zu vielen Geschichten beeinflusst, hatte ich anfangs jeden Stein in diesem Zimmer abgeklopft und war sogar probeweise in den Kamin gekrochen. Leider mit dem ernüchternden Ergebnis, dass es hier keinerlei Geheimgänge gab. Wenn Tür und Wände also ausschieden … Mein Blick glitt wieder zu dem offen stehenden Fenster. Aber nein. Das war unmöglich. Obwohl Oskar auf der anderen Seite schon der Typ war, der die Grenze der Unmöglichkeit gern mal ein wenig überdehnte. Oder sprengte.

Aufgeregt rutschte ich auf die Fensterbank, streckte den Kopf hinaus und sah an der dunklen Schlossmauer hinab. Helles Mondlicht verlieh dem glatten, aber ansonsten makellosen Stein ein gespenstisches Leuchten. Bis zum Boden waren es mindestens zehn Meter. Da konnte niemand hochklettern. Von einer neuen Welle an Neugierde getrieben, richtete ich mich auf, griff mit beiden Händen den Fensterrahmen und lehnte den Oberkörper hinaus. Meine Nackenmuskeln protestierten, als ich den Kopf wandte, um an der Fassade nach oben zu sehen. Auch hier bot sich das gleiche Bild wie vorher: Meterweise glatter Stein. Aber wie …

Unvermittelt packte eine Hand meinen Arm und zog mich grob zurück ins Zimmer. Ich schrie erschrocken auf und musste mich an der breiten Brust vor mir abstützen, um nicht das Gleichgewicht zu verlieren.

»Was zur Hölle tust du da?!«

Mein Blick wanderte langsam nach oben zu einem wütend zusammengekniffenen Mund und noch weiter, bis er auf zwei dunkle Augen traf, die vor Zorn praktisch zu glühen schienen.

»Das … ist nicht so, wie es aussieht?«

»Das will ich auch hoffen«, knurrte Nikolas gereizt. Seine Finger bohrten sich in meinen Arm. »Es sah nämlich so aus, als würdest du planen, dich aus dem Fenster zu stürzen.«

Was? Dachte er wirklich, er hätte mich inzwischen so weit getrieben, dass ich aus dem Fenster springen wollte?

»Ich wollte nur etwas überprüfen.«

»Etwa, ob das Gesetz der Schwerkraft auch für dich gilt?«

»Sehr witzig.« Ich zog an meinem Arm, aber er machte keine Anstalten, seinen Griff zu lockern. Einmal mehr standen wir nur Millimeter voneinander entfernt. Warum passierte das eigentlich ständig?

War ich letztes Mal noch von seinen faszinierenden Augen abgelenkt gewesen, konnte ich jetzt die Details seines Gesichts ausmachen, die mir zuvor nicht aufgefallen waren. Dichte schwarze Wimpern, eine fast unsichtbare Narbe auf seiner Wange, der leiseste Hauch von Sommersprossen. Ich musste ein Lachen unterdrücken. Sommersprossen wollten so gar nicht zu der Kalter-Prinz-Fassade passen. Süß. Nein! Verdammt, nicht süß! Gott, es war eindeutig noch zu früh für klare Gedanken.

Nikolas musterte mich forschend. Dann seufzte er resigniert und ließ mich abrupt los. »Hatten wir nicht neulich erst ein Gespräch über solche Aktionen?«

»Ging es da nicht nur um Dächer?«, fragte ich unschuldig.

Er knallte das Fenster zu und schob demonstrativ den Riegel vor.

»Was stört dich eigentlich?« Ich fiel aufs Bett und zog mir die Decke über die Schultern. Jetzt, wo ich mich nicht mehr auf Erkundungstour befand, war die Kälte wieder viel zu präsent. »Wenn ich aus dem Fenster falle, war es doch meine Schuld und der Ring wird wieder frei.«

»So funktioniert das nicht.« Nikolas verdrehte die Augen, zog mir die Decke weg und scheuchte mich wieder auf. »Zieh dich endlich an.«

»Gwen sagte, es würde genau so funktionieren.« Sehnsüchtig sah ich auf den daunengefütterten Stoff in seiner Hand.

»Wir diskutieren die Feinheiten der Magie ganz sicher nicht um drei Uhr morgens«, sagte er knapp. »Und jetzt zieh dich, verdammt noch mal, an oder ich nehme dich in diesem Hauch von Nichts mit!«

Mir wurde urplötzlich bewusst, in welchem Outfit ich mich die ganze Zeit präsentierte. Mein Gesicht wurde warm. Nikolas grinste nur, verschränkte die Arme vor der Brust und betrachtete mich. »Ganz nett übrigens.«

Mit einem Mal war ich dankbar für die schummrige Beleuchtung, auch wenn ich dem Drang widerstehen musste, einen Arm über meine Brüste zu legen. Jetzt war es sowieso egal.

»Kannst du vielleicht rausgehen?«

»Damit du dich wieder in Lebensgefahr begeben kannst?«, fragte er spöttisch. »Vergiss es.«

»Dann dreh dich wenigstens um!«

Er seufzte theatralisch, als verlangte ich Unmögliches von ihm, tat mir aber den Gefallen. Ich zog das blöde Spitzending aus und tauschte es gegen eine Hose aus dickem schwarzem Stoff. Wirklich, ich liebte die Kleider, die hier zur alltäglichen Mode gehörten, aber endlich wieder Hosen zu tragen, war ein seltsam befreiendes Gefühl.

»Wer ist O?«

Zu spät bemerkte ich, dass Nikolas inzwischen den Brief auf der Fensterbank gefunden hatte. Hastig schlüpfte ich in das Oberteil.

»Das geht dich gar nichts an. Und es ist unhöflich, die Briefe anderer Leute zu lesen!« Ich riss ihm das Papier aus der Hand und steckte es zurück in den Umschlag.

»Es geht mich aber sehr wohl etwas an, wenn Fremde Waffen in mein Schloss schmuggeln. Zumal niemand in der Lage sein sollte, in dieses Zimmer zu gelangen.«

»Er liebt es einfach, die Ausnahme zu sein.« Der Umschlag

wanderte in den Rucksack, der neben meinen Klamotten auf dem Bett gelegen hatte.

»Felicity«, sagte er warnend. »Wenn diese Freunde von dir zu einem Sicherheitsrisiko werden …«

»Dann was?«, fuhr ich zu ihm herum. »Ich werde dir ihre Namen nicht verraten. Erst recht nicht, wenn du sie bedrohst!«

Er presste den Kiefer zusammen, schien aber erpicht darauf, keinen weiteren Streit vom Zaun zu brechen. »Wir klären das, wenn wir zurück sind.«

»Wenn du meinst.« Ich trat vor den großen Spiegel, drehte mich halb um und versuchte, irgendwie an die Schnürung des Oberteils zu kommen. Es wurde höchste Zeit, dass hier mal jemand den Reißverschluss erfand. Und warum musste alles am Rücken gebunden werden? Wieso war diese Welt so erpicht darauf, Frauen möglichst abhängig von Hilfe beim An- und Ausziehen zu machen?

Nikolas inspizierte in der Zeit den Dolch, den ich ebenfalls zwischen den Kissen liegen gelassen hatte. Probeweise balancierte er ihn auf der Handfläche. »Kannst du mit Waffen umgehen?«

»Bietest du dich als Ziel an?« Meine Stimme klang etwas abgehackt, weil die momentane Verdrehung es schwermachte, noch Luft in die Lunge zu bekommen.

»Ich will nur wissen, ob du dich im Notfall verteidigen kannst.« Er runzelte die Stirn und beobachtete meine Verrenkungen interessiert.

»Das spitze Ende in den Gegner, oder?«

»Deine Fähigkeiten sind wahrhaft bewundernswert. Brauchst du eventuell Hilfe?«

»Ich … kriege das schon hin.« Meine Fingerspitzen glitten über das Ende der Schnürung. Frustriert ließ ich die Arme sinken. »Oder auch nicht.«

Er schüttelte amüsiert den Kopf, trat hinter mich und begann geschickt die kleinen Knoten zu binden. Wann immer seine Finger meinen Körper berührten, sandte der Kontakt kleine

Schauer durch mich hindurch. Ich wollte lieber gar nicht wissen, was das zu bedeuten hatte. Gwen und ihr verdammtes Gerede brachten mich noch ganz durcheinander. Mein letzter Sex war einfach viel zu lange her. Ich meine, Nikolas *sah* gut aus. Das zu bestreiten wäre lächerlich. Aber das hieß nicht, dass ich mit ihm ins Bett wollte. Es gab da noch so was, das sich Selbstachtung nannte. Jetzt musste ich das nur meinem Körper klar machen. Ich sah auf und bemerkte, dass Nikolas mich im Spiegel beobachtete.

»Was ist?«, fragte ich etwas zu ruppig und hatte kurz Panik, meine Gedanken versehentlich laut geäußert zu haben.

»Mir ist nur gerade aufgefallen, dass ich noch nie eine Frau angezogen habe.«

»Freut mich, dein erstes Mal zu sein.« Rasch band ich mein Haar im Nacken zu einem Knoten zusammen.

Er lachte, wurde dann aber wieder ernst. Mit dem Knöchel tippte er auf den lederverstärkten Rückenbereich meines Oberteils. »Das hier wird weder Schwert noch Pfeil aufhalten, aber es verringert die Wahrscheinlichkeit eines tödlichen Treffers.«

Ich strich über die Vorderseite des Kleidungsstücks, die eine ähnliche Struktur aufwies. Nikolas trat zurück und ich drehte mich um. Erst jetzt fiel mir auf, dass er ein fast identisches Outfit trug. Nur ohne die verflixte Schnürung. Wie unfair war das? Dunkel und eng schmiegte sich der feste Stoff an seinen Körper. Keine Verzierungen, kein Wappen. Nur das Schwert an seiner Hüfte glänzte im schwachen Kerzenschein.

»Bist du einfach nur vorsichtig oder rechnest du tatsächlich mit einem Angriff?«

»Beides.«

Na, das war ja vielversprechend. »Du sagtest, du würdest mich nicht zwingen, mitzukommen. Gilt das immer noch?«

»Willst du denn nicht mehr mitkommen?«

»Ich will wissen, ob das immer noch gilt.«

Seine Miene blieb reglos. »Nein«, sagte er dann schlicht. »Ich fürchte, du hast keine Wahl mehr.«

Ein kleiner Teil von mir war auf irgendeine verquere Art und Weise froh, dass er mir die Entscheidung abnahm. Es hatte alles wie ein lustiges Abenteuer geklungen. Bis er anfing, von tödlichen Pfeilwunden zu sprechen und davon, dass ich meinen Körper gegen Schwerthiebe schützen musste. »Gut.«

»Gut?«

»Wenn ich aufgespießt werde, bist du schuld.«

Er suchte meinen Blick und hielt ihn mehrere Sekunden fest. »Niemand wird dir etwas antun.«

Ich bildete mir gar nicht erst ein, dass er das auf die *Ich-werde-dich-beschützen-Art* meinte. Es war eher so ein *Ich-werde-nicht-zulassen-dass-dich-jemand-umbringt-und-meine-Mission-ruiniert-*Ding. Aber wen interessierten schon die Gründe, wenn das Ergebnis stimmte. Und jetzt zitierte ich schon Oskar. Klasse. Es ging bergab. Und zwar schnell.

Nikolas nahm den Dolch von der Fensterbank und für einen Moment hatte ich die Befürchtung, er würde ihn mir nicht zurückgeben, aber dann streckte er ihn mir mit dem Griff voraus entgegen. »Im Zweifel stichst du zu. Fragen stellen kannst du danach.«

»Ich würde es begrüßen, wenn ich niemanden abstechen müsste«, murmelte ich, steckte die Waffe aber in das dafür vorgesehene Holster an meinem Oberschenkel. Ungewohnt kühl und schwer war das Metall selbst durch den dicken Stoff zu spüren. »Bekomme ich ein Schwert?«

»Hattest du denn schon mal eines in der Hand?«

»Nein?«

»Dann bekommst du auch keines.« Er deutete auf den Rucksack. »Pack genug für vier Nächte ein. Und wenn es geht, heute noch.«

»Hättest du mir gestern Bescheid gesagt, hätte ich auch gestern schon packen können«, murrte ich grantig, ging aber hinüber zur Kommode und begann, Sachen herauszusuchen. Was zog man zu einem Besuch bei Elfen an? Die Kleidung, die ich jetzt trug, oder wäre ein Kleid angemessener? Und wenn ja, wie sollte das in einen Rucksack passen?

»Beschränk dich auf Praktisches zum Reisen«, sagte Nikolas ungeduldig, der mein Zögern wohl richtig interpretiert hatte. »Wenn Ciaran sich von hübschen Dekolletés oder Röcken beeindrucken ließe, wäre mein Leben deutlich einfacher.«

»Ach ja?« Jetzt war ich diejenige, die grinste. »Würdest du dich dann für ihn schick machen?«

»Wenn es hilft«, erwiderte er unbeeindruckt.

»Verabschiede dich schon mal von deinen inneren Organen.« Als superbequem würde ich mein aktuelles Outfit zwar auch nicht bezeichnen, aber immerhin quetschte es nicht Teile meines Körpers ab, die ich in Zukunft sicher noch brauchen würde. Ich zurrte den Verschluss meines Gepäcks zu, sicherte die Bänder mit einem doppelten Knoten und schlüpfte dann in den schwarzen Mantel, den Nikolas mir auffordernd hinhielt.

Er nahm meinen Rucksack und schwang ihn sich über die Schulter. »Bereit?«

Nein. So gar nicht. Aber es half ja nichts. »Ja.«

Die Flure des Schlosses lagen dunkel und verlassen da. Lediglich einzelne Kerzen spendeten gerade genug Licht, um die Konturen unserer Umgebung erkennbar zu machen.

»Es wäre gut, wenn uns möglichst niemand sehen würde«, sagte Nikolas leise, als wir durch eine Tür in einen schmalen Seitengang traten.

»Glaubst du, Myra hat ihre Spione auch im Schloss?«

»Unwahrscheinlich.« Wir durchquerten eine kleine Vorhalle, wobei unsere Schritte unnatürlich laut von den marmornen Wänden widerhallten. »Aber je weniger Leute wissen, dass du die Stadt verlässt, desto besser.«

Eine geheime Abreise, ein Schloss in der Nacht, ein Besuch bei einem magischen Volk – das alles fegte die Sorge von vorhin beiseite und ersetzte sie durch ein aufgeregtes Kribbeln.

Ich hatte die letzte Woche dazu genutzt, durch das Gebäude zu streifen und mir wenigstens einen groben Überblick zu verschaffen, weshalb ich zwar nicht genau wusste, wohin wir gingen, aber doch, dass die Eingangshalle in der anderen Richtung lag. Bevor ich fragen konnte, führte Nikolas uns durch einen weiteren Gang, in dem Mondlicht durch hohe Fenster fiel, und blieb dann schließlich vor einer unscheinbaren Tür stehen.

»Gib mir deine Hand.«

»Warum?«

»Musst du wirklich immer alles hinterfragen?«

»Nein.« Beleidigt verschränkte ich die Arme vor der Brust. »Aber ich laufe nicht ohne Grund händchenhaltend mit dir durch die Gegend.«

»Glaub mir, daran habe ich gewiss kein Interesse.« Er wies mit dem Kopf auf die Tür. »Schutzzauber, der nur gewisse Personen durchlässt.«

O ja, geheimer Ausgang. Hätte mir eigentlich klar sein müssen, dass wir nicht durchs Schlossportal spazieren würden. Auffordernd streckte er die Hand aus und ich legte die meine mit einem Seufzen hinein. Warm schlossen sich seine Finger um meine und prompt schoss ein Kribbeln meinen Arm hinauf. Himmel noch mal! Vielleicht sollte ich Gwens Vorschlag annehmen und mir einen Elfen suchen. So konnte das nicht weitergehen.

Mit ganzer Kraft verbannte ich alle anderen Gedanken aus meinem Kopf und lenkte meine Konzentration wieder auf die aktuelle Situation.

»Und du bist sicher, dass das funktioniert?«

»Ich bringe öfter Leute hier durch. Meist sogar um dieselbe Uhrzeit.«

Es dauerte, bis die Bedeutung der Worte zu mir durchgedrungen war. Angewidert verzog ich das Gesicht. »Igitt. Zu viel Information.«

Nikolas zuckte mit den Schultern. »Du hast gefragt.«

»Ein einfaches Ja hätte es auch getan.«

Er lachte leise, beließ es aber dabei. Ich griff seine Hand unwillkürlich fester, als wir durch die Tür traten und sich ein leichtes Brennen auf meiner Haut ausbreitete, das aber sogleich wieder verschwand.

Kalte Nacht hüllte uns ein. Der unverkennbare Geruch des nahenden Winters erfüllte die Luft. Die Umgebung, nur erleuchtet vom fahlen Licht des Mondes, lag genauso reglos und still vor uns wie zuvor das Schloss. Ich brauchte einen Moment, um mich zu orientieren, erkannte dann aber, dass wir uns auf der Rückseite des Gebäudes befanden. Direkt auf der anderen Seite der Mauer, die den Garten umgab. Während sie von innen mit alten Efeuranken übersät war, befand sich auf dieser Seite nur der glatte Stein, der auch den Rest der Außenmauern zierte. Im Inneren herrschte Prunk und ein gewisser Hang zur Opulenz, draußen kam es scheinbar nur auf ein Mindestmaß an Eleganz, dafür aber die viel relevantere Praxis an.

Wir gingen stumm einen kleinen Pfad entlang, der nur als solcher erkennbar war, weil ich durch Nikolas' zielgerichtete Schritte wusste, wo ich hintreten musste. Keine Menschenseele begegnete uns auf dem Weg, der schließlich irgendwo im Norden an der Stadtmauer endete.

Nikolas legte die Finger auf den Stein, ein torartiger Umriss flammte auf und dann gab die Mauer einen Durchgang frei. Okay, das war cool. Vielleicht konnte ich diese Stadt ja doch noch lieb gewinnen.

Erst als ich erneut das Brennen des Zaubers spürte, bemerkte ich, dass ich Nikolas' Hand nicht losgelassen hatte. Aber bevor ich Gelegenheit hatte, mich darüber zu ärgern, vertrieb der Anblick, der sich uns jetzt bot, jeden anderen Gedanken aus meinem Kopf. Meilenweit erstreckten sich Felder. Sanfte Hügel, die silbern im Mondlicht schimmerten, nur um dann am Horizont nahtlos in den grenzenlosen Sternenhimmel überzugehen. Millionen leuchtender Punkte spannten sich über unseren Köpfen, die Milchstraße – oder ihr Äquivalent dieser Welt – als leuchtender Streifen in der Mitte. Es war so surreal und fühlte sich gleichzeitig so sehr nach zu Hause an, dass es meinem Herzen einen schmerzhaften Stich versetzte.

»Hübsch, nicht?«, sagte Nikolas leise. »Ich komme manchmal hierher, wenn ich allein sein will. Es ist, als …« Seine Stimme verlor sich.

»Als sei man ein winziger Teil von etwas Größerem«, beendete ich seinen Satz. »So unbedeutend in der Unendlichkeit des Universums, dass die eigenen Probleme fast schon lächerlich wirken.«

»Ja.« Er lächelte. »Genau das.«

Einen Moment standen wir so da, dann glitten seine Finger aus meinen und die plötzliche Kälte katapultierte mich brutal in die Wirklichkeit. Mit einem Schlag kehrte in mein Bewusstsein zurück, wo ich war. Mit *wem* und vor allem *warum*.

Wieso hatten Sterne nur immer die Wirkung, alles so widerlich romantisch erscheinen zu lassen? Als könne man sich nicht mal Hand in Hand mit dem Kerl, den man nicht leiden konnte, den Nachthimmel angucken, ohne dass es gleich komisch werden musste.

Mein Verfluchen von Himmelskörpern wurde je unterbrochen, als Bewegung in die Schatten kam. Mein Herzschlag beschleunigte sich und ich wollte automatisch nach meinem Dolch greifen. Nikolas legte eine Hand auf meinen Arm.

»Ich dachte, du wolltest niemanden abstechen?«, fragte er belustigt und klang dabei so entspannt, dass mein rasender Puls sich beruhigte. Wir gingen einige Schritte im Schatten der Mauer entlang. Ein leises Pfeifen durchdrang die Stille und zwei Gestalten tauchten vor uns auf. Ronan und eine Frau, die ich zuvor noch nicht gesehen hatte. Sie war groß und selbst im Dunkel erkennbar durchtrainiert. Ihre Haut hatte einen warmen Braunton und das schwarze Haar war zu einem langen Zopf geflochten.

»Das ist Cora, mein erster General«, sagte Nikolas, als hätte er meine Gedanken gelesen. »Neben Ronan der einzige Mensch, dem ich den Schutz meines Lebens anvertrauen würde. Sie führt normalerweise meine Armeen im Norden, wird für die nächsten Tage aber deine persönliche Leibwächterin sein.«

Erstaunt sah ich zu ihm auf. »Du lässt deinen General herkommen? Ist das nicht etwas übertrieben? Was ist mit den Männern, die mir ständig hinterherlaufen?«

»Die haben für meinen Vater gearbeitet. Cora war schon immer nur mir verpflichtet. Wenn es um so etwas Wichtiges wie dich geht, will ich jemanden, dem ich einhundertprozentig vertrauen kann.«

»Um so etwas Wichtiges wie mich? Hast du das gerade wirklich gesagt?«

»Die Mission, natürlich. Nicht du persönlich.«

»Dann ist ja gut, ich habe mir schon Sorgen gemacht.«

Keine Ahnung, ob ich mir das amüsierte Funkeln in seinen Augen nur einbildete, denn eine Sekunde später war es schon wieder verschwunden. Ich hatte auch keine Zeit, weiter darüber nachzudenken, denn ein wirklich massiges schwarzes Pferd schob mir ungefragt seine Nase ins Gesicht. Ach du Scheiße. Die Ponys beim Kinderreiten früher waren definitiv kleiner gewesen.

»Keine Sorge, er beißt nicht.« Cora umrundete das Tier und streckte mir eine Hand entgegen. Genau wie Ronan trug sie eine eng anliegende schwarze Rüstung aus Metall und Leder. Neben der Schwertscheide an ihrer Hüfte befand sich eine beträchtliche Anzahl an Messern in einem breiten Gürtel sowie ein schlanker Bogen mit einem Köcher voller Pfeile über ihrer Schulter. Etwas eingeschüchtert ergriff ich die angebotene Hand.

»Danke fürs … Auf-mich-aufpassen.«

»Cora.« Nikolas war lautlos hinter mich getreten. »Felicity ist unser Schlüssel. Halte sie am Leben. Und pass auf, sie hat absolut kein Risikobewusstsein.«

Betont langsam wandte ich mich um. »Wie bitte?«

»Soll ich rekapitulieren?«

»Nicht nötig«, zischte ich gereizt und wollte nach meinem Rucksack greifen, den er noch immer trug. Grinsend hielt er den Lederriemen fest.

»Komm erst mal aufs Pferd.«

»Kein Problem.« Ich reckte das Kinn vor, drehte mich um und trat auf das große Tier zu. Und noch mal: Ach. Du. Scheiße.

»Ich könnte dich hochheben«, bot Nikolas nicht ohne einen gewissen Spott in der Stimme an.

»Wag es ja nicht!« So weit würde es noch kommen.

Etwas hilflos strich ich dem Pferd über den Hals, das tatsächlich den Eindruck machte, recht freundlich zu sein. »Du wirst mich nicht abwerfen, ja?«

Es schnaubte leise, was ich als Zustimmung wertete. Dann stellte ich einen Fuß in den Steigbügel, krallte die Fingernägel in den Sattel und schaffte es irgendwie, mich hochzuziehen. Das Ganze sah vermutlich eher nach betrunkenem Frosch als nach Eleganz aus, aber ich hatte mein Ziel erreicht und thronte – nur leicht schwankend – im Sattel.

»Siehst du.« Stolz sah ich zu Nikolas hinunter, der nur entschuldigend die Arme hob.

»Tut mir leid, aber alles, was ich gesehen habe, war dein Hintern. Und zu meiner Verteidigung: Du hast ihn mir praktisch ins Gesicht gestreckt.«

Ich trat nach ihm und er wich lachend aus. Ronan stöhnte entnervt, nahm Nikolas den Rucksack ab und reichte ihn mir.

»Für eine geheime Abreise quatscht ihr ganz schön viel.«

Das war das Zeichen zum Aufbruch. Die anderen schwangen sich ebenfalls in die Sättel, ich griff die Zügel fester und einen Moment später preschten die Pferde zwischen den Feldern entlang.

Kapitel 16

Ein stundenlanger Ritt auf einem Pferd brachte neben einem wirklich atemberaubenden Sonnenaufgang auch noch eine Reihe anderer Vorteile mit sich. So wusste ich jetzt zum einen von ganzen Muskelgruppen in meinem Körper, die ich zuvor nicht bemerkt hatte. Zum anderen ereilte mich die Erkenntnis, dass man auf dem Rücken eines Pferdes sehr wohl auch seekrank werden konnte.

»Du musst mit den Bewegungen gehen«, hatte Ronan erklärt, als versuchte ich das nicht schon die ganze Zeit.

Nikolas hatte bloß ein wenig hilfreiches »Ist wie beim Sex« eingeworfen. Überhaupt schien der Prinz eine seltsam gute Laune an den Tag zu legen, wenn man bedachte, dass er die Notwendigkeit sah, mehr Waffen bei sich zu führen, als so manches Museum zu seinem Arsenal zählen durfte. Dennoch lag eine kaum greifbare Anspannung über unserer kleinen Gruppe. Wir machten nur wenige Pausen. Die Zeit, die wir abseits des Pferderückens verbrachten, nutzten Nikolas und Cora, um mit gezogenen Schwertern umeinander herumzuschleichen, nur um dann unvermittelt loszuspringen und in einem Wirbel aus blitzenden Klingen zu verschwinden. Ich hatte die Kämpfe mit widerwilligem Interesse beobachtet. Es war ein wirklich faszinierender Anblick, aber dennoch hatte ich konstant die Sorge, dass gleich irgendeiner ziemlich übel aufgeschlitzt werden könnte. Aber Ronan hatte mir versichert, die beiden wüssten schon, was sie taten. Wie bei dem

Tempo überhaupt jemand wissen konnte, was er tat, wagte ich nicht zu fragen.

Entgegen allen Befürchtungen hatte bisher allerdings niemand den Tod durch eine Klinge gefunden und wir waren auch nicht angegriffen worden, als wir gegen frühen Abend unser erstes Ziel erreichten.

Das kleine Fischerdorf namens Veirach war – um es freundlich auszudrücken – überschaubar. Ein breiter Fluss schlängelte sich durch eng beieinanderstehende kleine Häuser mit strohbedeckten Dächern. Einige Hühner kamen uns entgegen, verfolgt von einer Schar Kinder, die vergnügt versuchten, die Tiere wieder einzufangen.

»Nik.« Cora lehnte sich mit beiden Händen auf den Sattel gestützt nach vorn. »Sag noch mal, warum wir die Nacht nicht einfach auf Graf Tálars Anwesen verbringen? Das wäre nur ein paar Meilen von hier.«

»Weil der Kerl ein Plappermaul ist. Keine zwei Stunden und das ganze Land wüsste, dass wir bei ihm zu Gast sind. Hier wird uns niemand erkennen. Würde mich wundern, wenn in den letzten zehn Jahren überhaupt mal jemand dieses beschauliche Örtchen verlassen hat.«

»Und du bist wirklich bereit, dich unters einfache Volk zu mischen?«, fragte Ronan zweifelnd.

»Wenn ich die Prinzen-Karte nicht spielen kann, bleibt mir ja immer noch mein Charme.«

»Klasse«, murmelte ich trocken. »Dann sind wir wohl offiziell verloren.«

Nikolas lachte und sprang dann schwungvoll aus dem Sattel. Allein der Anblick ließ jeden Muskel in meinem Körper schmerzen. Dankbar ergriff ich Coras Hand, glücklich, wieder festen Boden unter den Füßen zu haben.

Wir folgten einem kleinen ausgetretenen Pfad, der ins Innere des Ortes führte, und mein Pferd trottete ruhig neben mir her. Ich hatte es London getauft, weil es keinen Namen hatte und ich das irgendwie traurig fand. Also war es jetzt zu einem kleinen Bisschen Heimat in dieser Fremde geworden. Und vielleicht war es nur Einbildung, aber ich war der festen Überzeugung, dass wir begonnen hatten, uns anzufreunden. Jedenfalls war ich ihm verdammt dankbar, dass er mich unterwegs weder abgeworfen noch gebissen hatte.

Der Weg wurde fester und einen Augenblick später fanden wir uns zwischen den lehmverputzen Häusern wieder.

Ronan ging zu einem Mann, der mit grimmiger Miene dabei war, einen hölzernen Steg zu schrubben. Cora stellte sich neben mich und schaffte es trotz ihres Outfits, den Eindruck zu machen, als gehörte sie hierher. Wieder einmal wurde mir bewusst, dass ich jetzt eine Leibwächterin hatte. Eine Leibwächterin, die sonst eine Armee führte. Das war so surreal.

»Also«, sagte Nikolas leise, sodass niemand sonst uns würde hören können. »Legen wir ein paar Grundregeln fest.«

Eine Frau mit einem Korb voller Fische ging an uns vorbei. Die leeren Augen der Tiere starrten mich so eindringlich an, dass es einige Sekunden dauerte, bis seine Worte zu mir durchgedrungen waren.

Abrupt sah ich auf. »Regeln?«

»Wir können es auch Richtlinien nennen, wenn du willst. Hauptsache, du folgst ihnen.«

Ich stieß langsam die Luft aus und schluckte die bissige Bemerkung runter, die mir auf der Zunge lag. »Lass mal hören.« Zum Ausflippen war dann ja immer noch Zeit.

Nikolas zog seinen goldenen Siegelring von der Hand und steckte ihn in die Innentasche seines Mantels, dann nahm er einen schmaleren vom kleinen Finger und hielt ihn mir hin. »Der sollte passen. Ich glaube zwar nicht, dass jemand hier ein magisches Mal erkennt, aber wir müssen es ja nicht riskieren.«

Ich betrachtete den schlichten Ring kurz, dann schob ich ihn wortlos auf meinen Finger. Er passte tatsächlich. »Was noch?«

»Sprich mich nicht mit meinem vollen Namen an.«

»Darf ich mir einen für dich ausdenken?«

»Nein.« Er warf mir einen strengen Blick zu. »Sag einfach Nik.«

»Nik«, wiederholte ich, als müsse ich austesten, wie das Wort sich auf meiner Zunge anfühlte. »Na, okay.«

»Gut.« Er fuhr sich mit den Fingern durchs Haar. Ein leichter Regen hatte eingesetzt und feine Tropfen verfingen sich in den dunklen Strähnen. »Du bleibst bei mir, Cora oder Ronan. Keine Alleingänge, verstanden?«

»Von mir aus.« Ich wüsste sowieso nicht, wo ich hier allein hingehen sollte.

»Und du tust, was ich sage. Ohne Widerworte.«

»Vergiss es.« Das ging eindeutig einen Schritt zu weit.

»Felicity«, knurrte er warnend. »Das war kein Vorschlag.«

»Nein. Ich bin doch kein Hündchen, das brav hinter dir her trottet.«

Nikolas griff nach meinem Arm und zog mich etwas von Cora und den Pferden weg. »Fang endlich an, das hier ernst zu nehmen«, sagte er leise, aber nicht weniger eindringlich. »Ich versuche nur, auf dich aufzupassen.«

»Tu, was du nicht lassen kannst, aber ich werde mir von dir nichts befehlen lassen«, erwiderte ich stur. Hier ging es immerhin ums Prinzip. Und das war … keine Ahnung, *was* genau, aber es beinhaltete auf jeden Fall, nicht nach jedem Wort von ihm zu springen.

Für einige Sekunden starrten wir uns einfach nur an. Dann, zu meiner völligen Überraschung, lachte er.

»Du machst mich irre.« Hilflos hob er die Hände in die Luft. »Ernsthaft, irgendwann schaffst du es und treibst mich in den Wahnsinn.«

Schwer zu sagen, ob das eine Beleidigung oder ein Kompliment war, aber nur zur Sicherheit verschränkte ich missmutig die Arme vor der Brust.

Nikolas zupfte noch immer lachend an einer meiner losen

Haarsträhnen. »Wie wäre es mit einem Deal? Das ist doch unser Ding.«

Verärgert schlug ich seine Hand beiseite. »Wir haben kein *Ding.*«

»Also willst du nicht wissen, was ich anzubieten habe?«

Doch. Wollte ich. Wie konnte er es wagen, meine Neugier gegen mich zu verwenden?

»Es könnte ja nicht schaden, es mir anzuhören«, sagte ich gedehnt, was sein Grinsen nur noch breiter werden ließ. Dieser Arsch!

»Also.« Er beugte sich etwas zur mir hinab und senkte die Stimme. »Versuch wenigstens, mir vier Tage lang nicht auf die Nerven zu gehen, und ich schulde dir einen Gefallen.«

Misstrauisch verengte ich die Augen. »Egal was?«

»Ich werde dir nicht deinen Ring zurückgeben, aber ansonsten«, er zuckte mit den Schultern, »was immer du willst. *Wenn* du tust, was ich sage, solange wir unterwegs sind.«

Ich seufzte resigniert. Das verstieß zwar gegen mein gerade aufgestelltes Prinzip, aber ich würde nicht so blöd sein, einen Blankowunsch auszuschlagen.

»Na schön. Aber«, ich baute mich zu meiner vollen Größe auf und stach ihm einen Finger gegen die gepanzerte Brust, »wenn du anfängst, mich blöd herumzukommandieren, kannst du dir deinen Gefallen sonst wohin stecken.«

»Würde mir im Traum nicht einfallen.« Niks Augen funkelten auf eine Art und Weise, die deutlich sagte, dass ich das hier noch bereuen würde.

Mit einem entnervten Grummeln wandte ich mich ab und stapfte zu Cora und den Pferden zurück. Die Kriegerin lächelte wissend, enthielt sich aber jeglicher Kommentare.

Wenige Minuten später kam auch Ronan zurück, den mürrischen Mann im Schlepptau. »Das ist Hawk. Er kümmert sich bis morgen um unsere Pferde.«

»Fünf Goldstücke«, brummte Hawk mit einem starken Akzent, den ich nicht einordnen konnte. »Pro Tier.«

Nikolas, der die Hand bereits in seine Tasche gesteckt hatte, hielt inne. »Zwanzig Goldstücke? Seid Ihr des Wahnsinns?«

Hawk sah ihn abschätzend an. »Siehst aus, als könntest du's dir leisten.«

»Dafür könnte ich vier neue Pferde kaufen.«

Er lachte trocken. »Wir haben hier nur einen alten Ackergaul. Aber du kannst deine Tiere auch gern hier draußen lassen, wenn du willst. Wenn sie erfrieren sollen.«

Niks geschocktes Gesicht zu sehen, machte es fast wett, hier draußen langsam vom Regen durchweicht zu werden. Offensichtlich war *Seine Majestät* es absolut nicht gewohnt, über den Tisch gezogen zu werden. Oder sich den Forderungen eines Fischers zu beugen, der sich jetzt auf seinen Besen stützte und ihn herablassend musterte.

Ronan befreite ihn aus seiner Starre, indem er Hawk einen Stapel Goldmünzen in die Hand drückte. »Wir wissen Eure Dienste zu schätzen.«

Hawk grunzte irgendwas und machte sich dann daran, die Pferde wegzuführen.

Nikolas sah ihm fassungslos nach. »Zwanzig Goldstücke! Das ist Wucher, dafür könnte ich –«

»Gar nichts könntest du.« Ronan stupste ihn ungerührt vorwärts und sie setzten sich in Bewegung. »Willkommen im Leben eines normalen Bürgers. Es ist übrigens großartig, wie sehr dein Charme Eindruck auf die Dorfbevölkerung macht.«

Der Regen war stärker geworden und mein Mantel mittlerweile komplett durchnässt. Kalt und schwer hing der Stoff auf meinen Schultern. Der Rucksack, der bei jedem Schritt auf und ab hüpfte, machte das Ganze auch nicht besser.

Ich wollte gerade in bester Kleinkind-Manier fragen, wann wir endlich da waren, als unsere Prozession stoppte. Ronan stieß eine Tür auf und mit einem Mal umfingen uns Licht und Wärme.

Das winzige Gasthaus war bis auf einige Männer in einer Ecke gähnend leer. Kleine Tische standen eng beieinander auf dem abgenutzten Holzfußboden, in der Luft lag ein angenehmer Geruch nach Essen.

Nikolas schob sich wie zufällig zwischen mich und die Männer, die interessiert zu uns herübersahen. Ich musste ein Augenrollen unterdrücken. Klar, Myras Meuchelmörder würden sicher mitten im Nirgendwo halb betrunken über einem Satz Spielkarten hängen. Aber ich ließ ihn machen. Sollte er doch den Beschützer spielen, wenn das bedeutete, dass ich endlich aus diesen nassen Klamotten rauskommen würde.

Eine junge Frau kam auf uns zu. Ihr Blick glitt zwischen uns und Ronan und Cora hin und her. Oder eher den Waffen, die wir hier so offen präsentierten.

»Ich will keinen Ärger.« Unsicher blieb sie einige Schritte entfernt stehen und legte sich schützend eine Hand auf den leicht geschwollenen Bauch. Nik schenkte ihr ein breites Lächeln, das sie schüchtern erwiderte. Na super, jetzt fing der auch noch an zu flirten.

Ich klinkte mich aus, während er freundlicher auf sie einredete, als ich ihn jemals erlebt hatte. Das wollte ich gar nicht so genau mitbekommen. Aber schön zu wissen, dass er tatsächlich charmant sein konnte, wenn er wollte. War ja klar, dass ich immer nur die arrogante Seite zu spüren bekam.

Neugierig betrachtete ich die groben Steinwände, die abwechselnd mit Landschaftsgemälden und getrockneten Fischen dekoriert waren. Igitt … Wer war denn bloß auf die Idee gekommen?

Unvermittelt legte Nikolas einen Arm um meine Schultern und zog mich zu sich. »Richtig?«

»Ähm …« Ich blinzelte überrascht. »Ja?« Keine Ahnung, worum es ging, aber ich hoffte einfach mal, dass dies die Antwort war, die er hören wollte. Seine Mundwinkel hoben sich. Shit. Was genau hatte ich hier gerade zugestimmt?

»Na gut. Ich hole euch Schlüssel.« Seine Flirtpartnerin nickte und verschwand dann hinter einem Vorhang in einem angrenzenden Raum.

Fragend sah ich zu Nik auf. »Was war das?«

»Ach, gar nichts«, murmelte er abwehrend, während seine Finger mit dem Stoff meines Ärmels spielten.

»Jetzt sag schon. Und erklär mir auch gleich, warum wir hier gerade kuscheln.« Finster betrachtete ich seine Hand, schob sie aber nicht fort. Er strahlte eine angenehme Wärme aus und ich war so durchgefroren, dass ich es nicht über mich brachte.

Nikolas hob etwas zu gelassen die Achseln. »Sie nahm an, du seist meine Frau und ich meinte bloß, es wäre unsere erste gemeinsame Reise.«

»Du hast gesagt, wir wären *verheiratet*?!« Abrupt riss ich mich aus seiner Umarmung.

»Eigentlich habe ich das nicht«, korrigierte er beiläufig. »Ich habe ihrer Annahme nur nicht widersprochen. Und es *ist* unsere erste gemeinsame Reise.«

»Die gleich ganz schnell vorbei ist! Was soll der Mist?! Ich will nicht deine Frau sein!«

»Oh, glaub mir.« Er lachte humorlos auf. »*Das* wollen wir beide nicht. Aber ein junges Paar auf Reisen erregt nun einmal viel weniger Aufsehen als vier bewaffnete Fremde.«

»Sollte ich deswegen deinen Ring anstecken? Hast du das geplant?«

»Ich habe es als Möglichkeit einkalkuliert«, gab er zu. »Jetzt beruhig dich wieder. Ist es wirklich so schlimm, eine Nacht die Frau des Kronprinzen zu spielen?«

»Du bist hier aber nicht der Kronprinz.«

»Autsch.« Betroffen fasste er sich an die Brust. »Dann würdest du mich also nur wegen meines Titels lieben?«

»Na, wegen deines sonnigen Gemüts sicher nicht.« Ich drückte meinen Rucksack in seine Arme. »Wenn du schon mein Mann bist, dann mach dich wenigstens nützlich. Und nur als Warnung: Wenn du es wagst, mich zu küssen, kratz ich dir die Augen aus.«

Ronan beugte sich etwas vor und senkte die Stimme. »Man sagt, dass derjenige, der in der Hochzeitsnacht oben ist, in der Ehe das Sagen hat.«

Nik drehte sich interessiert um. »Was ist, wenn wir es im Stehen tun?«

»Sagt mal, spinnt ihr?«, fragte ich fassungslos. »Niemand wird es heute noch tun.«

»Sprich für dich.« Er warf einen bedeutungsvollen Blick auf den Vorhang, hinter dem die junge Frau verschwunden war.

»Sie ist schwanger!«

»Na und? Dann kann sie es immerhin nicht noch mal werden.«

»Du bist widerlich. Und ich will die Scheidung.«

»Wow.« Ronan klopfte seinem Kumpel mitfühlend auf die Schulter. »Zwei Minuten und schon hast du deine Ehe in den Sand gesetzt.«

Nikolas' zweifellos unschmeichelhafte Antwort wurde von dem Schankmädchen unterbrochen, das in diesem Moment zurückkam. Sie drückte Ronan und Cora je einen Schlüssel in die Hand und reichte Nik den dritten.

Ich wartete, bis wir die schmale Holztreppe ins obere Stockwerk emporgestiegen waren, dann hielt es nicht mehr aus.

Ich griff nach Niks Ärmel und zwang ihn so, stehen zu bleiben. »Du denkst doch nicht wirklich, dass ich in einem Bett mit dir schlafen werde, oder?«

Er musterte mich einen Moment, dann schüttelte er den Kopf. »Nein, keine Sorge. Das würde wirklich etwas zu weit gehen.«

»Was hast du dann vor?«

»Wir sind mitten im Nirgendwo, Ronan und Cora brauchen auch mal eine Pause. Ich werde bestimmt nicht schlafen und riskieren, dass dich jemand direkt unter meiner Nase entführt.«

»Du willst vier Nächte nicht schlafen?« Das konnte doch nicht gesund sein.

»Nein«, sagte er knapp. »Wir werden morgen an einem Ort bleiben, der fast genauso sicher ist wie das Schloss.«

Bevor ich die Gelegenheit hatte, weiter nachzufragen, öffnete er eine der Türen und schob mich hindurch.

Das Zimmer dahinter war klein, aber gemütlich. Ein winziges Fenster, ein Kamin, in dem ein Feuer knisterte, ein Bett mit flauschigen Kissen und einer Tagesdecke, die – wie konnte es auch anders sein – mit Fischen bestickt war.

»Cora und Ronan sind zu beiden Seiten, ich bleibe unten. Ich werde dir etwas zu essen bringen lassen, aber du wirst dieses Zimmer nicht allein verlassen. Klar?«

»Klar.« Mit einem Seufzen zog ich den Mantel aus und legte ihn über einen Stuhl vor dem Kamin, damit er über Nacht trocknen konnte.

Nikolas hielt den Zimmerschlüssel hoch. »Muss ich dich einschließen oder kann ich mich darauf verlassen, dass du es eine Nacht lang schaffst, nicht in eine lebensgefährliche Situation zu geraten?«

»Ich könnte immer noch aus dem Fenster klettern«, sagte ich spöttisch, weil ich es einfach nicht lassen konnte, ihn zu provozieren. Auch wenn es zweifelhaft war, dass überhaupt mein Kopf durchs Fenster passen würde. Geschweige denn der Rest meines Körpers.

Nik kniff die Augen zusammen. »Ich könnte dich auch am Bett festbinden.«

»Versuch's und sieh was passiert«, erwiderte ich drohend.

»Vielleicht ja irgendwann mal.«

»Bitte, verschwinde einfach, bevor mir schlecht wird.«

Mit einem Lachen warf er den Schlüssel aufs Bett. »Lass das Fenster zu und schließ von innen ab, wenn du schlafen gehst.«

Mitternacht kam und ging. Jedenfalls glaubte ich das. Hier gab es keinerlei Uhren und der Stand des Mondes sagte mir noch weniger, als die Sonne es getan hätte. Aber es fühlte sich an wie nach Mitternacht. Seufzend drehte ich mich auf den Rücken und starrte an die Decke. Ich wusste, dass ich schlafen sollte, aber irgendwie konnte ich mich nicht dazu aufraffen. Vielleicht lag es an den ständigen Warnungen, wer es alles auf mich abgesehen haben könnte. Wer sollte da auch ruhig schlafen können? Oder es lag an dem bevorstehenden Treffen mit den Elfen. Die Bibliothek des Schlosses war riesig und hatte doch erstaunlich wenig Wissen über magische Völker enthalten. Als hätte jemand mit voller Absicht jede noch so kleine Information entfernt. Stöhnend vergrub ich mein Gesicht in einem der Kissen. Ich hätte Gwen mehr ausfragen sollen.

Meine Finger spielten abwesend mit Nikolas' Ring, den ich nicht abgenommen hatte, weil ich mich kannte und ihn morgen früh nicht wiederfinden würde.

Meine erste Fake-Hochzeitsnacht und ich verbrachte sie allein am Arsch der Welt. Ein fast schon lächerlicher Gedanke bei dem, was mir sonst so durch den Kopf ging.

Einige weitere Minuten lag ich in der fast vollständigen Dunkelheit herum, dann reichte es.

Entschlossen stand ich auf und zog meinen Mantel über das schwarze Spitzennachthemd, das ich aus welchem Grund auch immer eingepackt hatte. Er war noch etwas klamm, aber immerhin nicht mehr triefend nass.

Nikolas war schuld, dass ich hier festsaß, dann konnte er es auch ausbaden. Und vielleicht konnte ich so noch ein paar Antworten auf meine hundert Fragen aus ihm herausbekommen.

Ich schlüpfte lautlos aus dem Zimmer und schloss die Tür vorsichtig, um niemanden zu wecken. Die Treppe knarzte leise und ich musste eine Hand an der Wand lassen, um im Dunkeln nicht zu stolpern, aber dann hatte ich es heile nach unten geschafft.

Die Männer von vorhin waren verschwunden und der Großteil

des Gastraumes in Dunkelheit getaucht. Nur der Kerzenleuchter auf dem einzigen der besetzten Tische spendete genug Licht, um etwas zu sehen. Ich sah Niks dunklen Haarschopf, brauchte aber ein paar Sekunden, um zu erkennen, dass es nicht irgendwelche Schankmädchen, sondern Ronan und Cora waren, die mit ihm am Tisch saßen. Jeder hatte einen halb gefüllten Bierkrug vor sich stehen sowie ein paar Teller mit Resten verschiedenen Essens. Die Gruppe wirkte gelöster, als ich sie in den vergangenen Stunden je erlebt hatte. Als sei das hier ein Ausflug unter Freunden. Als hätten sie Spaß.

Ich blieb stehen und zögerte. Es machte den Eindruck, sie genossen es, einmal unter sich zu sein. Ich wollte nicht stören. Aber da hatte Cora schon den Kopf gehoben und mich am Fuß der Treppe entdeckt. Lächelnd rückte sie auf der halb runden Bank zur Seite und klopfte auf den freien Platz neben sich.

Niks Blick folgte jeder meiner Bewegungen, bis ich mich gesetzt hatte. »Ich hätte dich doch einschließen sollen.« Er hatte sich ebenfalls umgezogen, trug jetzt ein helles Leinenhemd und hatte einige Papiere vor sich liegen, ganz so, als habe er versucht zu arbeiten, bevor seine Freunde ihn abgelenkt hatten. Verärgert über mein Auftauchen wirkte er aber nicht. Nicht, dass mir das wichtig gewesen wäre.

»Unerwarteterweise hat deine durchgeknallte Hexen-Königin mich nicht auf der Treppe niedergestochen.«

»Fae, nicht Hexe. Und ich glaube kaum, dass sie dich ermordet. Dafür bist du zu wertvoll.«

»Gut für mich, würde ich sagen.« Ich nahm eine Weintraube von seinem Teller und steckte sie mir in den Mund. »Was macht ihr alle hier unten?«

»In alten Zeiten schwelgen.« Cora streckte entspannt die Arme auf der Lehne der Bank aus. Die Klingen an ihrem Gürtel, den sie selbst jetzt nicht abgelegt hatte, glänzten im Kerzenlicht.

Ronan zog seinen Bierkrug zu sich heran. »Wenn wir weiter darüber sprechen, will ich mehr hiervon.«

»So schlimm?«, fragte ich neugierig und dann gleich weiter: »Wie lange gehen diese alten Zeiten denn schon zurück?«

»Wie alt warst du noch mal?« Gespielt nachdenklich tippte Cora sich mit den Fingern gegen die Lippen.

Nikolas verdrehte die Augen. »Vierzehn. Und ich habe meine Lektion gelernt.«

Interessiert rutschte ich auf meinem Platz nach vorn. »Was hast du getan?«

»Wenn du unseren lieben Prinzen heute schon nervtötend arrogant findest, hättest du ihn mal vor sieben Jahren erleben sollen«, sagte Ronan schmunzelnd.

»Hey!« Nikolas zog verärgert die Brauen zusammen, aber keiner achtete auf ihn.

»Mein Vater hatte damals einen Sitz im Rat und ich habe ihn oft ins Schloss begleitet«, fuhr Cora fort. »Wann immer sich die Gelegenheit ergeben hat, habe ich irgendwen aus der Wache dazu überredet, mit mir zu trainieren.«

»Und ich habe den Fehler gemacht, mich darüber lustig zu machen.« Nik strich mit dem Finger den Rand seines Glases entlang.

»Und was ist dann passiert?«, fragte ich neugierig weiter.

»Sie hat mich herausgefordert. Und innerhalb von zwei Minuten fertiggemacht wie niemand zuvor.« Er lachte bei der Erinnerung. »Das war der Moment, in dem ich wusste, dass diese Frau einmal mein erster General wird. Sie oder niemand.«

»Und als er mich vor ein paar Monaten praktisch angefleht hat, den Job zu übernehmen, musste ich ja zustimmen.« Cora seufzte tief, aber das Funkeln in ihren Augen war unübersehbar. »Auch wenn ich jetzt viel weniger Freizeit habe.«

Ich lächelte, blieb aber noch an etwas anderem hängen, das gesagt worden war.

Nachdenklich sah ich Nikolas an. »Dann sind wir gleich alt?« Auch unter den gegebenen Umständen war das verdammt jung, um ein Königreich zu führen. Wenn man bedachte, dass ich mich schon heillos überfordert damit fühlte, selbst meine Arzttermine ausmachen zu müssen.

Er zuckte bloß mit den Schultern. »Ich werde im Sommer zweiundzwanzig. Ich bin dir also ein paar Monate voraus.«

»Mhh«, machte ich bloß, was ihm ein Heben der Augenbrauen entlockte.

»Stört dich das?«

»Nein, natürlich nicht. Es ist nur«, unsicher zerpflückte ich eine Papierserviette zwischen den Fingern, »wir sind gleich alt und meine größte Errungenschaft ist es, die Basilikumpflanze in der Küche am Leben zu halten, während du … Na, du weißt schon.«

»Ah, ja. Ich habe es geschafft, Erstgeborener eines Königs zu sein. Das hat natürlich viel Arbeit meinerseits gefordert.«

»Das meinte ich nicht.«

»Ich weiß. Aber gib mir ein wenig Zeit, zu sehen, ob ich dieses Land vor die Wand fahre, und urteile dann.« Nikolas lehnte sich seufzend zurück, nur um dann zusammenzuzucken, als das Kerngehäuse eines Apfels ihn gegen die Brust traf. Cora sah ihn über den Tisch hinweg finster an und er rieb sich beleidigt über die Stelle. »Cora mag es nicht, wenn man negativ über sich selbst spricht.«

»Was denn? Die Welt ist grausam genug zu uns, da müssen wir es nicht auch noch sein.«

»Du magst recht haben«, Ronan leerte den letzten Rest seines Bieres, »aber das ist viel zu philosophisch für diese Uhrzeit.«

Nikolas schüttelte amüsiert den Kopf. »Ihr solltet schlafen gehen.«

Interessanterweise folgte auf diese Aussage keinerlei Protest, und bevor ich mich versah, war ich mit dem Prinzen allein. Ich schob unbeholfen die Fetzen meiner zerrissenen Serviette zu einem kleinen Haufen zusammen. Die plötzlich herrschende Stille war nicht unangenehm, trotzdem hatte ich das Gefühl, etwas sagen zu müssen.

Nikolas tat mir den Gefallen und kam mir zuvor. »Warum bist du nach unten gekommen?«

»Konnte nicht einschlafen.« Neugierig betrachtete ich eines der Pergamente, die vergessen vor ihm lagen. Es war über und über mit Zahlen beschrieben, aus denen unmöglich jemand schlau werden konnte. In der rechten oberen Ecke prangte winzig klein der Drache aus Terralores Wappen. Bevor ich mehr sehen konnte, wurde das Blatt herumgedreht.

»Geheim«, sagte Nikolas bloß.

Ich verdrehte die Augen. »Wolltest du dich nicht an das Schankmädchen ranmachen?«

»Das kann ich doch meiner Frau nicht antun.«

Ich beschloss nicht auf die Stichelei einzugehen. »Wenn wir verheiratet sind, bin ich dann nicht praktisch Kronprinzessin oder so?«

»So funktioniert das nicht. Ich könnte dich zur Königin machen, wenn ich den Thron offiziell übernehme, aber vorher hättest du keinen Titel.«

»Ist ja unfair.«

Er hob die Schultern. »Andersherum wäre es übrigens genauso, falls es das besser macht.«

»Also wird deine Frau später nicht automatisch Königin?«

»Nur, wenn ich es will.«

»Und was willst du?«

»Kommt auf meine Frau an, würde ich sagen.«

»Heiratest du nicht Élena?«

»Nein.« Für einen Moment hielt er inne. »Woher weißt *du* denn bitte von Élena?«

»Klatsch und Tratsch eben.« Ich dachte an das, was Oskar gesagt hatte. »Wieso könnt ihr nicht heiraten, solange ihre Schwester keine Kinder hat?«

Nik warf mir einen entnervten Blick zu. »Wir wollen doch gar nicht heiraten.«

»Ja, aber falls. Was hätte das mit den Kindern ihrer Schwester zu tun?«

»Es geht darum, dass niemand den Thron innehaben soll, ohne dass ein Erbe existiert. Wenn Élena mich heiratet, hat sie einen theoretischen Anspruch auf den Titel als Königin von Terralore. Und da man nicht in zwei Ländern in der Thronfolge sein kann, würde sie ihren alten verlieren.«

»Also ist Élena der Ersatz, falls ihrer Schwester was passiert?«

Er nickte bestätigend. »Genau wie Gwen der Ersatz für mich ist. Für die Stabilität eines Landes ist es nicht gut, wenn die Thronfolge unterbrochen wird. Bis Lilian ein eigenes Kind hat, muss Él in der Erbfolge bleiben.« Forschend sah er mich an. »Interessiert dich das wirklich oder willst du nur nicht schlafen gehen?«

Unsicher kaute ich auf meiner Unterlippe herum. »Beides?«

Er seufzte und fragte dann überraschend sanft: »Was ist los?«

Ausweichend betrachtete ich die Maserung des Tisches. »Gar nichts.«

»Felicity«, sagte er warnend. »Ich fange jetzt nicht an zu raten. Wenn du sagst gar nichts, werde ich dir das glauben und dich in dein Zimmer zurückbringen. Also rede.«

Ich holte tief Luft und sah dann auf meine Finger. Mir gingen all die Dinge durch den Kopf, über die ich gerade noch nachgedacht hatte, aber stattdessen sagte ich bloß: »Ich habe dich und Cora kämpfen sehen.«

»Und?«

»Und ich weiß, dass es Jahre dauert, auch nur annähernd so gut zu werden, aber Ronan meinte, die Grundlagen könne man schnell lernen und … Ich fühle mich so verdammt hilflos. Wenn uns wirklich jemand angreift, könnte ich nichts anderes tun, als mich hinter euch zu verstecken und vor Panik zu schreien und …« Meine Stimme verlor sich, als ich realisierte, wie sehr mich das beschäftigte, ohne dass es mir selbst klar gewesen war.

»Du willst lernen, zu kämpfen?«

Ich hob den Kopf und sah, dass er lächelte. Meine Wangen wurden warm. »Nicht lachen!«

»Tue ich nicht«, versicherte er rasch. »Ich finde den Gedanken gut.«

»Wirklich?«

Er nickte. »Jeder sollte wissen, wie man sich verteidigt. Und du in deiner Situation ganz besonders.«

»Dann bringst du es mir bei?«

»Wenn du das wirklich willst. Aber ich warne dich gleich: Ich bin ein furchtbarer Lehrer.«

»Ich werde es überleben.«

»Na gut.« Schwungvoll schob er seine Unterlagen zusammen und stand auf. »Dann komm mit.«

»Was, jetzt?« Verwirrt sah ich zu ihm auf.

Nik beugte sich zu mir herunter. »Du kannst auch wieder ins Bett gehen, wenn du das lieber möchtest.«

Nein, natürlich wollte ich das nicht. Ich nahm seine ausgestreckte Hand und ließ mich von ihm auf die Füße ziehen.

Kapitel 17

Wir durchquerten den kleinen Gastraum in wenigen Schritten und traten durch eine Hintertür nach draußen. Mein Mantel ging mir nur bis etwa zu den Knien und die Kälte traf unnachgiebig auf meine nackten Beine. Wenigstens hatte ich daran gedacht, meine Stiefel anzuziehen.

Wir befanden uns jetzt auf einem kleinen Hinterhof mit grobem Steinboden, in dessen Fugen Unkraut wucherte. Hohe Gebäude kesselten den Bereich von allen Seiten ein, in keinem der Fenster brannte Licht. Wir waren allein. Mehr allein als jemals zuvor.

Nik zog sein Schwert, das Geräusch von Metall auf Metall hallte durch die Stille der Nacht. Auffordernd hielt er es mir mit dem Griff voran hin.

Misstrauisch beäugte ich die Klinge. »Fängt man nicht normalerweise mit Waffen aus Holz an?«

»Davon halte ich nichts.« Mit einer fließenden Bewegung hatte er das Schwert herumgewirbelt, ausgeholt und einer halb vertrockneten Tomatenpflanze neben mir den Kopf abgeschlagen. Ich zuckte zusammen und wich einen Schritt zurück, als er auf mich zutrat.

»Ich zitiere meinen Vater nicht oft, aber in diesem Fall hatte er recht. Ein Schwert ist eine tödliche Waffe und du solltest das zu keinem Zeitpunkt deines Trainings vergessen. Schwimmen oder ertrinken.«

Ich hob fragend eine Braue, er zuckte mit den Schultern. »Das Erziehungsmotto meiner Familie.«

»Das klingt ja furchtbar.«

»Möglich. Aber es ist effektiv.« Erneut hielt Nik mir das Schwert hin und dieses Mal schloss ich zögernd eine Hand um den Griff. Es war leichter als erwartet. Kühl schmiegte sich das Metall in meine Handfläche.

»Greif es mit beiden Händen«, sagte er und schob meine Finger in die richtige Position. »Dominante Hand nach oben. Egal was passiert: Das Wichtigste ist, dass du niemals loslässt. Wenn du in einem Kampf deine Waffe verlierst, hast du sehr schlechte Karten.« Er trat hinter mich. »Darf ich?«

Ich nickte und im nächsten Moment lagen seine Hände an meinen Seiten.

»Beine hüftbreit auseinander«, sagte er oder jedenfalls glaubte ich das, denn mein Kopf war viel zu abgelenkt von seiner Berührung. Jetzt ging das schon wieder los. Ich schloss die Augen und holte tief Luft, um meine Hormone in den Griff zu bekommen.

»Stell dein rechtes Bein etwas nach vorn.« Seine Stimme war so dicht an meinem Ohr, dass mir ein Schauer über den Rücken lief. Ich folgte der Anweisung, froh, etwas zu tun zu haben, das mich von den ungewollten Gedanken ablenken konnte. Vielleicht bildete ich es mir ein, aber seine Finger verharrten einen winzigen Moment länger auf meiner Hüfte als unbedingt nötig, dann trat er wieder vor mich. »Und jetzt greif mich an.«

Ich blinzelte überrascht. »Spinnst du?«

»Sag nicht, du hättest noch nicht darüber nachgedacht.«

»Jede Nacht vor dem Einschlafen«, erwiderte ich trocken. »Aber ich will nicht in irgendeinem Kerker landen, weil ich den Prinzen aus Versehen in zwei Hälften geteilt habe.«

»Nimm das jetzt nicht als Kritik an deinen nicht vorhandenen Fähigkeiten, aber wenn ich auch nur die leiseste Sorge hätte, dass du einen Treffer landen könntest, würden wir hier nicht so stehen.«

»Musst du so ein Arsch sein?«

»Wenn du verhätschelt werden willst, frag Ronan, ob er mit dir trainiert. Und jetzt greif mich an, bevor wie hier festfrieren.«

Schön. Wenn er es so wollte. Ich griff die Waffe fester, hob die Arme und trat, zugegeben recht halbherzig, nach vorn. Nikolas machte gelassen einen Schritt zur Seite und schnalzte missbilligend mit der Zunge. *Arsch*! Mein nächster Angriff kam mit etwas mehr Kraft, brachte ihn aber trotzdem nur zum Lachen. Wut regte sich tief in mir. Frustriert biss ich die Zähne zusammen, hob das Schwert über den Kopf und ließ es auf ihn niedersausen. Er wich mit Leichtigkeit aus.

»Nicht ganz so erbärmlich«, sagte er gelangweilt, aber näher an ein Lob würde ich wohl nicht herankommen.

Ich wusste, was er tat. Mir war nur nicht ganz klar, ob mich wütend zu machen wirklich die beste Methode war. Zehn Minuten später hätte ich nämlich kein Problem mehr damit, ihn aus Versehen treffen zu können. Oder ihm den Kopf abzuschlagen! Nik sagte nicht viel, seufzte nur jedes Mal, wenn ich mein Gewicht falsch verlagerte oder mein Griff um die Waffe verrutschte, und warf ab und an einen spöttischen Kommentar ein. Inzwischen standen feine Schweißperlen in meinem Nacken und meine Armmuskeln protestierten, als ich das Schwert ein weiteres Mal hob. Immer und immer wieder befahl er mir, die gleiche Schrittfolge auszuführen.

»Du bist nicht mehr bei der Sache«, kritisierte er, nachdem mehrere meiner Schläge nicht einmal in seine Nähe gekommen waren.

»Vielleicht habe ich mir das hier ja spannender vorgestellt«, murrte ich missgelaunt.

»Spannender?« Er bedeutete mir, einen weiteren Angriff auszuführen. Dieses Mal trat er nicht zur Seite, sondern tauchte unter meinem Schlag weg, packte mein Handgelenk und wirbelte mich herum. Innerhalb eines Sekundenbruchteils fand ich mich mit dem Rücken an seine Brust gepresst wieder. Sein linker Arm umschlang meine Mitte und drückte meine freie Hand an meinen Körper, seine Rechte hielt mein Handgelenk so umklammert, dass ich mir die Klinge praktisch selbst an die Kehle hielt.

»Spannend genug?«, hauchte er in mein Ohr.

Gänsehaut breitete sich auf meinem Körper aus und das hatte nichts mit dem kühlen Metall an meinem Hals zu tun. Ich schloss die Augen, wagte es weder zu schlucken noch zu sprechen.

»Du musst diese Grundlagen im Schlaf beherrschen. In einem Kampf hast du keine Zeit, über die richtige Haltung oder deinen Griff an der Waffe nachzudenken.« Nik strich über meinen Bauch. In diesem Moment war ich dankbar für den dicken Stoff meines Mantels und verfluchte ihn gleichzeitig. »Deine Kraft muss aus deinem Körper kommen«, sprach er leise weiter. »Nicht aus deinen Armen. Dreh dich mit dem Schlag. Lass dein Gewicht für dich arbeiten.«

Ich wollte mich umdrehen, wollte ihn ansehen, aber ich konnte mich keinen Millimeter bewegen, ohne es zu riskieren, mir selbst die Kehle aufzuschneiden. Nik verharrte bewegungslos. Die Berührungen waren harmlos, konnten noch als Trainingsdemonstration durchgehen, aber die Situation, diese Mischung aus Gefahr und Nähe, machte es zu etwas, das sich verboten anfühlte.

Nikolas entließ mein Handgelenk und augenblicklich rutschte das Schwert aus meinem schwachen Griff. Seine Finger wanderten weiter bis zu meiner Taille und dem Band, das meinen Mantel zusammenhielt. »Ist es in Ordnung, wenn ich …«

»Ja«, flüsterte ich, weil ich zu mehr gerade nicht imstande war.

Ohne mich freizugeben, löste er quälend langsam den Knoten. Der Stoff öffnete sich und kalte Nachtluft traf auf meine erhitzte Haut.

»Hier …«, sagte er leise und fuhr mit seinem Finger über meinen unteren Rippenbogen. »Hier ist die Stelle, die du treffen willst. Schräg nach oben, am besten ins Herz oder die Lunge. Das hier«, er ging höher, strich zwischen meinen Brüsten entlang, »ist zu hart. Ein gut platzierter Schlag lässt deinen Gegner nach Luft ringen, bei jemandem, der gut trainiert ist, hast du aber kaum eine Chance. Bis du genug Kraft hast, halte dich davon fern. Und natürlich …« Seine Hand legte sich an meinen Hals, dorthin, wo eben noch die Klinge gewesen war. Nik übte keinerlei Druck aus, dennoch hatte ich das Gefühl, keine Luft mehr zu bekommen. »Aber wenn du so hoch zielst, gibst du deine Deckung auf … und erlaubst deinem Gegner Zugang zu deinem Körper.«

Seine Worte drangen kaum noch zu mir durch. Blut rauschte in meinen Ohren, mein Herz schlug so heftig, dass ich sicher war, er könne es hören.

Ich drehte mich in seinen Armen um. Der Mantel rutschte von meinen Schultern und fiel lautlos auf den Boden.

Niks Blick verdunkelte sich, als er langsam über meinen Körper glitt. Die goldenen Sprenkel in seinen Augen schienen beinahe zu leuchten.

Wie von selbst hob ich eine Hand und legte sie an seine Wange. Er fuhr mit den Fingern über meinen Rücken und zog mich ruckartig näher. Meine Brüste pressten sich gegen seine Brust, nur der dünne Spitzenstoff und sein Hemd dazwischen. In einer fließenden Bewegung hob er mich hoch und drückte mich mit dem Rücken gegen die nächste Mauer. Instinktiv schlang ich die Beine um ihn. Seine Hand lag an meinem Hinterkopf, schützte ihn so davor, gegen den Stein zu prallen, mit der anderen strich er über mein nacktes Bein. Ich streckte mich vor, wollte endlich seine Lippen auf meinen spüren. Doch Nik zog den Kopf zurück, gerade so weit, dass ich ihn nicht erreichen konnte. »Wenn ich mich recht erinnere, wolltest du mir die Augen auskratzen, wenn ich dich küsse.«

Ein frustrierter Laut kam aus meiner Kehle. Er lachte rau, der Klang sandte einen Schauer direkt in meinen Unterleib. Seine Mitte drängte sich gegen meine und alles, an das ich denken konnte, war, den störenden Stoff endlich loszuwerden.

»Bitte mich darum«, flüsterte er, während seine Finger langsam die Innenseite meines Oberschenkels entlangstrichen. Hitze breitete sich in jeder Faser meines Körpers aus. Die Mauer bohrte sich in meinen Rücken. Ich wollte seinen Kopf zu mir heranziehen, aber er griff mühelos nach meinen Handgelenken und pinnte sie über mir an die Wand. Ich schloss die Augen, sein Mund zog eine brennende Spur an meinem Hals entlang. Ein Stöhnen kam über meine Lippen, was seinen Griff unvermittelt festigte.

»Bitte mich darum«, wiederholte er mit rauer Stimme und sein heißer Atem strich über meine Haut. »Sag es und ich tue, was immer du willst.«

In meinem Inneren kämpfte Verlangen mit Sturheit und einem letzten Rest Verstand. »Wieso?«

»Weil ich es von dir hören will.« Er platzierte sanfte Küsse auf meinem Schlüsselbein, meinem Dekolleté, den Rundungen meiner Brüste. »Ich will, dass du mich bittest, dich zu küssen, dir dieses verdammte Ding vom Leib zu reißen, dich hier und jetzt zu nehmen. Sag es und wir zeigen diesem verschlafenen Dorf, was Lust ist.«

Abrupt riss ich die Augen auf. Die Realität knallte mir mit unbarmherziger Kälte ins Gesicht. Das hier war ein verdammtes Machtspiel. Es war ein hinter Erregung und sinnlichen Berührungen getarntes Machtspiel. Wie immer, ging es auch jetzt nur darum, wer die Oberhand behielt. Mit einem Ruck befreite ich meine Hände aus seinem Griff. »Lass mich runter.«

Er kam der Aufforderung nach und reichte mir dann mit einem Grinsen meinen Mantel. »Du wirst es noch tun.«

Ich schnaubte und schlang den Stoff schützend um meinen Körper. Einen Scheiß würde ich! Wütend funkelte ich ihn an. »Vielleicht bist du ja auch derjenige, der betteln wird.«

»Vielleicht«, sagte er und betrachtete mich mit einer Mischung aus Belustigung und Neugierde. »Aber ich würde nicht darauf zählen.« Er senkte verschwörerisch die Stimme. »Ich habe noch nie um irgendetwas gebeten.«

»Dann fang schon mal an zu üben«, zischte ich gereizt. Meine

Emotionen wechselten so schnell, dass mir schlecht wurde. Ich hätte es niemals so weit kommen lassen dürfen. Das hier war … Gott! Das hier war das Dümmste, was ich tun konnte.

»Ich setze darauf, dass du zuerst nachgibst. Aber nicht mehr heute, wir wollen es ja nicht übertreiben.« Mit einer Hand auf meinem Rücken, dirigierte er mich zurück hinein. Viel zu perplex von den letzten Minuten dachte ich nicht einmal daran, zu protestieren.

»Ich glaube, du hältst dich für viel unwiderstehlicher, als du bist«, murmelte ich, als wir die schmale Treppe hinaufstiegen. Eine bleierne Müdigkeit hatte von mir Besitz ergriffen und ich musste mich regelrecht zwingen, einen Fuß vor den anderen zu setzen. Keine Ahnung, wie spät es war. Ich wollte es gar nicht wissen. Morgen würde ich das hier noch aus ganz anderen Gründen bereuen.

»Das wirkte aber gerade ganz anders.«

Ich verdrehte die Augen, erwiderte aber nichts. Wir erreichten den oberen Treppenabsatz. Nik öffnete meine Tür und warf einen prüfenden Blick in den Raum, bevor er zur Seite trat und mich durchließ.

»Schließ die Tür ab«, sagte er leise und fügte dann hinzu: »Ich bin unten, falls irgendwas ist.«

»Du solltest auch schlafen.« Die Worte waren raus, bevor ich sie aufhalten konnte. Aber es stimmte. Er sah müde aus. Und auch wenn er es nicht zugeben würde, täten ihm ein paar Stunden Ruhe sicherlich gut. Ich wusste nur zu gut, was Schlafmangel mit einem machen konnte. Ren lag mir dauernd damit in den Ohren, wie schädlich es für den Körper war, zu lange wach zu bleiben. Der Gedanke an meinen besten Freund ließ mich kurz schlucken. Ich schob ihn beiseite, für Heimweh war nicht auch noch Platz in meinem Kopf.

Nik stand noch immer an der Tür, eine Hand auf die Klinke gelegt. Eine kleine Falte war zwischen seinen Brauen erschienen. »Was genau fragst du mich gerade?«

»Ich frage dich gar nichts. Ich biete dir lediglich eine Hälfte meines Bettes an.« Ich würde ihm schon zeigen, dass das, was gerade fast passiert wäre, mich nicht annähernd so sehr berührte, wie er dachte. Das war vielleicht nicht der klügste Weg, diesen Punkt klarzumachen, aber seinem Gesichtsausdruck nach hatte ich die Oberhand zurückgewonnen. Machtspielchen konnte ich auch. Ich nahm eines der Kissen und legte es demonstrativ in die Mitte. Und zur Sicherheit gleich noch ein zweites darauf. »Wenn du deine Finger bei dir behältst.«

»Ich würde dich doch nicht berühren, während du schläfst.«

Nein. Ich glaubte eher, dass hier könnte wie ein schlechter Film laufen und ich morgen früh in seinen Armen aufwachen. Aber das sagte ich nicht. Stattdessen setzte ich mich aufs Bett, zog mich auf eine Seite zurück und sah ihn erwartungsvoll an.

»Jetzt komm schon, als ob du noch nie mit einer Frau in einem Bett geschlafen hättest.« Das hier war meine Art, ihm zu beweisen, dass ich nicht nachgeben würde. Sollte er glauben, was er wollte, aber ich hatte mich unter Kontrolle. Jedenfalls jetzt wieder.

»Habe ich nicht. Jedenfalls nie *geschlafen*.«

Mein übermüdetes Hirn setzte seine Worte nur langsam zusammen. »Willst du damit sagen, dass nie eine bis zum nächsten Morgen geblieben ist?«

Er schüttelte den Kopf. »Sex vor der Ehe zu haben ist die eine Sache – das macht sowieso fast jeder. Aber es an die große Glocke zu hängen, die andere. Zumal es unfairerweise für die Frauen größere Konsequenzen hätte als für mich. Ich habe immer dafür gesorgt, dass sie nach Hause gebracht werden konnten, bevor jemand etwas mitbekam.«

Meine Güte. War das bescheuert. Aber nicht mein Problem. Meine Welt war aus dem Mittelalter herausgekommen – jedenfalls meistens –, diese hier ging mich nichts an.

»Also …« Ich schlug die Decken zurück. »Willst du dein erstes Mal mit mir haben?«

Nik schien noch einen Moment unschlüssig, dann stieß er die Luft aus und die Anspannung fiel sichtlich von ihm ab. Mit wenigen Schritten trat er in den Raum und schloss die Tür hinter sich. Er streifte seine Schuhe ab und ich nutzte den Moment, um aus meinem Mantel und unter die Decke zu schlüpfen.

»Bist du sicher?«, fragte er noch einmal. Statt einer Antwort klopfte ich vielsagend auf die kleine Kissenmauer, die uns trennen würde. »Na schön.« Er zuckte mit den Schultern, blies die Kerze auf dem Nachttisch aus und kurz darauf senkte sich die Matratze neben mir unter seinem Gewicht. Vor zehn Minuten hatte er noch seine Hand zwischen meinen Beinen und dennoch fühlte sich das hier gerade viel intimer an. »Felicity?«

»Mmh?« Ich drehte mich auf die Seite, auch wenn ich ihn in der Dunkelheit und mit den Kissen zwischen uns natürlich nicht sehen konnte.

»Warum hasst du mich nicht?« Die Frage klang so unschuldig, so *unsicher*, dass ich mir sicher war, dass er sie im Hellen nicht gestellt hätte.

»Wer sagt, dass ich das nicht tue?«

»Komm schon.« Stoff raschelte auf Stoff und ich wusste, dass er die gleiche Position wie ich eingenommen hatte. Irgendetwas machte die Nacht mit uns. Vielleicht war es die Tatsache, dass wir uns nicht sehen konnten, die es überflüssig machte, weiter die Masken aufzubehalten.

Ich nahm mir Zeit, über die Frage nachzudenken. Wieso hasste ich ihn nicht? Vielleicht weil ich, auch wenn ich es niemals zugeben würde, unbedingt wieder seine Lippen auf meiner Haut spüren wollte, vielleicht weil ich den Klang seines Lachens so sehr mochte oder … Bilder drängten sich in meinen Kopf. Sein Blick, als er mir nach Ciarans Angriff das Blut abwischte, das Versprechen in meinem Zimmer, dass mir niemand etwas antun würde, das Gefühl einer Klinge an meinem Hals, ohne dass ich auch nur den leisesten Hauch von Angst verspürte.

»Ich glaube, dich nicht zu hassen, ist eine sehr schlechte Idee«, sagte ich leise. »Aber gute Ideen sind nun mal langweilig.« Es war das zweite Mal in vierundzwanzig Stunden, dass ich Oskar zitierte, und vermutlich sollte mir das mehr Sorgen bereiten.

»Wenn das deine Lebensphilosophie ist, muss ich mich ja auch nicht wundern, dass ich dich ständig von Hausdächern oder Fenstern wegzerren muss.«

»Ich an deiner Stelle wäre vorsichtig, sonst endet meine Gastfreundschaft ganz schnell und du fliegst aus meinem Bett.« Es hatte kein Vorwurf in seiner Stimme gelegen, weshalb ich diese Drohung auch nur halb ernst meinte.

Nik schwieg eine Weile, dann: »Ich bezahle dafür. Ist es nicht eigentlich mein Bett?«

»Das sehe ich als Aufwandsentschädigung, weil du mich durchs halbe Land schleifst.« Und dann sah ich nicht mal irgendwas Spannendes, sondern landete in einem Fischerdorf.

Wieder lachte er leise. Ich lächelte, war froh, dass er es in der Dunkelheit nicht sehen konnte, und kuschelte mich mehr in meine Decke. »Schlaf gut.«

»Gute Nacht, Felicity.«

Kapitel 18

Ich gab es ungern zu, aber als ich am nächsten Morgen die Treppe nach unten ging, hatte Unsicherheit von mir Besitz ergriffen. Ich war allein aufgewacht und mir für einen Moment nicht sicher gewesen, ob ich mir die Ereignisse der vergangenen Nacht nur einbildete. Aber Niks Geruch, der noch immer in den Kissen hing, und die zerknitterten Laken auf der anderen Seite des Bettes versicherten mir, dass es nicht nur ein seltsamer Traum gewesen war.

Bitte mich darum. Sag es und ich tue, was immer du willst. Immer wieder hallten seine Worte in meinem Kopf nach. Gestern Nacht waren sie voller Lust gewesen, Erregung, unerfüllter Versprechen. Heute waren sie eine stetige Erinnerung daran, was ich fast zu tun bereit gewesen wäre. Gwen hatte es vorausgesehen, hatte gewusst, was passieren würde. Weil es immer passierte. Weil jeder, der sich zu lange in Nikolas Beaumonts Nähe aufhielt, irgendwann seinem Charme verfiel, den er nun einmal doch hatte. Auch das gab ich sehr ungern zu. Aber wir hatten rechtzeitig aufgehört, *ich* hatte rechtzeitig aufgehört. Und ich würde sicherstellen, dass es nicht noch einmal passierte.

Also straffte ich die Schultern, trat auf die unterste Stufe und blieb wie angewurzelt stehen, als ich Stimmen hörte. Nik und Ronan. Und sie hörten sich an, als würden sie hitzig über irgendetwas diskutieren. Interessant. Ich zögerte vielleicht eine Sekunde, aber als reifer und vernünftiger Mensch tat ich, was ich tun musste: Ich drückte mich mit dem Rücken gegen die Wand und hielt die Luft an, um auch ja kein Wort zu verpassen.

»… habe nicht um deine Meinung gebeten«, sagte Nik so scharf, dass selbst ich beinahe zusammenzuckte.

»Ich gebe sie dir trotzdem, denn du scheinst die Fähigkeit verloren zu haben, rationale Entscheidungen zu treffen.«

»Misch dich nicht in Dinge ein, die dich nichts angehen!«

»Du hast mich in diese Sache hineingezogen!« Jetzt hob auch Ronan die Stimme. »Uns alle. Ich habe jedes Recht, mich einzumischen, weil uns das hier spätestens morgen um die Ohren fliegt!«

»Bist du jetzt unter die Hellseher gegangen?«

»Das nennt man gesunden Menschenverstand! Ciaran um Hilfe zu bitten ist eine Sache, aber wieso denkst du, er würde *dabei* mitmachen?«

»Ciaran macht doch bei allem mit, wenn der Preis stimmt!«

»Schreit doch noch ein bisschen lauter«, mischte sich Coras kühle Stimme ein. »Vielleicht gibt es draußen ja noch jemanden, der euch noch nicht gehört hat?«

Eine Weile herrschte Schweigen, dann sagte Ronan ruhiger: »Du bist gestern zu weit gegangen. Du hast gesagt, du könntest es trennen.«

»Ich weiß«, gab Nik zu meiner Überraschung zu. Ein Stuhl schrammte über den Boden. »Ich stehe zu dem, was ich gesagt habe.«

»Bist du sicher?«

»Ja, verdammt! Was willst du von mir hören?«

Wieder war es für einen Moment still und ich wagte kaum zu atmen.

»Es ist für uns alle verwirrend«, fuhr Ronan betont bedacht fort. »Niemand macht dir einen Vorwurf, wenn die Dinge etwas … durcheinandergeraten. Myra –«

»Das reicht!«, knurrte Nik mit mühsam beherrschtem Zorn in der Stimme. »Kein Wort mehr!«

»Nik«, setzte auch Cora an, verstummte jedoch sofort wieder.

»Ich sagte, ich habe es unter Kontrolle und ich will nichts weiter darüber hören!«

Myra … Diejenige, wegen der das hier alles überhaupt passierte, und diejenige, über die niemand wirklich sprechen wollte. Ich runzelte irritiert die Stirn und versuchte, die Gesprächsfetzen in einen sinnvollen Kontext zu setzen, als ein Schatten auf mich fiel. Sein inzwischen so vertrauter Geruch hüllte mich ein, noch bevor ich erschrocken aufsehen konnte. Dunkle goldgesprenkelte Augen bohrten sich in meine.

»Ähm …« Ich räusperte mich verlegen. »Hi?«

»Hi.« Erwiderte Nik ruhig und stützte sich mit der Hand an der Wand neben meinem Kopf ab. »Was genau tust du hier?«

»Euch belauschen?« Ich reckte das Kinn vor, um mir nicht anmerken zu lassen, wie sehr mich seine Nähe aus dem Konzept brachte. Mal wieder.

Ein winziges Lächeln verzog seine Lippen. »Das ist aber sehr unhöflich.«

»Ich habe nie die Anforderung an mich gestellt, besonders höflich zu sein.«

»Ist mir aufgefallen.« Er musterte mich neugierig. Ich schluckte, zwang mich aber, ihm standzuhalten.

»Du warst heute Morgen weg.« Es sollte wie eine simple Feststellung klingen, kam aber mehr wie eine Frage rüber, und dafür hasste ich mich gerade ein bisschen.

»Ich dachte, du hättest eher wenig Interesse daran, noch vor Sonnenaufgang Ronans Vortrag darüber zu hören, wie unprofessionell wir – oder in dem Fall *ich* – uns gestern verhalten haben.« Er schnippte neckisch eine lose Haarsträhne von meiner Wange. »Du hast mich doch nicht etwa vermisst?«

»Nein. Ich habe mich nur über meinen friedlichen Morgen gewundert.« Meine Finger schlossen sich um sein Handgelenk. Ich hatte auf dem Weg nach unten einen Entschluss gefasst und den würde ich nicht über den Haufen werfen, nur weil er mich fünf Sekunden berührte. »Worum ging es da gerade?«

»Das Gespräch war nicht für deine Ohren bestimmt.«

»Ich frage trotzdem. Was ist mit Myra und was genau ist so verwirrend für euch alle?«

Meine Finger lagen noch immer auf seinem Arm und deshalb konnte ich auch genau spüren, wie sein Puls sich allein durch meine Frage beschleunigte. Nik schien es ebenfalls zu bemerken, denn er entzog sich meinem Griff und fuhr stattdessen mit den Fingern durch sein Haar. Ich verengte irritiert die Brauen. »Schön. Dann sag mir, wobei Ciaran mitmachen soll. Und weshalb sollte uns *diese Sache* morgen um die Ohren fliegen?«

Nik seufzte leise. »Dafür, dass du kein Morgenmensch bist, sind das ganz schön viele Fragen.«

»Jetzt lenk nicht ab!« Gereizt verschränkte ich die Arme vor der Brust, um wenigstens eine physische Barriere zwischen uns zu errichten.

»Wenn du nicht damit zurechtkommst, nur die Hälfte der Informationen zu haben, dann belausch keine fremden Gespräche«, erwiderte er knapp. Dann bückte er sich, hob meinen Rucksack auf, den ich achtlos hatte fallen lassen, und drückte ihn mir in die Arme.

Wütend funkelte ich Nikolas an. »Das müsste ich nicht, wenn du einfach mal mit mir reden würdest!«

Er drehte sich abrupt zu mir um. »Erfüll deine Aufgabe. Das ist alles, was du wissen musst. Meine restlichen Pläne haben dich nicht zu interessieren.«

»Wow.« Ich lachte trocken auf. »Du bist ja mal wieder richtig reizend heute.«

»Mach mich nicht zu etwas, das ich nicht bin«, sagte er kühl. »Wir sind keine Freunde und ich bin dir keinerlei Erklärungen schuldig.«

»Nein, natürlich nicht. Wir sind bloß Schachfiguren in deinem Feldzug gegen Myra, nicht wahr?«

Er zeigte sich völlig unbeeindruckt. »Schachfiguren reden nicht.«

Das würdigte ich keiner Antwort mehr. Stattdessen drängte ich mich an ihm vorbei, stellte sicher, dabei meinen Rucksack gegen seine Brust zu schlagen, und stürmte nach draußen.

Der Regen von gestern hatte sich verzogen, auch wenn dunkle Wolken besser zu meiner Laune passen würden als der strahlend blaue Himmel, der sich jetzt über uns erstreckte. Der Geruch nach nahendem Frost lag in der Luft, klar und klirrend kalt.

Wir hatten uns aufgeteilt, Ronan und Cora bereiteten unsere Pferde vor, während ich mit Nikolas zu einem kleinen Markt hinunterging, um etwas zu essen zu besorgen. Mich hatte niemand nach meiner Meinung gefragt, und selbst wenn, bezweifelte ich, dass es ihn groß interessierte. Also begnügte ich mich damit, mit finsterer Miene hinter ihm herzustapfen.

Wie alles in Veirach war auch der Marktplatz überschaubar, trotzdem fanden sich erstaunlich viele Menschen auf den schmalen Straßen. Ich trat an einen der kleinen Stände und besah eine Kette, die einen winzigen goldenen Drachen als Anhänger an einem Lederband hatte.

»Willst du die haben?«, fragte Nik, der lautlos neben mich getreten war. »Als Andenken?«

»Ach, ich darf wieder reden?«, fragte ich, ohne ihn anzusehen.

»Sicher«, schnaubte er amüsiert. »Als ob man dich so leicht zum Schweigen bringen könnte.«

Es kostete eine Menge Mühe, ihm die kleine Figur nicht gegen den Kopf zu schlagen. »Ich will kein Andenken.« Rasch legte ich die Kette zurück. »An was sollte ich mich hier schon erinnern wollen?«

»Du bist sauer auf mich.«

»Ich bin immer latent sauer auf dich. Sollte nichts Neues sein.«

»Gestern Nacht hast du aber gar nicht sauer gewirkt.« Er wollte mich nur provozieren, aber was mich wirklich wütend machte, war, dass es funktionierte.

»Du willst über gestern Nacht sprechen?« Sein blödes Spiel konnten zwei spielen. Ich trat einen Schritt näher und sah durch meine Wimpern zu ihm auf. Mein verräterisches Herz pochte schneller, als ich mit einem Finger über seine Brust strich. Niks Blick verdunkelte sich. Welch Genugtuung, zu sehen, dass meine Berührung ihn nicht kalt ließ. Anscheinend war ich nicht die Einzige, die ihre Hormone nicht so ganz im Griff hatte. Ich streckte mich, bis mein Mund neben seinem Ohr war. »Gestern Nacht ist rein gar nichts passiert. Und jetzt erledige, weshalb wir hier sind, oder ich brülle deinen Namen über den gesamten Platz und teile jedem Menschen mit, dass ihr Kronprinz mitten unter ihnen ist.«

Niks Hand schoss vor und schloss sich fest um meinen Oberarm. »Übertreib es nicht«, knurrte er warnend. »Oder ich bringe dich wirklich noch zum Schweigen.«

»Folterdrohungen?«, fragte ich süß, auch wenn ich ihm an liebsten ins Gesicht gespuckt hätte. »Wie schön, wir sind wieder ganz am Anfang.«

Jegliche Spur von Wärme wich aus seinen Zügen. »Wir waren nie irgendwo anders.«

Mit einem Ruck entriss ich mich aus seinem Griff. »Ausnahmsweise bin ich ganz deiner Meinung.«

»Wunderbar. Dann kannst du ja doch vernünftige Gedanken fassen. Ich habe mir schon Sorgen gemacht.«

Ich hatte bereits den Mund geöffnet, um ihm eine nicht jugendfreie Antwort an den Kopf zu pfeffern, als ein Kribbeln über meinen Nacken kroch. Ich hatte das Gefühl erst einmal zuvor gehabt, aber ich wusste instinktiv, was es bedeutete. Irgendetwas stimmte hier nicht. Mein Kopf fuhr herum, scannte die Umgebung auf der Suche nach jemandem, nach *etwas*, das nicht hierher passte.

Nik trat einen Schritt vor, die Hand am Schwertgriff. »Was ist los?«

»Ich weiß nicht.« Ich rieb abwesend über meinen Nacken und schüttelte den Kopf. Das fehlte gerade noch, dass er sich jetzt noch über mich lustig machte. »Vergiss es. Ich brauche einfach mal fünf Minuten ohne dich.«

»Felicity«, sagte er ungehalten. »Jetzt rede schon.«

Ich zog die Unterlippe zwischen die Zähne und kaute darauf herum. Eine lästige Angewohnheit, die ich schon längst hatte ablegen wollen. Dann stieß ich seufzend die Luft aus. »Es ist das gleiche Gefühl, das ich schon den ganzen Tag vor Ciarans Wolfsangriff hatte. Glaubst du –«

»Nein. Aber das heißt nicht, dass nicht irgendwer anders hier ist. Wir sollten sehen, dass wir verschwinden.« Nik drängte mich vorwärts. Ich ließ es geschehen, froh und gleichzeitig überrascht, dass er mich ernst nahm.

Wir bahnten uns einen Weg durch die Menschen, immer darauf bedacht, unsere Umgebung im Auge zu behalten, ohne allzu auffällig zu wirken. Mein Herz setzte einen Schlag aus, als ich die erste der komplett in Schwarz gekleideten Gestalten entdeckte. Nik schien sie ebenfalls bemerkt zu haben, denn er zog mich um einen kleinen Stand, auf dem verschiedenen bunte Stoffe lagen und der uns hoffentlich abschirmen würde.

Einige Schritte lang hatte ich tatsächlich das Gefühl, in Sicherheit zu sein, dann tauchte die Silhouette eines weiteren Mannes neben dem kleinen Brunnen auf, der die Mitte des Marktplatzes markierte. Suchend sah er sich um und wir duckten uns hinter einen hoch aufragenden Stapel Tontöpfe.

»Wir brauchen eine Ablenkung«, murmelte Nik mit einem Blick über die Schulter, während wir uns vorsichtig vorwärts bewegten.

Oder einen Weg, unsichtbar zu werden … »Küss mich.«

Er blieb wie angewurzelt stehen. »Was? Jetzt? Hast du den Verstand verloren?«

»Vertrau mir.« Ich griff nach seinem Hemdkragen und zog ihn zu mir herunter. »Küss mich. *Bitte.* Komm schon, ich habe sogar –«

Ich kam nicht dazu, den Satz zu beenden. Innerhalb eines Wimpernschlags lagen seine Hände an meinen Wangen, mein Rücken wurde gegen eine nahe Mauer gedrückt und endlich, endlich küsste er mich. Kribbelnd trafen seine Lippen auf meine. Wellen aus Erregung schossen durch jede einzelne meiner Nervenfasern. Als hätten all die Emotionen von gestern gewartet, um jetzt endlich hervorzubrechen. Meine Finger vergruben sich in seinem Haar, unsere Körper pressten sich aneinander. Niks Zunge drängte in meinen Mund und ich ließ es bereitwillig geschehen. Die Welt hielt still. Jedes Geräusch erstarb. Es gab nur ihn und mich und diese Blase um uns herum, in der die Zeit stehenblieb. Ich versank in seinem Geruch, seinem Geschmack, dem warmen Gefühl seiner Hände, die über meine Seiten strichen, schließlich an meiner Taille zum Liegen kamen und mich noch näher an ihn zogen.

Ein halbes Leben verging, bevor wir uns voneinander lösten. Schwer atmend starrten wir uns an, blieben dicht aneinandergepresst stehen, versanken im Blick des jeweils anderen, als hielte eine unsichtbare Macht uns an Ort und Stelle.

Und dann platzte unsere Blase. Die Umgebungsgeräusche prallten ohne Vorwarnung auf uns ein. Wir zuckten synchron zusammen. Niks Kopf fuhr herum, aber von den schwarz gekleideten Gestalten war nichts mehr zu sehen.

»Die meisten Menschen finden es unangenehm, öffentlich zur Schau gestellte Zuneigung zu sehen.« Ich räusperte mich, während meine Finger zittrig versuchten, meine Kleidung zu ordnen. »Sie tendieren dazu, darüber hinwegzusehen. Das habe ich mal … egal. Es funktioniert jedenfalls.« Nik jetzt zu erklären, was ein Film war, schaffte mein Gehirn nicht. Außerdem sah ich mich zwar gern als *Black Widow,* aber Nik musste nicht erfahren, dass ich ihn gerade in die Rolle des *Captain America* gesteckt hatte.

»Interessant.« Er wandte sich mir wieder zu und strich mit dem Daumen über meine geschwollene Unterlippe. »Du hast bitte gesagt.«

»Das war doch nur, um nicht entdeckt zu werden.« Ich widerstand dem kindlichen Drang, ihm in den Finger zu beißen, und stieß stattdessen seine Hand beiseite. »Nicht, weil ich dich küssen *wollte*.«

»So küsst du also, wenn du es eigentlich nicht willst? Die armen Männer, die du tatsächlich küssen willst. Die müssen ja einen Herzinfarkt bekommen.«

Ich setzte zum Sprechen an, hielt inne und blinzelte. »War das ein Kompliment?«

»Ja, Felicity. Das war ein Kompliment. Und jetzt komm, sonst werden wir doch noch entdeckt und du musst mich noch mal küssen. Das wollen wir doch nicht.«

»Richtig.« Das wollten wir nicht. Wollten wir nicht. Wollten. Wir. Nicht. Ich holte tief Luft, um meine noch immer unruhige Atmung unter Kontrolle zu bringen.

»Dann lass uns hier verschwinden.«

Und im nächsten Moment eilten wir auch schon durch eine schmale Gasse zwischen zwei niedrigen Steinhäusern. Moos bedeckte die groben Wände, der unebene Boden voller Pfützen, die der Regen dort letzte Nacht hinterlassen hatte.

Ich wollte es mir gerade erlauben, erleichtert auszuatmen, als Schritte hinter uns erklangen. Mit einem langen schwarzen Mantel, die Kapuze tief ins Gesicht gezogen, stand der Mann am Eingang der Gasse.

Nikolas griff nach meinen Schultern und sah mich eindringlich an. »Du bleibst hinter mir, verstanden?«

Ich nickte stumm. Meine Kehle war wie zugeschnürt und Sprechen unmöglich. Außerdem hatte ich zur Abwechslung einmal kein Bedürfnis, mich ihm in diesem Punkt zu widersetzen.

Der Fremde kam bis auf etwa zwanzig Meter heran, Nik zog sein Schwert aus der Scheide. Ich hielt mich hinter seinem breiten

Rücken, mein Herz hämmerte in meiner Brust. Das war genau die Situation, die ich gestern Abend gemeint hatte.

Durch seine Kapuze lag das Gesicht des Mannes zum größten Teil im Schatten, aber das Glitzern in seinen Augen war dennoch nicht zu übersehen. Mein Blick flog durch die Gasse, aber bis zum anderen Ende waren es gut hundert Meter. Adrenalin schoss durch meine Adern, ließ die Umgebung klarer und die Geräusche heller erscheinen.

Nik war die Ruhe selbst. Er wartete reglos, bis der Unbekannte nah genug war und zum Angriff ansetzte. Dann duckte er sich unter dem ersten Schlag weg und riss sein Schwert nach oben. Metall krachte auf Metall. Ich drückte mir eine Hand auf den Mund, um den erschrockenen Aufschrei zu verhindern. Die beiden parierten ihre Hiebe so schnell, dass ihre Bewegungen miteinander verschwammen. Es war wie ein Tanz, den ich mit kranker Faszination verfolgte. Bis Nik zurückwich und das Schwert mit beiden Händen packte. Gestern noch hätte ich gesagt, er stünde am Rand seiner Erschöpfung. Kurz vor der Kapitulation. Aber dafür war er viel zu gut trainiert. Immerhin nutze er die wenigen Reitpausen zum Duellieren mit Cora, statt sich auszuruhen, wie jeder normale Mensch es tun würde. Ich bildete mir also ein, seine Täuschung zu erkennen. Der Fremde holte zum entscheidenden Angriff aus. Nik bewegte sich nicht, sondern wartete bis zum letzten Moment. Dann gab der Unbekannte seine Deckung auf – und Nik stach zu. Erst rammte er die Schwertschneide so tief in die Seite des Mannes, dass Blut spritzte. Der nächste Schlag trieb die Spitze direkt in seine Brust, durchstieß mit einer einzigen Bewegung sein Herz. Der Angreifer sackte leblos zusammen. Meine Aufmerksamkeit klammerte sich an die roten Tropfen, die lautlos von der Schwertspitze auf den Steinboden fielen.

Viel Zeit für Erleichterung blieb nicht, denn schon tauchte die nächste Kapuzengestalt auf.

Nikolas warf mir einen raschen Blick zu. Sein Gesicht war ausdruckslos, aber seine Augen musterten mich voller Sorge. So schnell würde ich jetzt auch nicht zusammenbrechen.

»Wir wollen nur das Mädchen.« Sein toter Freund schien den Kerl nicht im Mindesten zu stören.

»Mädchen?«, brach es mir heraus, bevor ich es verhindern konnte. »Geht's noch?«

Nik stöhnte leise. »Wirklich? Jetzt ist der Zeitpunkt für eine Grundsatzdiskussion?«

Die Aufmerksamkeit des Mannes heftete sich auf mich. Der Teil, den ich von seinem Gesicht sehen konnte, verzog sich zu einem Grinsen. »Ich bitte um Entschuldigung. Wir wollen nur die *Frau*.«

»Sie steht unter meinem Schutz«, knurrte Nikolas drohend. »Und wer ich bin, weißt du ja hoffentlich.«

Der Mann hob seine Waffe. »Natürlich wissen wir, wer du bist, *Prinz*.« Er spuckte die letzten Silben förmlich aus.

»Dann weißt du auch, dass du für diesen Angriff deinen Kopf verlieren wirst.«

»Die Bezahlung für *ihren* ist das Risiko allemal wert.«

»Wie viel –« Ich biss mir auf die Lippe, aber der Mann hatte mich gehört.

»Tausend Goldstücke«, sagte er, wobei seine Stimme eher einem Schnurren glich. »Für jeden, der dich lebend vor Myras Thron abliefert.« Er betrachtete mich eingehend. »Du kannst freiwillig mitkommen und wir teilen.«

Nik streckte eine Hand aus, als erwartete er tatsächlich, dass ich darauf eingehen könnte. »Wag es ja nicht.«

»Für wie blöd hältst du mich?«, murrte ich.

»Myra könnte dir einen Deal anbieten«, fuhr der Fremde unbeirrt fort. »Wenn du für sie arbeitest, ihr mit einem Bluteid die Treue schwörst, kann sie dir beibringen –«

»Genug jetzt!«, sagte Nik entschieden. »Myras Deals enden immer nur auf eine Weise und die ist alles andere als schön.«

»Na, du musst es ja wissen«, erwiderte der Fremde spöttisch.

»Aber gut, bringen wir es hinter uns.« Er zog sein eigenes Schwert aus der Scheide. Das Geräusch schnitt drohend durch die Luft. Mein Herz setzte einen Schlag aus.

Ich wich zurück. Was jetzt passierte, erinnerte nicht mehr an Niks Übungskämpfe. Ein tödlicher Ernst lag über jeder Bewegung, der fünf Minuten zuvor noch nicht dagewesen war. Unmöglich zu sagen, wer die Oberhand hatte. Jedes Mal, wenn die Waffe Nik zu nahe kam, musste ich ein Aufkeuchen unterdrücken. Mal drängte er seinen Gegner zurück, mal war es andersherum.

Der nächste Angriff kam von der Seite und er blockte ihn zwar, aber ich konnte sehen, wie die Kraft dahinter seine Arme zum Zittern brachte. Jetzt war es keine Täuschung mehr. Das Geräusch von Metall auf Metall zerriss ein weiteres Mal die Luft. Mit aller Kraft parierte er einen Hieb und griff frontal an. Geschickt wich der Mann aus. Zu allem Überfluss tauchte eine dritte Gestalt auf. Hatten die hier irgendwo ein Nest? Nikolas wirbelte herum, blockte den Schlag, der auf seine Schulter zielte, und duckte sich unter dem erneuten Angriff weg. Ich hatte meine Umgebung völlig vergessen, war nur auf das Geschehen vor mir konzentriert. Blut spritzte auf und mein Verstand brauchte einige Sekunden, um zu realisieren, dass es *nicht* Nik war, der zu Boden gegangen war, das Hemd über der gesamten Brust blutdurchtränkt.

Der letzte Mann grinste nur. Es war der, der gerade mit mir gesprochen hatte. Er hob die Waffe und ich dachte nicht weiter nach. Ich hatte keine Ahnung von Schwertkampf. Die dreißig Minuten mit Nik würden mir wohl kaum eine Chance sichern. Aber ich sah, dass seine Bewegungen langsamer wurden, dass der Kampf ihn den größten Teil seiner Kraft gekostet hatte. Und die Tatsache, dass es den letzten der verbliebenen Angreifer nicht im Geringsten zu kümmern schien, dass seine Freunde tot auf dem Boden lagen, ließ eine Gänsehaut über meinen Rücken kriechen. Vorsichtig schob ich mich an der Wand entlang, immer darauf bedacht, weder ein Geräusch zu machen noch in die sich ausbreitende Blutlache am Boden zu treten. Mein Instinkt schrie mir zu, nicht die Deckung zu verlassen, die Nik mir bot, aber ich blendete ihn aus, bis ich mich schräg hinter dem Angreifer befand. Beide Männer waren so vertieft in ihren Kampf, dass mich keiner wahrnahm. Und dann tat ich das Einzige, was mir einfiel. Ich nutzte meine geringere Körpergröße, sprang auf den Rücken des Mannes und schlang von hinten meine Arme um seinen Hals. Mit aller Kraft drückte ich zu. Er taumelte unter der unerwarteten Last, geriet aus dem Gleichgewicht. Ein überraschter Laut drang aus seiner Kehle, meine Fingernägel bohrten sich in seine Haut.

Dann war das Überraschungsmoment vorbei und mit einer kräftigen Bewegung beförderte er mich Richtung Boden. Bevor mein Körper auf dem Stein aufschlagen konnte, wurde ich gepackt und gegen die nächste Hauswand gedrückt. Steine bohrten sich in meinen Rücken, in meinem Kopf drehte sich alles.

»Ich weiß einen guten Kampf zu schätzen, Kleine, aber Myra bringt mich um, wenn ich dich beschädigt zu ihr bringe.«

»Woher wusstet ihr, wo ich bin?« Ich musste ihn um jeden Preis am Reden halten. Nur für ein paar weitere Sekunden.

Er sah mich verständnislos an. »Kannst du dir das nicht denken?«

Ich blinzelte überrascht. »Wieso sollte ich?«

»Das ist ja interessant. Ich werde es dir liebend gern erklären. Aber jetzt …«

Aus dem Augenwinkel nahm ich wahr, wie Nik zum Schlag ausholte. Dann ertönte ein seltsam reißendes Geräusch, mein Gegenüber stöhnte vor Schmerz auf und sackte vor meinen Füßen zusammen. Blut lief aus dem tiefen Schnitt auf seinem Oberschenkel und vermischte sich mit dem Regenwasser der letzten Nacht zu einer dunklen Flüssigkeit, die sich langsam über den groben Steinboden ausbreitete.

Nikolas setzte die Schwertspitze auf die Brust des Mannes, hob die Waffe und –

»Nicht!«

Er hielt inne und wandte sich langsam um. »*Was*?«

»Du …« Ich schluckte und trat zitternd einen Schritt vor. »Du kannst ihn doch nicht einfach umbringen.«

»Und wieso nicht?«, fragte er unbeteiligt, während mein Blick zu dem Mann am Boden zuckte. Die Kapuze war heruntergerutscht und offenbarte hellbraune Locken, eine schmale Nase und leuchtend blaue Augen. Es war nicht länger ein gesichtsloser Fremder, sondern ein Mensch. Oder ein weiterer Halb-Fae, keine Ahnung, ob Myra sich mit Menschen abgab. Jedenfalls sah er jetzt zwischen mir und Nik hin und her, ließ sich aber weder Angst noch Unsicherheit anmerken. Ein dünnes Rinnsal Blut lief über seine Schläfe. Er sah mich an und ich konnte unmöglich sagen, ob in seinem Gesicht Geringschätzung oder Anerkennung zu lesen war.

»Weil das nicht richtig ist«, murmelte ich. Jemanden während eines Kampfes auf Leben und Tod zu töten, war eine Sache, aber das hier? Das hier wäre eine Hinrichtung.

Nikolas senkte das Schwert keinen Millimeter. »Felicity«, sagte er gezwungen ruhig. »Er wollte dich entführen. Dich zu Myra schleppen, die sonst was mit dir machen würde, um ihre Pläne durchzusetzen.«

»So wie du?« Die Worte waren heraus, bevor ich sie aufhalten konnte. Aber es stimmte. »Ich bin auch nicht gerade freiwillig bei dir, wenn ich dich daran erinnern darf. Und du hast mir mehr als einmal mit Dingen gedroht, die auch ganz sicher nicht angenehm wären.«

»Ich würde niemals –« Er stockte und biss die Zähne zusammen. »Du hast keine Ahnung, zu was sie fähig ist. Und ich werde sicherstellen, dass du es auch niemals herausfindest.« Damit wandte er sich entschieden wieder dem Mann am Boden zu und hob das Schwert.

»Du schuldest mir einen Gefallen!«

Niks Finger verkrampften sich um den Griff der Waffe. »Bitte, sag mir, dass das ein Scherz ist!«

»Ich habe einen Wunsch bei dir frei und ich will, dass du diesen Mann am Leben lässt. Wenn ich dir jemals wieder etwas glauben soll, dann halte dein Wort!«

Einige Sekunden starrten wir uns an, dann rammte Nik das Schwert zurück in die Scheide.

»Wie du willst.« Er ging neben dem Fremden in die Hocke, griff nach seinem Kragen und zog ihn grob nach oben in eine halbwegs sitzende Position. »Jeder Atemzug, den du von jetzt an tun wirst, ist, weil sie es so will. Und nur damit das klar ist: Ich schulde ihr nur einen einzigen Gefallen und der ist hier und jetzt verbraucht. Sollte ich dich also jemals wiedersehen, werde ich dich umbringen.« Er gab ihm keine Zeit zu antworten, sondern schlug seinen Kopf so heftig gegen den Boden, dass der Typ augenblicklich ohnmächtig zusammensackte. Niks Blick bohrte sich in meinen. »Ich hoffe, dir ist bewusst, dass ich gerade meinen Teil der Abmachung erfüllt habe. Sieh zu, dass du es mit deinem genauso tust, oder ich werde *dir* nie wieder etwas glauben.«

Ich nickte stumm. Zu mehr war ich nicht in der Lage. Und um ehrlich zu sein, war es mir im Moment auch egal.

Nikolas stand in einer fließenden Bewegung auf und trat vor mich. Seine Finger legten sich unter mein Kinn, hoben meinen Kopf, zwangen mich, ihn anzusehen. »Geht es dir gut?«

»Wenn du Angst hast, dass ich gleich weinend zusammenbreche, dann keine Sorge. Werde ich nicht. Glaube ich zumindest.« Ich zwang mich zu einem Lächeln, das mehr als aufgesetzt wirkte, und vermied es sorgfältig, die beiden Toten anzusehen. In Niks Gesicht zeichnete sich eine Mischung aus Wut, weil ich seine Anweisung missachtet hatte, und Erleichterung, weil ich ihm damit den Arsch gerettet hatte, ab. Dann stieß er die Luft aus, murmelte irgendetwas, das verdächtig nach »Scheiß drauf« klang, und zog mich an sich.

Wir hatten uns geküsst, wir hatten praktisch Trockensex gehabt, wir hatten in einem Bett geschlafen. Doch als er jetzt die Arme um mich legte und meinen Kopf an seine Brust zog, fühlte es sich an, als hätten wir eine Grenze überschritten. Sein Kinn lag auf meinem Scheitel und ich wusste, dass er die Rosenseife riechen konnte, mit der ich gestern mein Haar gewaschen hatte.

»Danke«, murmelte ich in sein Hemd, »dass du ihn nicht umgebracht hast.«

»Ich stehe zu meinem Wort. Immer.« Niks Finger strichen sanft über meinen Rücken. »Darf ich übrigens anmerken, dass du dich weder versteckt noch vor Panik geschrien hast?«

»Stimmt.« Ich lächelte. »Wie überraschend.«

»Finde ich nicht«, sagte er so leise, dass ich es beinahe nicht gehört hätte.

Ich zog mich etwas zurück, um zu ihm aufsehen zu können. »Hör auf, nett zu sein. Das ist irritierend.«

»Du bist emotional angeschlagen. Ich versuche nur, Rücksicht zu nehmen.«

»Du hast gerade jemanden umgebracht.« Ich imitierte seinen sorgenvollen Blick. »Geht es *dir* denn gut?«

»Mir geht es immer gut.« Er entließ mich aus seiner Umarmung. »Aber wir sollten hier verschwinden, bevor dein neuer Freund noch aufwacht.«

Kapitel 19

Die Sonne senkte sich dem Horizont entgegen, als unsere Pferde einen Hügel emporgaloppierten.

Wir hatten uns heute hauptsächlich auf großen Handelsstraßen aufgehalten, um es unseren Verfolgern nicht noch einfacher zu machen, unseren Spuren zu folgen. Auch wenn Nik und ich gegenüber Ronan und Cora nicht ganz ehrlich gewesen waren, was die Vorfälle des Morgens anging. Wir hatten zwar von den Männern in schwarzer Kleidung berichtet, jedoch alle Details zu dem Angriff außen vor gelassen. Nik, so vermutete ich, weil er nicht hören wollte, wie verantwortungslos es war, ohne Schutz draußen herumzulaufen. Ich, weil ich nicht hören wollte, wie verantwortungslos es war, den letzten Angreifer am Leben zu lassen. Ich stand zu meiner Entscheidung, auch wenn das Ausbleiben jeglicher Kommentare von Niks Seite mir mehr als deutlich sagte, was er davon hielt. Aber diese Männer waren hinter mir her, und wenn ich einen von ihnen verschonen wollte, sollte dies auch meine Entscheidung sein. Jedenfalls redete ich mir das ein, während ich bei jedem noch so kleinen Schatten am Horizont zusammenzuckte.

Meine wirren Gedanken verstummten, als wir die Kuppel überquerten und das gewaltige Anwesen in Sicht kam. Mitten im Nirgendwo thronte es zwischen sanften Grashügeln. Unsere kleine Gruppe stoppte und ich konnte mir die Zeit nehmen, unser Ziel in Ruhe zu betrachten. Hohe Hecken rahmten das weiße Herrenhaus ein, ein bunter Garten dazwischen, und wenn ich richtig sah, wies es sogar einen eigenen See auf.

»Hast du uns angekündigt?«, fragte Cora, die den ganzen Tag nicht weiter als einen Meter von meiner Seite gewichen war. Ich würde mich in diesem Leben nicht mehr an eine eigene Leibwächterin gewöhnen.

Nik schnaubte. »Ganz sicher nicht. Sonst hätte sie noch ein Abendessen organisiert.«

Das Leder des Sattels knarzte, als ich mich zu ihm herumdrehte. »Wer ist *sie*?«

»Das Anwesen gehört meiner Familie.« Er fuhr sich mit den Fingern durch die im Abendlicht fast golden schimmernden Haare. »Meiner Mutter, um genau zu sein.«

»Deiner Mutter?!« Nichts hätte mich auf diesen Satz vorbereiten können.

»Ja.« Das Seufzen, das mit den Worten einherging, klang, als bereite ihm die Antwort physische Schmerzen. »Ich hätte es vermieden, dich herzubringen, aber von hier aus sind es nur etwa sechs Stunden bis zum Elfenreich und abgesehen vom Schloss gibt es kaum einen sichereren Platz.«

»Was ist denn mit deiner Mutter?«

»Gar nichts«, mischte sich Ronan mit einem breiten Grinsen ein. »Aber sie wird dich lieben und damit kommt er nicht zurecht.«

Nik warf ihm einen vernichtenden Blick zu, dann wandte er sich wieder zu mir. »Meine Mutter liebt jeden, bilde dir nichts darauf ein.«

»Reizend, danke«, erwiderte ich trocken.

Seine Mundwinkel zuckten, aber das war auch schon alles, was er an Regung zeigte. Stattdessen trieben wir unsere Pferde an und fanden uns schon bald auf einem ordentlichen, mit Kies bestreuten Weg wieder, der zu einer hohen Mauer und einem darin eingelassenen eisernen Tor führte.

Die Wachen davor sahen auf und traten dann eilig beiseite, um uns durchzulassen. Kleine Steine stoben auf, als wir den Weg entlanggaloppierten und schließlich vor einer breiten weißen Marmortreppe zum Stehen kamen, die zum Haus hinaufführte.

»Warum lebt deine Mutter hier und nicht im Schloss?«, fragte ich und glitt vorsichtig aus dem Sattel. Meine Muskeln protestierten nach der langen Zeit des Stillsitzens gegen die ungewohnte Bewegung. Ich schwankte und Nik griff nach meinem Arm, um mich zu stabilisieren.

»Weil sie es so will«, sagte er knapp, sah mich prüfend an und ließ mich los, nachdem er sicher sein konnte, dass ich nicht umfallen würde.

Ich hatte noch hundert andere Fragen, mit denen ich ihn löchern wollte, aber in diesem Moment öffneten sich die Eingangstüren und eine Frau schritt die Treppe hinunter, bei der ich auch ohne Erklärung sofort gewusst hätte, um wen es sich handelte. Sie war das absolute Ebenbild von Gwen. Hoch gewachsen, glänzendes braunes Haar, das in Wellen bis zu ihrer Taille fiel, und ein elegantes bodenlanges dunkelrotes Kleid.

»Nik.« Seine Mutter lächelte breit, als sie vor uns zum Stehen kam. »Ich wusste nicht, dass du herkommen wolltest.«

»War eine spontane Entscheidung«, murmelte er ausweichend. Pff, das war ja wohl mal total gelogen.

»Es ist trotzdem schön, dich zu sehen.« Sie zog ihn in eine Umarmung und zu meiner Überraschung ließ er es geschehen. Jedenfalls für ungefähr zwei Sekunden, dann löste er sich aus ihrem Griff.

»Wir wollen morgen direkt weiter.«

»Aber sicher.« Sie lächelte noch immer, aber es wirkte jetzt etwas gezwungen. »Solange du vorher noch Zeit für ein Frühstück hast.«

»Können wir das auf nächstes Mal verschieben?«

»Auf gar keinen Fall, du kennst unsere Abmachung.« Stirnrunzelnd zupfte sie seinen Kragen zurecht. »Ich erwarte euch alle um neun und wage es ja nicht, mich warten zu lassen.«

Ich beugte mich zu Ronan hinüber, der in der Zeit unser Gepäck von den Pferden gelöst hatte. »Was für eine Abmachung?«

Cora schmunzelte. »Eleanor stellt keine Fragen, wenn Nik dieses Haus mal wieder als Unterschlupf für etwas nutzt, das niemand – vor allem sein Vater früher – nicht erfahren soll, und im Gegenzug schuldet er ihr mindestens ein Familienessen pro Aufenthalt.«

»Ist das ihr Ernst?«

Ronan reichte mir meinen Rucksack. »In dieser Familie ist alles immer irgendein Deal. Du solltest mal sehen, wie Nik und Gwen entschieden haben, wer die Einladungen zum Winterball unterschreiben soll. Ich habe Friedensabkommen gesehen, die weniger Bedingungen hatten.«

»Hey, Ronan!« Eleanor winkte ihn energisch heran. »Hör auf, da hinten zu tuscheln, und komm her.«

Ich unterdrückte ein Grinsen, als der muskelbepackte und bis an die Zähne bewaffnete Soldat brav nach vorn trat und sich von Niks Mutter in eine ebenso feste Umarmung ziehen ließ, wie auch ihr Sohn sie gerade über sich hatte ergehen lassen müssen. Cora ereilte ein ähnliches Schicksal, dann lag die ungeteilte Aufmerksamkeit der Frau, die wohl die Königin von Terralore war, auf mir.

»Ich glaube, dich kenne ich noch nicht?«

»Das ist Felicity«, antwortete Nik an meiner Stelle. »Sie begleitet mich eine Weile.«

»Ach ja?« Seine Mutter musterte mich neugierig.

»Es freut mich, Euch kennenzulernen«, sagte ich und trat unruhig von einem Fuß auf den anderen. Eine echte Königin und ich hatte noch immer nicht gelernt, wie man einen Knicks machte. Ein Versäumnis, das mich jetzt in eine unangenehme Lage brachte. Nik beobachtete mein Herumgezappel eine Weile, dann fasste er sich ein Herz und nahm mir den Rucksack aus der Hand.

»Entschuldige, Mutter, aber wir haben einen langen Ritt hinter uns und sind müde.«

Ich öffnete protestierend den Mund, aber er sah mich warnend an und in Anbetracht der Tatsache, dass er seinen Teil unserer Abmachung vorhin erfüllt hatte, gab ich nach.

»Sie hasst mich«, stieß ich hervor, kaum hatten wir die Eingangshalle mit hoher Decke und feinen Stuckverzierungen betreten, für die ich kaum einen Blick übrighatte.

Nik stieß entnervt die Luft aus. »Sie hasst dich nicht.«

»Natürlich! Deine Mutter liebt jeden und mich hasst sie.«

»Du hast fünf Worte zu ihr gesagt.«

»Eben! Wir sollten zurück und ein vernünftiges Gespräch führen. Ich –«

»Auf gar keinen Fall. Geh weiter.« Er schubste mich unnachgiebig vorwärts und eine breite Treppe aus hellem Stein empor. »Was kümmert es dich eigentlich?«

»Mir ist nun einmal nicht egal, was die Leute über mich denken. Besonders nicht, wenn es sich um eine Königin handelt.«

»Sie trägt den Titel nicht, das Problem ist also gelöst. Und wir sind nicht hier, um Beziehungen zu knüpfen. Hör auf, alles zu zerdenken.«

Ich sah ihn forschend von der Seite an. »Hast du Angst, dass sie mir peinliche Geschichten aus deiner Kindheit erzählt?«

»Ich glaube kaum, dass sie da viele kennt.«

»Was meinst du?«

»Gar nichts.«

»Denkst du, die Welt geht unter, wenn du mir einmal etwas Persönliches erzählst?« Wir stiegen eine weitere Treppe empor und betraten einen mit hellblauen Teppichen ausgelegten Flur. Landschaftsgemälde säumten die Wände, hauptsächlich bestehend aus Blumen und Pastelltönen. Das Haus stand mit seinem vielen Weiß und den verspielten Dekorationen in einem so krassen Gegensatz zu dem dunklen Schloss, dass es beinahe grotesk wirkte.

»Nein«, sagte Nik nach so langem Schweigen, dass ich schon nicht mehr mit einer Antwort gerechnet hatte. »Tue ich nicht.«

Er stieß eine Tür auf. Das Zimmer war klischeehaft hübsch. Ein großes Himmelbett mit einer kleinen Armee an flauschigen beigen Kissen, deckenhohe Fenster und weiße Vorhänge bildeten das Herzstück von etwas, das aus einer mittelalterlichen Variante von *Schöner Wohnen* stammen könnte. Mein Rucksack wirkte etwas fehl am Platz, als Nik ihn auf den ebenfalls hellblauen Teppich legte.

»Also«, wechselte er das Thema, bevor ich ihn weiter ausfragen konnte, »es wäre mir lieber, wenn du hierbleibst, aber wenn du es gar nicht lassen kannst, kannst du ruhig herumstreunen.«

»Was?«, stichelte ich und warf meinen Mantel über den Stuhl der Frisierkommode. »Keine Angst, dass ich abhaue?«

»Wie gesagt, das Anwesen ist sicher. Niemand kommt rein, aber es kommt auch niemand raus.«

»Wie beruhigend.«

»Wenn du irgendetwas brauchst, hier läuft immer irgendjemand herum.«

Ich nickte stumm und er ließ mich ohne ein weiteres Wort allein.

Zwei Stunden später saß ich frisch gebadet und mit noch feuchten Haaren auf dem riesigen Himmelbett und blätterte durch eines der Bücher, die ich im Zimmer gefunden hatte. Es schien sich um irgendeinen Gedichtband zu handeln und abgesehen davon, dass nicht ein Satz darin Sinn ergab, schaffte das Buch es auch sonst nicht, meine Aufmerksamkeit zu fesseln. Aber es war besser als nichts. Und immerhin besser als die rastlos kreisenden Gedanken, die immer wieder die Ereignisse des Morgens rekapitulierten. Ich hatte überlegt, wirklich auf Erkundungstour zu gehen, aber dieses Haus war so groß, dass ernsthafte Gefahr bestand, für immer verloren zu gehen. Außerdem hatte ich Angst, Niks Mutter zu begegnen und dieses Mal vor Nervosität gar kein Wort herauszubekommen. Wenn ich das richtig verstanden hatte, war morgen beim Frühstück ja ohnehin genug Zeit für weitere Peinlichkeiten.

Ein leises Klopfen riss mich aus meinen Gedanken und im nächsten Moment steckte Nik seinen Kopf durch die Tür. Er schien ebenfalls ein Bad genommen zu haben, denn seine dunklen Locken schimmerten noch feucht.

»Hey, ich wollte nur …« Er brach ab und runzelte die Stirn. »Trägst du da ein Männerhemd?«

»Ja?« Ich sah an mir hinunter und zupfte an dem hellen Leinenhemd.

»Warum?«

»Weil es bequem ist?«

»Es ist dir viel zu groß.«

»Das ist der Sinn der Sache.« Ich legte mein Buch zur Seite. »Gibt es einen Grund, aus dem du hier bist, oder reden wir jetzt nur über die Vor- und Nachteile von übergroßen Hemden?«

»Ich wollte nur sehen, ob alles in Ordnung ist.« Er kam ins Zimmer und schloss die Tür hinter sich.

»Seit wann bist du so fürsorglich?«, fragte ich misstrauisch.

»Emotional angeschlagen?«

»Es geht mir gut!« Auch wenn mir nicht so ganz klar war, wieso es mir nicht mehr zu schaffen machte. Ich hatte noch nie zuvor eine Leiche gesehen, geschweige denn mitbekommen, wie jemand vor meinen Augen getötet wurde. Aber es war okay. Und diese Tatsache machte mir mehr Sorgen als die Vorkommnisse an sich. Mit einem Seufzen richtete ich mich auf dem Bett auf. »Aber wenn du schon mal hier bist.« Ich zog seinen Ring vom Finger. »Vierundzwanzig Stunden mit dir verheiratet zu sein, war interessant. Lass uns das nie wieder tun.«

»Besser wäre das wohl.« Nik setzte sich auf die Bettkante und steckte den Ring zurück an seinen Platz. Dann schob er die Hand in seine Hosentasche. »Wie wäre es, wenn wir tauschen? Werde jetzt nicht sauer, aber …«

Er zog ein Lederband hervor, an dessen Ende der kleine goldene Drache von vorhin baumelte.

Meine Augen wurden groß. »Hast du den etwa geklaut?!«

»Natürlich nicht.« Nik runzelte die Stirn. »Wir sollten wirklich mal über die Leute reden, mit denen du sonst Umgang hast.«

Ich ignorierte diese Aussage gekonnt und griff stattdessen nach dem kleinen Anhänger. »Ich weiß nicht, ob ich unbedingt mit deinem Wappentier um den Hals rumlaufen will. Am Ende denken die Leute noch, ich fände dich gut.«

»Wenn du willst, halte ich eine öffentliche Ansprache, in der ich klarstelle, dass wir uns nicht leiden können.«

Verlockend, ihn dazu wirklich zu bringen. »Versprochen?«

»Versprochen. Aber weißt du, wir haben den Drachen nicht nur als Wappentier, weil wir angeben wollen. Sie stehen auch für Stärke, Unerschrockenheit, Mut … Sturheit. Alles Eigenschaften, die du heute zur Genüge bewiesen hast.«

Nachdenklich drehte ich die kleine Figur zwischen den Fingern. »Ich warte immer noch darauf, dass wir uns anschreien.«

»Weil du dich in Gefahr gebracht hast oder weil du mich gezwungen hast, den Kerl am Leben zu lassen?«

Ich kaute nachdenklich auf meiner Unterlippe herum. »Beides?«

Nik seufzte leise. »Sie waren hinter dir her. Es ist dein Recht, dich zu verteidigen. Und was das andere angeht: Wie kann ich denn sauer sein, dass du jemanden *nicht* töten wolltest? Das ist eine gute Eigenschaft, bewahre sie dir.«

»Aber du denkst, dass es falsch war.« Ich formulierte es nicht als Frage, dennoch sah ich neugierig auf, als Nik mit seiner Antwort zögerte.

»Ich denke, dass man sich im Leben immer zweimal sieht«, sagte er langsam. »Entweder nutzt er das, was er heute über dich gelernt hat, um den Job beim nächsten Mal zu beenden, oder er hat genug Ehre, um zu wissen, dass er in deiner Schuld steht. Wir werden sehen.«

Was hatte dieser Mann über mich erfahren? Ich hatte keinerlei Kampferfahrung und tötete nicht gern. Das waren wirklich nicht die besten Eigenschaften, die man mitbringen konnte, wenn es darum ging, zu überleben. Aber vielleicht wurde es auch die zweite der Möglichkeiten und wir hatten heute Morgen einen Verbündeten gefunden.

»Felicity.« Nik räusperte sich und ich hätte fast gesagt, dass er unsicher klang. Aber das wäre lächerlich, denn Nik war niemals unsicher. Trotzdem zupften seine Finger jetzt an einem losen Faden der hellblauen Tagesdecke. »Wegen dem, was du heute Morgen gesagt hast. Ich würde dich niemals verletzen.«

»Das klang vor ein paar Tagen aber noch ganz anders.«

»Ich sehe ein, dass ich wohl etwas zu weit gegangen bin.«

»Hättest du es getan?«, fragte ich, obwohl ich wusste, dass ich die Antwort nicht würde hören wollen. »Wenn ich mich geweigert hätte, dir zu helfen?«

»Nein.« Er sah auf und unsere Blicke trafen sich. »Aber ich weiß nicht, ob ich jemandem befohlen hätte, es zu tun.«

Ich nahm eines der flauschigen Kissen auf den Schoß und schlang schützend die Arme darum. »Was hat sich geändert?«

»Du hattest recht mit dem, was du gesagt hast. Für dich hätte es keinen Unterschied gemacht, ob du bei mir oder Myra wärst. Ich will nicht zu ihr werden müssen, um sie zu besiegen.«

Ich konnte nicht sagen, ob es der harte Zug um seinen Mund war oder das Dunkle in seinen Augen, das mich veranlasste, die nächste Frage zu stellen. »Was hat sie dir angetan?«

Mit einem Ruck riss er den Faden der Decke ab. »Frag lieber, was sie uns allen antut, wenn es ihr gelingt, zuerst an diese Magiequelle zu kommen.«

Das war nicht, was ich wissen wollte, aber es hatte keinen Sinn, ihn weiter zu drängen. »Wirst du mir jemals die ganze Geschichte erzählen?«

»Vielleicht.« Er deutete mit dem Kinn auf die Kette, die zwischen uns auf dem Bett lag. »Willst du die jetzt haben oder nicht?«

»Von mir aus.« Ich drehte mich um, damit er mein Lächeln nicht sehen konnte.

»Von mir aus«, murrte Nik und strich mein Haar zur Seite, um mir das Band um den Hals zu legen. »Andere Frauen fallen in Ohnmacht, wenn ich sie nur ansehe, und von dir bekomme ich ein *Von-mir-aus.*« Seine Finger hakten den kleinen Verschluss ein.

»Ich habe dich auch geküsst, ohne gleich umzufallen.«

»Meinst du den Kuss, den du eigentlich nicht wolltest?«

»Ja.« Ich räusperte mich. »Genau den.«

»Lügnerin.« Seine Finger strichen über meinen Nacken und prompt durchlief ein Schauer meinen Körper.

»Wieso denkst du zu wissen, wann ich lüge?«, fragte ich, halb, weil es langsam nervte, dass er immer richtiglag, halb, weil ich irgendwie der Spannung entgehen wollte, die sich im Raum aufbaute.

Niks Finger verweilten kurz auf meinem Nacken, dann zog er sich zurück. »Das werde ich dir bestimmt nicht sagen. Für mich ist das nämlich äußerst praktisch.«

Ich drehte mich wieder um. »Du bist ein Arschloch. Und ich hoffe, du siehst, dass das jetzt nicht gelogen war.«

Wieder lachte er bloß, dann stand er auf und streckte mir eine Hand entgegen. »Komm mit, ich will dir was zeigen.«

Misstrauisch kniff ich die Augen zusammen. »Dir ist bewusst, dass ich nur dieses Hemd trage?«

»Oh, glaub mir, das ist mir aufgefallen.« Sein Blick glitt über meine nackten Oberschenkel und seine Mundwinkel verzogen sich zu einem anzüglichen Grinsen. »Aber da, wo wir hingehen, wird dich niemand sehen.«

»Du zeigst mir jetzt aber nicht irgendeinen geheimen Folterkeller, oder?«

»Kommt darauf an«, sein Grinsen wurde breiter, »interessiert dich das?«

»Nein, du Perversling!« Ich warf ein Kissen nach ihm, das er mühelos aus der Luft fing.

»Jetzt komm schon.« Ohne auf meine Proteste zu achten, griff er nach meiner Hand und zog mich vom Bett. Ich stöhnte genervt auf, meinte es aber nicht ganz ernst. Alles war besser, als weiter allein hier herumzusitzen und in Gedichtbüchern zu lesen, die ohnehin niemand verstand.

Wir gingen – noch immer händchenhaltend – den dunklen Flur entlang. Ich machte Nik auf diesen Umstand aufmerksam, indem ich fragend unsere verschränkten Finger hob. »Was soll das?«

Er umfasste meine Hand fester, damit ich sie nicht herausziehen konnte. »Du wirst es überleben.«

»Du bist seit heute Morgen echt komisch«, murrte ich, als wir eine schmale Treppe hinunterstiegen, deren Stufen in dem wenigen Licht einer einsamen Kerze gerade noch zu erkennen waren. »Und das finde ich immer noch gruselig.«

»Dir kann man es aber auch nie recht machen, oder?«

»Es wäre nur schön, einmal zu wissen, ob wir eine normale Unterhaltung führen können oder uns gleich wieder anschreien.«

»Also gut. Ich hätte da eine Idee.« Nik zog mich so ruckartig zu sich heran, dass ich mich mit der freien Hand an seiner Brust abstützen musste, um nicht das Gleichgewicht zu verlieren. Ich warf ihm einen vernichtenden Blick zu, den er schlichtweg überging. »Wie wäre es mit einem offiziellen Friedensabkommen? Nur bis die Sonne aufgeht.«

»Schreibst du dir deine ganzen Abkommen eigentlich irgendwo auf?«

»Ich habe ein sehr gutes Gedächtnis«, sagte er völlig ernst. »Also? Was hältst du von einer Nacht Frieden?«

Ich trat zurück, denn die Tatsache, dass sein Geruch und seine Wärme mich derart einhüllten, machten das Denken schwer. Nik legte den Kopf schief, sodass fahles Mondlicht seine feinen Konturen schärfer hervorhob. Er hielt noch immer meine Hand fest und ich hatte auf einmal Sorge, er könnte spüren, wie mein

Puls gegen seine Finger hämmerte. »Was wären die Bedingungen?«

»Wir vermeiden jedes Thema, das zu einem Streit führen könnte. Keine herablassenden Kommentare, keine Provokationen.«

»Du willst, dass wir uns bis zum Morgengrauen anschweigen?«

»Komm schon.« Er lachte und ich spürte, wie mein Inneres sich bei dem dunklen Klang leicht zusammenzog. »Ich meine es ernst.«

»Schön.« Ich seufzte ergeben. »Und was, wenn einer das Abkommen bricht?«

»Na, dann verliert er seinen Kopf.«

»Ganz schön makaber.«

»Also gut. Derjenige, der das Abkommen bricht, muss Ronan sagen, was heute Morgen wirklich passiert ist, und sich dann den ganzen Tag seine Vorträge anhören.«

Ich zog scharf die Luft ein. »Wie war das noch mal mit dem Kopf verlieren?«

»Nein, tut mir leid, den Vorschlag hast du abgelehnt.«

»Na gut. Ich bin dabei.«

»Dann hätten wir das ja geklärt. Und jetzt komm, ich wollte dir doch etwas zeigen.« Nik setzte sich wieder in Bewegung und zog mich mit sich eine weitere kleine Treppe hinunter, bis wir vor einer Tür zum Stehen kamen, die offensichtlich nach draußen führte.

»Dir ist immer noch bewusst, dass ich nur dieses Hemd trage, ja? Und wir haben beide nasse Haare, wir holen uns noch den Tod.«

»Lass mich das mal zusammenfassen.« Er ließ meine Hand los, damit er einen kleinen Schlüssel aus der Tasche kramen und die Tür aufsperren konnte. »Du springst, ohne zu zögern, auf den Rücken eines bewaffneten Mannes, der doppelt so groß ist wie du, aber du hast Angst vor ein bisschen frischer Luft?«

»Er war *nicht* doppelt so groß wie ich! Ich bin doch kein Gartenzwerg!«

»Was ist ein Gartenzwerg?«

»Eine kleine Figur mit Zipfelmütze, die man sich in den Vorgarten stellt.«

»Warum sollte das jemand tun?«

»Keine Ahnung, weil es lustig aussieht? Warum reden wir hier mitten in der Nacht über Gartenzwerge?«

Nik fing meine wild herumfuchtelnden Hände ab und hielt sie fest. »Erstens: Ich denke nicht, dass du ein Gartenzwerg bist. Und zweitens: Wir holen uns nicht den Tod. Jedenfalls nicht heute.«

Er trat hinter mich und schob mich mit sanfter Gewalt nach draußen. Ich wappnete mich innerlich für einen kalten Schwall Novemberluft, der niemals kam. Stattdessen hüllte angenehme Wärme mich ein und ein süßlicher Geruch erfüllte mit einem Mal die Luft.

»Was …« Ich drehte mich fassungslos einmal um mich selbst. Wir standen auf einer schmalen Terrasse. Vier Stufen führten hinunter in einen Garten, der dem des Schlosses in nichts nachstand. Ein ordentlicher, aber dennoch märchenhaft verschlungener Kiesweg führte vom Haus weg. Beete voller Blumen in allen Farben des Regenbogens säumten seine Ränder und irgendwo in der Ferne war das leise Plätschern eines Baches zu hören. Hätte die Sonne geschienen, wäre die Umgebung sicherlich vom Zwitschern der Vögel und dem Summen der Bienen erfüllt gewesen, aber so lag die ganze Pracht gespenstisch still vor uns.

»Meine Mutter kann den Winter nicht ausstehen. Also hat sie ihn abschaffen lassen. Jedenfalls hier im Garten.«

»Ja, klar.« Meine Stimme war etwas zu hoch. Ich lachte nervös. »Wie man das eben so macht, wenn man eine Jahreszeit nicht mag.«

Steinchen knirschten, als wir den Weg betraten. Hatte ich erwartet, es würde unangenehm sein, barfuß über den Kies zu laufen, wurde ich ein weiteres Mal überrascht. Mit jedem Schritt wurde das Plätschern lauter und die bunten Beete wichen ausladenden Trauerweiden, deren Äste tief auf den Pfad hingen und immer wieder meine Schultern streiften. Wir gingen schweigend nebeneinander, bis sich der Boden unter meinen bloßen Füßen in eine Wiese verwandelte, die schließlich am Ufer eines Sees endete. Wir waren inzwischen so weit vom Haus entfernt, dass lediglich der Mond unsere Umgebung erleuchtete. Spiegelglatt lag die Wasseroberfläche da, nicht die kleinste Regung störte die mitternächtliche Ruhe.

»Sieh nach oben«, sagte Nik leise.

Ich legte den Kopf in den Nacken und blinzelte zu den Millionen Sternen empor, die sich über uns erstreckten. Der Nachthimmel war in Terralore schon faszinierend gewesen, aber hier, fernab jeglicher Zivilisation, wirkte es fast, als müsse ich nur die Hand ausstrecken, um ihn zu berühren.

»Das ist …« Ich brach ab, weil mir die Worte fehlten, aber ich wusste, dass er mich auch so verstehen konnte. Sonst hätte er mich nie hierhergebracht. So faszinierend es auch war, es ging hier nicht um den Sommer mitten im Winter, sondern allein um diesen Anblick. Und dass er verstand, wie beruhigend es sein konnte, sich ab und an als ganz winzig und unbedeutend zu fühlen.

Ich sah so lange zum Himmel, bis mein Nacken schmerzte und mir schwindlig wurde, dann trat ich an das Ufer des Sees. Kühles Wasser schwappte über meine Zehen, einige rosa Seerosen gerieten durch die Wellen ins Schwanken. »Deine Familie ist –«

»Verrückt?«

»Ich wollte exzentrisch sagen, aber ja, so kann man es natürlich auch umschreiben.«

»Mir würden noch ein paar mehr Adjektive einfallen, aber die würden nicht zu diesem Ort passen.« Nik sagte es leichthin, aber ich konnte die Bitterkeit hinter den Worten spüren.

Ich ging etwas weiter in den See hinein, bis ich knietief im

Wasser stand. »Steht deine Familie auf der Liste der verbotenen Themen?«

»Definitiv. Was tust du da eigentlich?«

Ich blieb wie angewurzelt stehen. »In dem Wasser ist doch nichts, das mich umbringen will?«

»Nein, aber du solltest das Hemd ausziehen, sonst ist es gleich ganz nass.«

»Würde ich ja, aber ich habe nichts drunter.« Mir wurde erst bewusst, was genau ich da gerade gesagt hatte, als Nik einen erstickten Laut von sich gab, den er rasch mit einem Husten kaschierte. Meine Wangen wurden warm. »Ich konnte ja nicht wissen, dass du mich hier raus zerren würdest«, verteidigte ich mich und stapfte zurück ans Ufer.

Er hatte sich erstaunlich schnell wieder gefangen und wirkte völlig unbeeindruckt. »Von mir aus könntest du auch gar nichts anhaben.«

»Wird nicht passieren.«

Wieder schwiegen wir eine Weile, dann: »Wieso kannst du nicht zugeben, dass du den Kuss wolltest?«

Der abrupte Themenwechsel ließ mich überrascht blinzeln. »Damit du dich wieder über mich lustig machen kannst?«

»Ich habe nie –«

»Ach, nein?«, zischte ich mit einem Mal gereizt. »Wir hätten all das haben können, aber du musstest unbedingt verlangen, dass ich dich anbettele, mich zu berühren.« Ich spuckte ihm die Worte entgegen, ohne zu wissen, woher meine Wut so plötzlich stammte. Nik sah mich einige Sekunden verständnislos an, dann schmunzelte er und ich musste an mich halten, ihm keine zu knallen. »Was genau findest du daran jetzt so lustig?«

Er trat näher und wickelte sich eine meiner Haarsträhnen um den Finger. »Glaubst du wirklich, es ging darum, mich über dich lustig zu machen?«

»Ich glaube, es war eines deiner dämlichen Machtspielchen, auf das ich keine Lust mehr habe!« Ich wollte meine Haare seinen Fingern entreißen, aber er hielt sie unnachgiebig fest.

»Nicht streiten«, murmelte er leise. »Das war unser Deal.«

»Dann setz den verdammten Kuss auf die Liste!«

»Aber ich will darüber reden.« Er zog mich sanft etwas näher, hob die freie Hand und strich mit dem Daumen über meine Unterlippe. »Denn ich wollte diesen Kuss. Und ich habe kein Problem damit, das zu sagen.«

»Warum hast du dann … Du weißt schon. Warum haben wir in dieser Nacht nicht weitergemacht?«

»Es gibt ungefähr hundert Dinge, die ich dir nicht gesagt habe. Entweder, weil ich nicht kann oder weil einfach noch nicht der richtige Zeitpunkt da war. Für neunundneunzig davon würdest du mir den Kopf abreißen. Ich muss mir wenigstens sicher sein, dass du es auch willst. Sicher sein, dass ich unsere – *deine* – Situation nicht dazu nutze, dich zu irgendetwas zu drängen.«

»Indem du mich dazu zwingst, dich anzubetteln? Das ist mit Abstand das Dämlichste, das ich je gehört habe.«

»Hey.« Er zog spielerisch an meiner Haarsträhne. »Wenn du es schaffst, deinen Stolz runterzuschlucken und so weit zu gehen, wirst du es wirklich wollen.«

»Du hättest mich auch einfach fragen können. Nur mal so als Idee.«

»Schön, vielleicht war es auch ein ganz kleines bisschen Machtspiel«, gab er mit einem amüsierten Funkeln in den Augen zu.

»Was ist Nummer hundert?«

»Was?« Verwirrt zog er die dunklen Brauen zusammen.

»Was ist die eine Sache, die nicht deinen sofortigen Tod durch meine Hände zur Folge hätte?«

»Ach, das. Kann sein, dass du mir dafür gleich eine reinhaust, aber …« Er ließ meine Haare los und fuhr stattdessen mit den Fingern über meine Wange. »Ich habe es heute Morgen ernst gemeint. Wir sind keine Freunde. Ich will auch nicht dein Freund sein. Ich will jeden Zentimeter von dir unter meinen Händen spüren, ich will, dass du meinen Namen stöhnst, während ich dich immer und immer wieder zum Kommen bringe. Weißt du, dass ich mich nicht einmal umdrehen muss, wenn du einen Raum betrittst, weil ich es daran spüren kann, wie mein Körper mich zu dir zieht? Und das ist auch der Grund, warum du heute Morgen allein aufgewacht bist. In einem Bett mit dir zu sein, ohne dich berühren zu können, bringt mich um.« Er beugte sich zu mir hinunter, seine Lippen strichen federleicht über meine Schläfe. »Nummer hundert«, raunte er in mein Ohr, »ist, dass du mich in den Wahnsinn treibst, Felicity. Auf so viel mehr Arten, als dir bewusst ist.«

Ich schloss die Augen, während seine Worte erst nach und nach zu mir durchdrangen. Ein Kribbeln breitete sich von der Stelle aus, an der Niks Lippen meine Haut berührten, nahm meinen Körper in Besitz, setzte jedes Nervenende in Flammen.

»Du …« Langsam öffnete ich meine Augen wieder, sah zu Nik auf, der mich stumm beobachtete. Seine Pupillen waren geweitet, sein Blick dunkel vor Verlangen. Es war dieser Anblick, der mich endgültig über die Kante schubste. Wie von selbst legte ich eine Hand in seinen Nacken, zog ihn weiter zu mir und dieses Mal war ich es, die ihn küsste. Und zwar nicht sanft, sondern fordernd, verlangend, so, als hätte ich Angst, dass dieser Moment zerbrechen könnte, wenn ich auch nur für einen flatternden Herzschlag damit aufhörte.

Kapitel 20

Nik erstarrte für den Bruchteil einer Sekunde, als habe er wirklich eher mit einem Schlag als mit einem Kuss gerechnet, dann lagen seine Hände an meinen Seiten und er zog mich näher zu sich heran. Heiß brannte die Berührung durch den dünnen Stoff des Hemdes. Seine Zunge stupste gegen meine Unterlippe und ich öffnete den Mund, um ihm Einlass zu gewähren. Meine Finger vergruben sich in seinem Haar, zogen an den dunklen Strähnen. Niks Hände glitten an meinem Körper hinab, umfassten meine nackten Oberschenkel und dann hob er mich hoch. Ich klammerte mich haltsuchend an ihn, aber da wurde ich auch schon mit dem Rücken ins weiche Gras gelegt. Er schob ein Knie zwischen meine Beine und dann war er wieder über mir. Seine Lippen fanden meine für einen weiteren stürmischen Kuss und wanderten von dort über mein Kinn, meinen Hals, den Ansatz meiner Brüste.

Ungeduldig zog er an meinem Hemd. »Wie sehr hängst du an diesem Ding?«

»Tu, was du nicht lassen kannst.« Ich spürte, wie er gegen meine Haut grinste, dann zerriss der Leinenstoff und die Nachtluft traf auf meinen ungeschützten Körper.

»Wunderschön«, flüsterte Nik so leise, dass ich mir nicht sicher war, ob ich es mir nicht doch nur eingebildet hatte. Lange Zeit, darüber nachzudenken, hatte ich nicht, denn sein Mund senkte sich auf mich hinab und zog eine heiße Spur über meinen Bauch.

Ich erzitterte unter seiner Berührung. Seine Hand strich über die Innenseite meines Schenkels, arbeitete sich Zentimeter für Zentimeter nach oben.

»Warte«, hauchte ich atemlos.

Er hielt inne, sein Blick schnellte zu mir hoch. »Soll ich aufhören?«

»Nein.« Ich schüttelte den Kopf. »Nur … das hier ist nur Sex, ja? Keine Gefühle, keine Ansprüche. Nur …«

»Nur Sex. Keine Freundschaft und schon gar nicht mehr. Das ist alles, was ich dir bieten kann. Wenn dir das nicht reicht, dann sag es jetzt.«

»Das reicht mir.«

»Bist du sicher?«

»Ja.« Meine Finger krallten sich ins Gras. »Bin ich.«

»Gut«, flüsterte er. Das war alles, was ich an Vorwarnung bekam, bevor seine Zunge direkt gegen meine empfindlichste Stelle stieß. Die kleine Berührung reichte aus, um jeden anderen Gedanken aus meinem Kopf zu fegen. Unwillkürlich zuckte meine Hüfte nach oben, doch er legte eine Hand auf meinen Bauch und drückte mich zurück zu Boden. »Halt still.«

»Ich will aber nicht stillhalten …« Sein Daumen glitt über die Stelle, an der gerade noch seine Zunge war, und ich musste mir auf die Lippe beißen, um keinen Laut von mir zu geben. Ich sollte froh darüber sein, dass er wusste, was er tat, aber gerade wäre mir ein wenig Unsicherheit von seiner Seite zuträglicher gewesen.

Niks leises Lachen ging jetzt doch in meinem Stöhnen unter, als er mit einem Finger in mich eindrang und zielgenau über den Punkt rieb, der kleine Blitze durch meinen Körper jagte.

Ich ließ den Kopf zurückfallen, wandte den Blick zu dem endlosen Sternenhimmel über uns. Quälend langsam bewegte er seine Zunge über meine Mitte, immer gerade genug, um die Spannung aufrechtzuerhalten. Ich wollte mehr, ich *brauchte* mehr. Mein Körper wand sich unter seinem eisernen Griff, versuchte verzweifelt, sich ihm mehr entgegenzustrecken.

»Nikolas Beaumont«, knurrte ich gereizt, auch wenn meine Wut in einem weiteren Wimmern unterging. »Hör sofort auf mit dem Mist oder ich schwöre dir, ich werde dich hier und jetzt umbringen!«

Er lachte wieder und die Vibration schickte eine weitere Welle an Blitzen direkt in meinen Unterleib.

»Es gibt doch nichts, was die Stimmung so sehr aufheizt wie eine Morddrohung.« Aber er schien Erbarmen mit mir zu haben, denn ich spürte, wie er mit einem weiteren Finger in mich eindrang. Seine Hand umfasste meine Brust, sein Daumen rieb über die geschwollene Spitze. Ich streckte mich seiner Berührung entgegen und als Antwort erhöhte er die Geschwindigkeit seiner Finger, stieß immer wieder gegen diese eine Stelle. Die Spannung in mir baute sich weiter auf, bis es fast unerträglich wurde.

»Nik, ich …«

»Komm für mich«, flüsterte er, streckte sich wieder über mich und fing meine Lippen in einem weiteren Kuss ein.

Mein Körper bäumte sich ein letztes Mal auf, während der Orgasmus wie eine Flutwelle durch mich fegte. Sternchen tanzten vor meinen Augen, mischten sich mit denen am Himmel und wurden zu einem einzigen funkelnden Nebel, der sich nur langsam wieder lichtete.

»Interessant«, murmelte Nik und seine Worte drangen gedämpft zu mir durch, »du bist also durchaus in der Lage, Anweisungen zu befolgen. Wer hätte das gedacht.«

Ich schloss mit einem tiefen Seufzen die Augen. »Ich hasse dich gerade so sehr.«

»Mhh …« Seine Finger zogen sanfte Kreise auf meinem Bauch. »Tut mir leid, aber das klingt gerade etwas unglaubwürdig.«

Okay, Punkt für ihn. Aber nichts, was sich nicht ändern konnte. Ich sammelte noch einige Atemzüge lang meine Kraftreserven, dann schubste ich ihn von mir hinunter. Und da er nicht damit gerechnet hatte, funktionierte es sogar. Innerhalb eines Wimpernschlags saß ich rittlings auf ihm und presste ihn mit meinem Gewicht nach unten.

»Dieses Spiel können zwei spielen, Prinzlein. Und jetzt bin ich dran.«

Ich spürte, wie mein Schritt sich gegen seinen drückte, und noch mehr spürte ich, wie wenig ihn das hier kaltließ. Ich ignorierte es genau wie das Kribbeln, das beim Gedanken daran durch meinen Körper wanderte. Stattdessen nahm ich seine Hände von meiner Hüfte und drückte sie über seinem Kopf ins Gras.

»Die behältst du mal schön bei dir.«

Nik sah mich mit hochgezogenen Brauen an. »Ist das dein Ernst?«

»O ja.« Ich machte mir gar nicht erst die Mühe, mein Grinsen zu verbergen, als ich mich nach vorn beugte. Meine Lippen streiften über seine, dann wandte ich mich seinem Hemd zu. »Weißt du«, sagte ich betont freundlich, während ich sorgsam einen Knopf nach dem anderen öffnete, »man kann sich auch ausziehen, ohne dabei einen auf Höhlenmenschen zu machen.«

»Das macht aber nur halb so viel Spaß«, erwiderte er, ohne meine Finger auch nur einen Moment aus den Augen zu lassen.

»Ach, ich weiß nicht. Ich habe gerade eine Menge Spaß.« Ich verlagerte mein Gewicht und entlockte ihm damit ein Geräusch, das irgendwo zwischen Knurren und Stöhnen lag und bei dem ich mich am liebsten auf ihn gestürzt hätte.

Stattdessen beugte ich mich erneut vor, legte meine Lippen auf seine Brust und fuhr mit der Zunge die wohldefinierten Muskeln nach. Nik zuckte unter mir zusammen und ich wusste, ohne hinzusehen, dass er die Augen geschlossen hatte. Langsam wanderte ich seinen Bauch hinab und verteilte kleine Küsse direkt über dem Bund seiner Hose.

»Felicity …« Ein Keuchen hatte sich in seine Stimme geschlichen. »Übertreib es nicht.«

Fragend legte ich den Kopf schief. »Oder was?«

Er hob spöttisch einen Mundwinkel. Dann schlang er ein Bein

um meine Hüfte und im nächsten Moment lag ich wieder unter ihm. »Ich brauche meine Hände nicht, um dich in diesem *Spiel* zu schlagen. Das solltest du dir merken.«

Ich wollte etwas erwidern, aber Nik hatte sich zurückgezogen, um seine Hose endgültig loszuwerden, und ich war zu abgelenkt davon, wie das Mondlicht tanzende Schatten auf seine Haut warf. Erst als er sich wieder über mich schob, schnellten meine Gedanken zurück in die Realität und ich keuchte überrascht. Verdammt, wie konnte er es immer noch schaffen, mir die Sprache zu verschlagen?

Nik legte eine Hand an meine Wange, sein Daumen strich sanft über meine Schläfe.

»Bist du dir immer noch sicher, dass du das hier willst?«

Ich umfasste sein Gesicht mit beiden Händen, vergrub die Fingerspitzen in seinem weichen Haar. »Ich bin mir sicher. Ich will das hier. Ich will dich.« Meine Stimme war rau, aber sie passte zu Niks geschwollenen Lippen und geweiteten Pupillen. Seine Augen verdunkelten sich bei meinen Worten. Langsam nahm er die Hand von meiner Wange, fuhr meinen Körper entlang und schob sanft meine Beine auseinander.

Ich hielt instinktiv die Luft an, als er langsam in mich eindrang, doch das kurze Ziehen, das damit einherging, wurde sogleich von einer Welle aus Lust abgelöst, die durch meinen Körper wallte. Unsere Lippen fanden zu einem erneuten stürmischen Kuss zusammen, mein Stöhnen vermischte sich mit seinem.

Nik begann sich zu bewegen und ich schlang meine Beine um seine Mitte, um ihm besseren Zugang zu gewähren. Meine Finger krallten sich in seinen Rücken – morgen würden dort mit Sicherheit Spuren zurückbleiben. Aber in diesem Moment existierte kein Morgen, sondern nur er und ich und unsere Körper, die sich so sehr aneinanderpressten, dass es unmöglich war, zu sagen, wo meiner aufhörte und seiner anfing.

Ich hatte nicht die leiseste Ahnung, wie lange ich neben Nik im Gras gelegen und zu den Sternen emporgesehen hatte, bevor er sich schließlich auf die Seite drehte und den Kopf in eine Hand stützte, um mich anzusehen. »Bereust du es?«

»Nein. Du?«

»Ganz und gar nicht.« Er nahm eine meiner Haarsträhnen zwischen die Finger. Ich hatte mich so daran gewöhnt, dass er ständig daran spielte, dass es schon etwas Vertrautes hatte.

Ohne darüber nachzudenken, hob ich eine Hand und fuhr mit der Fingerspitze einige fast verblasste Narben auf seiner Brust nach. »Woher kommen die?«

»Unterschiedlich. Einige sind aus Kämpfen, ein paar vom Training, eine stammt von einer Katze, die Gwen mal angeschleppt hat.«

»Du wirkst auch nicht gerade wie der Typ, den Katzen mögen.« Ich wanderte mit meinen Fingern weiter bis direkt über sein Herz. Ruhig und gleichmäßig schlug es gegen meine Hand. »Und das hier?«, fragte ich, als ich bei fünf hellen Malen stoppte, die exakt zum Abstand meiner Finger passten. Fast unmerklich spannte sich sein Körper an und ich wusste die Antwort. »Das war *sie*, richtig?«

Er nickte wortlos.

»Hast du …« Ich biss mir auf die Unterlippe. »Hast du mit ihr geschlafen?«

»Ja. Bevor ich wusste, wer sie ist. Es ist zwei oder drei Jahre her. Es war dämlich.« Er sah zu den Sternen. »Ich hatte diese bescheuerte Wette mit Ciaran und ein paar anderen. Es ging darum, wer von uns sich traute, das Reich der Fae zu betreten.«

»Du warst da?«

»Einige Male. Anfangs war es nur als Mutprobe gedacht, aber dann traf ich diese Frau. Die Nächte dort sind anders. Sie sind länger, tiefer und irgendwie magisch. Die Zeit fühlt sich anders an.« Nik schwieg eine Weile, dann drehte er sich auf die Seite und sah mich wieder an. »Es wäre eine Lüge, zu sagen, dass ich es bereue oder dass dort nie etwas war. Aber es war vorbei, als ich rausfand, wer sie war. Für sie war ich nie mehr als ein Hindernis, das sie um den Finger wickeln konnte. Ich glaube, sie hat da schon geplant, meinen Vater umbringen zu lassen, um dann ohne Schwierigkeiten dieses Land zu bekommen.« Er zuckte mit den Schultern. »Ich werde es wohl nie erfahren.«

»Also wollte sie dich auch umbringen? Als du sie verlassen hast?«, fragte ich und fuhr die hellen Narben entlang.

»Keine Ahnung, ob sie mich wirklich *umbringen* wollte. Fae sind keine Menschen. Du darfst ihr Handeln nicht in so strenge Kategorien einteilen.«

»Du verteidigst sie. Du trägst die Narben ihrer Finger auf dem Körper und dennoch verteidigst du sie?«

»Nein.« Nik hob meine Hand von seiner Brust und nahm sie stattdessen in seine. »Sollte sie mir je wieder gegenüberstehen, werde ich ihr ohne Zögern das Schwert durchs Herz jagen. Aber ich habe eine Regel und die besagt, dass ich nicht über vergangene Liebschaften rede, wenn eine nackte Frau neben mir liegt.«

»Ich könnte mir etwas anziehen?«

Er zog mich rasch zurück, als ich versuchte, mich aufzusetzen. »Das habe ich damit bestimmt nicht sagen wollen.«

»Nein«, ich biss mir auf die Unterlippe, »was du willst, ist recht klar.«

»Ich habe dich nicht hier rausgebracht, weil ich mit dir schlafen wollte«, sagte er ernst und fügte dann wieder mit einem Grinsen hinzu: »Das war nur ein netter Nebeneffekt.«

»Ein netter Nebeneffekt?« Gespielt verärgert schlug ich ihm auf den Arm. »Arschloch!«

»Soll ich es wiedergutmachen?«

»Dazu müsstest du dich schon sehr anstren–« Mein Satz ging in einem erschrockenen Auflachen unter, als Nik mich schwungvoll auf sich zog.

»Gar kein Problem«, murmelte er, nur Millimeter von meinen Lippen entfernt. »Aber vielleicht sollten wir dafür reingehen, sonst findet uns noch der Gärtner. Könnte peinlich werden.«

»Der Gärtner kommt im Dunkeln?«

»Hier gibt es eine Menge Pflanzen, die nur nachts blühen.«

»Was?« Erschrocken hob ich den Kopf und sah mich um. »Und das erzählst du mir jetzt?!«

»Uns hat niemand gesehen«, sagte er mit mehr Belustigung in der Stimme, als angemessen wäre. »Das hätte ich niemals zugelassen.«

»Das hoffe ich auch für dich!« Trotzdem rutschte ich von ihm herunter und griff nach meinem Hemd. Ein kurzer Blick genügte, um es als völlig unbrauchbar einzustufen. »Höhlenmensch!«

»Du meintest, ich soll tun, was ich nicht lassen kann«, sagte Nik unschuldig und reichte mir dann sein eigenes. »Zieh einfach das an.«

»Auf keinen Fall.« Ich schüttelte heftig den Kopf. »Ich trage doch nicht deine Klamotten.«

»Du hattest doch vorher auch ein Männerhemd an?«

»Ja, aber das habe ich so gekauft. Das da gehört dir.«

Nik sah ernsthaft verwirrt aus. »Wo ist der Unterschied?«

»Glaub mir, es macht einen.«

»Schön.« Schulterzuckend stand er auf und stieg in seine Hose. »Dann geh nackt hinein. Vielleicht treffen wir meine Mutter. Immerhin würdest du dann einen bleibenden Eindruck hinterlassen.«

Ich stieß einen frustrierten Laut aus, riss ihm das Hemd aus der Hand und schlüpfte hinein. Es reichte mir bis fast zur Mitte der Oberschenkel und fühlte sich verflucht weich an. Vermutlich, weil allein der Stoff ein Vermögen gekostet hatte.

»Na, geht doch. Dass du mir immer erst widersprechen musst …« Nik trat vor mich und begann geschickt, die Knöpfe zu schließen. »Das ist dein Einsatz. Jetzt sagst du, dass du mich hasst.«

»Ich hatte gehofft, du hättest es dir inzwischen endlich

gemerkt«, murrte ich, weil mir die Worte tatsächlich bereits auf der Zunge gelegen hatten.

»Habe ich.« Er tippte mir gegen die Nase, woraufhin ich verärgert seine Hand wegschlug. »Aber ich höre es dich so gern sagen.«

»Mit dir stimmt was nicht.«

»Sagt die Frau, die auf Dächer klettert und bewaffneten Männern auf den Rücken springt.«

»Wirst du jemals aufhören, mir das vorzuhalten?«

»Auf gar keinen Fall.«

Wir führten diese ziellose Diskussion weiter, während wir den kleinen Pfad zurück zum Haus gingen, ohne dabei Gärtnern oder irgendeiner anderen lebenden Seele zu begegnen. Trotzdem war ich froh, als wir durch die angelehnte Tür nach drinnen schlüpfen konnten und uns die nächtliche Stille des großen Hauses umfing.

Schweigend folgte ich Nik den Weg zurück, den wir gekommen waren, die Treppen hoch und den ausgestorbenen Flur entlang.

Er blieb etwa in der Mitte stehen und sah mich fragend an. »Soll ich dich zurück in dein Zimmer bringen oder willst du …« Der letzte Teil des Satzes blieb unausgesprochen in der Luft hängen. Wollte ich zurück oder wollte ich mit zu ihm und da ansetzen, wo wir gerade aufgehört hatten?

»Ich weiß es nicht«, sagte ich plötzlich unsicher und fragte mich zugleich, wie eine so simple Frage mich derart aus dem Konzept bringen konnte. »Es wäre vermutlich vernünftiger, jetzt zu gehen.«

»Und wie wir ja beide wissen, triffst du stets ausschließlich vernünftige Entscheidungen.«

»Auch wieder wahr.« Ich trat neugierig an die nächste Tür und legte eine Hand auf die Klinke. »Ist das dein Zimmer?«

Er nickte knapp. »Aber ich bin selten hier, also erwarte nicht zu viel Persönliches.«

»Als würde ich das je von dir erwarten«, murmelte ich und

drückte die Tür auf. Der Vorwurf war nicht ganz fair, immerhin hatte er mir gerade mehr erzählt, als ich je gedacht hätte. Meine Erwartungen würden trotzdem weiter niedrig bleiben.

Der Raum lag fast vollständig im Dunkeln, lediglich die Konturen der Möbel waren auszumachen. Es dauerte eine Weile, bis meine Augen sich daran gewöhnt hatten und ich mehr erkennen konnte. Der Raum sah im Grunde aus wie das Zimmer, in dem ich jetzt eigentlich sein sollte. Ein großes Bett zur Linken, Kommode aus hellem Holz und ein schrecklich ordentlicher Schreibtisch, auf dem statt der kitschigen Deko einige offiziell wirkende Papiere lagen, allesamt mit dem königlichen Wappen in der rechten oberen Ecke. Wie von allein wanderte meine Hand zu meinem Hals und umschloss den kleinen Anhänger.

Ich war so sehr in meine Gedanken vertieft, dass ich Nik erst in meiner Nähe spürte, als er mich mit dem Rücken gegen die mittlerweile geschlossene Tür drückte und wir uns einmal mehr viel zu nah waren.

»Du hast ja wirklich nichts hier«, murmelte ich und ignorierte das Rauschen meines Blutes in den Ohren.

»Sag ich doch. Dass du immer an mir zweifeln musst.«

»Ach?« Ich hob fragend eine Braue. »Weil du immer so ehrlich zu mir bist?«

»Ich habe dich nie angelogen.«

»Nein, du lässt nur immer die Hälfte weg.«

»Das ist nicht das Gleiche wie lügen.« Er beugte sich zu mir hinunter und ich streckte mich ihm instinktiv entgegen. Sein Atem strich über meine Lippen, meine Arme schlangen sich um seinen Hals.

Ich konnte gerade noch ein »Ich werde dich beizeiten daran erinnern« murmeln, da versanken wir auch schon in einem weiteren Kuss.

Kapitel 21

Als ich das nächste Mal aufwachte, stellte ich drei Dinge fest: Die Sonne schien direkt in mein Gesicht und es war verdammt angenehm, einmal auf diese Weise geweckt zu werden. Ich fühlte mich entspannter, als es nach zwei Tagen auf einem Pferderücken möglich sein sollte. Und mein Kissen atmete. Wobei der letzte Punkt selbst für mein noch schläfriges Hirn nicht so recht Sinn ergeben wollte.

Vorsichtig öffnete ich meine Augen ein winziges bisschen, nicht sicher, ob ich es wirklich wissen wollte. Mein Blick fiel auf sonnengebräunte Haut und gefährlich tief auf Hüften liegende Bettdecken.

»Nur um das klarzustellen«, sagte Nik und ich spürte, wie sich seine Brust bei jedem Wort unter meiner Wange hob. »Du hast dich an mich gekuschelt.«

»Das wage ich jetzt mal ernsthaft zu bezweifeln.«

»*Du* liegst auf *mir*.«

»Ist mir aufgefallen.« Ich wandte den Kopf, um ihn anzusehen. »Bis gerade eben hast du ein recht passables Kissen abgegeben.«

»Ist das so?« Er fuhr sich mit den Fingern durch seine vom Schlaf wild durcheinandergeratenen Locken. »Und warum liegst du immer noch auf mir, wenn ich meine Aufgabe nicht mehr erfülle?«

»Weil ich fürchte, wir fangen an zu reden, wenn ich aufstehe.« Und mit Reden meinte ich Streiten. Die Sonne war aufgegangen, unser Friedensabkommen war vorbei. Abwesend zog ich mit der Fingerspitze Kreise auf Niks Bauch.

»Felicity«, sagte er mit dunkler Stimme. »Wenn du damit weitermachst, werden wir gleich ganz sicher nicht reden.«

»Oh … *Oh*!« Rasch zog ich meine Hand zurück. »Sorry.«

»Ich wollte damit nicht sagen, dass du aufhören sollst«, gab er amüsiert zurück.

Ich räusperte mich. »Wie spät ist es?«

»Ernsthaft?« Er stieß ein raues Lachen aus. »Na gut. Ungefähr acht vermutlich.«

»Wir verpassen das Frühstück mit deiner Mutter!« Mit einem Ruck setzte ich mich auf. Das viel zu große Hemd rutschte von meiner Schulter und Nik folgte ihm interessiert mit dem Blick.

»Das ist doch erst um neun«, murmelte er abwesend. »Wir haben noch eine ganze Stunde Zeit.«

»Ich hoffe, du willst nichts ernsthaft, dass wir so da auftauchen?« Ich gestikulierte auf seine bloße Brust und mein absolut nicht vorzeigbares Outfit.

»Schön.« Nik seufzte übertrieben leidend. »Wir ziehen uns vorher um. Bleiben immer noch fünfundfünfzig Minuten.« Er schlang einen Arm um meine Mitte und zog mich zurück in die weichen Kissen. »In fünfundfünfzig Minuten kann man eine Menge Dinge machen.«

Ich quietschte und versuchte, mich aus seinem Griff zu winden, musste aber schon bald feststellen, dass ich keine Chance hatte. Ergeben ließ ich den Kopf zurückfallen. »Ich werde eine Ewigkeit brauchen, um meine Haare zu entwirren. Danke übrigens.«

Nik fuhr durch die verknoteten Strähnen. »Setz einen Hut auf.«

»Ganz bestimmt nicht!«

»Na gut.« Er platzierte sanfte Küsse auf der weichen Stelle hinter meinem Ohr. »Wie wäre es mit dreißig Minuten und ich helfe dir bei deinen Haaren?«

Ich schloss die Augen und drehte den Kopf zur Seite, damit er mit den Lippen über meinen Hals fahren konnte. »Zwanzig. Ich will noch duschen.« Das hier war falsch, das war mir klar. Wir sollten es bei dem einem Mal belassen. Jeder wusste, wie solche Dinge endeten. Irgendwer entwickelte Gefühle, irgendwem wurde das Herz gebrochen. Aber ich konnte nicht. Denn als Nik eine Hand unter mein – *sein* – Hemd schob und flüsterte: »Ich schaffe es in neunzehn«, zog sich alles in mir derart zusammen, dass das aufkeimende Verlangen jede Logik erstickte.

Wir schafften es in achtzehn Minuten. Jedenfalls behauptete Nik das. Aber da mir der Stand der Sonne nicht viel mehr verriet als: *es ist nicht Nacht,* hielt ich mich ausnahmsweise mit meinen Kommentaren zurück. Nicht zurückhalten konnte ich jedoch meine Skepsis, als ich wenig später in ein großes Badetuch gehüllt aus dem angrenzenden Bad zurück in mein Schlafzimmer trat und ihn mit einem kleinen Haufen bunter Haarbänder auf meinem Bett sitzend vorfand.

»Du glaubst doch nicht wirklich, dass ich dich an meine Haare lasse?«

»Du hast ein Vertrauensproblem.«

»Und das kommt ausgerechnet von dir?«

»Komm her.« Er klopfte auffordernd auf die Matratze vor sich. »Du lässt mich an deine Haare und ich beantworte ein paar deiner Fragen.«

Widerstrebend ließ ich mich vor ihm aufs Bett sinken und zog die Beine unter den Körper. Seine Finger glitten durch meine noch feuchten Strähnen und begannen geschickt, sie zu entwirren.

»Wir haben gestern nicht an Verhütung gedacht«, murmelte ich und knabberte an meinem Daumennagel. »Oder heute Morgen.« Ich zählte mit und es dürfte eigentlich nichts passiert sein, aber das änderte nichts daran, dass es unglaublich dumm gewesen war.

Zumal es ja nicht nur um eine eventuelle Schwangerschaft ging. Aber interessanterweise machte ich mir in einem Land der Magie wenig Sorgen um Krankheiten, auch wenn ich gar nicht wusste, wo die Grenzen des Möglichen lagen. Das sollte ich dringend herausfinden. Aber wenn Salben Verletzungen über Nacht heilen konnten, hatte sicher jemand einen Trank gegen sexuell übertragbare Krankheiten entwickelt. Die Menschheit war einfach gestrickt. In jeder Welt.

»Ach ja?«, murmelte Nik nachdenklich. »Denkst du, es wird ein Junge oder ein Mädchen?«

Ich drehte mich abrupt herum, um ihn wütend anzufunkeln. »Kannst du das hier bitte etwas ernster nehmen?«

»Hey«, abwehrend hob er die Hände, »sei nicht auf mich sauer, wenn du Mist baust.«

»Wieso denn ich?!«

Ich war bereit, ihm einen hitzigen Vortrag zu halten, warum Verhütung alle Geschlechter anging, aber da grinste er schon überheblich und tippte mir gegen die Nase. »Weil *ich* daran gedacht habe.«

Ich blinzelte überrascht. »Hast du?«

»Glaubst du wirklich, ich riskiere es, uneheliche Erben in die Welt zu setzen?« Er schüttelte den Ärmel seines dunklen Hemdes zurück und zog an einem dünnen Lederband um sein Handgelenk. Ich beugte mich interessiert nach vorn, um den kleinen gelben Stein, der darin eingearbeitet war, zu betrachten.

»Wie genau funktioniert das?«

Nik zuckte mit den Schultern. »Du befindest dich in einem Land der Magie. Würde mich wundern, wenn nicht einer der ersten Zauber überhaupt dafür war, Sex sicher zu machen.« Hah! Sagte ich doch.

»Und jeder kann sich einfach so ein Armband kaufen?«

»Sie sind recht teuer. Die Steine sind selten und der Zauber kompliziert. Die meisten greifen auf Kräuterelixiere zurück, aber die müssen regelmäßig eingenommen werden und einmal vergessen, hätte das Konsequenzen.« Er musterte mich neugierig. »Wie funktioniert das bei euch?«

»So ähnlich«, sagte ich ausweichend und drehte mich herum, damit er wieder an meine Haare konnte. »Wieso kannst du das hier eigentlich?«

»Lange Geschichte.«

»Na, dann ist es ja gut, dass wir gerade Zeit haben.« Ich nahm eines der beigen Kissen auf den Schoß, damit meine Finger etwas zu tun hatten.

Nik schwieg eine Weile, seine Hände hielten inne, dann stieß er die Luft aus und nahm seine Arbeit wieder auf. »Die Ehe meiner Eltern«, begann er langsam, »war nie darauf angelegt, von Dauer zu sein. Meine Mutter stammt aus einer wohlhabenden Fürstenfamilie, deren Vermögen hauptsächlich Grundbesitz umfasst. Dieses Haus gehört auch dazu.« Er verstummte kurz, um ein dunkelblaues Band zu nehmen und damit einen gerade geflochtenen Zopf festzustecken. »Unverheiratet war es ihr nicht möglich, ihr Erbe anzutreten. Die Regel gilt übrigens für alle Geschlechter. Genauso wie es nicht gern gesehen wird, wenn ein Thronerbe den Thron übernimmt, ohne dabei eigene Kinder zu haben.« Nik strich mir das Haar aus dem Gesicht und führte die Strähnen nach hinten, um sie dem Zopf hinzuzufügen. »Der Deal war einfach. Sie schenkt ihm mindestens zwei Kinder, die Ehe existiert nur auf dem Papier und sie mischen sich nicht in das Leben des jeweils anderen ein – was auch beinhaltet, dass meine Mutter den Titel als Königin nie erhalten hat.«

Meine Finger krallten sich in den weichen Stoff des Kissens. »Dann hat sie dich nie aufwachsen sehen?«

»Sie ist länger geblieben, als sie wohl selbst gedacht hat. Ich glaube, ihr war nicht klar, dass sie ihren Kindern gegenüber tatsächlich Gefühle entwickeln würde.«

»Wie alt warst du, als –«

»Sechs«, antwortete er, bevor ich die Frage ausformulieren konnte. »Gwen war etwa vier. Sie hat wochenlang niemanden außer mich an sich herangelassen. Also habe ich mir von unserem Kindermädchen zeigen lassen, wie man flechtet. Diese ganzen Frisuren hat sie damals immer schon gemocht. Das meiste habe ich vergessen, aber«, er fügte ein letztes Band hinzu, »einen Zopf kriege ich gerade noch hin. Willst du dir ansehen, ob ich deine Haare ruiniert habe?«

»Nein.« Ich widerstand dem Drang, mir mit den Fingern über den Kopf zu streichen. »Ich vertraue dir.«

»Schwerer Fehler.« Er lachte, aber es klang nicht ganz so unbeschwert wie sonst.

Den Rest der Zeit beließen wir es bei unverfänglichen Themen. Irgendetwas hatte sich – auch ohne offizielles Friedensabkommen – geändert und ich würde mir gern einreden, dass es von Dauer war. Aber so naiv war ich nicht. Nik hatte mir eines von Gwens Kleidern mitgebracht. Der hellgelbe Stoff fiel mir locker um den Körper und es war schwer, sich an die eigentliche Jahreszeit zu erinnern, als wir an den hübschen Bogenfenstern vorbeigingen. Ich blieb stehen, legte die Hände auf die Fensterbank und sah hinaus auf die Farbpracht, als schnelle Schritte mich den Kopf heben ließen.

Ronan kam den langen Flur auf uns zu gestapft und sah dabei alles andere als glücklich aus.

»Da bist du ja«, sagte er knapp, als er uns erreicht hatte. »Ich habe dich gesucht.«

»Herzlichen Glückwunsch, du hast mich gefunden«, erwiderte Nik nicht ohne leichten Spott in der Stimme. Ich runzelte die Stirn. Was hatte ich denn jetzt schon wieder nicht mitbekommen?

Ronans Blick streifte mich kurz und blieb dann an meinem Hals hängen. »Hübsche Kette.«

»Danke«, murmelte ich und zupfte an dem kleinen Drachenanhänger. »Ist neu.«

»Habe ich mir schon gedacht. Vielleicht sollte Nik seine auch tragen, dann passt ihr zusammen.«

Ich wollte gerade fragen, was er damit meinte, da zog er auch schon ein dünnes Band hervor, an dessen Ende ein kleiner Gegenstand im Sonnenlicht funkelte.

Bevor ich auch nur die Chance hatte, mich zu bewegen, hatte Nik ihm die Kette aus der Hand gerissen und in seine eigene Tasche gestopft.

Ich drehte mich fragend zu ihm herum. »Warum hat Ronan meinen Ring?«

»Weil er darauf aufpassen sollte«, erwiderte Nik kalt, ohne mich überhaupt anzusehen.

»Wolltest du ihn nicht in meine Nähe bringen? Was dachtest du denn? Dass ich dich niederschlage und ihn mir zurückhole?«

»Warum nicht? Ich an deiner Stelle hätte es getan.«

»Sie sollte es jetzt tun«, warf Ronan ein. »Bringt vielleicht etwas Verstand zurück in deinen Kopf.«

Nik fuhr zu ihm herum, die Zähne so fest zusammengebissen, dass seine Kieferpartie deutlich hervortrat. »Ich habe es dir schon gestern gesagt: Halt dich aus Dingen raus, die dich absolut nichts angehen!«

Ronan blieb ungerührt. »Ich habe dir lediglich zurückgebracht, was du mir zur Aufbewahrung gegeben hast.«

Ich musste ihm hoch anrechnen, nicht zurückzuzucken, denn Nik sah aus, als wäre er kurz davor, seinen besten Freund zu schlagen. Mir hingegen wurde das Ganze zu blöd. Ich würde ohnehin nicht erfahren, worum es jetzt schon wieder ging, wollte nicht daran denken, dass mein Weg nach Hause nur wenige Zentimeter entfernt war, und vor allem wollte ich nicht schon wieder in einen Streit geraten. Also ließ ich die beiden einfach stehen. Sie waren sowieso zu sehr damit beschäftigt, sich gegenseitig finster anzustarren, um es zu bemerken.

Ich bog einige Male falsch ab, aber schließlich schaffte ich es in die Eingangshalle und von dort durch eine halb offene Tür in einen großen Speisesaal. Die Wände waren hier in einem hellen Gelb gehalten, mit weißen Holzvertäfelungen und verspielten Stuckverzierungen an der Decke. Ein großer Esstisch, an dem eine ganze Armee Platz hätte, nahm die Mitte des Raumes ein. Und das Essen darauf hätte wohl auch gereicht, um besagte Armee zu versorgen. Exzentrisch … Ich hatte es gestern schon gesagt, aber jetzt wurde es einmal mehr deutlich.

»Felicity.«

Ich fuhr erschrocken herum. Eleanor Beaumont, die inoffizielle Königin, Niks Mutter – keine Ahnung, was davon furchteinflößender war –, stand am Fenster und sah mich mit hinter dem Rücken verschränkten Armen interessiert an. Ihr heutiges Kleid war von einem dunklen Purpur und umspielte ihre hochgewachsene Gestalt, als wäre es aus Wasser. Ich versuchte mich in einem unbeholfenen Knicks, der ihr ein helles Lachen entlockte.

»Das solltest du lernen, wenn du weiter Zeit mit meinem Sohn verbringst. Er begegnet einer Menge wichtiger Leute.«

Das würde nicht der Fall sein, aber ich nickte trotzdem. Ciaran würde Nik sagen, was er wissen musste, ich konnte meine Aufgaben erledigen und dann wäre unsere gemeinsame Zeit vorbei. Interessanterweise erfüllte mich das nicht mehr mit ganz so viel Erleichterung wie noch vor einigen Tagen.

»Nikolas kommt gleich«, sagte ich, um die unangenehme Stille zu durchbrechen, die sich auszubreiten drohte. »Er klärt noch irgendwas mit Ronan. Keine Ahnung, worum es ging, aber es wirkte wichtig und –« Ich brach ab und räusperte mich, als ich bemerkte, einfach draufloszureden. »Er kommt jedenfalls gleich.«

Eleanor lächelte milde. »Unsere Familienessen scheinen das Einzige zu sein, zu dem er nicht überpünktlich erscheint. Ich nehme an, das ist meine Schuld.«

»Er hat mir davon erzählt«, sagte ich, bevor ich darüber nachdenken konnte. »Von Eurem Arrangement mit Eurem … mit dem König.« Meine Wangen wurden warm, als sie überrascht eine Braue hob.

»Hat er das?« Hatte ich gerade einen mir unbekannten Test bestanden? Es fühlte sich jedenfalls so an, als Eleanor einen Stuhl zurechtrückte und mir zunickte. »Setz dich.«

Unsicher kam ich der Aufforderung nach, wobei mein Blick zur Tür glitt. Wo blieben bitte die anderen? Diese Situation wurde von Minute zu Minute unangenehmer und die Tatsache, dass ich absolut keine Ahnung hatte, wie ich damit umgehen sollte, linderte die Anspannung nicht. Niks Mutter nahm zu meiner Rechten am Kopfende des Tisches Platz. Ihr Kleid bauschte sich dabei elegant auf und meine Finger gruben sich in den Stoff meines eigenen.

»Weißt du«, sagte sie und schenkte dabei Tee aus einer rosa gepunkteten Kanne in zwei passende Tassen. »Es interessiert mich nicht, was zwischen erwachsenen Menschen im gegenseitigen Einverständnis passiert – auch wenn mein Zierrasen dabei leiden muss, aber –« Sie brach ab, da ich beinahe die Tasse fallen ließ, nach der ich gerade gegriffen hatte. Ich musste aussehen wie ein Reh im Scheinwerferlicht, denn sie legte beruhigend ihre Hand auf meine. »Ich will dich nicht in Verlegenheit bringen, Felicity. Ich will dich lediglich ermahnen, vorsichtig zu sein.«

Oh bitte, lass das jetzt nicht in ein Gespräch über Verhütung ausarten. Das hatte ich gründlich versaut, aber das hier war zu peinlich. Ich rutschte tiefer in meinen Stuhl und fand die weiße Tischdecke plötzlich wahnsinnig interessant.

Eleanor schob mir meine Teetasse zu. »Bevor du unter dem Tisch verschwindest, lass mich dir nur eines sagen: Ich liebe meinen Sohn mehr als alles andere auf dieser Welt, aber zu deinem eigenen Wohl solltest du dich von ihm fernhalten.«

Mein Blick schnellte wieder nach oben. »Wieso?«

»Weil ich sehe, wie du ihn ansiehst.« Sie rückte das Besteck auf dem Tisch zurecht, obwohl es bereits perfekt gerade lag. »Ich habe meine Kinder nicht großgezogen, also ist vermutlich auch das meine Schuld, aber wenn Nik sich zwischen seiner Pflicht und etwas anderem entscheiden muss, wird er immer Ersteres wählen. Ganz egal, wer auf der anderen Seite steht. Das macht ihn zu einem wundervollen König, aber auch zu einem Mann, den zu lieben nicht ungefährlich ist.«

Ich entspannte mich wieder etwas, griff nach der Tasse und probierte vorsichtig von dem heißen Getränk. Es schmeckte blumig und süß und half, meine Gedanken zu ordnen. »Niemand hat vor, sich zu verlieben.«

»Natürlich nicht«, sagte Eleanor rasch. »Aber Liebe ist ein fragiles Konstrukt und manchmal sieht man ihre zarten Auswüchse erst, wenn sie zerbrochen auf dem Boden der Tatsachen liegen.«

»Ihr habt ihn geliebt, nicht wahr? Niks Vater?« Falls die Frage zu weit ging, ließ sie es sich nicht anmerken. Stattdessen nickte sie langsam, als wäre sie auf einmal tief in ihren eigenen Gedanken versunken. »Es sollte nur eine geschäftliche Beziehung sein, aber ja, das habe ich wohl.«

»Warum seid Ihr dann gegangen?«, fragte ich weiter, nicht in der Lage, meine Neugier im Zaum zu halten.

»Korrigiere mich, wenn ich falschliege, aber du und ich, wir sind beide keine Frauen, die damit glücklich werden, im Schatten eines Mannes zu leben. Ich wollte nie auf dem Thron sitzen, aber auch nicht bis zum Ende meiner Tage danebenstehen.«

»Ich verstehe«, sagte ich, weil ich das wirklich tat. Sie hatte ihre Wahl getroffen, auch wenn mehr als eine Person dafür den Preis bezahlt hatte. Ich nippte erneut an meinem Tee und wünschte mir nichts mehr, als bei meinen Eltern und ihrer herrlich unkomplizierten Ehe zu sein.

In diesem Moment öffneten sich die Türen und Nik und Ronan stapften hinein. Ihre mürrischen Mienen waren nichts im Vergleich zu Coras, die hinter ihnen herkam und entnervter aussah, als es um neun Uhr morgens möglich sein sollte. Ich sah sie fragend an, aber sie verdrehte nur die Augen und winkte in einer *Das-willst-du-nicht-wissen*-Geste ab.

»Da bist du ja.« Nik ließ sich neben mich fallen, wobei sein Arm ganz leicht meinen streifte.

»Da bin ich.« Ich setzte mich unwillkürlich aufrechter hin. »Ist alles in Ordnung?«

»Klar.« Er zog die Teetasse heran, die ihm ein Diener hinstellte, schüttete Zucker hinein und sah grimmig zu, wie die kleinen Kristalle sich auflösten. »Wir mussten nur etwas klären.«

»Ich hoffe, meine Vasen sind heil geblieben«, sagte Eleanor trocken.

Ich schnappte erschrocken nach Luft. »Ihr habt Euch doch nicht etwa geprügelt?!«

»Natürlich nicht.«

Cora schnaubte und Nik warf ihr einen vernichtenden Blick zu. Statt einer Antwort nahm er jedoch nur ein Croissant von einem bedenklich schwankenden Stapel an Gebäck und legte es auf meinen Teller. »Du solltest essen. Wir zwei werden den ganzen Tag unterwegs sein.«

Ich zupfte etwas von dem süßen Teig ab und realisierte erst dann, was er gerade gesagt hatte. »Wir zwei?«

»Ciarans Einladung gilt nur für dich und mich. Wir machen das allein.« Er sah zu Ronan, als forderte er ihn heraus, etwas zu sagen. Dieser verkrampfte den Kiefer und umklammerte das Buttermesser in seiner Hand so fest, dass es den Anschein machte, er müsste sich davon abhalten, es auf Nik zu schleudern. Sah ganz so aus, als hätte ich gerade wenigstens einen Teil ihres Streits herausgefunden.

»Es reicht!« Cora knallte ihre Teetasse auf den Tisch, was die beiden Männer immerhin dazu brachte, ihren Anstarrwettbewerb zu beenden. »Wenn ich diesen Streit noch einmal hören muss, flippe ich aus.«

Ronan stieß entnervt die Luft aus und sah zu Eleanor, die das Geschehen ruhig beobachtete. »Kannst du ihn nicht zur Vernunft bringen?«

Sie betrachtete ihren Sohn nachdenklich. »Ich fürchte, da bin ich machtlos. Ich habe versprochen, mich nicht einzumischen. Was immer ihr da auch mit Ciaran zu schaffen habt.«

»Dann hätten wir das ja geklärt und können uns wichtigeren Dingen widmen.« Nik lehnte sich zufrieden zurück und legte einen Arm über die Lehne meines Stuhls. »Worüber habt ihr gesprochen, bevor wir reingekommen sind? Du warst ganz rot.«

»Das geht dich gar nichts an. Wenn du mitreden willst, musst du lernen, pünktlich zu sein.«

»Ah, ich verstehe. Ihr habt über mich gesprochen.«

»Ja.« Ich seufzte, als bereite es mir größte Schwierigkeiten, es zuzugeben. »Seit ich dich das erste Mal gesehen habe, gibt es in meinem Leben kein anderes Thema mehr als dich. Ich träume sogar von dir.«

Nik beugte sich zu mir hinunter, sodass seine Lippen mein Ohr streiften, und raunte leise genug, dass nur ich es hören konnte: »Der erste Teil mag ein Witz gewesen sein, aber der zweite war es nicht.« Dann richtete er sich wieder auf und warf sich eine Weintraube in den Mund. »Aber ist schon in Ordnung. Diese Wirkung habe ich auf die meisten Frauen.«

»Die Wirkung, dich schlagen zu wollen? Kann ich mir vorstellen.«

Er leckte sich bedächtig den Fruchtsaft von der Unterlippe. »Ich weiß nicht, ob das etwas für mich ist, aber wenn du drauf stehst, können wir es gern ausprobieren.«

Zum wiederholten Male an diesem Morgen wurde mein Gesicht warm. Und weil er ja doch nicht aufgeben würde, ließ ich es ausnahmsweise gut sein und wechselte das Thema. »Wie läuft das ab im Elfenreich und wieso braucht man eine Einladung?«

»Du brauchst keine Einladung.« Nik hatte begonnen, eine Orange zu schälen, und reichte mir die Hälfte. »Aber wenn du beim Übertreten der Grenze nicht sterben willst, ist eine von Vorteil.«

Ronan, mit einem Mal seine schlechte Laune völlig vergessend, lehnte sich aufgeregt nach vorn. »Das gesamte Reich ist von einem Bann umgeben, den du nur überqueren kannst, wenn Ciaran es will. Völlig unsichtbar, aber absolut tödlich.«

»Tödlich im Sinne von?«

»Du wirst durchgebraten wie ein Hühnchen«, übernahm Nik

wieder. Die ganze Sache schien die beiden auf eine groteske Weise so sehr zu begeistern, dass sie sogar ihren Streit beiseitelegten. »Weißt du noch, dieser Freund von deinem Cousin?«

»Oh, Götter, ja! Tausende von Jahren alte Magie, aber er war der Überzeugung, er hätte ein Schlupfloch gefunden.« Ronan schüttelte den Kopf. »Immerhin ging es wohl schnell.«

»Es heißt, ihm sei die Haut von den Knochen geschmolzen, bis nur noch sein Skelett übrig war.«

»Jungs«, Eleanor runzelte die Stirn, »müssen wir das unbedingt beim Essen ausbreiten?«

»Schön.« Nik verdrehte entnervt die Augen. »Zusammenfassend gesagt, willst du es jedenfalls nicht probieren.«

»Und du bist dir ganz sicher, dass wir eingeladen sind?« Ich biss mir auf die Unterlippe. »Also so richtig sicher?«

Er nickte ernst. »Sonst würde ich dich nicht mal in die Nähe dieser Barriere bringen.« Seine Finger strichen fast beiläufig über meinen Arm und ich konnte es einfach nicht über mich bringen, von ihm wegzurücken.

»Ciaran ist doch der Prinz, oder? Warum gehen wir nicht zum König? Oder zur Königin?«

»Wir glauben, dass es gar keinen gibt«, sagte Cora und wickelte sich nachdenklich ihren geflochtenen Zopf um die Hand. »Seit Hunderten von Jahren hat niemand König oder Königin gesehen. Ciaran behauptet zwar, dass es sie gibt, aber ich schätze, das ist nur sein Weg, die Verantwortung abschieben zu können. Er zieht die Strippen, aber wenn es schiefgeht, kann er sagen, dass er bloß Befehle ausgeführt hat. Sie sind ein sehr geheimnisvolles Völkchen, die Elfen.«

Nik sah zu seiner Mutter. »Sie weiß es, aber sie sagt es uns nicht.«

Eleanor lächelte mich über den Rand ihrer Teetasse hinweg vielsagend an. »Mein lieber Sohn scheint meine Fähigkeit, Geheimnisse für mich behalten zu können, nur dann zu schätzen, wenn es ihm dienlich ist.«

Nik hob abwehrend die Hände. »Behalte deine Geheimnisse. Ich weiß auch so, dass wir recht haben.«

»Wenn du meinst.«

Ich lachte und steckte mir den Rest meines Croissants in den Mund. »Woher wisst Ihr es? Wenn es doch ein so gut gehütetes Geheimnis ist?«

»Eine Reihe von Gefallen, die gegenseitig ausgetauscht wurden«, antwortete sie vage. »Ciaran hat unter anderem den Sommer im Garten erschaffen.«

Nik murmelte irgendetwas das wie *Angeber* klang, aber seine Mutter ignorierte ihn. Stattdessen musterte sie mich interessiert. »Wir sprechen offensichtlich dieselbe Sprache und doch scheinst du erstaunlich wenig über unser Land zu wissen. Woher stammst du?«

Ich sah hilfesuchend zu Nik, der bloß mit der Hand durch die Luft wedelte und mich so davon abhielt, zu antworten.

»Das ist dann wohl eines meiner Geheimnisse.«

»Na schön. Vielleicht geht es mich auch nichts an. Ihr werdet schon wissen, was ihr tut.«

Ronan lachte trocken auf, woraufhin Cora ihm mit der Gabel gegen den Arm schlug.

Eleanors Ausdruck wandelte sich von amüsiert zu sorgenvoll. »Nik«, sagte sie vorsichtig. »Du weißt, dass du mit allem zu mir kommen kannst, ja?«

Ich kaute nachdenklich auf meiner Unterlippe herum. Wir waren alle erwachsen, aber gerade fühlte ich mich wie ein Teenager, der hinter dem Rücken seiner Eltern irgendetwas Dummes plante.

Niks Daumen rieb sanft über meinen Nacken, als er seinen Arm zurückzog und aufstand. »Auch wenn einige hier meinen, jede meiner Entscheidungen anzweifeln zu müssen, habe ich alles im Griff. Und damit das so bleibt, müssen wir jetzt los.«

Ich folgte seiner stummen Aufforderung und erhob mich ebenfalls.

»Danke für das Frühstück.«

Eleanor lächelte. »Vielleicht können wir das ja noch mit einem Abendessen fortsetzen.«

»Ich würde nicht damit rechnen«, sagte Nik mit einem seltsam distanzierten Ausdruck in den Augen. »Wir werden spät zurückkommen.«

Kapitel 22

Wir waren bereits einige Stunden geritten, als die kleinen schwarzen Punkte das erste Mal hinter uns am Horizont auftauchten. Ich hätte sie vermutlich gar nicht wahrgenommen, wenn Nik nicht so besorgt gewesen wäre. Der kleine Fluss, an dem wir Rast machten, verdient den Namen eigentlich gar nicht. Es war mehr ein Bach, der sich träge durch das endlose Grasland schlängelte, aber die Pferde nahmen die Möglichkeit zu trinken dennoch dankbar entgegen. Nik hatte seinen Mantel auf dem Boden ausgebreitet und ich saß mit an die Brust gezogenen Knien darauf und genoss die Sonnenstrahlen, die sich durch diesen Novembertag kämpften. Ich trug wieder meine lederne Reisekleidung und hatte meinem schönen Sommerkleid genauso lange hinterhergetrauert, bis wir aus dem Haus getreten und uns mit einem Mal wieder mitten im Winter wiedergefunden hatten. Unbeständiges Wetter war ich durchaus gewohnt, aber dieser rasante Wechsel durch die Jahreszeiten bereitete mir langsam Kopfschmerzen.

»Wir sollten weiter«, murmelte Nik und irgendwas in seiner Stimme veranlasste mich dazu, aufzusehen. Mich mit den Händen im Gras abstützend, drehte ich den Kopf und versuchte zu erkennen, was er sah. Meilenweit erstreckte sich das grüne Grasland, nur hier und da von einem einzelnen Baum oder einer gelblichen Stelle vertrockneten Gebüsches unterbrochen. Es hätte wunderschön sein können, wäre der Anblick nicht schon seit Stunden der gleiche gewesen.

»Was genau sehe ich hier nicht?«, fragte ich und richtete mich vollständig auf.

»Weiter westlich«, antwortete er und fügte auf meinen verwirrten Blick hinzu: »Rechts.«

Ich verengte die Augen und suchte den Horizont ab, bis ich die winzigen Punkte sah, die sich tatsächlich zu bewegen schienen.

»Was ist das?«

»Reiter. Mindestens vier.«

»Wie kannst du das auf diese Entfernung so genau erkennen?«

»Komm.« Nik erhob sich und holte die Pferde heran.

Meine Muskeln protestierten schmerzhaft, aber ich vergaß jegliche Beschwerde, als ich mich das nächste Mal umdrehte und die Punkte inzwischen so groß geworden waren, dass auch ich die einzelnen Reiter und ihre Pferde ausmachen konnte.

Nikolas' Miene nach erübrigte es sich, zu fragen, ob das in dieser Gegend öfter vorkam. Wir trieben unsere Pferde schneller an und ich klammerte die Hände in die Mähne.

Wir waren nur wenige Meter weit gekommen, als der erste Pfeil an uns vorbeiflog. Ich keuchte auf und umklammerte die Zügel instinktiv fester. Aufgrund der halsbrecherischen Geschwindigkeit wagte ich es nicht, einen weiteren Blick zurückzuwerfen.

Ein zweiter Pfeil flog, nicht mehr als ein verschwommener Schatten in der Luft, ein Surren an meinen Ohren. Ich hatte in den letzten Wochen oft Angst gehabt, aber das hier war etwas anderes. Eine kalte Panik, echte Angst. Angst um mein Leben, die mein Herz schneller schlagen ließ als jemals zuvor. Wie in Trance nahm ich wahr, dass Nik an meiner Seite auftauchte.

»Runter«, befahl er knapp und ich *wollte* gehorchen, aber mein Kopf schien jegliche Verbindung zu meinem Körper verloren zu haben.

Er fluchte leise, als ein dritter Pfeil nur Zentimeter an uns vorbeiflog. Entgegen jeden meiner Instinkte wandte ich den Kopf nach hinten. Die Reiter waren jetzt nur noch wenige hundert Meter entfernt. Wehende schwarze Mäntel verdeckten ihre

Gesichter, aber sie kamen schnell näher. Zu schnell. Der Vorderste hob erneut den Bogen und ich beobachtete mit Entsetzen, wie er die Sehne spannte.

»Felicity, runter!« Niks Hand auf meinem Rücken drückte mich grob nach unten. Ich kniff die Augen zusammen, meine Finger krallten sich in die Mähne des Pferdes, mein Herz raste im Takt der Hufe, die über den Boden donnerten – und dann verwandelte sich die Luft in Eis. Beißende Kälte legte sich über meinen Körper, scharfer Wind riss an meiner Kleidung, ich sah auf. Die Welt um uns herum war in undurchdringlichem weißem Nebel versunken. Ich spürte die Bewegungen des Pferdekörpers unter mir, aber ich konnte nichts anderes erkennen außer blendendes Weiß. Irgendwie schaffte mein Körper es trotzdem, weiterzuatmen, auch wenn die kalte Luft in meiner Lunge brannte.

So schnell, wie es gekommen war, war es vorbei. Innerhalb von Sekunden löste sich der Nebel auf, Sonnenstrahlen umhüllten uns einmal mehr und der Geruch nach Winter lag in der Luft. Die Welt war wieder da. Die ganze Situation erinnerte mich so stark an meinen ersten Sprung in diese Welt, dass ich mich hektisch im Sattel umdrehte. Aber dort war noch immer die gleiche Umgebung wie auch zuvor. Mein gerade runtergekommener Puls schnellte nach oben, als mir siedend heiß der Grund für den schnellen Ritt einfiel. Doch unsere Verfolger waren wie angewurzelt stehen geblieben und starrten uns bloß nach.

Wie von selbst wurden die Pferde langsamer und blieben schließlich ebenfalls stehen.

Ich nahm einige tiefe Atemzüge, um meinen zitternden Körper unter Kontrolle zu bringen. »Was zur Hölle war das?«

»Magische Barriere.« Nikolas schnippte ungerührt einen unsichtbaren Schmutzpartikel von seinem Hemd. »Immer etwas beängstigend, aber im Grunde harmlos.«

»Im Grunde harmlos?! Hättest du mich nicht vorwarnen können?«

»Ich konnte nicht riskieren, dass du zögerst.«

»Jetzt gerade riskierst du, dass ich dich umbringe.«

Wir ließen uns von den Pferden gleiten. London stupste sanft mit der Schnauze gegen meine Schulter und knabberte an meinem Haar. Ich lehnte mich gegen den Pferdekörper, meinen Knien noch nicht vollständig vertrauend.

»Hast du dich auch erschreckt?«, murmelte ich leise und strich ihm über den Hals. »Keine Sorge, alles ist gut.«

»Felicity, bitte hör auf, mit dem Pferd zu sprechen, als würde es dich verstehen.«

»Dieses Pferd wurde gerade mit Pfeilen beschossen. Genau wie ich! Und ich werde mit ihm umgehen, wie es mir passt!« Ich atmete noch immer zu schnell und ballte die zitternden Finger zur Faust.

Niks Schritte in dem weichen Gras waren so leise, dass ich zusammenzuckte, als er eine Hand auf meinen Arm legte.

»Geht es dir gut?«

Ich blinzelte und musste zu meinem eigenen Erstaunen feststellen, dass Tränen in meinen Augen brannten.

»Hey«, murmelte er leise und trat näher. Er hob die Hand, zögerte, und als ich nicht zurückwich, fuhr er sanft mit dem Daumen über meine Wange und wischte die Tränen fort. Mein Körper schien mir nicht zu gehorchen, denn obwohl ich versuchte, mich davon abzuhalten, lehnte ich mich wie von selbst in seine Berührung. Sanft strich er über meine Haut und mich überkam der Drang, mein Gesicht an seiner Brust zu vergraben, ich wollte, dass er seine Arme um mich legte, wollte – *Scheiße*. Entschieden trat ich einen Schritt zurück. Sex war eine Sache. Sich von ihm trösten zu lassen, wiederum eine ganz andere.

»Wer war das gerade?«, fragte ich in die unangenehme Stille zwischen uns.

»Weiß ich nicht«, erwiderte er leise. »Und das gefällt mir gar nicht.« Er sah zu unseren Verfolgern, die sich inzwischen abgewandt hatten und wieder zu kleinen Punkten am Horizont wurden. Eine Falte erschien auf seiner Stirn und legte einen so untypischen Ausdruck der Sorge auf sein Gesicht.

»Und warum haben sie gestoppt?«

Niks Schultern entspannten sich etwas. »Wir befinden uns jetzt offiziell auf elfischem Territorium. Niemand überlebt es, ohne Genehmigung über ihre Barriere zu treten.«

Ich sah auf das Gelände hinter uns, das wir noch vor wenigen Minuten überquert hatten. Ruhig und scheinbar harmlos erstreckte sich die weite Wiese in sanften Hügel. Kein Flimmern in der Luft, keine noch so kleine Unebenheit im Boden. Nichts wies darauf hin, dass sich dort mehr befand, als es auf den ersten Blick den Anschein hatte. Ich schluckte, als mir bei der Erinnerung an den eisigen Nebel ein Schauer über den Rücken lief. »Es wäre nett, wenn jemand ein Schild aufstellen würde.«

Nik lachte dunkel. »Kannst du es nicht fühlen?«

»Es«, ich runzelte die Stirn, »fühlt sich ein bisschen an, als würde ein Gewitter aufziehen.« Eine gewisse Spannung lag in der Luft und jetzt, wo ich darauf achtete, machte sich ein bleierner Geschmack auf meiner Zunge breit.

»Kein Gewitter. Das ist die Barriere.«

»Die, die uns die Haut von den Knochen schmilzt?«

»Selbst wenn wir ohne ausdrückliche Genehmigung hier wären, glaube ich kaum, dass Ciaran dir etwas tun würde. Gib mir mal deinen Dolch.«

»Wieso nicht?«, hakte ich nach und war so abgelenkt, dass ich nicht mal darüber nachdachte, sondern ihm einfach die Waffe aus dem Holster an meinem Oberschenkel überreichte.

»Nur so eine Ahnung.« Er nahm die Klinge, drückte sie gegen seine Handfläche und kurz darauf tropfte helles Blut auf den Boden.

Ich schnappte erschrocken nach Luft. »Spinnst du?!«

»Machst du dir etwa Sorgen um mich?« Nik wischte die Klinge an seiner Hose ab und gab sie mir zurück.

»Nein, ich will nur kein Blut an meiner Waffe«, murrte ich,

während ich den Dolch wieder an seinen Platz steckte. »Du hast ein Schwert, falls du es vergessen hast. Was soll das überhaupt?« Ich hatte die Frage gerade beendet, als ein Beben durch die Erde ging. Erschrocken sprang ich einen Schritt zurück. Keine Sekunde zu spät. Schon im nächsten Moment brach der Boden vor unseren Füßen auf. Das Rauschen von Wasser dröhnte übermäßig laut in meinen Ohren, dann klappte mir vor Erstaunen der Mund auf. Grund dafür war allerdings nicht der reißende Fluss, der aus dem Nichts vor uns Gestalt angenommen hatte, sondern der Wald dahinter. Der Wald, der vorher definitiv nicht da gewesen war. Sattes Grün erstreckte sich bis zum Horizont. Es mussten Millionen von Bäumen sein, so dicht, dass es beinahe wie eine solide Wand wirkte. Ich kannte diesen Anblick. Vom Gemälde im Wohnzimmer meiner Grandma. Sie war hier gewesen. Sie war wirklich hier gewesen.

»Atmen«, sagte Nik belustigt und ich holte rasch Luft.

»Da ist ein Wald.«

»Oh, wirklich? Ist mir gar nicht aufgefallen.«

Ich fuhr herum und schlug ihm gegen den Arm. »Hör auf, dich über mich lustig zu machen! Kann ja nicht jeder in einer Welt voller Magie aufwachsen.«

»Hey, kein Grund, gewalttätig zu werden. Möchtest du ein paar Minuten, um mit offenem Mund in die Gegend zu starren?«

»Nein, danke.« Ich sah ihn finster an. »Muss ich mir jetzt auch in die Hand schneiden?«

»Im Gegenteil.« Das amüsierte Funkeln verschwand aus seinen Augen. »Egal, was passiert, ich will nicht, dass auch nur ein Tropfen von deinem Blut diesen Boden berührt.«

»Wieso?«

»Weil Blut in Verbindung mit Magie sehr viel Macht hat, und wenn man nicht aufpasst, kann das unschöne Folgen haben. Also vermeide es, dich zu verletzen, klar? Und jetzt komm.« Er trat auf das Wasser zu.

»Bitte sag mir nicht, dass wir da durch wollen.« Entsetzt starrte ich auf die reißenden Fluten. Der Fluss war ungefähr zwanzig Meter breit, das Wasser wirbelte in rasenden Stromschnellen an uns vorbei. Schaum und herumfliegende Wassertropfen benetzten das Ufer zu unseren Füßen mit einem glitzernden Film. Alles in allem zwar ein schöner Anblick, aber allein beim Gedanken daran, dort hineinzugehen, stemmte ich die Füße in den Boden.

Nik nahm abermals meine Hand und zog mich näher zu sich heran. »Ich dachte, du vertraust mir.«

»Du hast selbst gesagt, dass das eine schlechte Idee wäre.«

Sein Blick wanderte über mein Gesicht und blieb an meinen Lippen hängen. Kurz dachte ich, er würde mich küssen, doch dann streckte er bloß die freie Hand aus und strich mir eine lose Haarsträhne hinters Ohr. »Mach die Augen zu.«

Ich gehorchte. Federleicht strichen seine Lippen über meine Stirn, dann spürte ich, wie er unsere Finger miteinander verschränkte und mich sanft nach vorn zog.

Die Wärme, die von seinem Körper ausging, war selbst durch meine dicke Lederkleidung zu spüren, und ich lehnte mich näher. »Du ertränkst mich jetzt aber nicht im Fluss, oder?«

»Bring mich nicht auf Ideen.«

Wir gingen weiter und ich folgte, auf das Gefühl des weichen Grases unter meinen Schuhen achtend. Einen Fuß vor den anderen. Und noch mal. Mit jedem Schritt erwartete ich, die Kälte des Wassers zu spüren, die Kraft der Wellen gegen meine Beine, aber nichts passierte.

»Du kannst wieder gucken.«

Ich öffnete vorsichtig meine Augen. Wir standen etwa in der Mitte des Flusses und doch fühlte ich, dass wir es auch nicht taten.

»Ist das hier«, ich stockte auf der Suche nach den richtigen Worten, »echt?«

»Natürlich ist es echt. Nur nicht für uns.«

»Was ist bloß aus meinem Leben geworden, dass so ein Satz Sinn ergibt?« Ich beugte mich nach unten und tippte vorsichtig eine Fingerspitze in die schäumende Wasseroberfläche. Als nichts passierte, wagte ich mich weiter vor, bis meine Hand über trockenes, unberührtes Gras strich. »Wie kann die Wiese da sein, wenn der Fluss echt ist?«

»Es ist beides echt.«

»Aber«, ich blinzelte und richtete mich wieder auf, »das ist *unmöglich*.«

»Und das kommt ausgerechnet von der Frau, die munter durch die Welten springt.«

»Ich glaube, mein Kopf explodiert gleich«, sagte ich matt.

»Warte damit noch.« Nik zog mich weiter und einige Sekunden später standen wir auf der anderen Seite des Ufers. Wenige hundert Meter trennten uns jetzt noch von der Waldkante, die dunkel und massiv aufragte. Sonnenlicht fiel auf dichte Baumkronen, aber es war nicht wie in Eleanors Garten. Hier herrschte weiterhin die eisige Kälte des Winters. Trotzdem standen die Bäume in voller Pracht.

»Irgendetwas an diesem Wald ist gruselig«, murmelte ich, ohne es direkt benennen zu können.

»Das wird gleich nicht viel besser.« Nik fixierte die Waldkante und ich wollte gerade fragen, auf was er wartete, als ein Beben durch das Blätterdach ging. Die Schatten verdichteten sich erst, dann teilten sie sich und der massige schwarze Wolf trat ins Licht.

Ich keuchte auf und wollte zurückweichen, aber Niks Griff um meine Hand hielt mich unnachgiebig an Ort und Stelle.

»Nicht«, sagte er leise. »Er wird dir nichts tun.«

»Er hat mir letztes Mal fast den Arm abgebissen!« Ich machte mir nicht einmal die Mühe, meine Stimme ruhig zu halten, während das Untier sich uns nährte.

»Dieses Mal wird er das nicht.« Nik strich mit dem Daumen beruhigende Kreise auf meinen Handrücken, dann ließ er mich los, trat ein paar Schritte nach vorn und ging in die Hocke.

Schatten waberten um die verschwommene Gestalt des Wolfes. Er stieß ein Knurren aus und senkte den Kopf, nur wenige Millimeter von Niks ausgestreckter Hand entfernt. Der Boden erzitterte erneut. Vor meinem inneren Auge sah ich bereits Blut und Knochen splittern, aber nichts dergleichen geschah. Beide verharrten in der Position, den Blick unverwandt in die Augen des Gegenübers gerichtet. Dann neigte der Wolf den Kopf, drehte auf dem Absatz um und trottete davon.

»Er will, dass wir ihm folgen«, sagte Nik und richtete sich wieder auf.

Ich war mir nicht sicher, wie ich mich dabei fühlte, nonverbale Aussagen eines Tieres zu befolgen, das mich noch immer ab und an in meinen Albträumen heimsuchte, aber es sah nicht aus, als bliebe mir eine Wahl. Und irgendwie übte dieser gewaltige Wald eine eigenartige Anziehung auf mich aus. Fast, als ziehe eine unsichtbare Macht mich weiter in die Schatten.

Wir hatten unsere Pferde auf der anderen Seite des Flusses zurückgelassen, wo sie nach Niks Aussage auf uns warten würden. Ohne den starken Pferdekörper unter mir kam ich mir mit einem Mal seltsam klein und ungeschützt vor. Der Wolf schritt in einem gemächlichen Tempo durch den Wald. Selbst die wenigen Lichtstrahlen, die es durch das dichte Blätterdach schafften, machten einen Bogen um seinen Körper. Wo auch immer er auftrat, neigten sich Dickicht und Bäume zur Seite und schafften so eine Passage für uns.

Nik beobachtete das massige Tier nachdenklich. »Ich wollte früher immer so einen haben.«

»Papa hat dir keinen Hund gekauft?«, erwiderte ich, ohne unseren Waldführer aus den Augen zu lassen. »Erklärt so einiges.«

»Du kannst diese Wölfe nicht einfach so kaufen. Sie entscheiden sich für dich. Und auch nur, wenn du zufällig elfisches Blut hast.«

Ich schnaubte. »Krähen, Wölfe … gibt es auch ein magisches Volk, das, keine Ahnung, flauschige Kaninchen hat?«

»Was hast du denn gegen Wölfe?«

»Er ist so groß wie ein Pony!«

»Und er wird noch größer«, mischte sich eine Stimme ein, die ich schon einmal gehört hatte. *In meinem Kopf.* Ich fuhr herum und starrte den Mann an, der mit vor der Brust verschränkten Armen an einem Baum lehnte. »Hallo, Menschenmädchen.« Seine sanfte melodische Stimme bewegte sich wie ein Windhauch durch den Wald und verschwand zwischen den Blättern.

Ich hätte ihn auf etwa Mitte zwanzig geschätzt und damit sicher mehrere Jahrhunderte danebengelegen.

Ciaran betrachtete mich interessiert. »Du hast dir Zeit gelassen.«

Ich schluckte und versuchte mich von der Tatsache, dass ich gerade echter Unsterblichkeit gegenüberstand, nicht einschüchtern zu lassen. »Wir hatten einen langen Weg.«

»Ach, ja? Und das, wo du doch diesen hübschen kleinen Ring hast?«

Mein Blick glitt unsicher zu Nik, dessen Gesicht keine Regung zeigte. »Wir sind hier«, sagte er kühl. »Was interessiert dich das Wie?«

»Mich interessieren viele Dinge.« Ciaran stieß sich von dem Baum ab, und als das Sonnenlicht auf ihn fiel, konnte ich das erste Mal die Feinheiten seiner Erscheinung ausmachen. Von Nahem betrachtet wirkte sein schulterlanges Haar schwarz, doch wenn das Licht es im richtigen Winkel traf, schimmerte es in einem sanften dunklen Grün. Sein Gesicht machte den Eindruck, als hätte jemand einen Menschen zeichnen wollen und bei den Proportionen etwas übertrieben. Hohe scharfe Wangenknochen, eine dünne Nase und stechende Augen, die in den gleichen mysteriösen Farben schimmerten wie auch sein Haar. Augen, die ich auch bereits in meinem Kopf gesehen hatte. Ein Schauer lief mir über den Rücken.

Der Wolf löste sich aus seiner Position und trottete zu seinem Herrn, der ihn sanft hinter den Ohren kraulte. »Entschuldige, wenn Micah dich erschreckt hat. Er ist noch etwas überschwänglich, wenn er eine Aufgabe bekommt.«

»Ja, so kann man es natürlich auch nennen«, erwiderte ich trocken.

Nik legte warnend eine Hand auf meinen Unterarm, doch der Elfenprinz zeigte keine Regung.

»Kommt mit. Ich will mir nicht nachsagen lassen, ein unhöflicher Gastgeber zu sein.« Er drehte sich zu einer hohen Hecke herum, die ziemlich sicher vor einer Sekunde noch nicht da gewesen war. Ohne ein Wort teilte sich das dichte Grün und gab einen bogenförmigen Durchgang frei.

Ich wusste nicht, was genau ich erwartet habe, aber von einer Stadt war weit und breit nichts zu sehen. Die noch immer perfekt reglosen Blätter der Bäume wiesen feine Muster auf und die Stämme waren glatt und dunkel. Kein Anzeichen, dass ein Tier an ihnen geknabbert hatte. Selbst der Boden war mit makellosem grünen Moss bedeckt, nicht ein Blatt war herabgefallen, ganz so, als seien die Bäume eingefroren in ihrem jetzigen Zustand, perfekt geschützt vor Wetter und Jahreszeiten. Ich sah mich neugierig um und Ciaran, der meinen Blick bemerkte, hob eine Braue.

»Wo sind die Häuser?«, fragte ich schließlich und versuchte gleichzeitig, zwischen den Bäumen etwas zu erkennen.

»Wir halten uns von der Stadt fern. Zu viele neugierige Blicke.«

»Wie oft kommen Menschen hierher?«

Er musterte mich eine Weile, dann schlich sich das Grinsen zurück auf sein Gesicht. »Nicht so oft, wie du denkst.«

Ich hatte eine Million Fragen, die in mir brodelten, und je länger ich schwieg, desto höher wurde die Wahrscheinlichkeit, dass sie allesamt auf einmal aus mir heraussprudeln würden.

Ciaran schien meine Gedanken lesen zu können. »Frag ruhig. Ich kann gar nicht genug davon bekommen, von Sterblichen angehimmelt zu werden.«

Den letzten Teil seines Satzes überging ich. Vor allem, da ich mir nicht sicher war, ob er es ernst meinte oder sich über mich lustig machte.

»Wie funktioniert das mit der Magie? Wo kommt sie her?«

Der Elf blieb vor einem ausladenden Baum stehen, dessen Äste über und über mit winzigen hellrosa Blüten übersät waren. »Jedes Volk hat seine eigene Art der Magie. Wir sind ein Teil der Natur. Die Magie ist im Boden, in der Luft, im Wasser. Wir ziehen sie aus der Welt um uns herum. Sie ist in unserem Blut, in jedem Atemzug.« Er strich sacht über eine der hellen Blüten und ich beobachtete fasziniert, wie sie größer wurde, ihre Blätter verlor und zu einer kleinen Frucht wurde. »Wir werden in diesem Wald geboren und sollten wir sterben, tun wir es hier.« Er drehte seine Hand, die Frucht wurde größer und nahm schließlich ein dunkles Violett an. »Wir können den Wald verlassen, aber die Quelle unserer Kraft ist hier und sind wir zu lange fort, so können wir spüren, wie sie schwindet.«

Er pflückte sein Werk und reichte es mir.

Als ich keine Anstalten machte, danach zu greifen, legte er den Kopf schief. »Ich habe nicht vor, dich zu vergiften.«

»Warum sollte ich das denken?«

»Weil dein Menschenprinz hier sicherlich seine Meinung zu mir kundgetan hat.« Er lehnte sich etwas näher zu mir und senkte die Stimme. »Glaub nicht alles, was er so erzählt. Die Liste seiner Geheimnisse kann mit der meinen recht gut mithalten.«

Nik schnaubte verächtlich, aber mir fiel das Gespräch ein, das wir in Eleanors Garten geführt hatten und das durch die nachfolgenden Ereignisse völlig aus meinen Gedanken verbannt worden war.

»Neunundneunzig Dinge, die du mir nicht sagen kannst. Klingt nach einer recht langen Liste«, murmelte ich an Nik gewandt.

»Sag ich doch.« Ciaran warf mir die violette Frucht zu und ich fing sie reflexartig auf.

»Euch ist bewusst, dass das eine literarische Übertreibung war?« Nik versuchte mir das Ding, das sich anfühlte, als würde es irgendwo zwischen Apfel und Pfirsich liegen, aus der Hand zu nehmen. Ich hielt es rasch außerhalb seiner Reichweite. Das war meins und das würde ich behalten und mir zu Hause einen magischen Baum daraus züchten.

»Aber du *hast* Geheimnisse vor mir?«

»Du bist in mein Schloss eingebrochen und hast mir bis heute nicht gesagt, wie oder mit wem. Also hör auf mit deinen Vorwürfen.«

Ciaran bedeutete uns mit einer eleganten Bewegung, weiterzugehen. »Ich bin sicher, wir werden im Laufe des Abends noch die ein oder andere Sache aufdecken. Das hat dieser Wald an sich. Er bringt die Wahrheit hervor.«

»Er macht Witze, oder?«, fragte ich leise genug, dass nur Nik mich hören konnte, doch dieser seufzte nur leidgeprüft.

»Reizender Ort, an den du mich hier gebracht hast«, murmelte ich, musste aber im selben Moment zugeben, dass die Aussage durchaus ihre Berechtigung hatte.

Die Sonne neigte sich allmählich dem Horizont entgegen, und je dunkler es wurde, desto mehr goldene Blumen leuchteten am Wegesrand auf. Fast wie Sterne, die vom Himmel gefallen waren, steckten sie ihre kleinen Köpfe durch das dunkle Moos. Ein Bach floss träge neben dem Weg, über seiner Oberfläche Schwärme von Glühwürmchen.

»Es ist wunderschön«, flüsterte ich, denn es erschien beinahe unangemessen, hier laut zu sprechen.

Ciaran zeigte sich unbeeindruckt. »Nach den ersten hundert Jahren verliert es etwas an Faszination. Aber ihr Menschen reagiert alle gleich.«

»Wie viele Menschen hast du denn nun schon hierhergebracht?«

»Ich weiß es nicht.« Er runzelte die Stirn. »Ein paar Hundert vielleicht?«

Und wie viele konnten wieder gehen? Die Frage lag mir auf der Zunge, aber ich stellte sie nicht. Es war eine von denen, bei der man die Antwort gar nicht wissen wollte.

Der Weg teilte sich schließlich und wurde zu einer kreisrunden

Lichtung, deren Boden mit dickem grünem Gras bedeckt war. Mit flauschigen Kissen ausgestattete Baumstämme lagen wie zufällig da und die Luft war mit einem Mal von Wärme erfüllt.

»Die Sache mit der Magie ist, dass sie immer eine Gegenleistung fordert, einen Ausgleich, wenn du so willst. Einen Preis.« Ciaran trat auf die Lichtung und das satte Gras dämpfte unsere Schritte wie ein Teppich. Halb verfallene Marmorsäulen schlängelten sich aus dem Boden, umrankt von dunklem Efeu. Es sah aus, als habe hier einst ein prächtiger Pavillon gestanden, den der Wald sich im Laufe der Jahre zurückgeholt hatte. Der Prinz der Elfen strich mit einem langen Finger über eine der Säulen und schüttelte den Kopf, wie um einen lästigen Gedanken loszuwerden. »Es ist eine einfache Rechnung. Je mächtiger die Magie, desto höher der Preis.« Er griff in die scheinbare Luft und reichte mir ein Glas, das bis zur Hälfte mit einer honigfarbenen Flüssigkeit gefüllt war. Dann ließ er sich in die Kissen fallen, stützte sich auf den Unterarmen ab und grinste zu mir hoch. »Setzt dich.«

Ich kam der Aufforderung nur zögernd nach, setzte mich an die äußerste Kante des nächsten Kissens, bereit, jederzeit wieder aufzuspringen. Nach Niks Schilderung hätte ich – nun, keine Ahnung, *was* ich erwartet hatte, aber sicherlich nicht das. Nik setzte sich neben mich, so, dass sein Körper mich von dem Elfen trennte. Ich hatte mich in den letzten Tagen so daran gewöhnt, ihn ständig irgendwo zu berühren, dass ich fast automatisch nach seiner Hand gegriffen hätte. Völlig in meinen Gedanken gefangen, setzte ich das Glas an die Lippen und zuckte erst zurück, als der volle, süße Geschmack meinen Mund erfüllte. Nichts weiter passierte und ich senkte das Glas.

»Was tue ich hier?«, fragte ich schließlich und Ciaran verschränkte zufrieden die Arme hinter dem Kopf.

»Mich unterhalten?«

»Hast du keine Freunde?«

»Ich bin über fünfhundert Jahre alt. Verzeih mir, aber da werden auch die besten Freundschaften mitunter langweilig.«

»Fünfhundert«, wiederholte ich nachdenklich. »Damals war eine ganze Menge los.«

»Ach, ja?«

»Mein Ring ist fünfhundert Jahre alt, nicht?«

Ciarans Mundwinkel zuckte. »Möglich.«

»Jemand hat der Fae-Königin die Quelle ihrer Macht gestohlen.«

»Auch möglich.«

»Und das Schloss in Terralore ist ebenfalls etwa fünfhundert Jahre alt.«

»Nun, das kann ich wohl gefahrlos bestätigen.«

»Und, lass mich raten, du hattest bei allen drei Dingen deine Finger im Spiel?«

Er setzte sich wieder auf und sah mich neugierig an. »Was für ein Interesse sollte ich daran haben, ein Schloss in Terralore zu bauen?«

»Was für ein Interesse solltest du daran haben, einen Ring zu schaffen, mit dem man durch die Welten gehen kann?«

»Jetzt hatte ich nicht nur meine Finger im Spiel, sondern habe auch den Ring erschaffen? Du traust mir eine Menge zu, Menschenmädchen.«

»Er ist Elfenhandwerk. Und ich habe einen Namen.«

Ciaran zuckte mit den Schultern. »Ich mache mir nicht die Mühe, die Namen von Sterblichen zu lernen. Kaum hat man sie sich gemerkt, sterben sie sowieso.«

Ich stieß fassungslos die Luft aus und nahm noch einen Schluck von dem süßen Getränk, um mich davon abzuhalten, etwas Dummes zu sagen. »Hast du dir Riyas Namen gemerkt?«

»Die kleine Halb-Fae? Wer sagt, dass ich sie kenne?«

»Naheliegend, nicht?«

»Ist es das?«

»Lass den Mist«, fuhr Nik den Elfenprinzen an, der daraufhin nur unschuldig lächelte.

»Was lassen?«

Die beiden starrten sich so lange an, dass ich irgendwann irritiert die Stirn runzelte. »Guckt ihr euch einfach nur gern in die Augen oder führt ihr die Unterhaltung gerade telepathisch weiter?« Nicht, dass ich den ersten Punkt nicht würde verstehen können. Ciarans Augen waren genauso faszinierend wie der Rest seiner Erscheinung. Das Licht tänzelte über sein Gesicht und beschwor dabei jede vorstellbare Schattierung von Grün, Braun und Schwarz in seinen dunklen Iriden herauf.

»Letzteres«, antwortete der Elfenprinz selbstgefällig. »Es kommt selten genug vor, dass ich in seinen Kopf gucken kann. Das muss ich doch ausnutzen.«

»Du kannst Gedanken lesen? Und niemand ist auf die Idee gekommen, das mal zu erwähnen?!«

»Jeder Elf besitzt diese Fähigkeit. Manche beherrschen sie bloß ein wenig besser als andere. Aber keine Sorge, dein Kopf ist sicher vor mir.«

»Wieso?«

»Weil er weiß, was gut für ihn ist«, knurrte Nik und richtete sich neben mir auf.

Ciarans Miene verrutschte keine Sekunde. »Das weiß ich in der Tat. Auch wenn ich mich selbstverständlich von Drohgebärden eines Menschen nicht davon abhalten lassen zu tun, was auch immer ich will.«

»Also *willst* du meine Gedanken nicht lesen?«

»Das will ich sehr wohl, Menschenmädchen. Aber ich kann nicht.«

»Und wieso nicht?«, fragte ich weiter und dankte gleichzeitig jedem gottähnlichen Wesen dieser Welt dafür.

Wieder sahen sich die beiden Prinzen eine Weile stumm an, dann griff Ciaran ein weiteres Glas aus dem Nichts und leerte es in einem Zug. »Kommen wir zum eigentlichen Thema zurück und zu der Frage, die du vorhin nicht gestellt hast: Ja, Riya war hier. Und ja, sie hat mir den gleichen Handel angeboten wie auch euch.« Asyl im Austausch für Informationen gegen Myra. Und über mich.

»Warum hast du abgelehnt?«, fragte Nik und lenkte mich damit von meinen eigenen Fragen ab.

Ciaran zögerte mit seiner Antwort und es war das erste Mal, dass ein winziger Riss durch seine gleichgültige Maske ging. »Ich gebe nicht oft zu, mich geirrt zu haben, aber womöglich habe ich Riya falsch eingeschätzt. Ich ging davon aus, sie habe nicht mehr als den Fetzen einer Vision, eine alte Legende und eine überschäumende Fantasie. Es konnte ja niemand ahnen, dass dein Menschenmädchen plötzlich auftaucht mit einem Ring, der eigentlich seit einem halben Jahrtausend nicht mehr existieren sollte.«

»Riya ist tot«, sagte Nik knapp und ich konnte die Bitterkeit aus seiner Stimme hören. Fast unmerklich schob ich meine Hand zur Seite und berührte mit meinem kleinen Finger den seinen.

Ciaran zeigte sich unbeeindruckt. »Nicht weiter überraschend. Zu viel rebellische Ader, zu wenig Überlebensstrategie. Ich habe sie gewarnt, sich mit Myra anzulegen, sie wollte nicht hören.«

»Wieso sollte der Ring nicht mehr existieren?«, fragte ich neugierig.

Ciarans Mundwinkel hoben sich, als habe er schon die ganze Zeit auf diese eine Frage gewartet. »Weil deine Großmutter mir geschworen hat, ihn zu vernichten.«

Mein Glas rutschte mir aus der Hand und ich sah zu, wie es in Zeitlupe zu Boden fiel. Kaum auf der Erde aufgeschlagen, verwandelte es sich in Tausende winziger Wasserperlen, die glitzernd in alle Richtungen stoben.

Der Elfenprinz verfolgte jede meiner Bewegungen. »Es war ihr Wunsch«, fuhr er dann fort und seine Worte drangen wie durch Watte zu mir durch. »Sie fand, es sei nicht richtig, dass jemand die Grenzen zwischen den Welten überschreitet. Mir persönlich war das völlig egal, aber es war schwer, ihr etwas abzuschlagen.«

»Du kanntest meine Großmutter? Vor fünfhundert Jahren?«

Meine Finger zitterten, als ich nervös an meinem Daumennagel knabberte. »Wie?«

Ciaran erhob sich und die Art, wie er langsam um mich herumging, erinnerte an eine Raubkatze. »Weshalb glaubst du, dass du hier bist?«

»Ich bin der Schlüssel«, wiederholte ich die Worte, die ich bereits so oft gehört hatte und die dennoch keinen Sinn ergeben wollten.

»Felicity war der Schlüssel.«

»Ich *bin* Felicity!« Wütend sprang ich auf. Keine Ahnung, wo das auf einmal herkam, aber der Zorn war da und er verlangte nach Antworten.

Ciaran schnalzte unbeeindruckt mit der Zunge. »Du bist eine Kopie von ihr. Ihr habt eine erstaunliche Ähnlichkeit und du trägst ihren Namen, aber du bist nicht sie.«

»Aber *sie* ist tot und ich bin hier, also wäre es wirklich super, wenn irgendjemand mal anfangen könnte, Klartext zu sprechen!« Ich musste mich mit aller Macht davon abhalten, aufgeregt auf- und abzugehen. Das Pochen hinter meinen Schläfen war gerade dabei, sich zu einem ausgewachsenen Kopfschmerz hochzuarbeiten. Kraftlos ließ ich mich auf die Kante meines Kissens sinken und sah zum Elfenprinzen. »Sind wir verwandt?«

»Naheliegend, aber nein«, antwortete er belustigt. »Was nicht daran liegt, dass wir es nicht versucht hätten.«

Ich verzog das Gesicht. So viel Zeit musste sein. »Das Wesentliche. Bitte.«

Ciaran lachte und reichte mir ein neues Glas. Ich nahm es, auch wenn ich nicht vorhatte, noch einen Schluck von diesem seltsamen Zeug zu trinken.

»Magie ist sehr eigen«, erklärte er dann. »Sie folgt ihren eigenen Regeln und eine dieser Regeln besagt, dass es nicht möglich ist, zwei Magielinien zu kreuzen. Die verschiedenen Kräfte töten jedes ungeborene Leben, noch bevor es die Chance hätte, sich zu entwickeln.«

»Zwei Magielinien«, wiederholte ich langsam. »Weil du ein Elf bist und meine Großmutter …«

»Eine Fae war«, vervollständigte er meinen Satz. »So richtig schnell von Begriff bist du aber nicht, oder?«

Wäre der Wald um mich nicht ohnehin schon völlig reglos, hätte die Welt spätestens jetzt gestoppt. Jeder Herzschlag dröhnte unnatürlich laut in meinen Ohren, während ich versuchte, Ciarans Worte in eine Reihenfolge zu bringen, in der sie irgendeinen Sinn ergaben. Mehrmals setzte ich zum Sprechen an, jedes Mal ließ ich es doch wieder sein. Schließlich tat ich das, was ich in den letzten Tagen immer getan hatte, wenn diese äußerst verwirrende Welt noch verwirrender wurde: Ich sah zu Nik. Ich hatte erwartet, dass er genervt die Augen verdrehte, weil der Elf mich zum Narren hielt oder wütend den Kiefer zusammenpresste, weil Ciaran sich über uns lustig machte, aber stattdessen sah er stumm auf einen Moosfleck an einer nahen Säule. Das war alles, was ich wissen musste. Ciaran machte keine Witze. Und Nik …

»Du hast es gewusst.«

»Natürlich hat er es gewusst.« Ciaran schwenkte in übertriebener Begeisterung sein Glas durch die Luft. »Darf ich ihr das Beste erzählen?«

Schneller als irgendjemand reagieren konnte, war Nik aufgesprungen, hatte den Elfenprinzen am Kragen gepackt und gegen die nächste Marmorsäule gedrückt.

»Schluss damit!«, knurrte er wütend. »Wir sind nicht hier, um deiner Belustigung zu dienen!«

»Nein«, erwiderte Ciaran seelenruhig. »Du willst meine Hilfe. Und die kriegst du nur, wenn ich in der richtigen Stimmung dazu bin. Also schlage ich vor, du setzt dich schön brav auf deinen Platz und wir spielen alle zusammen eine Runde Wahrheit.«

Der Rest ihrer Unterhaltung schien stumm zu erfolgen, doch das war mir egal. Ich sah auf die goldene Flüssigkeit in meinem Glas und kippte dann alles hinunter in der Hoffnung, es würde Alkohol enthalten. Nüchtern würde ich diesen Tag nicht mehr lange ertragen. Das leichte Brennen in meinen Hals deutete an, dass ich mir wenigstens in diesem Bereich Hoffnungen machen konnte.

Eine Berührung an meiner Schulter ließ mich aufschrecken und in Niks dunkle Augen blicken, die mich besorgt ansahen. Für einen Moment verlor ich mich in den endlosen goldenen Sprenkeln darin. »Alles in Ordnung?«

»Ja. Nein … Ich weiß nicht.« Ich wusste es wirklich nicht. Ich wusste nicht einmal, ob ich näher zu ihm rücken oder ihn von mir stoßen wollte. Was ich wusste, war, dass mir gerade alles viel zu viel wurde. Ich schüttelte Niks Hand ab und stand auf. Ich brauchte Abstand, um klar denken zu können. »Was bedeutet das? Was heißt das für mich? Was *bin* ich?«

»Nun«, Ciaran legte nachdenklich den Kopf schief, »das lässt sich nicht so einfach sagen. Deine Großmutter war sehr mächtig und ich kann spüren, dass du einen Teil ihrer Macht in dir trägst, sonst würde der Ring niemals bei dir funktionieren. Ob du diesen Teil auch nutzen kannst, ist eine ganz andere Frage. Das käme auf eine ganze Reihe von Tests an.«

»Du wirst sie nicht anrühren!«

»Schluss damit!«, fuhr ich Nik an. »Hör auf, hier einen auf Beschützer zu machen. Du wusstest es! Alles! Meine ganze Welt bricht gerade zusammen und du wusstest es! Und es ist dir nicht einmal in den Sinn gekommen, mir wenigstens einen Hinweis zu geben?!«

»Es macht keinen Unterschied! Du musstest es nicht wissen!« Er ballte die Faust, ließ die Finger wieder los und holte tief Luft. »Ich habe dich von der ersten Minute an von meinen Leuten beobachten lassen, nach jedem noch so kleinen Beweis von Magie Ausschau gehalten. Du hast einige Eigenschaften, die auf ein Fae-Erbe zurückzuführen sind, ja, aber du zeigst keine Anzeichen von bewusst steuerbaren Kräften!«

»Und das macht es besser?!«, schrie ich fassungslos. Es war mir egal, dass Ciaran uns mit unverhohlener Belustigung beobachtete.

Es war egal, dass durch meine Stimme einige dunkelgrüne Motten erschrocken aus dem Moos aufstoben und feiner Goldstaub über uns niederrieselte. Alles, was mich jetzt gerade interessierte, war das Gefühl von Verrat, das die Wut in mir anstachelte. »Du hast kein Recht zu entscheiden, was ich wissen muss und was nicht!«

»Ich bin dir keinerlei Rechenschaft schuldig!«, entgegnete Nik und jetzt war auch seine Stimme von Zorn durchzogen, auch wenn ich glaubte, das dies eher dem Elfenprinzen als mir galt.

»Was ist der angeblich *beste Teil*?«, fragte ich unvermittelt, denn jetzt wollte ich alles wissen. Ich musste.

Nik biss die Zähne zusammen. »Das hat nichts mit dir zu tun.«

»Das klang aber gerade ganz anders!«

»Felicity.« Er trat einen Schritt auf mich zu, blieb aber sofort stehen, als er meinen mörderischen Blick sah. »Ich verspreche, dass ich dir alles erklären werde. Aber nicht hier. Nicht jetzt.«

Ich drehte mich wortlos zu Ciaran. »Sagst du es mir?«

Der Elf hob eine dunkle Braue. »Hast du dich nie gefragt, warum er sich so sicher war, dass du die richtige Felicity bist?«

»Ciaran!«, rief Nik.

»Was denn?« Der Unsterbliche stieß ein Lachen aus. »Glaubst du, sie setzt sich jetzt wieder hübsch hin und hört auf, Fragen zu stellen?«

»Lass mich es ihr erklären.«

»Ich glaube, du hattest deine Chance.« Er hob eine Hand als unmissverständliche Warnung, seine Magie einzusetzen, sollte Nik ihn erneut unterbrechen. »Also, Nicht-Menschenmädchen, er hatte nur einen Namen. Wieso war er sich so sicher, dass du die Felicity bist, nach der er gesucht hat?«

»Ich hatte den Ring?«

»Jeder kann von sich behaupten, einen magischen Gegenstand an sich gebunden zu haben. Du hättest den Ring überall gefunden haben können. Wollte er einen Beweis, dass du ihn auch wirklich beherrschen kannst?«

Ich schüttelte stumm den Kopf.

Ein raubtierhaftes Grinsen machte sich auf Ciarans Gesicht breit. »Was war es dann?«, fragte er leise. »Was war es, das ihm unmissverständlich klar machte, dass du die Richtige warst?«

»Ich weiß es nicht.« Meine Stimme war nicht viel mehr als ein Flüstern. Ich sehnte die Antwort zu gleichen Teilen herbei, wie ich sie auch fürchtete.

»Weißt du, dass du deiner Großmutter, der originalen Felicity, zum Verwechseln ähnlich siehst?«, fragte er, obwohl er die Antwort darauf natürlich kannte.

Ich nickte langsam. »Aber Nik kannte sie nicht …«

»Aber er kennt ihre Zwillingsschwester. *Amyra*. Obwohl er sie wohl bei ihrem Spitznamen nennt. Du weißt schon, wie man das unter ehemaligen Geliebten eben so tut.«

KAPITEL 23

Dunkelheit hatte sich über den noch immer reglosen Wald gelegt. Als wäre es ein Spiegelbild des Himmels, waren nach und nach hunderte winzige Blumen aus dem Moos erwachsen, ihre filigranen Blätter ein strahlendes Gold. Ich hatte versucht, eine der Pflanzen zu berühren, aber sobald mein Finger in Kontakt mit ihrer Oberfläche kam, war sie zusammengeklappt, hatte sich zurück in den Boden verzogen und erst einige Minuten später wieder hinausgetraut. Um nicht noch mehr der wunderschönen Pracht zu verschrecken, war ich so vorsichtig wie möglich über den Waldboden gegangen und hatte mich am Ufer des kleinen Baches mit angezogenen Beinen gegen einen Baum gelehnt. Selbst das leise gurgelnde Wasser schien von innen zu leuchten. Abgesehen von den Geräuschen des Baches war es totenstill. Kein Wind, der durch die Bäume fegte, kein Knacken im Geäst, nicht einmal das Rufen eines Vogels.

Seufzend lehnte ich den Kopf gegen den Stamm hinter mir und schloss die Augen. Nach Ciarans Enthüllung über den *besten Teil* dieses ganzen Irrsinns konnte ich gerade keinen der beiden Prinzen ertragen. Weder den menschlichen, der mich nur mit dieser Maske der kompletten Emotionslosigkeit ansehen konnte, noch den elfischen, für den wir gerade die Protagonisten des abendlichen Unterhaltungsprogrammes darstellten. Hatte ich gestern noch geglaubt, mein Leben wäre völlig verrückt geworden, wurde mir jetzt erst klar, wie sehr das stimmte.

Etwas Kaltes strich über meinen Handrücken, und als ich nach unten sah, wand sich ein Schatten vor mir über den Boden. Ich musste nicht lange suchen, bis ich den Wolf entdeckte, der zwischen zwei Bäumen stand und mich ruhig musterte.

»Micah, richtig?« Fremden Hunden sollte man nicht in die Augen sehen, aber ich konnte nicht anders, als in die des massigen Tieres zu starren. Schwarz wie die Nacht um uns herum, so dunkel, dass es unmöglich war, Pupille und Iris zu unterscheiden, und doch beruhigte irgendwas darin meinen Herzschlag. Der Wolf neigte den Kopf, zuckte mit einem Ohr und trottete dann näher. Ich hätte gern eine Hand nach seinem Fell ausgestreckt, aber ich erinnerte mich noch viel zu gut an das Gefühl seiner Zähne in meiner Haut. Als hätte er den gleichen Gedanken, stupste im nächsten Moment eine Schnauze gegen meine Schulter und eine Zunge, so groß wie mein Unterarm, leckte mir quer übers Gesicht.

»Danke, dass du mich nicht auffrisst«, murmelte ich und schob den massigen Kopf zur Seite. »Aber das ist echt eklig.«

Micah verzog die Lefzen zu einem Grinsen. Jedenfalls hoffte ich, dass es ein Grinsen war. Konnte auch sein, dass er sich das mit dem Auffressen noch einmal anders überlegte.

»Hat Ciaran dich geschickt?«, fragte ich und hob zögernd eine Hand, um eines der plüschigen Ohren zu streicheln. Der Wolf blinzelte einmal langsam, was ich als Ja wertete. Dann schnaubte er mir einen Schwall warme Luft ins Gesicht, drehte sich auf den Rücken und streckte die Beine in die Luft. Leise lachend kraulte ich den mir angebotenen Bauch.

Eine Weile saßen wir so da, Micah mit zufrieden geschlossenen Augen, meine Hand in seinem schwarzen Fell vergraben. Dann rappelte der riesige Wolf sich mit einem Mal auf und fixierte einen Punkt über meiner Schulter. Ich musste mich nicht umdrehen, um zu wissen, was er sah. Zuvor war es mir nie gelungen, eine passende Beschreibung für Niks Geruch zu finden, aber jetzt hatte er sich wohl für immer als Sommernacht im Winter in meinen Kopf gebrannt. Wärme und Vertrautheit in einer kühlen, alles durchdringenden Klarheit.

Lautlos setzte er sich neben mich, war aber immerhin klug genug, Abstand zu wahren. Keiner von uns sagte ein Wort und ich hasste es, dass ich es war, die das Schweigen zuerst brach. »Wie ähnlich sehe ich ihr?«

»Es ging nie darum, wie –«

»Wie ähnlich sehe ich ihr?«, wiederholte ich lauter als beabsichtigt. »Antworte einfach! Antworte ein verdammtes Mal auf eine Frage!«

»Was willst du von mir hören?«

»Die Wahrheit! Ist das zu viel verlangt?!«

»Schön!« Nik presste die Kiefer zusammen. »In dieser ersten Nacht, dachte ich für eine Sekunde, du wärst sie!«

Ich wandte mich ab, als sich die Worte wie ein Stein in meinen Magen legten.

»Es war eine einzige Sekunde. Ciaran übertreibt. Ihr seht euch nicht so ähnlich, dass man euch verwechseln würde«, fuhr er leiser fort. »Aber die Verwandtschaft ist nicht zu übersehen. Hättest du mir nicht von deiner Großmutter erzählt, ich hätte gedacht, dass du Myras Tochter bist und nicht ihre … Großnichte. Oder was auch immer. Aber du bist *nicht* sie.«

»Und wann hast du das festgestellt?«

»Du hast mich dazu gebracht, Oliver und Gray ihre Jobs behalten zu lassen, nachdem sie es nicht geschafft hatten, dich bei deinen Ausflügen in die Stadt im Auge zu behalten.«

»Myra hätte sie vermutlich liebend gern dafür hingerichtet, hm?«

»Sie hätte sich noch weitaus schlimmere Dinge einfallen lassen. Und sie hätte sicherlich nicht ihren einzigen Blankowunsch bei mir dafür geopfert, einem völlig Unbekannten das Leben zu retten.«

»Na, dann habt ihr ja eines gemeinsam.« Ich stand auf und klopfte den nicht vorhandenen Dreck von meiner Hose. »Ihr seid es beide nicht wert, auch nur einen Gedanken an euch zu verschwenden.«

»Du kannst nicht lügen.«

Ich erstarrte. Dann, ganz langsam, wandte ich mich ihm wieder zu. »*Was*?«

»Das meinte ich mit Eigenschaften, die auf dein Fae-Erbe zurückzuführen sind. Es liegt nicht an mir, dass ich so genau weiß, wenn du nicht die Wahrheit sagst. Du kannst einfach nicht lügen.«

»Klasse.« Ich presste die Lippen zusammen. »Was noch?«

»Du verfügst über beachtliche Selbstheilungskräfte. Jedenfalls soweit ich sehen konnte.«

Mein Blick glitt zu Micah, der auf den Hinterbeinen saß und uns aufmerksam beobachtete. Ich zweifelte nicht daran, dass er seinen Herrn über jedes Wort, das hier gesprochen wurde, informieren würde.

»Als er mich gebissen hat und die Wunde geheilt ist …«

»Das war nicht er. Das warst du.«

»Oh.« Das war zur Abwechselung mal etwas, das ich nicht sofort unter *beschissen* abspeichern musste.

»Oh? Das ist alles, was du dazu sagen willst?«

»Das ist alles, was ich dir dazu sagen will. Ich finde schon jemanden, der meine Fragen beantworten kann und mich nicht schon seit Wochen belügt.«

Nik erhob sich in einer fließenden Bewegung. »Ich habe dich nie angelogen.«

»Oh, richtig! Dann ist es wohl meine Schuld, dass ich nicht zufällig auf die Idee gekommen bin, zu fragen, ob ich eventuell nicht ganz menschlich bin! Sag mal, willst du mich eigentlich verarschen?!« Ich ballte meine Fäuste so heftig, dass sich meine Fingernägel in die Handflächen gruben. Micah stand auf, gähnte und verschwand dann zwischen den Bäumen. *Verräter*.

»Es ist nicht meine Aufgabe, dich über deine verrückten Familienverhältnisse aufzuklären.« Mein Ausrasten schien Nik nicht im

Mindesten zu beeindrucken. Im Gegenteil, er trat näher und ich musste aufsehen, um ihn weiterhin wütend anfunkeln zu können.

»Ich habe dir vertraut! Ich habe mit dir geschlafen, während du … Gott, während du dir vorgestellt hast, es mit einer fünfhundert Jahre älteren Unsterblichen zu tun, die dich umbringen wollte und zufällig genauso aussieht wie ich! Weißt du eigentlich, wie krank das ist?!«

»Unterstell mir keine Dinge, die nie passiert sind!« Nik trat einen weiteren Schritt auf mich zu und ich wich zurück, bis mein Rücken gegen den Baum hinter mir stieß. »In dieser Nacht ging es um dich und mich und um niemanden sonst.« Er legte einen Finger unter mein Kinn und zwang mich, ihn anzusehen. »Wir schulden uns nichts, Felicity. Und schon gar nicht schulden wir uns die Wahrheit!«

»Ich gebe dir trotzdem eine Wahrheit«, sagte ich und ignorierte das Brennen seiner Berührung auf meiner Haut. »Ich glaube, du wusstest sehr genau, wie dieser Tag sich entwickeln würde. Ich glaube, du hast gehofft, dass Ciaran genau das tut, was er getan hat, damit du nicht derjenige sein musst, der das zerstört, was zwischen uns war. Und ich glaube, dass das der wirkliche Grund ist, warum du nicht wolltest, dass Ronan heute hier ist. Weil dein bester Freund nicht sehen soll, wie du dich immer und immer wieder selbst sabotierst.«

»Eine Wahrheit für eine Wahrheit?« Wir standen inzwischen so nah voreinander, dass ich Niks Atem auf meinen Lippen spüren konnte. »Denn ich glaube, es wäre völlig egal, wer es dir gesagt hätte. Du hast gemerkt, dass du mich nicht hassen kannst, und du bist froh, einen Grund gefunden zu haben, an den du dich klammern kannst. Einen Grund, mich zu dem zu machen, der ich schon die ganze Zeit in deinem Kopf war.«

Ich biss die Zähne zusammen. »Du warst nie irgendwer anders.«

»Und *das*«, raunte Nik, »war deine erste Lüge.« Er beugte sich weiter vor, bis seine Lippen beinahe über meine strichen. »Probiere es noch einmal. Sag mir, dass du mich so sehr verachtest, dass dir das hier egal ist. Sag mir, dass nicht jede Zelle deines Körpers gerade danach verlangt, dass ich dich küsse.« Sein Körper drängte gegen meinen. »Sag mir, dass ich aufhören soll.«

»Ich …« … hob eine Hand, ohne zu wissen, ob ich ihn damit wegstoßen oder näher zu mir ziehen wollte.

Nik nahm mir die Entscheidung ab. Schlagartig wechselte seine Miene. Er schluckte, schlug den Blick nieder und trat einen Schritt zurück. »Entschuldige. Das ging zu weit.«

Ja, ging es. Aber das war nicht das Problem. Das Problem war, dass ich so kurz davor gewesen war, meine Hände in seinem Haar zu vergraben, ihn zu küssen und vielleicht noch einmal viel, viel weiter zu gehen.

Ich setzte zum Sprechen an, brach dann aber doch ab. Es gab keine Wahrheit, die ich ihm sagen wollte, und jede Lüge würde er ja doch erkennen. Es war alles gesagt worden, was gesagt werden musste.

Die Lichtung hatte sich verändert, als wir zurückkehrten, und für einen kurzen Moment fürchtete ich, wir wären irgendwo falsch abgebogen. Statt einer grünen Wiese mit flauschigen Kissen bestand der Boden nun aus dunklem, makellosem Marmor, der den Sternenhimmel darüber spiegelte. In der Mitte befand sich ein steinerner Thron, auf dem Ciaran in einer so gar nicht prinzlichen Haltung lümmelte. Die langen Beine über eine Armlehne gelegt, sah er uns mit dem Kinn in die Hand gestützt an.

Ich hob fragend eine Braue. »Du hast umdekoriert?«

»Irgendwie musste ich mir ja die Zeit vertreiben, während du dein Leben verarbeitet hast. Was dir übrigens erstaunlich gut gelungen ist. Ich bin beeindruckt, Menschenmädchen.«

»Das nennt man Verdrängung.« Ich ging zur linken Seite der ehemaligen Lichtung, an der auf einem ebenfalls schwarzen

Marmortisch ordentlich aufgereihte Gläser standen, allesamt mit derselben goldenen Flüssigkeit gefüllt wie vorhin.

»Verdrängung«, wiederholte Ciaran. »Das ist sehr menschlich.«

»Ich *bin* ein Mensch, falls du es vergessen hast.« Das *Jedenfalls-zum-größten-Teil* verkniff ich mir. So weit war ich noch nicht. Ich griff nach einem Glas.

Niks Blick traf mich von der Seite. »Ich glaube nicht, dass das eine gute Idee wäre.«

Um so besser. Ich lächelte süß, hob das Glas und leerte es in einem Zug. Die Zeiten, in denen er mich herumkommandieren konnte, waren vorbei.

Nik runzelte die Stirn auf die Art und Weise, wie er es immer tat, wenn er sich über mich ärgerte, ließ es aber ansonsten gut sein. Stattdessen wandte er sich an Ciaran. »Riya sagte, die Elfen kennen die gesamte Geschichte.«

Ciaran lehnte sich auf seinem steinernen Thron zurück. »Das ist etwas zu generalisiert. Ich kenne die gesamte Geschichte. Felicity kannte sie natürlich auch. Aber wir waren die Einzigen. Es ist immerhin ein halbes Jahrtausend her.«

»Warum dann jetzt?«, fragte ich und lehnte mich mit verschränkten Armen gegen eine der steinernen Säulen. »Wenn es so lange ruhig war, warum jetzt die ganze Aufregung?«

»Na, wegen dir, kleines Menschenmädchen. Du hast den Ring zurückgebracht und damit jedes magische Wesen alarmiert. Wir alle haben die Erschütterung gespürt, als du durch die Grenze unserer Welt gestolpert bist. Nicht gerade elegant.«

Wütend funkelte ich ihn an. »Das liegt vielleicht daran, dass ich das gar nicht wollte! In einem Moment sitze ich auf einer Parkbank und im nächsten ist alles voller Nebel und ich bin hier.«

»Wie gesagt«, Ciaran zuckte mit den Schultern, »Magie hat ihren eigenen Willen. Vielleicht hatte der Ring genug davon, irgendwo rumzuliegen.«

»Was, wenn ich einfach zurückgehe und keine Ahnung – ihn ins Meer werfe? Oder einschmelze?«

»Das hat mir deine Großmutter auch versprochen. In fast genau dem gleichen Wortlaut. Damals war es mir egal. Aber ich habe Myras Hartnäckigkeit unterschätzt. Nein.« Er schüttelte den Kopf. »Ihr besorgt mir die Quelle und ich sorge dafür, dass sie Myra niemals wieder in die Hände fallen kann. Dann kann der Ring keinen Schaden mehr anrichten.«

»Oh, warte mal.« Nik sah den Elfenprinzen ungläubig an. »Du denkst wirklich, dass ich dir freiwillig den mächtigsten magischen Gegenstand überhaupt in die Hand lege? Spinnst du?«

»Was wäre denn die Alternative?«, fragte Ciaran spöttisch. »Willst du ihn unter deine Matratze packen?«

»Vielleicht will er ihn ja Myra geben«, murmelte ich.

»Nein, verdammt!«, knurrte Nik. »Natürlich nicht! Aber *ihm* will ich ihn auch nicht geben.« Er machte eine vage Geste zum Elfenprinzen, der daraufhin nur entnervt die Augen verdrehte.

»Um was für einen Gegenstand geht es hier eigentlich?«, fragte ich.

»Es ist ein altes Schwert.« Ciaran wedelte ungeduldig mit der Hand durch die Luft.

Ich lachte trocken auf. »Na, das ist ja mal so gar nicht klischeehaft.«

»Wir hatten damals leider keine Zeit, einen Gegenstand zu finden, der besser in dein ästhetisches Empfinden passen würde«, gab er angesäuert zurück. »Er musste aus Eisen sein und stabil genug, um bei Aufnahme der Magie nicht zu zerbrechen.«

»Warum denn ausgerechnet Eisen?«

»Weil es Fae-Magie bannen kann«, antwortete Nik und Ciaran nickte zustimmend.

»Aber es kann sie auch wieder abgeben und deshalb muss das Schwert jemand bekommen, der mit Magie umzugehen weiß. Und das bist sicherlich nicht du, Menschenprinz.«

»Also, wenn es nach mir ginge, würde ich das Ding keinem von euch geben«, sagte ich und fuhr mit dem Finger den Rand meines leeren Glases entlang.

»Na dann ist es ja gut, dass du nichts zu sagen hast.« Niks herablassender Tonfall ließ mich wütend die Zähne zusammenbeißen.

»Eigentlich habe ich das schon. Immerhin bin ich die Einzige, die zur Quelle gelangen kann. Oder zum Schwert oder was auch immer. Ihr könnt euch noch so lange darüber streiten, was ihr macht, *nachdem* wir da waren, ohne mich wird es gar nicht so weit kommen. Richtig?« Herausfordernd sah ich die beiden Männer an.

»Richtig«, gab Nik gepresst zu.

Ciaran betrachtete mich eine Weile nachdenklich. Dann lehnte er sich zurück und schlug die Beine übereinander.

»Na gut, Menschenmädchen«, sagte er in seiner melodischen Stimme, in der jetzt auch ein Hauch von Belustigung mitschwang. Oder war es Überraschung? »Dann lass mal hören.«

Ich blinzelte verwirrt. »Was meinst du?«

»Was ist dein Preis? Darauf läuft diese ganze Diskussion doch hinaus, oder? Was ist es, das du für deine Hilfe willst?«

Ich wollte ihm schon widersprechen, biss mir aber rechtzeitig auf die Zunge. »Ich will die ganze Geschichte hören«, sagte ich schließlich. »Alles, was damals passiert ist.«

»Willst du nicht. Glaub mir.«

Dieses Mal wich ich seinem stechenden Blick nicht aus. »Ich will sie hören.«

»Bist du dir sicher? Glaub ja nicht, dass dabei auch nur einer gut wegkommt. Wir alle haben getan, was wir für nötig erachteten. Und wir haben den Preis gezahlt.«

Meine Finger umfassten das Glas fester. »Fang am Anfang an.«

Kapitel 24

»Der Anfang.« Ciaran tippte mit einem langen Finger auf die steinerne Armlehne des Throns. »Du solltest wissen, dass Unsterbliche nur selten Kinder bekommen. Die Geburt von Zwillingen ist etwas sehr Ungewöhnliches und Besonderes. Genauso wie die beiden. Amyra und Felicity waren unzertrennlich. Es überraschte niemanden, dass sie nach dem Tod ihrer Mutter gemeinsam den Thron übernahmen. Und das ging sogar einige Jahrzehnte lang gut.« Nachdenklich strich er über den rauen Stein. »Vielleicht war es diese Nähe, die Felicity in ihrer Schwester etwas erblicken ließ, das niemand sonst sehen konnte. Ich habe sie nie gefragt, was in jener Nacht geschehen ist, aber sie tauchte wie aus dem Nichts hier auf. Blutüberströmt, halb tot und mit mehr Magie im Körper, als es möglich sein dürfte.«

»Myras Magie?«, fragte ich und rutschte an der Säule hinunter, bis ich mich mit dem Rücken dagegenlehnen konnte.

»Jedenfalls der größte Teil davon.« Eine Weile sah er mich an. »Ich würde dir gern sagen, dass deine Großmutter aus einem edlen Motiv heraus gehandelt hat, vielleicht weil sie als Einzige erkannt hatte, dass unbegrenzte Macht in Händen einer Person wie Myra keine gute Idee ist. Aber ich glaube, dass es Selbstsucht gewesen ist. Myra war immer die Bessere der beiden, und das hat sie nicht mehr ausgehalten. Magie ist eine Naturgewalt. Eng verbunden mit den Emotionen ihres Trägers. So können Zorn und Wut die Macht anstacheln, andererseits nährt sie sich von dem, was einen ausmacht. Liebe, Hoffnung, Glück. Die Herausforderung ist es, eine Balance zu finden. Beide Schwestern haben dieses Gleichgewicht irgendwann verloren. Sie verloren das, was du wohl *Menschlichkeit* nennen würdest.«

Ich zog meine Knie an die Brust und umschlang sie mit den Armen. »Warum ist sie zu dir gekommen?«

Ciaran wiegte nachdenklich den Kopf hin und her. »Ich vermute, sie hat bemerkt, dass sie sich übernommen hat. Die Magie hätte sie in Stücke gerissen. Sie wusste, dass ich als Einziger mächtig genug war, um ihr zu helfen. Mir war das ganz recht. Myras Macht reichte problemlos an die meine heran. Ein paar Jahrhunderte mehr und ich hätte selbst beginnen müssen, zu handeln. Es waren andere Zeiten damals. Magier gegen Nichtmagier, Völker gegen Völker, eigentlich gab es niemanden, der seinen Nachbarn nicht hasste. Aber Myra war im Begriff, sich ganz nach oben vorzuarbeiten. Sie hatte Potenzial und in einer Welt der Magie zählt nur das.«

»Wie viel Macht hat sie übrig?«

»Genug, um eine ernst zu nehmende Gegnerin zu sein. Nicht genug, um die Herrschaft über die anderen Völker an sich zu reißen. Wir haben die Magie aus dieser Welt entfernt, um ein Gleichgewicht herzustellen, und es hat funktioniert. Aber das System ist fragil, ein Schubs in die falsche Richtung …« Er beendete den Satz nicht, aber das Unausgesprochene hing auch so in der Luft.

Nachdenklich kaute ich auf meiner Unterlippe. »Und doch willst du, dass wir sie herholen?«

»Ich will die Kontrolle über die Situation. Solange deine Großmutter den Ring hatte, konnte ich sicher sein, dass die Magie nicht ihren Weg hierher findet. Jetzt kann ich das nicht mehr. Besser, ich hole sie als Myra.«

»Warum habt ihr sie nicht einfach vernichtet?« Es wäre doch einfacher gewesen, sich die Gefahrenquelle ein für alle Mal vom Hals zu schaffen.

Ciaran lächelte milde und ich fühlte mich wie ein sehr dummes Kind. »Sie war unser Trumpf. Eine konstante Drohung. Außerdem ist das nicht so einfach.«

»Weißt du, wie es geht?«

Zum zweiten Mal an diesem Abend zögerte er fast unmerklich. »Ich habe einige Ideen«, sagte er schließlich.

»Und was, wenn keine dieser Ideen funktioniert?«, fragte Nik spöttisch.

»Dann behalte ich das Schwert so lange in Sicherheit, bis eine es tut.«

Mir schwirrte der Kopf. Das konnte zum einen an dem seltsamen Elfenwein liegen oder an der Flut an Informationen, die seit Stunden unaufhörlich auf mich einprasselten. Aber eine Frage hatte ich dennoch. »Wieso hat niemand in all den Jahren versucht, einen weiteren Ring zu schaffen?«

»Viele haben es versucht. Allesamt ohne Erfolg.«

Ich nickte, um Ciaran zum Weitersprechen zu animieren.

Der Elf lehnte sich nach vorn und sah mich ungewohnt ernst an. »Das ist der dunkelste Teil der Geschichte. Wenn du es hörst, wirst du dieses Wissen nicht mehr vergessen können.«

Ich wollte es nicht, aber ich sah zu Nik, der mich stumm beobachtete. »Kennst du den Teil?«

Er schüttelte den Kopf. »Es ist deine Entscheidung.«

»Dann will ich es hören.«

»Na gut. Ich habe dich gewarnt.« Ciaran verschränkte die Finger miteinander. »Die Barriere zwischen den Welten ist die mächtigste Magie, die überhaupt existiert. Vor Jahrtausenden von den Göttern persönlich gezogen, sollte sie sicherstellen, dass jede Welt sich eigenständig entwickeln kann. Allein für die Möglichkeit, einen temporären Durchgang zu schaffen, brauchten wir zwei Dinge: jemanden, der mächtig genug war, den Zauber auszuführen, und eine Energiequelle, um den Zauber dauerhaft an einen Gegenstand zu binden. Ersteres war schnell gefunden: die drei Thronfolger der drei Magielinien. Das war einmal meine

Wenigkeit für die Elfen, Felicity für die Fae und«, er sah mit einem kleinen Grinsen zu Nik, »einer deiner Vorfahren für die Zauberer.«

Niks Kopf schnellte nach oben. »Ich hatte einen Zauberer als Vorfahren?«

»Kommt in den besten Familien vor«, erwiderte Ciaran und dieses Mal war es seine Stimme, die vor Spott triefte. »Aber keine Sorge, es wurde natürlich gründlich aus allen Büchern gelöscht. Und da Zauberermagie nicht vererbbar ist, war die ganze Sache nach zwei Generationen bereits vergessen.«

»Und er hat ein Schloss als Belohnung für seine Hilfe bekommen?«, mutmaßte ich und Ciaran nickte. »Also wurde es doch mit Magie gebaut.«

Der Elf lachte auf. »Natürlich wurde es das. Aber die Königsfamilie streitet das gern ab.«

»Komm zurück zu deiner Geschichte«, knurrte Nik ungehalten.

»Wir hatten unsere Magier, wir hatten einen Plan. Wir brauchten nur noch eine Energiequelle. Etwas, das mächtig genug war, unsere Magie zu sammeln und in einem von uns geschaffenen Ring zu vereinen.« Jeglicher Schalk war aus dem Gesicht des Elfen gewichen. »Es gibt nur wenige Dinge, die ein solches Potenzial in sich tragen. Eines davon sind menschliche Seelen.«

Ich presste mir eine Hand auf den Mund, während Ciaran leise fortfuhr.

»Niemand weiß, was mit Unsterblichen passiert, wenn sie doch sterben, aber Menschen haben eine Seele, die in die nächste Welt weiterzieht. Eine Seele, die so viel in sich birgt. Alles, was war, und alles, was hätte sein können. Die Zukunft ist eine ungeheure Quelle an Potenzial, an Energie. Je jünger die Seele, desto besser war sie für das geeignet, was wir vorhatten.«

»Stopp!« Ohne es zu merken, hatte ich die Finger in den Stoff meiner Hose gekrallt. »Diese Kindergeschichte über den Ring, über das Mädchen, das verflucht wurde …«

Ciaran nickte langsam. »Sie ist verflucht worden, aber sie hat sich nicht im Wald verlaufen. Ihr Vater brachte sie her, damit ich sie rette. Manchmal tat ich das. Damals.«

»Und du hast sie sterben lassen.«

»*Wir* haben sie sterben lassen. Seit diesem Tag steht der Wald still. Nichts wächst mehr, nichts verändert sich. Jedes Blatt und jeder Zweig, den du hier siehst, ist vor fünfhundert Jahren eingefroren. Eine ständige Erinnerung an das, was wir getan haben. Niemand weiß wie, aber die Kindergeschichte ist in all den Jahren um einige winzige Fetzen der Wahrheit herum gewachsen.«

Übelkeit wallte in mir auf. »Was ist mit ihrer Seele passiert?«

»Sie hat sich vollständig aufgelöst, wurde verbraucht, um den Zauber an den Ring zu binden. Und bevor du fragst, nein, die Vernichtung des Ringes würde das nicht rückgängig machen. Magie hat ihre Grenzen.«

»Ich glaube, mehr will ich gar nicht wissen«, sagte ich matt und fuhr mir mit den Händen übers Gesicht. »Finde heraus, wie man Magie vernichtet, aber bis dahin bleibt das Schwert, wo es ist. Im Moment würde ich keinem von euch eine solche Macht in die Hand legen.«

»Myra sammelt ihre Kräfte«, sagte Ciaran zu Nik, der sich seit Minuten nicht mehr gerührt hatte. »Ich bin sicher nicht der Einzige, der die Wetterphänomene in den letzten Wochen bemerkt hat. Hinter den Landesgrenzen steigt die Magie.«

Nik löste sich aus seiner Starre und räusperte sich. »Wie lange meinst du, dauert es, bis sie die Schutzzauber überwinden kann?« *Ganz der emotionslose Politiker,* dachte ich bitter.

Der Elf zuckte mit den Schultern. »Ich gebe ihr noch ein paar Wochen. Vielleicht wenige Monate.«

»Und dann?«, fragte ich, mehr um mich von den Nachwirkungen der Geschichte abzulenken.

»Dann holt sie dich«, sagte Nik knapp.

Der Elfenprinz betrachtete mich nachdenklich. »Das Schwert jetzt zu holen, könnte genau die abschreckende Wirkung haben, die du brauchst, Menschenmädchen. Überwindet Myra die Grenzen Terralores, wird sie das nicht leise tun. Eine Menge Menschen könnten zu Schaden kommen.«

»Würde die Anwesenheit ihrer Macht sie nicht nur noch mehr anstacheln?«

»Nicht, wenn sie fürchten muss, du könntest die Magie nutzen. Du hast Fae-Blut in dir. Eine Berührung des Schwertes und die Macht ist dein. Und dann wäre Myra die längste Zeit eine Bedrohung gewesen.«

»Und du hast keine Angst, dass ich das tatsächlich tun könnte?«

»Nein.« Ciaran lächelte und lehnte sich entspannt zurück. »Erstens würdest du das höchstwahrscheinlich nicht lange genug überleben, um für mich eine ernste Bedrohung darzustellen, und zweitens bin ich der Einzige, der weiß, wo genau sich das Schwert befindet. Und ich sage es euch nur, wenn du mir vorher einen Bluteid schwörst, diese Macht niemals für dich zu beanspruchen.«

»Auf gar keinem Fall!«, ging Nik dazwischen, bevor ich überhaupt die Chance hatte zu reagieren. »Das wird sie nicht tun.«

»Hör auf, mir zu sagen, was ich zu tun habe!«, fuhr ich ihn an.

»Wenn du diesen Eid brichst, stirbst du!«

»Was interessiert es dich?«

Für einen Moment sah er mich ausdruckslos an. Dann: »Glaubst du wirklich, dass du mir so egal bist?«

Ja. Ein kleiner Teil von mir wollte ihm die Antwort entgegenbrüllen. Aber wir hatten Ciaran genug Unterhaltungsprogramm geboten. Also verschränkte ich die Finger im Schoß und ignorierte die Frage. »Ich will nach Hause und inzwischen ist es mir gleich, was ich dafür tun muss. Ich schwöre, was immer er will. Aber nur unter einer Bedingung.«

Ciaran bedeutete mir mit einer Handbewegung, weiterzusprechen.

Ich setzte mich aufrechter hin, um mich für die nächsten Worte zu wappnen. »Ich entscheide, wo das Schwert bleibt, bis ihr einen Weg gefunden habt, es unschädlich zu machen.«

Nik runzelte die Stirn, dann flackerte die Erkenntnis über sein Gesicht. »Du willst es deinem Zaubererfreund geben.«

»Ich will es jemandem geben, dem ich vertrauen kann. Im Moment kommen da leider nicht allzu viele Leute infrage.«

Ciaran betrachtete mich nachdenklich. »Dir ist bewusst, dass es sich hier um den mächtigsten magischen Gegenstand dieser Welt handelt?«

»Habe ich gerade so mitbekommen«, gab ich trocken zurück. »Deshalb will ich es ja auch keinem von euch beiden geben.«

»Was ist, wenn ich Nein sage?«

»Dann werde ich euch nicht helfen. Warte, bis ich irgendwann sterbe, und dann steck den Ring der Nächsten an.«

»Du würdest nie mehr nach Hause kommen.«

»Ich wäre bereit, es zu riskieren.« Ich sah den Elfenprinzen herausfordernd an. »Bist du es auch?«

Ciaran schüttelte leise lachend den Kopf. »Die Sturheit hast du von deiner Großmutter.« Dann wurde er wieder ernst. »Du arrangierst ein Treffen zwischen mir und dem Zauberer. Von mir aus auch in Terralore, aber ich will mich persönlich davon überzeugen, dass er ein geeigneter Hüter ist.«

Ich nickte knapp.

»Schön.« Das Grinsen kehrte auf Ciarans Gesicht zurück. »Das war meine Bedingung. Kommen wir nun zum Preis für meine Hilfe.«

Dieses Mal war ich es, die Ciaran bedeutete, weiterzureden.

Der Elf sah mir fest in die Augen. »Wenn die Sache vorbei ist, gebe ich dir drei Tage. Dann werde ich meinen Teil der Magie aus dem Ring ziehen und ihn damit zerstören. Ich will diese Geschichte ein für alle Mal beenden. Ist mir egal, auf welcher Seite der Welten du dann stehst, aber deine Entscheidung wird endgültig sein müssen.«

Kapitel 25

Ein Flimmern in der Luft war alles, was vom Elfenreich noch zu sehen war, kaum hatten wir die Barriere erneut passiert. Dann blinzelte ich und auch das war verschwunden. Kurz war ich versucht, einen Schritt nach vorn zu machen, nur um zu sehen, ob der Boden erneut aufbrechen und der Fluss in Erscheinung treten würde. Aber wer wusste schon, ob es sich beim zweiten Mal auch nur um eine Illusion handelte. Auf ein Bad in den Fluten konnte ich gut verzichten.

Ich spreizte die Finger, sah hinab auf die Reste des getrockneten Blutes daran. Dunkel, beinahe schwarz hoben sich die Flecken von der unversehrten Haut ab. Ein Blutschwur war nur halb so aufregend gewesen, wie ich es mir vorgestellt hatte. Ein selbst zugefügter Schnitt in die Hand, ein dahingeklatschtes Versprechen, und das war auch schon alles gewesen. Das Spannendste an der Sache war Niks wütender Gesichtsausdruck, der den scharfen Schmerz in meiner Handfläche beinahe wert gewesen war. Und natürlich mitzuerleben, wie eine mehrere Zentimeter lange Wunde sich ohne jegliches Zutun schloss. Binnen fünfzehn Sekunden. Es war so surreal, dass ich unentwegt mit dem Daumen über die schwach rosafarbene Linie strich, die als einziges Überbleibsel verblieben war.

»Alles in Ordnung?«, fragte Nik und ich zuckte zusammen, weil ich nicht bemerkt hatte, dass er neben mir stand. Zu abgelenkt war ich vom Anblick der trostlosen Graslandschaft gewesen, die sich nun wieder meilenweit bis zum Horizont erstreckte.

Ich setzte zu einer Antwort an, ließ es dann aber bleiben und stieß einfach nur langsam die angehaltene Luft aus. »Lass uns bitte einfach nicht mehr reden, ja?« Ich hatte genug gehört. Für heute, für morgen, für den ganzen verdammten Monat.

Niks Kiefer arbeitete. »Du wirst nicht für immer sauer auf mich sein können.«

»So wie es aussieht, muss ich das ja auch gar nicht.«

»Dann hast du dich also entschieden?«

»Du glaubst, das hätte einer Entscheidung bedurft?«, fragte ich fassungslos. Hatten wir heute zwei verschiedene Tage erlebt?

»Nein«, sagte Nik, und auch wenn er mich ansah, hatte ich doch das Gefühl, er sehe direkt durch mich hindurch. »Vermutlich nicht.« Er straffte die Schultern. »Wenn wir wieder zurück in Terralore sind, erzähle niemandem etwas von dem, was heute passiert ist. Oder davor.«

Oder davor.

»Was genau meinst du?«, fragte ich mit mühsam beherrschter Stimme. »Den Sex oder dass du mir die Haare geflochten hast?« Es war nicht der Sex gewesen. Es waren all die kleinen Gesten, die Berührungen, das Lächeln und die Art, wie er mir die Haare hinters Ohr strich. Wie er mir noch vor wenigen Stunden die Tränen von der Wange gewischt hatte. Es waren all die kleinen Dinge, die ich mit aller Macht zurückgedrängt hatte und die jetzt wie eine Lawine auf mich einstürzten. Es war die Tatsache, dass ich … Scheiße, es war die Tatsache, dass ich ihn mochte. Gemocht hatte, verdammt noch mal!

»Am besten beides«, erwiderte er ungerührt. »Wie geht es deiner Hand?«

»Gut.« Die Antwort auf alles. Weil mein Gehirn, wenn ich auch nur noch eine Sekunde über das, was ich heute erfahren hatte, nachdachte, explodieren würde.

»Kann ich es sehen?«

»Gehört Wundversorgung jetzt auch zu deinen vielen Qualitäten?«

»Und wenn es so wäre?«

»Dann nehme ich lieber eine Blutvergiftung in Kauf.«

»Na schön. Aber glaub nicht, dass ich dich auffange, wenn du ohnmächtig wirst und vom Pferd fällst.«

»Wenn das ein Weg ist, dich loszuwerden, schlage ich mich auch selbst k. o.«

Er musterte mich abschätzend, als versuche er, herauszufinden, ob die Aussage Lüge oder Wahrheit gewesen war. Tja, sein Pech. So ganz genau wusste ich das selbst nicht. Rasch drehte ich mich weg und stapfte die paar Meter durchs hohe Gras bis zu der Stelle, an der unsere Pferde tatsächlich auf uns warteten. Es war viel zu leicht, in alte Muster zurückzufallen. Wie lange würde es dauern, bis mein Herz es meinem Verstand gleichtat und akzeptierte, dass es nicht echt gewesen war? Dass nichts echt gewesen war.

Haltsuchend lehnte ich mich gegen den warmen Pferdekörper. Mir war übel. London drückte seine weiche Nase gegen meine Wange. Zitternd atmete ich ein, strich ihm über die Wange und zog mich dann in den Sattel. Mein ganzer Körper schmerzte, aber für einen Moment konnte ich mich auf etwas anderes konzentrieren. Und als wir uns schließlich in Bewegung setzten, hatte ich mir sogar halbwegs erfolgreich eingeredet, das Brennen in meinen Augen sei lediglich dem kalten Novemberwind geschuldet.

Vier Stunden ritten wir, ohne auch nur ein einziges Wort zu sagen. Die rhythmischen Bewegungen des Pferdekörpers, das Knarzen des Leders, das regelmäßige Trommeln von Hufen auf grasbedeckten Hügeln, das war alles, was das stetige Kreisen meiner Gedanken durchbrach. Statt den gleichen Weg zurück zu nehmen, waren wir innerhalb der Grenze entlanggeritten und nährten uns nun in einem ausladenden Bogen Eleanors Anwesen. Die Orientierung hatte ich schon vor einer ganzen Weile verloren. Seit die Sonne untergegangen war, bestand die Welt ohnehin nur noch aus einer undurchdringbaren Schwärze. Der Sternenhimmel überspannte uns. Es hätte ein schöner Anblick sein können. Wäre da nicht das Aussetzen meines Herzens bei jedem Grasbüschel oder den leisesten Geräuschen davonhuschender Tiere. Tief über den Hals des Pferdes gebeugt, schossen wir durch die Nacht. Nicht viel mehr als zwei weitere Schatten in der Dunkelheit.

Bis mir ein Kribbeln über meinen Nacken lief. Ein inzwischen sehr bekanntes Gefühl. Mein Kopf fuhr hoch, aber es war zu spät. Unbemerkt hatten sie uns eingekreist. Vier Gestalten in schwarzen Mänteln, die Kapuzen tief ins Gesicht gezogen. Auch dies war inzwischen leider sehr bekannt. Erde wirbelte in die Luft, als die Pferde ruckartig zum Stillstand kamen. Nik sprang aus dem Sattel und ich tat es ihm gleich. Er drängte mich zurück. »Dieses Mal bleibst du hinter mir.«

Ich nickte stumm. Nik hatte sein Schwert aus der Scheide gezogen, noch bevor die Reiter behände von ihren Pferden gesprungen waren. Während der erste sich in den Kampf stürzte, blieben die anderen völlig reglos. Fast schon desinteressiert beobachteten sie das Geschehen.

Ich hielt mich hinter Nik und hatte das Gefühl, all das schon einmal erlebt zu haben. Nur dass es dieses Mal eben doch anders war. Die Männer in dem Fischerdorf hatten mich nicht so angesehen. Sie wollten mich lebend. Als der Blick des Linken jetzt für den Bruchteil einer Sekunde über mich glitt, stand darin nur eines: Mordlust. Diese Leute waren nicht im Auftrag von Myra hier. Oder die Fae-Königin hatte ihr Vorgehen geändert. Aber das deckte sich nicht mit dem, was Ciaran uns erzählt hatte. Nur … wenn es darum ging, uns umzubringen, warum standen drei Viertel unserer Angreifer einfach so in der Landschaft herum? Ich trat einen Schritt zur Seite. Drei Augenpaare folgten dieser Bewegung, aber keiner rührte einen Finger. Dann durchtrennte Nik in einer sauberen Bewegung die Halsschlagader seines Gegners und Stille legte sich über die Wiese.

Ich konnte unmöglich sagen, warum … Aber ein Teil von mir

wusste, ich würde heute Nacht nicht sterben. Das hatte nichts mit Nikolas und dem blutbefleckten Schwert in seiner Hand zu tun. Es war mehr als das. Ein Wissen, eine Vorahnung. Nichts Greifbares, aber eine unumstößliche Gewissheit.

Nik rührte sich nicht, wartete ab, was als Nächstes passierte. Und auch mich packte eine morbide Neugierde, während der mittlere der verbliebenen Männer gemächlich nach vorn schlenderte, die Hand locker auf dem Schwertgriff liegend. Er winkte einen seiner Begleiter mit dem Finger heran. »Kümmere dich um sie.«

Dieser zog sein Schwert aus der Scheide. Das Geräusch hallte drohend durch die Luft. Trotz meiner eben noch so unerschütterlichen Gewissheit, setzte mein Herz einen Schlag aus. Nikolas schien dieses Gefühl zu teilen, denn er griff nach hinten, umfasste meine Hand und drückte sie. Sein Puls raste unter meinen Fingern.

»Geh. Ich schaffe das hier«, murmelte er leise genug, dass nur ich ihn hören konnte.

Als er mich losließ, musste ich nicht erst das aufgeregte Prickeln meines Körpers spüren, um zu wissen, was der kleine Gegenstand war, der jetzt in meiner Handfläche lag. Ich schloss die Faust darum. Das Metall des Rings war warm von Niks Körper, der kleine Stein drückte in meine Haut. Er hatte ihn mir tatsächlich zurückgegeben.

Noch bevor ich reagieren konnte, war Nikolas nach vorn gesprungen und zum Angriff übergegangen. Meine zitternden Hände schoben den Ring auf meinen Finger, ein Schauer durchlief mich, als er auf seinen Platz rutschte. Ich wollte nach der Kraft in meinem Inneren suchen, wollte der Magie des Ringes freien Lauf lassen, aber ich schaffte es nicht, mich vom Kampf loszusagen.

Schlag folgte auf Schlag. Die Heftigkeit, mit der die Schwerter aufeinanderprallten, jagte ein Zittern durch den Boden. Panik und Sorge wechselten sich mit Euphorie ab, wann immer Nik es schaffte, seine Gegner zurückzudrängen.

Mein Körper stand unter Strom, bereit, loszuspringen und mich entgegen jeglicher Vernunft einmal mehr einzumischen – bis sich die kalte Schneide eines Messers an meine Kehle legte. Erschrocken schnappte ich nach Luft.

»Wir warten jetzt, bis dein Freund tot ist und dann kümmern wir uns um dich«, ertönte eine leise Stimme dicht an meinem Ohr. Mein ganzer Körper wurde steif und ich wagte es nicht, auch nur einen einzigen Muskel zu rühren. Das war so anders als noch vor wenigen Nächten auf dem Hinterhof in Veirach.

Die übrig gebliebenen Männer kamen jetzt von beiden Seiten auf Nikolas zu. Er wich dem Schwert des linken Angreifers aus, rollte sich über den Boden ab und zielte gleichzeitig auf die Kniekehle des rechten. Blut spritzte über das Gras, der Mann schrie auf und sackte zusammen, seine Beine nun nutzlos unter seinem Körper. Blut tropfte von der Schwertspitze, als Nik sich aufrappelte und rasch wieder in Stellung ging. Der Anführer der Gruppe hatte die Lippen zu einem Knurren verzogen, das Gesicht eine Maske aus Abscheu und Wut. Nikolas riskierte einen Blick über die Schulter. Angst keimte in ihm auf. »Geh!«

Ich wollte den Kopf schütteln, wagte es aber nicht, mich zu bewegen. Zu präsent war das Gefühl der Klinge an meiner Kehle. Der verbliebene Angreifer sprang nach vorn, das Schwert auf Nikolas' Kopf gerichtet.

Panisch riss ich die Augen auf. »Nik!«

Er wirbelte herum und konnte den Schlag gerade noch abwehren. Statt seines Kopfes traf das Schwert seinen Oberarm. Stoff riss und wurde sogleich von einem Schwall Blut durchtränkt.

»Nein!« Ich wand mich, erreichte aber bloß, dass die Kühle des Metalls an meinem Hals von einem scharfen Schmerz abgelöst wurde.

»Du solltest stillhalten.« Der Unbekannte lachte und erhöhte den Druck auf die Klinge. Etwas Warmes rann über meinen Hals. Ich schloss die Augen. Nur für eine einzige Sekunde, aber es reichte, um die Angst zu verdrängen und anderen, hilfreicheren

Gedanken Platz zu machen. Ich war mir noch immer sicher, das hier zu überleben. Keine Ahnung wie, aber durch bloßes Rumstehen würde es wohl eher nicht passieren.

Kalte Nachtluft strömte in meine Lunge, als ich einen tiefen Atemzug nahm. Dann hob ich den Blick und wandte ganz vorsichtig den Kopf, bis ich meinem Angreifer ins Gesicht sehen konnte. »Ihr seid nicht im Auftrag der Fae hier.«

»Nein«, sagte der Fremde schließlich. Sein Mundwinkel zuckte kaum merklich. »Die wollen dich lebend.« *Im Gegensatz zu uns.*

»Und doch stehen wir hier einfach nur herum.« Erneut knallten Schwerter aufeinander, aber ich wandte mich nicht ab. Stattdessen wanderten meine Finger ganz langsam an meinem Bein hinab, bis sie eine halbe Ewigkeit später das lederne Holster an meinem Oberschenkel ertasteten.

»Wir warten ab.« Der Atem des Fremden strich über meine Wange, so sehr hatte er sich zu mir herabgebeugt. Man musste kein Kampfgenie sein, um zu wissen, wie dumm das war.

Er hielt mich für wehrlos. Vielleicht war ich das auch. Vielleicht war diese seltsame Gewissheit in mir der Weg meines Gehirns, um mit meinem nahenden Tod umzugehen. Ein Schutzmechanismus, um sich nicht der Realität stellen zu müssen. Das Prickeln, das ich sonst nur in meinem Nacken spürte, rann über meine Schultern, die Arme entlang und bis in meine Fingerspitzen. Ich holte erneut Luft. Abgehackter dieses Mal. Gieriger, als müsste ich meinen Körper mit genügend Sauerstoff für das versorgen, was als Nächstes passieren sollte.

»Und auf was«, fragte ich, während meine Finger sich um den Griff meines Dolches schlossen, »genau warten wir?«

Ich gab ihm keine Chance zu antworten. Die Zeit verlangsamte sich. Ich riss dem Arm empor, Mondlicht spiegelte sich auf der Klinge des Messers. Starr in die Augen meines Angreifers blickend, trieb ich die Waffe tief in seinen ungeschützten Bauch.

Das Gefühl war … seltsam. Ich hätte erwartet, auf mehr Widerstand zu treffen. Stattdessen durchstieß ich mit einer erschreckenden Leichtigkeit Kleidung, Haut, Muskeln und Eingeweide.

Der Mann gab einen erstickten Laut von sich, stolperte nach hinten und gab meine Waffe somit wieder frei. Ich kümmerte mich nicht weiter um ihn, sondern wirbelte auf den Stiefelspitzen herum. Halb in der Hocke, mit einer Hand im Gras abgestützt, analysierte ich die Situation. Noch immer verging die Zeit seltsam langsam, aber ich war ungewohnt fokussiert. Niks Blick traf auf meinen und darin sah ich alles, was ich auch bald fühlen würde. Allem voran Entsetzen. Aber jetzt gerade gab es Wichtigeres.

Meine Lippen verzogen sich zu einem grimmigen Grinsen. Nik schien auch ohne Worte zu verstehen, schlug das Schwert des letzten Angreifers beiseite und rammte ihm das Knie in den Rücken. Bevor er zu Boden gehen konnte, umfasste Nik ihn von hinten und hielt ihn aufrecht, während ich die Klinge meines Dolches einmal mehr in einen Körper trieb. Genau an die Stelle unter seinen Rippen und hinein in sein Herz. Oder fast.

Mit blassem Gesicht und vor Schock geweiteten Augen sank der Mann auf die Knie. Ich kniete mich vor ihn und packte seinen Hemdkragen. »Wer hat dich beauftragt? Wer will uns tot sehen?«

Blut floss aus seinem Mundwinkel, als seine Hände meine packten und verzweifelt versuchten, sich aufrecht zu halten.

»Wer hat dich geschickt?«, wiederholte ich meine Frage. Meine Stimme war von einer tödlichen Ruhe, die so gar nicht nach mir selbst klang. Ein Röcheln war die einzige Antwort, die ich bekam, bevor er zu Boden sackte und reglos liegen blieb.

Ich kniete auf dem rot verfärbten Gras und betrachtete den Mann vor mir, dessen Augen nun ziellos ins Leere starrten, ein dünnes Rinnsal Blut tropfte lautlos von seinem Kinn.

Es war unwirklich. Von einem Augenblick auf den nächsten war der Mensch vor mir verschwunden und hatte dabei nichts zurückgelassen als eine leere Hülle. Das wirkte falsch. Wie etwas, das nicht passieren sollte. Nicht passieren konnte. Wie konnte es so schnell, so einfach sein?

Eine Hand legte sich auf meine Schulter. Ich zuckte zusammen und mein Kopf schnellte hoch. Braun-goldene Augen musterten mich besorgt. »Alles in Ordnung?« War ich das heute nicht schon gefragt worden?

Langsam schloss ich die Augen und öffnete sie dann wieder. »Es geht mir gut.«

Nikolas kniete sich neben mich, vorsichtig, als fürchte er, mich mit jeder ruckartigen Bewegung aus dem Konzept zu bringen.

»Dann lass das Messer los«, sagte er leise.

Ich sah nach unten auf meine Hand, meine mit Blut befleckten Finger, die noch immer um den silbernen Griff des Dolches geschlungen waren. Ich hätte schwören können, es losgelassen zu haben.

»Ich …« Ich runzelte die Stirn, versuchte, den Gedanken zu fassen, die Worte zu formen, die sich in Rauch auflösten, bevor ich die Chance hatte, danach zu greifen.

»Hey.« Sanft drang seine Stimme durch den Nebel in meinem Kopf. Zögerlich streiften seine Finger meine. Mein Körper versteifte sich.

»Lass es los, Felicity«, wiederholte er und ich musste all meine Konzentration aufbringen, langsam einen Finger nach dem anderen zu lösen. Meine Hand fiel schlaff ins Gras, wirkte ohne die Waffe seltsam leer.

»Er wollte mich umbringen.«

»Ich weiß. Du hast dich verteidigt.« Nikolas griff nach meinen Händen und stand auf. Ohne dass ich meinem Körper den Befehl dazu gegeben hätte, folgte ich ihm und ließ mich ein paar Schritte beiseiteführen.

»Nein«, sagte ich stirnrunzelnd. »Ich meine –« Auf einmal saß ich im weichen, sauberen Gras. »Er sagte, er wolle abwarten. Und dann … Ich weiß auch nicht.« Meine Stimme erstarb.

Nikolas hatte ein Stück Stoff mit Wasser durchtränkt und tupfte das Blut von meinen Fingern. Mein Kopf war noch immer voller Nebel und nur langsam gelang es mir, einen Gedanken an den nächsten zu reihen. Ich blinzelte ein paarmal. »Geht es dir gut?«

»Alles in Ordnung. Es ist vorbei.«

Bruchstückhaft setzten sich die Ereignisse der letzten Minuten zusammen. »Er hat dich getroffen.« Ich streckte die Hand aus, um nach seinem Arm zu greifen, aber er schob sie sanft beiseite.

»Ist nur ein Kratzer. Mach dir keine Sorgen.«

Kaltes Wasser lief über meine Finger und erneut starrte ich auf meine Hände. »Das«, murmelte ich und beobachtete wie in Trance, wie er weiter über meine Haut strich. »Das ist nicht mein Blut.«

Ich wollte mich umdrehen, aber er griff mein Kinn und hielt mich davon ab. Seine Finger verströmten einen merkwürdig metallischen Geruch.

»Hör mir zu«, sagte Nik und seine Stimme klang so eindringlich, dass ich sofort vergaß, was ich tun wollte.

»Du hast dich verteidigt. Du hast nichts falsch gemacht. Du wirst diesen Moment nie wieder vergessen und es tut mir so leid, dass du das durchmachen musst, aber du musst verinnerlichen, dass du keine Wahl hattest. In den nächsten Tagen wirst du an nichts anderes denken und jedes Mal, wenn es sich wieder abspielt, wird es anders sein. Das ist dein Kopf, der deine Erinnerungen manipuliert, und das darfst du nicht zulassen. Egal, was er dir versucht einzureden: Du hast nichts falsch gemacht. Es waren sie gegen dich und sie haben ihr Leben in dem Moment verwirkt, in dem sie beschlossen haben, dir das deine zu nehmen. Verstanden?«

Ich nickte mechanisch, aber ich wollte nicht so recht begreifen, wovon er da eigentlich sprach. Nikolas ließ mein Kinn los und langsam drehte ich den Kopf, bis ich die reglosen Gestalten sah, die nur wenige Schritte von uns entfernt im Gras lagen. Mit einem Mal war der Nebel in meinem Kopf verschwunden und die Gedanken prasselten mit Lichtgeschwindigkeit auf mich ein. *Tot.* Die Männer waren tot. Sie waren tot, weil … weil ich sie getötet hatte.

Es gelang mir gerade noch, mich zur Seite zu drehen, bevor ich mich übergab. Nikolas hielt mir mit einer Hand die Haare im Nacken zusammen, die andere strich sanft über meinen Rücken.

»Atmen«, sagte er und ich holte zitternd Luft. Und dann noch einmal. Ein leises, fast lautloses Schluchzen drang über meine Lippen. Dann brach ich zusammen. Nik fing mich auf, hielt mich fest und ich ließ es zu, denn sonst würde ich hier und jetzt zerbrechen.

Wie benommen nahm ich wahr, wie heftige Schluchzer meinen Körper durchschüttelten. *Sie sind tot,* war das Einzige, das immer und immer wieder durch meinen Kopf hallte. *Sie sind tot.* Sie waren tot und *ich* hatte sie getötet. *Mörderin.* Zwei Leben einfach ausgelöscht. Und das war meine Schuld. Und *seine. Er* hatte mich gezwungen, bei dieser verdammten Mission mitzumachen. *Er* hatte mich gezwungen, mit ihm ins Elfenreich zu kommen. Ich hob den Blick und durch den Schock hindurch regte sich Wut in mir. Wie ein glühender Funke schoss sie durch meine Adern. Ja, Wut war besser. So viel besser als alles, was ich sonst zu fühlen drohte. Und es war so viel einfacher, ihm die Schuld zu geben.

Durch unsere Position war der Hieb, mit dem ich Nik von mir stieß, alles andere als kraftvoll, aber er hatte es nicht erwartet. Seine Arme lösten sich von mir und ich nutzte die neu gefundene Energie, um Abstand zwischen unsere Körper zu bringen. Mit den Händen auf die Knie gestützt, stand ich langsam auf. Nikolas trat einen Schritt nach vorn, die Hand ausgestreckt.

Ich zuckte zurück. »Fass mich nicht an!«

»Felicity.« Verwirrt zog er die Brauen zusammen. Sein Hemd war getränkt mit Blut und meinen Tränen.

»Das ist deine Schuld«, brachte ich zwischen zusammengebissenen Zähnen hervor.

Die Verwirrung verschwand aus seinem Gesicht und wurde von der Maske verdeckt, die ich schon so oft gesehen hatte. Das Gesicht des Prinzen und nicht des Mannes, der sich dahinter verbarg.

»Ja«, sagte er schließlich und ich blinzelte überrascht. »Es ist meine Schuld. Und du hast jedes Recht, mich zu hassen.«

Ich ballte die Fäuste. Wie Blitze zuckte der Zorn durch meinen Körper, drängte jedes andere Gefühl zurück. Ich atmete ihn ein, nahm ihn in jede Zelle auf, überließ ihm die Kontrolle. Wie konnte Nik es wagen, mir jetzt Verständnis entgegenzubringen? Jetzt, wo ich mich meiner Wut hingeben wollte. Mich darin ertränken wollte. Wir starrten uns unerbittlich an. Ich, schwer atmend, und er, mit einer tödlichen Ruhe.

»Ich weiß, wie du dich fühlst«, sagte er leise. »Und ich verspreche dir, dass du das nicht allein durchmachen musst.«

»Du weißt gar nichts«, erwiderte ich tonlos. Meine Hände hatten aufgehört zu zittern, aber beim Anblick der Blutreste unter den Nägeln wurde mir erneut schlecht. Der Goldring glitt problemlos von meinem Finger. Achtlos warf ich ihn Nikolas vor die Füße. »Das ist es doch, was du willst, nicht? Nimm ihn. Aber hör auf, Interesse daran zu heucheln, wie es mir geht.«

Er sah mich nicht an, als er den Ring aufhob und wieder in seine Tasche schob. »Warum hast du ihn nicht benutzt? Du hättest all das heute beenden können.«

»Du verstehst es wirklich nicht, oder? Den Gedanken, jemandem zu helfen, weil es das Richtige ist.« Ich schüttelte den Kopf, hielt dann aber inne. »Aber weißt du, was das Ironische an der ganzen Sache ist? Wenn du mich einfach gefragt hättest, in der Nacht unserer ersten Begegnung, hätte ich dir von Anfang an freiwillig geholfen.«

Nikolas stand da, noch immer an der gleichen Stelle, die Hände an den Seiten zu Fäusten geballt. Der Fleck, den meine Tränen hinterlassen hatten, hob sich dunkel von seinem Hemd ab. Müde strich ich mir das Haar aus dem Gesicht.

»Aber warum sollte jemand wie du je um etwas bitten? Nicht, wenn es doch so viel einfacher ist, seinen Willen mit Zwang und Drohung zu bekommen. Ich bleibe bei dem, was ich gesagt habe. Du und Myra? Ihr nehmt euch nicht viel.«

Kapitel 26

Sonnenlicht fiel durch das Fenster, tauchte meine Hand in einen goldenen Schein und brachte die durch die Luft tanzenden Staubkörner zum Funkeln. Ich wusste nicht, wie lange ich schon darauf starrte, aber der Lichtfleck auf dem Boden hatte sich von einer Seite des Zimmers zur anderen bewegt. Dann war er verschwunden und hatte der Dunkelheit Platz gemacht, nur um am Ende der Nacht wieder auf der ersten Seite aufzutauchen. Und so ging es immer und immer wieder. Ich nahm all das wie durch einen Schleier wahr. Genauso wie die verschiedenen Stimmen, die auf mich einredeten, Hände, die mich berührten, und das Glas mit Wasser, das ab und zu an meine Lippen gehalten wurde.

Immer wieder wanderte der exakt gleiche Fleck über den Boden. Er änderte sich nicht. Genauso wenig wie der Sommer draußen sich änderte. Genauso wenig, wie ich mich änderte. Ich saß auf dieser Fensterbank in diesem verlassenen Zimmer, hatte die Arme und die Knie geschlungen, und das war alles, was ich tun wollte. Tun konnte? Mein Körper fühlte sich jedenfalls viel zu schwer an, um je wieder etwas anderes zu tun.

Da waren dunkle Ränder unter meinen Fingernägeln, aber ich hatte es nicht zugelassen, dass jemand sie säuberte. Ausradierte, was geschehen war. So wie meine Grandma ihre Geschichte ausradiert hatte.

Vielleicht war deine Grandma ja eine Verbrecherkönigin und wir decken hier gerade deine dunklen Familiengeheimnisse auf.

Es fühlte sich an, als wäre es Jahre her gewesen, dass Ren diese Worte zu mir gesagt hatte. *Wenn du nur wüsstest*, dachte ich bitter, *wenn du nur wüsstest, was meine Familie wirklich getan hat. Wenn du nur wüsstest, was ich getan habe.*

Würde es besser werden, wenn ich den Ring nahm und in meine Welt zurückkehrte? Würde sich all das hier dann nur noch wie eine Geschichte, wie ein verblassender Traum anfühlen? Warmes Blut auf meinen Fingern. Das Durchtrennen von menschlichem Fleisch. Zu sehen, wie jemandem das Leben aus den Augen wich. Ich wagte es nicht, selbst die Augen zu schließen. Stattdessen sah ich wieder auf den Lichtfleck. Beobachtete einmal mehr, wie er seine Reise antrat und schließlich mit der einbrechenden Nacht verschmolz.

Vielleicht hatte ich doch die Augen geschlossen, denn ohne dass ich es bemerkt hatte, war jemand neben mich getreten. Eine Hand zwang mich, den Kopf zu heben.

Nikolas war neben mir in die Hocke gegangen, und wenn ich es nicht besser wüsste, würde ich sagen, Sorge in seinem Gesicht zu lesen. Bisher hatte er meinem Wunsch entsprochen und mich in Ruhe gelassen. Schien so, als sei seine Geduld am Ende.

»Rede mit mir«, sagte er eindringlich und schüttelte dann, als ich nicht reagierte, den Kopf. »Ich will das nicht tun, aber du lässt mir leider keine Wahl.« Damit stand er auf, schob eine Hand unter meine Knie, die andere unter meinen Rücken, und hob mich hoch.

Ein Teil von mir wollte protestieren, aber dem anderen – viel größeren – war es schlichtweg egal. Was sollte er schon tun.

Ich sah nicht auf, wusste nicht, wohin wir gingen, und es kümmerte mich auch nicht. Wärme strich über meine Haut. Der Geruch nach Eleanors ewigem Sommer erfüllte die Nachtluft. Waren wir draußen? Im Garten?

Ich blinzelte, während meine müden Augen die Sterne über uns zu einer verwischten Einheit verschwimmen ließen. Ich wollte fragen, setzte zum Sprechen an, aber meine Zunge war zu schwer.

Es würde sowieso nichts ändern. Also lehnte ich meinen Kopf gegen Niks Schulter und beobachtete, wie der Stoff seines Hemdes sich bei jedem Schritt bewegte.

Irgendwann wurde er langsamer. Das Geräusch von Wasser mischte sich unter das Rascheln von Bäumen. Wir waren am See. Zu spät bemerkte ich, wie Nikolas ins Wasser watete.

»Tut mir leid«, sagte er noch, aber bevor ich das richtig verarbeitet hatte, war mein Körper schon nicht länger in seinen Armen. Ich befand mich im freien Fall und dann war da nur noch Wasser. Von allen Seiten drängte es auf mich ein, während ich wie ein Stein in die Tiefe sank. Es dauerte ein paar Sekunden, bis ich verstand. Ein paar weitere, bis ich das Brennen in meiner Lunge richtig einordnen konnte. Ich brauchte Luft. Aber dazu musste ich mich bewegen. *Lass es einfach*, flüsterte eine Stimme in meinem Kopf, aber der Teil von mir, der in den letzten Tagen in den Hintergrund gerückt war, erwachte brüllend zum Leben. Energie schoss durch meine gerade noch bleischweren Gliedmaßen. Ich trat mit den Beinen. Immer und immer wieder, bis der Lichtfleck über mir größer wurde und mein Kopf die Wasseroberfläche durchbrach. Keuchend sog ich Luft ein. Meine Zehen fanden einen Absatz und endlich hatte ich festen Boden unter den Füßen.

Nikolas stand wenige Schritte entfernt, die Ärmel hochgekrempelt, und sah wenigstens so aus, als sei er kurz davor gewesen, einzugreifen. Aber das änderte gar nichts!

»Spinnst du jetzt völlig?!«, brüllte ich, stapfte durch das seichter werdende Wasser auf ihn zu und stieß ihm heftig gegen die Brust. »Du kannst mich doch nicht in einen See werfen!«

»Du bist wütend«, stellte er nüchtern fest. »Das ist gut.«

»Ich bin nicht wütend! Ich werde dich verdammt noch mal –« Umbringen. Ich wollte sagen, ich würde ihn umbringen. Das Wort erstarb auf meiner Zunge. Mit einem Schlag waren all die Bilder wieder da.

»Wenn du jetzt zumachst, wiederholen wir das Ganze gleich noch mal.«

»Soll ich dir jetzt dankbar sein?«, fauchte ich und sah zu, aus diesem beschissenen See herauszukommen.

»Es würde mir reichen, wenn du hineingehst, etwas isst und ein anständiges Bad nimmst. Du riechst furchtbar.«

Oh, dieses Arschloch! »Ich hatte eben andere Prioritäten!«

»Ach, ja? Vier Tage lang teilnahmslos die Wand anstarren?«

»Ja! Ja, vielleicht genau das! Warum auch nicht? Warum darf ich nicht, wenigstens für ein paar Tage, einmal nicht ich selbst sein?!«

»Durftest du. Und jetzt ist Schluss damit.« Nikolas zupfte seine Hemdsärmel zurecht und bedeutete mir mit einer ausladenden Handbewegung, Richtung Haus zu gehen. »Ich werde nicht zulassen, dass du dich in dir selbst verlierst.«

Ich folgte seinem stummen Befehl, weil ich sonst nichts mit mir anzufangen wusste. Hineingehen oder hier stehen und auf den Boden tropfen. Sollte mir beides recht sein.

Vielleicht wollte ich genau das. Mich in mir selbst verlieren.

»Ich war an dem Punkt, an dem du jetzt bist«, sagte Nikolas, als wir unter den Trauerweiden hindurchgingen und die hohe Silhouette des Anwesens vor uns aufragte. »Ich will nicht, dass du das hier allein durchmachst. Und ich werde auch nicht zulassen, dass du nach Hause gehst, bevor ich sicher sein kann, dass du zurechtkommst.«

»Ah, verstehe. Mein nervlicher Zusammenbruch verzögert deine Pläne.« Ich meinte das nicht als Vorwurf, es war lediglich eine simple Feststellung.

»Ja.« Er vergrub die Hände in seiner durchnässten Hose. »Aber das ist in Ordnung. Wir machen das hier in deinem Tempo.«

»*Wir* machen gar nichts.« Es ärgerte mich, dass er so selbstverständlich von einem Wir sprach, wenn es doch so offensichtlich keines mehr gab. Und dass er sich anmaßte, mir zu erklären, wie ich mit meinen Gefühlen umzugehen hatte. Es ärgerte mich, dass ich hier draußen herumlief, wenn ich doch viel lieber in meiner Ecke sitzen wollte. Es ärgerte mich, dass ich mich ärgerte. Ich wollte nichts fühlen. »Ich will nicht mit dir reden.«

»Musst du auch nicht.« Wir erreichten die Stufen, die hinauf auf die Terrasse führten, und Nikolas nickte mit dem Kinn zu Cora, die an eine Säule gelehnt auf uns wartete.

Sie reichte mir ein Handtuch und sah ihn dann tadelnd an. »Das hätte man auch sanfter lösen können.«

»Immerhin habe ich es gelöst. Ihr mit eurem Händchenhalten und Gutzureden, wenn sie euch offensichtlich nicht mal hören kann. Sie hätte sich unter euren netten Worten noch zu Tode gehungert.«

»Ich stehe genau hier«, sagte ich ungehalten. »Und ich kann dich sehr gut hören.«

»Was meinen Punkt ja nur weiter bestätigt, oder nicht?« Er wandte sich zum Gehen. »Du hast dreißig Minuten.«

»Und dann was?«

»Dann treffen wir uns zum Essen.«

»Ich will nicht mit dir essen.«

»Ich weiß nicht, ob du es bemerkt hast, Felicity. Aber mir ist momentan ziemlich gleichgültig, was du willst.« Er ließ uns stehen und ich konnte nichts weiter tun, als ihm fassungslos nachzustarren.

Ich hatte ›mein‹ Zimmer nicht mehr betreten, seit ich hier mit Nik gesessen hatte. Musste ein anderes Leben gewesen sein. Keine Ahnung, wie viel Zeit seitdem vergangen war, aber als ich mit den Fingern über mein Haar strich, konnte ich noch immer die Bänder spüren, die er dort hineingeflochten hatte. Ich riss sie heraus. Ein paar Strähnen fielen der rabiaten Behandlung zum Opfer, aber wen kümmerte das schon. Irgendwer hatte vorsorglich ein Feuer im Kamin angezündet und es war bitter und befriedigend zugleich, wie die einst bunten Bänder darin zu einem kümmerlichen Schwarz zusammenschrumpften.

Mir fehlte die Kraft, wieder aus einer warmen Badewanne aufzustehen, also stand ich unter der kalten Dusche und ließ das an mir herunterrinnende Wasser die Arbeit erledigen. Es klärte meine Gedanken, tat aber nicht genug, um mich abzulenken. Ich starrte meine Hände an, beobachtete, wie sich nach und nach jegliche Spur von Dreck davon löste. Meine Nägel waren abgesplittert und alles andere als in Form, aber sie waren nicht länger blutverkrustet. Statt der erwarteten Erleichterung hinterließ der Anblick jedoch nur eine zehrende Leere in mir.

Seufzend stellte ich das Wasser ab und wickelte ein übergroßes Handtuch um meinen Körper. Ich zitterte. Ob vor Kälte, Schlafmangel, Hunger oder irgendwas anderem war schwer zu sagen. Vielleicht war es auch alles zugleich.

Nachdenklich betrachtete ich mich in dem schnörkelig gerahmten Spiegel über dem Waschbecken. Blass mit dunklen Ringen unter den Augen. Und dennoch *Ich*. Mein so vertrautes Gesicht mit den grau-grünen Augen und den Sommersprossen. Meine roten Haare, deren Wellen ich immer so sehr geliebt hatte.

Weißt du, dass du deiner Großmutter, der originalen Felicity, zum Verwechseln ähnlich siehst?

Aber er kennt ihre Zwillingsschwester.

Amyra.

In dieser ersten Nacht, für eine Sekunde, dachte ich, du wärst sie!

Fahrig begann ich Schubladen des Waschtisches aufzuziehen, durchwühlte Kleinkram, warf Dinge beiseite und fand schließlich, wonach ich suchte. Eine kleine goldene Schere. Nicht optimal, aber sie würde es tun. Über meine nächste Handlung dachte ich nicht weiter nach. Stattdessen griff ich eine Handvoll meiner Haare und schnitt sie mit einem Ruck knapp über der Schulter ab. Ich war niemandes Spiegelbild! Weder das meiner Großmutter noch das von Myra. Ich war ich. Und wenn das den beiden Prinzen nicht passte, war das ihr Problem. Ein weiterer Schnitt. Und noch einer. Mit jeder roten Strähne, die in dem makellosen Waschbecken landete, nahm der Druck in meiner

Brust ab. Die Schere fiel klirrend zu meinen Haaren und ich stützte mich keuchend mit den Händen auf dem Rand des Beckens ab.

Von den plötzlichen Geräuschen alarmiert, stürzte Cora ins Bad. Ihr geübtes Auge erfasste die Situation innerhalb einer Sekunde. Ein resigniertes »o je« war alles, was sie an Kommentaren übrighatte.

»Ich will nicht aussehen wie sie«, sagte ich trotzig.

»Wie Myra?«

»Ja. Und wie meine Grandma.« Und dann fügte ich deutlich leiser hinzu: »Und wie … ich.« Der letzte Punkt wurde mir erst jetzt so richtig klar.

»Ich verstehe. Aber so lasse ich dich nicht herumlaufen.«

Mit sanfter Gewalt drückte sie mich auf den Rand der Badewanne und nahm die Schere auf.

»Du kannst Haare schneiden?«, fragte ich, als ob es jetzt noch einen Unterschied machen würde.

Cora besah das goldene Werkzeug. »Ich kann mit Klingen umgehen. Eine Schere sind doch im Grunde genommen auch nur zwei sehr kleine Messer.«

Ich war mir nicht sicher, was ich von dieser Aussage halten sollte, aber ich ließ sie ohne weitere Unterbrechungen die unregelmäßigen Spitzen meiner Haare trimmen. Rote Fussel fielen zu Boden, und als ich anschließend mit den Fingern hindurchfuhr, fühlte es sich ungewohnt kurz, aber dennoch erfrischend anders an. »Danke.«

»Ich probiere gern neue Dinge aus. Vielleicht eröffnet sich hier ja auch eine ganz neue Karriere.« Abschätzend betrachtete sie ihr Werk und nickte dann zufrieden.

Ich folgte ihr zurück ins Schlafzimmer und stieg in die bereitgelegte schwarze Stoffhose und den cremefarbenen Pullover. Er war mir mindestens eine Nummer zu groß, die Ärmel rutschten herunter und bedeckten meine Hände.

»Würdest du das denn wollen? Eine neue Karriere?«

»Ich mag, was ich tue. Aber wer weiß, was in fünf Jahren ist. Oder zehn.«

Ich setzte mich auf den Rand des Bettes und sah zu ihr auf. »Kann ich dich was fragen?«

»Sicher.«

Den Blick auf meine mit den Ärmeln bedeckten Hände gerichtet, versuchte ich zu formulieren, was mir in den letzten Tagen immer und immer wieder durch den Kopf gegangen war. »Als es passiert ist. Da … Ich wusste nicht nur, was ich tat. Ich wollte es auch.« Ich musste die Augen schließen für den nächsten Teil. »Es hat mir Genugtuung verschafft.« Es war keine echte Frage gewesen, aber hoffentlich wusste sie auch so, worauf ich hinauswollte. *Sag mir, dass ich kein Monster bin. Bitte sag mir, dass es nicht zu spät für mich ist.*

Ich spürte, wie Cora vor mir in die Hocke ging, und öffnete die Augen wieder. Ungewohnt ernst musterte sie mich, aber in ihrem Gesicht war nicht die Spur von Verurteilung zu sehen.

»Das ist die Sache mit dem Überleben«, sagte sie sanft. »Wir sind darauf ausgelegt. Wir wollen es und manchmal kann es uns auch Genugtuung verschaffen. Das heißt nicht, dass dir das Töten Spaß macht. Das heißt nur, dass dein Kopf einen Weg finden musste, dich etwas tun zu lassen, das du niemals tun wolltest. Du hast keine Freude empfunden, du wolltest nur einfach nicht sterben. Und daran ist absolut nichts verwerflich.«

Ich musste wohl nicht überzeugt ausgesehen haben, denn sie umfasste mit sanftem Druck meine Hände.

»Jemand wollte dich umbringen. Freiwillig und in vollem Bewusstsein dessen, was er tat. Und du hast darauf reagiert, in der einzigen Weise, die dir in diesem Moment zur Verfügung stand. Gib solchen Menschen nicht das Gewicht, dir dein Leben ruiniert zu haben, nur weil sie dich gezwungen haben, etwas zu tun, was sich gegen das wendet, wofür du stehst. Zieh dich nicht selbst für eine Entscheidung zur Verantwortung, die ein anderer für dich getroffen hat. Das ist es nicht wert und wird dich auf Dauer zerstören.«

»Was tust du, um damit klarzukommen?«

»Ich mache weiter.« Cora stand auf und zog mich ebenfalls auf die Füße. »Einen Tag nach dem anderen. Und wenn das zu viel ist, dann probiere es mit einer Stunde. Oder auch nur die nächsten zehn Minuten. Nur nicht aufhören, in Ordnung?«

Ich schluckte und nickte dann. »In Ordnung.«

Kapitel 27

Ratschläge ließen sich leicht erteilen. Sie zu befolgen, war eine andere Sache. Aber auch wenn jede Zelle meines Körpers darauf drängte, sich im warmen Bett zu verkriechen, zwang ich mich, einen Fuß vor den anderen zu setzen. Nikolas wartete an die Wand gelehnt vor meinem Zimmer. Immerhin weit genug entfernt, um nicht den Eindruck zu erwecken, unser Gespräch belauscht zu haben.

Stumm trottete ich ihm hinterher bis in einen Speiseraum, der deutlich kleiner war als der, in dem wir mit Eleanor gefrühstückt hatten. Mehrere Teller und Schüsseln standen auf dem Tisch, und während ich mich zögerlich davor niederließ, setzte Nikolas sich ans Kopfende, schlug eine Mappe auf, nahm einen Stift und beachtete mich nicht weiter.

»Was tust du?«, frage ich verwirrt.

Nik antworte, ohne sich die Mühe zu machen, überhaupt aufzusehen. »Arbeiten.«

»Warum?«

»Weil ich eine Menge zu tun habe«, sagte er gedehnt und ließ es mehr wie eine Frage klingen.

Ich biss die Zähne zusammen.

Seufzend klappte er seine Mappe zu und erbarmte sich, den Blick zu heben. »Du hast deutlich gemacht, nicht besonders erpicht darauf zu sein, Zeit mit mir zu verbringen. Das akzeptiere ich. Im Rahmen der Möglichkeiten. Iss einfach und tu so, als sei ich nicht da. Ich werde mich nicht bemerkbar machen.«

»Du könntest mich auch einfach allein lassen.«

»Das habe ich gerade getan und schon fehlt dir die Hälfte deiner Haare. Nimm es mir nicht übel, aber ich werde bleiben.«

Plötzlich unsicher geworden, zupfte ich an einer Haarsträhne.

»Es steht dir«, fügte er mit einem warmen Unterton hinzu.

Mein Kopf ruckte nach oben, aber Nikolas war bereits in seine Arbeit vertieft.

Ich stach mit der Gabel in eine gekochte Kartoffel und zerlegte sie in vier gleichgroße Stücke, die ich eine Weile auf dem Teller umherschob, bevor ich eines davon in den Mund steckte. Mein Magen reagierte mit einem freudigen Zusammenziehen. Ich hatte wirklich viel zu lange nichts mehr gegessen.

Der Zeiger der Uhr an der Wand gegenüber bewegte sich stetig vorwärts, während ich mir für meine Kartoffel mehr Zeit nahm, als ich es je für eine ganze Mahlzeit getan hatte. Nik sagte dazu nichts, aber ich spürte, wie sein prüfender Blick von Zeit zu Zeit über mich glitt. Irgendwann hielt ich es nicht mehr aus, legte die Gabel ordentlich neben den Teller und faltete die Hände auf dem weißen Tischtuch vor mir.

Stur auf die Wand starrend, sagte ich: »Ich hätte dir nicht die Schuld an dem geben sollen, was passiert ist.« Zumal es Ciaran und nicht Nik gewesen war, der mich ins Elfenreich gezwungen hatte.

»Du hattest mit jedem Wort recht, das du an diesem Tag gesagt hast.«

Darüber würde ich jetzt nicht diskutieren. Wenn er meinte, mir recht zu geben, wäre ich die Letzte, die protestierte. Stattdessen beschloss ich, ihm eine andere Frage zu stellen: »Wie schaffst du es, dass es dich überhaupt nicht berührt?«

»Tue ich nicht. Ich habe bloß früh gelernt, es zu verstecken.«

Ich sagte daraufhin nichts und wir verfielen wieder in Schweigen.

»Ich war fünfzehn«, begann Nikolas schließlich seufzend und klang dabei, als sei er weit weg inmitten einer Erinnerung. »Ich begleitete meinen Vater und eine unserer Truppen, um einen Aufstand an der Grenze niederzuschlagen. Das war an sich nichts Ungewöhnliches, er nahm mich schon seit Jahren mit. Aber es war das erste Mal, dass ich … An diesem Tag tötete ich zwei Menschen. Ich glaube, ich habe meinen Vater noch nie stolzer gesehen. Als wir zurück im Schloss waren, habe ich mir drei Tage die Seele aus dem Leib gekotzt. Und dann habe ich meine eigene Truppe bekommen. Ich war so weit. Ich hatte gelernt zu töten, also war ich auch bereit anzuführen.«

»Du warst noch ein Kind.«

Ein bitteres Lächeln legte sich auf seine Lippen. »Ich war ein Thronerbe. Ich war ein Anführer. Und niemand will einen schwachen Anführer. Also habe ich mir geschworen, es niemals jemanden sehen zu lassen. Irgendwann wurde ich so gut darin, dass ich sogar mich selbst überzeugt hatte. Von da an wurde es leichter. Leichter, aber niemals unbedeutend. Und das ist gut. Es sollte nicht leicht sein. In dem Moment, in dem es dich nicht mehr berührt, hast du verloren.« Er stand auf und lehnte sich mit verschränkten Armen neben mich an den Tisch. »Das vorhin war nicht einfach so daher gesagt. Wir machen das in deinem Tempo. Sag mir einfach, wann du bereit für den nächsten Schritt bist.«

»Wenn Myra bereits dabei ist, ihre Armee zu versammeln, haben wir keine Zeit für psychische Heilung.« Okay, das hatte jetzt bitterer geklungen, als beabsichtigt.

»Ciaran ist ein Pessimist. Wenn er von Wochen spricht, bedeutet das mit ziemlicher Sicherheit Monate. Wir haben genug Zeit.«

»Aber wir müssen ihn auch noch mit meinem Freund zusammenbringen.« Solche Dinge zu besprechen, half. Es dirigierte meine Konzentration in eine andere Richtung. Und ein Zusammentreffen von Liam und Ciaran könnte sich sicherlich interessant gestalten. Ganz unabhängig vom eigentlichen Grund.

»Richtig.« Nikolas nickte langsam.

»Du hast auch schon geplant, wie, nicht wahr?«

»Ich hätte eine Idee«, gab er zu.

»Und lässt du mich an dieser Idee auch teilhaben?«

»Sicher.« Statt sofort zu antworten, nahm er ein Stück Brot, bestrich es mit einer Paste aus getrockneten Tomaten und reichte es mir. »Essen gegen Antworten.«

Ich verdrehte die Augen, nahm aber das Brot und biss hinein. Verdammt, das schmeckte himmlisch.

Nik lächelte wissend. »Rezept meiner Mutter. Sie treibt ihre Angestellten in den Wahnsinn, weil sie ständig durch die Küche wuselt.« Er lehnte sich zurück und stützte sich mit den Handflächen auf der Tischplatte ab. »Der Ball zur Wintersonnenwende nächsten Monat. Die Elfen werden ohnehin der Höflichkeit wegen eine Delegation schicken. Dann kann Ciaran das auch direkt selbst erledigen und mit deinem Freund sprechen.«

Ich schnaubte wissend. Das mochte ein netter Nebeneffekt sein, aber Nik würde es genießen, dass dieses Mal er es war, der den Elfenprinzen quer durchs Land beordern konnte. »Na schön. Machen wir es so.«

»Und bis dahin?«

Ich ließ mir von ihm ein weiteres Stück Brot andrehen und kaute nachdenklich. »Weißt du noch, worüber wir in Veirach gesprochen haben?«

»Wir haben dort über eine Menge Dinge gesprochen. Aber ich nehme an, dass du das Trainieren meinst.«

Nein, ich meinte den Sex und wollte ihn gerade auffordern, hier und jetzt auf dem Esstisch zu vögeln. Natürlich meinte ich das Training. Auch wenn ich meinen Gedanken für eine Sekunde erlaubte, bei Ersterem zu verweilen. Hätte ich doch im Elfenreich nicht erfahren, was ich erfahren hatte. Es wäre die perfekte Ablenkung gewesen. Zu schade aber auch.

»Ich will damit weitermachen.« Mit dem Training, nicht mit

dem Sex. Na ja, mit beidem, aber für Letzteres hatte ich zu viel Würde.

»Das ist eine gute Idee. Ich muss Cora an die Grenze zurückschicken, aber ich kann Ronan für dich fragen. Oder Gwen. Oder irgendwen von meinen Leuten. Wen immer du willst.«

»Ich will dich.«

Niks Atem stockte. Dann stieß er langsam die Luft aus. »Warum?«

Dafür gab es eine lange Liste an Gründen. Er hatte gezeigt, dass er im Fall der Fälle keine Rücksicht auf mich nehmen würde. Ich wollte jemanden, der mir beibrachte, zu überleben. Und zwar schnell. Ohne Rücksicht auf Verluste. Wenn ich wusste, wie man sich richtig verteidigte, dann konnte ich es vielleicht auch, ohne zu töten. Außerdem wusste Nik, wie man meine Knöpfe drücken musste. Er konnte mich wie kein anderer mit einem einzigen Satz wütend machen und Wut war eine Emotion, auf die ich mich im Moment nur zu gern konzentrierte. Und dann wäre da natürlich noch der Grund, den ich ihm niemals verraten würde. Seine Gegenwart war verwirrend für mich. So verwirrend, dass es schwer war, sich auf irgendetwas zu konzentrieren. Sex wäre die bessere Ablenkung, aber neben ihm zu sitzen, reichte fürs Erste.

»Du schuldest mir noch etwas, oder nicht?« Eigentlich war das nicht wahr. Wir hatten immerhin klargestellt, dass wir keine Freunde waren und zwischen uns keinerlei Ansprüche herrschten. Wie er es so treffend formuliert hatte, schuldeten wir einander nicht mal die Wahrheit.

»Sind wir dann quitt?«

»Nein.«

Nik schnaubte belustigt. »In Ordnung. Wir fangen an, sobald wir wieder in Terralore sind.«

»Warum erst dann?«

Er zuckte mit den Schultern, und bevor er es verbergen konnte, sah ich das kurze Aufblitzen von Schmerz in seinen Augen.

Ich handelte, bevor ich wirklich nachdenken konnte, stand auf und zog den Kragen seines Hemdes beiseite. Weil der oberste Knopf wie immer offen war, glitt es problemlos von seiner Schulter und offenbarte den etwa zehn Zentimeter langen Schnitt darunter, der sich rot von seiner gebräunten Haut abhob.

»Nik!«, stieß ich entsetzt vor.

»Das ist nichts.« Er versuchte, sich aus meinem Griff zu ziehen, aber ich dachte gar nicht daran, ihn loszulassen.

»Und ob das was ist. Hast du da jemanden draufgucken lassen?«

Es war gar nicht nötig, sein Kopfschütteln abzuwarten. Der Mann war viel zu stur, um auch nur die kleinste Möglichkeit von Schwäche zuzugeben. Und dann trug er mich damit auch noch einmal quer durchs Haus. Das konnte doch nicht sein Ernst sein.

»Du musst das jemandem zeigen, der sich damit auskennt.«

»Das ist in ein paar Tagen verschwunden.« Unvermittelt begann er, zu grinsen. »Du machst dir doch noch Sorgen um mich.«

Ich verzichtete darauf, ihm für diese Frage einen Hieb gegen die Schulter zu verpassen, auch wenn er es verdient hätte. Stattdessen folgte ich einem inneren Drang und legte einen Finger direkt auf die Grenze zwischen der unversehrten Haut und der roten Schwellung. Nik zuckte zusammen, wich aber nicht zurück. Ein Kribbeln wanderte meinen Arm hinunter. Zielgerichtet zu der Stelle, an der ich ihn berührte. Wärme breitete sich aus. Wie ein passiver Beobachter in meinem eigenen Körper sah ich zu, wie mein Finger über den Schnitt glitt. Und dann begann die Wunde zu heilen. Erschrocken stolperte ich einen Schritt zurück und auch Nikolas wich sämtliche Farbe aus dem Gesicht.

»Scheiße! Tut mir leid.« Sicherheitshalber brachte ich noch einen Meter Abstand zwischen uns und stieß mit dem Rücken gegen die getäfelte Wand. »Ich habe keine Ahnung, wie das passiert ist.« Schon wieder! Schon wieder hatte ich etwas getan, das ich weder gewollt noch geplant hatte. Meine Hände zitterten und ich ballte sie fest zu Fäusten.

Im Gegensatz zu mir blieb Nikolas völlig ruhig. Er besah sich seine Schulter, runzelte nachdenklich die Stirn. Dann zog er das Hemd hoch und seufzte tief. »Dann hatte Ciaran wohl recht.«

»Recht womit?«

»Mit deinen magischen Fähigkeiten.«

»Ich will keine magischen Fähigkeiten!« Das war das Letzte, das ich jetzt gebrauchen konnte. Noch etwas, das sich meiner Kontrolle entzog. Lange etwas davon haben würde ich doch ohnehin nicht.

»Das macht die Dinge auf jeden Fall komplizierter«, sagte Nik nachdenklich. »Ich hatte gehofft, nicht so weit gehen zu müssen.«

»Könntest du mir den Gefallen tun und verständlich sprechen? Ich stehe kurz davor, durchzudrehen, und bin gerade erst getrocknet.« Auf ein zweites Bad im See konnte ich gut und gern verzichten.

»Warte hier.« Nik stieß sich vom Tisch ab und war verschwunden, ohne auf meinen Protest zu achten.

Klasse. Ich stand eine Weile herum, aber nichts passierte. Das Zittern ließ nach und ich mich kraftlos gegen den Tisch sinken. Unbeteiligt nahm ich die Gabel wieder auf. Mein Körper würde die Kraft brauchen. Ich knabberte gerade an einer mit Schokolade überzogenen Erdbeere – Schokolade half nachweislich immer –, als Nik zurückkehrte. In der Hand ein unscheinbares schwarzes Kästchen.

»Was ist das?«, fragte ich misstrauisch.

»Die Sache, die wir besprechen müssen. Setz dich lieber.«

»Ich stehe sehr gern. Danke.«

»Na schön.« Er drehte das Kästchen zwischen den Fingern und machte beinahe den Eindruck, nervös zu sein. »Erinnerst du dich an die Männer in Veirach?«

Seine Frage brachte mich derart aus dem Konzept, dass der

Rest der Erdbeere aus meiner Hand glitt und mit einem Platschen auf dem Teller aufkam.

»Wie könnte ich nicht?«

»Du hast einen von ihnen gefragt, wie sie uns gefunden haben.«

»Und du hast ihn niedergestochen, bevor er antworten konnte.«

»Ich glaube, sie können deine Magie aufspüren.«

Jetzt setzte ich mich doch hin. Aus Gewohnheit hatte ich schon eine Haarsträhne nehmen wollen, um sie mir um den Finger zu wickeln, griff aber ins Leere. Rasch legte ich meine Hände in den Schoß. »Warum erzählst du mir das?«

Nik zog einen zweiten Stuhl zurück, setzte sich mir gegenüber und reichte mir das Kästchen. »Mach es auf.«

Viel zu angespannt, um ihm aus reiner Gewohnheit zu widersprechen, öffnete ich den Deckel. Verwirrt sah ich auf das schlichte silberne Armband, das mir auf schwarzem Samt entgegenfunkelte. Es war etwa einen Finger breit und bis auf seine glänzende Beschaffenheit völlig schmucklos.

»Was soll das sein?«

»Du darfst das jetzt auf keinen Fall falsch verstehen. Ich habe das anfertigen lassen, bevor wir uns … näher kennengelernt haben.«

»Klärst du mich auch darüber auf, was genau ich nicht falsch verstehen darf, oder muss ich raten?«

»Es ist aus einer speziellen Legierung aus Eisen und Silber gefertigt. Und mit einem Tropfen deines Blutes versetzt.«

»Igitt.« Angewidert ließ ich das Kästchen in meinen Schoß fallen. »Was soll das? Und woher hast du bitte mein Blut?!«

»Ciarans Wolfsangriff«, murmelte Nik und wich mir aus.

»Natürlich«, sagte ich bitter. »Das eine Mal, wo ich dich für fürsorglich hielt. War ja klar, dass das auch nur gespielt war.«

Die Tatsache, dass er nicht darauf antwortete, sagte viel mehr, als Worte es hätten tun können.

Ich stieß langsam und beherrscht die Luft aus, um nichts von all den Dingen zu sagen, die mir auf der Zunge lagen. Das meiste davon waren ziemlich ausgefallene Beleidigungen, die das Gespräch eher weniger vorangetrieben hätten. »Also. Das Armband?«

»Eisen nimmt Fae-Magie auf, Silber wehrt sie ab. Im richtigen Verhältnis gemischt und mit etwas Blut versetzt ist dieses Armband in der Lage, deine Kräfte zu blockieren. Es ist so hergestellt worden, dass ich der Einzige bin, der es wieder öffnen kann.«

Die Worte hallten seltsam in meinem Kopf nach, während sich die Puzzleteilchen zusammenfügten.

»Du hast Angst vor mir«, sagte ich langsam. »*Deshalb* hast du mir nicht die Wahrheit gesagt. Du denkst, ich könnte Myra in mehr als nur ihrem Aussehen eine Doppelgängerin sein.«

»Ich hatte meine Vorbehalte, das gebe ich zu. Aber nicht mehr. Nicht seit allem, was passiert ist.«

»O nein!« Ohne es zu merken, war ich aufgesprungen. »Du hast es mitgenommen! Du hattest es die ganze Zeit dabei. Immer einsatzbereit, falls ich ausflippe und die Seiten wechsele. Gib es wenigstens zu!«

Im Gegensatz zu mir blieb Nik völlig ruhig. Das irritierte mich. Die einzige Emotionale im Raum zu sein, machte mich seltsam verletzlich.

»Ich vertraue dir«, sagte Nik, jedes Wort sorgfältig betonend. »Vermutlich mehr, als ich es sollte. Wäre dem nicht so, würde dieses Gespräch ganz anders ablaufen.«

Was das schon wieder bedeuten sollte, wollte ich gar nicht erst wissen. »Wenn du denkst, dass ich freiwillig dieses Ding ummache, dann vergiss es!«

»Du bist wie ein leuchtender Punkt auf einer Landkarte. Myra wird inzwischen wissen, dass wir bei Ciaran waren. Sie wird ahnen, dass es nur noch eine Frage der Zeit ist, bis wir das haben, was sie so dringend will. Willst du wirklich jeden Kopfgeldjäger in hundert Meilen Entfernung anziehen?«

»Auf dem Hinweg war es dir doch auch egal!«

»Aber jetzt ist alles anders. Ich befürchte nicht länger, dass du Kräfte hast, ich weiß es. Und du bist wütend. Deine Emotionen lenken deine Magie. Du warst in Veirach wütend auf mich und schon standen Myras Männer bereit. Du warst aufgewühlt, als wir das Elfenreich verlassen haben, und wieder haben sie uns gefunden. Und ich glaube, dass das nicht mit dem zu vergleichen ist, was du im Moment fühlst.«

»Wag es ja nicht, Vermutungen über meine Gefühle aufzustellen!«, zischte ich und konnte einmal mehr spüren, wie sich meine Nägel in meine Handfläche bohrten.

Nik hob abwehrend die Hände. Dann stand er auf und nahm das Armband, das von mir unbemerkt zu Boden gefallen war.

Ich funkelte ihn an. »Vergiss es!«

»Felicity«, sagte er betont ruhig. Er machte einen Schritt, auf den ich sogleich hastig durch zwei nach hinten reagierte. Augenblicklich hielt er inne. »Ich werde dich nicht zwingen. Das würde ich niemals tun.«

»Ich weiß nicht mehr, was du tun würdest.« Meine Stimme war kaum mehr als ein Flüstern, und obwohl ich mich so sehr dagegen gewehrt hatte, spürte ich jetzt doch Tränen in meinen Augen brennen.

»Dafür kann ich dir wohl kaum einen Vorwurf machen.« Eine Weile schwiegen wir und die Stille lastete schwer zwischen uns. »Gib mir deine Kette.«

»Was?« Irritiert griff ich nach dem kleinen Drachenanhänger um meinen Hals. »Wieso?«

»Gib schon her.«

Langsam lösten meine Finger den Knoten, dann reichte ich Nik die Kette. Er sah mich nachdenklich an, dann zog er seinen goldenen Siegelring vom Finger und fädelte ihn zu dem Drachen auf das Lederband.

Ich beobachtete ihn stirnrunzelnd. »Was machst du da?«

»Ich habe deinen Ring, du kriegst meinen. Das ist mein Weg

zum Thron. Sollte ich je wieder etwas tun, das dich verletzt, hast du meine Erlaubnis damit zu tun, was immer du willst.«

Er gab mir die Kette zurück und ich schloss zögerlich die Finger darum. »Was, wenn ich den unterwegs in irgendein Feld fallen lasse?«

»Ich sagte doch, ich vertraue dir.« Er hob erneut das Silberarmband. »Im Gegenzug bitte ich darum, dass du mir vertraust.«

Unsicher kaute ich auf meiner Unterlippe. »Was, wenn ich meine Meinung ändere?«

»Ein Wort von dir reicht.«

Ich wusste, dass ich das nicht tun sollte, aber ich streckte trotzdem meinen Arm aus und erlaubte Nik, das Band um mein Handgelenk zu legen. Kühl schmiegte sich das Metall an meine Haut.

Nik warf mir noch einen prüfenden Blick zu, dann ließ er den Verschluss einschnappen. »Danke.«

»Ich vertraue dir nicht.« Zum ersten Mal seit unserem Aufbruch aus dem Elfenwald sah ich ihm direkt in die Augen. »Ich werde tun, was nötig ist, um diese Sache hinter mich zu bringen, aber ich werde dir nie wieder vertrauen.«

Kapitel 28

Wir erreichten Terralore etwa zweieinhalb Tage später und von da an verlief mein Leben seltsam geordnet. Ich schlief schlecht, wachte mehrmals pro Nacht schweißgebadet und zitternd auf und brauchte Stunden, um wieder in den Schlaf zu finden. Trotzdem beschwerte ich mich nicht ein einziges Mal, wenn Nikolas mich noch vor dem Morgengrauen abholte und mit nach draußen auf den Trainingsplatz nahm. Wir sprachen nicht viel und ich legte meine gesamte Konzentration auf das Brennen meiner Muskeln, während ich mich von ihm in die Kunst von Schlagen, Treten, Verteidigen und Angreifen einweisen ließ. Das Armband um mein Handgelenk blieb, wo es war. Ich wollte es dort. Nicht noch einmal würde ich etwas in mir erlauben, zu einer tödlichen Kraft zu werden. Nichtsdestotrotz blieben meine Selbstheilungskräfte, was auch bedeutete, dass ich keinen Muskelkater bekam und meinem Körper zwischen den Trainingseinheiten keine Pausen gönnen musste. Die Nachmittage verbrachte ich größtenteils damit, um das Schloss herumzulaufen, bis ich kaum noch Luft bekam und Schweiß meine Kleidung durchweichte. Es war nicht der gesündeste Weg, mich mit den Ereignissen auseinanderzusetzen, aber ich machte weiter. Tag um Tag. Der Winterball würde in gut zwei Wochen stattfinden, und wenn dort alles glattging, konnten wir danach aufbrechen und diese Sache ein für alle Mal beenden. Vierzehn Tage. Die würde ich jetzt auch noch aushalten.

Gerade noch rechtzeitig sah ich auf, denn Nik vollführte seinen nächsten Angriff und hatte offenbar nicht vor, damit zu warten, bis ich bereit war. Seinem Schlag konnte ich nur ausweichen, indem ich mich auf den schneebedeckten Sand fallen ließ, über den Boden abrollte und direkt wieder auf die Füße sprang. Mir war oft genug eingebläut worden, dass Angriff die beste Verteidigung war, also hielt ich mich nicht lange damit auf, Dreck von meinen Klamotten zu klopfen, sondern trat Nik, so fest ich konnte, gegen die Brust. Er fing meinen Fuß ab und ich nutzte den Schwung, um mich nach oben zu katapultieren und mein freies Bein um seinen Oberkörper zu schlingen. Wir stolperten gegen die Holzbalustrade. Nik wirbelte uns herum und ich krachte mit dem Rücken gegen den nächsten Balken. Entschlossen, das nicht auf mir sitzen zu lassen, stieß ich mich ab und prallte mit meinem vollen Gewicht gegen ihn. Nicht in der Lage, das Gleichgewicht zu halten, stürzten wir beide in den Sand. Nik rollte sich über mich und drückte meine Hände über meinem Kopf in den Schnee.

Es war verdammt kalt und ich verzog missmutig das Gesicht, als Feuchtigkeit begann, sich ihren Weg durch meine Kleidung zu bahnen. »Das ist widerlich.«

Nikolas lächelte spöttisch. »Seit wann bist du so zimperlich?«

»Weißt du«, ich sah gegen die Morgensonne blinzelnd zu ihm auf, »du musst nicht so ein Arschloch sein.«

»Aber du arbeitest viel effektiver, wenn du wütend bist. Und teilnahmslos im Sand herumzuliegen, hat noch niemanden einen Kampf gewinnen lassen.«

Daran war bloß falsch, dass ich ganz und gar nicht teilnahmslos herumlag. Ich genoss das Gefühl von seinem Gewicht auf meinem Körper. Natürlich war ich noch immer wütend auf ihn, aber trotzdem konnte ich diese Situation als das bezeichnen, was sie war: *heiß*. Ich konnte das trennen. Hoffte ich zumindest. Denn einmal mehr war Nik mir so nah, dass ich die Goldsprenkel in seinen Augen funkeln sehen konnte. Es wäre so leicht, darin zu versinken.

Das Universum verriet mir, was es von dem Gedanken hielt, indem es genau in diesem Moment anfing zu regnen. Eiskalt fielen die Tropfen auf uns hinunter und vermischten sich mit dem restlichen Schnee zu etwas, das man nur aus sicherer Entfernung neben einem warmen Kamin erleben wollte.

Wasser lief über Niks Haar und Gesicht, aber natürlich machte er keine Anstalten, mich freizugeben. Da musste die Welt schon aktiv untergehen, damit er einen Kampf vorzeitig beendete. Trotzdem entließ er ganz langsam meine Handgelenke und stützte sich stattdessen mit den Unterarmen neben meinem Kopf ab.

Wie hypnotisiert starrte ich in seine dunklen Augen, deren Blick sich keine Sekunde von mir löste.

Das war keine gute Idee. Gar keine. Aufhören. Abbrechen! Aber statt ihn von mir zu schieben, hob ich eine Hand und strich ihm sanft eine nasse Haarsträhne aus dem Gesicht.

Wie von selbst lehnte er sich in meine Berührung. Keine Ahnung, ob ich es war, die sich zu ihm hochstreckte, oder er, der sich zu mir hinunterbeugte, aber mit einem Mal waren unsere Gesichter nur noch Millimeter voneinander entfernt. Sanft strich sein Atem über meine Lippen. Völlig vergessen war die Tatsache, dass wir uns mitten im Regen auf einem Trainingsplatz befanden, dass mehrere herumstehende Wachen jede Bewegung verfolgten, dass er mich belogen und hintergangen hatte. *Dass er mich belogen und hintergangen hatte.*

»Nik«, flüsterte ich. Durch die Bewegungen strichen meine Lippen ganz sacht gegen seine. Ich hatte bereits die Hand gehoben, um seinen Kopf das letzte Stück zu mir herunterzuziehen, als mein Verstand sich in den Vordergrund drängte. »Ich kann das nicht.«

»Wieso nicht?«

»Weil ich Selbstachtung habe.« Und diese Tatsache im Moment richtiggehend verfluchte. Was sollte das auch?

Er sah noch einmal auf meine Lippen, dann nickte er und sprang eleganter auf die Füße, als ich jemals aufgestanden war.

Ein frustrierter Laut drang aus meiner Kehle. Vielleicht hätte ich mich ja überreden lassen.

»Ein Nein ist ein Nein, Felicity. Auch wenn es nicht ganz ernst gemeint ist.« Er streckte mir eine Hand entgegen und ich ließ mich von ihm hochziehen. Er hatte ja recht. Und jetzt, wo mein Verstand wieder richtig arbeitete, war ich auch verdammt froh darüber. Also gut, back to business.

»Ich wollte ohnehin noch etwas mit dir besprechen.«

Nik gab ein Brummen von sich, das wohl so viel wie ›sprich weiter‹ bedeutete.

Mit in den durchweichten Hosentaschen vergrabenen Händen ging ich neben ihm den Weg zum Schloss entlang. »Ich brauche einen Tag ohne Bewachung.«

»Ich lasse dich nicht bewachen.«

»Dann eben ohne Schutz. Du weißt genau, was ich meine.«

»Mhh.« Nachdenklich legte Nik den Kopf schief. »Ich lasse meine Leute nicht auf dich aufpassen, weil ihnen sonst langweilig wäre. Das hat schon seinen Sinn.«

»Wir wissen beide, dass ich deine Leute abhängen kann, wenn ich will!«

»Oh, Felicity. Denkst du wirklich, ich gehöre zu der Sorte Mann, der denselben Fehler zweimal macht?«

»Du willst kein Gespräch mit mir über deine Fehler führen, glaub mir.«

»Nein, besser nicht.« Er ließ mich an sich vorbei durchs Schlossportal treten und folgte dann in die Eingangshalle, wo wir endlich sicher vor dem eiskalten Regen waren. »Frühstücke mit mir, dann können wir darüber reden.«

»Willst du mich jetzt zwingen, Zeit mit dir zu verbringen? Ist das dein Ernst?«

»Ich zwinge dich zu gar nichts.« Nik stieg, ohne auf mich zu warten, die Treppe empor. Immer zwei Stufen auf einmal nehmend, als hätten wir nicht gerade mehrere Stunden trainiert. Ich folgte ihm deutlich langsamer, konnte die

Zeit aber hervorragend dazu nutzen, auf seinen Hintern zu starren.

Erst auf der obersten Stufe fand ich meinen Fokus wieder. »Wieso?«

»Eine Wahrheit für eine Wahrheit?«

»Ich spiele nicht mehr mit dir.«

»Dann wirst du es auch nicht erfahren.«

Frustriert biss ich die Zähne zusammen, während Nik einige Worte mit den Wachen vor seinem Arbeitszimmer wechselte und dann hineinging. Mir blieb nicht viel anderes übrig, als ihm zu folgen. Auf keinen Fall wollte ich aber den Eindruck erwecken, mich weiter an dieser Diskussion zu beteiligen. Also nahm ich ein Buch aus seinem Regal, schlug es wahllos auf und setzte mich in einen der Sessel vor dem Kamin. Ein kleines Feuer brannte vor sich hin. Wenigstens war es hier warm.

»Das ist nicht mal in unserer Sprache geschrieben.«

Ich zuckte zusammen, als Niks Stimme direkt neben meinem Ohr ertönte, fing mich aber sogleich darauf wieder.

»Ich lerne schnell.« Ohne aufzublicken, blätterte ich demonstrativ eine Seite um. Leider hatte er recht, denn die eng verschnörkelten Buchstaben gehörten sicher nicht zu unserem Alphabet.

»Ach, ja?«, fragte er amüsiert und setzte sich neben mich auf die Armlehne des Sessels. »Worum geht es denn?«

Verärgert klappte ich das Buch zu. »Um einen arroganten und verwöhnten Prinzen, der meint, mit seiner aufdringlichen, manipulativen Art könne er Menschen dazu bringen, ihn zu mögen, obwohl sie ihn schon lange endgültig abgeschrieben haben. Ist natürlich Fantasy.« Ich lächelte süß. »Das ist ja gern mal ein wenig unrealistisch.«

»Wir waren schon einmal an dem Punkt, wo du meintest, mich zu hassen.«

»Und genau das ist dein Denkfehler.« Ich beugte mich vor, um meinen Worten Ausdruck zu verleihen. »Ich hasse dich nicht. Dazu müsstest du mir etwas bedeuten. Aber du bist mir inzwischen völlig egal. Und jetzt sag mir, ob das gelogen war.«

Niks Kiefer zuckte kaum merklich, dann hatte er sich wieder im Griff. »Du bist verletzt und wütend. Nur weil du im Moment von etwas überzeugt bist, muss das nicht zwangsläufig die Wahrheit sein.«

Ich verdrehte die Augen. Verdrängung konnten wir beide gut. »Wieso interessiert es dich, was ich über dich denke?«

»Du hättest mich gerade fast geküsst.«

»Ja, hätte ich.« Es würde unser beider Intelligenz beleidigen, das abzustreiten. »Auf deinen Körper bin ich ja auch nicht sauer.« Mit dem Fingerknöchel schlug ich gegen seinen Kopf. »Der da hat mich verraten.«

»Was für ein Pech für dich, dass mein Kopf noch fest auf meinen Schultern sitzt.«

»Ja, wirklich bedauerlich.« Ich lehnte mich im Sessel zurück und verschränkte die Arme vor der Brust. »Ich habe versucht, das hier erwachsen zu regeln. Machen wir es eben auf deine Art. Zieh deine Leute ab oder ich entscheide, dass Ciaran das Schwert bekommen soll und damit machen kann, was immer er will.«

Nik wollte gerade zu einer Antwort ansetzen, als es an der Tür klopfte. »Perfektes Timing.« Und dann lauter: »Komm rein.«

Oliver trat in den Raum, blieb wie angewurzelt stehen und sah unsicher zwischen uns hin und her. »Wo werde ich nun wieder hineingezogen?«

»Du hast eine neue Aufgabe.« Nik wies mit einer ausladenden Handbewegung auf mich. »Diese reizende Dame hier, die gerade gar nicht den Eindruck macht, mir die Kehle aufreißen zu wollen. Sie ist ab jetzt deine einzige Verantwortung. Du wirst sie keine Sekunde aus den Augen lassen, verstanden?«

»Wie bitte?!« Ich fuhr zu ihm herum. »Hast du mir gerade überhaupt zugehört?« Das mit der *reizenden Dame* ignorierten wir jetzt mal.

»Tu, was du nicht lassen kannst, aber ich werde nicht dein Leben riskieren, nur weil du sauer auf mich bist.«

Ich öffnete protestierend den Mund, aber Nik hob eine Hand, um mich zu unterbrechen. »Er soll auf dich aufpassen, mehr nicht. Ich will nicht wissen, wo ihr hingeht, wen ihr trefft oder was ihr tut. Das ist das Einzige, das ich dir anbieten kann.«

»Was ist, wenn ich etwas richtig Dummes tun will?«

»Ich bezweifle nicht, dass du das tun wirst«, sagte Nik trocken. »Wenn es so weit ist, hält er dich hoffentlich davon ab, aber ich werde es nicht erfahren.«

»Also bekomme ich meinen eigenen Ronan?«

»Wenn du es so ausdrücken willst«, Nik seufzte leidgeprüft, »dann ja, du bekommst deinen eigenen Ronan.«

»Na schön. Von mir aus.« Ich legte nicht zu viel Enthusiasmus in meine Stimme. Das war ein Deal, mit dem ich mich durchaus anfreunden konnte, aber er sollte ruhig das Gefühl haben, dass ich ihm gerade ein riesiges Zugeständnis machte.

»Gut.« Nik wandte sich wieder Oliver zu. »Nur damit das klar ist: Wenn ihr etwas passiert, bist du tot.«

»Ich werde sie von jeder Gefahrenquelle fernhalten«, antwortete dieser gewissenhaft.

Nik schnaubte. »Viel Erfolg dabei.« Dann ging er zu seinem Schreibtisch und nahm zwei Umschläge aus einer der Schubladen. Er reichte mir den ersten. »Gib das deinem Zaubererfreund, wenn du zu ihm gehst.«

»Was ist das?«

»Die offizielle Einladung zum Winterball. Ciaran wird da sein, dann können sie sich beschnuppern oder was auch immer das werden soll.«

Ich nahm die Karte aus dem Umschlag und betrachtete die ordentlich geschwungenen Wörter, die sich in dunkler Tinte von dem goldenen Untergrund abhoben.

Nik fuhr sich mit den Fingern durch seine Locken, was sie noch mehr durcheinanderbrachte, als sie es eh schon waren. Dann reichte er mir den zweiten Umschlag. »Ich wusste nicht, ob ich dir den hier geben soll oder ob du das als Bestechungsversuch werten würdest.«

Neugierig zupfte ich das Pergamentbündel aus seinen Fingern. »Ich bin immer offen für Bestechungen.«

Seine Mundwinkel zuckten in einem kaum merklichen Anflug eines Lächelns. »Ich habe ein paar Vorkehrungen getroffen, bevor wir unsere Reise angetreten haben. Ich wollte dich vor Ciaran schützen, also habe ich dir Papiere besorgt und dich ins Stadtregister eingetragen. Wenn du offizielle Bürgerin von Terralore bist, ist es schwieriger für ihn, dich in die Finger zu bekommen, sollte er das vorgehabt haben.«

»Okay«, sagte ich stirnrunzelnd. »Und was genau ist davon jetzt der Bestechungsversuch?«

»Es soll kein Bestechungsversuch sein. Aber zu deinen Papieren gehört auch ein Bankkonto, das auf deinen Namen läuft. Solltest du dich umentscheiden und hierbleiben wollen, ist das genug Geld, um ein Leben anzufangen. Unabhängig. Und wenn nicht … dann sieh zu, wie viel du in zwei Wochen ausgeben kannst.«

Ich starrte einige Sekunden sprachlos auf den unscheinbar wirkenden Umschlag in meiner Hand. Dann fand ich meine Stimme wieder. »Ich will kein Geld von dir.« Nicht mehr. Es war lustig gewesen, sein Gold auszugeben. Jetzt fühlte es sich nur noch falsch an.

»Es gehört bereits dir. Ich habe keinerlei Zugriffsrecht mehr darauf. Wenn du es nicht willst, lass es auf der Bank vergammeln. Oder wirf hundert Goldmünzen auf einmal in den nächsten Wunschbrunnen. Ist mir egal.«

»Wie viel –«

»Genug.«

»Okay. I-ich weiß gerade nicht, was ich dazu sagen soll.«

»Was?« Nik hob eine Braue. »Das war alles, was nötig war, um dich sprachlos zu kriegen? Hätte ich das doch nur vorher gewusst.«

Fast hätte ich mich auf die Stichelei eingelassen. Es wäre so einfach, wieder in alte Verhaltensmuster zu verfallen. *Fast*. Stattdessen nahm ich die beiden Umschläge und steckte sie in die Tasche meines Kleides. »Ich sollte los.«

»Sicher.« Er räusperte sich. »Sei vorsichtig. Es wäre dumm, anzunehmen, Myras Männer seien nicht auch bereits in der Stadt. Und weih Oliver ein, der arme Kerl sieht ein wenig verwirrt aus.«

Mein neuer Leibwächter stand tatsächlich an der Seite und beobachtete uns mit gerunzelter Stirn.

»Klasse. Lässt sich bestimmt alles supereinfach erklären.«

Kapitel 29

Olivers Drang nach Informationen musste noch warten. Ich würde Liam sowieso später einiges erklären müssen und hatte wirklich keine Lust, das Chaos der letzten Wochen zweimal zusammenzufassen.

»Kann ich Nik das glauben?«, fragte ich, während wir zurück in die Eingangshalle gingen. Es wäre verschwendete Mühe, sich erst umzuziehen. Der Regen prasselte selbst hier drin unüberhörbar gegen die Fenster und draußen wären wir im Bruchteil von Sekunden wieder durchweicht.

»Ich denke, deine Sicherheit ist ihm wichtiger, als zu gewinnen, worum auch immer es gerade ging.«

Meine Hand glitt an dem steinernen Treppengeländer entlang. »Du hast keine Ahnung, worauf du dich eingelassen hast.«

»Nun, ich bin gespannt darauf, es zu erfahren. Immerhin habe ich dank dir meinen Job behalten.« Zuerst hatte er ihn dank mir verloren, aber daran erinnerte ich ihn nicht. »Wo gehen wir eigentlich hin?«

»Wir gehen jetzt einen Zauberer besuchen.« Ich hatte die Stimme gesenkt, denn inzwischen befanden wir uns schon längst nicht mehr allein auf den Fluren.

Oliver warf mir einen Seitenblick zu. »Das mit den Schwierigkeiten hast du ernst gemeint, oder?«

»Du musst hierbei nicht mitmachen. Nik wird es nicht erfahren, wenn du mich einfach allein gehen lässt.«

»Oh, doch.« Oliver seufzte tief. »Das würde er.«

Vermutlich würde er das tatsächlich. Und das gefiel mir nicht. *Zwei Wochen*, sagte ich mir immer wieder. Bei jedem Schritt, wie ein Mantra. *Zwei Wochen und das alles hier ist vorbei.* Keine bewaffneten Männer mehr, die mir bei jedem Schritt folgten, keine Angriffe, keine Angst vor jedem Schatten. Keine Ringe, keine Magie, kein verwinkeltes Schloss … Ich biss mir auf die Lippe, als meine Gedanken zu der anderen Seite der Liste wanderten, die ich eher unfreiwillig aufgestellt hatte. Ich hatte über die Entscheidung, zu der Ciaran mich zwang, nicht lange nachdenken müssen. Trotzdem war irgendwann in den vielen Stunden auf dem Pferderücken eine Pro-und-contra-Liste entstanden. Und leider musste ich zugeben, dass durchaus beide Seiten diskussionswürdige Einträge hatten. Das war auch der Grund, warum ich meine Gedanken die meiste Zeit von besagter Liste fernhalten wollte. Das und die Tatsache, dass ich nicht wusste, wo ich goldgesprenkelte dunkle Augen einordnen sollte, die mich alle anderen Punkte vergessen ließen.

Wir betraten die geschäftige Eingangshalle und Oliver, ganz in seiner Rolle als neuer Leibwächter, straffte die Schultern. Ich wollte ihn gerade mit einem neckischen Kommentar aufziehen, als mein Blick von einer Frau abgelenkt wurde, die am oberen Treppenabsatz lehnte. Sie trug ein dunkelrotes, mit glitzernden Steinen besetztes Kleid, dessen einziger Zweck es offenbar war, sich absolut perfekt um ihre Figur zu schmiegen. Ihr blondes Haar fiel in Wellen bis zu ihrer Hüfte. Nicht das leiseste Anzeichen von Spliss. Bewundernswert. Meine eigenen Haare wuchsen nie länger als bis zur Brust.

»Élena Sainsbury«, erklärte Oliver und es dauerte kurz, bis mein Kopf den Namen richtig einordnete.

»Élena«, wiederholte ich. »*Die* Élena?«

»Kommt darauf an, was du mit *die* meinst. Die zweite Thronerbin Landrios? Die Schwester von Lilian? Oder geht es um dieses

Gerücht mit dem prinzlichen Heiratsantrag, den sie angeblich beim Winterball bekommen wird?«

»Was glaubst du, ist an dem Gerücht dran?«, fragte ich möglichst beiläufig. Nik hatte sehr glaubhaft versichert, dass er keinerlei Heiratspläne hatte, aber dennoch war sie hier. Das musste doch etwas zu bedeuten haben.

»Nun, unser Prinz ist durchaus dafür bekannt, ein wenig rebellisch veranlagt zu sein, aber früher oder später wird er tun, was politisch gesehen das Richtige ist. Diese Heirat wäre ein guter Schritt, um zukünftige Bündnisse abzusichern.«

»Mhh«, murmelte ich abwesend. Meine Aufmerksamkeit war weiter gewandert. Zu dem Mann neben Élena. Ihrem Bruder. Cullan. Noch viel zu präsent war die seltsame Begegnung vor einigen Wochen. Ob Oskar wusste, dass er noch in der Stadt war? Natürlich tat er das. Oskar wusste solche Dinge immer. Eine plötzliche Sehnsucht durchzuckte mich. Wie gern wäre ich bei ihm vorbeigegangen. Er wäre sicherlich begeistert, wenn ich die Schlosswache in sein Versteck brachte.

Gerade als ich mich abwenden wollte, hob Cullan den Kopf und unsere Blicke trafen sich. Sein kühles Lächeln löste das altbekannte Kribbeln in meinem Nacken aus. Ich versteifte mich. Diesen Mann umgab Gefahr, das wusste irgendein Teil von mir mit Sicherheit. Sollte vermutlich keine Überraschung sein. Oskar war ja nun nicht gerade der Kerl, der sich von gutem Aussehen allein anziehen ließ.

Oliver berührte meinen Ellbogen. »Wollten wir nicht zu deinem Freund?«

»Ja … ja sicher.« Rasch schüttelte ich den Kopf, um das merkwürdige Gefühl der Benommenheit zu vertreiben. Dann folgte ich Oliver nach draußen, Cullan unverwandt im Rücken spürend.

Man musste Liam hoch anrechnen, dass er mich nicht ein einziges Mal unterbrach, als ich ihm haarklein berichtete, was in den letzten Wochen passiert war. Von der Nacht des Einbruchs über alles, was Nik mir erzählte, von den Geschehnissen in Veirach und allem, was wir im Elfenwald erfahren hatte. Hier und da verschwieg ich ein Detail, *alles* musste er ja nun wirklich nicht wissen. Im Gegensatz zu Oliver, der neben der Tür im überfüllten Wohnzimmer Stellung bezogen hatte und dessen Miene komplett regungslos blieb, wechselte die des Zauberers von Erstaunen zu Überraschung und schließlich zu einer kaum gezähmten Begeisterung. Mehrmals war er zwischendurch aufgesprungen und hatte scheinbar wahllos Bücher aus dem ebenso überfüllten Regal genommen, die sich jetzt in einem bedrohlich schwankenden Stapel auf dem – wer hätte es gedacht? – ebenfalls völlig überfüllten Tisch befanden.

Meine Finger spielten mit einem Bündel getrockneter Kräuter, während ich darauf wartete, dass Liam damit fertig wurde, in einem alten Buch zu blättern. Es sah aus, als würde ein Windhauch genügen, um es zu Staub zerfallen zu lassen.

»Bist du …« Unsicher biss ich mir auf die Unterlippe. »Sauer?«

»Was?« Er hob den zerzausten Lockenkopf und blinzelte mich verständnislos an.

»Bist du sauer?«, wiederholte ich meine Frage und legte die Kräuter beiseite, bevor ich sie aus Versehen völlig zerpflückte. Liams Blick folgte dieser Bewegung.

»Das kannst du ruhig kaputt machen. Davon habe ich noch mehr.«

Er wollte sich wieder dem Buch zuwenden, aber ich legte rasch eine Hand darauf. »Nicht deswegen.«

»Weshalb dann?«

»Weil wir – weil *ich* – dich in diese Sache mit hineingezogen habe. Schon wieder.«

»Aber das ist doch fantastisch.« Er hatte wirklich keinen Schimmer, warum irgendjemand davon nicht absolut begeistert sein könnte.

»Wenn dieses Schwert hier ist, werden das eine Menge magischer Wesen spüren können. Und sie alle werden es gar nicht erwarten können, ihre Finger daran zu bekommen.«

»Ich weiß, ich weiß.« Liam winkte ab. »Aber überleg doch mal, was das bedeutet!«

»Will ich eigentlich gar nicht.«

»Die Augen vor der Wahrheit zu verschließen, hat noch nie geholfen.« Er sah mich streng an. »Ich frage mich …«

Ich sollte nicht erfahren, was genau er sich fragte, denn im nächsten Moment war er wieder aufgesprungen und hatte sich erneut in seinem Bücherregal vergraben.

Oliver warf mir einen fragenden Blick zu, den ich nur mit einem hilflosen Schulterzucken quittierte. Mein Leibwächter beugte sich zu mir herunter und flüsterte so leise, dass nur ich es hören konnte: »Sind alle deine Freunde so komisch?«

»Wenn man es sich recht überlegt, dann ja, eigentlich schon. Wenn auch auf eine andere Art.« Ich grinste und sagte dann lauter: »Liam?«

»Entschuldige.« Der Zauberer kam zurück an den Tisch und legte ein weiteres Buch auf den Stapel, der daraufhin bedenklich zitterte. Ein Fingerschwenk später stabilisierte er sich ohne jegliche Berührung.

Ich schob den goldenen Briefumschlag über den Tisch. »Der Winterball ist unsere einzige Möglichkeit, dich und Ciaran zusammenzubringen, ohne dass es Fragen aufwirft.«

»Oh.« Liam verzog das Gesicht. »Ich bin nicht besonders gut mit Bällen.«

»Tut mir leid. Wenn es anders gehen würde …«

»Nein, schon gut. Ist vermutlich wirklich die beste Gelegenheit.« Er hob die Hand und wie von selbst stieg der Umschlag in die Luft, entfaltete sich und gab die Karte frei. Liam warf einen raschen Blick darauf. »Wie ist er so?«

»Wie ist wer?«

»Der Kronprinz der Elfen. Seine Magie muss beachtlich sein.«

»Sagen wir einfach gewöhnungsbedürftig«, wich ich aus und fragte mich gleichzeitig, ob es überhaupt möglich wäre, Ciaran in wenigen Sätzen umfassend zu beschreiben. »Ist das wirklich in Ordnung für dich? Du könntest dadurch in ernsthafte Gefahr geraten.«

»Ich weiß schon auf mich aufzupassen«, murmelte Liam abwesend und durchsuchte seinen Bücherstapel.

»Auch gegen Myra?«

Er warf mir ein beruhigendes Lächeln zu. »Wenn deine Großtante es schafft, in diese Stadt einzudringen, haben wir ganz andere Probleme.«

»O Gott, bitte nenn sie doch nicht so«, murrte ich und vergrub das Gesicht in den Händen. »Diese kleine Tatsache verdränge ich eigentlich sehr gut.«

»Na gut, wenn du meinst.« Liam ließ den Bücherstapel zu mir schweben und ich konnte ihn gerade noch auffangen, bevor er mir gegen den Kopf knallte. »Nimm die mit, dann bist du gut gewappnet.«

»Gewappnet wofür?« Entsetzt starrte ich auf die Wälzer in meinen Armen. »Soll ich die auf potenzielle Angreifer werfen?«

»Lesen, Fel. Lesen. Verschiedene Werke, die sich mit der Theorie der vielen Welten, Grundzügen der Magie und magischen Völkern beschäftigen. Und einige kleine Extras, die sicher nicht schaden können.«

»Du verarschst mich, oder?«

Liam runzelte die Stirn. »Ich mache keine Witze über Bücher.«

Okay. Er meinte das tatsächlich ernst. *Fantastisch.*

»Wenn du Fragen hast oder Nachschub brauchst, kannst du natürlich jederzeit herkommen.«

»Gut … dann … werde ich wohl man anfangen.« Ich versuchte mich an einem zuversichtlichen Lächeln. »Ach ja, könntest du mir einen Gefallen tun? Ich meine noch einen?«

»Sicher.« Liam hob eine dunkle Augenbraue, die an einem Ende leicht angesengt war. »Worum geht's?«

Ich lud meinen Bücherstapel bei Oliver ab und zog den zweiten Umschlag aus der Tasche, den Nik mir vorhin gegeben hatte. »Gib den bitte Oskar, wenn du ihn das nächste Mal siehst. Da liegt ein bisschen Geld auf der Bank und ich glaube, er hat bessere Ideen als ich, was man damit so anstellen könnte.«

Wir waren länger als erwartet bei Liam gewesen, und als wir zurückkehrten, war es bereits früher Nachmittag. Ich versprach Oliver hoch und heilig, ihm Bescheid zu geben, sollte ich das Schloss noch einmal verlassen wollen, und zog mich dann in mein Zimmer zurück. Inzwischen war draußen die Dunkelheit hereingebrochen, der flackernde Schein des Kaminfeuers spendete gerade genug Licht, dass ich die Buchstaben auf den alten Buchseiten vor mir erkennen konnte.

Ein Klopfen, so leise, dass ich es beinahe überhört hätte, ertönte. Ich rutschte vom Bett, öffnete die Tür und fand mich nur Zentimeter von zwei schwarzen Knopfaugen entfernt wieder. Verwirrt sah ich von dem missmutig dreinblickenden Vogel zu den perfekt manikürten Händen, die ihn hielten, und dann weiter zu Gwens Gesicht, das mich voller Unsicherheit musterte.

»Äh … kriege ich Kontext?«, fragte ich.

»Der ist für dich.« Die Prinzessin streckte mir den Vogel auffordernd entgegen.

»Mehr Kontext?«

»Sag, dass du mich noch magst, und lass mich rein.«

»Natürlich mag ich dich noch.« Ich seufzte, ließ zu, dass Gwen sich an mir vorbeiquetschte, und schloss die Tür wieder, damit die Wachen auf dem Flur unsere Unterhaltung nicht würden hören können. Niemand von uns gab es zu, aber wir waren einander seit meiner Rückkehr aus dem Weg gegangen. Ich hatte die quirlige Prinzessin vermisst.

Gwen setzte den Vogel auf meiner Kommode ab. Das Tier sah sie finster an und begann dann sogleich damit, sorgfältig sein Gefieder zu putzen. »Er mag es nicht besonders, getragen zu werden.«

»Warum hast du ihn dann hergebracht?«

»Zu jeder Fae gehört ein Vogel.«

»Ich bin aber keine Fae.«

»Na ja, aber so ein bisschen, oder? Er hat dir doch mal eine Maus gebracht, das heißt, dass er dich mag.«

»Das waren Katzen.«

»Oh.« Sie biss sich auf die Unterlippe. »Probier es trotzdem mal.«

»Ich weiß nicht«, murmelte ich und betrachtete kritisch, wie das pechschwarze Tier mit dem Schnabel an einem Stück Tapete zupfte.

»Ich glaube, er fühlt sich bei mir auf Dauer nicht wohl. Und Nik kann er auch nicht leiden, er beißt ihm andauernd in den Finger.«

»Okay, ich nehme ihn.«

Gwen lachte erleichtert. »Ich hätte mit dem letzten Punkt anfangen sollen, oder?« Dann wurde sie wieder ernst. »Ich wollte es dir die ganze Zeit sagen, aber Nik –«

»Er ist dein Bruder. Ich verstehe schon.« Tat ich wirklich. Wir waren auf dem besten Weg gewesen, Freundinnen zu werden, aber zwischen mir und ihrem Bruder sollte ihr die Wahl nicht schwerfallen. Da konnte ich ihr keinen Vorwurf draus machen. Wehgetan hatte es trotzdem.

»Weißt du«, begann sie zögernd und setzte sich auf die Kante der breiten Fensterbank. »Ich hatte noch nie eine richtige Freundin. Ich weiß eigentlich gar nicht, wie das geht.«

»Wie kann jemand wie du keine Freunde haben?«, fragte ich stirnrunzelnd. Bei Gwen handelte es sich um den offensten Menschen, der mir je begegnet war.

Die Finger der Prinzessin kneteten unruhig den Stoff ihres dunkelgrünen Kleides. »Ist es normal, dass deine Freundinnen einen Knicks machen, wenn sie dich sehen?«

»Eher nicht.«

»Siehst du.« Sie sah mit einem Mal so traurig aus, dass ich mich einfach neben sie setzen und nach ihrer Hand greifen musste.

»Ich verstehe es, okay? Und ich verspreche, dass wir immer noch Freundinnen sind.«

»Ich habe Nik gesagt, dass ich nichts mehr von seinen Plänen wissen will.«

»Das hättest du nicht tun müssen.« Das Letzte, was ich wollte, war, mich zwischen die Geschwister zu drängen.

»Er versteht das.« Sie biss sich auf die volle Unterlippe. »Es sei gut, wenn du jemanden auf deiner Seite hast.«

Kapitel 30

»Wenn Ihr nicht aufhört, Euch zu bewegen, Miss Leighton –«

»Wird der Saum schief, ich weiß.« Ich stieß entnervt die Luft aus und zwang meinen Körper zur Ruhe, während die gefühlt millionste Nadel gefährlich nah an meinem Bein entlanggestochen wurde und mich trotz aller Bemühungen zusammenzucken ließ. Die Schneiderin schnalzte missbilligend mit der Zunge. »Ich versuche es doch!«

Gwen hatte wenigstens den Anstand, ihr Lachen hinter einem Husten zu verstecken. Oliver, der sich neben der Tür postiert hatte, grinste. Ich warf ihnen beiden einen finsteren Blick zu. Wenigstens der schwarze Vogel – Gwen und ich hatten ihn *Peanut* getauft, weil das alles war, was er momentan essen wollte – schien zu mir zu halten. Er thronte auf Gwens Schulter und klackerte jedes Mal mit dem Schnabel, wenn mir eine Nadel, Schere oder sonst ein Folterwerkzeug zu nahe kam.

Der kleine Laden, in dem ich schon den ganzen Vormittag mit verschiedensten Stoffen gequält wurde, war angeblich *die* Adresse für extravagante Abendgarderobe. Und extravagant war es, wonach Gwen für den Winterball strebte. Dass das Anpassen eines Kleides geschlagene vier Stunden dauern konnte, hatte sie mir dabei klugerweise verschwiegen. Trotzdem kam ich nicht umhin, zuzugeben, dass der dunkelblaue Stoff, der sich gerade eng um meinen Körper schlang, die Sache fast wieder wettmachte.

»Wir werden eine Schnürung hinzufügen müssen. Ein Korsett

wäre selbstverständlich angemessener.« Fast, die Betonung lag auf *fast*.

»Ich finde es angemessen, meine Organe zu behalten«, murrte ich und erntete dafür ein weiteres missbilligendes Zungenschnalzen. Der viel zu hoch aufgetürmte Haarknoten der kleinen Schneiderin wackelte, während sie um mich herumging, an den verschiedenen Lagen Stoff zupfte und dabei irgendetwas von *Dem-Wesen-des-Kleides-nicht-gerecht-werden* murmelte.

Ich musste die Lippen zusammenpressen, um keinen Kommentar abzugeben, denn eine weitere Reihe Nadeln wanderte gerade mit besorgniserregender Geschwindigkeit direkt neben meinen Arm.

»Wir nehmen Gold für den Saum«, warf Gwen ein, bevor meine Zurückhaltung ins Wanken geraten konnte. »Echtes natürlich. Und fügt einige Steine an die Stickerei hinzu. Etwas, das die Aufmerksamkeit auf sich zieht, doch nicht zu protzig. Diskret, aber elegant. Ihr wisst, was ich meine.«

Die Schneiderin nickte geflissentlich. »Aber gewiss, Hoheit. Es wird alles zu Eurer Zufriedenheit sein.«

»Fantastisch.« Gwen klatschte aufgeregt in die Hände, während mein Kopf noch bei *echtes Gold* stehengeblieben war.

»Findest du nicht«, fragte ich vorsichtig, als wir wenig später wieder nach draußen traten, »dass du ein wenig übertreibst?«

»Nein«, sagte Gwen schlicht und schlang ihren gefütterten Fellumhang enger um die Schultern. Der Wind hatte aufgefrischt und einige Regentropfen klatschten vor uns auf die Straße. »Du hast gesagt, du lässt mir beim Kleid freie Hand, wenn ich dafür deine neue Frisur nicht kommentiere.«

»Du lässt seit zwei Tagen ununterbrochen Kommentare ab.«

»Kleinigkeiten. Unwichtig.« Sie wedelte ungeduldig mit der Hand durch die Luft, während wir den ansteigenden Weg zum Schloss emporgingen. »Ich nehme an, du widmest deinen Nachmittag dem Studium deiner Zauberbücher?«

»Nur weil sie von einem Zauberer stammen, sind es keine Zauberbücher. Aber sie sind unerwartet interessant.«

»Hast du was daraus ausprobiert?«

»Kann ich nicht.« Ich schüttelte den Ärmel meines Mantels zurück, um das Silberarmband zu entblößen.

Gwen zuckte mit den Schultern. »Sag Nik, er soll es abmachen.«

»Nein, danke.« Normalerweise entwickelte sich die Magie zusammen mit dem Kind, während es aufwuchs. Spätestens in den frühen Teenagerjahren zeigten sich die Kräfte dann zum ersten Mal. Laut Liams Büchern gab es nur sehr wenige protokollierte Fälle, in denen die Magie erst im Erwachsenenalter erwacht war. Eines hatten sie alle gemeinsam: Sie waren explosiv. Meine Entscheidung, das nicht passieren zu lassen, war also ganz richtig gewesen.

»Bist du denn gar nicht neugierig?«

»Schon. Aber vielleicht ist es besser, gar nicht zu wissen, was alles möglich ist. Wenn ich es doch eh bald nie wieder tun kann. Was ich nicht weiß, kann ich nicht vermissen und so.«

»Mh«, machte Gwen bloß. Das tat sie immer, wenn das Gespräch auf unsere begrenzte Zeit kam. Wir hatten nur noch wenige Tage zusammen. Etwas, an das sie noch nicht glaubte.

Verdrängung, kam es mir wieder in den Sinn, als der Regen sich verstärkte und wir unsere Schritte beschleunigten, um durch das Schlossportal zu schlüpfen, bevor wir völlig durchnässt wurden.

»Also«, wechselte Gwen das Thema, statt sich endlich dem Unvermeidlichen zu stellen. »Die Schneiderin wird zwei oder drei Tage brauchen, dann kannst du das Kleid noch einmal anprobieren. Morgen müssen wir uns über deine Frisur Gedanken machen.« Sie sah mich kritisch an. »Das wird schwer, aber hoffentlich nicht unmöglich.«

»Du tust es schon wieder«, knurrte ich ungehalten.

»Das war kein Kommentar! Lediglich das … Aufzeigen unserer verbleibenden Möglichkeiten.«

»Gwen, es ist ein Ball, keine Schlacht.«

»Es ist eine politische Veranstaltung in ganz großem Stil«, korrigierte sie völlig ernst. »Das ist schlimmer als jede Schlacht.«

»Ich kann's kaum erwarten«, erwiderte ich trocken. »Aber gut, das war genug Kriegsplanung für einen Vormittag. Mach das, was Prinzessinnen so tun. Wir sehen uns später.«

»Budgetbesprechung mit dem Rat«, seufzte sie gequält. »Ich gebe dir, was immer du willst, wenn du mit mir den Platz tauschst!«

»Ich glaube, das würde auffallen.« Ich grinste ihr noch einmal zu und ließ sie dann mit Oliver in der Eingangshalle zurück, während ich die weiße Marmortreppe emporjoggte. Im Schloss konnte ich mich nach wie vor ohne Bewachung oder Schutz oder was auch immer bewegen und ich genoss es, durch die Flure zu streifen. Dienstboten schwirrten umher und hatten dabei in ihrem geschäftigen Treiben keinen zweiten Blick für mich übrig. Ein angenehmer Kontrast zu draußen, wo die Anwesenheit einer der persönlichen Wachen des Kronprinzen mehr Aufmerksamkeit auf sich zog, als mir lieb war.

Ich war gerade dabei, einen Flur entlangzugehen, dessen Wände mit imposanten abstrakten Gemälden geschmückt war, als ich einmal mehr das Kribbeln von Gefahr spürte. Abwesend rieb ich über meinen Nacken und sah mich um. Einige Mägde trugen Körbe mit Wäsche an mir vorbei, zwei Kinder jagten sich gegenseitig um eine Ecke und eine Gruppe Wachleute kam verschwitzt und laut miteinander scherzend aus einem der Trainingsräume. Nichts, das außergewöhnlich wäre. Und doch … Dunkelheit blitzte am Rand meines Blickfeldes auf. Ich drehte mich um, doch da war es bereits wieder verschwunden. Mit einem Finger an der Steinwand entlangfahrend, folgte ich dem Gang, wobei irgendwas in mir mich weiter drängte. Zwei Ecken später wurde das seltsame Gefühl stärker, bis es sich schließlich zu einem ausgewachsenen

Drängen steigerte. Ich blieb vor einer unscheinbaren Tür stehen, die ich zuvor noch nie wahrgenommen hatte. Auch das war nicht ungewöhnlich. Es gab viele solcher Türen im Schloss. Ich hatte dieses kleine Spiel mit mir selbst, wobei ich versuchte zu erraten, was sich hinter unbekannten Türen verbarg, bevor ich sie öffnete. Auf diese Weise waren einige sehr interessante Räume zum Vorschein gekommen, aber nichts hätte mich auf die gewaltige Bibliothek vorbereiten können, die sich jetzt vor mir erstreckte. Jede der vier Bibliotheken, die ich bisher hatte ausfindig machen können, war auf ihre Art beeindruckend, aber der lang gezogene Raum mit den bogenförmigen Fenstern, durch die fahles Licht des verregneten Tages auf deckenhohe pechschwarze Regale fiel, tat es mir auf Anhieb an. Wie in Trance ging ich hinein. Dass ich mich von der Tür entfernt hatte, bemerkte ich erst, als sie hinter mir ins Schloss fiel.

»Es ist schwer, dich einzuschätzen, aber dem Flüstern der Magie kann wohl niemand widerstehen.«

»Ist es das, was ich fühle?«

»Du fühlst einen Bruchteil von dem, was da ist.« Cullan Sainsbury wandte sich vom Fenster ab, um mich interessiert zu mustern. »Ich habe noch nie jemanden getroffen, der so alt ist wie du, ohne dass seine Kräfte erwacht sind.«

»Vielleicht habe ich ja gar keine Kräfte.« Ich wich einen Schritt zurück und dann noch einen, bis ich die Türklinke im Rücken spüren konnte.

»Meinst du wirklich?« Er runzelte die Stirn und hob dann kaum merklich einen Finger. Ein kalter Lufthauch strich über meine Haut, dann klickte das Türschloss übermäßig laut in der Stille. Ich erstarrte.

Cullan lächelte. »Weißt du, Oskar ist bemerkenswert. Er sieht Dinge, die den meisten entgehen. Aber wenn er etwas für nicht relevant hält, tendiert er dazu, es einfach aus seiner Wahrnehmung zu streichen.«

»Wie beispielsweise Zauberkräfte?«

»Ganz genau.«

»Es wäre tatsächlich nett gewesen, das zu erwähnen.«

»Sieh es ihm nach, so ist er eben.« Er trat ein paar Schritte auf mich zu, bis wir für meinen Geschmack etwas zu dicht voreinander standen. Ich hatte meine Lektion gelernt, also hielt ich mich nicht lange auf, sondern spannte die Muskeln in meinem Arm an und schlug zu. Oder versuchte es wenigstens, denn er fing meine Hand nur Zentimeter vor ihrem Ziel ab. Genau wie Nik damals. Ich sollte ihn eine neue Schlagtechnik in unser Training einbauen lassen. Tadelnd schüttelte Cullan den Kopf. Sein Blick fiel auf meine Faust und ein nachdenklicher Ausdruck huschte über sein Gesicht. Einige Sekunden, in denen ich ihn nur wie versteinert anstarren konnte, schien er über etwas nachzudenken. Dann bog er mit einer tödlichen Ruhe meine Finger auseinander und betrachtet das Mal, das der Ring dort hinterlassen hatte.

»Dann stimmt es also«, murmelte er mehr zu sich selbst. »Kein Wunder, dass Nikolas dich so sehr zu schützen versucht. Du bist ein Vermögen wert.«

Mit einem wütenden Fauchen entriss ich ihm meine Hand. »Ich bin doch kein Gegenstand!«

»Aber natürlich nicht. Entschuldige, ich wollte dich gewiss nicht beleidigen.« Cullans Stimme klang versöhnlich, aber es lag ein Unterton darin, bei dem sich die Härchen auf meinen Armen aufstellten.

Ich machte einen Schritt zur Seite und er ließ es zu, nahm aber nicht eine Sekunde seinen wachsamen Blick von mir. Rasch brachte ich etwas mehr Abstand zwischen uns.

»Waren das deine Männer? Die uns nach dem Elfenreich aufgelauert haben?« Die, die definitiv nicht Myra geschickt hatte.

»Was, wenn es so wäre?«

»Dann würde ich dich fragen, wieso du mich tot sehen willst.«

Cullan trat wieder ans Fenster und sah auf die Stadt unter uns. Regen lief in feinen Rinnsalen an der Scheibe hinab. »Ich wollte wissen, was du weißt. Was du kannst. Stell dir vor, wie erstaunt ich über das Ergebnis war.«

»Vier Menschen sind an diesem Tag gestorben!«

Cullan zuckte ungerührt mit den Schultern. »Ich habe ihren Familien eine Karte geschrieben.«

»Wow.« Ich wandte mich ab und zog wahllos ein Buch aus dem Regal, um meine Finger zu beschäftigen. Manchmal, wenn ich mitten in der Nacht wach wurde, sah ich die Gesichter der Toten vor mir, wie sie mit leeren Augen in den Himmel starrten. In einem Anflug von Wut schleuderte ich das Buch auf Cullan. Er fing es aus der Luft, als handele es sich um einen lästigen Papierflieger. Dann schlenderte er mit tödlicher Ruhe auf mich zu.

»Ich will dir ungern wehtun, Felicity. Aber du musst damit aufhören.«

»Was tue ich hier? Was willst du?«

Er stützte sich mit einer Hand gegen das Regal neben meinem Kopf und schnitt mir so den Fluchtweg ab. Eine Welle von Schwindel erfasste mich, die Konturen der Regale waren mit einem Mal seltsam verschwommen.

»W-was tust du?«

Cullan umfasste mein Kinn und zwang mich so, ihm in die Augen zu sehen. »Was hat Ciaran mit der Magie vor, wenn du sie ihm aushändigst?«

Mein Fokus geriet immer mehr aus dem Gleichgewicht, die Farben um mich herum vermischten sich zu einem bunten Wirbel. »Ich habe nicht … Woher weißt du davon?«

»Ich weiß eine Menge Dinge, und was ich nicht weiß, kann ich mir zusammenreimen. Also, was hat er vor?« Cullans Stimme war wie eine Verlockung in der Dunkelheit. Ich wollte darauf antworten, ihr folgen. Wie von selbst setzte ich zu einer Antwort an. Noch bevor ich das erste Wort formulieren konnte, wurde einer letzten kleinen Ecke meines Verstandes klar, was hier gerade passierte. Mit aller Kraft stieß ich ihn von mir. Der Zauber brach, der

Schwindel verschwand und die Farben um mich herum rückten wieder an ihre Stellen.

»Du Bastard!«, stieß ich atemlos hervor und sah zu, Abstand zwischen uns zu bringen.

»Ich glaube, das beantwortet die Frage nach deinen Kräften, meinst du nicht?«

»Das geht dich absolut nichts an! Und nur, falls es dich interessiert: Ich habe nicht vor, Ciaran irgendetwas auszuhändigen! Wir werden die Magie vernichten und dann ist diese Sache ein für alle Mal vorbei!«

»Und das glaubst du ihm?« Cullan lachte humorlos auf. »Er hätte dich in der Minute umbringen sollen, in der du seinen Wald betreten hast.« Drohend kam er auf mich zu und ich stolperte zurück, bis ich einen kleinen Tisch aus dunklem Holz zwischen uns bringen konnte. »Dann eben auf die harte Weise.«

Cullan wischte mit der Hand durch die Luft. Der Tisch flog zur Seite und prallte mit einer solchen Wucht gegen die Wand, dass sein Holz in einem Regen aus Splittern niederging. Mit einem erschrockenen Aufschrei sprang ich nach hinten. Ein Windstoß fegte durch den Raum, erfasste mich und warf mich grob zu Boden. Schmerz schoss durch meinen Körper. Fast schon gelangweilt ging Cullan vor mir in die Hocke.

»Sei bitte nicht so dumm, zu denken, hier lebend herauszukommen. Irgendjemand muss das Offensichtliche tun, denn anscheinend haben beide Prinzen bei deinem Anblick ihren Verstand verloren.«

Ich widerstand dem Drang, nach hinten zu krabbeln. So weit würde ich mich nicht herablassen.

»Weißt du«, brachte ich über das Dröhnen meines Herzschlages hinweg heraus. »Ich kann es gar nicht ab, dumm genannt zu werden.« Meine Hände glitten suchend über den Boden und umfassten schließlich eines der zerstörten Tischbeine. Ich umklammerte es, biss die Zähne zusammen und schwang es mit aller Kraft gegen Cullans Kopf.

Für einen Moment dachte ich, ihn bewusstlos geschlagen zu haben, aber dann hob er den Kopf. In seinen Augen stand lodernder Zorn. Als er sich aufrichtete, lief ein dünnes Rinnsal Blut über seine Stirn. Es verlieh ihm bloß einen noch furchterregenderen Anblick. Mit einem wütenden Knurren griff er mich am Kragen und zog mich unsanft auf die Beine. Meine Füße verloren den Kontakt zum Boden. Eine Welle an Wut peitschte durch meinen Körper und untergrub die Angst für einen Moment. Ich riss die Beine hoch und trat ihm in den Magen. Er krümmte sich und lockerte seinen Griff genügend, sodass ich mich losreißen konnte. Ich ballte die Faust erneut und dieses Mal konnte er sie nicht rechtzeitig abfangen. Meine Hand prallte gegen seinen Wangenknochen. Blut lief über meine Finger. Sowohl das seine als auch mein eigenes.

»Du bist ja ein richtiges Biest. Gefällt mir.« Mit einem Lachen wischte Cullan sich übers Gesicht. »Aber jeder Spaß muss einmal ein Ende haben.«

Ein weiteres Mal fegte der eisige Wind durch den Raum. Pergamente wirbelten auf. Dann verdichtete er sich zu einer unsichtbaren Kraft, die mich erfasste und heftig gegen das gegenüberliegende Regal schleuderte. Mein gesamter Körper wurde mit einem solchen Druck an das Holz gepresst, dass ich keinen Finger rühren konnte. Bücher fielen laut rumpelnd auf den Steinboden. Liam würde bei dem Anblick einen Herzinfarkt bekommen.

Gelassen schlenderte Cullan auf mich zu. »So«, sagte er und blieb vor mir stehen. »Die Option eines friedlichen Ausgangs ist nun wohl endgültig vom Tisch. Ich bleibe dabei, dass ich dir trotzdem nur ungern mehr wehtun will als unbedingt notwendig.« Erneut hob er die Hand und ich spürte zu meinem Entsetzen, wie die unsichtbare Kraft mich von den Füßen hob und an der Wand einige Zentimeter nach oben schob, sodass ich mich auf Augenhöhe mit ihm befand. Ein raubtierhaftes Lächeln verzog seine Lippen.

Wütend funkelte ich ihn an. »Ich kann verstehen, dass Oskar

keine Lust mehr auf dich hatte, du durchgeknallter Psychopath!«

Der Schlag, der darauf folgte, schleuderte meinen Kopf so heftig zur Seite, dass schwarze Punkte in meinem Sichtfeld tanzten. Der metallische Geschmack von Blut breitete sich in meinem Mund aus. Eine Ecke meines Verstandes erinnerte mich daran, dass ich eigentlich furchtbare Angst haben müsste. Aber dennoch war ich die Ruhe selbst, als ich den Blick hob und ihm mein Blut ins Gesicht spuckte. Zorn blitzte in seinen Augen auf. Eine Millisekunde später spürte ich kühles Metall am Hals. Und erstarrte. Cullan, der die Veränderung meiner Körpersprache bemerkt zu haben schien, grinste triumphierend. Panik schnürte meine Kehle zu. Er trat einen Schritt näher, sodass sich unsere Körper fast berührten. Verzweifelt versuchte ich mich gegen die unsichtbare Kraft zu wehren, die mich noch immer unnachgiebig an das Regal nagelte, doch je mehr ich mich wand, desto höher wurde der Druck auf meinen Körper.

»Du kleines Miststück.« Cullans Stimme ging fast in dem Donnern meines Herzschlages unter. Adrenalin rauschte durch meine Adern. Die Kühle des Metalls brannte sich in meine Haut. Mein Sichtfeld verschwamm. Und mit einer Gewissheit, wie ich sie noch nie gespürt hatte, wusste ich: Ich würde hier und jetzt sterben. Aber wenn ich schon starb, dann wenigstens mit hoch erhobenem Haupt.

Ein winziger Teil meines Körpers, der nicht von Panik gelähmt war, glomm auf. Er fraß sich durch mein Innerstes, zehrte von jeder noch so kleinen Emotion, die ich im Moment fühlte. Angst, Schmerz, Zorn, Hass und, vergraben unter alldem, der Wille zu überleben. Dieser Funke nahm all das in sich auf, wurde größer, verwandelte sich in ein gleißend helles Licht – und dann brach er mit der Wucht einer Explosion aus mir heraus. In meinem Augenwinkel begann das Armband an meinem Handgelenk zu glühen. Es zitterte und dann zersprang es, ohne ein Geräusch von sich zu geben, in eine Million winziger Funken. Cullan wurde von mir geschleudert. Sein Zauber fiel von mir ab und gab meinen Körper frei. Pergamente, Bücher, Möbel, einfach alles, was im Weg stand, wurde gnadenlos mitgerissen.

Mit einer überraschenden Klarheit nahm ich jedes Detail meiner Umgebung wahr. Schwarze Brandspuren unter meinen Füßen, ein Beben, das die Wände erschütterte, Cullan, der sich nur langsam wieder aufrichtete, auf seinem Gesicht gleichermaßen Schock, Verwunderung – und Angst. Ich wartete nicht ab, was als Nächstes geschehen würde. Ohne meinem Körper bewusst den Befehl gegeben zu haben, durchquerte ich den Raum. Ich streckte die Hand nach der Tür aus, doch noch bevor ich mir Gedanken um das Schloss machen konnte, rollte ein Donnergrollen durch die Luft. Die Tür wurde aus den Angeln gerissen und schlug mehrere Meter weiter auf, als hätte ein Tier von der Größe eines Elefanten sie eingerannt. Auch darüber machte ich mir keine Gedanken.

Mein Puls raste, Schweiß rann kalt meinen Rücken hinunter, meine Gedanken schossen mit Lichtgeschwindigkeit in alle Richtungen. Ich rannte durch die Flure, umrundete willkürlich Ecken, nahm eine Treppe nach der anderen, bis ich schließlich zitternd stehen blieb. Eines war klar: Ich konnte nicht ewig weiterrennen.

Wie von allein trugen meine Beine mich weiter, ohne dass ich groß über den Weg nachdenken musste. Meine Hände zitterten unkontrolliert, bei jedem Herzschlag jagte ein seltsames Kribbeln durch meinen Körper. Ich hatte mir mit dem Ärmel meines Kleides notdürftig das Blut aus dem Gesicht gewischt und hielt den Kopf ansonsten gesenkt, um keine ungewollte Aufmerksamkeit zu erregen.

Trotzdem musterten die Wachen vor der geschwungenen Doppeltür mich misstrauisch.

»Ich muss mit Nikolas sprechen.«

»Der Prinz ist in einer Besprechung.«

»Es ist wichtig.«

»Ich bin mir sicher, was immer es ist«, die Wache musterte mich flüchtig, »kann warten.«

»Kann es nicht«, sagte ich mit Nachdruck. »Holt ihn her.« Das Kribbeln in mir verstärkte sich, bis es mehr einem Brennen glich. »*Bitte.*« Augenblicklich wurde der Blick des Mannes glasig. Er nickte mechanisch, wandte sich ab und verschwand im Thronsaal. Ich stolperte zurück, als mir bewusst wurde, was gerade passiert war. »Ich wollte nicht … Ich meine, ich habe nicht …«

Wieder erfasste mich ein übermäßiges Schwindelgefühl. Ich blinzelte in einem Versuch, mein Sichtfeld zu klären, das von immer mehr leuchtenden Punkten eingenommen wurde. Der Boden schwankte und ich hatte nicht mehr die Kraft, mich dem entgegenzusetzen. Bevor ich auf der Erde aufschlagen konnte, wurde ich von zwei starken Armen aufgefangen und Niks vertrauter Geruch hüllte mich ein.

»Ich kann es nicht kontrollieren«, flüsterte ich und vergrub mein Gesicht in seinem Hemd.

»Alles wird gut.« Seltsamerweise glaubte ich ihm das sogar.

Nik bellte ein paar Befehle, dann spürte ich, wie mein Körper hochgehoben wurde. Für einen kurzen Moment erlaubte ich mir, die Augen zu schließen. Seine Hand strich beruhigend über meinen Rücken, während er mich wegtrug von den Stimmen und neugierigen Blicken. Unsere Umgebung änderte sich und erst, als sich Stille über uns legte, öffnete ich vorsichtig meine Augen. Wir waren in Niks Arbeitszimmer. Er fegte mit einer Bewegung Federn und Pergament von seinem Schreibtisch, dann setzte er mich behutsam darauf ab. Sanft umschloss er meine Handgelenke, wo mein Puls gegen seine Fingerspitzen raste.

»Atmen«, sagte er leise und ich holte zitternd Luft. Und dann noch mal. Und noch einmal.

»Du solltest mich vielleicht nicht anfassen«, murmelte ich. Von meinen Händen ging inzwischen ein schwaches Glühen aus.

Zur Antwort umfasste er meine Finger bloß fester. »Willst du mir erzählen, was passiert ist?«

»Du hattest recht.«

»Soll vorkommen.« Er drehte meinen Kopf zur Seite und strich über das inzwischen getrocknete Blut an meiner Schläfe. Die Wunde darunter war längst verheilt. »Und wirst du mir auch sagen, womit ich recht hatte?«

Ich setzte gerade zu einer Antwort an, als das Leuchten um meine Finger stärker wurde. Ein warmes Prickeln lief über meinen Rücken, das schwache Licht wurde zu einem ausgewachsenen Glühen und dann wallte die Magie einmal mehr auf. Es war mit nichts vergleichbar, das ich je gefühlt hatte. Energie floss durch jede Faser meines Körpers, begrub jede noch so kleine Spur von Müdigkeit oder Schmerzen unter sich und hinterließ nichts als eine wohlige Wärme. Mein Sichtfeld klärte sich, Formen und Farben waren deutlicher als jemals zuvor. Langsam richtete ich mich auf. Jeder Muskel in meinem Körper war gespannt und ich wusste, sollte ich jetzt in einen Kampf geraten, könnte ich es mit jedem Gegner aufnehmen. Ein Laut kam über meine Lippen und ich brauchte einige Sekunden, bis ich begriff, dass es ein Lachen war.

»Felicity«, sagte Nik vorsichtig, sein Blick wachsam, seine Bewegungen kontrolliert.

»Ist schon okay.« Meine Stimme klang heller als sonst. Jeder Atemzug erfüllte mich mit mehr Kraft, mit mehr Lebendigkeit. »Ich habe es unter –« Ich wollte gerade *Kontrolle* sagen, da verwandelte sich die Wärme in meinen Adern ohne Vorwarnung in Feuer. Das wohlige Prickeln wurde zu einem Brennen, das sich in Sekundenschnelle über meinen gesamten Körper ausbreitete. Das Geräusch, das ich dieses Mal ausstieß, war ein Schrei – ich wusste nur nicht, ob aus Schmerz oder Schock. Ein Ruck ging durch den Boden, so heftig, dass der Klang von Stein auf Stein durch die Luft nachhallte.

»Oliver!«, rief Nik und kurz darauf öffnete sich die Tür. Hände umfassten meine Schultern. »Bring ihren Zaubererfreund her!«

Sollte er antworten, so bekam ich es nicht mit. Mein Körper

krümmte sich zusammen, die Welt wurde zu einem Wirbel aus Farben. Wo gerade noch Kraft gewesen war, blieb nichts weiter als Schmerz. Und neben alledem das kontinuierliche Beben, das mit jedem meiner zitternden Atemzüge stärker wurde.

»Felicity.« Niks Stimme redete unablässig auf mich ein. Ich klammerte mich an jede einzelne Silbe. »Bitte!«

Es war das erste Mal, dass ich ihn jemals um etwas bitten hörte. Steinstaub fiel auf uns herunter und ich kniff in einer Mischung aus Schock und Panik die Augen zusammen. Da war wieder Blut in meinem Mund. Finger strichen über meinen Hinterkopf. Niks verschwommene Worte klangen zunehmend panischer. Das war seltsam. Er wurde nicht panisch. Er hatte doch immer die Kontrolle. Ein ferner Schrei – mein eigener? – dann brach die Kraft wild und ungezügelte aus mir heraus. Ich versuchte sie aufzuhalten, sie einzufangen, doch die Magie reagierte wie ein wildes Tier und warf sich gegen ihre Mauern.

Starke Arme umfassten mich, ich vergrub das Gesicht in weichem Stoff, klammerte mich an Nik fest.

Mit einem wütenden Grollen fegte die Hitze durch mich hindurch. Es war eine uralte Kraft und ich hatte nur einen menschlichen Körper zu bieten. Einen Körper, der am Ende seiner Belastungsgrenze war. Als der erste Knochen brach, hallte das Geräusch laut in meinem Kopf nach. Ich fühlte es nicht, fühlte gar nichts. Da war nur dieses vernichtende Brennen. Und dann war auch das vorbei. Was blieb, war eine alles verschlingende Dunkelheit. Dieses Mal ließ ich mich widerstandslos von ihr mitreißen.

Kapitel 31

Das seltsame Gefühl eines Déjà-vus erfasste mich, als ich vorsichtig meine Augen öffnete und mich in meinem Schlafzimmer wiederfand. Nicht zum ersten Mal erwachte ich hier ohne die geringste Ahnung, wie ich überhaupt hergekommen war. Vielleicht sollte mir das zu denken geben. In Bezug auf das Treffen wichtiger Lebensentscheidungen und so weiter.

Schwaches Licht fiel durch die zugezogenen Vorhänge. Die ansonsten herrschende Stille wurde durch das beständige Prasseln von Regen durchbrochen, der gleichmäßig gegen die Fenster schlug. Das Feuer im Kamin brannte nicht. Die kalte Luft des Zimmers traf meine Haut, als ich mich aufsetzte und die schweren Decken zurückschlug. In Erwartung einer Welle an Schmerz oder Schwindel hielt ich inne. Nichts passierte. Ich fühlte mich gut. Besser als ich mich fühlen sollte, wenn man die vergangenen Ereignisse betrachtete. Abwesend strichen meine Finger über meinen Arm. Wo ich meine Knochen brechen gespürt hatte. Und doch wirkte es jetzt so, als sei niemals etwas geschehen. Ein Schauer durchlief mich und rasch schüttelte ich den Kopf.

Ich glitt aus dem Bett, atmete zischend ein, als meine nackten Füße auf den eisigen Steinboden trafen, und streifte rasch meinen Morgenmantel über. Dann riss ich mit einem Ruck die Vorhänge zurück. Draußen herrschte Dämmerung. Ob morgens oder abends konnte ich nicht sagen, denn durch das an den Scheiben herunterlaufende Wasser wirkte alles verschwommen. Fernes

Donnergrollen mischte sich unter den Regen und riss mich aus meiner Starre. Ohne mir Gedanken über belanglose Dinge wie Schuhe zu machen, ging ich zur Tür und spähte in den Flur. Oliver, der an der Wand lehnend Stellung bezogen hatte, sprang auf. »Du bist wach!«

Forschend sah er mich an. »Geht es dir gut?«

Ich zuckte mit den Schultern. Es ging mir gut. Ohne dass mir irgendjemand erklären musste, was geschehen war, wusste ich es. Genauso wie ich wusste, dass es nicht noch einmal passieren würde. Die Kraft in meinem Inneren, meine ganz eigene *Magie*, hatte meinen Körper auseinandergerissen. Stück für Stück und dabei jede seiner Schwachstellen aufgedeckt. Nur um ihn danach stärker als je zuvor zusammenzusetzen. Ich konnte es fühlen. Das leichte und beständige Pulsieren der Macht. Und ich fragte mich, wie ich davor je hatte Angst haben können. Vor diesem so elementaren Teil von mir. Es sei denn … »Ist jemand verletzt worden?«

»Nein.« Oliver schüttelte den Kopf.

Gut, das war gut.

»Wie lange habe ich geschlafen?«

»Fast eine Woche.«

»*Was*?« Ich hatte meine wenigen wertvollen verbliebenen Tage zum größten Teil damit verbracht, zu schlafen?

Oliver schien immer noch nicht von meiner Zusicherung überzeugt zu sein. »Geht es dir wirklich gut?«

»Ja!« Ich fuhr mir mit den Fingern durchs Haar, das sich erstaunlich gepflegt anfühlte. Das musste dann wohl Gwens Werk sein. »Was habe ich verpasst?«

Jetzt war es an Oliver, mit den Schultern zu zucken. »Nicht viel. Nikolas ist wütend. Ich meine, so richtig wütend.«

»Auf mich?« Ich hatte das Schloss gehörig zum Wackeln gebracht. Und einen seiner Männer irgendwie … beeinflusst?

»Nein«, beschwichtigte Oliver mich und zog die hellen Brauen zusammen. »Auf den, der dich verletzt hat. Kannst du dich daran erinnern? Nenne Nikolas einen Namen und er wird dafür sorgen, dass derjenige dich nie wieder anrührt.«

Bilder des Kampfes in der Bibliothek drängten sich in meinen Kopf und augenblicklich verkrampften sich meine Eingeweide. Das Pulsieren in mir flammte kurz auf, als wolle es mir sagen, dass ich nicht allein war. Nicht wehrlos. Nicht mehr. Ich hatte keine Ahnung, wie ich meine Kräfte kontrollieren oder einsetzen konnte, aber ich wusste, dass Magie den Emotionen folgte. In Gefahrensituationen war sie durchaus in der Lage, selbstständig zu handeln. Wie sie es getan hatte.

»Ich will niemanden, der meine Probleme für mich regelt.« Und schon gar nicht wollte ich Nik dafür. Das hatte mir jetzt gerade noch gefehlt. Ich würde nicht wie ein verängstigtes Burgfräulein zum starken Prinzen rennen, damit er mich vorm großen bösen Drachen beschützen konnte. Obwohl ich genau das irgendwie getan hatte … Aber das zählte nicht. Ich war verwirrt gewesen. Ein Ausnahmezustand.

»Er hat diesen Angriff sehr persönlich genommen.«

»Klar. Er braucht mich ja auch für sein Vorhaben.«

Oliver schüttelte seufzend den Kopf. »Gray wird gleich wieder hier sein. Wenn er ein Auge auf dich hat, gebe ich Nikolas Bescheid. Er will umgehend über jede Veränderung informiert werden.«

»Ich brauche niemanden, der mich babysittet.«

»Doch, brauchst du.« Seine Stimme gewann an Schärfe. »Wenn du uns nicht einmal sagen willst, wer dich beinahe umgebracht hat.«

Entnervt verdrehte ich die Augen, sah aber ein, dass eine Diskussion zwecklos wäre. »Wo ist Gray überhaupt?«

»Beschäftigt.« Die Art, wie Oliver das Wort sagte, weckte meine Neugier.

»Beschäftigt womit?«

»Mit dem Winterball.«

»Der ist heute? Ich muss dahin!«

Entschieden schüttelte er den Kopf. »Du bist gerade erst aufgewacht.«

»Es geht mir gut! Ich werde nie wieder die Chance haben, auf einen echten Ball zu gehen.« Als er noch immer nichts von seiner sturen Miene verlor, versuchte ich mich an meinem besten Augenaufschlag. »Bitte?«

»Das funktioniert bei mir nicht.« Oliver schmunzelte amüsiert. »Fünf Schwestern, vergessen?«

»Na schön! Du kannst mich ja schlecht mit Gewalt abhalten. Außerdem bist du mein Ronan. Das heißt, du darfst vorwurfsvoll gucken und Kommentare abgeben, aber du musst mitmachen.«

»Nikolas wird das nicht lustig finden.«

»Mir doch egal.« Ich ging zurück in mein Zimmer, zog die Schranktüren auf und begutachtete die darin hängenden Kleider. Ich hatte in den letzten Wochen einiges angesammelt und während sie in meiner Welt zweifellos für gehobene Anlässe geeignet wären, fürchtete ich, dies würde hier nicht der Fall sein.

»Die Information hast du nicht von mir«, sagte Oliver, der mir unbemerkt gefolgt war, »aber Gwen hat dein Kleid fertigstellen lassen. Nur für den Fall.«

»Du weißt nicht zufällig, wo es ist?«

»Gray wird in spätestens fünfzehn Minuten wieder hier sein. Und *er* ist nicht *dein Ronan*.«

Ich schlug die Schranktüren zu und drehte mich zu Oliver um. »Das heißt, wir beeilen uns besser?«

»Das heißt, wir beeilen uns besser.«

Sich in einer knappen Viertelstunde für einen Ball fertig zu machen, brachte mehrere Herausforderungen mit sich. Ich hatte ein schnelles Bad genommen und Oliver hatte in der Zeit zwar tatsächlich mein Kleid aufgetrieben, fiel aber fast in Ohnmacht, als ich ihn bat, die komplizierte Schnürung am Rücken zu schließen. Immer wieder murmelte er irgendwas von *Nikolas* und *umbringen*, während er peinlich genau darauf achtete, bloß nicht meine Haut zu berühren. Ich betete mehr als einmal zu mir unbekannten Gottheiten, sie mögen mir noch ein paar Minuten Geduld geben.

Aber als ich mich wenig später in dem großen Spiegel betrachtete, lächelte ich glücklich. Mein mitternachtsblaues Kleid war schulterfrei, lag um meine Brust bis zur Taille eng an und fiel dann in mehreren Lagen Stoff ausufernd zu Boden. Der goldene Saum lief nach oben hin aus. Es wirkte, als sei ich durch ein Meer aus Sternen gelaufen, und für einen Moment fühlte ich mich tatsächlich wie eine richtige Prinzessin.

»Komm schon«, sagte Oliver und nickte zur Tür. Ich wollte ihm gerade folgen, als etwas Dunkles über dem Fußende des Bettes meine Aufmerksamkeit erregte. Ich nahm es hoch und erkannte sofort den festen, aber feinen Stoff. »Das ist Niks Hemd.«

»Er war ein paarmal hier.«

So oft, dass er Kleidung hiergelassen hatte? »Was genau heißt das?« Oliver vermied eine Antwort und ich wiederholte meine Frage. »Was heißt ein paarmal, Oliver?«

»Wenn es nach ihm gegangen wäre, ununterbrochen. Wir mussten ihn praktisch zwingen, zwischendurch auch mal zu schlafen.«

Ich schluckte und rieb den Stoff zwischen meinen Fingern. Niks vertrauter Geruch stieg daraus hervor und sofort bildeten sich Bilder vor meinem inneren Auge. Sommer, Sternenhimmel, endlose Gärten … Rasch legte ich das Hemd beiseite. »Gehen wir.«

Da fast das gesamte Schlosspersonal mit dem Ball beschäftigt war, lagen die Flure des Gebäudes verlassen vor uns. Eine Stille, die ich von dem sonst so geschäftigen Ort nicht kannte, hatte sich ausgebreitet. Meine Hände strichen abwesend die Röcke des Kleides glatt. Ich erhaschte einen Blick auf die überfüllte Eingangshalle. Sah so aus, als sei die gesamte Stadt heute Nacht auf den Beinen und dabei, durch die weit geöffneten Flügeltüren in den Ballsaal zu strömen. Stimmengewirr mischte sich mit den Klängen von Musik. Statt die breite Treppe nach unten zu gehen, führte Oliver mich einen Gang entlang und durch eine unscheinbare Tür. Unvermittelt wurde die Musik lauter und wir fanden uns auf einer schmalen Empore wieder, die ungehindert den Blick nach unten freigab. Der Ballsaal des Schlosses hatte ungefähr die Größe eines Fußballstadions. Für Oliver war der Anblick vermutlich Alltag, aber mir blieb vor Staunen der Mund offen stehen. Der Boden des gigantischen Raums bestand aus makellos weißem Marmor, der mit einem komplizierten Muster aus silbernen Symbolen versehen war. Über uns wölbte sich die reich verzierte Decke mit Kronleuchtern, in denen Tausende von Kerzen glitzerten. Es gab mehrere dieser kleinen Balkone, schmal gewundene Treppen führten nach unten, die Geländer mit eisblauen und silbernen Dekorationen versehen.

Ein komplett in Weiß gekleideter Dienstbote kam zu uns und ich nahm eines der geschwungenen Gläser mit golden perlender Flüssigkeit von seinem Tablett. Der süße, mit einer leichten Honignote verfeinerte Inhalt erinnerte mich stark an den Elfenwein, den ich bei meinem Aufeinandertreffen mit Ciaran getrunken hatte.

Hatte ich vor einigen Tagen noch gedacht, Gwen hätte bei meinem Kleid völlig übertrieben, wurde ich jetzt eines Besseren belehrt. Jeder trug ein halbes Vermögen am Körper. Soweit ich das beurteilen konnte. Ich betrachtete die diamantene Halskette einer Frau unter mir. Die glitzernden Steine hatten fast die Größe meiner Faust. Ich grinste. Oskar hätte hier den Spaß seines Lebens.

»Eine politische Veranstaltung in ganz großem Stil«, wiederholte ich Gwens Beschreibung des Trubels. »Da gibt es doch bestimmt einiges zu beachten, oder?«

»Nach all den Wochen fängst du ausgerechnet heute an, dich für die höfische Etikette zu interessieren?«

»Vielleicht nur die Grundlagen?«

»Die würdest du sowieso nicht befolgen.«

»Wieso nicht?« Ich war durchaus in der Lage, ein paar Verhaltensregeln einzuhalten. Immerhin hatten meine Eltern mich nicht völlig ohne Erziehung aufwachsen lassen.

Oliver schmunzelte. »Weil du erstens vor jeder Person im Rang über dir einen Knicks machen müsstest und zweitens nicht mit einem Mitglied der Königsfamilie sprechen dürftest, bevor dieses ein Gespräch initiiert.«

»Das ist ein Witz, oder?«

»Ich sagte doch, das ist nichts für dich.«

Ich wollte etwas erwidern, verstummte aber, als ich fand, wonach ich die letzten Minuten unterbewusst Ausschau gehalten hatte. Als hätte er es gespürt, hob Nik den Kopf und unsere Blicke trafen sich über die Menge hinweg. Er war komplett in Schwarz gekleidet, mit goldenen Absätzen an Ärmelaufschlägen und Revers. Außerdem war es das erste Mal, dass ich ihn mit der feinen Goldkrone im Haar sah. Eine Reihe von Emotionen, die er nicht schnell genug verstecken konnte, huschte über sein Gesicht, die meisten davon waren zu schnell fort, als dass ich sie hätte einordnen können. Aber ich bildete mir ein, unter der offensichtlichen Überraschung so etwas wie Erleichterung ausmachen zu können.

Nik zog die Brauen zusammen, als wollte er fragen: *Was machst du hier?*

Ich hob kaum merklich die Schultern. *Was denkst du wohl?* Dann legte ich eine Hand auf das metallene Geländer und schritt langsam die Treppe hinunter. Dabei sah ich stur nach unten, um sicherzugehen, nicht über den Saum meines Kleides zu stolpern, und zuckte zusammen, als ich die letzte Stufe erreichte und fast mit Nik zusammenstieß, der wie aus dem Nichts vor mir stand. Durch meine hohen Schuhe und die Treppenstufe waren wir ausnahmsweise ziemlich genau auf Augenhöhe.

Er musterte mich eindringlich – und mein dummes Herz machte einen kleinen Sprung. »Geht es dir gut?«

»Alles in Ordnung.«

»Bist du sicher?«

»Ja.« Ich erlaubte mir, ihn ebenfalls zu betrachten. Er sah müde aus. Blass, mit Schatten unter den Augen und ich fragte mich, ob das meine Schuld war. Dann fiel mir wieder ein, dass mir das egal sein sollte. Dass *er* mir egal sein sollte.

Ein Muskel zuckte an Niks Wange. Der Ausdruck von Sorge wurde durch eine dunkle Welle an Zorn abgelöst. »Wer hat dich verletzt?«

Ich schüttelte den Kopf. »Nicht wichtig.«

»Nicht wichtig?«, wiederholte er und rang dabei sichtbar um Fassung. »Was soll das bedeuten?«

»Dass ich heute Abend nicht deswegen hier bin.« Meine Finger umfassten das Glas in meiner Hand fester. »Ich regele meine Probleme allein.«

»Du warst doch diejenige, die zu mir gekommen ist.«

»Weil ich nicht wusste, was ich sonst tun sollte! Nicht weil …«

»Nicht weil es irgendwas ändert«, beendete Nik den Satz für mich. »Ich verstehe.«

»Was hast du denn gedacht?« Auf einmal fühlte ich den Drang, mich verteidigen zu müssen. »Ein kleiner Mordversuch am Rande und plötzlich ist alles anders?«

»*Mordversuch*?«

Ich realisierte erst bei seinem geschockten Gesichtsausdruck, was mir da gerade herausgerutscht war. »Es war nur ein Versuch! Und es wird nicht wieder vorkommen.«

»Ganz richtig, wird es nicht. Weil du mir jetzt sofort sagen wirst, wer dafür verantwortlich ist.«

»Ich brauche deine Hilfe nicht!«

»Felicity!« Nik trat näher und wir funkelten uns wütend an. Hatte sein Hemd schon einen Schwall an Erinnerungen heraufbeschworen, war so nah vor ihm zu stehen noch viel schlimmer.

Zentimeter trennten sein Gesicht von meinem und kurz zuckte mein Blick zu seinem Mund, was er bloß mit einem kaum merklichen Grinsen kommentierte.

Arroganter Mistkerl!

Oliver räusperte sich leise und brach damit die Spannung. Nik und ich sahen gleichzeitig auf, wodurch wir bemerkten, wie viele Leute uns neugierige Blicke zuwarfen. Er trat zurück. »Darüber reden wir noch!«

Ich brauchte all meine Willenskraft, um den kindischen Wunsch niederzukämpfen, ihm die Zunge herauszustrecken. Stattdessen nahm ich einen weiteren Schluck des süßen Weines und genoss das Prickeln, das er hinterließ. »Ist Ciaran hier?«

»Ja«, sagte Nik knapp.

»Und?«

»Und was?«

Ich schloss für einen Moment die Augen, bis ich ihm nicht mehr meinen Drink ins Gesicht schütten wollte. »Und hat er mit Liam gesprochen? Jetzt lass dir doch nicht jedes Wort aus der Nase ziehen.«

»Wieso? Ist es anstrengend für dich, nicht alle Informationen zu haben?«

»Okay, wow.« Ich lachte trocken auf. »Wir sind ja mal wieder richtig reif heute, was?«

»*Du* willst mit mir über Reife streiten? Ist das dein Ernst?«

»Wer spielt denn hier ständig diese dämlichen Machtspielchen?!«

»Du denkst immer noch, das hier sei ein Spiel für mich?« Bevor ich reagieren konnte, packte er mein Handgelenk und zerrte mich regelrecht hinter sich her. »Komm mit.«

»Hey!« Protestierend stemmte ich in einem erfolglosen Versuch, ihn zu stoppen, die Füße in den Boden. »Was soll das?!«

Nik antwortete nicht, und weil ich inmitten des vollen Ballsaals keine Szene provozieren wollte, fügte ich mich meinem Schicksal. Oliver, der Verräter, blieb zurück. Dankeschön. Wofür hatte ich denn einen Leibwächter, wenn er nicht mal meine offensichtliche Entführung durch einen durchgeknallten Prinzen verhindern wollte? Nik zog mich einmal quer durch die Menge zur anderen Seite des Raumes und durch eine mit silbrig glänzenden Vorhängen verhangene Tür.

Wütend entriss ich mich seinem Griff und wiederholte meine Frage. »Was soll der Mist?!«

»Sieh dich um!« Mit einer forschen Handbewegung zeigte er auf unsere Umgebung.

Ich öffnete den Mund, schloss ihn aber sofort wieder, als ein Regentropfen auf meiner Wange landete. Langsam hob ich den Blick. Wir standen auf einer kleinen eingerahmten Terrasse, über uns der dunkle Nachthimmel. Was ich im ersten Moment für Sterne gehalten hatte, entpuppte sich bei näherem Hinsehen als Schneeflocken. In dichtem Treiben fielen sie Richtung Boden, bis sie sich etwa zehn Meter über uns in dicke Tropfen verwandelten. Erst jetzt nahm ich das ferne Donnergrollen wahr, das in regelmäßigen Abständen durch die Nacht wallte. Blitze zuckten über den Himmel, ihre grell leuchtenden Äste nur für Sekunden sichtbar. Zögernd hob ich eine Hand und sah zu, wie einige Tropfen sich darauf sammelten. »Habt ihr … immer so warme Winter?« Es war nicht wie in Eleanors Garten, kein künstlicher Sommer. Der Geruch nach Schnee lag unverkennbar in der Luft, aber die Temperatur hätte ich eher bei lauen fünfzehn Grad eingeordnet.

»Nein«, antwortete Nik knapp. »Und wir haben auch keine Gewitter, die über vier Tage anhalten.«

»Vier Tage?«

»Tendenz steigend.« Wasser verfing sich in seinen dunklen Strähnen und lief über sein angespanntes Gesicht. »Das hier ist schon lange kein Spiel mehr, Felicity. Das ist mein Land und ich weiß nicht, wie lange ich es noch beschützen kann.« Ein weiterer Blitz zerriss den Himmel und tauchte für eine Sekunde alles in taghelles Licht. »Ich konnte doch schon dich nicht beschützen.« Er sagte den letzten Teil so leise, dass ich mir nicht sicher war, es über das Donnergrollen wirklich gehört zu haben. Aber ich fragte auch nicht nach. »Ciaran bespricht in diesem Moment die Details mit Liam. Dir geht es gut. Wir bringen noch diesen Ball hinter uns und dann können wir der ganzen Misere morgen ein Ende setzen.«

Morgen. Ich schluckte. Das bedeutete, dass meine letzten vierundzwanzig Stunden angebrochen waren. »All die Menschen da drin. Was denken sie, was vor sich geht?«

Nik zuckte mit den Schultern. »Die Leute finden doch immer eine Erklärung. Von einem spontanen Naturphänomen bis zu einem rachsüchtigen Gott ist ungefähr alles dabei. Wir bleiben offiziell bei Ersterem.«

Die Röcke meines Kleides wurden unter dem stetigen Regen schwer, aber ich wollte nicht wieder hineingehen. Stattdessen wandte ich den Blick Richtung Osten, wo in weiter Ferne ein schwaches Licht am Horizont glomm. Ich wusste nicht, wie spät es war, aber definitiv noch nicht ansatzweise Zeit für den Sonnenaufgang.

»Das sind Myras Armeen«, beantwortete Nik meine unausgesprochene Frage. »Sie bombardieren seit Tagen die magischen Schutzschilde. Die enormen Energiemengen bringen das Klima durcheinander.« Er nickte zu dem über uns schmelzenden Schnee.

»Wie kann das niemand sehen?«

»Die Schilde sind mit einem Schleier versehen. Das funktioniert bei dir nur nicht wegen deiner eigenen magischen Kräfte.«

Und schon waren wir bei dem einen Thema. »Ich hatte erwartet, mit einem von deinen hübschen Armbändern aufzuwachen.«

Nik wandte sich mir zu. Eine kleine Falte erschien zwischen seinen Brauen. »Ich habe dir das Gefühl gegeben, dass dein Erbe mir Angst macht.«

»Ist es denn nicht so?«

Langsam schüttelte er den Kopf. »Vielleicht zu Anfang. Bevor ich dich kennenlernte. Aber ich kenne dich jetzt und ich kann dir versichern, dass es niemals etwas an dir geben wird, das ich fürchten könnte.« Regen prasselte unablässig auf uns nieder, aber keiner machte Anstalten, sich zu bewegen. Ein Lächeln umspielte seinen Mund. »Eine Wahrheit für eine Wahrheit?«

Ich hatte gesagt, dass ich dieses Spiel nicht mehr spielen wollte. Vielleicht war es der Alkohol, der mich heute Abend antrieb, aber ich spürte, wie ich langsam nickte. »Ich fange an.« Wenn ich meine Wahrheit zuerst sagte, konnte ich die Regeln festlegen.

Nik bedeutete mir mit einer Handbewegung, fortzufahren. Ich strich mir das feuchte Haar aus dem Gesicht. Schindete Zeit. Es gab eine Menge Dinge, die ich ihm jetzt sagen könnte. Belanglose Dinge. Unwichtiges. Aber seine Wahrheit würde sich an meiner orientieren. Ich wollte diese Chance nicht vertun und es würde nichts ändern, wenn er es wusste.

»Ich hätte dich im Elfenwald fast geküsst. Ich hätte noch viel mehr getan. Ich wollte einen Abschluss. Einen, den ich selbst bestimme. Ich wollte die Kontrolle über unseren letzten Moment. Aber ich weiß, dass es so nicht funktioniert hätte. Trotzdem will ich es noch immer.« Den Kuss. Den Abschluss. *Dich*. Sorgfältig beobachtete ich Niks Gesicht, auf der Suche nach einer Regung, die mir verriet, was diese Worte in ihm auslösten. Nichts. Natürlich nicht. Die Jahre als Prinz hatten ihn gelehrt, seine Gefühle nicht nach außen dringen zu lassen. Vorhin war ein Ausrutscher gewesen, ein winziger Moment, in dem *er* sich kurz nicht unter Kontrolle hatte. »Du bist dran.«

Nik betrachtete die Drachenkette an meinen Hals mit seinem Siegelring daran. Dann sah er mich wieder an. »Als Ciaran dir seinen Preis gesagt hat, war meine erste Reaktion Erleichterung. Mir war klar, wie du dich entscheiden würdest. Ich weiß nicht, was wir hätten sein können. Ob Freunde oder mehr oder etwas völlig anderes. Aber wenn du nicht mehr hier bist, wenn ich dich nicht mehr sehen muss, wird mir nicht jeden Tag vor Augen geführt, was ich zerstört habe.« Stille folgte, aber zum Glück war ich nicht diejenige, die sie brechen musste. Nik trat einen Schritt näher und hob die Hand, als wollte er mir einen Wassertropfen von der Wange streichen. Millimeter von meinem Gesicht entfernt ließ er sie wieder sinken. »Es tut mir leid, Felicity. Es tut mir leid, dass ich dir nicht die Wahrheit gesagt habe. Es tut mir leid, dass ich dein Vertrauen missbraucht habe. Und es tut mir vor allem leid, dass dies nicht meine allerersten Worte waren. Dass ich so lange gebraucht habe, dir all das zu sagen. Es tut mir so leid.«

Seine Worte hallten seltsam in mir nach. Ich wusste nicht, was ich tun sollte. Ein Teil von mir war noch immer so sauer auf ihn, dass ich ihn am liebsten ohrfeigen würde. Der andere Teil wollte ihn küssen. Beides keine ratsamen Möglichkeiten. »Wieso?«, fragte ich und meine Stimme klang fester, als ich dachte. »Wieso jetzt?«

»Weil ich ein egoistischer Mistkerl bin.« Er hob die Schultern und ließ sie wieder fallen. »Ich habe dich gehalten, während jeder Knochen deines Körpers gebrochen ist. Ich war mir sicher, dass du sterben würdest. Ich habe sechs Tage an deinem Bett gesessen und gebetet, dass du aufwachst. Und …« Er schloss für einen Moment die Augen, als könnte er es nicht ertragen, mich anzusehen. »Ich wollte nicht, dass meine letzte Erinnerung an dich ist, dass du sagst, wie egal ich dir sei.«

»Also hast du vorgesorgt? Ein schöner Moment, falls ich morgen draufgehe?«

Es sollte ein Scherz sein, aber Nik schüttelte den Kopf, ein dunkles Glimmen in den Augen. »Ich werde nicht zulassen, dass dich jemals wieder etwas verletzt.«

»Ich brauche keinen Beschützer.« Ich hatte es schon Oliver gesagt und ich sagte es auch gern noch mal Nik. »Ich passe selbst auf mich auf.«

»Siebenundzwanzig Sekunden.« Er streckte erneut die Hand aus und dieses Mal stoppte er nicht. Die Berührung seiner Finger brannte auf meiner Wange, als er sanft einen Regentropfen wegwischte. »So lange hat dein Herz aufgehört zu schlagen. Siebenundzwanzig Gründe, warum mir völlig egal ist, ob du meinen Schutz willst oder nicht. Du hast ihn. Du wirst ihn immer haben.

Noch mehr verachten kannst du mich nicht. Aber glaub ja nicht, dass ich zulasse, dass du stirbst, bevor du nach Hause kommst.«

»Ich wusste nicht, dass …« Meine Stimme erstarb.

»Niemand wusste das. Ich habe Oliver weggeschickt, um Liam zu holen. Kurz danach bist du in meinen Armen zusammengebrochen. Dein Körper hat sich verkrampft und dann war da nichts mehr.« Ein fast unmerkliches Zittern durchlief seine Hand, die noch immer an meiner Wange lag. »Du warst tot, Felicity. Du warst ganze siebenundzwanzig Sekunden lang tot.«

»Aber jetzt geht es mir gut.« Sanft löste ich seine Hand von meinem Gesicht und legte sie auf meine Brust, wo mein Herz ruhig und beständig gegen seine Finger schlug. Seine Berührung sandte Wärme durch meinen Körper, obwohl die kalten Wassertropfen unbeirrt weiter auf uns niedergingen. »Was ist danach passiert?«

»Das Glühen hat sich ausgebreitet. Als es dich völlig umschlossen hat, hast du wieder angefangen zu atmen. Liam hat dich in eine Art magisches Koma versetzt, damit dein Körper sich heilen konnte. Er sagte, du würdest aufwachen, wenn du so weit seist.«

»Du und Liam, ihr kommt zurecht?«

»Er ist ein wenig eigenartig, aber ja. Wir kommen zurecht. Gwen ist ganz begeistert.« Nik verdrehte die Augen. »Letztens haben sie einen ganzen Nachmittag über die Einsatzmöglichkeiten von Löwenzahn in der Kräuterheilkunde diskutiert. Es war furchtbar.«

»Klingt doch spannend.« Ich lächelte, musste mich aber dazu zwingen. Nicht, dass ich über Unkraut sprechen wollte, aber ich wollte ein Teil dieser Gruppe sein. Merkwürdig, wie man etwas vermissen konnte, das man nie hatte und niemals hätte haben können.

»Ich war dir gegenüber schon oft genug egoistisch, aber ich werde es noch einmal sein.« Niks Daumen strich über mein Schlüsselbein. »Niemand zwingt dich, zu gehen. Du musst dich entscheiden, aber ich möchte, dass du weißt, dass du hierbleiben kannst.«

»Was soll *hier* denn überhaupt bedeuten?« In dieser Welt? In diesem Land, in dieser Stadt, in diesem Schloss? Bei … ihm?

»Es kann bedeuten, was immer du willst.«

»Wenn ich dich um etwas bitte, erfüllst du es mir dann?«

»Worum geht es denn?«

Ich biss mir auf die Lippe und schüttelte den Kopf.

Nik lachte leise. »Na schön, ausnahmsweise.«

»Lass uns so tun, als gäbe es morgen nicht. Das ist mein erster und letzter Ball.«

»Und den willst du mit mir verbringen?«

»Ich würde ja Oliver fragen, ob er mit mir tanzen will, aber der kriegt schon Schnappatmung, wenn er mich anziehen soll.«

Nik zog die Brauen zusammen. »Warum hat Oliver dich angezogen?«

»Weil wir vor Gray abhauen mussten. Ist doch egal.« Das konnte ich ihm auch noch später erklären. »Also?«

Nik zögerte nicht. Auffordernd streckte er mir eine Hand entgegen. »Miss Leighton. Würdet Ihr mir die Ehre eines Tanzes erweisen?«

»Es wäre mir eine Freude, Eure Königliche Hoheit.« So elegant wie möglich legte ich meine Finger in seine.

»Du hast meinen Titel gelernt. Ich bin beeindruckt.« Er grinste und führte mich hinein. Unsere vom Regen durchweichte Kleidung hinterließ feine Sprenkel auf dem makellosen Marmorboden. Nik schien das nicht weiter zu stören, also ignorierte auch ich das lautlose Tropfen vom Saum meines Kleides und straffte die Schultern. Leises Tuscheln folgte uns, während wir durch die Menge gingen, die ihrem Prinzen ergeben Platz machte.

»Ich bin mir nicht sicher, ob ich weiß, wie das hier funktioniert«, gab ich leise zu. Gwen hatte mir einige Grundschritte beigebracht, aber ich zweifelte daran, dass ich sie mir hatte merken können.

Nik blieb stehen, drehte mich so, dass ich vor ihm stand, und legte die freie Hand auf meine Taille. Dann beugte er sich herunter und strich sacht mit den Lippen über mein Ohr. »Überlass mir einfach die Führung.«

Kapitel 32

Ich hatte nicht vor, Nik irgendwas zu überlassen, aber selbst ich musste zugeben, dass er seine Sache durchaus beherrschte. Und während er mich in eine Drehung nach der anderen schickte, die meine Umgebung zu einem Wirbel aus Farben vermischte, und dabei doch immer sicherstellte, dass ich am Ende wieder in seinen Armen landete, spürte ich, dass es mir gar nichts ausmachte, ihm die Führung dieses Tanzes zu lassen. Ich lachte, fiel nach hinten und wurde von Nik schwungvoll nach oben gezogen.

»Du machst das gut«, sagte er. »Halt dich fest.«

»Was hast du vor?«

Er packte mit einem Zwinkern meine Hüfte, hob mich einige Zentimeter hoch und wirbelte mich so schnell im Kreis, dass sich die Lagen meines Kleides trotz des nassen Stoffes aufbauschten. Ich grub meine Finger in seine Arme, hatte aber keine Angst, dass er mich fallen ließ. Ein berauschendes Gefühl hatte von mir Besitz ergriffen, das sicherlich nichts mit Alkohol zu tun hatte. Atemlos sah ich zu Nik auf, der mich inzwischen zurück auf die Füße gestellt hatte. Es war unmöglich, weiter gegen das Lächeln anzukämpfen, das sich nun auf meinem Gesicht ausbreitete. Er erwiderte es und irgendwas in meinen Bauch verknotete sich. Mir wurde erst jetzt bewusst, wie nah wir einander waren. Was albern war, weil das nun wirklich keine unbekannte Situation war. Trotzdem. Wie wenig Platz zwischen seiner Brust und meiner war. Wie ich mich nur ein klein wenig strecken müsste, um meine Lippen auf seine zu legen. Nik schien meine Gedanken erraten zu haben oder vielleicht dachte er dasselbe, denn ein Funkeln trat in seine Augen.

Ich verengte die meinen. »Ich werde dich nicht küssen!«

»Habe ich das gesagt?« Er drehte mich herum und presste mich mit dem Rücken gegen seine Brust. Die Musik rückte in den Hintergrund, als seine Finger über meinen bloßen Arm strichen.

Sauerstoff kam nur noch schwer in meine Lunge. »Du hast darüber nachgedacht.«

Niks freie Hand legte sich über meinen Bauch, nur fingerbreit unter das Mieder meines Kleides, das mit einem Mal viel zu eng war. »Und du«, raunte er leise, »hast nicht daran gedacht?«

»Nein?«

Warm strich sein Atem über meinen Hals. »Lügnerin.«

Arschloch. Ich ließ den Kopf zurückfallen, legte einen Arm um seinen Nacken und nun war ich es, die meinen Körper gegen seinen drängte. Niks Atem geriet kurz aus dem Takt, aber anstatt die Sache zu beenden, festigte er seinen Griff um meinen Bauch. Das hier war nicht mehr angemessen für einen Ball, aber mir konnte das egal sein. *Ich* würde nicht diejenige sein, die sich zuerst zurückzog. Mein Hintern drückte sich gegen ihn, was Nik mit einem leisen Knurren kommentierte. Seine Lippen strichen über meinen Nacken. Gänsehaut breitete sich auf meiner Haut aus.

»Felicity«, raunte er leise, »was genau wird das?«

Ich drehte mich in seinem Griff, schlang jetzt beide Arme um seinen Hals und lächelte unschuldig. »Was meinst du? Bei uns tanzt man so.«

»Ach, tut man das?« Er packte wieder meine Hüfte und zog mich ruckartig näher.

Meine Hände vergruben sich in seinem Haar. Die weichen Strähnen fühlten sich so vertraut zwischen meinen Fingern an. Ohne es bewusst zu steuern, streckte ich mich ihm entgegen.

Er beugte sich etwas zu mir hinunter und flüsterte dann mit belegter Stimme: »Ich dachte, du wolltest mich nicht küssen?«

»Vielleicht warte ich ja darauf, dass du es tust.« Sanft zog ich an seinen Haaren, wollte ihn dazu animieren, die letzten Millimeter zu überbrücken.

Nik hob einen Mundwinkel zu einem schiefen Grinsen. »Vergiss es. Wenn du diesen Kuss willst, dann hol ihn dir.«

»Ich hasse dich.«

»Nein«, murmelte er amüsiert, »tust du nicht.«

Tat ich nicht. Wusste der Himmel, wieso nicht. Es war egal. Alles war egal. Vielleicht würde ich es bereuen, vielleicht auch nicht. Aber heute Nacht wollte ich Erinnerungen schaffen. Ich konnte Niks Atem auf meinen Lippen spüren, spürte die Wärme, die von seinem Körper ausging. Am Ende war ich es, die nachgab, den letzten Zentimeter überbrückte, mich ihm entgegenstreckte und meinen Mund auf seinen presste. In der Sekunde, in der wir uns berührten, fiel die Spannung ab. Niks Hände lagen auf meinen Wangen, meine Finger gruben sich durch sein Haar. Sein Geruch, sein Geschmack, seine Nähe, inzwischen so vertraut und dennoch jedes Mal aufs Neue so berauschend wie beim ersten Mal. Seine Zunge stieß gegen meine Lippen und ich öffnete bereitwillig den Mund, um ihm Einlass zu gewähren. Feuer peitschte durch meinen Körper, sämtliche Umgebungsgeräusche erstarben. Ich blendete aus, dass wir uns in einem Ballsaal befanden. Wir waren wieder in einem endlosen Garten unter einem noch endloseren Sternenhimmel. Nur er und ich und das Prickeln, das er in jeder meiner Zellen auslöste. Ich versank in dem Gefühl, in ihm, in seiner so sanften Berührung. Kein Denken mehr, keine Sorgen, kein ständiges Was-wäre-wenn. Kein Morgen. Nur *jetzt*. Nur *wir*.

Bis ein Räuspern mich brutal in die Wirklichkeit zurückriss und uns beide simultan zusammenfahren ließ.

»Also, wenn ihr für eine Minute aufhören könntet, euch gegenseitig die Zunge in den Hals zu stecken«, sagte Ciaran übermäßig laut, nachdem er wie aus dem Nichts neben uns aufgetaucht war,

»hätte ich ein paar Dinge mit dem Menschenmädchen zu besprechen.«

Der Zauber war gebrochen und die Realität knallte unbarmherzig auf uns ein. Hunderte von Augenpaaren hatten sich auf uns geheftet. Weil ich gerade ihren Kronprinzen mitten auf der Tanzfläche geküsst hatte. Nein, wir hatten uns nicht geküsst, wir hatten *rumgemacht*. Klasse. Fahrig fuhr ich mir durch die Haare und widerstand dem Drang, meine Lippen zu berühren. Hitze stieg in meine Wangen.

»Ja … ähm, sicher«, beantworte ich Ciarans Frage, die eigentlich gar keine gewesen war. Trotzdem war ich froh über die Ablenkung.

Niks Finger strichen über meinen Arm. »Du musst nicht –«

»Doch. Ist okay«, sagte ich hastig und vermied es dabei, ihn anzusehen. Ein paar Minuten, bevor ich mich den Auswirkungen dieses … Vorfalls widmen musste, kamen mir gerade ganz gelegen.

»Ich bin dafür, dass wir ein wenig rausgehen«, überlegte Ciaran laut. »Frische Luft, Abkühlung, keine Ballgesellschaft, die von nicht familiengerechten Unterhaltungseinlagen bespaßt werden will. Um nur mal einige der Vorteile aufzuzählen.«

Super, jetzt kam zu alldem auch noch ein Elfenprinz, der sich für witzig hielt. Das wurde ja immer besser. Ich stieß gereizt die Luft aus, machte auf dem Absatz kehrt und stürmte aus dem Ballsaal.

Die Eingangshalle des Schlosses lag verlassen da. In der Stille hallten meine Schritte ungewohnt laut von den hohen Wänden wider. Ich konnte Ciaran nicht hinter mir hören, aber ich nahm seine Präsenz wahr. Wie ein Flackern am Rande meiner Wahrnehmung.

»Musste das sein?«, fuhr ich ihn wütend an. Obwohl ich mir nicht sicher war, worauf mein Zorn sich bezog. Die Tatsache, dass er uns unterbrochen hatte oder dass dieser Kuss überhaupt zustande gekommen war.

»Ich habe nicht ewig Zeit, herumzustehen und zu warten, dass du deinen Mund zum Reden benutzt«, antwortete er und besah sich mit mäßigem Interesse die Verzierung an der gewölbten Decke.

»Als wir das letzte Mal bei dir waren, hast du dich beschwert, wie langweilig dir doch sei!« Ich stieß die schweren Türen des Schlossportals auf und wir traten nach draußen in die verwirrende Mischung aus warmer Luft, strömendem Regen und dem Geruch nach Schnee.

»*So* langweilig nun auch wieder nicht.« Ciaran warf einen scharfen Blick zum Himmel und augenblicklich hörte der Regen auf.

Ich blinzelte überrascht. »Hast du gerade das Wetter verändert?«

»Ich werde nicht gern nass.« Fast schon beleidigt sah er auf einen Wassertropfen, der es gerade noch geschafft hatte, auf dem Ärmel seines dunkelgrünen Jacketts zu landen. Eine Sekunde später war der Tropfen in einer winzigen Rauchwolke verdampft und Ciaran strich zufrieden über den nun wieder makellosen Stoff.

»Kann ich das auch?«

Er schnaubte abfällig. »Nein.«

Okay. Mir selbst zuliebe kommentierte ich das nicht weiter. Wir gingen den abfallenden Kiesweg hinunter auf die völlig verwaist daliegende Stadt zu. Eine kaum merkliche Bewegung zu unserer Rechten und Micah gesellte sich lautlos zu seinem Herrn. Schatten waberten um die Konturen des gigantischen Wolfes und verschmolzen kunstvoll mit der uns umgebenden Dunkelheit. Ein Schauer lief mir über den Rücken. Ich würde wohl nie vergessen, wie sich seine Zähne in meiner Haut anfühlten, auch wenn wir letztes Mal einen vorsichtigen Annäherungsversuch gewagt hatten.

»Bin ich unsterblich?« Die Frage war mir über die Lippen gerutscht, bevor ich sie hatte aufhalten können. Mit der Enthüllung meiner magischen Blutlinie war die Entscheidung einhergegangen, in wenigen Tagen nichts mehr damit zu tun zu haben. Auch wenn ich diese neue Seite an mir gern weiter erkundet hätte, war mir klar gewesen, dass es am Ende weniger schmerzen würde, etwas hinter mir zu lassen, das ich nie hatte kennenlernen können. Aber die Frage nach einer möglichen Unsterblichkeit war stets nagend in meinem Kopf verblieben.

Mondlicht spiegelte sich schwach in Ciarans fast schwarzen Augen. »Keine Ahnung, Menschenmädchen. In den letzten Wochen zufällig einmal gestorben?«

Lustigerweise – und das meinte ich gerade echt sarkastisch – war die Antwort auf diese Frage tatsächlich *Ja*. Oder eher fast? Aber das sagte ich ihm nicht. »Wäre ich von den Toten auferstanden, müsste ich dich nicht fragen, oder?«

»Es käme darauf an, wie lange du tot warst.« Er sagte das so beiläufig, als ginge es um meine Lieblingsfarbe.

»Wofür ist das wichtig?«

Ciaran seufzte leidgeprüft. »Na schön, ausnahmsweise. Aber denk ja nicht, ich wäre dein persönliches Nachschlagewerk. Menschliche Wiederbelebungsmaßnahmen beiseitegenommen, ist es nach dem Tod dreißig Sekunden lang möglich, jemanden mittels Magie zurück ins Leben zu holen. Egal, ob durch deine eigene oder fremde. Wachst du danach wieder auf … dann herzlichen Glückwunsch, du bist unsterblich. Und wenn nicht, kennst du immerhin die Antwort. Was natürlich nicht heißt, dass man dich nicht umbringen könnte. Eine Klinge ins Herz oder einen abgeschlagenen Kopf überlebt kein Wesen.«

Das erklärte immerhin, warum Nik die Dauer meines vorübergehenden Todes auf die Sekunde genau wusste. Entweder meine eigene Magie hatte mein Herz weiterschlagen lassen oder … Vier Sekunden länger und ich hätte die Antwort auf meine Frage gehabt. »Warum hast du mich nicht umgebracht?« Wenn wir schon mal bei dem Thema waren.

»Und warum hätte ich das tun sollen?«

»Hätte eine Menge Probleme gelöst, nicht?« Ich war bei der

Frage wohl verständlicherweise ein wenig befangen, aber wenn man es vom kalten Standpunkt der Logik betrachtete, wäre mich zu ermorden die effektivste Methode, um sicherzustellen, dass die verborgene Magie niemandem mehr in die Hände fallen konnte.

»Das hängt wohl davon ab, was du als Problem definierst«, kam die gewohnt kryptische Antwort.

Ich würde mich nicht noch lächerlicher machen und weiter nachfragen. Würde Ciaran mir eine Antwort geben wollen, hätte er es getan. Ich war diese ständigen Spielchen so leid. Frustriert kickte ich gegen einen Kieselstein. Er rollte über die inzwischen ebene Straße, prallte an einer weiß gestrichenen Hauswand ab und blieb liegen. »Was tun wir hier draußen?«

»Ich habe mit deinem Zauberer gesprochen. Er scheint ehrenwerte Absichten zu verfolgen.«

»Was du nicht sagst.«

Der Elfenprinz lächelte milde. »Du verstehst sicher, dass ich mich selbst davon überzeugen musste.«

Eine Bewegung aus dem Augenwinkel lenkte mich von meiner sarkastischen Erwiderung ab. Micah, der meinem Kieselstein hinterhergesprungen war und ihn jetzt neugierig mit der riesigen Pfote anstupste. Fragend sah ich zu Ciaran, der nur mit den Schultern zuckte.

»Wir haben nicht besonders viele Steine im Wald. Sie üben eine für mich nicht nachvollziehbare Faszination auf ihn aus. Er ist noch jung und lässt sich leicht ablenken. Beachte ihn nicht.«

»Du solltest deinem Hund einen Ball kaufen.«

»Er spielt lieber mit Menschen.« Das raubtierhafte Lächeln, das diese Worte begleitete, ließ mich frösteln und zum eigentlichen Thema dieses nächtlichen Spazierganges zurückkehren.

»Erfülle deinen Teil der Abmachung. Was muss ich tun, um uns zur Magie zu bringen?«

»Der Kräftesignatur von Felicity folgen.«

»Lass uns – nur mal so zum Spaß – so tun, als hätte ich keine Ahnung von alldem, ja?«

»Dafür bedarf es wohl nicht allzu viel Fantasie«, erwiderte Ciaran spöttisch. Ich warf ihm einen vernichtenden Blick zu, den er gekonnt ignorierte. »Steck deinen Ring an den Finger und verlasse dich auf deine Intuition. Magie kann man nicht erzwingen. Sie ist da, und wenn du es geschickt anstellst, kannst du sie dir zunutze machen. Deine Kräfte werden die deiner Vorfahren erkennen. Das Schwert ist in einer Schattenwelt von dieser versteckt.«

»Was soll denn eine Schattenwelt sein?«, fragte ich mit widerwilliger Neugierde.

»Eine Art Kopie, ein Abklatsch. Eingefroren im Zustand ihrer Erschaffung.« Ciaran wedelte ungeduldig mit der Hand durch die Luft. »Es herrscht dort weder Leben noch Veränderung. Perfekt geeignet, um etwas aufzubewahren, das nicht gefunden werden soll.«

Ich brauchte einen Moment, um seine Worte zu verarbeiten. »Ihr habt eine Welt erschaffen?«

»Ja«, sagte Ciaran nicht ohne einen Hauch von Selbstgefälligkeit in der Stimme. »Die Magie, die wir damals zur Verfügung hatten, war beeindruckend. Selbst für unsere Verhältnisse. Wir hätten noch so viel mehr erreichen können, aber man soll aufhören, wenn es am schönsten ist, nicht wahr?« Hatte er bei unserer ersten Begegnung noch den Eindruck gemacht, die Geschehnisse von damals zu bereuen, so erzählte das Glitzern, das jetzt in seinen Augen stand, etwas ganz anderes. Unwillkürlich musste ich einen Schauer unterdrücken.

»Was muss ich noch wissen?«

»Bereite dich auf eine Reihe an Sicherheitsmaßnahmen vor.«

»Kannst du etwas genauer werden?«

»Nein. Ich habe dir alles gesagt, was ich weiß. Felicity und der Zauberer haben das Schwert damals dorthin gebracht. Ich weiß nicht, was die beiden sich ausgedacht haben.«

Ich sah Ciaran überrascht an. »Ihr habt nie darüber gesprochen?«

»Sie hat ihre Entscheidung getroffen. Sie wollte nicht in dieser

Welt bleiben. Weil sie Angst vor ihrer Schwester hatte oder sich nicht dem stellen wollte, was sie getan hat – keine Ahnung. Es gab nicht mehr viel zu reden.« Er sagte dies auf eine Art und Weise, die deutlich machte, wie unklug es wäre, das Thema weiter zu vertiefen.

Eine Weile gingen wir schweigend durch die verlassen daliegenden Straßen. Ciaran schien zu wissen, wohin er wollte, und ich folgte, weil ich nicht viele andere Möglichkeiten hatte. Irgendwann erreichten wir die letzten Häuser und traten durch das weit geöffnete Tor der Stadtmauer hinaus in die Dunkelheit. Ich räusperte mich leise. »Kannst du mich deswegen nicht leiden? Weil ich aussehe wie sie?«

»Ich kann dich nicht leiden, weil du schwach bist, Menschenmädchen. Du stammst aus einer mächtigen Blutlinie, aber statt dein Erbe anzunehmen, fliehst du zurück in dein sterbliches Leben. Du bist die Magie in deinen Adern nicht wert. Pure Verschwendung, wenn du mich fragst.«

Ich blieb abrupt stehen. »Willst du mich verarschen? *Du* bist doch derjenige, der mich zu einer Entscheidung zwingt!«

»Das war ein Geschenk an dich. Du wärst nie selbst in der Lage gewesen, dich zu entscheiden.«

»Ich *will* mich überhaupt nicht entscheiden! Ich könnte beides haben.«

»Könntest du nicht.« Zum ersten Mal an diesem Abend klang er nicht, als wollte er sich über mich lustig machen. »Man kann kein Leben in zwei Welten führen. Das funktioniert nicht. Sei froh, dass ich dir diese Entscheidung abgenommen habe.«

»Oh, wie selbstlos von dir. Als ob es dich interessiert, ob mir mein Leben gefällt.«

»Nein, tut es nicht.«

»Was willst du dann von mir?«

Ciaran lächelte und augenblicklich rieten mir sämtliche meiner Instinkte, die Flucht zu ergreifen. »Wer sagt, dass ich etwas von dir will?«

»Okay, es reicht!« Frustriert stieß ich die Luft aus. »Du hast mir gesagt, was ich wissen muss, und ich habe keine Lust mehr, durch die Dunkelheit zu stolpern und Rätselraten zu spielen!« Mit so viel Würde wie möglich raffte ich die inzwischen furchtbar dreckigen Röcke meines Kleides und stapfte zurück durch das Stadttor.

Ciaran ließ mich bis fast zur ersten Häuserreihe kommen, bevor er mir hinterherrief. »Hast du deinen Menschenprinzen heute geküsst, weil er dir endlich die Wahrheit über Riyas Vision gesagt hat?«

Ich wollte nicht stehen bleiben. Ich wollte ihn nicht beachten. Ich wollte ihm nicht antworten. Wollte ich wirklich nicht. Aber natürlich tat ich es trotzdem und knickte ein. »Was meinst du?«

»Ups.« Das triumphierende Grinsen auf Ciarans Gesicht war praktisch zu hören. »Ich wollte gewiss keine Geheimnisse ausplaudern. Na ja, du solltest ihn mal fragen. Und danach weißt du, wo du mich findest.«

»Warum sollte ich dich finden wollen?« Ich wollte ja noch nicht einmal jetzt mit ihm hier sein. Als ich keine Antwort bekam, drehte ich mich um. Weder von Ciaran noch von Micah war etwas zu sehen. Lediglich die Überreste einiger Schatten wehten noch über den Boden und verschmolzen mit der Nacht.

Kapitel 33

Ich ging nicht zurück in den Ballsaal. Ohne zu zögern, durchquerte ich die Eingangshalle und erklomm dann, immer zwei Stufen auf einmal nehmend, die große Treppe in den ersten Stock. Ich hatte heute Abend weder Gwen noch Liam gesehen, aber eine gute Vermutung, wo sie sich wohl aufhalten könnten. Da fast das gesamte Schlosspersonal mit dem Ball unten beschäftigt war, begegnete mir auf den Fluren kaum jemand. Lediglich Oliver wartete an eine Säule gelehnt auf mich, als hätte er gewusst, dass mich mein Weg hierhin führen würde. Was vermutlich genau der Fall war. Ich hasste es, so vorhersehbar zu sein.

»Keine Lust mehr auf Tanzen?«, fragte er, stieß sich von der Säule ab und ging entspannt neben mir her.

»Das war genug für den Rest des Jahres.«

»Und dabei hat das Jahr doch gerade erst begonnen.«

Ach ja, heute war Wintersonnenwende. Die längste Nacht des Jahres und damit gleichzeitig der Beginn eines weiteren. Jedenfalls hier. Der einundzwanzigste Dezember. Noch drei Tage bis Weihnachten, schoss es mir spontan durch den Kopf. Ich sollte ein paar Sachen mitnehmen, dann tauchte ich wenigstens nicht nach mehreren Wochen Abwesenheit auch noch ohne Geschenke auf.

»Alles in Ordnung?«, fragte Oliver mich mit einem besorgten Blick von der Seite.

»Sei so nett und tu so, als ob du es nicht als Lüge erkennst, wenn ich jetzt Ja sage, okay?«

»Elfen können einem unter die Haut gehen. Besonders ihre Prinzen.«

Ich war mir nicht sicher, ob es der elfische oder der menschliche Prinz war, der mir an diesem Abend keine Ruhe ließ. Ciarans Meinung von mir interessierte mich nicht. Oder sie sollte es zumindest nicht. Für ein fünfhundert Jahre altes Wesen kam jeder, der ihm nicht ebenbürtig war, einer Ameise gleich. Aber ich mochte es nicht, schwach genannt zu werden. Schwach, weil ich mich für Familie statt Macht entschied. Das Fass mit meinen Gefühlen Nik gegenüber wollte ich lieber gar nicht erst öffnen. Im Moment konzentrierte ich mich auf die Wut darüber, dass er mir einmal mehr nicht die Wahrheit gesagt hatte. Dinge für sich behalten hatte. All das erzählte ich Oliver natürlich nicht. Es reichte, wenn die Gedanken in meinem Kopf herumspukten, ich musste sie nicht auch noch aussprechen. Und am Ende des Tages würde seine Loyalität bei seinem Prinzen liegen und nicht bei mir, also musste ich gar nicht erst versuchen, ihn auf meine Seite zu ziehen.

Ich verlangsamte meine Schritte. Meine Finger legten sich auf die bronzene Klinke der Doppeltür. »Du musst nicht mitkommen. Sag Nik, dass ich bei Gwen und Liam bin.«

»Ich bezweifle nicht, dass Gwen in der Lage ist, dich zu beschützen, aber mein Auftrag lautet, dich nicht aus den Augen zu lassen. Außerdem habe ich das Gefühl, dass du eine Dummheit vorhast.«

»Und du willst gern mitmachen?«

»Klar«, sagte er leichthin. »Nikolas ist doch noch nicht sauer genug auf mich.«

»Er hat dir doch keinen Stress gemacht? Weil wir zum Ball gegangen sind?« Mir war egal, ob Nik sauer auf mich war. Aber wir hatten eine Abmachung. Und die besagte nicht, dass Oliver für meine Taten geradestehen musste.

Bevor ich mich so richtig in Rage reden konnte, schüttelte mein Leibwächter den Kopf. »Er meinte, ich hätte dich dazu bringen sollen, etwas zu essen, bevor ich dich auf den Ball bringe. Wo du doch gerade erst aufgewacht bist. Aber er ist nicht sauer, dass wir gegangen sind.«

Ich schnaubte abfällig und stieß die schweren Türen auf. »Ich kann mich um mich selbst kümmern.«

Oliver schwieg daraufhin. Kluges Kerlchen. Es dauerte einen Moment, bis meine Augen sich an das schummrige Licht gewöhnt hatten, aber die leisen Stimmen, die aus dem hinteren Bereich des Raumes drangen, verrieten mir, dass ich mit meiner Vermutung recht gehabt hatte. Das hier war die größte Bibliothek des Schlosses und Gwens absoluter Lieblingsort. Hier verbrachte sie mehr Zeit als irgendwo anders. Die Lampen an den Wänden waren nicht angezündet und neben dem Mond drang lediglich ein schwacher Kerzenschein durch die Dunkelheit. Ich setzte mich in Bewegung und ging darauf zu, Oliver direkt hinter mir. Wir umrundeten ein hohes Regal, das – wie ich aus einem verzweifelten Nachmittag voller Langeweile wusste – Biografien vergangener Könige und Königinnen enthielt. Gwen und Liam saßen an einem runden Tisch. Jedenfalls vermutete ich, dass es ein Tisch war. Unter den unzähligen Bücherstapeln darauf, darunter und daneben war von dem Möbelstück nicht mehr viel zu sehen.

»Was denkst du darüber?«, fragte Gwen und steckte sich eine Strähne zurück in die Flechtfrisur, die sich wie eine Krone um ihren Kopf wand. Die Tatsache, dass Liam nicht auf ihre Frage antwortete, ließ mich amüsiert den Kopf schütteln. Der Zauberer schien von dem Buch vor ihm derart gefesselt, dass er seine Umgebung völlig ausgeblendet hatte.

Ich betrachtete die Szene einige weitere Sekunden. Liam zwischen den bedrohlich schwankenden Stapeln an Büchern und dem Chaos aus bekritzelten Pergamenten vor sich und Gwen, die aufstand, um nachdenklich auf- und abzugehen.

»Ich meine ja nur«, fuhr sie fort, »dass es möglich sein muss, einen Zauber zu kreieren, der – Sag mal, hörst du mir überhaupt zu?«

Liam brummte zustimmend. »Sicher.« Eine Falte erschien auf seiner Stirn, während er mehrmals umblätterte und suchend mit dem Finger über die Seite wanderte.

Gwen stemmte die Hände in die Hüfte. »Schön! Was hältst du davon, wenn ich meine Kleider ausziehe und den Rest der Zeit hier nackt verbringe?«

»Tu das.« Liams Gesicht hellte sich auf, als er anscheinend fand, was er gesucht hatte, und rasch eine Notiz auf dem Pergament neben sich machte.

Ich musste mir auf die Lippe beißen, um das Lachen zu unterdrücken, als Gwen mit einem frustrierten Stöhnen zurück auf ihren Stuhl fiel.

»Ich würde sie beachten, wenn ich du wäre. Unsere lieben Thronfolger sind es nicht gewohnt, keine Beachtung zu bekommen«, machte ich auf mich aufmerksam.

Gwen sprang so abrupt wieder auf, dass ihr Stuhl auf den Boden knallte, der zum Glück mit dicken Teppichen ausgelegt war. Im nächsten Moment fand ich mich in einer Umarmung wieder, die sämtliche Luft aus meinem Körper drückte. »Dir geht es gut.«

»Natürlich geht es mir gut«, keuchte ich mehr, als dass ich es sagte, aber umarmte sie eben so fest, während mir der angenehm süße Geruch des Rosenwassers in die Nase stieg, das sie jeden Tag in ihr Haar sprühte. Eine Weile blieben wir so, dann zog sie sich zurück, um mich von oben bis unten zu mustern.

»Du trägst das Kleid.« Ihr Grinsen erstarb, keine Sekunde nachdem es entstanden war. »Was hast du dem Kleid angetan?!«

»Ähm …« Betreten schüttelte ich den Saum, aus dem sich inzwischen getrockneter Schlamm löste und wie Staub zu Boden fiel. »Das kann man bestimmt ausbürsten.«

»Sei froh, dass ich so erleichtert darüber bin, dass du noch lebst.« Sie stellte ihren Stuhl wieder hin und tippte Liam auf die Schulter. »Sie lebt noch.«

Der Zauberer sah blinzelnd von seinem Buch auf. »Wieso

überrascht dich das? Ich habe dir gesagt, dass es ihr gut geht.« Dann warf er mir ein Lächeln zu. »Was natürlich nicht heißt, dass es mich nicht freut, dich zu sehen.«

»Danke.« Ich zog mir ebenfalls einen Stuhl an den Tisch. »Für alles.«

Liam zuckte mit den Schultern. »So viel habe ich nicht getan.« Er musterte mich kurz. »Du hast mit Ciaran gesprochen.«

»Woher weißt du das?«

»Seine Magie haftet an dir.«

»Oh.« Ich strich mir über den Arm, wie um eine lästige Spinnwebe loszuwerden. Mir war nicht bewusst, dass Magie an einem haften konnte. Das war schräg. »Was genau tut ihr hier?«

»Einen Weg finden, um den mächtigsten magischen Gegenstand überhaupt sicher zu verwahren«, antwortete Gwen an seiner Stelle.

»Ach, ja?« Neugierig besah ich mir die Pergamente voller Notizen. »Wie kommt ihr voran?«

»Recht gut.« Wie zufällig schob Liam die Papiere zu einem Stapel zusammen und legte ein Buch darüber.

Ich runzelte die Stirn. »Ich darf es nicht wissen?« Der Blick, den er mit Gwen tauschte, dauerte nur eine Sekunde, aber ich sah ihn trotzdem. »Was?«

Gwen langte über den Tisch und drückte sanft meine Hand. »Es ist nichts gegen dich. Es ist lediglich eine Sicherheitsmaßnahme.«

»Weil ihr denkt, dass ich die Macht haben will?«

»Nein!« Hastig schüttelte sie den Kopf. »Aber das hier ist ein riskantes Unterfangen. Keine interessierte Partei wird den Aufenthaltsort des Schwertes erfahren. Weder Ciaran noch Nik … noch du.«

»Du bist wohl kaum unparteiisch«, merkte ich zweifelnd an.

»Weshalb sie mir auch nur bis zu einem bestimmten Punkt helfen darf.« Liam markierte seine Seite und klappte das Buch zu.

»Du wolltest, dass ich die Magie hüte, und das werde ich tun. Auf die Art und Weise, die ich für die Beste halte.«

»Na gut.« Im Grunde genommen war es mir auch völlig egal. Mit diesem Teil würde ich ohnehin nichts mehr zu tun haben. Wie von allein griffen meine Finger nach einem leeren Fetzen Pergament und zerrissen ihn in kleine Schnipsel. »Kannst du mir noch bei einer letzten Sache helfen?«

Liam sah mich neugierig an. »Worum geht es denn?«

Ich holte tief Luft. »Du musst mir helfen, eine Vision heraufzubeschwören.«

Ich fasste die bisherigen Geschehnisse des Abends knapp zusammen, um den anderen ein wenig Kontext für meine Bitte zu geben. Während Gwen sich begeistert auf die Idee stürzte, Magie zu wirken, ließ Oliver mit einem Stöhnen den Kopf gegen das nächste Bücherregal sinken und murmelte etwas, das wie *Ich-hab's-doch-gewusst* klang.

»Schlechte Idee«, verlieh er seiner Meinung auch deutlich Ausdruck.

»Ich mach's trotzdem. Egal, was du sagst.« Ich würde Nik nicht um Informationen anbetteln. Ich würde keinen neuen Streit provozieren, den wir beide nur verlieren konnten. Er hatte seine Chance bekommen, mir die ganze Wahrheit zu sagen. Er wollte nicht? Kein Problem. Dann sah ich mir die Sache eben selbst an. Ich war es leid, anderen hinterherzulaufen. Zeit, sich selbst um die Sache zu kümmern. »Bitte«, sagte ich an Liam gewandt, der dabei war, die Bücher auf dem Tisch in ordentliche Stapel zu sortieren. »Ich habe keine Ahnung, wie das funktioniert.« Und verdammte Angst, dass wieder das passiert, was beim letzten Mal passiert war, als ich mich mit meiner Magie auseinandergesetzt hatte.

Der Zauberer strich sich nachdenklich übers Kinn. »Ich habe damit auch nur theoretische Erfahrungen. Du musst tief in deine eigenen Kräfte abtauchen. Die Tatsache, dass du nicht gelernt hast, sie zu steuern, verkompliziert das Vorhaben nur. Das könnte sehr schnell sehr schief gehen.«

»Ist das ein Nein?«

»Deine Magie, dein Leben, deine Entscheidung. Ich wollte es nur gesagt haben.«

Oliver schüttelte missbilligend den Kopf. »Wenn ich Nikolas erklären muss, dass du bei diesem dämlichen Vorhaben umgekommen bist …«

»Vielleicht kann ich ja gar nicht sterben.«

»*Vielleicht* ist äußerst beruhigend in diesem Zusammenhang.«

»Ach, komm schon.« Ich lächelte, auch wenn es sich gezwungen anfühlte. »Etwas Vertrauen bitte.« Die Magie in mir hatte begonnen, aufgeregt zu kribbeln, und überschattete jedes gesunde Zögern. Die Kraft wollte gebraucht werden. Sie mochte es nicht, unterdrückt zu werden, und ich wusste nicht, wie lange das noch gut gegangen wäre. Das hier fühlte sie richtig an und ich wollte es mir nicht ausreden lassen. Außerdem wollte ich Antworten. Vollständige Antworten statt Halbwahrheiten. Liam war da. Wenn irgendetwas außer Kontrolle geraten sollte, konnte er eingreifen.

»Du brauchst einen Anker«, sagte Liam. »Jemanden, der dich in der Realität hält und im Notfall zurückholen kann. Jemanden, zu dem du eine emotionale Bindung hast.«

Gwen seufzte theatralisch. »Zu blöd aber auch, dass du und Nik euch noch in der Verleugnungsphase befindet.«

»Eigentlich wollte ich dich fragen. Als meine beste Freundin?«

»Beste Freundin?« Ihre ohnehin schon großen Rehaugen weiteten sich überrascht. »Ich hatte noch nie eine beste Freundin.«

»Hättest du denn gern eine?«

Gwen nickte stumm und umfasste meine Hand. »Ich bin gern dein Anker.«

»Gut, dann wäre das ja geklärt«, sagte Liam und setzte sich aufrechter hin. »Die Schutzzauber des Schlosses sind für heute Abend entzerrt worden, um die anwesenden magischen Gäste nicht unnötig zu beschränken. Offensichtlich sind sie aber nicht außer Kraft gesetzt. Für dich sind das ideale Voraussetzungen.«

»Wieso?«, fragte ich, während mein Fokus auf Gwen lag, die einen silbernen Dolch mit ziemlich scharf aussehender Klinge unter ihren Röcken hervorzog und auf dem Tisch platzierte. Das würde mir gleich nicht gefallen.

»Weil uns das die Möglichkeit gibt, Magie innerhalb der Schlossmauern zu wirken, aber zeitgleich ein Sicherheitsnetz existiert, falls du die Kontrolle verlierst«, beantwortete der Zauberer meine Frage.

Ich nickte langsam. Das klang tatsächlich gar nicht so schlecht. »Okay. Was muss ich machen?«

Gwen schob den Silberdolch über den Tisch und Liam schenkte ihr ein kleines Lächeln. »Ja, das wird wohl der beste Weg sein.«

»Könntet ihr mich bitte einweihen?«

»Da du deine Kräfte nicht willentlich steuern kannst, brauchen wir einen anderen Weg, sie zu aktivieren. Ursprünglich erwacht sind sie durch einen Angriff auf dein Leben. Du scheinst also gut auf diese Art von Impuls zu reagieren.«

»Wenn du sie angreifen willst, beenden wir die Sache hier und jetzt«, mischte Oliver sich ein, bevor ich die Chance hatte, die Aussage überhaupt richtig zu verarbeiten. Er trat näher an unseren Tisch und legte die Hände auf die Stuhllehne vor sich, sodass die Muskeln an seinen Oberarmen hervortraten.

»O nein, nein! Niemand wird angegriffen«, beschwichtigte Liam ihn rasch. »Ein kurzer Schmerzimpuls sollte ausreichen. Keinerlei Lebensgefahr.«

»Scheiß drauf, wir ziehen das jetzt durch.« Ich holte tief Luft und legte meine linke Hand auf den Tisch, Handfläche nach oben.

Oliver presste den Kiefer zusammen. »In dem Moment, in dem ich finde, dass es zu weit geht, werde ich einschreiten.«

»Als würde ich zulassen, dass ihr etwas passiert.« Gwen drückte meine rechte Hand, die sie noch immer in der ihren hielt.

»Deine Emotionen lenken deine Magie. Sie wird wissen, was du von ihr willst. Was immer passiert, wehre dich nicht dagegen.« Liam nahm den Dolch, wartete auf mein Nicken und stach die Spitze dann vorsichtig in die kleine Kuhle auf meiner Handfläche. Warmes Blut rann über meine Hand und sammelte sich zu einer leuchtend roten Pfütze. Jeder Zauber hatte seinen Preis und eine Vision war nichts anderes. Ich holte tief Luft, schloss die Augen und hieß den Schmerz willkommen. Er begann als feines Brennen auf meiner Hand und breitete sich dann über meinen ganzen Körper aus. Gleichzeitig erwachte die Magie. Wie eine Flamme schoss sie durch mich hindurch. Ich hatte keine Angst, dass sie mich verbrennen könnte. Wir waren eins. Ich erlaubte der Kraft, meine Gedanken einzunehmen, ließ mich mitreißen und in ihrem Strom treiben. Bisher hatte es immer funktioniert, der Magie die Kontrolle zu überlassen, und ich hatte keinen Zweifel, dass es auch dieses Mal so sein würde. Eine Wahl hatte ich ohnehin nicht. Das Blut lief als dünnes Rinnsal über meinen Arm, mit jedem Tropfen feuerte es die Magie mehr an. Ich dachte an Riya, an das, was ich von ihr wusste, an den morgigen Tag, stupste meine Magie in die Richtung, mehr eine vorsichtige Frage als eine Anweisung. Licht explodierte hinter meinen Augen und ich kniff sie reflexartig fester zu. Die Welt um mich herum zog sich zusammen, für einen Moment wurde die Luft tonnenschwer, drohte, meinen Körper zu zerquetschen. Bevor ich reagieren konnte, war alles schon wieder vorbei.

Da war … nichts mehr. Stille hatte sich ausgebreitet. Ich öffnete vorsichtig die Augen. Da war keine Bibliothek mit abgenutztem Holzboden, Tausenden von Büchern und kein warmer Kerzenschein mehr. Da war ein gigantischer, komplett leerer Raum, erbaut aus grobem Stein. Meterhohe schmale Fenster säumten die Wand zu meiner Linken, das Glas war so blind geworden, dass nur noch schummriges Licht von außen eindrang. Der Boden bestand aus hellen und dunklen Marmorfliesen, das Schachbrettmuster unter der dicken Staubschicht war fast nicht mehr zu erkennen. Ich saß nicht länger am Tisch, sondern stand inmitten des unbekannten Raumes. Vorsichtig sah ich an mir hinunter, befürchtete, jede noch so kleine Bewegung könnte den Zauber zusammenbrechen lassen. Ich trug dunkle Kleidung aus Leder und dickem Stoff, wie auch bei unserem Aufbruch ins Elfenreich. Noch immer lief Blut von meiner Hand. Ein Tropfen löste sich und fiel zu Boden. Auf seinem Weg reflektierte er das Licht, wirbelte Staub auf und zerbarst auf dem Marmor in winzige Splitter. Mit dem Blutstropfen zerbrach auch die Vision. Ich fiel auf die Knie, während Hunderte von Bildern sich gleichzeitig in meinen Kopf drängten. Viel zu schnell, um alles zu erkennen. Meine eigenen Hände, leuchtend rotes Blut, das Aufblitzen einer Klinge und ein Wirbel aus Licht. Das Feuer in meinen Adern stob aus meinen Fingern. Mehr Bilder. Ein Schwert mit einem glühenden Stein im Griff, eine stumme Explosion, die die Wände zum Einsturz brachte. Hände, die sich um meine Oberarme schlossen, die mich davon abhalten wollten, etwas zu tun, das sich in diesem Moment wichtiger anfühlte, als zu atmen. Dunkle Augen mit goldenen Sprenkeln, die sich ein letztes Mal an meine klammerten, bevor sie sich für immer schlossen. Ich schrie. Stimmen drangen durch das Rauschen in meinem Inneren. Ich blendete sie aus. Ich war noch nicht bereit, zurückzugehen. Ich musste mehr sehen. Rote Schlieren auf schwarz-weißem Grund, ein Dolch, der durch die Luft flog und ein unsichtbares Ziel traf, das unverkennbare Geräusch brechender Knochen, heiße Tränen, die über meine Wangen rannen. Hitze breitete sich weiter aus, Finger bohrten sich in meinen Arm. Mein Kopf ruckte herum, aber da war niemand.

»Du musst aufhören. Du verlierst die Kontrolle.« Eine ruhige Stimme. Das Gegenteil zu meinen rasenden Gedanken. So vertraut, aber … »Komm zurück.«

Ich versuchte die Bilder festzuhalten, die sich in einen undurchdringbaren Wirbel aus Farben verwandelt hatten, dann ließ ich los. Ließ zu, dass die Worte mich zurück in die echte Welt brachten. Mit einem Ruck klickte die Realität an ihren Platz. Geräusche, Gerüche, der Tisch, die Bibliothek, Liam, Gwen, Oliver – im Bruchteil einer Sekunde war alles wieder da.

Im gleichen Moment, in dem die Magie sich zurückzog, flogen die Türen der Bibliothek auf und knallten gegen die Wände. Sechs Soldaten der Schlosswache, allesamt mit gezogenen Schwertern, stürmten in den Raum. Wir zuckten zusammen und ich krallte die blutige Hand in mein Kleid, während Gwen den Dolch elegant in einen Stapel Pergamente schob. Die Gruppe an Soldaten teilte sich und Nik trat durch sie hindurch. Sein Blick erfasste uns. Für einen Moment hielt er inne, dann stieß er die Luft aus.

»Habt ihr den Verstand verloren?« Statt auf eine Antwort zu warten, gab er den Soldaten hinter sich einen Wink. Der vorderste Mann nickte, dann drehten sie sich wie eine Einheit um und verschwanden genauso schnell, wie sie gekommen waren. Nik wartete, bis die Tür ins Schloss gefallen war, stützte die Hände auf dem Tisch ab und funkelte jeden von uns zornig an. »Was geht hier vor sich? Ihr habt die Schutzzauber derart bombardiert, dass wir dachten, Myras Armeen stünden vor der Tür!«

In diesem Moment hätte ich wirklich gern eine Armee vor der Tür gehabt. Es wäre einfacher, einen Feind vor mir zu haben, den es zu bekämpfen galt. Ich wich Niks Blick nicht aus, auch wenn es schwer war, ihn anzusehen. Ich wollte ihn anschreien, wie ich ihn noch nie angeschrien hatte. Und ich wollte ihn zu mir ziehen. Er war gerade gestorben. Er würde morgen sterben.

»Ich habe es wohl ein wenig übertrieben«, gab ich zu und wischte mir die Hand am Kleid ab. Meine Stimme war tonlos, obwohl es in mir ganz anders aussah. Alles wirkte wie ein Traum. Es konnte nicht echt sein.

»Und bei was hast du es übertrieben?« Nik folgte meiner Bewegung, seine Züge verhärteten sich, sobald er das Blut sah. »Wieso bist du verletzt?«

Die Frage katapultierte mich endgültig zurück in die Wirklichkeit. Ich schnaubte, auch wenn mir gar nicht nach Lachen zumute war. Das sollte doch ein Witz sein, oder? Ich hatte ihn gerade sterben sehen und er sorgte sich um ein bisschen Blut?

Ich sprang auf die Füße und Nik zuckte zurück, als meine Wut auf ihn traf. »Lasst uns allein.« Die kürzliche Magiedemonstration war ausreichend, dass niemand widersprach. Gwen strich im Gehen über meinen Arm, aber ich achtete nicht auf sie. Meine gesamte Aufmerksamkeit lag auf Nik, der mich besorgt und ratlos ansah.

Ich gab ihm keine Chance, seine Fragen zu stellen. Ich trat meinen Stuhl beiseite, packte sein Jackett und stieß ihn gegen das nächste Regal. »Wie konntest du nur?!«

»Was habe ich getan?« Er sah ernsthaft verwirrt aus, was meinen Zorn nur noch mehr anstachelte.

»Du lügst mich an! Immer noch!«

»Ich habe dich nie –«

»Wag es ja nicht, diesen Satz zu beenden!«

Er schwieg daraufhin erstaunt und ich ging mit hastigen Schritten durch den Raum, um eines der Fenster aufzureißen. Die Luft hier drin drohte mich zu ersticken. Der gusseiserne Rahmen war schwergängig, aber Nik war klug genug, mir keine Hilfe anzubieten. Hätte er es getan, wäre es gut möglich, dass ich ihn aus dem Fenster geschubst hätte, statt lediglich meinen Kopf herauszustrecken und einige Züge der klaren Nachtluft einzuatmen. Mit einem unterdrückten Schrei knallte ich meine Handflächen auf die steinerne Fensterbank. Das Brennen half, die Gedanken zu klären. »Ich habe Riyas Vision gesehen.« Ich drehte mich gerade noch rechtzeitig um, sodass ich die Sekunde erkannte, in der Nik verstand.

Sämtliche Farbe wich aus seinem Gesicht. »Diese Visionen sind nicht besonders zuverlässig«, wich er aus. »Es gibt unzählige mögliche Zukünfte.«

»Du wirst sterben!« Ich stieß mich von der Fensterbank ab. »Deswegen die plötzliche Offenheit vorhin? Nicht weil du Angst hast, ich könnte morgen sterben, sondern weil du weißt, dass du es tun wirst?«

»Niemand wird morgen sterben.« Er machte Anstalten, auf mich zuzukommen, blieb aber stehen, als er meinen Gesichtsausdruck sah. »Ich habe alles an Vorkehrungen getroffen, um das sicherzustellen. Was Riya – Was du gesehen hast, *kann* passieren, aber es ist nur eine einzige Variante dessen, was passieren könnte.«

»Aber es ist die wahrscheinlichste, oder nicht?«

»Ja«, gab er sichtbar widerwillig zu. »Aber das heißt nichts.«

»Das heißt alles …« Jetzt war ich es, die auf Nik zutrat und eine Hand auf seine Brust legte. Jetzt war es *sein* beständiger Herzschlag, der *mich* beruhigte. »Ich kann mit Liam allein gehen.«

Nik schob seine Hand über meine. »Es gibt keine Version des morgigen Tages, in der ich dich allein gehen lassen würde. Das war von Anfang an meine Mission und ich bringe sie auch zu Ende.«

»Tust du nicht.« Ich schüttelte den Kopf. »Du brauchst mich, um zum Ziel zu gelangen, und das werde ich ganz gewiss nicht tun, wenn ich dich damit umbringe.«

»Damit lädst du Myra praktisch ein, unsere Grenzen zu durchbrechen, um sich dich zu holen. Und das werde *ich* nicht zulassen.«

Wir hatten eine Pattsituation. »Sie wird morgen da sein. Ich weiß nicht, wie, aber sie wird da sein und sie ist so viel mächtiger als wir alle zusammen. Dieses Mal wird sie dich umbringen.«

Nik schwieg. Was sollte er dazu auch sagen. Meine Finger gruben sich in sein Hemd, pressten sich auf sein Herz. »Lass mich gehen. Lass mich nach Hause und den Ring vernichten.«

»Ich kann nicht.« Nik strich sanft über meine Wange. »Wie lange, glaubst du, wird es noch dauern, bis Ciaran so langweilig wird, dass er einen neuen Ring fertigt? Bis er die Magie selbst haben will?«

»Es ist doch nicht deine Verantwortung, was vielleicht erst in hundert Jahren passiert.«

»Natürlich ist es das. Ich bin dann nicht mehr hier, aber es ist trotzdem noch mein Land. Wenn Myra morgen da sein wird – und ich setze darauf, dass es so sein wird – ist das ihr letzter Tag.«

»Darum ging es dir die ganze Zeit. Sie umzubringen.« Ich entwand mich seinem Griff und strich mir frustriert das Haar aus dem Gesicht. Ciarans Zauber hatte seine Wirkung verloren und es prasselten dicke Regentropfen vom Himmel gegen die Außenmauern des Schlosses. Einige schafften es durch das geöffnete Fenster und hinterließen dunkle Flecken auf dem Holzboden. Ich wandte mich ab, weil sie mich viel zu sehr an das Blut aus der Vision erinnerten. »Ist mir egal.« Vielleicht machte ich mich gerade zum egoistischen Menschen dieser Welt, aber auch das war mir egal. »Das hier ist weder *mein* Land noch *meine* Verantwortung. Wir werden morgen nirgendwo hingehen.«

»Du stürzt uns in einen Krieg!«

»O nein, mein Lieber, das schaffst du schon ganz allein!« Ich wirbelte zu Nik herum und deutete anklagend mit einem Finger auf ihn. »Indem du mir nicht die Wahrheit sagst, indem du immer noch nicht verstanden hast, wie eine gleichberechtigte Partnerschaft funktioniert, indem ich schon wieder vor Ciaran zugeben musste, keine Ahnung zu haben!«

»Ist das der wirkliche Grund, warum du so wütend bist?« Niks herausfordernde Worte trafen mich wie ein Messer direkt ins Herz. »Weil du dich vor Ciaran bloßgestellt fühlst?«

Ich holte zischend Luft. »Wie kannst du es wagen?« Ich hatte ihm fast denselben Vorwurf gemacht, noch vor wenigen Wochen im Elfenreich, aber da hatte ich auch allen Grund, davon auszugehen, ich sei ihm völlig unwichtig. Ich zwang meine Hand zu einer ruhigen Bewegung, als ich seinen Hemdkragen packte und ihn zu mir heranzog. »Wissen deine Götter warum, aber du bist mir nicht egal, Nikolas Beaumont! Finde eine Lösung!«

»Es gibt keine Lösung.« Mit einem Mal klang er nur noch müde. »Was glaubst du, was ich die letzten Wochen getan habe?«

»Ciaran weiß es. Er sagte, ich wüsste, wo ich ihn fände.«

»Ciaran hilft nicht. Er verkauft dir, was du denkst, das du

haben willst, zu einem Preis, den du erst viel später wirklich begreifst.«

»Was kann es denn schaden, ihn wenigstens anzuhören?« Mir war sehr wohl bewusst, dass sich ein flehender Ton in meine Stimme geschlichen hatte, doch Nik schüttelte nur den Kopf. Wie konnte ein einzelner Mann bloß so stur sein? »Was würdest du tun, wenn es andersherum wäre?«, versuchte ich einen anderen Ansatz, um ihn zur Vernunft zu bringen.

»Ich würde deine Entscheidung respektieren und die Sache gut sein lassen.«

Trotz der ernsten Situation konnte ich nichts gegen das Auflachen tun, das diesen Worten folgte. »Klar. Sicher würdest du das.«

»Schön!«, sagte Nik und jetzt war es seine Stimme, die aufgebracht klang. »Schön, ich gebe es zu, es wäre mir egal, was du sagst. Und ja, vermutlich ist das weder ein Zeichen einer gesunden Beziehung noch besonders erstrebenswert, aber ich würde dafür sorgen, dass du hier sicher bist, und dann das Elfenreich auseinandernehmen, bis ich einen Weg gefunden habe, dich zu retten! Aber das ist egal, denn das ist etwas anderes!«

»Etwas *anderes*?«, gab ich ebenso aufgebracht zurück. »Wieso? Wieso darfst du mich retten und ich dich nicht?!«

»Weil ich dich liebe, verdammt!« Er brüllte mir die Worte entgegen und die Stille, die daraufhin folgte, war ohrenbetäubend.

»O nein, nein, nein, nein, nein.« Hastig trat ich einen Schritt zurück. Und dann noch einen. Hitze und Kälte breiteten sich gleichzeitig in meinem Körper aus, als wüsste er selbst nicht, welche Reaktion richtig wäre. Dieses Gespräch hatte gerade eine Wendung genommen, die ich nicht hätte vorhersehen können. Auf die ich nicht vorbereitet war. »Das war so nicht abgemacht.«

»Zum Teufel mit Abmachungen«, seufzte Nik matt, nahm die Goldkrone vom Kopf und fuhr sich mit den Fingern durchs Haar. »Ich will nicht mit dir streiten. Nicht heute Nacht. Bitte.«

»Weil du denkst, dass es deine letzte sein könnte?«, fragte ich bitter.

»Wir können uns morgen früh deswegen anschreien, aber wir wissen beide, wie es ausgehen wird. Selbst wenn wir alle den Tag überleben, werden wir uns danach nie wiedersehen. Willst du wirklich, dass dies unsere letzte Erinnerung aneinander ist?«

Uns. Ich schluckte. Wie gut hatte ich unsere ablaufende Uhr in den letzten Stunden verdrängt. Meine Schultern sackten nach vorn. Sämtliche Kraft war auf einmal aus meinem Körper verschwunden. Widerstandslos ließ ich mich von Nik in seine Arme ziehen.

»Ich kann es nicht sagen«, flüsterte ich heiser gegen seine Brust. »Du weißt schon. *Das*.« Nach allem, was passiert war, fühlte es sich an wie ein Verrat an mir selbst. Die eine Sache zuzugeben, die ich mir geschworen hatte, niemals geschehen zu lassen.

»Ist in Ordnung«, murmelte Nik gegen meinen Scheitel. »Alles ist in Ordnung. Sag einfach, dass du mich hasst.«

Ich gab einen erstickten Laut von mir. »Aber ich hasse dich doch gar nicht.«

»Ich weiß«, flüsterte er. »Es war deine offensichtlichste Lüge. Von Anfang an. Deswegen mag ich es doch so sehr, wenn du es sagst.«

»Mit uns stimmt etwas nicht.«

»Ich mag uns, wie wir sind.«

Schon wieder dieses kleine Wort. Ich schloss die Augen und atmete seinen vertrauten Geruch ein. Konnte für einen Moment zurück in die Unkenntnis des morgigen Tages. Nicht zu wissen, was passieren würde, war ein Segen, den ich erst jetzt richtig zu schätzen wusste. Meine Magie regte sich so unauffällig, dass selbst ich sie erst bemerkte, als Niks Körper in meinen Armen schlaff wurde und wir gemeinsam zu Boden sanken.

»Was?«, murmelte ich verwirrt, bevor ich verstand, was meine eigene Kraft mir sagen wollte. *Nein*. Das würde sämtliches Vertrauen zwischen uns zerstören. Aber es war der einzige Weg und ich verachtete mich selbst dafür, dass ich nicht einmal daran dachte, zu zögern. Wie von selbst schoben sich meine zitternden Finger in die Innentasche von Niks Jackett, wo sich, wie ich wusste, mein Ring befand. Er war mein Weg nach Hause und Nik würde es nie riskieren, ihn aus den Augen zu lassen. Außerdem konnte ich es spüren. Das schwache Pulsieren von Magie, das sich verstärkte, als ich das Schmuckstück erfasste und ans Licht zog. »Es tut mir so leid«, flüsterte ich und strich Nik das Haar aus dem Gesicht. Dann beugte ich mich hinunter, um einen Kuss auf seine Stirn zu pressen. »Ich kriege das wieder hin. Versprochen.«

Ein Geräusch von draußen ließ mich aufschrecken und rasch wieder auf die Füße springen. Ich konnte nicht einfach so auf den Flur treten. Nicht, ohne Oliver oder Ronan erklären zu müssen, was hier gerade passiert war. Langsam wanderte mein Blick zu dem noch immer offenen Fenster. »O bei allen Göttern, bitte nicht.« Mit einem mulmigen Gefühl im Magen legte ich die Hände auf den Fenstersims und beugte mich vor, um nach unten zu sehen. Das waren mindestens fünfzehn Meter, wenn nicht sogar mehr. Jede Zelle in meinem Körper befahl mir, einen Schritt zurückzugehen. Ohne hinzusehen, schob ich den Ring auf meinen Finger. Er rutschte an seinen Platz, als hätte er nie woanders hingehört. Die Magie des Schmuckstücks verband sich von ganz alleine mit der meinen. Ein vor langer Zeit verloren gegangener Teil kehrte zu mir zurück. Das Kribbeln schoss durch meine Hand und ich versuchte mein Bestes, es nicht abzuschütteln. Was hatte Ciaran gesagt? Mich auf meine Intuition verlassen?

Ein weiteres Geräusch von draußen. Mein Kopf fuhr hoch. Ein leises Klopfen. Toll, wenn wir stritten, kümmerte es niemanden, aber sobald es still wurde, machten sie sich Sorgen. Sprach nicht gerade für uns, gab mir aber den Schubs, den ich brauchte. Das hier würde funktionieren. Es musste funktionieren. Entweder das oder ich klärte gleich die Frage nach meiner Unsterblichkeit.

Mit wild klopfendem Herzen kletterte ich auf die Fensterbank, die Finger so fest um den eisernen Rahmen gekrallt, dass die Knöchel weiß hervortraten. Ich holte ein letztes Mal tief Luft, schloss die Augen und dann fiel ich. Direkt in den auf mich wartenden weißen Nebel.

Kapitel 34

Ich fiel. Entweder Sekunden oder Stunden. Unmöglich zu sagen. Der Ring an meinem Finger wurde heiß, dann kalt und dann alles auf einmal. Wind zerrte an meinem Haar, meinem Kleid, ließ mich die Augen zusammenkneifen. Ohne Vorwarnung knallte mein Körper auf eine harte Oberfläche. Wasser schlug über meinem Kopf zusammen. Eiskalt drückte es mich nach unten. Ich schlug um mich, riss die Augen auf, versuchte, irgendetwas zu erkennen. Um mich herum war nichts als Schwärze. Meine Lunge brannte. Meine Füße traten ins Leere, ich wusste nicht, wo oben und wo unten war.

Ohne Vorwarnung packte mich etwas am Nacken und einen Augenblick später durchbrach mein Körper die Wasseroberfläche. Keuchend schnappte ich nach Luft, während das, was mich noch immer festhielt, mich unnachgiebig mit sich zerrte. Jetzt, wo ich wieder atmen konnte, setzten meine anderen Instinkte ein. Panisch versuchte ich, mich loszureißen, erreichte aber nur, dass ein scharfer Schmerz durch meinen Nacken schoss. Ich stoppte meine Bemühungen und wandte stattdessen vorsichtig den Kopf, um meinen unwillkommenen Retter ansehen zu können. Ich begegnete einer Wand aus Schwärze, die nur langsam Konturen annahm. Mein Blick wanderte höher, bis er auf ein dunkles Auge traf, das mich aufmerksam ansah. *Micah*. Auch wenn ich in meiner momentanen Position nicht mehr erkennen konnte, entspannte ich mich trotzdem. Der gigantische schwarze Wolf mochte zwar furchterregend aussehen, aber ich glaubte inzwischen nicht mehr, dass er mir den Kopf abbeißen wollte. Oder hoffte es zumindest.

»Könntest du mich loslassen?«, fragte ich matt. Mein Hals schmerzte und kleine Lichtpunkte tanzten vor meinen Augen.

Micah schnaubte einmal, trottete aber unbeirrt weiter. Widerstandslos fügte ich mich meinem Schicksal. Nicht, dass da große Wahlmöglichkeiten bestanden hätten. Irgendwann wurde das Wasser seichter und ich konnte das weiche Gras unter mir spüren. Micah zerrte mich noch einige Schritte weiter, dann ließ er mich unelegant auf den Boden plumpsen. Direkt vor ein Paar blank polierter schwarzer Schuhe, die nur Millimeter vor mit standen. »Also, Menschenmädchen«, ertönte Ciarans spöttische Stimme über mir, »dass du mal vor mir niederkniest, hätte ich auch nicht gedacht.«

»Ich knie nicht«, murrte ich ungehalten und rappelte mich rasch auf. Wasser troff aus meinen Haaren, meinem Kleid und noch nie in meinem Leben hatte ich mich so durchnässt gefühlt. »Wieso ist der Fluss plötzlich da?« Und wieso war es das zweite Mal in wenigen Wochen, dass ich ohne Vorwarnung in einem Gewässer gelandet war? Das war neu und gefiel mir so gar nicht. Fehlte gerade noch, dass das jetzt zur Gewohnheit wurde.

»Weil du praktisch vom Himmel gefallen bist.« Ciaran betrachtete mich abschätzend. »Es ist nicht unbedingt ratsam, von oben in ein Portal zu springen. Du könntest tief fallen.«

»Tut mir leid, dass ihr dem Ring keine Anleitung beigelegt habt«, knurrte ich missmutig.

»Steck dir nicht einfach jedes magische Artefakt, das du findest, an den Finger und du hättest das Problem nicht.«

»Die Warnung kommt ein bisschen spät.« Ich sah ihn finster an und wrang das Wasser aus meinem Haar. Dann fügte ich leiser und deutlich widerwilliger ein »Danke« hinzu. Ungebremst aus dem freien Fall auf dem Boden zu landen, wäre weniger angenehm für mich ausgegangen.

»Es war mir eine Ehre. Was verschafft mir das Vergnügen, dich zweimal an einem Abend ertragen zu müssen?«

»Als wüsstest du das nicht ganz genau.«

Statt einer Antwort schnippte der Elfenprinz mit den Fingern und von einer Sekunde auf die andere verwandelte sich der Grasboden unter unseren Füßen in glatten Stein.

Ich strauchelte, fand mein Gleichgewicht wieder und wirbelte herum. Wir standen auf einem erhöhten Plateau, das von zwei halbrunden Treppen eingerahmt wurde. Efeuranken schlangen sich um das Geländer, blaue und violette Blumen säumten die Stufen in dichten Sträuchern. Hohe Bäume ragten wie Säulen empor, ihre Kronen weit über uns zu einem kuppelartigen Dach verdichtet, das nur vereinzelt den Mond hindurchließ. Trotzdem drang von allen Seiten warmes Licht auf uns ein. Hunderte, wenn nicht sogar Tausende winzige Glühwürmchen und goldene Motten, die auf Blüten, Blättern und Ästen saßen. Reglos, als seien sie von einer Sekunde auf die andere erstarrt.

»Ist das … echt?« Die Faszination verdrängte kurzzeitig meine Angst, als ich vortrat und über den Rand des Plateaus spähte. Unter uns ergoss sich ein Wasserfall völlig lautlos in einen See, von dessen Oberfläche ein feiner Nebel aufstieg, in dem sich das Licht zu zahllosen Regenbögen brach.

»Wenn ich es so will.« Ciarans überhebliche Worte brachten mich abrupt wieder in die Wirklichkeit. Ich trat zurück und verschränkte die Arme vor der Brust. Ich redete mir ein, dass es wegen der Kälte war, die sich langsam ihren Weg durch meine nasse Kleidung bahnte, und nicht ein lächerlicher Versuch, eine Barriere zwischen uns zu erschaffen. Hier brachte keine Magie das Wetter durcheinander und es herrschte eisiger Winter. Trotzdem war mir nicht so kalt, wie mir unter normalen Umständen sein müsste, und ich fragte mich, ob Ciaran seine Finger im Spiel hatte oder es an meiner Magie lag.

Dem Elfenprinzen schienen die Temperaturen jedenfalls nichts auszumachen. Stattdessen stand er noch immer in seinem dunkelgrünen Anzug da und musterte mich mit einer abschätzenden Neugierde. »Weiß er, dass du hier bist?«

»Er wird es sich denken können.« Wie viel Zeit war vergangen seit meinem Sprung aus dem Fenster? War Nik inzwischen aufgewacht und bereit, mir den Kopf abzureißen? Ich würde ihm keinen Vorwurf machen. Ich hatte die eine Sache getan, vor der er Angst gehabt hatte, auch wenn er es mir gegenüber nicht zugeben wollte. Ich hatte meine Magie gegen ihn verwendet. Übelkeit wallte in mir auf. Ich war egoistisch, da machte ich mir nichts vor. Ich wollte ihn nicht verlieren, auch wenn er bereit war, das Risiko einzugehen. Wie konnte ich also wütend auf Ciaran sein, weil er Entscheidungen für mich traf, wenn ich mit Nik das Gleiche tat? Trotzdem war es mir egal. Trotzdem würde ich es tun. Ich wollte nicht, dass Nik mich liebte. Nicht so sehr, wie ich wollte, dass er lebte.

»Verschieb doch deine Rechtfertigung vor dir selbst auf später, ja?«, sagte Ciaran gelangweilt, schlenderte über das Plateau und pflückte eine Handvoll Trauben von einer der dichten Ranken.

»Ich dachte, du könntest meine Gedanken nicht lesen?« Eine leichte Panik erfasste mich bei der Vorstellung, mein Kopf könnte nicht mehr sicher sein.

»Das muss ich auch gar nicht, wenn man dir alles vom Gesicht ablesen kann.« Er warf eine der Trauben in die Luft und fing sie geschickt mit dem Mund auf.

»Ist wohl meine schwache menschliche Seite, die sich zeigt«, erwiderte ich mit einer Mischung aus Spott und Bitterkeit. Ich rutschte an einer der Säulen hinunter und lehnte erschöpft den Kopf dagegen. »Muss ich das denn? Mich vor mir selbst rechtfertigen?«

Ciaran bedachte mich mit demselben Blick, den ich für die Spinnen reserviert hatte, die sich ab und an in den dunklen Ecken des Schlosses herumtrieben. Voller Verachtung und diesem leichten Zwiespalt, ob man zuschlagen oder einfach weggehen sollte. Ich wählte immer Letzteres. Die Tierchen konnten nichts für meine Abneigung. Ciaran machte nichts von beidem, sondern ging vor mir in die Hocke und sah mich aus seinen schwarzen Augen ernst an. »Ich werde das nur ein einziges Mal sagen, also hör mir besser zu: Es ist mir völlig gleich, was du getan oder nicht getan hast. Wenn ich menschliches Gejammer hören will, gehe ich auf einen von euren Bällen. Das hier ist mein Reich. Entweder du reißt dich zusammen oder du verschwindest. Ist das klar?«

Ich biss die Zähne zusammen, verkniff mir aber jede Antwort und nickte einmal knapp.

»Gut.« Ciaran erhob sich wieder. »Dann sag mir, warum du hier bist.«

»Weil ich deine Hilfe brauche.«

»Nein.« Er schnalzte missbilligend mit der Zunge. »Das kannst du besser.«

Meine Handflächen stemmten sich gegen den kühlen Steinboden. Vielleicht hatte Nik recht und das hier war von Anfang an eine furchtbare Idee gewesen. Aber Nik würde auch niemals hier sitzen und um Hilfe betteln. Wasser tropfte auf den Boden, als ich mich ebenfalls aus meiner Position erhob. »Ich will einen Deal.«

»Na also. Jetzt reden wir«, antwortete Ciaran zufrieden.

»Weißt du, was ich gesehen habe?«

»Da du hier bist, kann ich es mir denken. Aber nur aus Neugierde«, er warf sich eine weitere Traube in den Mund, »waren es Bilder oder eine intakte Sequenz?«

»Ersteres.« Etwas in mit sträubte sich dagegen, ihm zu viele Informationen zu geben. Er wusste ohnehin schon genug. »Kannst du jetzt helfen oder nicht?«

»Dir oder deinem Menschenprinzen?«

»Macht das einen Unterschied?«

»Sag du es mir.«

»Ciaran, bitte. Ich gebe dir alles, was du willst, ich –«

»Vorsicht.« Seine Stimme war nicht viel lauter als ein Flüstern, trotzdem verstummte ich sofort. »Gib niemals ein solches Versprechen. Es könnte dich deine Seele kosten.«

Ich hielt inne. Zögerte einen Moment. »Wirklich?«

»Nein. Aber sieh nur, wie leichtgläubig du bist. Lege vorher fest, was du bereit bist, zu geben, wenn du nicht einmal ansatzweise verstehen kannst, wie hoch der Preis sein könnte.«

»Und wenn es mir egal ist?«

Ciaran wandte entnervt die dunklen Augen gen Himmel. »Ich versuche es. Wirklich. Felicity zuliebe. Aber du machst es mir verdammt schwer.«

Meine Fingernägel gruben sich in meine Handflächen. »Du wolltest, dass ich herkomme! Es gibt irgendetwas, dass du von mir willst, also rede!« Magie brodelte in mir. Ciaran schien es ebenfalls zu bemerken, denn mit einem Mal blitzte Interesse in seinem Gesicht auf. Langsam ging er um mich herum. »Es gibt da tatsächlich etwas, das ich von dir will.«

Ich drehte mich auf der Stelle, um ihn nicht aus den Augen zu lassen. »Und was?«

»Was ist aus ›Ich gebe dir alles, was du willst‹ geworden?«

»Ist es denn zu viel verlangt, wissen zu wollen, welchen Bedingungen ich hier zustimmen soll?«

»Ja oder Nein, Menschenmädchen. Du hast zehn Sekunden, bevor ich anfange, mich zu langweilen.«

Ich presste den Kiefer zusammen, war mir aber sehr wohl bewusst, dass ich nicht so weit gekommen war, um jetzt einen Rückzieher zu machen.

»Neun Sekunden.«

»Ciaran …«

»Acht.«

»Ja!« Ich stieß die Luft aus, die ich unbemerkt angehalten hatte. »Ja.«

»Fantastisch.« Ein zufriedenes Lächeln breitete sich auf seinen scharf geschnitten Zügen aus und machte ihn unmenschlicher als je zuvor.

»Aber du wirst dafür sorgen, dass er nicht stirbt!«

»Nein«, sagte Ciaran gedehnt. »Ich denke, das würde etwas zu weit gehen. Ich mische mich nicht gern allzu offensichtlich ein. Solange ich zumindest den Anschein von Neutralität bewahren kann, profitiere ich von allen Seiten.« Er beschrieb mit dem Finger einen Bogen in der Luft und zwei Glasfläschchen erschienen vor mir auf der Balustrade. Sie waren so groß wie mein Daumen, völlig schlicht und etwa bis zur Hälfte mit einer klaren Flüssigkeit gefüllt.

Stirnrunzelnd nahm ich eines davon hoch und betrachtete es näher. »Was soll das sein?«

»Ich bin kein großer Verfechter von Dingen wie Liebe. Wenn du unsterblich bist, ist der Rest deines Lebens eine erschreckend lange Zeit, um sie mit der immer gleichen Person zu verbringen.« Er legte den Kopf schief. »Liebst du ihn? Deinen Menschenprinzen?«

Meine Finger schlossen sich fester um das Fläschchen in meiner Hand. »Ich wüsste nicht, was dich das angeht.«

»Nein«, murmelte Ciaran mehr zu sich selbst. »Eigentlich interessiert es mich auch nicht. Aber dieser Zauber, den ich dir anbiete, kann furchtbar schiefgehen, wenn du dir nicht im Klaren über deine Gefühle bist.«

»Du sprichst noch mehr in Rätseln als sonst.«

Ciaran seufzte, als würde dieses Gespräch ihm seinen letzten Rest an Geduld abverlangen. »Im Grunde genommen ist es auch unwichtig. Wenn du euch beide umbringst, löst das gleich zwei meiner Probleme auf einmal.« Er schob das zweite Fläschchen in meine Richtung. »Ein Tropfen von seinem Blut in deines und einer von deinem in seines.« Ich verzog bei diesen Worten das Gesicht. »Ein Tropfen, Menschenmädchen. Stell dich nicht so an.«

»Ist ja gut.« Murrend nahm ich beide Flaschen und verstaute sie in Ermangelung von Alternativen im Ausschnitt meines Kleides. »Erklärst du mir, wie genau es funktioniert, oder muss ich mich überraschen lassen?«

»Sicher.« Ciaran kam geschmeidig auf mich zu. »Aber erst reden wir darüber, was du für mich tun wirst.«

Kapitel 35

Nik war nicht in seinem Schlafzimmer, als ich zurückkehrte. Ich würde gern sagen, dass mich das nicht beunruhigte, aber allein in seinen leeren Räumen zu stehen, ließ das ungute Gefühl in meinem Magen unangenehm wachsen. Was, wenn ich ihn doch mehr verletzt hatte, als ich dachte? Vorhin war ich mir sicher gewesen, ihn nur schlafen geschickt zu haben, sonst wäre ich niemals gegangen. Aber jetzt? Mit genügend Zeit dazwischen, in der meine Gedanken die Gelegenheit hatten, in alle möglichen Richtungen abzudriften, war ich mir da nicht mehr so sicher.

Meine Schuhe hinterließen kein Geräusch in den Gängen des Schlosses. Es war, als wolle das Gebäude selbst meine Anwesenheit ignorieren. Als wäre es sauer, dass ich es gewagt hatte, mich gegen seinen Herrn zu richten.

»Ich wollte ihm doch nur helfen!« Zornig schlug ich mit der Handfläche gegen die glatte Steinwand. Röte kroch über meine Haut und verschwand gleich darauf wieder. Die Wand interessierte mein Wutausbruch natürlich herzlich wenig. Ich seufzte, sammelte meine verbliebenen Kräfte und erklomm zum zweiten Mal an diesem Abend die große Treppe der Eingangshalle. Es war eine seltsame Uhrzeit. Der Ball war vorbei. Ich musste länger im Elfenreich gewesen sein, als ich dachte. Aber es war auch noch nicht früh genug, dass die Dienerschaft auf den Beinen wäre, um das Gebäude auf den Morgen vorzubereiten.

Ciaran hatte recht gehabt. Ein Portal aufrecht zu benutzen,

ging mit viel weniger Schwierigkeiten einher. Nachdenklich drehte ich den Ring an meinem Finger, betrachtete die fein geschwungenen Blätter, den kleinen Smaragd, der selbst da Licht reflektierte, wo eigentlich keines war. Es fühlte sich so richtig an. Als hätte mein Körper sein Leben lang nur darauf gewartet, diesen Ring anzustecken. Und doch hatte auch eine bleierne Müdigkeit von mir Besitz ergriffen. Das war zu erwarten gewesen und überraschte mich auch nicht wirklich. Es war der Preis meiner Magie. Wo Zauberer wie Liam die Energie ihrer Umgebung nutzten, musste ich sie aus mir selbst nehmen. Heute hatte ich zu viel genommen. Viel zu viel. Aber da ich in dieser Nacht sowieso nichts weiter vorhatte, als aus diesem Kleid herauszukommen und zu schlafen, war das nicht so schlimm.

Halb hatte ich erwartet, von Schlosssoldaten in Empfang genommen zu werden oder wenigstens von Ronan oder Oliver. Aber nichts dergleichen. Als sei es ihm egal. Als habe er endlich all die Dinge an mir erkannt, die ich selbst an mir verabscheute. Egoismus, Selbstsucht, die Tatsache, dass es nicht mehr als einen nicht gedachten Gedanken brauchte, um ihm mit meiner Magie zu schaden. Kälte und Übelkeit kämpften sich gleichermaßen durch meinen Körper.

Meine Finger glitten über die dunkelblaue Tapete des Flures, während ich ohne besondere Eile den Weg zu meinem Zimmer entlangging. Nicht mal Gwen war zu finden und langsam gingen mir die Möglichkeiten aus. Zumal ich mich nur in einem kleinen Teil des Schlosses auskannte. Aber mein Körper brauchte Schlaf, sonst würde ich früher oder später einfach auf dem Boden zusammenbrechen, egal wie sehr ich dagegen ankämpfen wollte. Trotzdem eilte es mich nicht, in mein einsames Zimmer zurückzukehren, allein mit meinem Gedanken, die mir in dieser Nacht keine Ruhe mehr lassen würden.

Ich stieß die Tür auf – und erstarrte. Denn da war Nik. Auf meinem Bett. Ohne das goldbestickte Jackett, aber noch immer mit schwarzem Hemd und Hose, die Knöchel locker überschlagen und mit einem meiner Bücher über Magie in der Hand. Es ging ihm gut. Es ging ihm gut. *Es. Ging. Ihm. Gut.* Er sah nicht auf, hob lediglich das Buch etwas an, sodass ich den Titel lesen konnte. *Grundlagen der Magie – Ein Handbuch für Anfänger.*

»Hätte ich gewusst, dass du so schnell lernst, hätte ich dir viel mehr hiervon besorgen können.«

»Ich hab's nie gelesen.« Fühlte sich wie eine Ewigkeit an, dass Liam es mir das erste Mal in die Hand gedrückt hatte.

»Dann bist du wohl ein Naturtalent.«

»Ja, vielleicht.« Es war nicht der richtige Zeitpunkt, ihm mitzuteilen, dass ich keine Ahnung hatte, was ich tat. Dass das vorhin keine Absicht gewesen war. Es würde ohnehin wie eine billige Ausrede klingen. »Was machst du hier?«

Nik stieß ein tonloses Lachen aus. »Das musst du fragen? Du bist aus einem verdammten Fenster gesprungen. Zehn Meter über dem Boden! Ich wollte sehen, ob du noch lebst.« Er warf das Buch aufs Bett und zum ersten Mal traf mich sein Blick. Glitt über mich, wie um sicherzustellen, dass noch alles dran war. »Warum bist du klatschnass?«

»Elfenfluss.« Jetzt, wo wir darüber sprachen, wurde mir wieder bewusst, wie kalt mir war. Als hätte es nur darauf gewartet, lief ein Zittern durch meinen Körper.

Nik presste den Kiefer zusammen. Einen Augenblick später stand er neben mir. »Dreh dich um.«

»Du musst nicht –«

»Dreh dich um, Felicity. Du holst dir in dem Ding noch den Tod.«

Das glaubte ich zwar nicht, verzichtete aber trotzdem auf weiteren Protest und drehte ihm stumm den Rücken zu. Seine Finger machten sich an die Arbeit, lösten sorgsam Knoten um Knoten.

»Da war ein Portal unter dem Fenster«, murmelte ich. Zwischen uns war es selten still. »Das sollte erwähnt werden.«

»Und du wusstest sicher, dass es funktionieren würde?« Die

flüchtigen und ziemlich sicher unabsichtlichen Berührungen seiner Hände auf meiner bloßen Haut verursachten stetige Schauer. Ich vermied es, auf die Frage zu antworten. Natürlich war ich mir nicht sicher gewesen. Dazu hatte ich viel zu wenig darüber nachgedacht. Nik seufzte resigniert und machte deutlich, dass ich auch gar nicht antworten musste. »Das ist das zweite Mal heute, dass du dich in eine gefährliche Situation begeben hast. Das dritte Mal diese Woche. Ich bin es inzwischen gewohnt, mich konstant um dich zu sorgen, und das gefällt mir nicht.«

Das nasse Kleid glitt zu Boden. Er berührte mich an der Schulter und drehte mich zu sich herum. Für Unterwäsche war vorhin keine Zeit mehr gewesen, aber ich schämte mich nicht, nackt vor ihm zu sein. Er kannte meinen Körper genauso gut, wie ich seinen kannte. Und im Augenblick war er viel zu abgelenkt, um es überhaupt zu bemerken. Dachte ich jedenfalls. Bis ein Muskel in seinem Kiefer zuckte. »Zieh dir was an.«

»Warum?«

»Weil es verdammt schwer ist, mich zu konzentrieren, wenn du nackt vor mir stehst.«

»Gut für mich, oder?«

Nik ging nicht auf meine Worte ein. Stattdessen sah er mich ausdruckslos an. Ich verdrehte die Augen, nahm sein Hemd, das noch immer über meinem Bett lag, und hielt es fragend hoch. »Darf ich das haben?« Ohne eine Antwort abzuwarten, schlüpfte ich hinein. Der weiche Stoff umhüllte mich und ich musste einen wohligen Laut unterdrücken.

Niks Gesicht blieb völlig reglos, lediglich sein Blick verdunkelte sich, als er an der Stelle hängen blieb, an der der Hemdsaum auf meinem Oberschenkel zum Liegen kam. »Du solltest heute Nacht keine Spielchen mit mir spielen, Felicity.«

»Vielleicht spiele ich ja auch nicht mehr.« Ich legte meine Handflächen auf seine Brust. Direkt auf sein beständig schlagendes Herz. »Werden wir jetzt weiterhin um das Thema herumreden, das so offensichtlich im Raum steht, oder bringen wir es einfach hinter uns?«

Nik schnaubte abfällig. »Wir haben genug geredet.«

»Haben wir nicht.« Mein Finger umkreiste einen seiner schwarz glänzenden Hemdknöpfe. »Sonst wärst du nicht hier.«

»Ich sagte doch: Ich wollte sichergehen, dass du unversehrt bist.«

»Das haben deine Wachen dir in dem Moment gesagt, in dem ich die Stadt betreten habe. Dazu hättest du nicht hier auf mich warten müssen. Auf meinem Bett …«

Jede Faser von Niks Körper war angespannt. Ich konnte es unter meinen Fingerspitzen fühlen. Und dann entlud sich die Spannung in einer einzigen Bewegung. Im Bruchteil einer Sekunde fand ich mich mit dem Rücken an der Wand wieder, sein Körper gegen meinen gepresst. Sein Atem strich über meine Lippen, als er sich zu mir herunterbeugte. »Warum sollte ich meine Zeit damit verschwenden, mit dir zu reden, wenn du am Ende sowieso tust, was du willst? Vielleicht bist du ihr doch ähnlicher, als ich dachte.«

Die Worte trafen mich tiefer, als ich ihn merken ließ. Heiß sengend bohrten sie sich in meine Eingeweide. Ich schluckte, sah aber nicht von seinen dunklen Augen weg, in denen das Gold glühte. »Ich werde mich nicht für das entschuldigen, was ich getan habe. Ich würde es wieder tun. Ich würde dich tausendmal hintergehen, wenn das bedeutet, dass du morgen hier stehen und mich dafür verachten kannst.«

»Riya ist im Dreck liegend an ihrem eigenen Blut erstickt! Und sie *wusste* es! Glaubst du nicht, sie hätte es verhindert, wenn es möglich gewesen wäre?«

»Vielleicht fehlte ihr einfach die richtige Motivation!« Tief in mir wusste ich, dass es nicht fair war, so über die mir unbekannte Halb-Fae zu sprechen, aber ich hatte es so satt, immer und immer wieder über das Gleiche zu streiten.

»Und du hast diese Motivation?«, fragte Nik.

Wut kochte in mir hoch. »Du Vollidiot!« Mit so viel Kraft, wie ich nach diesem Tag noch aufbringen konnte, stieß ich ihn von mir fort. »Natürlich habe ich die! Falls du es noch nicht bemerkt hast: Ich liebe dich nämlich auch und deswegen werde ich verdammt noch mal nicht zulassen, dass irgendeine durchgeknallte Hexenkönigin dich mir wegnimmt!«

»Du …« Nik blinzelte ein paarmal und schien für einen Moment nicht in der Lage, auch nur ein Wort zu formen. »Du tust was?«

»Du hast mich schon verstanden«, fauchte ich und drängte mich an ihm vorbei. Ich wollte in mein warmes, weiches Bett, bevor meine Beine entschieden, mir einfach den Dienst zu versagen. Nik hielt von dem Plan nicht allzu viel, denn sein Arm schlang sich um meine Mitte und zog mich zurück.

»Sag das noch mal.«

»Sag du es doch!«

»Glaubst du, ich habe ein Problem damit, es zu sagen?« Er funkelte mich amüsiert an. »Ich liebe dich, Felicity.«

»Schön für dich!«

»Wieso hast du so ein Problem damit, Gefühle zuzugeben?«

»Weil es so viel komplizierter ist, dich zu … mögen!« Ich wollte zur Seite ausweichen, aber Nik streckte einen Arm aus und fing mich zwischen der Wand und seinem Körper ein. Frustriert stieß ich ihm meine Handflächen gegen die Brust. Er bewegte sich keinen Millimeter. »Nik!« Ich jammerte mehr, als dass ich sprach. »Ich will in mein Bett.«

»Gleich.« Mit einem Schlag war jede Spur von Belustigung aus seinen Zügen gewichen. »Sag mir, was im Elfenwald passiert ist.«

»Nein.«

»Nein?«

»Das geht nur Ciaran und mich etwas an.«

»Es geht um mich!«

»Es geht um uns alle! Deine Aufgabe ist es, dafür zu sorgen, dass Myra nicht die Magie in die Hände fällt, und meine, dass wir alle lebend da rauskommen. Rede ich dir etwa in deinen Teil rein?«

»Ja?« Er hob eine Braue. »Es war gewiss nicht meine Idee, Liam mit ins Boot zu holen, damit er Hüter für etwas spielt, das hier viel besser aufgehoben wäre.«

»Ciaran hätte niemals einer anderen Variante zugestimmt, und das weißt du genau!«

»Wir hätten das auch ohne ihn geschafft.«

»Hätten wir nicht.« Ich legte eine Hand an Niks Wange. Fuhr mit dem Daumen die fast unsichtbaren Sommersprossen entlang. »Es ist nichts Falsches daran, Hilfe anzunehmen.«

»Es ist aber falsch, Ciarans Hilfe anzunehmen.« Nik kam näher und lehnte seine Stirn gegen meine. »Sagst du mir wenigstens, was der Preis war?«

»Bezahlbar.«

»Das meinte ich nicht.«

»Ich weiß.« Mein Kopf rutschte auf seine Schulter und ich schloss erschöpft die Augen. Selbst wenn ich gewollt hätte, ich war nicht mehr in der Lage, gegen die Dunkelheit anzukämpfen, die sich von allen Seiten in mein Bewusstsein drängte. Ich hörte Nik leise seufzen. Dann schob sich ein Arm unter meine Knie und ich wurde hochgehoben. Meinen schwachen Protest ignorierend, trug er mich die wenigen Schritte zum Bett und einen Moment später konnte ich mich endlich auf meiner herrlich weichen Matratze zusammenrollen. Ich hörte mehr, als dass ich sah, wie er durchs Zimmer ging und nacheinander jede der Kerzen löschte.

Meine Finger gruben sich ins Laken, wollten irgendetwas festhalten. »Nicht gehen«, flüsterte ich in die Dunkelheit.

»Habe ich doch gar nicht vor.« Stoff raschelte auf Stoff, dann senkte sich die Matratze neben mir unter Niks Gewicht. Sein Arm legte sich über meine Hüfte und ich rutschte automatisch näher.

»Warum bist du nicht sauer?«

»Wer sagt, dass ich das nicht bin?« Er zog die Decke höher,

sodass sie mich bis fast zur Nasenspitze bedeckte. Seine nächsten Worte waren so leise, dass ich sie fast nicht mehr verstand. »Nur weil ich wütend auf dich bin, heißt das doch nicht, dass ich dich nicht bei mir haben will.«

»Ich wollte dir nicht wehtun.«

»Hast du nicht.«

»Aber ich habe meine Magie gegen dich gerichtet.«

»Ja, und wenn du das noch mal machst, werden wir ein ganz anderes Gespräch führen.« Seine Lippen drückten sich in mein Haar. »Wir können uns gern morgen früh deswegen streiten, wenn du willst, aber wir brauchen beide Schlaf.«

Ich lächelte und schloss die Augen. Morgen früh reichte mir völlig.

Kapitel 36

Eine düstere Vorahnung hatte sich in mir festgesetzt, und je mehr ich mich anstrengte, meine Gedanken in eine positive Richtung zu lenken, desto stärker wurde das Gefühl. Als wollte es sich über meine lächerlichen Beruhigungsversuche lustig machen. Der Tag war in einem Wirbel aus letzten Vorbereitungen vergangen, und bevor ich mich versah, war die Sonne dabei, hinter dem Horizont zu verschwinden. Der Himmel draußen war weiterhin wolkenverhangen und hin und wieder zuckten Blitze durch die aufziehende Dunkelheit, untermalt vom dumpfen Grollen des Donners.

Ich stand allein in Niks Arbeitszimmer und beobachtete einige dicke Regentropfen dabei, wie sie sich ein Rennen an der Fensterscheibe lieferten. Gedankenverloren folgte mein Blick ihrer Spur auf dem Glas, während ich mit den Fingern das kleine Fläschchen umklammert hielt, das ich heute so oft hervorholte, dass es bereits ganz warm geworden war. Ich sollte ein schlechtes Gewissen haben, weil ich Nik seinen Teil heute Morgen in den Tee gekippt hatte, versetzt mit einem Tropfen meines Blutes, während wir es hinausgezögert hatten, aufzustehen und dem Tag entgegenzublicken. Aber ich fühlte mich nicht schlecht. Ich hatte gestern etwas in Gang gesetzt und jetzt würde ich es auch durchziehen.

Die Tür ging auf und ich steckte das Fläschchen rasch wieder in die Tasche meiner Uniform. Das Hemd und die Hose aus schwarzem lederverstärkten Stoff lagen eng um meinen Körper, folgten aber jeder noch so kleinen Bewegung. Abgerundet wurde das Ganze durch ebenfalls schwarze Stiefel und fingerlose Handschuhe, die einen festen Griff um Waffen sicherstellten und es mir trotzdem möglich machten, meine Magie zu wirken. Falls sie sich heute zeigte. So ganz sicher sein konnte ich nie.

»Hast du es?«, fragte ich und drehte mich zu Ronan um, der die Tür hinter sich schloss und mich nachdenklich musterte.

»Wo ist Nik?«

»Waffen besorgen.« Ich wedelte mit der Hand in Richtung Schreibtisch, auf dem sich so viele Klingen türmten, dass die Tischplatte kaum noch sichtbar war. »Anscheinend haben wir noch nicht genug.«

»Das ist sein Weg, mit Stress umzugehen.«

»Überkompensation?«

»Planen.« Ronan lehnte sich gegen den Schreibtisch und hielt eine winzige, mit roter Flüssigkeit gefüllte Phiole empor. »Was mich zu meiner nächsten Frage bringt: Was genau planst du?« Ich wollte danach greifen, aber Ronan hielt sie unnachgiebig fest. »Ich weiß nicht, was gestern in der Bibliothek vorgefallen ist. Oder danach. Und vielleicht ist das auch besser so, aber wenn Nik mitbekommt, dass ich dir helfe, irgendeinen verrückten Plan durchzuziehen, sind wir beide dran.«

»Ich bin vermutlich unsterblich«, erwiderte ich trotzig. »Ich kann einen verrückten Plan riskieren, ohne gleich draufzugehen.«

»Ja, Oliver erwähnte bereits, dass du ein wenig zu viel Vertrauen in das Wort *vermutlich* legst.«

»Hör auf, mit Oliver über mich zu reden. Du bist nicht für mich verantwortlich.«

»Aber ich bin für Nik verantwortlich. Und der scheint neuerdings einen großen Anteil seines Glücks davon abhängig zu machen, dass du unversehrt bleibst.«

»Er oder ich? Denn darauf wird es hinauslaufen. Und ich glaube, deine Antwort auf die Frage kennen wir beide.« Ich streckte auffordernd die Hand aus. Ronan betrachtete mich nachdenklich. Dann schien er sich einen Ruck zu geben und legte das Röhrchen mit Niks Blut auf meine Handfläche.

»Ich würde trotzdem nur ungern sehen, dass dir etwas zustößt.«

»Vermutlich unsterblich«, erinnerte ich ihn, löste den Korken unter Zuhilfenahme meiner Zähne und ließ die rote Flüssigkeit in meine Hälfte des Zaubers fließen.

»Was genau ist das?«, fragte Ronan, der meine Bewegungen mit einer Mischung aus Misstrauen und Neugierde beobachtete.

»Ich würde es dir sagen, aber dann sagst du es Nik und der würde ausrasten.« Mein Fläschchen wanderte zurück an seinen Platz, wo es sicher auf seinen Einsatz warten konnte. Vielleicht würde ich es ja auch gar nicht brauchen. Hoffte ich zumindest.

Die Tür öffnete sich erneut und machte jede weitere Ausführung überflüssig. Niks Arbeitszimmer war nicht gerade klein, aber mit ihm, Ronan, Gwen, Liam und mir stieß der Raum an seine Grenzen. Ich zog mich an meinen Platz am Fenster zurück und lehnte den Rücken gegen das kühle Glas. Niks Blick glitt über mich und ich nickte. Alles in Ordnung. Alles unter Kontrolle. *Nicht nach außen dringen lassen, wie es in dir aussieht.*

Wie ein Mantra sagte ich mir die Worte immer wieder vor, auch als Nik eine halbe Stunde später dabei war, ein Geflecht aus dünnen Ledergurten um meinen Oberkörper zu schlingen, in dem genug Messer Platz fanden, um eine Großküche neidisch zu machen.

»Du siehst aus, als würdest du hundert Gedanken gleichzeitig denken.« Seine Worte waren entspannt, aber sein Tonfall drückte Besorgnis aus.

»Hundertfünfzig schaffe ich locker, bevor mein Kopf explodiert.«

»Du musst nicht mitkommen. Du kannst uns einen Durchgang öffnen und –«.

»Vergiss es.«

»War einen Versuch wert.« Er trat zurück und musterte sein Werk. »Gefällt mir.«

Ich kreiste mit den Schultern, um meinen Bewegungsradius zu testen, der erstaunlicherweise nicht eingeschränkt war. »Die Waffen oder die Tatsache, dass ich hier nie wieder allein rauskommen werde?«

»Beides.« Nik hakte die Finger unter zwei Lederriemen und zog mich näher. »Aber keine Sorge, ich werde höchstpersönlich dafür sorgen, dass du da rauskommst.«

»Versprichst du es?« Ein Schatten huschte über sein Gesicht und beinahe bereute ich meine Frage. Beinahe. Ich griff nach seiner Hand. Verschränkte unsere Finger miteinander. »Bitte versprich es mir.«

»Morgen früh.« Das aufgesetzte Lächeln konnte nicht die Flut an Gefühlen in seinen Augen verbergen, die er so sorgsam zu maskieren versuchte. »Morgen früh verspreche ich dir, was immer du willst.«

»Ich werde dich daran erinnern.« Ich zwang mich ebenfalls zu einem Lächeln und lehnte mich vor, um einen schnellen Kuss zu stehlen.

»Hey!« Gwen knallte demonstrativ den Dolch, den sie gerade polierte, auf den Schreibtisch. »Schwester anwesend. Ist ja nicht so, als würde dieser Tag auch ohne eure öffentliche Zurschaustellung von Gefühlen traumatisierend genug werden.«

Nik ignorierte sie und legte sanft seine Lippen auf meine. Nur für eine Sekunde und jede Zelle in mir schrie danach, ihn festzuhalten und nicht mehr loszulassen. Aber ich musste. Deshalb trat ich zurück und überprüfte den Sitz der Messer in ihren Holstern. Ich stellte sicher, dass mein inzwischen so vertrauter Dolch fest an meinem Oberschenkel saß, dass jede Schnalle der Uniform geschlossen war. Und ich versuchte, nicht daran zu denken, dass ich mich in genau diesem Outfit bereits in meiner Vision gesehen hatte. Ich glaubte nicht, dass die Zukunft unveränderlich war. Ich musste an etwas anderes glauben. Aber mit einem roten Blümchenkleid wäre es nicht getan. Also straffte ich die Schultern, fühlte das beruhigende Prickeln der Magie in meinem Körper und tat das einzig Mögliche: Ich hielt den Kopf oben.

Das klappte so semi-gut, denn mit jedem Schritt, den wir durchs Schloss und dann schließlich durch die nächtliche Stadt gingen, fiel mir dieser Vorsatz schwerer. Mein Puls pochte hörbar in meinen Ohren und mir war schlecht. Das Ganze wurde so stark, dass ich fast erleichtert war, als ein Schatten über den Boden strich und wie aus dem Nichts eine Gestalt mit einem dumpfen Aufprall vor mir landete. Drei Schwerter wurden blank gezogen und in Liams Hand erschien eine rot glühende Kugel. Mein Herz setzte mehrere Sekunden aus, bevor es wieder seinen Dienst aufnahm.

»Oskar!«, keuchte ich und unterdrückte den Drang, mir eine Hand auf die Brust zu pressen. »Bist du irre?!«

»Wir müssen reden.« Sein Gesicht war ungewohnt ernst und ohne das freche Funkeln in den Augen wirkte er gleich mehrere Jahre älter.

»Jetzt?« Mochte ja sein, dass ihn die Tatsache, dass mehrere Waffen auf uns gerichtet waren, nicht störte, aber mich machte das irgendwie nervös. Ich räusperte mich. »Könntet ihr …?«

Gwen und Ronan ließen ihre Schwerter sinken, Liams Magieball war in dem Moment erloschen, als er erkannt hatte, dass uns keine Gefahr drohte. Nik trat vor und legte eine Hand auf meine Schulter. »Was ist hier los?«

Oskar beachtete ihn nicht. Stattdessen sah er mich unverwandt eindringlich an. »Es ist wichtig.«

»Ja, okay.« Fahrig strich ich mir über meinen fest sitzenden Zopf und berührte dann kurz Niks Finger. »Gibst du uns einen Moment?«

»Zwei Minuten«, sagte er mit einem argwöhnischen Blick auf Oskar, der sichtbar Mühe hatte, sich einen Kommentar zu verkneifen.

Schweigend gingen wir ein paar Schritte in eine schmale Seitengasse. Gerade weit genug, um außer Hörweite der anderen zu sein. Putz bröckelte von der Hauswand, als ich mich dagegenlehnte und die Arme vor der Brust verschränkte. »Dein Timing ist beschissen.«

»Ich wollte gestern Nacht mit dir reden, aber du wirktest gereizt.«

»Gestern Nacht?« Er war ziemlich sicher nicht auf dem Ball gewesen, das hätte ich bemerkt. Also war die einzige Gelegenheit … »Du hast mich mit Ciaran gesehen.« Keine Frage, sondern eine nüchterne Feststellung.

Oskar zuckte mit den Schultern. »Ich bin davon ausgegangen, dass euer Gespräch nicht besonders vertraulich sein kann, wenn ihr es auf offener Straße führt. Du wärst also einfach gegangen, ohne dich zu verabschieden?«

Das war es, was er aus dem Gespräch mitgenommen hatte. Kein Wort über Pläne, eine uralte Macht wieder in diese Welt zu bringen, oder verborgene Fae-Kräfte? Mit einem Mal überkam mich das schlechte Gewissen. Mein erster Freund in dieser Stadt und ich trat diese Freundschaft mit Füßen.

»Es tut mir leid.« Gern hätte ich gesagt, dass in den letzten Wochen einfach so viel passiert war. Dass ich schlicht zu überfordert gewesen war, um an Abschiede zu denken. Aber die Wahrheit war, dass ich einfach zu gut im Verdrängen war. Und das war nicht fair. Vielleicht lag es daran, dass mein Verstand verzweifelt versuchte, einen Ausweg aus dieser Konversation zu finden, aber dann fiel mir noch etwas anderes auf. »Wie konntest du mein Gespräch eigentlich belauschen? Ciaran hätte deine Anwesenheit doch ohne weiteres spüren können?«

»Tja …« Die Art, wie Oskar die grauen Augen abwandte und sich mit den Fingern durch die Haare fuhr, ließ mich weiter nachbohren.

»Es hätte eines fähigen Zauberers bedurft, deine Anwesenheit zu verschleiern, nicht? Und ich weiß, dass Liam den ganzen Abend über beschäftigt war«, fügte ich misstrauisch hinzu.

»Es gibt mehr als einen Zauberer in der Stadt.«

»Und hieß deiner zufällig Cullan?« Ich sah keinen Sinn darin, lange um das Thema herumzureden.

Oskar presste die Lippen zusammen und stieß langsam die Luft aus. »Er hat mir erzählt, was in der Bibliothek vorgefallen ist.«

»Er hat dir erzählt, dass er mich umbringen wollte?«

»Wollte er nicht. Aber du solltest das denken, damit deine Magie erwacht.«

»Ach, wie selbstlos. Hat er das so gesagt?«, fragte ich spöttisch. »Du solltest nicht alles glauben, was ein Kerl erzählt, um dich ins Bett zu kriegen.«

»Hey.« Oskar zog die Brauen zusammen, wirkte aber eher amüsiert als verärgert. »Hältst du mich wirklich für so naiv?«

»Ich denke, dass wir manchmal etwas glauben, weil wir unbedingt wollen, dass es wahr ist.«

»Warum hast du deinem Prinzen nicht gesagt, was wirklich passiert ist?«

Abrupter Themenwechsel, aber nun gut. »Wegen dir. Nik würde Cullan ohne mit der Wimper zu zucken umbringen, wenn er die Wahrheit wüsste. Mich würde das nicht stören, aber ich dachte, du hättest vielleicht etwas dagegen.« Bevor er etwas sagen konnte, fügte ich hinzu: »Es geht mich eigentlich nichts an, ich weiß. Aber sei vorsichtig.«

»Ich weiß, wer Cullan ist, und ich muss mir da auch nichts vormachen. Kannst du dasselbe von dir behaupten?«

Ich wollte es nicht, aber trotzdem sah ich zu Nik, der am Eingang der Gasse stand und uns mit grimmiger Miene beobachtete.

»Ich glaube, im Moment bin ich die unberechenbare Variable in der Gleichung.« Unsicher kaute ich auf meiner Unterlippe. »Ich bin im Begriff etwas zu tun, das er mir vielleicht niemals verzeihen wird.«

»Hast du einen Deal mit dem Elfenprinzen?«

»Ja.«

»Worüber?«

Stumm schüttelte ich den Kopf. Meine Finger fanden das Ende meines kurzen Zopfes und zupften daran herum. Es ging um Nik und mich und deshalb hatte er auch das Recht, es als Erster von mir zu hören. Nachdem wir zurückgekehrt waren. Lebend. Alle.

Oskar seufzte leise. »Nimm das jetzt nicht persönlich, aber Cullan hat absolut kein Interesse daran, ob du Kräfte hast oder nicht.«

»War es ein Auftrag?«

Er nickte bestätigend.

»So zu tun, als wollte er mich umbringen?«

»Eher zu tun, was auch immer nötig ist, um deine Magie zu wecken.«

Erst als ich wirklich dachte, sterben zu müssen, waren meine Kräfte erwacht. Vielleicht hätte es schon vorher passieren können, aber das hatte ich mit aller Macht zu verhindern gewusst. Welch makabre, aber doch effektive Weise. Nur war das nicht meine erste lebensbedrohliche Situation gewesen.

Cullan hatte mir praktisch bestätigt, dass zumindest der zweite Angriff ebenfalls auf sein Konto ging.

Nach dem Elfenreich, als der eine Angreifer mich mit seinem Messer festgehalten hatte. Er hatte gesagt, wir würden abwarten. Damit genug Zeit für die Magie blieb, tätig zu werden. Nur war ich mit der Waffe schneller gewesen.

Sofort waren die Bilder von diesem Tag in meinem Kopf. Glücklicherweise lehnte ich noch immer an der Wand, denn mit einem Mal zitterten meine Beine.

»Ich wusste es nicht«, sagte Oskar leise. »Sonst hätte ich es verhindert. Beide Male.«

»Ich weiß.« Mit aller Macht unterdrückte ich die Gedanken, die mich zu überwältigen drohten.

»Es gibt nur eine Person, die mächtig genug ist, Cullans Aufmerksamkeit zu erregen, die daran interessiert ist, dass du auf deine Kräfte zugreifen kannst und die alles hat, was es braucht, um dich zu einem Deal zu bringen.« Oskars Stimme wurde drängender.

»Ciaran«, sagte ich und war dabei nicht im Mindesten überrascht. Er hatte immerhin schon früher bewiesen, dass er seinen Willen notfalls auch mittels Gewalt durchsetzen und dabei keine Rücksicht auf Verluste nehmen würde.

»Du spielst schon viel länger sein Spiel, als dir bewusst ist, und du bist genau da, wo er dich haben will. Was immer du vorhast, *lass es.*«

»Ich kann nicht.« Kraftlos sank ich gegen die Wand in meinem Rücken. Das Gewicht auf meinen Schultern drohte mich zu ersticken. Am liebsten hätte ich geschrien. So lange, bis all die Angst, die Unsicherheit und der Schmerz verschwunden waren. Ich war es so leid, eine Spielfigur zu sein. Erst in Niks Plänen, dann in Myras, zwischendurch in Cullans und jetzt in Ciarans. Und wer wusste schon, wer als Nächstes um die Ecke kam, um seine Beteiligung zu verkünden. Aber mir war auch klar, dass ich viel zu wenig Ahnung von dieser Welt hatte, um selbst zur Spielerin zu werden. *Noch*. Ich hatte ernst gemeint, was ich zu Ciaran gesagt hatte. Ich war bereit, alles zu tun, um Niks Leben zu retten. Doch das würde das letzte Mal sein, dass ich nach den Regeln eines anderen spielte.

»Na schön«, sagte Oskar entschieden. »Dann komme ich eben mit.«

»Was?« Alarmiert riss ich die Augen auf. »Nein, tust du nicht!«

»Na klar.« Er grinste und es wirkte so unbeschwert und vertraut, dass ich für einen Moment das Gefühl hatte, wieder frei atmen zu können. »Ich lasse dich doch die größte Dummheit deines Lebens nicht allein begehen.«

Kapitel 37

Oskars Anwesenheit rief gemischte Reaktionen hervor. Liams Gesicht blieb ausdruckslos, aber ich wusste, dass da diese schräge Rivalität zwischen den beiden herrschte, die ich nicht ganz einordnen konnte. Gwen machte sich nicht einmal die Mühe, ihre Neugierde zu verbergen. Ronan war viel zu beschäftigt damit, die Straße im Auge zu behalten, um seine Meinung zum Ausdruck bringen zu können, und Nik war … nicht begeistert. Ich war mir nicht sicher, ob er wusste, dass es sich bei Oskar um denjenigen handelte, mit dem ich einen Nachmittag lang über die Dächer der Stadt gerannt war und der dann an allen Wachen und Sicherheitsvorkehrungen des Schlosses vorbeispaziert war, um einen Dolch mitten in meinem Zimmer zu platzieren. Aber Niks Reaktion nach lag die Vermutung nahe. Ich versuchte, ihm zu verstehen zu geben, wie wichtig mir das hier war. Daraufhin verdrehte er zwar die Augen, nickte aber, was wohl so viel hieß wie: *Wenn du darauf bestehst.*

Wir verließen die Stadt ohne weitere Zwischenfälle, wobei ich nicht besonders auf den Weg geachtet hatte. Vielmehr versuchte ich, mich auf den Ring zu konzentrieren und herauszufinden, was genau Ciaran damit gemeint hatte, dass ich der Kräftesignatur meiner Grandma folgen sollte. Ich bekam es inzwischen hin, das Prickeln, das von dem Schmuckstück ausging, von dem zu unterscheiden, das im Rest meines Körpers herrschte. Und wenn ich mich intensiv konzentrierte, war da tatsächlich etwas, das sich vertrauter anfühlte als der Rest. Als hätte ich es schon einmal gespürt. Oder als würde es etwas in mir erkennen und darauf reagieren.

Ich gab mich deutlich sicherer, als ich mich fühlte, löste mich von den anderen und ging ein paar Schritte in die Dunkelheit hinein. Bei meinem Sprung aus dem Fenster hatte ich viel weniger Zweifel an mir selbst gehabt. Wäre vielleicht besser, wenn mich jemand mit einem Schwert bedrohen würde. Ich wollte gerade danach fragen, als ein warmes Pulsieren durch meine rechte Hand lief. Okay. Weniger nachdenken und mehr Gefühlen folgen, war die Devise. Gezwungen gleichmäßig kam ein Atemzug nach dem anderen über meine Lippen, während ich der Wärme erlaubte, sich auszubreiten. Das Pulsieren wurde beständiger und passte sich dann meinem beschleunigten Herzschlag an. Etwas zuckte am Rand meiner Wahrnehmung. Langsam krochen weiße Schwaden über den unebenen Boden, im Mondlicht wirkten sie wie lebendige Wesen, die sich ihren Weg durch das Gras bahnten. Direkt vor meinen Füßen trafen sie aufeinander, vereinigten sich zu einem Glühen und wuchsen, bis das ganze Gebilde eine Größe von ungefähr zwei Metern erreicht hatte. Die Luft knisterte, als das Portal sich fest in dieser Welt verankerte.

Ein bisschen stolz drehte ich mich zu den anderen um. »Fertig.« Glaubte ich jedenfalls. Konnte auch sein, dass wir gleich in meiner Welt am Nordpol standen.

Nik lächelte eines seiner kleinen Lächeln, bei denen es mir schwerfiel, die Finger bei mir zu behalten. Dann hob er eine Braue. »Wir müssen jetzt aber nicht alle Händchen halten, um dort durchzugehen, oder?«

»Nein.« Liam räusperte sich und trat vor. »Die Magie des Ringes wird nur benötigt, um das Portal zu erschaffen. Es fungiert nun wie eine einfache Tür.«

Ich betrachtete die wabernden Nebelränder des Portals. Alles, was in den letzten Wochen passiert war, hatte zu diesem einen Moment geführt. In hoffentlich wenigen Stunden würde ich uns alle zurückbringen und dann hätte ich meine Aufgabe offiziell erfüllt.

Nik trat neben mich, griff nach meiner Hand und verschränkte unsere Finger miteinander. »Bereit?«

»Ich dachte, du wolltest kein Händchenhalten?«

»Das schloss doch nicht dich mit ein.« Er führte meine Hand an seine Lippen und hauchte einen Kuss auf meine Knöchel.

Ich fuhr mit dem Daumen über seine Unterlippe. »Das ist die letzte Möglichkeit, um es sich anders zu überlegen.«

»Vergiss es«, wiederholte er meine eigenen Worte.

»War einen Versuch wert.« Für einen Moment überkam mich der fast überwältigende Drang, meine Arme so fest um ihn zu schlingen, dass er sich nie wieder daraus würde lösen können. Aber ich riss mich zusammen, drückte stattdessen seine Hand und gemeinsam traten wir in das wartende Portal.

Kälte drang in jede Zelle meines Körpers, eisiger Wind riss an meinem Zopf und trieb Tränen in meine Augen. Der Nebel fühlte sich dicker an als sonst, als würde er nicht wollen, dass ich hindurchtrat. Ich spürte Nik neben mir, setzte unaufhaltsam einen Fuß vor den anderen. Und dann war es vorbei. Ein Atemzug später lichtete sich das dichte Weiß und ich konnte leichter atmen.

Blinzelnd sah ich mich um. Wir schienen noch immer an der gleichen Stelle wie vorher zu stehen und für eine Sekunde fürchtete ich, es versaut zu haben. Aber dann drangen die Details zu mir durch, die ich eben nicht hatte wahrnehmen können. Details, welche die Welt um uns herum vertraut und doch völlig fremd wirken ließen. Alle Farben waren verwaschen. Keine einzige Wolke war am Himmel zu sehen, dennoch überzog uns eine Kuppel aus tristem, unendlichem Grau. Das Gras unter unseren Füßen sah aus, als wäre es schon vor einiger Zeit gestorben, doch trotzdem standen die Halme aufrecht. Diffuses Licht herrschte über etwas, das weder Tag noch Nacht zu sein schien. Es wirkte eher wie der Sonnenaufgang an einem verregneten Tag.

»Reizend«, murmelte Oskar und fasste es damit recht gut zusammen.

»Ich begreife, woher der Begriff Schattenwelt kommt.« Hinter uns erstreckte sich die Stadtmauer und fasste das Terralore dieser Welt ein. Dunkel, fast schwarz lag säuberlich Stein auf Stein. »Es war die Aufgabe meiner Grandma, diese Welt zu schaffen, und die des Zauberers, das Schwert zu verstecken.« Fragend sah ich zu Nik und Gwen. »Das war euer Vorfahr. Irgendwelche Ideen?«

»Na ja«, sagte Gwen gedehnt. »Unsere Familie war schon immer etwas extravagant. Ich kann mir vorstellen, dass er es nicht versteckt, sondern eher ausgestellt hat.« Sie warf einen demonstrativen Blick zum Schloss, das sich in dieser Welt noch schwärzer gegen den grauen Himmel abzuheben schien.

»Ich würde im Thronsaal anfangen«, fügte Nik trocken hinzu.

»Na dann.« Ich nickte und wir gingen auf das hohe, in die Mauer eingelassene Schlossportal zu. Wie von allein schwang es auf, doch als ich einen Fuß über die Schwelle setzen wollte, prallte ich gegen eine Mauer.

»Was zum –« Verwirrt sah ich mich um. »Was soll das denn jetzt?«

»Ich glaube, wir haben unseren ersten Schutzzauber gefunden.« Liam trat vor und legte vorsichtig die Finger an die unsichtbare Barriere. Er murmelte irgendwas und im nächsten Moment flimmerte die Luft zwischen den Torflügeln blau.

»Oh«, stieß er hervor und klang dabei zu gleichen Teilen überrascht wie begeistert. »Ein Blutzauber. Einen in der Art habe ich schon ewig nicht mehr gesehen.«

»Wie schön. Kannst du ihn brechen?«

»Schon, aber das würde mit Sicherheit einige Stunden in Anspruch nehmen. Es wäre einfacher, das zu nehmen, was wir haben.«

»Schon verstanden. Vorfahr und so.« Nik zog das Messer aus der Halterung an meinem Oberschenkel und drückte es in seine Handfläche.

»Hey«, protestierte ich. »Musst du dafür immer meine Sachen nehmen?«

»Du hast da gerade so praktisch gestanden.« Er grinste und wischte das Messer an seiner Hose ab, bevor er es mir zurückgab. »Was muss ich tun?«

»Halte deine Hand einfach dagegen.«

Kaum berührte das frische Blut die Barriere, flimmerte der Zauber auf und fiel dann in einem Regen aus Funken zu Boden.

»Na, wenn das weiter so läuft, kriegen wir heute Nacht vielleicht sogar noch etwas Schlaf.« Oskar stupste mir auffordernd in die Seite und ich wünschte, etwas von seinem Optimismus zu haben.

Gruselig. Es gab kein besseres Wort, um die Stadt, die sich vor uns erstreckte, zu beschreiben. Auf den ersten Blick sah sie aus wie eine ältere Version des Ortes, aus dem wir gerade gekommen waren, aber die Abwesenheit jeglichen Lebens verlieh ihr einen abstrakten Touch. Stein lag perfekt ausbalanciert auf Stein, kein abbröckelnder Putz, keine kaputte Scheibe. Nicht einmal der Weg vor uns zeigte irgendwelche sichtbaren Spuren. Kein Hinweis darauf, dass sich schon einmal ein lebendiges Wesen auf diesen Straßen aufgehalten hatte. Es wirkte wie ein Modell, in das wir geradewegs hineingefallen waren. Ich griff wieder nach Niks Hand und passte dabei auf, die noch frische Wunde nicht zu berühren. Erneut wünschte ich, meine Magie unter Kontrolle zu haben. Dann bedürfte es nicht mehr als eines Gedankens, ihn zu heilen. Ich könnte meine Kraft für etwas anderes einsetzen, als Schaden zuzufügen. Liam könnte es binnen einer Sekunde übernehmen, aber das würde Nik niemals zulassen.

Unsere Schritte hallten laut von den Wänden wider, während wir durch die verdächtig still daliegenden Gassen liefen. Minutenlang hüllte sich unsere Gruppe in Schweigen. Kein weiterer Schutzzauber begegnete uns. Die Ruhe trug einen trügerischen Beigeschmack mit sich, der sich bewahrheitete, als wir am Fuß des

Berges, auf dem das Schloss thronte, zum Stehen kamen und ein Ruck durch den Boden ging.

Wir sahen uns an, Nik legte die Hand an den Schwertgriff und Liam sammelte einen kleinen Feuerball zwischen seinen Fingern. Ich zog meinen Dolch aus seinem Holster, mein Griff darum so fest, dass sich die Gravuren darauf in meine Handfläche bohrten.

»Sieht so aus, als hätten wir gerade eine Art magischen Stolperdraht aktiviert«, sagte Liam und kaum hatte er zu Ende gesprochen, leuchtete ein roter Ring auf, der sich einmal um das Schloss zu winden schien.

»Noch ein Blutzauber?«

»Nein …« Liam ging in die Hocke, um den Kreis näher in Augenschein zu nehmen. »Heute ist es außer Mode geraten, aber früher hatten bestimmte Zauber bestimmte Farben. Das Blau von eben stand für Schutzzauber, die etwas draußen halten sollten.«

»Rot bedeutet nicht zufällig *herzlich willkommen*?«, fragte Gwen hoffnungsvoll.

»Eher weniger.« Er richtete sich wieder auf. »Rot kennzeichnet Abwehrzauber.«

»Klasse«, erwiderte sie trocken. »Nie sagst du das, was man hören will.«

Ich warf ihr über die Schulter einen fragenden Blick zu. Was hatte ich gestern bitte noch verpasst? Gwen grinste bloß und zuckte die Schultern.

»Also, Zauberling?«, fragte Nik. »Wir haben dich nicht zur Dekoration dabei.«

»Jeder Versuch, den Zauber aufzuheben, würde ihn aktivieren.«

»Also laufen wir jetzt einfach da durch und sehen, was passiert?« Ich griff vorsichtshalber nach einem weiteren Messer.

Liam nickte. »Ich nehme an, die glühende Linie stellt auch gleichzeitig eine Barriere dar. Sie soll uns draußen halten und was immer dahinter ist, drinnen.«

»Na dann. Gucken wir doch mal, was wir da gleich aufwecken.« Oskar nahm einen Stein vom Boden und schleuderte ihn durch die unsichtbare Barriere. Mit angehaltenem Atem warteten wir, was passierte. Eine ganze Weile gar nichts. Dann ging ein erneutes Beben durch den Boden und Wind brauste auf. Kleine Wirbel formten sich, nahmen immer mehr Sand und Kieselsteine auf und verdichteten sich schließlich zu Formen. Zuerst sahen sie aus wie Wölfe. Nur etwas kleiner. Gedrungene Körper, lange, sprungbereite Beine, gesenkte Köpfe und rot glühende Augen.

»Niedlich«, kommentierte ich trocken. Im Gegensatz zu meiner Begeisterung war der bewundernde Ausdruck in Liams Augen so gar nicht sarkastisch gemeint. Er trat etwas näher an die Barriere und zur Antwort kam ihm ein tiefes Knurren entgegen.

»Euer Vorfahr war ein Meister seines Faches.«

»Ich glaube, sein Name war Henry«, sagte Gwen und beobachtete die Sandwesen mit schiefgelegtem Kopf. »Ich habe ein wenig in unseren Familienchroniken gestöbert und er war der Einzige, der zeitlich gepasst hat. Das Schloss wurde kurz nach seinem fünfundzwanzigsten Geburtstag erbaut und danach wird er nie wieder erwähnt. Er war der drittgeborene Thronerbe und nie verheiratet.«

Nik runzelte die Stirn. »Du hast echt zu viel Langeweile, oder?«

»Ich interessiere mich eben für die Hintergründe«, gab Gwen giftig zurück.

»Wenn es euer Plan ist, die Dinger mit eurem Rumgezicke zu vertreiben, dann funktioniert das nicht.« Ronan deutete mit dem Daumen auf die Wölfe, die sich hinter der Grenze versammelt hatten. Es waren inzwischen sieben.

Nik zog sein Schwert aus der Scheide. »Sie haben Körper, dann kann man sie auch töten.«

»Fragt sich nur, ob es sie groß interessiert.« Ich sah einem der Tiere direkt in die Augen und merkte, wie die Magie in mir automatisch auf die Bedrohung antwortete. Ein kleiner Funken löste sich von meiner Fingerspitze, tanzte über den Boden und verlosch mit einem Zischen, als er gegen die Wand prallte.

Liam schüttelte langsam den Kopf. »Wir müssen da rein, um sie treffen zu können.«

Das hatte ich schon befürchtet. Na gut, es brachte ja auch nichts, jetzt weiter hier herumzustehen.

Die rote Linie glühte auf, als wir darübertraten. Wo es eben noch ruhig war, brach in der nächsten Sekunde das Chaos aus. Als hätten die Sandwesen nur darauf gewartet – und ich war mir sicher, dass es genauso war –, sprangen sie nach vorn, sobald wir in ihrem Angriffsbereich waren. Ich hatte gerade noch Zeit, meinen Dolch hochzureißen und dem Wolf, der es auf meine Kehle abgesehen hatte, in den Oberkörper zu rammen. Er gab ein raues Knurren von sich. Sand rieselte auf mich hinab und ich kniff die Augen zusammen. Es war nicht so, dass dem Wesen die Klinge in seinem Körper völlig egal war, aber es reagierte auch nicht so, wie es das tun sollte. Statt leblos auf dem Boden zusammenzubrechen, schien der Sand, aus dem es bestand, sich zusammenzuziehen, sich neu anzuordnen und schließlich zu einer kleineren, dafür aber auch deutlich wütenderen Version seines Vorgängers zu werden.

»Willst du mich verarschen?« Ich schnappte nach Luft, als ein Maul voller Zähne mir gefährlich nah kam, und rollte mich über den Boden ab. Ein kurzer Blick über die Schulter enthüllte, dass die anderen Wesen sich ganz ähnlich verhielten. Meine Magie wallte erneut auf. Sie bettelte praktisch darum, dass ich sie von der Leine ließ. Trotzdem zögerte ich. Das hier war anders als gestern in der Bibliothek. Das hier war ein Kampf. Ich hatte keinen Überblick, keine Kontrolle und auch keine Möglichkeit, sie wiederzuerlangen. Ein massiger Körper prallte gegen mich und warf mich zu Boden. Ich riss die Knie an die Brust und trat ihn mit aller Macht von mir. Das Vieh stieß ein Fauchen aus, sprang aber sogleich wieder auf die Beine.

Ich nutzte den Moment, den es brauchte, um wieder zu mir zu gelangen, drehte mich um und rammte meinen Dolch einem anderen Wesen zwischen die Augen.

Nik hielt sich in meiner Nähe. Er gab mir freie Hand, weil er wusste, dass ich es hasste, wenn er sich in meine Sachen einmischte. Ganz gewiss würde ich nicht an der Seite warten, doch ich beschwerte mich nicht über seine Hilfe. Ich war nicht dumm genug, zu denken, ein paar Wochen Kampftraining machten mich zur Expertin.

»Wie wäre es mal mit ein bisschen Magie?« Nik schwang das Schwert in einem ausladenden Bogen und schlug einer der Kreaturen den Kopf ab. Sie fiel zu einem Haufen aus Sand zusammen, der wirbelnd in die Luft stieg und sich sogleich neu formte.

»Ich weiß nicht, wie«, gab ich zurück und duckte mich unter einer Tatze hinweg. Meine Arme fingen langsam an zu schmerzen. Der Atem brannte in meiner Lunge.

»Seit wann denkst du darüber nach, was du tust?«

»Du willst eine Grundsatzdiskussion führen? Jetzt?« Wir drückten uns Rücken an Rücken, als drei der Kreaturen begannen uns einzukreisen.

»Warum nicht?«

»Weil es gerade etwas schlecht ist?!« Nur mit Mühe gelang es mir, den Arm vor einem zuschnappenden Maul zurückzuziehen. Für jedes erledigte Biest wuchsen drei neue aus dem Boden. Die Magie in mir begehrte erneut auf und dieses Mal hielt ich sie nicht zurück. Eine Druckwelle schoss aus meinen Händen und zerlegte einen der Sandwölfe in eine Wolke aus Staub.

»Na geht doch.« Ich hörte das Grinsen in Niks Stimme, das sich sogleich auf meinen Lippen spiegelte.

»Halt die Klappe.«

Das kurze Hochgefühl versiegte, als immer mehr Kreaturen uns einkesselten. Wir rückten zusammen, um nicht Gefahr zu laufen, getrennt zu werden.

»Wasser«, rief Gwen irgendwann. »Vielleicht hören sie auf, immer wieder aufzuerstehen, wenn der Boden nicht mehr so trocken ist.«

»Möglich.« Liam sah in die Richtung, in der auch in dieser Welt der Fluss liegen musste, der die Stadt durchquerte. Ich erkannte an seinem Blick, dass es nicht funktionieren würde. Keine Macht konnte die magische Grenze überwinden, die inzwischen einen knappen Meter hinter uns lag.

»Was ist mit dem Grundwasser?« Wenn diese Welt ein Abbild von der anderen war, mussten doch auch alle Details mitkopiert worden sein.

Eine Eisschicht legte sich über die Umgebung. Liam sammelte Energie in seinen Händen. Ein Wackeln lief durch die Erde. Die Sandkreaturen bleckten die Zähne. Dann brach der Boden auf und eine Wasserfontäne schoss in die Luft. Kurz sammelte es sich zu einer Kuppel über uns, dann fiel es mit einem Rauschen hinab und durchweichte alles in einem Umkreis von hundert Metern.

Hustend spuckte ich einen Mund voll Flüssigkeit aus. Gwen nahm wortlos ihren Zopf und wrang ihn aus. Ronan stupste mit dem Fuß in die nächste Schlammpfütze. Nichts bewegte sich. Ich besah mir unsere Gruppe. Etwas sandig, ziemlich nass und mit ein paar Kratzern ausgestattet, aber alles in allem waren wir recht unbeschadet aus der Sache herausgekommen.

»Lasst uns hier verschwinden.« Nik stieß das Schwert zurück in die Scheide. Er berührte sanft meinen Arm. »Alles in Ordnung?«

»Klar.« Ich lächelte und schüttelte unauffällig den Ärmel über meine Hand, damit er das Zittern meiner Finger nicht sah, während ich die Magie mit aller Macht zurückdrängte. Es gefiel ihr nicht, wieder eingesperrt zu werden. Gott, ich wollte ihr freien Lauf lassen. Das fühlen, was ich das letzte Mal gefühlt hatte – bevor ich fast gestorben war, natürlich.

Schweigend gingen wir den Weg zum Schloss empor, während stetig Wasser aus unserer Kleidung tropfte. Es war weder warm noch kalt, es wirkte eher, als ob in dieser Welt gar keine Temperatur herrschte. Wenn das irgendeinen Sinn ergab. Trotzdem begannen meine Klamotten schon bald schwer an meinem Körper zu kleben.

Die nächste Schwierigkeit erwartete uns am Schlossportal. Es war kein Schutzzauber, auch kein Angriffszauber – sie öffnete sich nur einfach nicht. Weder als Liam seine Magie hineinschickte noch als Nik mit aller Kraft dagegen trat. Oskar ließ sie eine Weile gewähren, dann räusperte er sich und trat nach vorn. »Darf ich mal?«

Nik beobachtete ihn grimmig, während Oskar sein Lederetui aus der Tasche zog und zwei der feinen Stifte ins Schloss glitten. »Steht Einbrechen des Öfteren auf deiner Tagesordnung?«

»Weiß nicht, was du meinst.« Oskar grinste ihn an und ließ, ohne hinzusehen, das Schloss aufschnappen. »Ich mache das hier gerade zum ersten Mal.«

»Sag mal«, fragte Gwen und sah ihm neugierig über die Schulter. »Wie haben du und Fel euch kennengelernt?«

Er warf ihr einen amüsierten Blick zu. »Das kann ich dir vor deinem Bruder nicht erzählen. Es gibt da ein paar Begleitumstände, die eventuell oder eventuell auch nicht etwas illegal waren.«

»Natürlich gibt es die«, murrte Nik und beugte sich zu mir hinunter. »Nur damit das klar ist: Wenn wir zurück sind und ich ihn nicht verhaften lasse, schuldest du mir etwas.«

»Ohne Beweise kannst du gar nichts«, flüsterte ich grinsend. »Und glaub mir, die gibt es nicht.«

Er sah aus, als würde er liebend gerne *noch nicht* erwidern, verkniff es sich aber. Stattdessen strafften wir alle die Schultern, Oskar stieß das Schlossportal auf und wir gingen hindurch.

»Vor fünfhundert Jahren hatten die aber keinen besonders ansprechenden Einrichtungsgeschmack«, merkte Gwen an und sah sich in der kahlen Eingangshalle um. Grobe Steinwände statt aufwendigen Stuckverzierungen, schlichter Steinboden statt glatt poliertem Marmor.

»Es war immerhin gerade erst erbaut worden«, verteidigte ich den mir unbekannten Henry.

»Wenn du etwas mal eben mittels Magie aufbaust, gibt es keine Entschuldigung für fehlende Ästhetik. Das ist dann einfach schlechter Geschmack.«

»Oder manchen Menschen ist das Äußere einfach nicht so wichtig«, merkte Oskar an.

»Entschuldige mal, aber ich habe deinen Verflossenen gesehen. *Du* solltest ruhig sein, der Kerl ist zum Anbeißen«, feixte Gwen.

Woher wusste sie das denn nun schon wieder? Woher wusste hier plötzlich jeder so gut über alles Bescheid? Aber trotzdem: »Wo sie recht hat«, murmelte ich mehr zu mir selbst. Ich war durchaus in der Lage, zuzugeben, dass der Kerl, der mich töten wollte, heiß war. Auch das konnte ich trennen. Ach ne, nach neuesten Erkenntnissen hatte er mich ja gar nicht umbringen wollen. Egal, ich blieb bei meiner Aussage.

»Und außerdem«, fuhr Gwen fort, »bin ich in der Lage, mehrere Dinge gleichzeitig zu tun. Ich kann auf die inneren Werte achten und trotzdem die Verpackung bewundern.«

»Sowohl das Gesprächsthema als auch der Zeitpunkt sind ziemlich daneben.« Ronan scheuchte uns vorwärts, bis zu der hohen Ebenholztür, die in den Thronsaal führte.

Ich kaute nachdenklich auf meiner Unterlippe. »Wenn es da nicht drin ist, haben wir ein ziemliches Problem.« Ich hatte zugegebenermaßen wenig Lust, erst ein Schloss auf den Kopf zu stellen und, falls wir immer noch nicht fündig wurden, die Suche auf die ganze Stadt auszuweiten.

»Kannst du es nicht fühlen?«

»Ich kann die …, ich glaube, Ciaran nannte es *Magiesignatur*, meiner Großmutter spüren, aber das ist auch alles.« Dieses seltsame Gefühl von etwas Bekanntem überlagerte alles andere. Es haftete an jedem Stein dieser Welt. Völlig unmöglich, dabei etwas anderes herauszufühlen. Jedenfalls für mich. Für jemanden, der mit seinen Kräften geübter war, wäre es vielleicht ein Leichtes.

Dieses Mal brauchte es Liams Aufforderung nicht, damit Nik seine noch immer blutende Hand gegen die blau schimmernde Tür drückte. Der Zauber flimmerte, verschwand aber nicht. Entnervt stieß er die Luft aus.

»Was ist es denn dieses Mal?«

»Ich weiß auch nicht.« Vorsichtig schickte Liam einen kleinen Magiestrom in den Zauber. »Dein Blut hat getan, was es sollte, aber das war nur der halbe Zauber. Hier hat wohl niemand irgendjemandem vertraut.«

»Was soll das heißen?«, fragte ich verwirrt.

»Anscheinend braucht man Felicity, um in diese Welt zu gelangen, Henry, um die Stadt zu betreten, und beide zusammen, um in diesen Raum zu kommen.«

Nik runzelte die Stirn. »Wo ist Ciarans Sicherheitsmaßnahme? Er wirkt nicht wie jemand, der anderen die Arbeit überlässt. Oder dafür genug vertraut.«

»Er hat sie geliebt«, sagte ich schlicht.

Niks Blick schnellte zu mir. »Woher weißt du das?«

»Ich glaube, es ist der Ausdruck in seinen Augen, wenn er über sie spricht. Auch wenn er das nie zugeben würde. Aber es erklärt einiges, oder nicht?«

»Fünfhundert Jahre sind eine lange Zeit, jemanden zu vermissen.«

»Eine verdammt lange Zeit«, murmelte ich abwesend. Dann richtete ich meine Aufmerksamkeit wieder auf die Tür vor uns. »Ich hatte gehofft, das hier ohne Blutopfer durchzustehen, aber na gut.« Lautlos glitt eines meiner Messer aus seinem Holster. Ich schob den Handschuh beiseite, umschlang die Klinge und drückte zu, bis warmes Blut über meine Finger floss. Das einsetzende Kribbeln verriet, dass die Wunde bereits dabei war, sich zu schließen, also drückte ich meine Handfläche rasch gegen die Barriere vor uns. Unser Blut vermischte sich, brachte den Zauber erneut zum Flimmern. Ich hielt die Luft an, als die Tür langsam aufschwang, und stieß sie aus, nachdem ich erkannt hatte, wo wir uns befanden. Der Raum war rechteckig, wies eine blinde Fensterfront an der linken Seite auf und war mit einem marmornen Boden versehen, dessen Schachbrettmuster unter der dicken Staubschicht gerade noch zu erkennen war. Erschrocken griff ich nach Niks Arm. »Das ist der Raum aus meiner Vision.«

Für den Bruchteil einer Sekunde huschte ein Ausdruck über sein Gesicht, den ich wohl als Besorgnis eingeordnet hätte, wenn er nicht so schnell wieder verschwunden wäre. »Das hat nichts zu bedeuten.«

Ich hoffte wirklich, er dachte nicht, dass mich das jetzt beruhigen würde. Unsere kleine Gruppe setzte sich in Bewegung und kaum hatte der Letzte von uns die Schwelle überschritten, fiel die Tür krachend ins Schloss. Das unangenehme Gefühl, gefangen zu sein, legte sich über meine Sinne und wollte mich dazu bringen, augenblicklich wieder umzukehren.

Anders als bei meinem Visions-Ich wirbelte dieses Mal bei jedem Schritt Staub auf. Etwa in der Mitte des Raumes blieb ich wie angewurzelt stehen.

»Irgendetwas ist hier.« Mein Blick glitt suchend durch die scheinbar leere Luft. Dann streckte ich die Hand aus, meine Fingerspitzen fuhren über glatten Stein und im nächsten Moment erschien ein steinerner Altar, auf dessen Oberfläche ein in ein schwarzes Tuch gewickelter Gegenstand lag. Niks Finger schlossen sich um mein Handgelenk.

»Nicht anfassen.« Ah, richtig. Der Blutschwur, den ich Ciaran geleistet hatte. Fast vergessen. Da ich eher weniger den Wunsch verspürte, an diesem Ort meinen letzten Atemzug zu nehmen, nickte ich und zog die Hand zurück. Irgendetwas in mir wollte hier raus. Irgendetwas, das meine Magie in Wallung versetzte.

»Ihr solltet vielleicht daruntergucken«, merkte Oskar an. »Nicht, dass wir gleich aus Versehen was von der Deko klauen.«

»Ausnahmsweise hat er einen Punkt.« Nik zog vorsichtig an einer Ecke des Tuchs. Mein ganzer Körper spannte sich an, aber der schwarze Samt glitt zur Seite, ohne dass es die Decke zum Einstürzen brachte oder der Boden sich auftat. Ich trat näher an den Altar und betrachtete das schmucklose Schwert darauf. Es war schlicht, an einigen Stellen bereits etwas angelaufen. Ein einzelner roter Edelstein war in den Griff eingelassen. Insgesamt war das weniger spektakulär, als ich erwartet hatte. Ein leichtes

Vibrieren ging von dem Gegenstand aus, etwas in mir antwortete darauf.

»Es ist das richtige«, sagte ich und Liam nickte zustimmend.

»Ich kann es auch spüren.«

»Na dann, Zauberling.« Nik trat zur Seite. »Das ist dein Teil.«

Liam wollte gerade zu uns treten, als die Ereignisse sich überschlugen: Die Doppeltüren des Thronsaals schwangen so heftig auf, dass sie gegen die Steinwände knallten, ein Surren erfüllte die Luft, so hoch, dass ich mir die Hände auf die Ohren pressen wollte. Die Magie in mir warf sich mit solch einer Kraft gegen ihre Fesseln, dass ich schwankte und den Rand des Altars umklammern musste. Ich sah hilfesuchend zu Nik, aber er starrte auf die andere Seite des Raumes, wo sich gerade zehn schwarz gekleidete Krieger aus dem Nichts materialisierten, in ihrer Mitte die hochgewachsene Gestalt einer Frau mit leuchtend rotem Haar.

Kapitel 38

Ich hatte es noch nie so sehr gehasst, recht zu haben.

Ein Teil von mir hatte gewusst, dass es am Ende auf diesen einen Moment hinauslaufen musste. Es war von Anfang an klar gewesen. Welch lächerliche Vorstellung es doch war, das Schwert zu schnappen, nach Hause zu gehen und die Sache abhaken zu können. Nik und ich hatten diesen Weg gemeinsam gehen müssen. Unsere Vorfahren hatten sichergestellt, dass es so sein würde. Und wie die braven kleinen Schachfiguren, die wir waren, hatten wir getan, was von uns verlangt wurde. Wir hatten die nötigen Informationen beschafft, mit den richtigen Leuten geredet, ins Boot geholt, wer benötigt wurde, einen Durchgang in die Mauer zwischen den Welten geschlagen und dann die Zauber, die diesen Ort beschützten, einen nach dem anderen außer Kraft gesetzt. All das, während uns in den letzten Wochen gerade genug Steine in den Weg gelegt worden waren, um es nicht zu einfach erscheinen zu lassen. Das hier war nicht nur Ciarans Spiel – es war genauso Myras. Blieb nur die Frage, ob sie zusammenarbeiteten oder uns von verschiedenen Seiten steuerten.

Fünf Krieger mit ausdruckslosen Gesichtern an jeder Seite, trat die Königin der Fae in den Raum und ließ wie beiläufig den Blick über uns schweifen. Nik hatte recht gehabt: Wir sahen einander nicht so ähnlich, dass man uns verwechseln würde. Ich war die menschliche Version von Myra, die – und es gab keinen Weg, sich das schön zu reden – nicht perfekte Variante. Die normale.

Jedes einzelne ihrer roten Haare lag makellos in den sanften Wellen, die ihren Körper umspielten, ihre strahlenden Augen waren von einem dichten Kranz tiefschwarzer Wimpern umgeben, bei der jede Make-up-Werbung vor Neid erblassen würde. Selbst ihr weißes Kleid schien ihr zuliebe der Schwerkraft zu trotzen und wehte in einem nicht vorhandenen Wind sacht um ihre Beine.

Myra war von einer Aura umgeben, wie sie nur die Unsterblichkeit mit sich bringen konnte. Der kalte Glanz der Ewigkeit, den Ciaran so gut hinter seiner gelangweilten Fassade zu verbergen wusste. Absolute Perfektion, so rein, dass es Kopfschmerzen verursachte, sie zu lange anzusehen. Ganz von allein versuchte mein Verstand, kleine Ungereimtheiten auszumachen, winzige Imperfektionen in vollendeter Symmetrie – erfolglos.

Ich versuchte noch, herauszufinden, wie ich mich aus meiner Schockstarre lösen konnte, als ein Dolch haarscharf an meinem Kopf vorbeiflog und sich zielgerichtet in Myras Brust bohrte. Ich wirbelte herum. Gwens sonst so ruhige Züge waren wutverzerrt. »Das«, brachte sie zwischen zusammengebissenen Zähnen hervor, »ist für meinen Vater.«

»Verständlich.« Die Königin sah auf die Klinge hinunter, die in ihrem Körper steckte. Ohne dass es ein Wort von ihr bedurft hätte, löste die Waffe sich auf und hinterließ nicht einmal ein Loch im Stoff ihres Kleides. »Ich weiß den Willen nach Rache durchaus zu schätzen.« Acht ihrer Krieger lösten sich aus der Formation und umzingelten uns in einem lautlosen Halbkreis. Die anderen zwei blieben hinter ihr in Stellung. Liam reagierte umgehend und eine blau flimmernde Kuppel spannte sich zwischen uns und den Fae-Männern. Für den Bruchteil einer Sekunde durchzuckte mich der Gedanke, dass ich auf der falschen Seite des Schutzzaubers stand. Wenn ich nicht zufällig in Terralore gelandet wäre, wenn Myra mich zuerst gefunden hätte, würde ich dann jetzt dort bei ihr stehen? Würde Liam einen Zauber weben, um die anderen vor *mir* zu schützen?

In Nik kam wieder Leben. Rasch griff er nach dem Arm seiner Schwester und zog sie an seine Seite. Das verschaffte ihm auch Myras Aufmerksamkeit. Sie bedeutete den beiden Fae, die nicht von Liams Zauber draußen gehalten wurden, stehen zu bleiben. Die Schleppe ihres weißen Kleides glitt lautlos über den Boden, als sie gemächlich auf den Altar zuschritt. Mein Gehirn versuchte gleichzeitig zu erfassen, wie es möglich sein konnte, dass sie hier war, und wie ich sie davon abhalten konnte, die Hand auf das Schwert zu legen und sich das zu holen, was ihr vor einem halben Jahrtausend genommen worden war. Die Lösung für Letzteres fiel mir als Erstes ein. Nicht schön, aber effektiv. Ich sah auf und Nik verstand im gleichen Moment, was ich vorhatte, als ich den Entschluss dazu fasste. Fast unmerklich schüttelte er den Kopf.

In der Sekunde, in der ich das Schwert berührte, würde die Magie sich an mich binden. Ich würde sterben. Ciarans Blutschwur würde mich umbringen. Und wenn mein Puls erlosch, tat es auch die Magie. So funktionierte es bei dem Ring und so würde es auch bei dem Schwert funktionieren.

»Das wird er dich nicht tun lassen«, sagte Myra sanft. Erschrocken sah ich auf. Konnte sie jetzt auch schon Gedanken lesen? »Das ist deine menschliche Seite«, fuhr sie noch immer in dieser sanften Tonlage fort. »Dieser Wunsch, sich für andere zu opfern. Ein nobler Gedanke. Auch das weiß ich zu schätzen.« Ohne dass ich sie davon abhalten konnte, nahm sie meine Hand in ihre und betrachtete den Ring daran. »Interessant.«

»Wie bist du hierhergekommen?«, brach es aus mir heraus, als mir endlich wieder einfiel, wie man Worte formte.

»Gib dafür ruhig Ciaran die Schuld.« Sie strich sich eine ihrer perfekten Strähnen hinters Ohr. »Ich nehme an, er hat dir nicht gesagt, was passiert, wenn du mit mehreren Personen durch das Portal gehst. Du hast ein ziemlich großes Loch in die Mauer zwischen den Welten geschlagen. Es hat sich wieder geschlossen, aber ein wenig gedauert hat das schon. Und für jemanden wie mich war es eine Leichtigkeit, die noch frische Stelle zu finden.«

Meine Gedanken rasten mit Lichtgeschwindigkeit durch meinen Kopf. Hatte Ciaran das hier gewusst? Er hatte mich auf die Vision gestupst, aber hatte er gewusst, was sonst noch passieren würde? War das hier Teil eines größeren Plans, und wenn ja, worum ging es dann?

Myra hatte in der Zwischenzeit das Interesse an mir verloren, denn sie ging um den Altar herum, bis sie direkt vor Nik stand. Lächelnd strich sie über seine Brust.

Meine Magie brüllte auf und warf sich gegen ihre Fesseln. Ich biss die Zähne zusammen. »Fass ihn nicht an!«

Das schien zu reichen, Nik aus seiner Starre zu lösen. Er packte Myras Handgelenk und schob ihre Hand beiseite.

Irritiert zog sie die Brauen zusammen. »Du bist noch sauer auf mich.«

»Du hast mich beinahe umgebracht.«

»*Beinahe*. Hätte ich es gewollt, wärst du jetzt tot. Das wissen wir beide.«

»Was hast du mit meinem Land gemacht?«

»Gar nichts.« Ihre Miene war die Zurschaustellung reiner Unschuld. »Deine neuen Zauberer haben solide Arbeit geleistet. Deine Barrieren waren gut. Aber du hast doch nicht wirklich geglaubt, mich damit draußen halten zu können, oder?«

»Arbeitest du mit Ciaran zusammen?«, fragte ich, weil ich nicht ertrug, wie sie ihn ansah.

Myra drehte mir langsam den Kopf zu. »Nein. Aber ich denke, er wusste, dass ich euch folgen würde. Du nicht auch? Es fühlt sich nach ihm an, uns alle hier zusammenzubringen, während er gemütlich in seinem Wald sitzt und Wetten mit seinen Leuten abschließt, wer lebend zurückkommt.«

Wenn Nik sie ablenkte, wenn ich nur zwei Schritte nach rechts machen konnte. Er formte mit den Lippen ein stummes *Nein*. Ich ballte frustriert die Faust. Wir waren so weit gekommen und er war jetzt bereit, das alles hinzuwerfen? Während unseres stummen Austauschs war Myra an den Altar getreten und betrachtete das

Schwert. »Meint ihr, man kann es einfach hochnehmen? Oder explodiert dann das ganze Gebäude? Ich traue meiner Schwester durchaus zu, genau diesen Fall bedacht zu haben.«

Meine Magie reagierte ohne mein Zutun. Kraft sammelte sich in meinen Fingerspitzen und schleuderte dann in einer Welle aus Elektrizität auf die Fae-Königin zu. Einige ihrer Haare gerieten etwas durcheinander, das war aber auch schon alles, was passierte. Ich spürte regelrecht, wie meine Magie verdutzt innehielt.

Myra schenkte mir ein weiteres sanftes Lächeln. »Du besitzt einen Bruchteil der Kraft von Felicity und du hattest weder Gelegenheit, dich daran zu gewöhnen, noch zu lernen, damit umzugehen. Du kannst mir nicht schaden.« Sie spreizte die Finger und ich wurde zurückgeschleudert, prallte mit dem Rücken auf harten Marmor und sah Sternchen vor meinen Augen tanzen. Ich spürte benommen, wie sich das kleine Glasfläschchen aus meiner Tasche löste und lautlos über den Boden rollte. Panisch wollte ich ihm nachhechten, aber ein erneuter Energieschwall stieß mich zurück zu Boden.

»Wag es ja nicht, sie anzurühren!« Nik brüllte und sprang am Altar vorbei. Die Fae-Königin musste nicht viel mehr tun, als den Finger zu heben, und zwischen uns verdichtete sich die Luft zu einer undurchdringbaren Barriere. Mühsam zwang ich mich, den Blick davon loszureißen, wie Nik gegen die Mauer schlug. Kaum merklich schüttelte ich den Kopf, um Oskar aufzuhalten, der mit gezückten Messern bereit war. Er verstand auch ohne Worte, trat einen Schritt zur Seite und fegte mein Fläschchen mit der Stiefelspitze hinter sich, sodass es außer Sichtweite war. Ich konnte nur beten, dass das Glas überlebte.

Myra trat elegant heran, um mich in Augenschein zu nehmen. Rasch rappelte ich mich auf. Auf keinen Fall würde ich ihr vom Boden aus begegnen.

»Die Gesetze meines Volkes gebieten es mir, dir ein Angebot zu machen. Du bist eine von uns und dazu ein Mitglied meiner

Blutlinie. Schwöre mir hier und jetzt die Treue und du stehst fortan unter meinem Schutz.«

»Gilt das auch für meine Freunde?« Ich wusste die Antwort schon, bevor sie kaum merklich den Kopf schüttelte.

»Nur für dich.«

»Dann nein, danke.«

»Alles andere hätte mich zugegebenermaßen auch schwer enttäuscht.« Sie drehte sich zu Nik und dem noch immer auf dem Altar ruhenden Schwert herum und hätte damit nicht deutlicher zeigen können, wie wenig sie sich von mir bedroht fühlte. Mit einer herablassenden Bewegung verschwand die Mauer aus Luft.

Wut gesellte sich zu dem Brodeln in meinem Inneren. Mit einer fließenden Bewegung zog ich eines der Messer aus meinem Holster und schleuderte es auf sie. Im gleichen Moment riss auch Nik das Schwert hoch und ließ es in einem tödlichen Bogen auf Myra herabrasen. Sie warf ihm einen blauen Blitz entgegen, den er mit einer schnellen Drehung der Klinge gegen die nächste Wand schleuderte. Ein schwarzer Brandfleck blieb zurück. Das Messer löste sie mit einem Schwenken ihrer Hand in Luft auf.

Mein Blick flackerte zum Altar.

»Denk nicht mal daran!« Nik wirbelte herum, schlang einen Arm um meine Mitte und hielt mich zurück. Eisern schubste er mich nach hinten in Ronans Arme, der mich zur Seite zog, bis kurz vor die blau flimmernde Barriere, die uns noch immer von den Fae-Kriegern trennte.

»Lass mich los!« Ich kämpfte gegen seinen Griff an, aber er hielt mich unerbittlich an Ort und Stelle. Nik ging wieder auf Myra zu, die das Geschehen ziemlich amüsant zu finden schien. Ihre roten Lippen verzogen sich zu einem Grinsen. Viel zu einfach wich sie Niks Klinge aus und wirbelte dabei ihr Kleid auf. Mehr Tanz als Kampf, schoss es mir durch den Kopf. Eine Druckwelle erfasste Nik und schleuderte ihn gegen die nächste Mauer. Ich schrie auf und stemmte mich gegen Ronan, der meine

Arme fest umklammert hielt. »Lass ihn das machen«, sagte er leise, aber ich hörte ihn kaum.

Nik sprang wieder auf die Füße, wich einem neuerlichen Lichtblitz aus und startete einen erneuten Angriff. Dieses Mal musste Myra tatsächlich zurückweichen und für einen winzigen Moment keimte Hoffnung in mir auf. Aus was immer Niks Schwert gefertigt war, es war in der Lage, Magie abzuwehren. Myra schien das ebenfalls zu bemerken, denn sie änderte ihre Taktik. Statt ihre Magie direkt auf Nik zu richten, löste sie einen Stein so groß wie mein Kopf aus der Wand und schleuderte ihn mit besorgniserregender Geschwindigkeit durch den Raum. Nik konnte nur ausweichen, indem er sich über den Boden abrollte.

Hilfesuchend sah ich mich um. Liam hatte die Augen geschlossen, blaues Licht umwirbelte und schützte ihn, während er die Barriere aufrechterhielt, die die Fae-Krieger von uns trennte. Die acht Männer schienen von den Geschehnissen nicht einmal ansatzweise aus der Ruhe gebracht. Reglos beobachteten sie ihre Königin. Oskar und Gwen hielten die beiden anderen Fae in Schach, die nicht von dem blauen Leuchten ausgeschlossen wurden. Die beiden waren gut, schwarze Schemen im Halbdunkel des Raumes, die sich so schnell bewegten, dass es schwer war, ihnen mit den Augen zu folgen. Gwens Training als Prinzessin und Oskars Erfahrung auf der Straße zahlten sich in diesem Moment mehr aus denn je. Aber die beiden Krieger waren möglicherweise Hunderte von Jahren alt und ich hatte keine Ahnung, wie lange das noch gut gehen würde. Ich stemmte mich gegen Ronan.

»Du musst ihm helfen«, flüsterte ich, meine Stimme heiser vom Schreien.

»Ich helfe ihm, indem ich dafür sorge, dass du sicher bist.«

»Du hast mich heute angelogen.« Die Erkenntnis sickerte eiskalt durch mein Bewusstsein. Bei all meinen Plänen hatte ich mich stets darauf verlassen, dass Ronan niemals zulassen würde, dass Nik etwas zustieß. Dass er das Pflichtgefühl gegenüber seinem zukünftigen König über die Wünsche seines besten Freundes stellen würde. Ein fataler Fehler, wie mir jetzt klar wurde.

Der nächste Stein traf Nik an der Schulter und ich sah Blut auf den Boden tropfen. Heiße Tränen der Wut sammelten sich in meinen Augen. Ronan wollte mich weiter zur Seite ziehen, aber ich stemmte meine Füße in den Boden.

Nik und Myra waren inzwischen gefährlich nah an den Steinaltar gekommen. Sie warf ihm einen Feuerball entgegen, den er nur dadurch abwehren konnte, dass er seine Klinge in letzter Sekunde hochriss. Myra schien darauf gezielt zu haben, denn im nächsten Moment schickte sie einen Steinbrocken hinterher, der mit einer solchen Wucht gegen Niks Klinge krachte, dass er sie ihm aus der Hand schlug. Von eiskalter Angst erfüllt hielt ich inne und merkte erst, dass ich aufgehört hatte, mich zu wehren, als Ronan mich losließ, vorsichtshalber aber einen Arm um meinen Bauch schlang. Ich versuchte, die Magie in meinem Inneren zu rufen, aber sie hatte sich zurückgezogen. Das eine Mal, das einzige Mal, dass ich diese verdammte Kraft brauchte, und sie war nicht da?! Das war nicht fair! Ich schrie auf, kratze über Ronans Armen, kümmerte mich nicht darum, dass ich blutige Striemen hinterließ.

»Hör auf«, sagte er ruhig. Viel zu ruhig. »Du machst es damit nur schwerer für ihn.«

Ich machte es schwerer für ihn?! Myra hatte Nik mit dem Rücken gegen den Altar gedrängt. Sie sagte etwas zu ihm, aber das Blut rauschte so sehr in meinen Ohren, dass es unmöglich zu verstehen war. Ich sah, wie Nik eine Hand ausstreckte und ihr sanft über die Wange strich. Etwas in mir setzte aus. Seine Hand wanderte weiter, legte sich auf ihren Arm und dann passierten eine Menge Dinge gleichzeitig: In einer fließenden Bewegung hatte Nik das Schwert vom Altar gepackt, Myra herumgewirbelt und gegen seine Brust gedrückt. Ein Blitz tauchte den Raum für einen Moment in gleißend helles Licht, ein Glühen breitete sich von der Stelle aus, an der Nik den Schwertgriff gepackt hielt, hüllte seine

Hand ein und setzte sich als rotes Adergeflecht über seinen Arm fort. Er achtete nicht darauf, holte aus und trieb das Schwert durch Myras Herz und ihre aneinandergepressten Körper.

Mein eigener Schrei drang als fernes Echo an meine Ohren. Meine Beine gaben nach und ohne Ronan, der mich aufrecht hielt, wäre ich auf die Knie gesunken. Nik hob den Kopf, sein Blick glitt durch den Raum, bis er auf mir zum Liegen kam. Für einen Moment klammerten wir uns an das, was uns geblieben war – einander. Dann rutschte er an dem Altar zu Boden. Das Schwert glühte noch immer, pulsierte, als folgte es einem langsam schwächer werdenden Herzschlag.

»Lass mich los«, wiederholte ich flüsternd.

»Noch nicht.«

»Er stirbt!« Panik drohte mir die Kehle zuzuschnüren.

»Ich weiß.« Der Schmerz in Ronans Worten spiegelte meinen eigenen wider. Ich spürte es daran, wie seine Stimme brach, wie seine Hände zitterten. Endlich löste sich sein Griff, seine Hände fielen schwach von meinen Armen.

Ich erlaubte mir nicht, die Gefühle zuzulassen, die in mir tobten. Ich widerstand dem Drang, zu Niks leblosem Körper zu rennen, ihn an mich zu ziehen, ihn anzuflehen, die Augen zu öffnen. Irgendwie schaffte ich es durch den Raum. Zu Oskar, der noch immer einen der Krieger in Schach hielt. Die schwarzen Augen des Fae hefteten sich auf mich und dann tat er etwas, das ich nicht hatte kommen sehen: Er sank auf ein Knie und neigte den Kopf. Ich achtete nicht auf den Fae, ich konnte jetzt nichts anderes tun, als meinen ersten und besten Freund dieser beiden Welten anzusehen.

»Bitte.« Ein einzelnes Wort, in dem so viel mehr lag.

Oskar betrachtete mein von Tränenspuren bedecktes und vom Schreien heißes Gesicht. Er lächelte traurig. »Dein Leben, deine Entscheidung.« Ohne ein weiteres Wort hielt er mir das kleine Glasfläschchen hin, legte es in meine blutverschmierte Hand, schloss meine Finger darum.

Mit einem Ruck kam das Leben in mich zurück. Der Korken flog von allein aus der Flasche. Ich spürte es in dem Moment, in dem die Flüssigkeit meine Lippen benetzte. Jeder Muskel meines Körpers spannte sich an, jede Nervenzelle feuerte mit Hochgeschwindigkeit. Blendend weißes Licht hüllte mich ein. Das reichte, um mich über die Kante zu schubsen. Mit einer lautlosen Explosion erwachte die Magie in mir zum Leben. Macht flutete den Raum. Aus jeder Pore meines Körpers brach die Kraft hervor, schwappte wie eine gigantische Flutwelle über uns hinweg. Sie traf auf Liams Kuppel, drängte sie nach außen. Nie zuvor hatte ich mehr Emotionen auf einmal gefühlt, nie zuvor mehr Schmerz und Wut. Die Fae-Krieger, die das Pech hatten, im Weg zu stehen, zerbarsten unter dem Druck in einer Wolke aus Rot. Es war mir egal. Ich genoss es, ihren Schmerz zu fühlen, denn er nährte das Glühen, das sich um meinen Körper sammelte. Quälend langsam breitete das Licht sich aus. Ich war an Niks Seite, bevor ich den Gedanken ausgeformt hatte. Alles passierte automatisch, ohne dass ich es bewusst steuerte. Ich wollte Myras reglosen Körper von ihm wegschleudern, doch das hätte auch das noch immer schwach leuchtende Schwert aus Niks Brust gezogen, und das wagte ich nicht. Noch nicht. Blut breitete sich auf dem Schachbrettboden aus. Rot vermischte sich mit Schwarz und Weiß. Ihr Blut und seines. Das Licht des Schwertes pulsierte schwächer, stockte, erlosch aber nicht. Ich zog Niks Kopf auf meinen Schoß, vergrub meine Finger in seinem blutdurchtränkten Haar.

»Du musst es zulassen«, flüsterte ich und unterdrückte den Drang, ihn zu schütteln. Das wäre sicherlich kontraproduktiv. »Bitte!«

Ein schwaches Stöhnen kam über seine Lippen, gefolgt von einem Schwall dunklen Blutes. Das war nicht gut. Gar nicht gut. So viel wusste selbst ich. Das Glühen um meinen Körper wurde stärker. Ein blendendes Weiß. Meine Haut erhitzte sich. Der Zauber suchte sein Gegenstück. Mein Blutstropfen in Niks

Körper. Aber es würde nicht funktionieren, wenn – »Komm schon.« Ich beugte mich hinunter, presste meine Lippen auf seine Stirn. »Vertrau mir.«

Seine Lider flatterten, öffneten sich einen winzigen Spalt. Glühende Sprenkel in unendlichem Braun.

Ich versuchte mich an einem Lächeln, das unter all den Tränen und dem Blut bestimmt furchtbar aussehen musste. »Du musst es zulassen.«

»Das …« Die Worte kamen abgehackt über seine Lippen, keuchend, als würde es bereits zu viel Kraft kosten. »Das … bringt dich um.«

»Tut es nicht.« Ich schüttelte den Kopf. »Ich bin stärker, als du denkst.«

»I-ich habe nie …« Seine Finger fanden meine. »Nie an deiner Kraft gezweifelt.«

»Wunderbar. Erzähl mir später ausführlich, wie sehr du an mich glaubst.« Verzweifelt presste ich seine Hand auf meine Brust, auf mein beständig schlagendes Herz.

Er sah mich unverwandt an. Und dann sah ich, wie der Sternenhimmel in seinen Augen erlosch. Wie seine Lider sich schlossen.

»Nein!« Ich schrie auf und mit meiner Stimme erhob sich auch das Glühen. Aber es brachte nichts! Es brachte nichts, wenn er nicht bereit war …

Eine Hand legte sich auf meine Schulter. Ich schüttelte sie ab.

»Fel …« Liams sanfte Stimme an meiner Seite. »Es ist –«

»Wag es ja nicht!« Ich fuhr zu ihm herum. »Wag es ja nicht, diesen Satz zu beenden!« Vier mit Blut und Staub bedeckte Gesichter sahen mir entgegen. Liam, in dessen Augen sich Mitleid und berechnende Logik abwechselten. Ronan, den ich noch nie so blass gesehen hatte, Oskar, der sich an meine Seite kauerte und mir eine Hand auf den Rücken legte. Und Gwen. Gwen, in deren Augen Tränen schwammen, die fassungslos auf die Szene vor sich starrte, auf ihren sterbenden Bruder in meinen Armen.

Ich sah wieder nach unten auf das fast schwarze Blut, das viel zu schnell über meine Finger rann. Fuhr mit dem Finger die blassen Sommersprossen auf Niks Wange nach. »Ich liebe dich.« Meine Stimme war viel fester, als ich gedacht hatte. »Ich verspreche dir, dass ich zu jedem einzelnen verdammten Gefühl stehen werde, das du in mir weckst. Ich sage dir jeden Tag, dass ich dich liebe. Scheiße, wenn du willst, schreie ich es vom höchsten Turm des Schlosses! Ich liebe dich, Nikolas Beaumont, und ich will jeden Tag dieses vielleicht unsterblichen Lebens mit dir verbringen! Aber dafür musst du uns eine Chance geben! Dafür musst du an uns glauben!«

Nichts passierte. Einhundert meiner viel zu schnellen Herzschläge vergingen. Zweihundert. Bei dreihundert hörte ich auf, zu zählen.

Weiterhin lief Blut über meine Finger. Langsamer, aber es hatte noch nicht aufgehört. Das war der einzige Hoffnungsschimmer, an den ich mich zu klammern wagte. Niemand hatte mehr versucht, mich wegzuziehen, aber ich konnte sie hinter mir spüren. Wie sie stumm darüber diskutierten, was wir jetzt tun sollten. Und dann hörte ich es. In der Stille des gigantischen Raumes. Das leise, aber unverkennbare Knistern eines sich verankernden Zaubers. Das Licht schrumpfte. Wurde von einem diffusen Glühen zu einem dünnen Strang, der meinen und Niks Körper umschloss. So hell, dass ich die Augen zusammenkneifen musste. Gefühle strömten auf mich ein. Angst, Wut, Verzweiflung, Schuld – Schmerz. Niks Schmerz, der jetzt auch zu meinem wurde. Ich schnappte nach Luft, als die Macht der Empfindungen mich zu überrollen drohte. Knochen brachen und es dauerte einen Moment, bis ich verstand, dass es die meinen waren, die nachgaben, als ein unsichtbares Schwert sich in meine Brust bohrte. Blut durchweichte mein Oberteil. Eine kleine Ecke meines Kopfes war froh darüber, dass ich Schwarz trug. Immerhin würde man den Fleck später nicht sehen. Eine Sekunde später schaltete sich mein Verstand ein. Mein Körper krümmte sich zusammen.

Ich schrie den Schmerz hinaus, aber Luft gelangte nur noch abgehackt in meine Lunge.

Liam verstand als Erster. Er stieß einen Fluch aus, den ich dem sonst so zurückhaltenden Zauberer gar nicht zugetraut hätte. Dann wurde Myras Körper von uns fortgeschleudert. Keine Ahnung, ob sie tot war – interessierte mich auch nicht. Ich schrie erneut auf, als Liam das Schwert aus Niks Brust zog und sich das Gefühl in meinem Körper spiegelte. Ich krallte meine Finger in den Boden. Hustete Blut. Meine Magie fegte durch meinen Körper, versuchte zu finden, was falsch war. Versuchte zu reparieren, was kaputt war. Aber da war auch noch etwas anderes. Unter all dem Schmerz war eine uralte Macht, die am Rande meiner Wahrnehmung waberte. Ich griff danach, ohne zu wissen, woher sie stammte. Jetzt gerade würde ich alles nehmen, was ich kriegen konnte. Sie kam mir entgegen, wallte durch den Schmerz und betäubte für einen Moment jede andere Empfindung. Übermäßig laut konnte ich meinen eigenen Herzschlag hören. Unregelmäßig, schnell, stolpernd. Und dahinter, langsamer, aber noch nicht bereit aufzugeben, den von Nik. Eine Ewigkeit verging, bevor ich endlich das erlösende Kribbeln wahrnahm, das bedeutete, dass meine Selbstheilungskräfte einsetzten. Hoffentlich noch rechtzeitig, denn mit jedem zitternden Atemzug tanzten immer mehr schwarze Flecken durch mein Blickfeld. Ich spürte die Körper der anderen und hoffte einfach, dass das jetzt gut ging. Der Ring sandte ein Vibrieren aus, als ich die neu gefundene Kraft hineinschickte. Nebel erfüllte den Raum. Ich schickte ihn in jede Ecke, sorgte dafür, dass er jeden lebenden Körper erfasste, den ich spüren konnte. Dann schloss ich die Augen. Das Letzte, was ich wahrnahm, war, dass der Boden sich veränderte. Dass harter Marmor zu weichem Gras wurde und mit einem Mal der Geruch nach Sommer in der Luft lag.

Kapitel 39

Hände zerrten an mir und dieses Mal war ich zu schwach, um sie abzuwehren. Hilflos musste ich zulassen, dass jemand mich auf den Rücken drehte. Schmerz explodierte in meiner Brust. Stimmen. Zu viele Stimmen. Zu viele Worte. Ich verstand kein einziges davon. Irgendjemand brüllte einen Befehl. Irgendjemand schrie. Meine Schultern wurden zurück auf den Boden gedrückt. Wann hatte ich mich aufgerichtet? War das mein Schrei gewesen? Ich zog die kalte Nacht in meine Lunge. Die Luft brannte, aber ich konnte atmen. Das war gut. Die Welt kippte zur Seite. Verschwommene Sterne, Baumwipfel gegen dunklen Himmel. Sterne … Nik! Ich bäumte mich erneut auf. Ich schrie seinen Namen. Entweder laut oder nur in meinem Kopf. Unwichtig. Meine Finger krallten sich in den weichen Boden, durchstießen Gras und Erde in dem verzweifelten Versuch, irgendetwas festzuhalten. Blitzende Punkte schossen immer wieder durch mein Blickfeld. Irgendwie schaffte ich es, auf die Knie zu kommen. Meine Kleidung war blutdurchtränkt, klebte an meinem Körper. Zu viele Menschen auf einmal. Mein vernebelter Verstand konnte keine Gesichter ausmachen, konnte nicht … Keine Ahnung. Die Gedanken verschwanden, bevor ich sie zu fassen bekam. Zu flüchtig. Zu schnell. Zu viel. Zu viel. *Zu! Viel!* Dunkelheit drängte sich von allen Seiten in meinen Kopf. Ich schnappte nach Luft. Kühle Magie legte sich um meinen Körper. Nicht meine Magie. Instinktiv kämpfte ich dagegen an. Worte. Von vorn, von hinten, von überall prasselten Worte auf mich ein.

»Ruhe jetzt!«, donnerte eine Stimme.

Verdammt, war das Liam gewesen?

Im nächsten Augenblick kauerte er sich vor mich, sein ruhiger Blick eine willkommene Abwechslung in dem Chaos um mich herum. »Du musst dich beruhigen.«

Ich war doch ruhig. Oder etwa nicht? Mein Kopf fuhr herum. »Nik … I-ich …«

»Ich weiß«, sagte Liam sanft. »Aber du hilfst ihm gerade nicht.« Seine Magie strich über mich. Kühlte meine erhitzte Haut.

Dieses Mal wehrte ich sie nicht ab. Stattdessen presste ich mehr Luft in meine Lunge, zwang mich zu einem Nicken.

»Sehr gut.« Ein kleines Lächeln. »Dein Körper ist kurz davor, aufzugeben, und das hätte für euch beide sehr unschöne Folgen. Gib deinen Kräften die Chance, dich zu heilen.«

Mehr Dunkelheit rollte auf mich zu, schob sich in mein Sichtfeld und hüllte alles in einen Schleier. Ich wusste, was er von mir wollte, aber ich war nicht bereit, nachzugeben. Nicht bevor ich wusste –

Zwei kräftige Arme schoben sich unter mich, aber bevor ich protestieren konnte, wurde ich im Gras abgelegt. Alles drehte sich. So schnell, dass ich meine Umgebung nur noch als verwaschenen Wirbel aus Farben ausmachen konnte. Aber das war mir egal, denn ich spürte Nik neben mir. Spürte es an dem Kribbeln, das über jede Stelle meiner Haut schoss, die ihn berührte. Spürte seine Wärme, seinen Herzschlag, seine Atmung. Ich krallte mich in sein blutiges Hemd, stöhnte gequält auf, als Schluchzer meinen Körper erschütterten und neue Wellen an Schmerz freisetzten.

Liam war wieder neben mir und es bedurfte keiner neuerlichen Aufforderung. Der Schmerz drohte überhandzunehmen. Ich konnte und wollte nicht mehr dagegen ankämpfen. Ich gab nach und ließ zu, dass die Dunkelheit mich hinab in die Bewusstlosigkeit zog.

Als ich das nächste Mal meine Augen öffnete, blendete mich helles Sonnenlicht. Statt im Gras lag ich auf weichen Kissen und über mir wölbte sich nicht der Sternenhimmel, sondern der Baldachin eines ausladenden Himmelbettes. Nur langsam nahm ich die Details meiner Umgebung wahr. Die hellblauen Decken, die über mir ausgebreitet waren, die weißen Vorhänge, die Kommode gegenüber vom Bett. Ich kannte dieses Zimmer. Ich befand mich im Haus von Niks Mutter. Nur, warum? Für einen Moment versuchte ich krampfhaft, die letzten Ereignisse zu rekonstruieren, dann brach alles mit atemberaubender Geschwindigkeit auf mich ein. Mit einem Keuchen setzte ich mich auf und schubste dabei gleich drei Decken von mir herunter. Ich musste hier raus, ich musste – Ein Tumult vor meiner Tür ließ mich in dem Versuch innehalten, mich aus dem verbleibenden Berg von Stoff zu befreien.

»Lass mich zu ihr!« *Nik*. Das war Niks Stimme. Mein Herzschlag verdoppelte seine Geschwindigkeit. Verdreifachte sie. Das war Niks Stimme. Das hieß, dass er lebte. Dass es ihm gut ging.

»Gebt ihr etwas Zeit. Miss Leighton braucht –«

»Du denkst wirklich, mir sagen zu können, was sie braucht?! Verschwinde!«

»Aber –« Wer auch immer da vor meinem Zimmer Wache bezogen hatte, war nicht klug genug, zu erkennen, wann man jemanden besser nicht reizte. Ein erschrockenes Japsen ertönte, dicht gefolgt von dem Geräusch eines Körpers, der gegen eine Wand geschleudert wurde. Dann flog die Tür auf.

Innerhalb einer Sekunde war ich aus dem Bett und warf mich praktisch in Niks Umarmung. Er fing mich auf, hielt mich, während ich meine Beine um ihn schlang und mich so fest an ihn drückte, dass ich fast schon Angst hatte, ihm irgendwas zu brechen. Aber ich konnte nicht loslassen. Ich vergrub mein Gesicht in seiner Halsbeuge, atmete seinen Geruch ein, spürte seinen Puls gegen meine Wange.

Seine Hände strichen über meinen Rücken, seine Lippen drückten sich in mein Haar, seine Arme pressten mich gegen seine Brust.

Wir verharrten so. Minuten, Stunden, Tage, Wochen. Keine Ahnung. Es konnten von mir aus auch Jahre sein. Irgendwann konnte ich die Tränen nicht mehr zurückhalten. Heiß rannen sie über meine Wangen und tränkten Niks Hemd. Er sagte kein Wort, trug mich lediglich die zwei Schritte zum Bett und setzte sich vorsichtig darauf, während ich mich noch immer wie ein Äffchen an ihn klammerte. Ohne mehr als eine Hand von mir zu lösen, nahm er eine der Decken auf und breitete sie über meinen Schultern aus. Dann waren seine Arme wieder um mich geschlungen, drückten mich so fest an sich, dass ich gerade noch atmen konnte.

»Wag es nie wieder«, flüsterte ich heiser, »so etwas zu tun.«

»Nie wieder«, murmelte er in mein Haar und drückte kleine Küsse auf meine Schulter, die unter dem etwas zu großen Nachthemd zum Vorschein gekommen war. Er hielt inne und schob mich mit sanfter Gewalt von sich, damit wir uns ansehen konnten. Vorsichtig strich er mir über die Wange und sammelte all die Tränen ein, die einfach nicht aufhören wollten hervorzuquellen. »Sag mir, dass es dir gut geht.«

Ich nickte, aber er hielt mich weiterhin mit seinem Blick fest.

»Bitte sag es.«

»Es geht mir gut.« Ich löste meine Arme von seinem Oberkörper und umfasste stattdessen sein Gesicht. »Es geht mir gut.«

Ein Teil der Schatten verschwand aus seinen Augen. Lächelnd lehnte ich mich vor und fuhr mit den Fingern durch seine dunklen Locken. »Was ist mit dir?«

»Ich konnte dich spüren. Von dem Moment, in dem ich aufgewacht bin. Du bist wie ein ständiges Flackern in meinem Geist.

Etwas, das mich in deine Richtung treibt. Und wenn ich dich berühre«, unsere Finger verwoben sich ineinander, »brenne ich.«

Ich wusste, was er meinte. Es war ein gutes Brennen, ein alles verschlingendes Verlangen nach ihm, das sich in einem Prickeln äußerte, wo auch immer meine bloße Haut auf seine traf. Es war das Gefühl seines Herzschlags hinter meinem. Das Wissen, dass ein Teil meines Seins in ihm existierte. Unwiderruflich. Für immer. Und trotzdem: »Es tut mir leid. Ich hätte das niemals ohne deine Zustimmung tun dürfen.«

Nik runzelte die Stirn, betrachtete nachdenklich unsere Finger. »Ich *habe* zugestimmt. Nachdem du den Zauber aktiviert hattest. Es war … wie ein inneres Drängen.«

»Du warst nicht unbedingt zurechnungsfähig.« Vorsichtig hob ich den Saum seines Hemdes an, musste mich selbst davon überzeugen, dass sich dort drunter keine tödliche Wunde verbarg. Ich strich über seine Haut, über die alten Narben und den noch rötlichen Streifen, der als Einziges an die Geschehnisse erinnerte. »Wie lange …«

»Keine Ahnung. Ich bin aufgewacht und zu dir gekommen. Es ist alles etwas verschwommen. Ich glaube, ich konnte erst wieder klar denken, als ich dich gesehen habe.« Mit einem Seufzen lehnte Nik seine Stirn gegen meine. »Dieser Möchtegernsoldat vor deiner Tür wird den anderen bereits Bescheid gesagt haben. Sie geben uns etwas Zeit, aber … Erzähl mir, was im Elfenwald passiert ist. Von Anfang an.«

»Ciaran konnte es nicht lassen, sich in unsere Angelegenheiten einzumischen«, sagte ich, legte meinen Kopf auf Niks Schulter und schloss die Augen. »Mit einem einzigen Halbsatz hat er mich dazu bekommen, eine Vision heraufzubeschwören, deinen Tod zu sehen, und natürlich hatte er auch gleich die Lösung parat. Bei den Fae, bei«, ich brauchte zwei Anläufe, um das nächste Wort zu sagen, »meinem Volk gibt es da dieses Ding.«

»Ich bin mir ziemlich sicher, dass *Ding* kein offizieller Ausdruck ist«, murmelte Nik und brachte mich damit zum Grinsen. Spielerisch schlug ich ihm gegen den Arm.

»Es nennt sich Gefährtenbindung.« Mein Gesicht wurde warm und ich war froh, ihn gerade nicht ansehen zu müssen. »Ein Seelenbund, der eingegangen werden kann, wenn zwei Personen sich lieben.«

»Du wirst gerade rot, oder?«, neckte er mich. Ich biss ihm daraufhin in die Schulter. Der kurze Schmerz spiegelte sich als Echo in meinem eigenen Körper wider.

»Um die Geschichte fortzusetzen«, ich versuchte, möglichst souverän zu klingen, auch wenn die Vibration von Niks leisem Lachen mich zunehmend ablenkte, »der Bund verbindet die Körper, macht sie zu Spiegelbildern voneinander. So war ich in der Lage, meine Selbstheilungskräfte auf dich zu übertragen.«

»Und meine Verletzungen auf dich.« Jetzt klang er gar nicht mehr belustigt. »Ich habe ihr das Herz durchbohrt. Wäre sie nur einen Kopf größer gewesen, hätte ich auch das meine getroffen.«

»Ich hätte es trotzdem getan«, beantwortete ich seine unausgesprochene Frage. Es war eine Entscheidung in Sekundenbruchteilen gewesen, ich hatte gar keine Zeit gehabt, mich mit möglichen Folgen zu beschäftigen. »Der Zauber, er … ersetzt die Tatsache, dass du menschlich bist, aber die Gefühle müssen echt sein.«

»Bin ich das denn noch? Menschlich?«

»Ja.« Widerwillig rückte ich ein Stück von ihm ab, denn für den nächsten Satz wollte ich ihn ansehen. »Aber vielleicht habe ich dich unsterblich gemacht.« Das hing ganz davon ab, wie es um meine eigene Sterblichkeit bestellt war.

Eine ganze Weile sagte Nik gar nichts. Dann hob er mich von seinem Schoß, setzte mich auf dem Bett ab und stand auf, um zu dem Fenster zu gehen, das den Blick auf die weite Hügellandschaft draußen freigab.

»Die Bindung lässt sich brechen«, sagte ich leise. »Wenn einer von uns die Gefühle verliert oder mittels eines neuerlichen Zaubers. Du musst nicht –«

»Und wenn es nicht so wäre, hättest du es dann trotzdem getan?«

»Ja.« Abwesend zog ich die hellblaue Tagesdecke durch meine Finger. »Ich habe gemeint, was ich gesagt habe. Hasse mich. Verachte mich. Ist mir egal. Du stehst hier und du lebst. Das ist alles, was ich wollte.«

Nik setzte gerade zu einer Antwort an, als es an der Tür klopfte und Gwens Stimme vorsichtig fragte: »Seid ihr angezogen?«

»Komm rein.« Ich nahm eines der plüschigen Kissen auf meinen Schoß und schlang die Arme darum.

Sie streckte zögernd den Kopf durch einen winzigen Spalt in der Tür. Als sie mich auf dem Bett sitzen und Nik zwei Meter weiter am Fenster stehen sah, runzelte sie die Stirn und schlüpfte vollständig ins Zimmer. »Hätte nicht gedacht, dass ihr euch in den nächsten zehn Tagen überhaupt voneinander löst.«

»Wir hatten ein paar Dinge zu besprechen«, murmelte ich ausweichend. Gwen tat mir den Gefallen, nicht weiter zu fragen. Stattdessen zog sie ihren Bruder in eine ebenso feste Umarmung, wie er sie auch von mir bekommen hatte. »Wenn du mich je wieder zwingst, dir beim Sterben zuzugucken, werde ich dich umbringen.«

»Ich werd's mir merken«, murmelte er mit einem Lächeln.

Ich bekam eine ähnliche Warnung mit einer ebenso festen Umarmung, die mir die Luft aus der Lunge drückte, dann wandte sie sich auch schon wieder zum Gehen. Vielleicht hatte sie Angst, dass wir doch noch anfingen, in ihrem Beisein übereinander herzufallen. Mit der Türklinke in der Hand hielt sie noch einmal inne. »Liam will mit euch reden. Und dann ist da noch eine andere Sache, die … passiert ist.«

»Sache?«, hakte Nik nach.

»Seht ihr dann. Ist etwas schwer zu erklären. Aber nichts, was nicht noch fünf Minuten warten kann.« Und damit war sie verschwunden.

Dann war die unfreiwillige Pause wohl vorbei. Seufzend schob ich mich aus dem Bett und tapste hinüber zur Kommode, in der ich hoffentlich etwas finden würde, das mich mehr bedeckte, als dieses Nachthemd es tat. Ich hatte gerade die oberste Schublade aufgezogen, da trat Nik hinter mich und schloss sie wieder. »Warte.«

Zwischen seinen Armen gefangen drehte ich mich zu ihm um. »Was –«

Seine Hand legte sich in meinen Nacken und zog mich näher an seinen Körper. Er lehnte sich zu mir hinab und dann küsste er mich. Und was das für ein Kuss war. Löste eine simple Berührung schon ein Kribbeln aus, so ließen seine Lippen mich wahrhaftig brennen. Mein Blut verwandelte sich in flüssiges Feuer, peitschte durch meine Adern und ließ mich gegen ihn sinken. Unsere Zungen umspielten einander. Ich hätte niemals für möglich gehalten, dass es wirklich passieren konnte, aber die Welt rückte für einen Moment einfach in den Hintergrund. Alle meine Sinne waren auf ihn ausgerichtet, die Berührung seiner Finger auf meinem Rücken überpräsent, sämtliche Geräusche erstarben. Nur noch sein und mein Herzschlag, die endlich einen gemeinsamen Rhythmus gefunden hatten.

Atemlos lösten wir uns voneinander. Wenn ein Kuss in der Lage war, das auszulösen, konnte ich gar nicht erwarten, herauszufinden, was passierte, wenn wir weiter gingen. Nik schien Ähnliches zu denken, aber er riss sich zusammen und strich mit dem Daumen über meine geschwollene Unterlippe.

»Deute nie wieder an, diese Bindung brechen zu wollen«, sagte er rau.

»Ich war mir nicht sicher, ob es das ist, was du willst.«

»Ich will dich. Auf jede Art, die diese Welt mir ermöglicht.« Nur langsam sanken seine Worte in meinen Geist. Legten sich über den immer wieder aufbegehrenden Zweifel darin. Erstickten unnachgiebig die Unsicherheit. »Was ist es, was du willst, Felicity?« Er lächelte und die Traurigkeit darin schwappte in dicken Wellen zu mir herüber. »Ich werde dich nicht auf Worte festnageln, die du zu einem Sterbenden gesagt hast.«

»Du hast gehört, was ich gesagt habe?«

»Hätte ich es nicht hören sollen?«

»Doch.« Ich blinzelte. »Und ich habe jedes Wort davon ernst gemeint.« Wir hatten nie über eine Zukunft gesprochen. Unsere Zeit war immer von vornherein festgelegt gewesen. Niks, weil er sicher war, keine Zukunft mehr zu haben, und meine –

Wie aufs Stichwort glühte der Ring an meinem Finger auf. Eine andere Art von Brennen. Heiß und vernichtend. Ich spürte, wie es meine Haut verätzte. Und ich sah, wie auch Nik zusammenzuckte. Ich schleuderte den Ring von mir. Klackernd sprang er über das Parkett und kam schließlich unter der mit Kissen ausgelegten Fensterbank zum Liegen.

»Ciarans Drei-Tages-Frist«, sagte Nik tonlos.

»Ja.« Ich schluckte. »Jetzt wissen wir, wie lange wir geschlafen haben.«

»Du –« Er stockte und setzte erneut zum Sprechen an. »Du solltest gehen. Das ist vielleicht deine letzte Chance.«

»Ja.« Zu beidem. Ich regte mich nicht. Halb gegen die Kommode, halb gegen Nik gelehnt, sah ich stumm zu, wie das Glühen des Rings heller wurde und er dann in einem kleinen Funkenregen zersprang. Zurück blieb nichts als ein schwarzer Rußfleck auf dem ansonsten makellosen Boden.

Niks Hand glitt von meinem Arm. »Was hast du getan?«

»Mich entschieden.« In Wahrheit hatte ich diese Entscheidung schon viel früher getroffen. In dem Moment, in dem meine Magie erwacht war, in dem sie mich innerlich zerfetzt hatte und es mein einziger Gedanke war, zu Nik zu gelangen. Da war es mir klar geworden. Ich konnte zurückgehen, ich konnte ein Leben ohne ihn führen. Aber ich wollte nicht. Ich wollte diese Welt nicht hinter mir lassen. Mit ihren Prinzen, Schlössern, ewigen Sommern und mit all der Magie. Ich war nicht bereit, mein persönliches Märchen loszulassen.

Epilog

Sonnenlicht durchflutete den holzvertäfelten Flur von Eleanors Anwesen. Durch die weit geöffneten Fenster drang der ewige Sommer aus dem Garten hinein und brachte den süßen Geruch nach Blumen mit sich. Ich blieb stehen und genoss den Anblick. Meine Freunde, unsere kleine Gruppe, die in den letzten Tagen so fest zusammengeschweißt worden war. Liam, der es sich in den Kopf gesetzt hatte, die gesamte und nicht gerade unbeachtliche Bibliothek zu lesen, und Oskar, der einer begeisterten Gwen mit Engelsgeduld beibrachte, wie man Vorhängeschlösser knackte, saßen auf einer bunten Picknickdecke unten im Gras. Nik ließ sie gewähren. Er würde es in den nächsten Wochen nicht wagen, seiner Schwester einen Wunsch abzuschlagen. Stattdessen standen er und Ronan mit hochgekrempelten Hosen knietief im See und ließen einen der Hunde seiner Mutter Stöckchen aus dem Wasser holen. Die beiden Männer hatten nie weniger wie König und Soldat gewirkt. Jetzt gerade waren sie zwei Freunde, die ein wenig gestohlene Zeit miteinander verbrachten. Denn das taten wir hier gerade. Wir nahmen uns die Tage, die wir brauchten. Sowohl körperlich als auch seelisch. Und wenn wir bereit waren, dann würden wir zurückkehren. Nach Hause. Myras Tod würde Wellen schlagen. Vielleicht würden sich ihre ehemaligen Gefolgsleute rächen wollen. Vielleicht würde es zu einem Krieg kommen. Vielleicht auch nicht. Wir würden sehen. Und bis es so weit war … Nun, da draußen wartete eine ganze Welt darauf, von mir erkundet zu werden. Nik hob den Kopf und unsere Blicke trafen sich. Ich lächelte.

Ein Schatten kräuselte sich um meine Füße und drängte mich weiterzugehen. Ich wandte mich vom Fenster ab. Gleich würde ich wieder hinuntergehen. Nachdem ich diese eine letzte Sache erledigt hatte.

Lautlos schwang die Tür zu dem Zimmer auf, das ich innerlich bereits zu meinem erkoren hatte. Eleanor hatte nichts dagegen. Im Gegenteil. Bereits vor unserer Ankunft waren sämtliche Schubladen mit Kleidern in meiner Größe gefüllt gewesen.

Woher genau sie wusste, was mir passte und gefiel oder dass ich überhaupt noch einmal hierherkommen würde, konnte ich nur erraten. Aber ich würde ihr ewig dankbar dafür sein. Und dafür, dass sie mit keinem Wort erwähnt hatte, dass ich einen Haufen blutüberströmter Personen auf ihren heiß geliebten Zierrasen hatte fallen lassen.

Ich schloss die Tür genauso leise, wie ich sie geöffnet hatte.

»Sollte ich mir Gedanken darüber machen, dass du unbemerkt sämtliche Schutzzauber überwinden kannst?«

Ciaran, der gemütlich auf der Fensterbank meines Schlafzimmers lümmelte, sah träge auf. »Ich habe diese Zauber für Eleanor geschaffen. Sie wird mir verzeihen, dass ich mir selbst einen Durchgang gelassen habe.«

Behände sprang er auf und streckte mir eine Hand entgegen. Auf seiner Handfläche glänzte schwach mein Ring. Ich nahm ihn und steckte ihn ohne einen zweiten Blick tief in die Tasche meiner lockeren Leinenhose.

»Musstest du so dramatisch sein?« Auf dem Boden war noch immer der kleine Brandfleck zu sehen.

»Du willst mit mir über Dramatik reden, Menschenmädchen? *Was hast du getan? Mich entschieden.*« Mit ausladenden Gesten ahmte er mein Gespräch mit Nik nach, das keine vierundzwanzig Stunden zuvor an genau diesem Ort stattgefunden hatte.

Ich warf Ciaran einen bitterbösen Blick zu und ging hinüber zu

Micah, der auf meinem Bett lag. Vorsichtig kraulte ich den gigantischen Wolf hinter den Ohren. Ich sollte mir angewöhnen, die Schatten zu kontrollieren, wenn Ciaran oder sein treuer Gefährte in der Nähe sein könnten.

»Ich *habe* mich entschieden.« Für ihn. Für uns. »Nichts davon war gelogen.«

»Und hättest du dich auch so entschieden, wenn es nicht Teil unseres Deals gewesen wäre?«

»Ich nehme an, Riyas Visionen sind viel detailreicher als meine?«, wechselte ich abrupt das Thema, weil ich ihm nicht noch mehr Stoff zur Unterhaltung bieten wollte.

»Oh, so viel detailreicher.« Mit einem zufriedenen Grinsen lehnte der Elfenprinz sich gegen den Bettpfosten. »Und nur damit du es weißt: Ich habe auf dich gesetzt.«

»Na dann, herzlichen Glückwunsch zum Gewinn.« Ich verdrehte die Augen. »Die Magie des Schwertes ist weg.«

»Magie kann nicht einfach verschwinden.«

»Sie ist es aber. Sie wird sich wohl an Myra gebunden haben, als Nik sie erstochen hat. Und ist dann mit ihr gestorben.«

»Ich persönlich glaube ja, dass etwas ganz anderes passiert ist.« Betont gelangweilt betrachtete Ciaran seine Fingernägel.

»Jetzt sag schon«, presste ich gereizt hervor, weil er es wieder einmal schaffte, dass ich ihn praktisch um Informationen anbetteln musste.

»Na, wer hat das Schwert denn zuerst berührt?«

»Nik.« Ich zuckte mit den Schultern. »Aber er ist ein Mensch.«

»Ein Mensch mit einem Tropfen von deinem Fae-Blut im Körper.« Sein Grinsen wurde breiter, während mir sämtliche Farbe aus dem Gesicht wich.

»Was bedeutet das?«

Ciaran lehnte sich vor, bis ich in die unergründliche Schwärze seiner Augen blicken konnte. »Finde es heraus, Menschenmädchen. Und bis dahin«, er richtete sich wieder auf und verschränkte die Hände hinter dem Rücken, »gehörst du mir. Auf eine nicht besitzergreifende Weise natürlich. Aber denk daran: Was ich gegeben habe, kann ich auch wieder nehmen. Wir zwei haben eine Menge zu tun. Die Liste ist lang. Genieße dein neues Leben, aber wenn ich dich rufe«, er deutete auf meine Hosentasche, in der der Ring gerade das Zehnfache seines eigentlichen Gewichts wog, »kommst du. Ich warte nicht gern. Und denk nicht einmal daran, diese Welt zu verlassen. Ich würde es merken.«

»Ich kenne die Details unserer Abmachung«, erwiderte ich kühl. Es bestand keine Notwendigkeit, mich daran zu erinnern. »Aber Ciaran?« Ich hielt einen Moment inne. »Danke.«

Verwundert legte er den Kopf schräg. »Wofür?«

»Ich bin nicht arrogant genug, zu glauben, dass ich es mit ausgebildeten Fae-Kriegern aufnehmen kann. Was immer du in diesen Zauber gemischt hast, um meine Kräfte zu verstärken – danke.«

Ein Lächeln kräuselte seine Lippen. »Wie viele waren es denn?«

Acht, um genau zu sein. Die anderen zwei … Nun, das war eben so eine Sache. Die befanden sich gerade in einem Verlies unter diesem Haus – von dessen Existenz ich auch erst gestern erfahren hatte. Ich hatte gestern eine Menge Dinge erfahren. Aber diese Informationen würde ich sparsam einsetzen. Und falls Ciaran nicht wusste, dass ich zwei von Myras Männern mit hierhergebracht hatte, würde ich es ihm gewiss nicht sagen. Also spiegelte ich bloß sein Lächeln. »Genug.«

Er neigte den Kopf. »Wir sehen uns bald wieder, Felicity. Pass auf, dass dein Menschenprinz nichts von unserer Abmachung mitbekommt.«

»Du hast dein Wort gehalten. Ich halte meins.« Schatten breiteten sich aus und hüllten den Elfenprinzen ein. Ich sah ihm noch einmal in die Augen, bevor ich mich endgültig abwandte. »Er wird es nicht erfahren.«

Danksagung

Okay. Here we go. Meine allererste Danksagung. Ist es schräg, dass ich mich beim Schreiben des Buches am allermeisten auf diesen Moment gefreut habe? Es gibt jedenfalls ein paar Menschen, denen ich ein riesiges Dankeschön aussprechen möchte:

Nina. Meine allerbeste Freundin seit nun fast siebenundzwanzig Jahren. Ohne dich hätte dieses Buch nicht eine einzige Seite. Ich war ein nervöses Wrack, als ich dir zum ersten Mal eine Szene gezeigt habe, heute ist dein Feedback mein Tageshighlight. Danke, dass du dir auch dann deine Kommentare verkniffen hast, als ich zum dritten Mal den Plot über den Haufen geworfen oder schon wieder die Perspektive geändert habe. Keine Ahnung, wie viele Versionen du inzwischen gelesen hast. Ich hab dich lieb.

Meine Eltern. Mitten in meiner Examensvorbereitung habe ich verkündet, jetzt auch Bücher schreiben zu wollen und ihr habt mir nicht einmal das Gefühl gegeben, nicht beides schaffen zu können. Danke, dass ihr immer hinter mir steht.

Lena. Meine Mitbewohnerin, die mich bei der Erschaffung dieses Werkes in so ziemlich jeder emotionalen Lage gesehen hat. Du hast dich so sehr auf das Buch gefreut, auch wenn ich dich über zwei Jahre nicht eine einzige Seite habe lesen lassen. Danke dafür. (Und für die vielen Deep-Talk-Sessions auf dem Boden unseres Flurs.)

Aileen, meine wunderbare Lektorin. Ich hatte großen Spaß daran, deine Kommentare ins Buch einzuarbeiten. Du hast aus meinem Text das Allerbeste herausgeholt. Es tut mir leid, dass ich ständig das T vergesse.

An dieser Stelle auch Danke an dich, Désirée, dass du auch die hartnäckigsten Rechtschreibfehler gefunden hast.

Danke an das gesamte Team im VAJONA Verlag, das meinen Traum Wirklichkeit hat werden lassen. Ihr habt meinem allerersten Buchbaby ein Zuhause gegeben und ich habe mich bei euch von Anfang an super wohl gefühlt.

Ich muss jetzt mal kurz kitschig sein und meinen Charakteren danken, die von einem Tag auf den anderen einfach in meinem Kopf aufgetaucht sind und sich geweigert haben zu gehen, bis ich ihre Geschichte aufgeschrieben habe. Wir hatten einige schlaflose Nächte zusammen.

Und zu guter Letzt: alle Leser*innen, die es bis hier her geschafft haben. Danke, dass ihr mein Buch gekauft/geliehen/gefunden und dieser Welt einen Besuch abgestattet habt. Fühlt euch frei, mir eure

Gedanken zu der Geschichte mitzuteilen. Ich freue mich über jede einzelne Nachricht und hoffe, dass wir uns in Band 2 wiedersehen!

Folge uns auf:

Instagram: www.instagram.com/vajona_verlag
Facebook: www.facebook.com/vajona.verlag
TikTok: www.tiktok.com/vajona_verlag
Website: www.vajona.de
Shop: www.vajona-shop.de